왕은
사랑
한다

3

왕은 사랑한다 3

ⓒ김이령 2011

초판1쇄 인쇄	2011년 8월 15일
초판6쇄 발행	2014년 9월 30일
신판3쇄 발행	2017년 7월 5일

지은이　　　　김이령

펴낸이　　　　박대일
편집　　　　　이문영 · 임유리 · 신지연 · 박현주 · 전보라
교정　　　　　박준용
마케팅　　　　송재진 · 임유미
디자인　　　　래하디자인(표지)

펴낸곳　　　　파란미디어
출판등록　　　2004년 9월 14일 제313-2004-00214호

주소　　　　　04072 서울시 마포구 성지1길 32-36(합정동)
전화　　　　　02.3141.5589 영업부 070.4616.2012 편집부
팩스　　　　　02.3141.5590
전자우편　　　paranbook@gmail.com
카페　　　　　http://cafe.naver.com/paranmedia
페이스북　　　http://www.facebook.com/paranbook

ISBN　　　　　978-89-6371-412-7(04810)
　　　　　　　　978-89-6371-409-7(전3권)

왕은
사랑
한다

김이령 장편소설

3

파란

드자이아부르 주요 가계도

원

몽골

1 칭기스 카안

2 우구데이 카안

3 구육 카안

톨루이

카시

카이두

아릭부케

5 쿠빌라이 카안 4 뭉케 카안

칭킴

쿠툴룬 케레미시 (칭킴 인팡공주)

6 테무르 타기 카툰

다르마발라 카믈라

아유르바르와다 카이산

카이두

부다슈리 예순테무르

고려

24 원종

25 충렬왕

순경태후

사인공 인

정화공주 (정신부주)

수사공 서원후 영

익양후 분

명순연비 제안공 숙

정녕원비

강양공 자

수정후 린

서흥후 전

단

- 전체 계승도는 아닙니다
- 점선 아의 이름은 여성
- 숫자는 왕위 계승 순서

차례

15

탈주脫走

햇살이 부드럽게 쏟아지는 봄날의 나른한 오후, 단은 둘째 오빠와 후원으로 가는 도중 그녀의 고모와 딱 마주쳤다. 정화 궁주는 한 해 전보다 더 자글자글하니 주름졌지만 화사한 미소가 입가에서 떠나지 않아 훨씬 젊어 보이는 것이, 그녀의 궁에서 유폐되었던 시절과 사뭇 달라 보인다. 장목인명왕후莊穆仁明王后란 시호를 받은 정처 안평공주가 죽음으로써 드디어 20년이 훨씬 넘는 시간의 감옥을 벗어난 그녀는, 그 세월을 돌이키고 싶은 듯 더할 나위 없이 발랄하고 유쾌했다. 지금도 우연한 마주침에 먼저 활짝 웃으며 반기는 사람은 남매가 아니라 그녀였다.

"서흥후가 정비靜妃를 모시고 산보를 나왔구려. 방 안에만 줄곧 계신다기에 걱정되어 한번 들르고자 했는데, 이렇게 햇볕

아래서 만나니 보기에 참 좋소."

"고모님께선 밖으로 행차하십니까?"

우울하니 그늘진 낯에 억지 미소를 띠며 단이 물었다. 궁주의 차림새도 그렇고 뒤따르는 궁인들이 안고 있는 짐들도 그렇고, 척 보아도 맵시 좋게 꾸미고 나들이를 나선 모양이다. 나이답지 않게 정화궁주가 수줍어했다.

"태상왕께서 덕자궁德慈宮에서 보자 하셨소."

늙은 궁주가 마치 새색시 같아 단은 진심으로 기쁘게 웃었다. 고모가 얼마나 오랫동안 이런 날을 기다렸는지 잘 알고 있는 그녀였다. 거의 체념했던 남편과의 만남이 비로소 자유로워진 고모는, 그녀와 정반대로 무척 행복해 보였다.

"이게 모두 어진 주상의 덕이오. 뒷방 늙은이를 이토록 극진히 섬길 줄 누가 알았으리. 친아들보다 더욱 살갑고 효성이 지극하니 내 복이 만년에 넘치는지라. 비에 대한 사랑이 깊어 내가 그 덕을 톡톡히 봅니다."

"무슨……. 저는 아무것도 하지 않았는걸요."

단이 황망히 눈길을 돌렸다. 새로운 국왕이 보위에 오른 후, 그녀의 고모는 볼 때마다 남편의 칭찬을 했다. 그럴 만도 한 것이, 왕이 되자마자 원은 아버지 태상왕과 정화궁주를 모시고 연회를 베풀어 직접 두 노인의 만남을 주선했던 것이다. 독기서린 안평공주가 시집오고 나서 내내 끊겼던 노부부의 내왕이 공주의 아들 덕에 이어졌으니 고마워할밖에. 정화궁주가 단의 손을 덥석 잡았다.

"이제 태상왕께서 정화궁에 오고 싶으시면 그분이 오실 수 있고, 날더러 덕자궁으로 오라시면 내가 갈 수 있으니 나는 더 바랄 것이 없습니다. 게다가 주상께서 조카들을 워낙 예뻐하시어 왕자들처럼 키워 주시니 내 배로 낳지 않았달 뿐 마음 씀씀이는 친아들 못지않으시오. 아내를 사랑하지 않으면 그 겨레붙이들이 예뻐 보이겠소? 모다 비의 덕임을 내 다 압니다. 고맙고도 고맙소."

손까지 잡힌 단은 민망하여 몸 둘 바를 몰라 한다. 행복한 고모의 말 중 일부는 맞고 일부는 틀렸다. 남편이 궁주나 이복형제들을 우대하는 것은 누가 봐도 사실이었다. 이복형 강양공의 아들들을 예스진에게서 낳은 본인의 두 아들, 의충宜忠[*]과 의효宜孝[**]보다 더 아끼고 사랑했다. 특히 강양공의 둘째 아들 왕고王暠를 귀애했다. 자신의 아들은 안아 주지 않았지만 조카는 볼 때마다 품에 안고 응석을 받아 주었다. 그러나 그 모든 자상함이 아내에 대한 깊은 사랑에서 비롯됐다는 것은 순전히 궁주의 착각이었다.

셋째 오빠가 홀연히 종적을 감춘 그날 이후로 단은 남편의 웃음을 본 적이 없었다. 의례적으로 그녀의 궁에 간간이 들러 차를 마시긴 했지만 늘 형식적인 말만 건네다 자리를 뜨곤 했다. 전처럼 그녀의 궁에서 잠을 자는 일도 없었다. 비록 살을

---

[*] 충선왕의 장자 왕감王鑑의 자.

[**] 충숙왕의 자.

섞으며 뜨거운 밤을 보낸 적은 없었지만 잠은 꼭 그녀의 침상에서 잤던 남편이었다. 그래서 세자비 시절엔 그녀에게 남편이 완전히 빠졌다고 궁 내외의 모든 이들이 착각하기도 했었다. 그러나 지금, 왕이 된 그는 그녀와 절대 이불을 공유하지 않았다.

대도에서 온 황실의 공주 부다슈리와 왕비들 중 유일하게 자식들을 낳은 예스진, 첫 아내인 단, 세자비 때부터 거들떠보지 않았던 순화원비 홍씨 중 누구와도 밤을 보내지 않았다. 다섯 명의 아내 중 선택받은 사람은 가장 지체가 낮은 조비였다. 조비의 어떤 매력이 왕을 사로잡았는지 아무도 모르지만 어쨌거나 존재감이라곤 없던 그녀의 궁에 원은 이제 날마다 드나들었다. 왕의 사랑이 단에게서 조비에게로 옮아갔다고 궁인들이 숙덕인 지도 한참 되었다. 궁 안의 수다에 밝은 정화궁주가 그걸 모를 리 없었다. 손을 잡히고 곤혹스러워하는 단을 보며 조금 미안한 마음이 들었는지 노인이 활짝 핀 웃음을 다소 누그러뜨렸다.

"걱정하실 것 없소. 사내란 이 꽃에서 저 꽃으로 날아다니는 나비나 매한가지, 그러다 결국은 제가 편히 쉴 곳을 찾아 다시 돌아오지요. 이 사람이 겪은 것 비도 다 듣고 보지 않았소. 참을성 있게, 끈기 있게 기다리면 돼요. 주상께서 돌아오실 곳은 결국 처음 연을 맺은 정비의 곁이니."

아니요, 고모님. 난 처음부터 전하께서 돌아올 곳이 아니었어요. 단이 살그머니 손을 뺐다. 사내란 저마다의 향기를 자랑하는 꽃들의 유혹을 거부하지 못하고 자리를 옮기는 나비라지만 그녀는 남편에게 꽃이었던 적조차 없었다. 누구도 알지 못하는 그녀의 비밀이었다, 부끄럽고 비참한. 고모와 더 이상 마주하기 힘든 그녀는 수다스런 궁주를 조용히 일깨웠다.

"어서 덕자궁으로 가셔야지요. 태상왕께서 기다리시잖습니까."

"아이고, 늙은이가 가던 길도 잊고 주책을 떨었소. 태상왕께서도 그렇지, 정화궁에 그냥 계시면 될 것을 왜 그리 궐 밖을 고집하시는지. 게다가 늙어 쭈그러진 얼굴을 뭘 보고 싶다고 툭하면 오라 부르시니……."

말로는 툴툴대는 척하지만 노인의 낯빛은 이슬 먹은 풀꽃처럼 풋사랑에 두근대는 소녀처럼 해맑다. 어서 가기를 바라는 단과 왕전이 길을 비켜 주니 들뜬 발걸음으로 금세 멀어진다.

"쳇!"

궁주의 짧은 행렬이 사라지자 왕전이 아니꼬운 소리를 냈다.

"아비를 밀어낸 아들이 설치는 궐에서 허허하며 살 수 있는 사람이 천지에 어디 있겠냐 말이지. 오죽하면 나가셨을꼬."

태상왕이 거처하는 곳은 덕자궁이라 이름 붙인 장순룡의 집이었다. 대도의 황제에게 선위를 청하는 표를 올리기 무섭게, 테무르 카안은 사촌 동생 이질 부카를 기꺼이 왕으로 올렸다. 또한 나이 많고 껄끄럽던 고모부는 추충선력 정원보절공신 개부의동삼사태위 부마 상주국 일수왕推忠宣力 定遠保節功臣 開府儀同三司太尉 駙馬 上柱國 逸壽王이란 길고도 긴 작호를 주어 뒷방으로 물러나게 했다. 마치 기다렸다는 듯 날렵하니 처리해 주었턴 것이다. 아들에게 왕위를 물려준, 아니, 실상은 아들에게 세력을 빼앗기고 하릴없이 물러난 태상왕, 일명 일수왕은 기존의 전각들을 마다하고 장순룡의 집으로 훌훌 떠났다. 아들을 꺼려 피한 것임을 누구나 짐작했고 아들인 왕도 그걸 알았다. 알면서도 덕자궁에 문안을 간다, 직접 모셔 와 연회를 베푼다, 왕의 효성이 짐짓 극성스러웠다. 허울만 그럴싸한 그 부자 관계가 못마땅한 왕전의 말투가 퍽 무례하여 단이 한마디 했다.

"태상왕께서는 조용히 쉬고 싶으신 겁니다. 고모님께서도 저렇게 기뻐하시지 않습니까."

"절세가인이라더니, 숙창원비가 무비만은 못한가 봅니다. 무비가 살아 있었다면 아무리 장목왕후께서 계시지 않다 한들 태상왕께서 고모님을 찾으셨을까요. 이러니 무비를 없애 준 금상에게 고모님이 고마워하실 수밖에……."

"제발, 오라버니께선 그 입을 좀 단속하세요! 지금 듣고 있는 사람이 내가 아니라 다른 이였다면 그 설화를 어찌 감당하렵니까. 옛날에도 돌아가신 아버님께 꾸중을 듣지 않았습니까. 집에 들어오자마자 린 오라버니와 크게 다투어서……."

단이 갑자기 입을 다물었다. 묵직한 공기가 밝은 햇살을 무시하고 남매를 감쌌다. 그들 사이에 절대 금기인 이름이 무심결에 나왔기 때문이다. 왕린, 그녀의 셋째 오빠는 이제 없는 사람이다. 아니, 애초에 세상에 나오지 않았던 사람으로 족보에서도 자리를 잃었다. 명확한 이유도 못 들은 채 단과 그녀의 가족은 린을 기억 속에서 지워야 했다. 어머니 황보씨와 몇 마디

12

를 나눈 저녁을 마지막으로 아침 해를 만난 이슬처럼 흔적도 없이 증발한 그는, 절친한 벗이었던 세자의 각별한 배려로 그 죄목이 조용히 덮었다. 역모를 꾀하다 실패하여 자결했다는 소문이 살랑 일었지만 세자가 그마저도 잠재웠다. 이제 작위도 이름도 없이 왕린이란 사람은 아예 없었던 존재로 누구의 입에도 오르지 않았다.

'아마 그날, 린은 죽었을 것이다.'

왕전은 세자가 누이의 궁에서 찬바람을 뿌리며 횡허케 나갔던 그날을 돌이켜 생각했다. 누이도 지금 그와 똑같은 생각을 하겠지만 그들은 약속이나 한 듯 입을 다물고 서로를 보지 않았다. 다시 느릿한 산보를 시작한 두 사람의 얼굴에 정화궁주와 마주치기 전 드리웠던 우울한 그늘이 다시 자리 잡았다.

'그리고 현애택주, 그녀도.'

왕전의 가슴이 싸하니 저렸다. 린이 사라진 날, 그의 첫사랑도 복전장에서 감쪽같이 사라졌다. 농장의 관리인도, 작인들도, 노비들도, 누구 하나 그녀의 행적을 아는 이가 없었다고 한다. 천민과 눈이 맞아 야반도주를 했다는 향기롭지 못한 소문이 돌다가 얼마 못 가 잠잠해졌다.

희한하게도 말끔하니 정돈된 거처에서 실종된 그녀의 재산은 상속할 이가 따로 없어 왕실에 넘어갔다. 고려 제일의 지주라 알려진 그녀의 가산이 상상할 수도 없이 어마어마하리라고 속인들은 생각했지만 실상은 그다지 대단하지 않았다. 그녀의 아버지가 모았던 많은 농장들과 상권 등은 어느새 다른 주인들에게 넘어갔고, 그나마 가졌던 땅들도 많은 부분이 작인들의 명의로 소유자가 바뀌어 있었다. 혹자들은 현애택주의 재산을 추적하여 왕실로 환수해야 한다고 부추겼지만 세자가 엄하게 논의를 중단시켰다.

왕전도 그녀에 관해서 말 한마디 꺼내기를 꺼렸다. 누이 단을 제외한 집안사람들은 그녀의 재산이 기대 이하인 것에 그가 실망했다고 지레짐작하여 차라리 잘되었다고 여겼지만, 왕전은 그녀를 잊은 적이 없었다. 동생의 여인이었을지도 모르지만 그 혼자만의 일방적인 마음으로나마 그녀는 그의 여인이기도 했다. 그녀를 빼내 주겠다던 송인과 송방영의 약속이 허무하게 깨져 버린 뒤, 아마도 그녀를 비밀스레 제거했을 잔인한 세자인 현재의 왕에게 왕전은 적개심을 더욱 불태웠다.

'그냥 당하고만 있진 않겠다. 아우와 사랑하는 여인을 한꺼번에 잃고도 가만있을 내가 아니야!'

왕전이 소매 속 주먹을 불끈 쥐었다. 그는 무겁게 가라앉아 있는 누이에게 슬쩍 화제를 돌려 말을 걸었다.

"전하께서 허구한 날 조비의 처소에 드나드시는 것이 매우 괴이쩍지 않습니까? 보위에 오르시기 전까지 조비는 순화원비와 같은 처지였습니다. 아무리 그 아비 조인규를 아낀다고는 하지만, 처음부터 다정하게 대해 준 것도 아니고 갑작스레 총애하다니 뭔가 수상한 냄새가 납니다."

"신하 된 자로서 어찌 주군의 사감을 운운합니까?"

"주상의 신하로서가 아니라 비마마의 오라비로서 걱정이 되어……."

"그만두세요! 오라버니의 그런 관심, 원하지 않습니다. 오라버니께선 전하의 은덕에 목숨을 부지하고 있다는 사실을 잊었습니까? 그 목숨, 언제든 전하께서 거둘 수 있습니다."

"마마께서 번민하시는 줄 뻔히 아는데 제 목숨을 아끼겠습니까."

"번민하다니, 무엇을요? 함부로 넘겨짚지 마세요, 오라버니."

"저를 믿으십시오, 마마."

우뚝 선 왕전이 은근하니 밀담을 건네듯 목소리를 낮췄다.

"마마께서 아직도 주상을 은애하는 줄, 오라비도 다 알고 있습니다."

"어떻게 그런……."

놀라고도 화가 난 단의 얼굴이 확 붉어졌다. 쉿, 손을 들어 그녀에게 진정하라 이르며 왕전이 더욱 목소리를 낮췄다.

"고모님 말씀대로 기다리고 기다리십시오. 참을성 있게, 끈기 있게. 그러면 마마께로 돌아오는 주상을 보시리라."

"도대체 무슨 일을 꾸미려 하십니까?"

엄격하니 날이 선 누이의 말에 왕전이 어깨를 으쓱했다. 쓸데없는 짓을 삼가고 조용히 숨죽이고 있으라고 충고할 마음에 단이 오빠에게 다가서는데, 별안간 높고도 짜랑짜랑한 목소리가 가까이서 울렸다.

"정비가 아닌가요. 봄바람을 쐬러 온 건가요?"

단은 다가오는 부다슈리를 보고 얼른 고개를 숙여 예를 올렸다. 그러고 보니 어느새 중화궁中和宮* 가까이까지 와 있었다. 발걸음을 이쪽으로 자연스레 유도한 오빠가 못마땅하여 단의 미간이 살짝 구겨졌다. 반면 누이의 뒤에 조금 떨어져 선 왕전은 잘생긴 얼굴에 온화한 미소를 은은하니 그렸다. 단을 향한 부다슈리의 눈이 슬쩍슬쩍 그를 훔쳐보는 것을 왕전은 보지 않아도 알고 있었다. 그의 상앗빛 이마와 잘 뻗은 콧날, 길고도 섬세한 속눈썹에 공주가 속으로 감탄해 마지않는다는 것도. 이 순간을 위하여 그는 방에 조용히 박혀 있고 싶어 하던 누이를 달래어 태양 아래 끌고 나온 것이다.

'공주를 차지하는 사람이 왕이 됩니다. 지금의 왕은 공주를 배경 삼아 보위에 올랐으나 그녀를 냉대하여 원망을 사고 있습니다. 공주의 마음을 사로잡기만 하면 태상왕이 직접 공주의 재가를 추진할 것이니, 우리 계획의 전부가 공께 달렸습니다.'

송인이 그에게 말했었다. 이를테면 미인계를 변형시킨 미남계라고나 할까. 그의 임무는 한마디로 부다슈리를 유혹하는 것. 솔직히 썩 내키는 일은 아니지만 왕위라는 결과물을 생각한다면 결코 마다할 수 없는 임무였다. 아니, 덥석 잡아 얼른 성사시키고 싶은 임무였다. 적어도 준수한 풍채만은 자신 있는 왕전에게 어찌 보면 손쉬운 임무이기도 했다. 대면한 게 몇 번 되지도 않는데 공주는 이미 흔들리기 시작한 듯 보이니 말이다.

---

* 부다슈리의 궁.

땅딸막한 몸매에 가무잡잡한 피부, 죽 찢어진 작은 눈과 납작한 코, 심하게 도톰한 입술 등 공주의 외모가 그의 입맛에 딱 들어맞는 수준은 아니었다. 하지만! 그를 옥좌에 앉혀 줄 여인이기에 그 모든 것을 귀엽게 봐 줄 수 있다. 온몸을 불살라 봉사할 수도 있다, 그녀가 허락하기만 한다면! 오빠를 데려온 단에게 호의적인 눈빛을 반짝이는 공주의 짜랑짜랑한 목소리도, 왕전은 맑고 고운 울림이라 칭찬할 수 있었다.

"두 분이 사이좋게 말씀들 나누는데 방해가 된 건가요?"

"아닙니다. 오히려 저희가 공주마마의 휴식을 방해한 것이 아닌지요."

"천만에요. 매일 이 시간이면 중화궁 주위를 한 바퀴 도는데 혼자서는 심심했어요. 두 분이 괜찮다면 함께 거닐어도 될는지……."

단이 오빠를 힐끗 돌아보았다. 오빠는 공주를 만나러 온 게 분명했다. 그렇지 않고서야 공주가 산보하는 시간에 맞추어 그녀를 이끌고 공주의 전각 근처를 어슬렁거렸을 이유가 없지 않은가. 그리고 이번이 처음이 아니었다.

'무슨 속셈으로 자꾸 공주를 보려 하는 걸까? 그것이 기다리고 기다리라 내게 말한 것과 무슨 관계가 있을까?'

둘째 오빠가 엉뚱한 짓을 꾸미는 게 아닌가 싶어 단의 가슴이 불안스레 쿵쾅거렸다. 어쨌거나, 대답을 기다리는 부다슈리에게 그녀는 미소를 지었다.

"물론입니다."

눈에 띄게 흐뭇해하는 부다슈리와 나란히 걸으며 단은 공주가 자신에게 무척 상냥해졌음을 피부로 느꼈다. 정월, 아직 왕이 세자이고 공주가 세자비이던 때, 고려에 온 부다슈리는 궁내의 모든 사람들에게 쌀쌀맞게 굴었다. 특히 세자비들에게 강한 경계심을 보였다. 그나마 고려인이 아니라는 이유로 예스진을 가까이했지만 오히려 예스진 쪽이 공주에게 시큰둥했다. 그런 예스진이 단을 보는 눈빛이 따스했던 데다 궁녀들에게서 단이 무척이나 세자의 굄을 받는다는 정보를 들었기에, 공주는 단을 몹시 싫어했었다.

그런데 곧 세자가 왕위에 오르고 단이 아닌 조비가 총애를 한 몸에 받자 단에 대한 부다슈리의 태도도 조금씩 누그러졌는데, 어느 날 우연찮게 그녀와 함께 있는 왕전을 본 뒤부터 두드러지게 호의적이 되었다. 남편을 사이에 둔 경쟁자가 아니라 자매처럼 의존하는 모습마저 보였다. 조비에 대한 불평을 늘어놓기 위해 단을 찾기까지 할 정도였다.

진정 자신이 마음에 들어서가 아니라, 자신의 뒤에 선 사내 때문임을 단도 알았다. 남편이 있는 여인이, 한 나라의 왕비가 다른 사내에게 설레어하다니, 그녀는 불편하고 불쾌했다. 그것도 그녀의 오빠를 상대로. 하지만 딱 잘라 충고할 처지가 아닌 그녀로서는 그저 모르는 척 거짓 웃음을 물고 공주의 말상대가 되어 줄 뿐이다. 공주가 그녀를 돌아보는 동시에 어깨 너머로 왕전을 곁눈질했다. 왕전도 그 시선을 은근슬쩍 받아 주며 더욱 공주를 흔들었다. 미묘하게 눈길을 교환하는 남녀 사이에

낀 그녀의 자리가 퍽이나 편편찮다.

"저희는 이만 들어가 볼까 합니다."

단이 우뚝 멈춰 서자 공주와 왕전의 낯빛이 확 변했다.

"바람이 좋으니 좀 더 거닐다 들어가요."

"나온 지 얼마 되지도 않았는데 왜 벌써 들어가려 하십니까?"

아쉬운 두 사람이 다투어 단을 만류한다. 하지만 그 불순한 아쉬움이 언짢았기에 단이 완고하게 버티고 섰다.

"제가 어제 잠을 설쳐서인지 머리가 조금 아픕니다. 충분히 볕을 쬐었으니 들어가는 게 좋겠습니다."

"그렇다면 저 정자에서 잠깐 쉬시는 게 어떨지요. 제가 공주마마를 모시고 걷다가 돌아올 때쯤 되면 좀 나아지시지 않겠습니까."

"그래요, 그게 좋겠어요."

왕전이 잔꾀를 부리니 공주가 얼른 맞장구를 쳤다. 누이의 눈초리가 싸늘해졌지만 왕전은 모르는 척, 가까이 있는 작은 정자 쪽으로 팔을 뻗으며 그녀더러 어서 가라 몸짓으로 재촉했다.

"천천히 쉬어요, 무리하지 말고. 그늘 아래 편히 앉아 있으면 금세 좋아질 테니."

공주도 남자를 도와 노골적으로 그녀를 밀어냈다. 당황한 단이 머뭇거리는 사이, 두 사람은 그녀를 내버려두고 서둘러 산책을 계속했다. 성큼성큼 그녀에게서 멀어진 둘의 어깨가 활짝 펴진 것을 보고 단의 어깨가 반대로 축 처졌다. 두 사람을 떼어 놓으려던 의도가 완전히 빗나가 버렸다. 멀리서도 느낄 수 있는 야릇하면서도 긴장된 둘 사이의 공기가 그녀의 머리를 정말 지끈거리게 했다. 단은 뒤에 선 궁인들에게 따라오지 말라고 손짓한 뒤, 천천히 정자에 올라가 난간에 기대어 앉았다.

'나중에 오라버니에게 따끔하게 한마디 해야겠다.'

단은 체념 어린 한숨을 쉬었다.

연초록으로 윤이 나는 나뭇잎들이 바람에 살랑살랑 춤을 추는 것이 완연한 봄이다. 그런데 그녀에겐 앙상하니 뼈만 남은 겨울나무들보다 더 소삭한 풍경처럼 느껴진다. 그녀의 마음이 텅 빈 까닭이다.

'참을성 있게, 끈기 있게 기다리면 돼요. 주상께서 돌아오실 곳은 결국 처음 연을 맺은 정비의 곁이니.'

'고모님 말씀대로 기다리고 기다리십시오. 참을성 있게, 끈기 있게. 그러면 마마께로 돌아오는 주상을 보시리라.'

고모와 오빠의 말이 귓가에서 헛되이 울렸다. 단은 난간 너머로 뻗은 가느다란 가지에서 싱싱한 잎 하나를 거칠게 쥐어뜯었다. 참고 견디는 자에게 마지막 보상이 있으리라? 듣기엔 달콤하고 그럴싸하지만 결국은 끝없는 인내만을 요구하는 독약과도 같은 말이다. 죽은 시어머니도 말하지 않았던가. 사람의 마음이란 잡을 수 없는 것이니 죽어도 그이가 돌아보지 않으리라고. 처음부터 보아 주지 않았고 마지막까지 고개를 돌릴 것이다, 그녀의 그이는. 어릴 적 한때는 사랑받고 있다고 착각도 했었지만 이젠 명확했다. 그이의 마음을 잡을 기회란 영영 오지 않는다.

셋째 오빠와 함께 산도 실종된 후, 단은 그 사실을 절감했다. 원이 그 두 사람을 어딘가로 떠나보냈으리라 그녀는 생각했다. 그래서 일말의 기대를 품었었다. 남편이 그녀에게 와서 외로운 몸과 마음을 의지하지 않을까 하고. 그러나 기대는 그저 기대였을 뿐 결과는 그녀의 바람을 산산이 부쉈다. 그녀는 다른 여자의 처소에서 살다시피 하는 남편의 껍데기만 간간이 보는 처지에 만족해야 했다. 산이라는 강력한 연적이 사라졌음에도 그녀는 또 다른 여자를 부러워하는 신세가 되어 버렸다.

'전하께서 허구한 날 조비의 처소에 드나드시는 것이 매우 괴이쩍지 않습니까? 보위에 오르시기 전까지 조비는 순화원비와 같은 처지였습니다. 처음부터 다정하게 대해 준 것도 아니고 갑작스레 총애하다니 뭔가 수상한 냄새가 납니다.'

음흉스레 속살거리던 오빠에게 발칵 화를 냈었지만 그녀의 생각도 오빠와 다르지 않았다. 세자비 시절엔 그녀를 부러워하는 눈빛으로 하염없이 보던 조비였다. 그런데 이젠 상황이 역전되었다. 왜? 왜! 단은 턱 막히는 가슴을 손으로 누르며 숨을 헐떡였다.

'마음에 둘 것 없어요.'

예스진이 심상하니 말했었다.

'난 전하를 잘 알아요. 누군가를 가지지 못해 다른 여자를 소모하는 분이에요, 전하는. 내가 대도에서 그랬던 것처럼 조비도 누군가의 대용일 뿐이에요.'

하지만 그 대용이 왜 내가 아니냐 말이야! 단은 뜨겁고도 딱

딱한 덩어리가 명치 아래에서 요동치는 것을 느꼈다. 대용으로 취급받더라도 그가 와 주길 바라는 자신이 너무나 비참하여 머리를 뜯으며 고함을 지르고 싶었다.

'차라리 그 옛날 공녀로 가 버렸으면 이보다 못하지 않았을 것을! 그랬다면 전하는 현애택주와 혼인하여 행복하였을 테지…….'

돌연 온몸에 소름이 죽 끼쳤다. 그건 싫어! 그녀는 세차게 고개를 흔들었다. 수십, 수백 명의 여자를 대용물로 안는 것을 볼망정 진짜를 안고 진심으로 만족하는 그는 상상하기도 싫었다. 그 진짜가 그녀가 아닌 이상에야.

'아아, 나는 얼마나 끔찍한 여자인가!'

단은 죄책감에 떠는 자신의 몸뚱이를 두 팔로 감쌌다. 따뜻한 봄볕과 부드러운 훈풍에도 스산하고 추웠다. 못되고도 못된 계집! 연방 스스로를 채찍질하는 그녀는 금방 기절이라도 할 듯 창백했다.

"어머나! 깔깔깔!"

멀리서 짜랑거리는 웃음소리가 바람을 타고 들렸다. 무엇이 그리 유쾌한지 공주가 예의도 법도도 없이 사내 앞에서 마음껏 웃음을 터뜨린 참이다. 남편에게 외면당하기로는 마찬가지인 처지일진대 어째서 저 여자는 저토록 시원하게 웃을 수 있을까? 단은 양손을 들어 귀를 막고 소리가 나는 쪽에서 아예 등을 돌려 앉았다.

'저이는 전하를 사랑한 적이 없었던 거야. 그렇지 않고서야 다른 사내와 이상한 눈짓을 주고받으며 허물없이 웃고 있을 리 없지. 나는, 나는 도저히 저럴 수 없어. 평주온천에서 전하를 본 순간부터 그분께 마음으로부터 붙들렸으니까……. 전하가 아니면 안 돼. 전하가 아니면…….'

웃음소리를 피해 고개를 돌린 단이 흠칫 어깨를 떨었다. 정자의 난간 아래 초록색 나무들이 성기게 가지를 뻗은 사이로, 남편 아닌 다른 사내와 눈이 마주쳤기 때문이다. 하지만 이 사내는 왕전이 공주에게 의미하는 그런 '다른 사내'가 아니다. 단은 귀를 막았던 손을 살그머니 내리며 사내를 조용히 불렀다.

"진관."

사내가 가지를 헤치고 온전히 몸을 드러내어 깊이 허리를 숙였다.

"무슨 일로 이곳에 있나요? 전하께서 근처에 계신가요?"

"아닙니다, 마마. 신은 그저……, 퇴궐하는 길이었습니다."

진관의 말이 매끄럽게 이어지지 못하고 뚝뚝 끊겼다. 귓불이 새빨개진 그의 목덜미에서 진한 땀이 한줄기 흘러 등줄기를 훑었다. 거짓말을 한 것도 아니었다. 실제로 그는 퇴궐하는 길이었다. 다만 집으로 향하는 길을 조금 에돌아 단의 전각을 빙둘러 가다가 오빠와 산책을 나선 그녀를 보았고, 그녀에게 달라붙은 시선을 떼지 못한 채 저도 모르게 여기까지 쫓아온 사실을 세세히 말하지 않았을 뿐이다. 오랜만에 보는 그녀는 여위었고 창백했으며 애처로웠다. 정자에 홀로 앉아 있는 그녀는 얼마나 외롭고 고통스러워 보였는지! 할 수만 있다면 그녀의 고통을 덜어 주고 싶지만 그는 한낱 시위 무관에 불과하다.

"가까이 오세요."

다사로이 부르는 목소리가 그렇게 감미로울 수가 없다. 홀린 듯 저절로 그의 발이 미끄러져 난간 아래에 바짝 다가섰다.

"그대는 수녕궁에서 오는 길인가요?"

"그것이……, 조비마마의 궁에서……."

그녀를 기쁘게 하는 대답은 못 할지언정 그나마 옅게 고여 있던 미소마저 가시게 하는 자신의 정직이 한탄스럽다. 그녀를 조금이나마 달래 주기 위해 진관이 얼른 말을 덧붙였다.

"전하께서는 지금 그곳에 아니 계십니다. 얼마 전부터 제가 그곳을 지키게 되어……."

"중랑장이 전하의 곁이 아니라 조비를 지킨다고요?"

단의 얼굴이 더 어두워져 진관의 등으로 더 많은 땀이 흘러내렸다. 그녀는 몹시 낙담한 것처럼 보였다. 무엇이 이분의 심기를 어지럽힌 것일까? 전혀 짐작할 수 없는 진관은 바싹 마른 입술을 혀로 축였다.

"그랬군요. 그래서 그대를 통 볼 수 없었군요."

들릴 듯 말 듯한 그녀의 나지막한 혼잣말이 진관의 가슴을 요동치게 했다. 그것은 그를 볼 수 없어 안타까웠다는 뜻일까, 아니면 때때로 그가 보고 싶었다는 말일까? 그런데 왜? 무슨 이유로? 단의 입가에 맺혔다 사라지는 서글픈 웃음에 그의 가슴뼈가 크게 들썩였다. 한 번 설레기 시작한 두근거림은 쉬이 멎지 않았다.

"언제나 전하의 말씀을 전해 주러 왔었지요. 오면 오신다고 못 오면 못 오신다고, 전하보다 앞서 그대가 전해 줬었지요. 그대를 보면 무척이나 반갑고 기뻤습니다. 그대를 보는 것만으로도 내겐 위안이 많이 되었어요. 그래서 나도 모르게 그대에게 의지한 때가 많았고, 한번은 그대 앞에서 흉하게 운 일도 있었지요. 기억⋯⋯하나요?"

물론 기억합니다. 입술뿐 아니라 혀까지 마르는 느낌이었다. 이제껏 보았던 그녀의 모든 모습을 아주 작은 조각까지 꼼꼼히 기억하고 있는 그였다. 무심하니 허공을 스치던 눈길까지도 특별히 가슴에 새기고 있던 그였지만 그녀의 머리와 심장에 자신이 들어 있기를 기대한 적은 감히 없었다. 이름을 기억하고 불러 준 것만으로도 그 앞에 엎드려 충절을 맹세하고 싶은 대상이었지 뭔가 바란 것이 없었다. 없었다고 생각했다. 그러나 둘만이 알고 있던 순간을 끄집어내 준 그녀에게 진관은 갑자기 더 많은 기억을 말해 달라고 조르고 싶었다. 그가 그녀에게 어떤 존재였는지, 그를 앞에 두고 무엇을 느끼고 무엇을 생각했는지, 터무니없다고 생각하면서도 그녀의 작고도 정숙한 입술이 얘기해 주길 갈망했다. 슬쩍 올려다본 그녀의 입술이 부드럽게 열렸다.

"그대를 보면서 전하께서 나를 조금은 생각해 주시는구나, 오랫동안 그런 식으로 스스로를 위로해 왔어요. 하지만 이제 전하께서는 내가 아닌 조비에게 그대를 보내셨으니⋯⋯."

그녀의 목소리 끝이 연하게 떨렸다. 눈에 맺히지 않은 눈물이 소리 끝에 묻어 나와 조금씩 공기 사이로 증발해 가는 느낌. 덩달아 코끝이 시큰해지는 진관의 귀에 단의 나머지 말이 탄식처럼 들렸다.

"······이젠 정말 궁에서 기댈 사람이 없네요."

"저는 언제나 마마를 위해 달려올 준비가 되어 있습니다."

불쑥 튀어나온 말에 누구보다도 진관 자신이 당황했다. 그를 내려다보는 단의 눈도 의아함을 담고 휘둥그레 커졌다. 아뿔싸! 진관은 입을 꽉 다물고 애꿎은 칼자루를 세게 쥐었다. 이건 누가 들어도 고백이 아니냔 말이다! 그러나 순진한 왕비는 그렇게까지는 생각하지 못했나 보다. 이내 놀람에 커진 눈을 살포시 내리며 쓸쓸한 웃음으로 심상하니 넘겨 버린다.

"그렇게 말해 주니 고맙지만······, 그대는 전하의 충성스런 시위니 전하의 명에 따라 조비를 알뜰히 지켜 주세요. 나는 그대를 방해하고 싶지 않아요."

"송구합니다."

"아마 이렇게 누각에서 나와 이야기를 나누는 것도 전하께는 불충한 일이겠지요. 조비도 기꺼워하지 않을 테고."

"그렇지 않습니다. 저······, 저는 오늘의 일과를 마쳤습니다."

엉뚱한 대답에 단이 그만 풋, 웃고 말았다. 그러자 검은 턱수염이 탐스러운 풍채 좋은 무관이 소년처럼 쩔쩔맸다. 손아래 부하들이 다른 상전들과 교류하는 것이 얼마나 예민하게 주인의 신경을 거스르는지 모르는 진관이 아니었다. 유순하고 후덕하기로 정평이 난 조비라도, 왕이 특별히 보내 준 시위가 다른 왕비를 만나는 사실을 알면 몹시 언짢고 불쾌할 것이다. 단이 바로 그 점을 지적한 줄 뻔히 알지만 그녀의 곁에 조금이라도 더 오래 있고 싶은 그로서는 딴청을 피울 수밖에.

어쨌든 그의 바보스런 동문서답이 그녀의 팽팽했던 신경을 느슨히 풀어 주어, 진관은 꿈속에서 곧잘 보던 그녀의 맑고 청아한 미소를 눈앞에서 볼 수 있었다. 황홀하니 그녀의 웃음에 취한 것도 잠시, 단이 곧 정색을 하여 진관은 얼빠진 얼굴을 수습했다.

"궁궐 내에서 조비에게 무슨 위협이 될 만한 일이 있는 건가요? 전하의 시위들이 지켜야 할 정도로?"

"……아니옵니다."

"하지만 조비에게도 호위가 있는데 굳이 그대를 보내다니……. 그대는 전하께서 가장 아껴 늘 곁에 두는 무관이 아닌가요. 어째서 그렇게까지 조비를 보호하시는 것인지……."

"그건, 저……, 그것은……."

진관이 우물쭈물하는 것은 순전히 그녀의 앞이었기 때문이다. 그녀가 왕에게 얼마나 애틋한지 알고 있는 그는 조비 때문에 그녀가 상처 입는 모습 따윈 보고 싶지 않았다. 그러나 그의 모호한 태도가 단에게 더 큰 의구심을 불러일으켰다.

"특별한 일도 없는데 조비를 지키라고 하셨단 말인가요, 전하께서?"

"그렇다고……, 말씀드릴 수 있겠습니다."

하, 단의 입에서 짧은 숨이 터져 나왔다. 놀랍고도 어이없었다. 조비를 부러워한 것은 사실이었지만 질투한 적은 없었다. 예스진처럼, 그녀도 남편을 잘 안다고 자부하는 터였다. 조비는 누군가의 대용에 지나지 않는다고 굳게 믿었던 것이다. 하지만 대용은 얼마든지 다른 대용과 교체될 수 있는 것. 특별히 보살피고 보호하는 상대가 결코 아니다.

"진심이셨어! 그럴 리가 없다고 생각했는데, 그녀가 가고 나면 아무도 그 마음을 열 수 없다고 믿었는데, 그래서 참고 견딜 수 있었는데……."

단의 혼잣말에 분노가 실렸다. 불안정하게 흔들리는 그녀의 목소리가 진관의 침착성을 앗아 갔다.

"마마."

사랑하는 여자에 대한 안쓰러운 마음을 숨기지 못하고 진관이 그녀를 불렀다. 그를 돌아보는 그녀의 눈이 젖어 있었다. 어떡하면 좋지요? 그렇게 묻는 것 같았다.

"전하께서 나를 돌아보시지 않는 것, 참을 수 있어요. 다른 사람들에게도 똑같으니 서운함도 원망도 미움도 없습니다. 하지만 이제 조비가 있으니 어쩌면 좋지요? 이런 마음 절대 품으면 안 되는데, 서운하고 원망스럽고 미워. 나 어쩌면 좋지요?"

"마마!"

"왜 내가 아니고 조비여야 하는지 모르겠습니다. 린 오라버니 때문일까요? 그래서 이젠 내가 보기도 싫어진 걸까요?"

"마마, 제발 진정하십시오. 전하께서는 조비마마보다 마마를 훨씬 더 많이 생각하십니다."

"그런 거짓말로 위로받고 싶지 않아요!"

"사실입니다! 전하께서 사나흘에 한 번씩은 꼭 마마께 들르시지 않습니까. 그렇게 자주 찾아가 함께 차와 담소를 나누는 분은 오직 마마뿐입니다."

맙소사! 눈물로 얼룩진 그녀의 얼굴이 비참한 웃음으로 일그러졌다. 여기서 멈춰야 한다고 생각했지만 고여 있던 감정이 터진 봇물처럼 제어되지 않았다. 왜 다른 사람도 아니고 진관인지 모르겠지만 어머니에게도 보이지 않았던 격렬한 절망감을 이 사내 앞에서는 쏟아 낼 수 있었다. 그녀를 마주 보는 애절한 눈빛이 그녀 자신의 눈빛과 닮아서인지도 몰랐다. 왕을 생각하는 그녀의 눈빛과. 투정하듯, 보채듯 그녀는 진관을 향해 쉼게 고개를 저었다.

"사나흘에 한 번씩 찾아 주시니 감사해야 하나요? 그렇다고 지금 내게 말하는 건가요, 그대가?"

"조비마마는 그나마도 전하와 마주하지 못합니다."

뭐? 단이 멈칫 굳었다. 아차 하여 진관도 굳었다. 슬픔과 눈물로 흐릿했던 단의 눈동자가 점점 맑아지더니 의혹의 색이 짙어졌다.

"그게 무슨 뜻인가요?"

목소리는 작았지만 아까보다 떨림이 훨씬 덜했다. 의심이 가득 낀 어조가 견고했다. 의혹을 해소할 때까지 반드시 대답을 듣겠다는 의지가 서려 있었다.

"진관."

고개를 푹 숙인 사내를 단이 잔잔하니 불렀다. 그 목소리가 그를 뒤흔들 수 있는 최고의 무기라는 것을 본능적으로 안 것일까. 사내가 주먹을 연방 쥐었다 폈다 하는 걸 본 그녀가 다시 그의 이름을 불렀다.

"진관, 나를 보세요."

그는 제법 단단한 무인이었지만 이 순간만큼은 어린아이처럼 나약했다. 거듭되는 단의 부름에 고개를 들고 만 진관은 그녀의 눈에 붙들려 꼼짝을 못했다.

"전하께서는 매일 조비의 처소로 침수를 들러 가십니다. 그런데 조비와 마주하지 않는다니, 그건 무슨 뜻인가요? 전하께서 조비의 처소에 가시는 이유가 조비를 만나기 위함이 아니라는 말인가요? 그런가요?"

"마마, 저는……, 전하의 일을 함부로 말할 수 없습니다."

"그럼 그대의 일을 말해 주세요. 조비를 지키는 것이 그대의 임무인가요?"

"……."

"아니면 조비의 궁에 있는 누군가를 지키는 것이 그대의 임무인가요?"

"……!"

맹세코 진관은 왕 앞에서도 얼음처럼 냉정하게 무표정으로 일관할 수 있었다. 좀 더 과장되게 말하자면 목에 칼이 들어와도 눈 하나 깜짝하지 않을 수도 있었다. 그러나 그녀 앞에서만큼은 그런 배짱과 강단이 여지없이 허물어졌다. 최대한 태연하니 그럴싸하게 버텼지만 단은 그의 눈동자에서 미세한 흔들림을 보았다. 혹시나 하여 불현듯 머릿속을 스치는 물음을 던졌는데 그것이 정곡을 찔렀다. 그녀는 대번에, 조비의 궁에 있으면서 진관의 보호 혹은 감시를 받는 '조비가 아닌 누군가'를 짐작했다. 엄청난 충격에 그녀는 아뜩하니 현기증을 느꼈다. 몸이 앞으로 기울었지만, 받침대 역할을 한 난간 덕분에 간신히 자세를 바로잡을 수 있었다.

"언제부터……, 그 사람, 언제부터 거기에 있었나요?"

"마마……."

"나는 바보가 아니에요. 그대가 말해 주지 않는다면 내가 조비의 전각에 찾아가 그 사람을 만나겠어요."

"안 됩니다! 만에 하나 그러신다면 주상전하의 노염을 사실 겁니다!"

진관, 이 바보 같은 놈! 그는 제 입을 꿰매 버리고 싶었다. 그녀를 위한답시고 우물거리고 둘러대는 모든 말과 몸짓이 그녀의 의혹을 제대로 증명하는 꼴 아닌가. 종이처럼 창백해진 그녀가 진정하려는 듯 눈을 감았다. 파르르 떨리는 속눈썹이 가련하여 그의 가슴이 먹먹했다. 이윽고 가만히 뜬 그녀의 눈에서 파르라니 분노가 일렁였다.

"진관, 언제부터 그 사람을 지켰던가요?"

"……종적이 묘연해진 그날부터입니다."

"내 오라버니가 사라졌던……, 그날 말인가요?"

"그렇습니다."

"그럼 오라버니도, 린 오라버니도 그 사람과 함께 숨어 있나
요?"

"수정후에 대해서는 저는 전연 알지 못합니다. 제가 복전장
으로 가 직접 택주만을 데리고 궁에 들어왔습니다."

"그럼 그 사람을 내 오라버니와 함께 떠나보낸 것이 아니었
단 말인가요? 그 사람은, 린 오라버니를 잊고 전하의 사람이 되
었단 말인가요? 전하께서, 오라버니를 그토록 사랑하시던 전하
께서 오라버니의 사람을 빼앗았단 말인가요? 반역자로 종적에
서까지 지워 버린 사람을 왕비궁에 숨겨 두면서? 조비는, 그럼
조비는 무엇이 됩니까? 어떻게, 어떻게 그럴 수가! 전하도, 그
사람도, 조비도, 어떻게 그럴 수가!"

그녀가 가슴을 쥐어뜯듯 앞섶을 움켜잡았다. 멀찍이 떨어져
있는 궁녀들에게 들키지 않게 소리 죽여 통곡하는 단의 어깨가
들썩이는 것을 진관은 이로 입술을 마구 뜯으며 안타까이 바라
보았다. 이 일이 새어 나가면 그에게는 죽음만이 있을 뿐이지
만 괴로워하는 그녀를 목전에 두고 다른 생각이 나지 않았다.
그 작은 어깨를 보듬어 안고 위로해 주지 못하는 처지가 원망
스러울 따름이다.

"오라버니! 아아, 불쌍한 린 오라버니!"

한동안 고개를 숙여 탄식하던 단이 천천히 상체를 곧게 세
웠다. 그녀의 눈시울은 젖어 있지 않았다. 분노가 크면 눈물이
나오지 않는 것일까. 아까보다 훨씬 깊고 짙은 분노가 고요하
니 그녀의 얼굴을 채워 해쓱한 낯빛이 비장하기까지 했다.

"진관."

그녀가 메마르게 불렀다. 확 달라진 어조에 섬뜩함을 느끼며 진관이 귀를 기울였다.

"이 일에 대해 일절 함구하겠어요. 그대도 아무 일 없었던 듯 지금까지와 마찬가지로 일하세요."

"예, 마마."

"내가 부르면, 꼭 와 줘요. 아무도 모르게, 은밀하게."

아무 일 없었던 것처럼 하자는 말에 잠시 안도했던 진관이 나무토막처럼 뻣뻣해졌다. 아무도 모르게, 은밀하게. 그렇게 속삭이는 그녀의 말이 몹시 건조했음에도 그의 가슴을 뜨겁게 불살랐다. 부탁이었으되 명령이었고 명령이면서 유혹이었다, 그가 절대로 거절할 수 없는.

그녀가 천천히 일어나 난간에서 멀어져 가자 그도 살며시 뒷걸음질로 정자에서 떨어졌다. 따뜻한 바람에 퍼지는 새소리가 유난히 맑고 아름다웠다. 지저귀는 새소리에 겹쳐 까르륵, 공주의 웃음소리가 가까이 다가오고 있었다.

그곳은 완벽한 밀실이었다. 창문이 하나도 없어 밤이고 낮이고 늘 밀초와 등으로 방을 밝혀야 했다. 화려한 가구들을 갖춘 제법 널찍한 이 방은 지금은 태상왕으로 물러난 노인의 비밀스런 놀이터였다. 정처인 장목왕후의 매처럼 날카로운 눈을 피해 미녀들을 몰래 바치던 환관들이 꾸며 놓은 방인 것이다.

중앙에 놓여 있는 커다란 탁자에 진미와 미주가 미리 잔뜩 준비된 가운데, 늦은 밤 왕에게 아부하고픈 환관이 왕을 졸라 모셔 오면 왕은 못 이기는 척 구시렁거리며 술을 한잔 마신다. 눈치 빠른 환관이 오랫동안 서성이지 않고 얼른 물러나면 작은 방에 미리 대기하고 있던 여인이 스르르 나와 왕에게 갖은 봉사를 하는 것이다. 그리하여 각각의 미녀들이 풍기는 다양한 향기가 섞인 미묘한 분위기의 공기가, 방 안에 한 발 들여놓기만 해도 들어서는 사람의 정신을 혼탁하게 하고 온몸에 어른어른 어찔하고도 찌릿하니 자극적인 감각을 불러일으키곤 했다.

늙은 왕이 하루가 멀다 하고 혼신을 다해 정력을 불태웠던 이 방은 환관 최세연이 무비를 들여놓았던 밤을 마지막으로 그 주인을 잃었다. 따로 전각을 받은 무비의 처소에 왕이 붙박이로 살면서 다른 미녀들을 거들떠보지 않았고, 그러다 보니 자연 밀실은 쓸모가 없게 되었던 것이다.

그렇게 한동안 스산하니 비었던 방이 새롭게 단장을 한 것은 지금의 왕, 원이 대도에서 돌아와 즉위를 한 직후였다. 밀실이 딸려 있는 궁을 조비에게 주어 왕비궁으로 만들었던 것이다. 하지만 사람들이 생각하듯 조비를 위해 새로운 처소를 마련해 준 것은 아니었다. 전각은 조비의 것이었으나 밀실만은 예외였다. 밀실의 주인을 위해 조비로 하여금 처소를 옮기도록 했다는 말이 오히려 맞았다. 물론 밀실에 갇혀 겨울이 가고 봄이 온 것을 보지 못한 산은 그 사실을 알지 못했다. 그녀에게 이 밀실이란, 무슨 수를 써서든 빠져나가야 하는 감옥이었다.

사방이 막혀 햇살 한 줌 받을 수 없는 공간에서 산은 몸으로 시간을 느낄 수가 없었다. 진관이 들여오는 식사로 끼니때에 맞춰 어림짐작을 하는 게 고작이었다. 아마도 지금은 해가 천천히 내려앉을 때가 아닐까 싶다. 산은 고양이처럼 살그머니 굳게 닫힌 문으로 다가갔다. 쥐 죽은 듯, 벌레 한 마리도 얼씬거리지 않는 문밖은 고요하기만 하다. 가만히 귀 기울이던 산은 소리 나지 않도록 손가락을 문틈에 넣고 살짝 밀어 보았다. 아주 조금, 바깥 복도로 통하는 유일한 문이 밀리며 스르르 열렸다.

"나가실 수 없습니다."

문틈을 성큼 막아선 진관이 그제야 기척을 냈다. 흠칫 놀란 산이 문에서 손을 뗐다.

"나가려는 거 아니야."

벙싯 열린 문 사이 빈 공간을 꽉 채워 공기조차 드나들기 힘들게 막고서, 진관은 뻔히 보이는 거짓말을 둘러대는 그녀를 봤다. 독 오른 살쾡이처럼 사납게 반짝이는 새까만 눈동자는 그에게 전혀 위협거리가 못 된다. 돌처럼 한결같은 표정으로 말하는 그의 어조는 지극히 사무적이었다.

"필요하신 것은 뭐든지 제게 말씀하시면 됩니다."

"바람이 통하지 않아 덥고 답답해. 나가지 않을 테니 문을 좀 열어 놓으면 좋겠어."

"송구하오나 그럴 수가 없습니다."

"그럼 잠깐만이라도 바람을 쐬게 해 줘. 같이 나가면 되잖

아. 뭣하면 등에 칼을 겨누고 있어도 좋아."

"그건 더더욱 안 됩니다."

"고집불통 같으니! 그렇게 융통성이 없어? 난 몸에 곰팡이가 슬 지경이라고!"

"송구합니다."

"송구하면 나가게 해 달란 말이야!"

그녀의 눈앞에서 문이 탁 닫혔다. 다시 굳게 아물린 문은 밖에서 지키고 있는 사람만큼이나 요지부동이다. 산이 문살을 잡고 흔들어 대며 소리쳤다.

"열어 줘, 진관! 잠깐만이라도! 제발 나가게 해 줘, 부탁이야!"

밖에서는 반응이 없었다, 마치 복도가 텅 빈 것처럼. 하지만 여전히 시위가 지키고 있음을 아는 산은 문짝을 한참 두드렸다. 네가 이기나 내가 이기나 해 보자는 식으로 고집스레 침묵을 지키는 진관에 맞서 고집스레 소란을 피웠다. 결국 그녀는 이기지 못하고 힘없이 문에서 손을 놓고 주저앉았다. 망할 자식! 문에 머리를 기대고 앉은 그녀는 입술을 잘근잘근 씹으며 분기를 삭였다. 한동안 포기한 듯 조용히 앉아 있던 산이 문득 문틈에 대고 앓는 소리를 했다.

"아야야, 배가 아파. 아파서 못 일어나겠어. 진관, 듣고 있어? 너무 아프다고……."

그러나 문은 쉽게 열리지 않았다. 아마도 그녀의 속셈을 유리알 속처럼 들여다보고 있기 때문이리라. 꾀병에 넘어가지 않겠다는 진관의 속을 그녀 또한 마찬가지로 꿰뚫고 있기에, 산은 금세 단념하지 않고 끙끙대며 앓는 시늉을 하는 동시에 협박조로 을러댔다.

"아야……. 아파서 죽을 것 같아. 진관, 문을 열어 주지 않아도 좋으니 의원을 불러 줘. 제발 의원을……. 필요한 건 뭐든지 말하랬잖아! 의원을 불러, 빨리! 내가 어떻게 되면 전하께서 가만 계실 것 같아? 이 융통성이라고는 좁쌀만큼도 없는 미련퉁이, 어서 의원을 데려다 달란 말이야! 아, 아아악!"

문이 벌컥 열렸다. 굵은 눈썹이 꿈틀 구겨진 무관이 의심스런 눈으로 문가에 서서 배를 잡고 뒹구는 여자를 내려다보았다. 거짓으로 앓는 것이지만 몹시 열중한 탓에, 희고 파리한 얼굴과 목 곳곳엔 땀에 젖은 머리카락들이 어지러이 흩어져 달라붙어 있었다. 거칠고 고르지 못한 호흡도 그렇고, 바싹 말라 허옇게 뜬 입술도 그렇고, 독기가 빠져 힘없이 풀어진 눈동자까지 금방 넘어갈 사람처럼 그녀는 정말 위태로워 보였다. 그러나 이제껏 그녀를 감시해 오며 온갖 거짓말을 다 겪었기에 진관은 선뜻 믿지 못하고 망설였다.

눈 아래 쓰러져 있는 여자는 뛰어난 외모만큼이나 교활한 여자였다. 그가 가슴에 고이 품은 수선화 같고 작은 새 같은 요조한 그녀와는 전혀 다른 종류의 여자였다. 여인이 발치에서 발작하며 뒹굴면 걱정이 되어 얼른 살펴보는 것이 보통이겠지만, 이 여자에게는 대뜸 의심 먼저 품게 된다. 하지만 이 여자의 말대로, 이 여자에게 무슨 일이라도 생기면 왕이 가만있지 않을 것이다. 속는 것이라 해도 일단은 보살펴야 할 것이다. 결국 진관은 방에서 멀리 떨어진 복도의 끝에 서 있는 수하를 부르기 위해 열린 문 사이로 몸을 내밀었다.

"이봐 너, 가서 의원을……."

그의 시선이 바깥으로 향하자마자 산이 번개처럼 몸을 일으켜 후다닥 뛰어나갔다. 어찌나 빨랐던지 왕의 시위들 중 으뜸인 진관이 놀랄 정도였다. 하지만 시위 중 으뜸이란 게 그저 허명이 아니어서, 진관은 다람쥐보다 날랜 그녀의 손목을 붙들고 꺾어 순식간에 제압했다. 뒤틀린 고통에 비명을 지르는 산의 팔을 단단히 쥐고 그는 방으로 들어와 문을 세게 쾅 닫았다.

"아야야, 팔이 부러진 것 같아. 정말 의원을 불러야겠어."

그가 놓아준 팔을 주무르며 태연스레 말하는 그녀를 보고 진관은 후, 숨을 길게 내쉬며 꼭뒤까지 치솟고 올라오는 화를 간신히 눌렀다. 알고 있다, 그녀도 필사적이라는 것을. 그녀가 무슨 수를 써서라도 도망치고 싶어 하는 그 마음도 그는 헤아리고, 이해하고 있다. 사실 그가 먼저 그녀를 도망치게 해 주고 싶다. 그녀가 아예 없어져 버렸으면 싶다. 이 밀실에서, 이 전각에서, 대궐 전체에서, 고려에서. 그의 마음속 깊이 자리한 야리야리하고 애처롭고 슬프고 안타까운 그녀를 생각하면, 진심으로 진관은 산을 빼내 이 땅에서 흔적도 없이 사라지게 하고 싶었다. 하지만 그에겐 군인으로서의 의무가 있고 신하로서의 책임이 있다. 다시 한숨을 내쉬고 그가 돌아섰다.

"배앓이가 다 나으신 것 같으니 다행입니다."

무뚝뚝한 한마디만 남기고 진관은 복도로 나가 문을 닫았다. 산은 허탈하니 의자에 털썩 앉았다. 이것으로 오늘의 탈주는 끝난 것이다. 꾀병은 물 건너갔으니 이제 다른 방법을 고안해야 한다. 그녀는 아파 오는 머리를 두 손으로 감쌌다.

이곳에 갇힌 지 넉 달이 되어 간다. 그동안 내내 이런 식으로 진관과 실랑이를 벌였던 것은 아니다. 처음 얼마간은 그녀에게 별로 없을 것 같은 인내심을 짜내 얌전히 있었다. 원이 오기 전까지는 말이다. 사실 금과정에서 이 비밀의 방으로 들어온 지 이틀 만에, 그녀는 몰래 빠져나가려고 한 번 시도했었다가 진관에게 붙잡혔다. 나무처럼 돌처럼 그녀에게 반응하는 일이 매우 드물었던 진관이 그때 처음으로 화를 냈었다.

"택주께서 이곳을 떠나 누군가에게 발각되어 끌려가신대도, 반역죄로 어떤 형벌을 받으신대도 저는 아무렇지도 않습니다. 하지만 택주 혼자만의 문제로 그치지 않기 때문에 내버려두지 못하는 것입니다. 택주를 지키는 저는 물론이거니와 죄인을 숨겨 둔 전하, 전하의 뜻에 순종할 뿐인 조비마마와 그 궁인들 모두에게 해가 미치는데도 몰래 나가시렵니까?"

"그럼 차라리 죽여. 나도 누군가에게 해를 끼치면서 살고 싶진 않거든?"

"죽으면 그만입니까? 이렇게까지 하며 택주를 지키고 싶어 하시는 전하는 생각지 않고? 택주께서 꼭 기다리라 당부하셨던 그 사람들은, 수정후는 생각지 않으십니까? 그저 당장의 갑갑

함만 풀면 그만입니까?"

지루하게 에두르지 않고 요점만 따지듯 묻는 진관의 직선적인 말에 산은 고개를 떨어뜨렸다. 그의 말대로 그녀는 철없고 이기적이고 성급했다. 아무런 변명도 하지 못하고 축 늘어진 그녀를, 진관이 다소 누그러진 어조로 달랬다.

"기다리라 하지 않으셨습니까. 지금 각각 피해 있는 수정후와 그 사람들을 만나게 해 주실 때까지 조금만 기다리라고 전하께서 말씀하셨습니다."

"그때가 언젠데?"

원망이 가득 담긴 눈을 들어 그녀가 진관을 쏘아보았다.

"금과정에서 두 달 넘게 기다렸어. 네가 전해 준 그 약속만 믿고 기다렸다고! 금과정에서 나올 때까지만 해도 마치 당장에라도 린과 복전장 사람들을 만나게 해 줄 것 같더니, 다시 이런 방에 가둬 놓고 더 기다리라니! 얼마나 더? 언제까지?"

"……그건 전하께서 결정하실 겁니다."

애매한 답을 끝으로 진관은 다시 굳게 입을 다물었다. 그 이후로는 산이 별별 투정을 하고 앙살을 부려도 좀처럼 그 입을 여는 법이 없었다. 그녀가 시끄럽게 조잘대긴 해도 정작 행동에 옮기지 못할 것임을 간파한 때문이다. 그리고 진관의 판단은 적중했다. 산은 몰래 빠져나갈 엄두를 내지 못했다.

여러 해 동안 아버지에게 감금당해 밀폐된 공간에서 사는 일에 경험이 많다면 많은 그녀였다. 하지만 그때는 갇힌 삶이더라도 속이고 골탕 먹이고 도망가고 딴청 피우는 시간이 대부분이었기에 그녀의 모험적인 기질에 잘 들어맞았고, 지치는 법 없이 늘 활기찼었다. 그러나 조비의 전각에서 숨어 살기 시작하면서는 마치 마른땅에 내동댕이쳐진 물고기처럼 펄쩍펄쩍 비틀고 꼬고 몸부림을 치다가 몸속 기운이 죄다 소진되어 생명이 잦아들 참이었다. 그럼에도 산은 진관의 말을 좇아 방 안에 얌전히 처박혔다. 어딘가에서 그녀와 같은 심정으로 해후를 손꼽아 기다릴 린과 송화 등을 떠올리면서, 원이 들러 주기를 초조하게 기다렸다.

즉위한 직후의 원은 몹시 바빴는지 좀처럼 밀실에 들르지 못했다.

"언제쯤 오시는 거지, 전하는?"

되풀이하여 묻는 산에게 진관은 늘 똑같은 대답을 했다.

"기다리십시오."

그렇게 사방이 막힌 공간에서 버티기에 진력이 난 그녀가 거의 탈진할 무렵 원이 찾아왔다. 그는 정무를 볼 때 입는 담황색 포를 그대로 걸치고 들어섰다. 마치 왕이 된 것을 보여 주려는 듯이.

"오랜만이구나, 산. 지내기엔 괜찮니?"

예사로운 그의 물음에 반가움보다도 짜증이 일어 산은 화부터 벌컥 냈었다.

"괜찮으냐고? 목욕할 때를 빼곤 이 방에서 한 발짝도 나가지 못하게 한 건 네가 아니었어? 누구와도 말 한마디 나누지 못하고, 해가 떴는지 비가 오는지 알 수도 없는 캄캄한 방에서 들여다 주는 밥만 축내고 하릴없이 앉아 있도록 한 사람, 바로 네가 아니었어? 갇힌 게 내겐 죽는 거나 매한가지인 걸 잘 알면서!"

"왕에게 이렇게 대들 수 있는 사람은 세상에서 너 하나뿐일 거다."

두 주먹을 불끈 쥐고 바락바락 덤벼드는 동무를 보고 원이 빙긋 웃었다.

"하지만 그렇게 나오지 않으면 네가 아니지. 아직 기운이 왕성해서 마음 놓인다. 조금만 더 참으렴."

"참으라고? 여기서 더? 지금 당장 내보내 줘, 제발! 하루라도 더 있으면 숨이 막혀 죽을 것 같아."

"엄살 부리지 마라, 산. 네게 씌워진 죄목이 뭔지 아니? 반역이야, 왕실에 대한! 또 고려에 대한! 널 살리기 위해 왕이 나선 거야! 역도를 숨겨 주는 왕이 되었다고, 나는! 그러니 잔말 말고 견뎌. 하루라도 더 살고 싶으면 참으란 말이다."

웃음과 더불어 냉기가 싸하게 도는 친구의 특유한 표정에 산은 움찔했다.

"그건 누명이야. 너도 알잖아?"

"삼별초의 잔당을 숨긴 일은 거짓이 아니었지. 너도 알잖아?"

"그건……."

"그만! 애초에 너희가 벌여 놓은 일이야. 그래서 값을 치르는 거고. 그걸 내가, 왕이 직접 나서서 무마시키려는 거다. 내가 알아서 할 테니 잠자코 기다려."

산의 얼굴에 원망스런 빛이 스쳤다가 이내 사라졌다. 그래,

내가 벌여 놓은 일이야. 그녀는 순순히 인정하며 얌전히 의자에 앉았다. 모두 내 잘못이야. 왕이 된 벗을 돕지 못하고 오히려 성가시고 위험하게 만들었다고 생각하니 죄책감이 가슴을 무겁게 짓눌렀다. 이런 상황을 자초해 놓고 어떻게 감히 투정을 부릴 수 있겠는가! 하지만 그녀는 잠자코 있을 수만은 없었다. 꼭 들어야 할 말이 있었다. 그래서 한시라도 느긋하게 있지 못하는 성미를 밟아 가며 왕을 기다렸던 것이다. 이젠 더 이상 기다릴 수가 없다. 원이 말해 줄 때까지 기다리기엔 너무나 갈급하고 초조했다. 떨리는 목소리로 산이 어렵게 말을 꺼냈다.

"……린은 어디에 있어?"

"떠났어, 일이 난 직후에."

"떠나다니?"

수개월을 별러 던진 물음에 대한 답으로는 너무나 어처구니가 없어 산은 아연하니 벌린 입을 다물지 못했다. 그녀의 표정을 보지 못했는지, 아니면 보지 않았는지, 그것도 아니면 볼 수가 없었는지 원은 탁자 위에 눈을 박고 애꿎은 술잔만 닳도록 만지작거렸다.

"순마소에서 덮치기 전에 빨리 피해야 했다. 그래서 그 길로 예성강으로 달려가 마침 출항하는 배를 탔지."

"어디로 가는?"

"항주杭州*로 가는 상선. 하지만 항주에 자리를 잡지는 않을

_____

* 항저우.

거야. 더 먼 곳으로 떠나겠지."

"더 먼……, 어디?"

"그건 모르지. 대원 울루스의 한 도시일지, 알타이[按臺]를 넘어 카이두의 세력권에 들어갔을지, 그보다 더 멀리 주치 울루스의 속령인 루시[*]로 갔을지, 혹은 토번吐藩^{**}에 갔을지 누가 알겠어? 어쩌면 항주에서 광주廣州^{***}로 가서 안남安南^{****}까지 갔을지도. 언젠가 린이 인편으로 서찰이라도 전해 주면 알 수 있겠지."

"그럴 리가 없어."

칼로 베듯 산이 잘라 말했다.

"린은 그럴 수 없어."

"흠, 꽤나 자신 있게 말하는구나?"

비웃음을 머금고 원의 눈초리가 비스듬히 휘어 올라갔다.

"하지만 어쩌지? 내 눈으로 린이 가는 걸 봤다. 여길 떠나서 영영 돌아오지 않겠다고 말했다고."

"그렇게 말하는 건 린이 아니야……. 그러면 안 되는 거야……."

그녀의 손이 탁자 아래에서 파르르 떨리는 것을 감지한 왕이 어깨를 으쓱 들먹였다.

---

* 러시아.

** 티베트.

*** 광저우.

**** 베트남.

"네게 미안하다고 전해 달랬다. 역모 사건에서 너를 구해 주지 못하고 혼자 떠나게 돼 미안하다고. 널 데리고 가기엔 너무 위험하고 힘든 길이어서 함께 가지 못하는 걸 이해해 달라고 했어. 하층민이나 노예처럼 살아갈 수도 있는 모진 길로 너를 내몰 수가 없다고 했어. 그래서 내게 부탁했다. 반드시 너를 지켜 달라고."

"거짓말이야. 린은 그렇게 말하지 않아!"

소리치는 산에게 원이 더 크게 소리를 질렀다.

"믿고 싶지 않더라도 어쩔 수 없어! 그게 사실이니까! 린이 그렇게 부탁했고 난 그걸 지킬 거야! 내 친구의 부탁이니까! 그리고 나도……."

원이 목소리를 낮췄다. 그녀를 불살라 버릴 듯 활활 타오르는 눈을 부릅뜨고 그는 내뱉는 말 마디마디마다 힘을 주었다.

"……그런 불안정하고 예측할 수 없는 길로 너를 보낼 수 없다. 넌 종실의 여자야, 산. 공주나 다름없이 살아온 사람이야. 숨고 도망치고 목숨에 위협을 받으며 불안에 떠는 생활 속에, 비단옷도 노비도 머릿기름도 없이 척박하게 살도록 내버려둘 수 없어. 넌 내가 보호하는 거야, 앞으로 계속."

"그게 무슨 뜻이야?"

산이 벌떡 일어났다.

"앞으로도 이 방에서 줄곧 갇혀 지내야 한단 뜻이야? 죄인처럼?"

"넌 이미 죄인이야, 산. 하지만 죄인으로서 가둔다는 뜻은 물론 아니다. 네 목숨을 지켜 주려는 거야. 널 보호하는 거라고.”

“맙소사, 원! 이건 날 죽이는 거야. 내가 이 끔찍한 곳에서 버텼던 건, 린과 복전장의 사람들을 만나게 해 주겠다는 네 약속 때문이었어. 그게 아니라면 나가자마자 죽더라도 난 여기에 못 있어!”

“조용히 해!”

원이 탁자를 탕 내리치는 바람에 술잔들이 뒹굴며 짤그랑 소리를 냈다. 위협적인 태도에도 주눅 들지 않고 눈을 치켜뜬 그녀를 바라보며 원은 한편으론 분노하면서도 다른 한편으론 쾌감을 느꼈다. 그래서인지 그의 입술 한쪽 끝을 이지러뜨리는 웃음이 기괴했다.

“네가 이런 식으로 날뛸 것 같아서 지금까지 린이 떠난 사실을 숨겨 왔지만 이젠 확실히 해 두겠다, 산. 나는 린에게서 부탁받은 대로 철저히 널 보호하겠다. 바로 여기, 이 방에서! 넌 여기서 한 발짝도 나갈 수 없어. 내 말을 듣지 않고 엉뚱한 짓을 했다간 너를 지키는 시위들은 물론이고 네가 그토록 보고 싶어 하는 역당들도 살아남지 못할 거다.”

“그 사람들, 지금 어디 있어? 살아는 있는 거야?”

“네가 내 말을 들어 얌전히 있으면 언젠가는 보게 해 주겠다. 하지만 명심해! 그것들이 살아 있기 위해서 네가 어떻게 처신해야 하는지를!”

마지막 말이 특히나 매섭게 울렸다. 멍해진 산을 일별하고 원이 그대로 문을 거칠게 열고 나가 버리자 밖에 서 있던 진관이 조용히 문을 닫았다. 방 안이 다시 고요해지고 우물같이 깊은 그녀의 눈동자에 물이 고였다. 그녀는 그 밤, 소리 죽여 오랫동안 울었다.

충격적인 대면 후, 원은 또 정무에 바빴는지 얼마간 찾아오지 않았다. 혼자 남겨진 시간 속에서 산은 상념에 잠겨 수척해졌다. 이해할 수 없는 의문투성이였다. 정말 린이 혼자 떠난 것일까? 그녀를 원에게 맡기고서? 어렵고 힘든 길이라도 같이 가겠다고 했던 그녀의 진심을 못 믿었던 것일까? 매일 같은 집에서 그녀를 보면서 잠이 들고 잠이 깨어서도 그녀를 보고 싶다고 했던 말들, 함께 땅을 일구고 아이를 키우며 살고 싶다던 소망은 모두 거짓말이었던 걸까? 머리를 죄어 오는 의구심을 떨치기 위해 산은 거세게 고개를 흔들었다. 그럴 리가 없어! 그럴 수가 없어! 그가 혼자 떠난 이유를 아무래도 납득할 수 없었다.

반면 원의 난폭성은 조금 이해가 되었다. 과정과 내막이 어찌 되었든 가장 친한 두 벗이 그를 오랫동안 속였던 것이다. 게다가 반대파에게 빌미를 주어 그의 세력이 붕괴될 뻔했으니 입이 열이라도 할 말이 없었다. 무엇보다도 린을 얼마나 애지중지하는 원인지 그녀는 잘 알았다. 갑작스레 린을 떠나보낸 상실감은 그를 미치게 하기에 충분하리라. 그녀를 밀실에 영원히 가둬 두겠다는 말도, 그녀가 도망치면 송화 등을 죽이겠다는 말도 격분하여 충동적으로 내지른 엄포일 뿐 속마음은 그렇지 않으리라고 산은 헤아렸다.

시간이 지나고 마음이 어느 정도 진정되면 원은 그녀와 송화 등을 만나게 해 주고 더 나아가선 함께 살게 해 줄지도 모른다. 어쩌면 린을 찾아 만나도록 묘안을 짜서 도와줄지도. 세자 시절, 그가 얼마나 너그럽고 다정한지 가까이서 보아 왔던 그녀가 아닌가! 원이 다시 오면 차근히 얘기를 해 봐야지! 마음먹은 산은 초조하게 원을 기다리기 시작했다.

그렇게 기다리기를 며칠, 드디어 원이 다시 조비의 궁에 들러 밀실을 찾아왔다. 반가이 맞이하는 그녀를 보고 환하게 얼굴을 밝힌 원은 지난번과 딴판으로 상냥하고 따뜻했다. 그는 왕이 된 후에 그가 한 일들을 자랑스레 말하더니 그녀의 평가를 듣고 싶어 했다. 그녀의 의견을 묻고, 충고를 경청하고, 구상하고 있는 새로운 정책을 설명하며 그는 줄곧 부드러운 미소를 잃지 않았다. 몇 시간이고 이어진 토론을 마무리하며 산이 기회를 엿보아 조심스레 말을 꺼냈다.

"복전장에서 데리고 온 사람들, 언제 만날 수 있어?"

순간 원의 미소가 싸늘하게 식었다. 나와 즐거이 얘기했던 건 모두 그 말을 하기 위해서였니? 그렇게 묻는 듯 미심쩍게 눈을 떴다.

"네가 계속 다소곳하면 만나게 될 거다."

짐짓 선선히 대답하고 그는 곧 자리에서 일어나 나갔다. 원이 떠나고 혼자 남은 자리에서 산은 다소곳이 무릎을 가슴에 끌어당겨 붙인 채 웅크리고 앉아 고개를 파묻고 자신 속으로 침잠해 들어갔다.

다음 날도, 그다음 날도 원은 그녀를 보러 왔다. 거의 매일 저녁마다, 바빠서 곧 돌아가는 경우가 있어도 성실히 들렀다. 주로 그가 이야기를 하고 그녀는 듣는 편이었다. 원나라에서 온 사신들에 관해, 새로 공사를 시작한 왕궁에 관해, 그리고 그가 신임하는 학사들에 관해 이야기했다.

"박전지와 최참, 오한경, 그리고 이진에게 안마鞍馬*와 술을 내렸다. 그들이 자하동의 학당에서 토론했던 얘기를 조심스럽게 하더라. 네 이름을 직접 언급하진 않았지만 후원을 해 준 사람이 있었다고. 그들과 젊은 유림들을 지켜 주고 키워 줘 고맙다, 산. 무엇보다 든든한 지주支柱를 넌 내게 준 거야."

"그건 린이 생각한 거였어. 난 그저 돈과 집을 댔을 뿐이지."

산이 고개를 흔들며 대수롭지 않다는 듯 말하자 원은 피곤하다며 밀실을 떠났다. 방을 나서는 그의 미간이 살짝 구겨져 있었다.

어떤 날은 그의 부름을 정중히 사양하던 이승휴가 결국 상경하자 원이 무척 기뻐하며 자랑스레 그녀에게 보고하러 총총히 왔다.

"늙고 병들어 못 오겠다고 그렇게 핑계를 대더니, 아들을 시켜 두타산에서 억지로 데려오길 잘했어. 살아온 날이 긴 만큼 세상 보는 눈이 깊고 날카로운 사람이야. 백성들에게 무엇이 이롭고 무엇이 해로운지, 서민을 이롭게 하려는 정책이라도 어떤 방법이 잘못이고 어떤 방법을 취해야 좋을지 대번에 꿰뚫어

---

* 안장 얹은 말.

보는 혜안이 있어."

"린이 말했었어. 권력에 굴복하지 않고 비판할 줄 아는 동안 거사야말로 네 개혁에 꼭 필요한 사람이라고. 그래서 린이 직접 그를 만나러 두타산에 가기도 했었잖아. 네가 기뻐하는 걸 보니 역시 린이 맞았던 거야."

언제 둘이 만나서 그런 얘길 나눴던 거야? 원의 눈살이 또 한 번 찌그러졌다. 맛나게 한 모금 마시던 술잔을 슬그머니 내려놓고 그는 할 일이 남아 밤을 새워야 할지도 모르겠다며 돌아갔다.

그런 식의 만남과 헤어짐이 날마다 반복되었다. 신이 나서 이야기하다가도 산이 린이나 송화 등에 관해 말을 꺼내려 하면 원은 피로나 공무를 핑계로 자리를 떴다. 아니면 그녀의 말을 들으며 술을 연거푸 들이켜다가 곤죽이 되어 진관에게 부축받아 나가곤 했다. 그리고 난 다음 날은 숙취로 아무 기억이 나지 않는다고 했다.

참을성 있게 원의 성실한 반응을 기다리던 산은 이제 더 이상 견딜 수가 없었다. 언제쯤 되어야 그녀가 잘 처신했다는 걸 원이 인정하고 송화 등을 만나게 해 줄지 그 끝이 보이지 않았다. 결국 산은 하루하루가 지날수록 그녀를 버리고 혼자 이국으로 떠난 이해할 수 없는 린의 행위를 곱씹으며 가슴에 멍울을 키웠다.

세상 끝 어디에 있든 쫓아가서, 찾아내서, 얼굴을 보고, 멱살을 잡아, 따져 묻지 않고는 배기지 못할 것 같았다. 난 모든 걸 버리고 널 따라가겠다고 했는데 어째서 넌 그런 나를 버린 거야? 그를 붙잡고 마구 흔들어 대며 묻고 싶었다. 아니, 우선 은 그의 향기를 맡고 싶었다. 은은하니 풍기는 시원스런 솔향 기를 흠뻑 들이마셔 가슴을 탁 틔우고 싶었다. 그리고 그 목을 껴안고 도망가지 못하도록, 감히 그녀를 다시 버리지 못하도록 단단히 팔 안에 가두고 싶었다. 아니, 아니, 그보다, 정말 다시 보기라도 한다면 그것만으로도 족할 것 같았다. 그녀로서는 짐 작할 수 없는 광대한 몽골의 제국, 사막과 바다를 건너 존재하 는 머나먼 낯선 땅에 있을 그를 찾아내기가 얼마나 어려울지, 사는 동안 과연 가능할지 생각만 해도 그 두려움에 먼저 질식 할 것 같았기에 다시 보기만을 산은 간절히 염원했다.

물론 그 모든 바람들은 이 밀실에 갇혀 있는 한 결코 이루어 지지 않을 것들이다. 그렇기에 그녀는 무엇보다도 우선 이곳 을 빠져나가야 했다. 원이 내보내 주지 않는다면 그녀의 힘으 로 나가야 했다. 나가서, 송화 등을 찾고 린을 찾아야 했다. 그 녀가 엉뚱한 짓을 하면 시위들과 송화를 죽여 버리겠다는 원의 협박이 있었지만 산은 탈출을 감행하기로 결심했다. 밀실을 뻔 질나게 드나들며 보여 줬던 다정하고 온화한 태도로 미루어, 원이 그렇게까지 잔혹하게 할 수는 없으리라고 생각했기 때문 이다.

그녀가 알고 있는 원은 산 자신과 많이 닮아 있었다. 욱하는 성미에 앞뒤 가리지 않고, 불끈하기는 했지만 오래 미워하거나 화를 내지는 않는 편이었다. 그래서 그녀는 방 안에 하루 종일

얌전히 앉아 있던 태도를 뒤집고 진관의 감시를 벗어나기 위해 갖은 수단을 동원했다. 화도 냈고 애원도 했고 속임수도 썼고 때로는 폭력도 불사했다. 그러나 진관은 그녀의 수에 넘어가지 않았고 바위처럼 버티고 서서 무참히 희망을 꺾었다.

탈출하려는 그녀의 시도가 왕에게 전해지지 않았는지, 저녁에 찾아오는 원의 태도는 평소와 별반 달라지지 않았다. 언제나처럼 그녀에게 그날 하루 있었던 일들을 이야기해 주고 밤이 늦으면 방을 떠났다. 그렇게 며칠 동안, 산은 낮 동안은 진관과 겨루었고 밤에는 원과 아무 일 없었다는 듯 담소를 나눴다. 오늘의 꾀병이 실패로 돌아가면서 하루가 또 그렇게 저물고 있었다.

머리를 감싸고 앉아 있던 산이 부스스 일어섰다. 다시 문으로 다가간 그녀는 문틈에 눈을 붙이고 바깥을 살폈다. 보이기는커녕 숨소리도 들리지 않았지만 그것이 진관이 매우 경계하고 있는 반증임을 모를 산이 아니었다.

"진관."

그녀가 조용히 시위를 불렀다.

"요 며칠 동안 괴롭혀서 미안해."

여느 때처럼 시위는 아무 대답도 없었다. 덫에 걸린 들짐승처럼 날뛰다가 별안간 수그러들어 음전해진 그녀의 종잡을 수 없는 태도에 학질 뗀 듯 질려 버린 게 분명했다. 그러고 보면 진관도 퍽 딱한 사람이야. 산은 문득 미안해졌다. 그녀에게 악감을 가진 것도 아니요, 그저 명령을 받은 군인으로서 본분을 다하는 그로서는 끊임없이 자신을 적대하는 그녀를 예의 바르게 받아 주는 일도 쉽지만은 않을 터였다.

"미안해."

그녀는 진심으로 다시 한 번 사과했다.

"네가 날 철저하게 지키는 이유, 알아. 그리고 이해해. 내가 나가서 누군가의 눈에 띄기라도 하면 전하께 다시없는 폐가 되겠지. 벗이라는 사사로운 정에 매여 대역 죄인을 숨겨 두다니, 반대파에게 알려지면 그야말로 치명적이겠지. 전하의 명을 받아 나를 지키는 너와 네 부하들은 물론, 나를 본 적도 없는 조비마마와 이 전각의 궁인들도 모두 무사하지 못할 거야. 그러니 나, 더 이상 너를 괴롭히며 빠져나갈 궁리 따윈 하지 말고 여기 조용히 숨어 목숨을 부지해야겠지……."

체념 어린 목소리의 끝이 약간의 물기가 섞여 흐렸다. 이것도 그녀의 속임수라고 생각하는 것일까? 밖은 여전히 조용했다. 산은 문에 등을 기대고 앉아 쓰게 웃었다. 진심이었지만 속임수이기도 했다. 진관처럼 한눈팔 줄 모르는 사람에게는 섣부른 잔꾀보다 단도직입적인 솔직함이 더 잘 먹히는 법이다.

"하지만 진관, 난 여기에 없는 편이 더 좋을 것 같아. 내 존재 자체가 전하께 폐가 되고 있으니 말이야. 매일 밤 이곳에 들르시는 전하를 보며 사람들이 아무 의심도 품지 않을까? 낮이고 밤이고 여기를 지키는 전하의 시위들을 사람들이 곱게 봐 줄까? 이 궁의 주인인 조비마마를 전하께서 날마다 찾으시는 것처럼 보이는데, 공주께서 가만두실까? 전하께서 그토록 아끼셨던 정비마마는 또 얼마나 외로우시겠어. 이 하찮은 애물단지 친구 하나 때문에 전하와 왕비마마들과 신료들 사이에 오해나 갈등이 생기면 어떻게 해. 언제까지 이런 식으로 날 숨길 수 있을까? 아무리 전하라고 해도 말이야. 안 그래? 듣고 있어, 진관?"

조용했다. 하지만 그는 모두 듣고 있으리라. 산은 굳게 믿었다.

"그래서 말인데, 내가 아예 없어져 버리는 게 가장 좋은 방법인 것 같아. 내가 없으면 전하께서 죄인을 감춰 두고 보호했다고 빌미 잡힐 일도 없을 거고, 너나 조비마마도 불안스레 살지 않을 거야. 그러니까 진관, 나를 도와줘. 나, 아까처럼 빠져나가려 애쓰면서 너와 네 수하들을 곤란하게 만들지 않을게. 네가 전하께 질책받지 않고 내가 여기서 도망갈 수 있는 방법을 같이 의논하자. 내가 생각해 둔 게 하나 있어……."

산은 말끝을 늘이며 고개를 살짝 돌려 바깥의 눈치를 보았다. 흠, 들릴 듯 말 듯 아주 작은 소리가 문틈으로 스며들었다. 듣고 있다는 표시인가? 그녀는 손을 둥글게 모아 입에 대고 목소리를 한껏 낮췄다.

"이제 날이 더워지기 시작하잖아. 사실 이 방, 문제가 있어. 너도 알겠지만 바람이 드나들 틈이 하나도 없거든. 여기서 여름을 났다가는 탈진해 죽을 거야. 난 다른 숙녀들과는 달라서 몸을 움직이지 않으면 생기가 확 사라지거든? 며칠 먹지 않고 꼼짝없이 누워만 있으면 정말 아픈 사람처럼 보여. 너도 아까

봤잖아, 내가 그럴듯하게 앓은 거. 전하께서 분명히 물어보실 거야. 왜 얼굴이 그 모양이냐고. 바람구멍 하나 없는 방에서 질식해서 그런다고, 잠깐 바깥의 공기를 마시면 금세 좋아질 거라고 말씀드리면 전하께서 허락하지 않으실 것 같아? 허락은 내가 받아 낼게, 걱정 마! 그렇게 해서 밖에 나가게 되면 난 그날 절대 도망가지 않아. 한 번, 두 번, 여러 차례 잠깐씩 밖에 나가면서 전하를 안심시켜 드리는 거야. 내가 절대 도망가지 않을 것처럼! 그래서 호위도 느슨하게 하고 밖에 있는 시간도 조금씩 늘어나면 꼭 기회가 있을 거야. 올 여름이 끝나기 전에 반드시 한 번쯤은. 그때 호위들이 책임을 추궁당하지 않도록 우리는 머리를 짜내야 돼."

"아니, 그때 호위들은 네 옆에 있건 없건 죄다 죽을 거다."

갑자기 방문이 열려 기대고 있던 산의 몸이 크게 기우뚱했다. 그러나 그녀가 놀란 것은 몸을 가누지 못해서가 아니라 그녀의 등 뒤에 선 원 때문이었다.

"원!"

저승사자를 대하듯 하얗게 질린 그녀를 내려다보며 원이 입가에 웃음을 머금은 채 이를 갈았다.

"모두 죽을 거야, 산. 그날 비번인 자들도 모두. 그리고 이 전각에 배속된 자들 또한 사내와 여인 구별 없이 모두 죽을 거다. 조비까지도."

"어째서 그런……, 아무 연관도 없는 애꿎은 사람들을!"

"애꿎은 그 사람들의 목숨을 생각해서 행동하란 뜻이다. 도망치고 싶으면 도망쳐. 그 사람들의 목숨이 네게는 그 정도인 거니까. 그렇게 알겠다."

"거짓말. 거짓말이지? 거짓말이라고 해, 원!"

"나는 왕이다. 왕이 내뱉은 말의 무게를 가볍게 여기지 마!"

두꺼운 문이 크게 뒤흔들릴 정도로 세게 문을 탕 닫은 원이 성큼성큼 걸어 탁자 앞에 앉았다. 술을 한 잔 따라 단숨에 입에 털어 넣은 그는 아직 문 앞에 주저앉아 있는 산을 돌아보지도 않고 명령조로 말했다.

"이리 와."

"여기가 편해."

턱까지 끌어올린 무릎을 두 팔로 껴안아 몸을 잔뜩 옹송그린 그녀에게 흘깃 눈길을 던졌다 거두고 원이 다시 술을 따라 마셨다. 그가 몇 잔을 거푸 들이켜는 내내 방 안에는 무거운 침묵만이 흘렀다.

"그렇게도……."

원이 나직이 말했다.

"……도망가고 싶었단 말이지? 내 앞에선 살살거리며 즐거운 척 조잘거리면서도 뒤에선 언제 도망갈지 궁리하느라 퍽도 바빴구나. 앙큼스럽게도 천진한 목소리로 내 시위 무사를 꼬드겨서 어디로 갈 작정이었어, 산?"

"내가 얌전히 있으면 복전장 사람들을 만나게 해 준다고 말한 건 너였어. 넌 약속을 지키지 않았어, 원."

목이 멘 듯 맑지 못한 그녀의 목소리를 등 뒤로 들으며 원이

훗, 코웃음을 쳤다. 그가 빈 잔에 쪼르륵 술을 채웠다.

"나가서 그놈들을 만날 작정이었다? 어떻게?"

"진관에게 물어보면……."

"진관과 밀담을 나눌 만큼 가까운 사이면서 아무 말도 못 들었어? 복전장의 그 역도들이 어떻게 되었는지를?"

"어……떻게 되다니?"

"여기서 나갈 수도 없지만 나가도 그놈들은 못 만나. 만날 수가 없어."

벌떡 일어난 산이 쿵쾅거리며 달려왔다. 여유롭게 술을 마시는 원의 옆에서 그녀가 탁자를 쾅 내리쳤다.

"그게 무슨 소리야, 원!"

"일부는 죽었고 일부는 도망쳤다. 역심을 품고 있었으니 나를 믿지 못하고 진관의 부하들을 공격해 모조리 죽인 뒤 도망쳤다는구나. 역도다운 행태지."

"그럴 리가……, 없어."

"그럴 리가 없어, 그럴 리가 없어! 걸핏하면 그 소리! 네가 그래도 믿음직스러워하는 진관에게 물어보렴. 녀석이 말하면 믿겠지."

그녀의 손이 탁자의 비단보를 움켜쥐었다. 다리가 후들거리는지 서 있던 자리에서 그대로 무너져 내리면서, 비단보가 아래로 당겨져 탁자 위의 그릇들이 엉망으로 나뒹굴었다. 찰그랑 찰그랑 요란한 소리와 함께 병이며 접시들이 바닥에 떨어져 깨지고 음식들이 흩어졌지만 원은 태연스레 들고 있던 술잔을 비웠다.

"이젠 네가 나가 봤자 갈 곳도, 만날 사람도 없다, 산. 그러니 쓸데없는 짓으로 진관을 들볶지 말고 제발 얌전히 있으렴. 예전 언창궁彦昌宮이 있던 자리에 내 궁을 짓고 있으니까 그곳으로 옮길 때까지 조금만 참아. 거기로 가면 여기보단 훨씬 숨통이 트일 거다."

"싫어."

그녀가 넋 나간 사람처럼 초점 잃은 눈으로 멍하니 앉아 중얼거렸다. 원이 어깨를 한 번 으쓱하곤 일어나 작은 벽장에서 술병을 꺼내 들고 벽에 기대어 술을 따랐다.

"싫어도 할 수 없잖아. 네가 갈 곳이란 없어."

"있어."

몽롱한 옆얼굴과는 달리 대답하는 어조가 또렷하니 결연했다. 술을 삼키는 원의 미간에 골이 깊게 패었다. 천천히 그를 향해 고개를 돌리는 산의 눈빛이 조금씩 살아났다.

"있어, 원. 나는 가야 해, 내 친구들이 있는 곳, 날 기다리고 있는 곳으로. 꼭 가겠다고 약속했어. 그들도 내가 갈 때까지 꼭 기다린다고 약속했고."

"어딘 줄 알고 가겠단 말이니? 네가 여기서 나간다고 해도 그놈들과 만난단 보장은 없어! 평생 동안, 늙어 죽을 때까지 그런 불확실한 약속 하나로 천지를 헤매고 다니겠다는 거냐?"

"그래, 바로 그거야. 평생 동안, 늙어 죽을 때까지, 포기하지 않고 천지를 헤매고 다니면서 친구들을 찾겠어. 그리고 린을."

원의 눈에서 불꽃이 번쩍 튀었다.

"린은 너를 내게 맡기고 떠났다고 했잖아. 네가 린을 찾아나서는 건, 널 위험한 처지에 내몰고 싶지 않은 린의 마음을 저버리는 거야."

"그래도 난 린을 찾아야 돼. 찾아서, 만나서 물어봐야 돼. 왜 날 데리고 가지 않았는지."

"젠장, 내가 이미 다 설명했잖아! 무슨 말이 더 필요해!"

"하지만 원, 난 린을 봐야 돼……."

산의 눈에서 굵은 눈물이 방울져 떨어져 내렸다. 힘없이 바닥에 떨어져 있던 그녀의 손이 천천히 올라가 가슴께를 지그시 눌렀다.

"여기 뜨겁고 단단한 뭔가가 있어. 린을 생각하면 점점 더 커지고 뜨거워져 속을 녹여 버리고 뭉그러뜨리는 뭔가가. 괴로워서 생각하지 않으려는데 뜻대로 안 돼. 떠올리지 않으려고 애쓸수록 지울 수가 없어. 보지 않으면, 이대로 계속 린을 보지 못하면 여기가 타 버릴 것 같아. 여기가 다 타 버려서, 나 죽을 것 같아……."

갈고리처럼 구부러진 그녀의 손가락이 가슴을 파낼 듯 긁어내렸다. 술잔을 든 채 원이 비틀거리며 그녀 쪽으로 다가갔다. 조심성 없는 걸음에 술이 찰랑이며 바닥에 아무렇게나 쏟아졌다. 그녀의 앞에 선 그가 술을 마시려고 잔을 입술에 댔을 때는 이미 술잔이 비어 있었다. 마른 술잔을 들여다보며 쓰게 입을 다시는 원의 옷자락을 산이 붙들었다.

"원, 제발 날 멀리 쫓아 버려. 바다 너머로, 사막 너머로 쫓아 버려."

원이 있는 힘껏 술잔을 던졌다. 쨍! 들고 있던 술잔이 방을 가로질러 날아가 반대편 벽에 맹렬히 부딪치며 조각났다. 흠칫 놀라 움츠린 산의 앞에 무릎을 굽히고 앉아 그녀와 눈을 맞춘 원은, 손을 들어 눈물로 얼룩진 뺨에 달라붙은 그녀의 머리칼을 가만히 떼어 주었다.

"내가 있을게, 산."

그의 눈과 목소리가 침착하고 고요했다. 방금 보인 행동이 믿기지 않을 만큼.

"내가 옆에서, 네가 괴로워하는 시간을 함께해 줄게. 울고 화내고 소리 질러도 좋아. 가슴에 맺힌 것, 모두 쏟아 봐. 내가 들어줄게. 그러다 보면 차츰차츰 잊게 될 거야. 우리 함께 견디자. 네가 린을 보지 못해 슬퍼하는 만큼 나 역시 그렇다는 걸 몰라? 벗 하나를 떠나보낸 것도 간신히 견디고 있는데 나머지 하나마저 보지 말라는 거냐?"

"미안해, 원. 하지만 난 가지 않으면 죽고 말 거야. 제발……."

"나로는 안 돼? 나도 네 동무고 널 누구보다 아끼는데 왜 꼭 린을 찾아서 만나야만 돼? 왜 나로는 안 되는 거야?"

울음을 터뜨리기라도 할 듯 원의 얼굴이 일그러졌다. 드물 게나마 냉담한 표정도 보였지만 그녀를 마주한 그의 얼굴은 대개 웃음을 머금었다. 그것이 즐거운 진심을 보여 주는 웃음이든 교활하고 능청맞은 웃음이든, 비통이나 슬픔, 비애 등과는 거리가 멀었던 얼굴 아니던가. 끔찍스럽게도 절망적인 그의 얼굴을 처음으로 보자 산의 눈에서 새롭게 눈물이 솟았다.

"미안, 정말 미안해. 널 소중히 생각하고 있어. 둘도 없는 친구라고 늘 그렇게 생각하고 있어. 하지만 린은……, 우리는……."

그녀의 마른 입술이 가늘게 떨렸다.

"우리는 부부의 연을 맺었어."

원의 뺨에서 핏기가 가셨다. 눈물이 곧 흘러내릴 것 같던 얼굴이 얼음장처럼 냉랭하게 굳더니, 가늘어진 눈과 얄긋하니 살짝 들어 올린 입아귀가 조소를 띠었다.

"종실 간의 혼인은 금지야."

"알아, 하지만 우린 서로……."

악! 비명이 나올 정도로 세게 팔이 잡힌 산은 말을 잇지 못했다. 우악스레 그녀의 팔을 잡아 일으킨 원이 그녀를 탁자에 밀어붙였다.

"종실 간 혼인은 금지라고 했다! 그런데 부부의 연을 맺었다고? 그게 무슨 뜻인지 알아? 황제의 당부를 조롱하고 나를 기만했다는 거다. 황실과 나를 인정하지 않는다는 뜻이라고! 삼별초의 잔당에게 은의를 품고 베풀었던 건, 너희가 이미 역심을 배태하고 있었기 때문이었던 거야!"

"아니, 그렇지 않아, 원! 네가 금혼을 결정하기 전에 이미 우린……."

산은 팔이 꺾여 눌리는 고통에 입을 딱 벌렸다. 신음조차 나오지 않는 아찔한 고통을 가하는 장본인이 그녀의 친구라는 사실이 믿기지 않았다. 그러나 그 와중에도 그녀는 그가 느낄 배신감을 이해하려고 애썼다.

"원……."

파리한 입술을 깨물며 그녀가 간신히 동무를 불렀다.

"……널 인정하지 않는다거나 역심을 품었다는 건 억지야. 우린 그저 사랑해서, 서로를 배필로 맞지 않고는 배길 수가 없어서 네게 알리지 못하고 삼생의 연을 맺었던 거야. 너도 사랑하는 이가 있으니 그 마음을 헤아릴 수 있잖아."

"도의도 체면도 잊고 염치없이 뻔뻔스레 사통한 주제에, 사랑이라! 너희는 종실을 더럽힌 죄인들이야!"

원이 무지막지한 힘으로 그녀의 어깨를 잡아 침상 쪽으로 내동댕이치듯 밀어 버렸다. 깨어진 술잔처럼 침상에 나동그라진 산이 중심을 잡고 일어나기 전에 그가 포악스레 그녀의 머리칼을 한 움큼 움켜쥐고 비단 이불 위로 내리눌렀다.

"사랑이라고? 사랑하니 헤아려 달라고 했어? 지금 나한테, 헤아려 달라고 말한 거냐?"

흰자위가 붉게 충혈되어 야만스레 빛나는 그의 눈동자는 흡사 귀축의 그것처럼 사납고 무시무시했다. 공포에 젖어 '원, 원!' 가냘프게 그를 부르는 그녀의 목소리가 들리지 않는지 원이 흰 이를 드러내며 비죽 웃었다.

"그럼 단을 받아들이는 바람에 널 포기해야 했던 나를 헤아려 줄 테냐? 너 때문에 내 목숨보다 아꼈던 벗을 헌신짝처럼 버렸던 나를?"

그녀의 눈이 커졌다. 원이 그녀의 몸을 찍어 누르며 기다란 속눈썹들이 서로 얽힐 만큼 가까이 얼굴을 내리고 음산하게 속살거렸다.

"린은 내게 죄를 지었다고 자복했다. 어떤 죄인지 짐작하겠지? 네가 아니었으면 린은 죽지 않았어!"

헉! 그녀의 솟아오른 가슴이 숨을 멈추는 게 가슴 아래 느껴졌다. 송장처럼 딱딱하고 차갑게 굳어 버린 그녀의 몸뚱이를 그가 한 팔로 감싸 안았다. 고개를 더 아래로 내린 그의 입술이 그녀의 귓불에 닿을 듯이 가까웠다.

"네가 아니었으면 난 린을 죽이지 않았어."

원은 곁눈질로 흘낏 그녀의 얼굴을 보았다. 그녀의 동공이 커진 채 경직된 듯 움직임이 없었다. 그녀의 허리 뒤로 넣었던 손을 빼내 허리에서 겨드랑이로 이어진 선을 천천히 더듬었다. 꿈틀하긴 했지만 반응이라기엔 너무 미미했다. 최소한의 저항을 할 의지도 힘도 죄다 소실한 듯 보였다. 그녀의 뻣뻣한 팔과 어깨를 부드럽게 풀어 주려는 듯 어루만지는 그의 손길이 정성스러웠다. 그녀의 차가운 목덜미에 코를 대고 그가 따스한 숨을 불었다.

"모두 너 때문이었다, 산. 널 사랑해서였어. 하지만 내 마음을 헤아려 달라고 말하진 않겠다. 네게 용서를 받으리라고 생각하지 않아. 네게 미움받고 싶지 않아 지금까지 보기만 했지만 이제 더는 참지 않을 거야. 왜냐면, 넌 날 용서하지 않을 테니까! 미워하고 증오해! 그 때문이라도 난 널 가지겠다."

선전포고처럼 말을 맺은 원은 숨을 크게 들이마셨다. 기품 있는 은은한 난향이 잘게 흩어진 가느다랗고 보드라운 머리카락들과 함께 그의 코를 간질였다. 향기에 취해 그는 만족스레 눈을 감았다. 가까이서 맡는 그녀의 체취가 감미롭다. 어깨의 둥근 곡선을 더듬어 가는 그의 손바닥이, 살갗들이 직접적으로 맞닿지 못하도록 막은 비단에도 불구하고 매끄럽고 우아한 촉감에 전율했다. 가슴을 부드러이 압박하는 봉긋하고 탄탄한 두 개의 작은 동산이 그의 피를 새삼 뜨겁게 했다. 진짜 그녀였다, 대용이 아닌. 이제 영원히 그의 손안에 들어올!

성급히 그녀를 벗겨 안고 싶은 욕구를 누르며 원은 손가락으로 그녀의 입술 선을 따라 완만한 곡선을 그렸다. 언젠가 물어뜯어 그 신선한 피를 맛보고 싶었던 유혹적인 입술이다. 오랫동안 갈망했던 입술, 그리고 그 안의 달콤한 소세계, 그의 정신을 황홀하게 녹이고 혼미하게 만들. 붉은 공단처럼 보드랍게 주름진 그 핏빛 작은 살덩이를 향해 단김을 내뿜으며 얼굴을 내리던 그는, 귓전에 쉭 울리는 날카로운 소리에 움칠 물러났다. 동시에 그녀의 머리채를 움켜쥔 손에 쓰라린 통증을 느끼고 몸을 벌떡 일으켰다. 손등에 길게 그어진 상처에서 피가 번져 나오기 시작했다. 소스라치게 놀란 그는 다른 한 손으로 상처를 덮어 누르고 경악에 찬 눈으로 산을 보았다. 머리칼이 헝클어져 엉망으로 흐트러진 그녀가 장도를 치켜들고 매섭게 그를 노려보았다.

"네가 감히……, 산!"

원이 분노로 치를 떨며 으르렁거렸다. 눈에 익은 장도가 그를 더욱 격분시켰다. 산호와 밀화로 장식한 장도는 예쁘기만 한 장식용이 아니라 길면서 날이 예리한 것이 무기로도 손색이 없었다.

"내게 휘두르라고 그걸 준 게 아니야!"

"내 몸을 지키라고 받았던 칼이니 적시에 휘두른 거지."

"어떻게 내게 그걸! 그것도 네가!"

"난 널 친구로 여겼어, 원. 그래서 친구로서 깊이 사랑하고 아꼈어. 린도 마찬가지로, 아니, 나보다 훨씬 더 너를 사랑했어. 그래서 네 뜻과 체면을 훼손하지 않으려고 우린 노력하고 참았어, 몇 년이나. 하지만 넌 친구를 버렸어, 우리 둘 다를!"

"나는 왕이야! 왕에게 친구란 없다! 왕을 외롭게 만드는 친구라면 더욱더!"

살쾡이처럼 파랗게 눈을 빛내던 그녀가 둔기에 머리를 맞은 것처럼 멍하니 원을 바라보았다. 크고 새카만 눈동자가 깊은 슬픔을 담고 애처롭게 다시 젖어 들었다. 그녀의 손에 들린 장도의 끝이 허공에서 반 바퀴 돌아 그녀의 목을 겨누며 얇고 투명한 피부를 눌렀다.

"전하……."

목이 메어 무겁게 눌린 목소리가 흔들렸다.

"……제가 오랫동안 착각하였습니다. 시전 뒤의 좁은 골목에서 뵌 이래로 주제 넘는 언행으로 발칙하니 굴었던 소녀를 너그러이 받아 주신 전하의 은혜도 모르고, 감히 전하의 둘도 없는 벗이라 자칭하며 우쭐하였습니다. 이제 망극하게도 존전에서 흉기를 휘둘러 옥체를 상케 하였으니 어찌 용서받을 수 있겠습니까. 마땅히 죽음으로 사죄드리오니 전하께서는 가납하여 주소서."

"그만둬, 산!"

원이 발을 구르며 고함을 질렀다. 주먹을 불끈 쥔 그의 손등을 타고 흘러내린 피가 바닥에 깐 융단에 똑똑 떨어졌지만 그는 자신의 상처를 돌아볼 겨를이 없었다.

"칼을 거둬. 그러지 않으면 정말 용서하지 않을 테다!"

"용서하지 마세요. 저도 전하를 용서하지 않을 테니까."

"넌 죽지 못해. 왕을 협박하다니, 제정신이냐?"

"협박이 아닙니다. 정신도 말짱하고요. 전 죽을 거예요. 제가 만날 사람들이 모두 저승에 있으니까요."

"죽으면 린을 영영 못 만날 줄 알아!"

산이 실소했다.

"하, '죽으면'이라니, 살아선 못 만난다고 말씀하신 분이 전하가 아니셨던가요?"

"살아 있다."

원이 이가 부서져라 악무는 소리를 우둑우둑 냈다.

"살아 있어, 만신창이가 되긴 했지만⋯⋯. 명주에 닿은 후 노예로 팔린 것을 확인했다. 증거를 원해? 그럼 보라고!"

원이 소매 속에서 작게 접은 서찰을 꺼내 그녀 쪽으로 던졌다. 의심쩍은 눈으로 바닥에 떨어진 종이와 원을 번갈아 보던 산은, 칼을 여전히 목에 댄 채 침상에서 내려와 조심스레 편지를 집어 들었다. 편지는 짤막하니 한 문장이 전부였다.

'죄인을 산 색목인 대상이 사마르칸트[尋思干]로 떠났습니다.'

이해하기 힘들다는 듯 눈썹을 찡그려 모은 그녀에게 원이 성마른 소리를 질렀다.

"죄인이 누군지 일일이 써 놔야 한다는 건 아니겠지! 노예하나 판 일을 가지고 왕에게 서한을 보내는 게 흔한 일이라고 생각한다면 믿지 않아도 좋아. 하지만 왕이 관심을 가지는 노예란 보통 사람과는 다를 거다, 분명히!"

원이 거짓말을 하고 있지 않다는 걸 느낄 수 있었다. 아아, 살아 있어! 그녀의 눈앞이 삽시간에 흐려졌다. 이미 두세 차례 되풀이하여 읽은 단 한 문장을 거듭 확인하기 위해 그녀는 꼬깃꼬깃 접혀 자꾸 말리는 편지를 펴려고 장도를 쥔 손에서 힘을 뺐다. 몇 번씩이나 반복하여 글자를 확인하고 또 확인하는 그녀를 보는 원의 눈빛이 차갑게 가라앉았다.

"그 색목인 대상들은 누구지? 사마르칸트라니, 거기가 어디야?"

"거기에 쓰인 게 내가 아는 전부다. 사마르칸트는 예전에 강국康國이 있었던 차가타이 울루스의 도시야. 훌레구 울루스와 접경에 있으니 대상이 그곳을 거쳐 이스파한[伊斯法罕]이나 타브리즈*, 바그다드[巴格达]로 가겠지."

---

* 일칸국의 수도.

원이 건조하게 말하며 그녀에게 다가갔다. 산은 편지에서 눈을 떼지 않다가 그가 코앞까지 접근하여 그녀와 같은 눈높이로 앉자 반짝 눈을 들었다.

"네게 편지를 보낸 사람은 누구지? 어디 있어?"

"그걸 순순히 말해 줄 거라고 생각해?"

원이 씩 웃었다. 아차 하는 순간에 그는 산의 손목을 잡고 비틀어 장도를 빼앗아 얼른 뒤로 물러나며 훌쩍 일어섰다. 그녀가 당혹스런 표정을 감추지 못하자 그가 비로소 특유의 여유로운 미소를 지었다.

"앞으로는 죽겠다는 협박이 결코 통하지 않을 줄, 네 자신이 더 잘 알겠지. 린을 만나기 전에는 죽을 수도 없을 테니 말이다. 만나고 싶으면 어디 마음대로 해 보렴. 사마르칸트까지 쫓아가 보란 말이다! 하지만 기억해 둬라, 산! 넌 내 손아귀를 벗어나지 못해. 내게서 도망치려는 게 발각되면 이번엔 네 손이 아니라 내 손으로 널 죽이겠다. 그럼 린은 결코 만나지 못하겠지!"

일어나 그를 노려보는 그녀의 눈에 화드득 불꽃이 피어올랐다가 수그러들었다. 노여움에 희게 질려 부들부들 떨던 손도 잠잠해졌다. 원은 맥이 빠졌다. 살쾡이처럼 앙칼지게 대들거나 제 분에 못 이겨 몸부림치며 고함을 지르길 내심 기대했었는데, 그를 바라보는 산의 눈빛에는 분노나 노염이 없었다. 그저 슬픔이랄까 혹은 연민이랄까, 아련하고 애틋하고 쓸쓸한 맛이 쌉싸래하니 불쾌하게 느껴질 뿐인 눈빛이다. 어디선가 본 듯한 꺼림칙한 눈빛. 그것은 마지막으로 보았던 린의 눈빛이었다. 떠름한 입맛을 쩍 다시며 원이 그녀를 외면하여 몸을 돌렸다.

"정방을 폐지했다. 그리고 한림원에 인선을 관장하게 했으니 학사들이 전선銓選*을 도맡을 거다. 네가 일전에 그들에게 제의했었다며? 앞으로는 내게도 종종 정사에 관하여 조언을 해다오."

원이 밖으로 나가고 다시 문이 닫혔다. 음식과 깨진 그릇들이 나뒹구는 방 한가운데 산은 묵묵히 서 있었다. 그녀의 손에 들린 편지가 문틈으로 새어 들어온 바람에 파르르 떨었다. 원이 얼마나 펴고 접기를 반복했던지 종이가 무척이나 너덜너덜했다.

"정비마마께서 움직여 주시다니 퍽 고무적이올시다."

송인이 느른하니 웃으며 가느다란 턱수염을 몇 가닥 매만지다가 꼬았다. 툭하면 비웃음을 올리던 평소와 다르게 감탄마저 섞인 웃음이었다. 그 차이를 확연히 느낀 왕전은 뿌듯한 마음도 들었으나 그의 이마에 드리워진 그늘은 지워지지 않았다. 그를 다독이듯 송인이 따뜻한 어조로 속삭였다.

---

* 인사 행정.

"정비마마도 사람입니다. 여인이고요. 지아비에게 그토록 오랫동안 기만당하고도 한을 품지 않을 여인은 세상에 없습니다. 공께서는 오라버니시니 더욱 이해하실 테지요."

"하지만 그분답지 않아. 이런 일을 꾸밀 만한 분이 아니란 말일세."

"이런 일을 꾸미라고 따로 태어난 사람이 있답니까? 설움을 당하면 분노가 생기고, 분노가 쌓이면 원망이 되고, 원망이 깊으면 받은 것을 되갚아 주는 것이 사람이올시다. 시앗을 보면 길가의 돌부처도 돌아앉는다고 했습니다."

말은 위로하는 모양새를 갖추었으나 어쩐지 덕성스럽고 고결한 누이를 깎아내리는 것 같아 왕전은 맘이 편치 못해 입을 삐죽 내밀었다. 그러자 송방영이 호들갑스레 나섰다.

"자자, 일이 진척된 이유는 차치하고 결과적으로 우리에게 호기가 아닙니까. 정비마마께서 공주를 움직여 편지를 쓰게 하고 몰래 황태후께 보내도록 한 것은 참으로 잘한 일입니다. 조비가 저주하여 왕이 공주를 냉대한다는 구절이 귀에 쏙 들어옵니다. 아마도 정화궁주께서 수차례 들려주셨던 경험이 도움이 되지 않았나 싶습니다."

"쓸데없는 소리!"

고모까지 들먹이자 왕전은 더욱 불쾌한 표정을 지었다.

"쓸데없지 않습니다."

송인이 바로 받았다.

"정화궁주께서 오래전 당하셨던 일입니다. 태상왕께서도 무비 등의 측근을 잃을 때 당하셨고요. 더 거슬러 올라가면, 장목왕후에게 당한 경창궁주의 수모도 이와 같은 수법이었습니다. 주상에게 복수를 하려면 이보다 더 기가 막힌 방법도 없습니다. 당한 대로 갚아 주는 것! 그것이 제가 바라던 바였습니다. 그걸 우리 회합과는 전혀 상관이 없던 정비마마께서 시작해 주신 것입니다. 이보다 더 은혜로운 일이 어디 있겠습니까? 이를 잘 이용하면 주상을 밀어낼 수도 있습니다. 공께서는 준비가 되셨습니까?"

"준비라니, 무슨?"

왕전이 얼뜨게 대답하자 송인의 눈초리가 싸하니 가늘어졌다.

"공주가 공께 보이는 호의가 어느 정도인지 묻는 것입니다. 왕이 쫓겨나도 공주를 잡지 못하면 보위가 공께 돌아오지 않습니다."

"아직은 잘 모르겠어. 보면 살살거리고 눈웃음을 치는 게 마음에 들어 하는 것 같기는 한데, 직접 물어볼 수가 없으니……. 여인의 속내를 어찌 알겠나?"

"남의 이목에 아랑곳하지 않고 현애택주에게 매달리던 그 모습은 어디로 갔습니까?"

"누굴 부나비처럼 이 여자 저 여자 사이에서 떠도는 놀량패 취급하나? 공주에게 접근하기가 그리 쉽던가? 나도 이 계획을 위해 갖은 애를 쓰고 있다고!"

아픈 데를 콕 찔린 듯 왕전이 되레 큰소리를 냈다. 방귀 뀐 놈이 성낸다고, 누구 때문에 이제껏 계획이 미루적미루적 굼떴는데, 왕이 될 지름길을 가르쳐 줘도 약삭빨리 해치우지 못하면서 볼멘소리로 대거리를 하는지. 송인은 왕전을 곁눈으로 지그시 흘겼다. 어린애 같은 놈. 제가 알아서 할 줄 아는 것이 하나도 없는 놈. 하지만 종실의 허다한 귀공자들 중 그를 택한 이유가 또 그것이다. 어린애란 한번 하라고 지시한다고 냉큼 하는 존재가 아니다. 끊임없이 할 일을 상기시켜 주고, 그 방법을 상세히 가르쳐 주고, 잘할 수 있도록 환경도 적절히 맞춰 주고, 도중에 간간이 추임새를 넣어 주며 격려하고 북돋워야 제대로 할까 말까 한 것이다. 그 모든 것을 감수할 각오를 하고 왕전을 골랐던 송인은 다시 부드럽고 상냥한 태도로 돌아갔다.

"물론 공께서는 최선을 다하고 계십니다. 공주의 호감을 얻어 낸 것도 분명해 보이고요. 공주가 왕을 버리고 공에게 올지 당장은 확신할 수가 없지만, 정비마마께서 일을 시작하셨으니 우리도 나설 수밖에요. 가서 정비마마께 한 번 더 공주를 만나라고 하십시오. 조비와 그 집안의 식솔들을 모조리 잡아넣으라고 말이지요. 죽도록 고문하면 없던 사실도 다 있는 걸로 바뀝니다. 그럼 조인규를 사도시중 참지광정원사司徒侍中 參知光政院事로 중용한 왕을, 아무리 그를 귀애하시던 황태후라 할지라도 못마땅해하실 겁니다."

"하지만 무슨 명분으로 조비와 인규의 가족들을 잡아들이겠는가? 정비마마께 너무 무리한 일을 요구하는 게 아닌가."

"그건 저희 쪽에서 구실을 만들어 줍니다. 곧 궐문에 익명서가 하나 붙을 겁니다. 당연히 조비와 그 부모를 고발하는 방문

榜文이지요. 그걸 공주에게 보여 주며 할 일을 일러 주라 하십시오."

"그런 일을……, 과연 우리 정비마마께서 선선히 하실꼬?"

"하십니다. 분명 하십니다."

찜찜하여 연방 손으로 턱을 내리훑는 왕전에게 송인은 단호한 어조와 눈빛으로 확신을 주었다. 그는 이 우유부단하고 의심 많은 공후를 치켜세우는 것도 잊지 않았다.

"공처럼 우애가 깊으신 분이 진심으로 돕고자 나섰는데 고마워하지 않을 정비마마가 아닙니다. 또한 공은 정비마마께서 가장 의지하시는 형제가 아닙니까. 공의 두터운 우애를 이번 기회에 충분히 보여 주시면 정비마마께서 이후로도 왕의 편이 아니라 공의 편에서 꾸준히 도울 것입니다."

귀가 얇은 왕전은 단정적이면서도 힘이 있는 송인의 말에 고무되었다. 속이 시커먼 놈이긴 했지만 이자가 콩이라고 하면 팥도 하룻밤 새 콩이 될 것 같다. 흐흠, 헛기침을 잘게 뿌린 그는 누이를 만나러 결연히 방을 나섰다.

"하지만 조비와 그 일가를 몰살하는 것으로 일이 끝날 수도 있잖나."

왕전이 나가자 송방영이 사촌 아우의 곁으로 바싹 다가앉았다.

"그렇게 끝나지 않도록 해야지요."

송인은 그 어느 때보다도 자신감이 충만했다. 하지만 타고난 기질이 소극적인 송방영은 일단 경계심부터 품게 된다.

"그래도 왕비 하나가 공주를 저주했다고 해서 왕을 폐위시킬 수는 없잖아. 혹여 자네가 비밀리에 알고 있는, 뭔가 치명적인 왕의 약점이 있는 것인가? 하지만 보위에 오르고 나선 주상이 자네를 부른 적도 없잖아……."

"왕린을 제거하는 것처럼 세상에 드러내기 싫은 일을 꾸미지 않는 이상 왕이 나를 부를 이유가 없소이다. 그러니 지금은 뭐, 단물 다 빨리고 버림받은 셈이오."

버림받은 사람치고는 씩 웃는 모습이 마냥 여유롭다. 송방영이 혼자 아쉬워하며 한숨을 쉬었다.

"삼별초, 그 이름이 너무 아까워. 그 일만 우리 계획대로 진행되었다면 지금 왕이 술을 줘, 말을 줘, 홍띠를 줘, 심지어 궁안의 촛불까지 주며 감싸고도는 학사들과 그 추종자들을 뿌리째 뽑을 수 있었는데. 죽고 못 사는 동무라던 수정후까지도 반역했다고 철저히 믿어 죽여 버린 사건이었는데 그걸 그리 날려버렸으니……."

"왕린이 반역했다고 믿어서 왕이 그를 죽인 게 아니오. 반역하지 않은 줄 알지만 그래도 죽인 거지."

"뭐? 왜 그런 짓을? 왕린은 왕의 오른팔이었잖아. 그렇게 잔인하게 죽였는데, 반역이 아닌 줄 알았다면 왜……."

"왜 그랬냐고요? 그야 그전부터 죽이고 싶었기 때문이죠, 아주 잔인하게. 그것 말고 다른 이유가 있겠소?"

너무나 당연하다는 듯 송인이 말했으나 송방영은 도통 이해하기 어려웠다. 그 밤, 수정후 왕린이 세상에서 사라진 날, 불이 꺼져 캄캄한 좌벽란정의 기둥 뒤에서 그가 죽어 실려 나가는 걸 송인과 함께 똑똑히 보았던 송방영이다. 고변을 취소하고자 한신의 집에 가려는 중 당시 세자였던 왕의 부름을 받고 달려갔던 그들은, 왕과 동행하여 간 벽란정에서 명받은 대로 사람들을 모조리 물린 뒤 어둠 속에서 벌어진 끔찍하고도 잔혹한 폭력을 숨죽여 지켜보았던 것이다. 사랑하던 자를 그토록 모질게 다룬 왕도 보통 인간이라 보긴 어렵지만, 반역의 충격이 그만큼 컸으리라 생각하고 수긍하지 않았던가. 그런데 그전부터 죽이고 싶었다니? 갸우뚱하니 그의 말을 이리저리 곱씹는 사촌 형을 보며 송인이 짜증스레 고개를 흔들었다.

"행차 다 끝났는데 나팔 불려 들지 마시오. 지금이야말로 왕이 한 짓과 똑같은 방법으로 왕을 끌어낼 수 있으니까."

"하지만 정말 왕을 폐위까지 할 수 있을는지……."

"왕이 지금처럼 신난 때가 없소. 형님 말대로 학사들과 희희낙락하고, 다 늙어 언제 저세상에 갈지 모르는 휴휴를 데려다 아비처럼 섬기며 환한 양지에서 정사를 편다고 스스로 대견해하는 중이오. 그러나……."

"그러나?"

"……왕이 양지에서 시시덕거릴 때 음지에서 울적하니 한숨 짓는 사람도 있다 이 말이오. 바로 그런 사람이 우리가 이용하기에 더없이 적합하지."

"그런 사람 누구?"

"태상왕전하."

이를 드러내며 웃는 송인을 보는 송방영의 표정이 떨떠름하기만 하다.

"일수왕? 계집 하나에 풀이 죽어 황제께 선위하게 해 달라 졸라 댄 노인이 무슨 도움이 된단 말인가. 지금도 낮에는 정화궁주를 만나 옛날을 곱씹고, 밤에는 숙창원비를 껴안고 헛헛함을 달래는 게 다인데."

"형님은 일수왕이 진심으로 선위를 바랐다 생각하시오? 정말로 정사에 진절머리가 났다고? 천만에! 언제든 아들에게 복수하겠노라고 칼을 갈고 있소이다. 그것도 며느리를 이용해서! 정비가 불을 붙였다면 부채질을 한 건 바로 일수왕이오."

"무슨 소리야? 황태후께 쓴 편지를 보내지 말라고 공주를 만류한 분이 태상왕이거늘."

"바깥에서야 모다 그렇게 알고 있지요. 거두어들인 서찰을 몰래 보내라고 조언한 사람인 줄도 모르고."

"뭣? 그게 사실이던가?"

눈이 동그래지는 송방영에게 싱긋 웃어 보이는 송인이다. 이것이 이른바 조비무고사건趙妃誣告事件의 시작이라 할 수 있다. 왕비 조씨에게만 발걸음이 잦은 왕에게 불만을 품은 공주가 '조비가 저를 저주하여 왕으로 하여금 저를 사랑하지 못하도록 합니다.'라고 외오아 글자로 편지를 써서 본국의 황태후, 곧 그녀의 할머니인 쿠케진 카툰에게 보내려 한 것이 사건의 발단이었다. 편지의 내용을 짐작한 왕이 조인규의 사위인 박선朴瑄을 시켜 내용을 알아 오라고 했지만 박선은 몽골에서 온 공주의 사속인들에게 두들겨 맞고 쫓겨났다. 불안해진 왕은 태상왕에게 공주를 다독여 줄 것을 요청했다. 부부 사이보다 시아버지와 며느리 사이가 훨씬 돈독했던 것이다. 시아버지의 설득으로 이 불길한 편지는 묻히는 것처럼 보였다. 그러나 실상은 그 반대였다.

"일수왕이 선위를 청하기는 했지만 황제가 그렇게 빨리 받아들이리라고 생각한 건 아니었소. 황제가 마치 기다렸다는 듯이 고모부를 밀어내고 사촌을 왕으로 삼은 것이 일수왕에게는 적지 않은 충격이었단 말이오."

송인의 담담한 설명에 송방영이 고개를 끄덕였다.

"그래서 며느리와 손을 잡았다?"

"공주와만 도타운 사이가 아니오. 공주의 사속인들과도 매우 결속이 강해요. 고려에 온 몽골인들에게 '왕이 원나라의 제도를 본떠 개혁을 한다고 하지만 실상은 상국과 멀어지는 정책을 펴고 있다.'고 경고하는 중이오. 물론 그렇게 하도록 뒤에서 부추긴 것은 저울시다만. 어쨌든 편지를 전하러 가서, 사속인들은 왕의 실체를 황태후에게 보고하겠지요. 황태후는 아직 미숙해 보이는 왕이 불안할 겁니다. 그 불안감은 황제에게도 고스란히 전달되겠지요. 황태후의 입김이 강한 황실이니 황제도 왕을 계속 지지하긴 어려울 거요."

"그럴 수가! 그랬구먼……."

송방영이 감탄하며 활짝 웃었다. 그가 모르는 사이에 진행된 일이었지만 결과를 중요시하는 성격이었기에 크게 개의치 않았다. 무엇보다도 옥부용을 잃고 나서 거의 폐인이 되었다가 소생한 사촌 동생의 진면목을 확인한 것이라 그는 기쁘고 안심이 되었다. 여유롭고 음흉한 아우의 치밀함에 복수라는 열정을 덧씌워 준 사람은 고맙게도 현재의 국왕이다. 이제 그 왕을 거꾸러뜨리기만 하면 그들의 세상이 오는 것이다. 송방영은 들뜬 마음을 감추지 못했다.

"그래, 조비의 일은 그저 명분이란 말이지? 상국에서 왕이 추진하는 개혁의 진의를 의심하기 시작하면 보위가 위태로운 건 당연지사. 이제 새로운 왕을 올릴 때가 왔다 이거지?"

송인이 '글쎄?' 하듯 고개를 갸웃하며 어깨 한쪽을 으쓱 추어올렸다.

"왕전은 아직 상국의 지원을 받지 못해요. 짧은 시간 안에 공주를 재가시킬 수는 없을 것 같소이다."

"그럼 어쩌지? 후계가 분명하지 않은데 황태후가 주상을 쫓아낼 순 없잖아."

"이가 없으면 잇몸으로라도 써야지요. 왕전이 만반의 준비를 갖출 때까지 일수왕을 한 번 더 올리는 겁니다. 태상왕 쪽에서도 바라고 있으니 협조가 아주 쉬워져요."

"그렇군……"

"자, 전말이 그러하니 형님은 어서 서관庶官*들 중 하나를 골라 조비의 부모가 무당을 끌어들였다는 익명서를 써서 붙이도

---

* 팔품이나 구품 정도의 낮은 벼슬

록 하시오. 왕이 눈치 채고 대비책을 마련하기 전에 속전속결로 처리합시다."

송방영은 군말 없이 일어났다. 제정신으로 돌아온 영악한 사촌 아우가 시키는 일이라면 뭐든지 도맡아 하고 싶은 마음이었다. 그렇군, 그래! 아우의 지략에 연방 감탄하며 그도 왕전처럼 방을 나갔다.

"흐흐……."

혼자 남은 송인이 실성한 사람처럼 음산하게 웃었다. 무비의 사후 절치부심한 지 열 달, 드디어 그 빚을 갚아 줄 때가 온 것이다. 왕린을 제거한 그날에서도 반년이 훌쩍 넘어간 시점이었다.

"아깝구먼. 현애택주와 그 잔당이 어디에 있는지 알면 왕을 수십 배는 더 괴롭혀 줄 수 있을 텐데."

혼잣말을 중얼거리는 송인은 그동안 왕전과 다른 목적으로 현애택주 왕산을 찾았었다. 그러나 왕이 빼돌려 어디로 숨겼는지 아무리 뒤져도 그녀의 흔적이 없었다.

"뭐, 괜찮아!"

스스로를 위로하며 송인이 툭툭 자리를 털고 시원스레 일어났다. 그의 눈에는 새로운 도전으로 생기가 번득였다.

"내 기필코 그녀를 어디에 숨겼는지 알아내고 말 테니까. 그때는, 내가 겪은 고통을 그대로 너도 맛보게 해 주마. 여자가 눈앞에서 처참하게 죽는 꼴을 보게 해 주겠다, 맹세코!"

활짝 방문을 연 그의 앞에 눈부신 햇빛이 쏟아져 들었다. 송인은 빛 속으로 두 활개를 훠이훠이 저으며 들어갔다.

송화가 비연의 머리를 빗겨 준 것은 이번이 처음이었다. 그리고 아마도 마지막이 될 것이다. 사실 송화로서는, 제 앞에 직수굿하니 앉아 머리를 맡기고 있는 이 여자를 제 손으로 단장해 줄 거라고 상상해 본 적도 없었다. 그것은 비연도 마찬가지였다. 무겁고 암울한 공기가 두 여자를 감쌌지만 언뜻 보면 구순하니 화기가 도는 자매지간 같다.

"다 됐다."

비연에게서 살짝 물러나 앉은 송화가 잘 다듬어진 머리의 옆과 뒤쪽에도 거울을 비춰 주었다. 거울에 비친 여자는 무표정했다. 첫 대면을 제외하곤 늘 같은 표정뿐이었기에 송화는 무표정한 그 얼굴에 익숙했다. 얼굴을 빼놓고는 평소의 비연과 아주 달랐다. 화려한 정도까지는 아니었지만 길쌈에 전념하던 수더분한 차림새가 아니다. 때깔이 고운 비단옷은 궁, 혹은 행세깨나 하는 집에서나 볼 만한 것이고 넓은 허리띠에는 채색 끈으로 장식까지 했다. 얼핏 궁녀 같기도 했다. 거울 속 제 얼굴을 힐끔 본 비연이 옆에 놓인 몽수를 집어 들었다. 쓰개를 머리에 얹는 것까지 송화가 도왔다.

"준비 다 되었는가?"

밖에서 굵직한 사내의 음성이 들렸다. 송화가 문을 열어 기

다리고 있던 장의에게 곱게 차린 비연을 보여 주었다. 고개를
한 번 끄덕인 장의가 돌아섰다.

"그럼 출발하지."

장의의 뒤에서 기다리고 있던 개원이와 염복이가 송화를 따
라 천천히 나오는 비연에게 왁 달려들었다.

"난타 어멈아, 마지막으로 애는 한번 봐야지."

"마, 마, 마지막 애는 봐, 봐, 봐야지."

고개가 완전히 뒤로 넘어가 입을 헤벌리고 자는 아이를 내
미는 염복이를 홱 외면하며 비연이 몽수로 얼굴을 싹 가렸다.

"데려가요, 내 눈에 띄지 않게."

유순해 보이기만 하던 그녀가 지독히도 차갑고 건조하게 한
마디 뱉자 두 사내가 머쓱하여 아이를 안고 서너 걸음 물러났
다. 물러나던 염복이가 그만 침통하니 서 있던 필도의 발을 콱
밟았다.

"미, 미, 미안!"

염복이가 들이대는 난처한 낯짝을 밀어내고 필도가 비연을
가로막을 듯 나섰다.

"비켜요."

그가 미처 접근하기도 전에 비연이 날카롭게 내질렀다. 움
찔하긴 했으나 필도는 장의와 송화를 번갈아 보며 하소연했다.

"이건 아니지요, 나리. 송화, 이러면 안 되는 거 아니야?"

"상관 말아요, 특히 당신은."

얼굴을 온통 가린 숭숭한 깁 너머로 그녀의 안광이 형형하

다, 섬뜩한 냉기에 필도가 주춤했고 그 틈에 비연은 장의마저 앞질러 걸어갔다. 아무래도 안 되겠는지 다시 나서려는 필도를 송화가 팔을 뻗어 잡았다.

"그만 해, 필도. 너만 그렇게 생각하는 거 아니야. 하지만 이미 결정됐잖아."

송화에게 잡힌 필도가 고개를 푹 숙였다. 그의 입에서 한숨이 길게 푸욱 나왔다. 돌림병이라도 되는 양, 비연과 장의의 멀어져 가는 뒷모습을 지켜보는 그들의 입에서 차례차례 한숨이 새어 나왔다.

씩씩하게 걷고 있었지만 수당혜 안에 납덩이를 깔아 놓은 듯 발이 무거웠다. 그녀를 잡아당기는 강력한 힘을 등 뒤로 느끼며 비연은 돌아서고 싶은 유혹과 처절히 싸웠다. 그녀를 지켜보고 있을 죄스런 눈길들이 따갑게 느껴진다. 한번 웃어 주기라도 할 것을! 어미가 떠나는 줄 까맣게 모르는 난타의 맑은 얼굴이 떠올라 가슴을 후빈다. 마지막으로 보라고 권할 때 한 번이라도 더 볼 것을! 약해지려는 마음을 다잡기 위해 고집을 부렸던 자신이 원망스럽다. 지금이라도 돌아서면 누구도 탓하지 않을 테지만 그녀는 고집스레 앞만 보고 걸었다.

그녀의 앞에 불쑥 끼어들었던 필도가 머릿속을 휙 스쳐 갔다. 어쩌면 그가 나섰기 때문에 떠나기가 훨씬 쉬웠던 건지도 몰랐다. 지금도 그가 뒤에 있다고 생각하면 돌아설 수가 없다. 그녀를 죽이려 했던, 무석을 죽여 버렸던 끔찍하니 밉고 증오스런 상대여서만이 아니다. 미움보다 훨씬 복잡한 감정이 필도를 볼 때마다 그녀를 괴롭혔다. 그가 무석을 칼로 찌르던 장면을 생생하니 봤던, 그래서 도저히 그 옆에서 함께 숨을 쉰다는 것을 용납할 수 없다고도 생각했던 그녀였지만 마음 깊은 곳에서는 필도를 이해했다. 무석에게도 송화에게도 각별한 감정을 가지고 있던 그였으니만큼 궁지에 몰린 심정으로 칼을 휘둘렀으리라.

게다가 그는 그녀와 난타를 구했다, 두 팔과 이마로 칼을 받아 내며. 아직도 그의 이마에는 칼자국이 선연히 남아 있다. 그것이 이상하게도 볼 때마다 동질감을 느끼게 했다.

'아가씨가 맞았기 때문에 누군가 맞지 않았을지도 몰라요. 희생은 부끄러운 게 아니오.'

무석의 말이 가슴 깊이 새겨져서 그럴지도 모른다. 얼굴의 상처로 인해 생긴 마음의 상처를 처음으로 따뜻하게 위로한 그 말이. 그러나 필도를 보거나 떠올리면 제일 강하게 드는 느낌은 뭔가 개운치 않은 찜찜함이다.

무석의 죽음을 목도하고 막혀 버린 그녀의 목소리를 틔운 사람이 다름 아닌 필도라는 사실이 도무지 이해되지 않았다. 그녀를 따라 입을 닫았던 난타가 엄마라고 불러 준 날에도 나오지 않았던 목소리가, 필도가 절체절명의 위기에 빠진 순간 터져 나왔다. 그 당시엔 너무나 급박하여 이것저것 따질 겨를이 없었지만, 장의의 도움으로 부상당한 몸들을 질질 끌고 피신하여 함께 숨어 지내면서 비연은 필도와 마주칠 때마다 그 점을 상기하고 당혹해하지 않을 수가 없었다. 마치 그를 온전히 용서하고 함께 살 동료로 선선히 받아들이겠다고 그녀의 몸이 선언한 것처럼 여겨졌다. 하지만 그가 무석을 죽인 사람이라는 사실은 변함이 없는데! 필도를 볼 때마다 혼란스러웠던 그녀의 머리가, 이제 다시 만날 일이 없다고 생각하니 한결 가뜬했다.

"지금 돌아가도 괜찮아."

장의의 목소리가 그녀를 일깨웠다. 그러나 비연은 시선을 정면에 두고 성큼 발을 떼는 데 주저하지 않았다.

"아니요. 난 돌아가지 않아요."

그녀는 죽으러 가는 길이었다.

일곱 달 전, 장의가 때마침 나타나지 않았더라면 모두 세자, 그러니까 현 국왕의 계략에 말려 몰살당했을 송화와 필도, 비연과 어린 난타, 그리고 개원이와 염복이는 일단 몸을 숨기고 상처를 치료할 만한 안전한 공간이 필요했다. 그리하여 그들이 찾아간 곳은 벽란도의 여각들 중에서도 후미진 곳에 자리한 초라하고도 음습한 여각이었다. 굳이 떠돌이들과 밀수꾼들이 술하게 오가는 허름한 여관을 숙소로 정한 데는 나름의 이유가 있었다. 싸움질에 머리통이 깨지거나 팔다리가 부러져 오는 사람들도 적지 않았지만, 무엇보다 돈이면 어떤 손님이 숙박하다 떠나도 모른 척 방관하며 숙박부도 적절히 알아서 작성해 주는 곳이었기 때문이다.

린이 개원이에게 주었던 돈과 송화가 복전장에서 꾸준히 모은 은을 야금야금 써 가며 일행은 소란스러운 벽란도의 뒷골목에서 하루하루 숨죽이며 은신했다. 서로 수집한 정보를 모아 짜 맞춘 결과, 산은 어딘가 감금되어 있을 가능성이 농후했고 린은 추방된 것이 확실했다. 무사 몇 명이 초주검이 된 사내 하나를 데리고 명주로 가는 상선에 올랐다는 얘기를, 벽란도의 너저분한 술집을 돌아다니며 수소문한 장의가 어느 만취한 선원에게서 들었던 것이다.

"일단 택주님을 구한 뒤, 내 장삿배로 밀항해서 원나라로 떠나자고요."

송화가 내린 결론에 반대하는 사람은 한 명도 없었다. 그러나 일단은 극심하게 상처 입은 사내들의 치료가 먼저였고, 그들을 뒤쫓는 세자의 수하들이 있는지 눈치를 보는 것도 중요했다. 세자가 그들에게 어느 정도 눈을 돌리고 난 다음 움직여도 움직여야 할 것이다. 그렇게 눈앞에 닥친 일에 긍긍하며 보낸 몇 달 동안 남자들은 부상에서 그렁저렁 회복되었고, 세자는 왕이 되었다.

주변에서 그들을 위협하는 별다른 위험신호를 감지하지 못한 일행은 움직이기 시작했다. 먼저 개원이는 린이 알려 주었던 상단과 접촉하기 위해 포구를 서성였다. 필도와 염복이는 선창에서 하역부로 일했고, 송화와 비연은 여관의 음식을 만들거나 청소를 하며 생활비를 벌었다. 그리고 장의가 산의 행방을 찾아 나섰다.

그녀를 데려간 사람이 진관임을 송화에게 들어 안 장의는 위험을 무릅쓰고 진관의 집에 숨어들었다. 옛 동료와 대면하자마자 칼부림부터 하게 될 수도 있었지만, 어차피 현애택주가 왕의 손아귀에 있다면 웬만한 위험을 감수하지 않고는 그녀를 빼낼 수 없을 것이다. 퇴궐이 규칙적이지 않은 옛 동료의 방에서 끈기 있게 기다리던 장의는 잠입한 지 사흘째가 되어서야 방으로 들어오는 진관을 볼 수 있었다. 오랜만에 본 동료의 얼굴은 초췌하니 말이 아니었다.

꽤나 피곤했던 듯 진관은 쓰고 있던 발립을 벗어 아무 데나 휙 던지곤 옷도 갈아입지 않은 채 그대로 침상 위에 벌렁 누워 눈을 감았다. 발소리가 나지 않게 조심스레 병풍 뒤에서 나와 침상으로 다가간 장의가 바로 옆에 섰을 때도 진관은 눈을 뜨지 않았다. 벌써 잠이 든 것일까? 장의가 의심스레 눈을 가늘게 뜨고 허리를 약간 굽히려 할 때였다. 아니나 다를까, 진관이 벌떡 일어나며 어느새 뽑아 든 칼을 그의 목에 겨누었다. 휘둥그레 커진 눈이, 침입자가 전혀 예상 못 했던 사람이었다는 것을 말해 주었다.

"장의, 자네가……!"

"물어볼 것이 있어서 왔네."

"수정후와 함께 종적을 감추고는 몇 달 동안 연락 한번 없다가, 홀연히 나타나 그저 물어볼 것이 있다고?"

"수정후와 함께 종적을 감췄다고? 내가?"

장의가 눈살을 찌푸리자 진관이 칼을 거둬들이고 침상에서 일어나 방문 밖을 주의 깊게 살폈다. 사람이 없는 것을 확인하고 굳게 문을 닫고 돌아온 그는 장의를 잡아끌어 탁자 앞에 앉혔다. 혹여 소리가 새어 나갈세라, 진관이 한껏 목소리를 낮춰 속삭였다.

"복전장의 숲에서 자네가 기절시킨 내 부하들의 말을 들어 보면 자네가 살아남은 역도들을 데려간 것 같던데, 그동안 어디서 무얼 하고 있었나? 왜 그자들을 살려 준 거야? 수정후와 함께 있었던 게 아닌가?"

"자네도 수정후가 어떻게 되었는지 모른단 말이야?"

"전하께서 수정후에 관해 함구령을 내리셨으니 알 수가 없지. 자네의 행방도 캐지 못하게 하셨어. 시위들 중 자네가 뽑아 갔던 금과정 출신의 아이들도 모두 행방이 묘연해졌고, 수정후는 물론 자네까지 없어졌으니 모두 어딘가에 은둔했거나 멀리 떠났다고 생각했었네. 전하께서 수정후를 위해 그리 조치해 주신 것이 아닌가?"

"수정후는 추방당했어. 어쩌면 죽었을지도 몰라."

놀란 진관의 굵은 눈썹이 꿈틀했다. 의심이 가득 깃든 그의 얼굴을 보고 장의는 그가 보고 들었던 일들, 린과 마지막으로 만났던 때와 송화 등을 구하고 피신했던 상황, 포구에서 주워들은 정보들을 하나도 빠짐없이 얘기했다.

"수정후와 현애택주가 내밀히 정을 나누던 사이였다고?"

"복전장에서 데리고 온 자들의 말에 의하면 그래. 그들이 거짓을 얘기할 이유도 없지."

믿기지 않는 듯 인상을 와락 구겼던 진관은 왕과 현애택주

사이에 벌어졌던 광기 어린 마찰을 상기했다. 그들이 주고받던 말들을 모두 들었던 건 아니지만 도란도란 다정하니 얘기하던 분위기와는 거리가 멀었다. 왕이 휭허케 나간 뒤 들어가 본 밀실은 흡사 전쟁터를 방불케 할 만큼 혼돈 그 자체였다. 확실히 역모 사건을 덮기 위해서 벗을 숨겨 둔다고 하기엔 뭔가 부자연스러웠다.

왕의 사사로운 연애에 대해 구시렁거릴 위치에 있는 건 아니지만, 진관에게는 그냥 넘어갈 수 있는 일이 아니었다. 왕은 그가 연모하는 그녀의 남편인 것이다. 그리고 장의만큼이나 린에게 깊은 신뢰와 존경을 품었던 진관은, 수정후를 다룬 왕의 방식이 몹시 마음에 걸렸다. 가장 아끼던 사람을 그렇게 내친 왕에게 그나 장의 정도는 쓰다가 필요 없으면 쉽게 버릴 수 있는 소모품에 불과하리라. 그런 왕을 그는 어느 정도의 충성심을 가지고 따를 수 있을까? 문득 자신이 없었다.

"현애택주는 조비마마의 궁 밀실에 감금되어 있네."

의외로 선선히 산의 거처를 발설하는 진관이었다. 그의 굳센 충심 어딘가에 균열이 생겨 흔들리고 있음을 간파한 장의는 망설이지 않았다.

"택주를 빼내겠어. 도와주게, 진관."

"그렇게 간단하고도 쉬운 일이 아니야."

진관의 미간에 주름이 잡혔다.

"밀실이 있는 궁엔 항상 전하 직속의 시위가 배치되어 있어. 밀실 앞을 지키는 건 나 하나지만 방이 있는 낭하의 끝에 한 명, 전각의 입구에 두 명, 이렇게 세 명씩 세 개의 번이 번갈아 서지. 궁문에는 당연히 응양군應揚軍이 지키고 있고. 거의 날마다 전하께서 들르시니 기회를 엿보기도 어렵거니와 택주를 빠져나가도록 내버려두면 궁 안팎의 모두가 무사하지 못할 거야. 그리고 아마도 이제껏 전하께서 보여 주신 모습으로 미루어 보면……."

진관이 암울한 어조로 말했다.

"……그녀가 죽기 전에는 결코 놓아주지 않으실 거야."

그는 장의에게 아는 바를 전하면서 왕이 그녀에게 가진 강한 집착을 상세히 묘사했다. 심각한 낯으로 친구의 이야기를 경청하고 난 장의가 그녀를 구출할 방법을 궁리해 보겠노라 말하자 진관은 할 수 있는 한 돕겠다는 약속을 했다.

은신처인 여각에 돌아온 장의가 모두에게 사실을 알렸다. 장의의 말이 끝나자마자 필도가 대뜸 말했다.

"방법은 하나밖에 없소. 친위군이 가장 허술한 때에 죽자 사자 들어가는 겁니다."

"그러면 진관을 비롯해 시위들과 궁인들이 처벌을 받게 돼."

장의가 잘라 거부의 의사를 보이자 개원이가 콧방귀를 뀌며 필도를 거들고 나섰다.

"흥, 그 사람들이야 상관할 바가 아니지! 전부 그 막돼먹은 주상의 수족으로 우리 택주님을 가둬 놓는 데 도와준 놈들이 아니냔 말이야."

"저, 전부 수, 수, 수족이니까 도, 도와주지 않아도……."

장의가 눈을 매섭게 찌릿 흘기자 염복이가 깨갱 움츠러들었다.

"그들은 모두 내 동료들이야. 택주를 구하는 일이 아무리 중요하다고 해도 그들의 목숨을 가벼이 여길 순 없어."

"쳇, 똥 치운 막대기처럼 버림받아 놓고 무슨 동료 타령이시우."

개원이가 큰소리는 못 내고 나직이 투덜거리며 불퉁거렸다. 하지만 그것도 이내 장의의 차분한 목소리에 눌려 잦아들었다.

"내가 끼었다고 하더라도 너희 실력으로 상대할 수 있는 자들이 아니다. 우리가 모두 잡혀 죽을 가능성이 훨씬 커. 그렇게 되면 택주는 영영 그곳에 갇히겠지."

둥글게 모여 앉은 그들 사이에 정적이 흘렀다. 뭔가 뾰족한 수가 떠오르지 않는 각자의 머릿속이 마구 헝클어져 속이 타들어 갈 무렵, 말문이 다시 터진 뒤에도 언제나 침묵을 고수하던 비연이 입을 열었다.

"그 진관이란 나리께 도움을 받아, 누군가 변장하고 조비마마의 궁에 들어가는 것이 가능할는지요. 궁인이든 무녀든 승려든, 어떤 형태로든."

"어쩌면."

"제가 들어가 산 아가씨, 아니, 택주님과 옷을 바꿔 입은 뒤 그 방에 머물고, 택주님은 나오도록 할 수도 있겠는지요."

사람들의 눈빛이 동시에 확 밝아졌다가 금방 시들해졌다.

"왕이 매일같이 찾아온다잖아. 반나절도 못 가 들통 날걸.

그리고 넌 어떻게 빠져나올래? 네가 없어지면 어차피 거기 사람들이 책임져야 해."

송화가 고개를 내저으며 한 말에 다른 이들이 긍정의 표시로 머리를 주억거렸다.

"왕이 오기 전에 죽어 버리면 되는 거예요."

뭐? 이번엔 모두 눈이 왕방울만 해졌다. 비연만이 태연하게 말을 이었다.

"몇 달이고 갇힌 사람이 제정신일 수 없으니 자결한다고 해도 이상하지 않아요. 듣자 하니, 밖에서만 지키게 하고 자결을 못 하도록 묶어 놓은 것도 아니니 시위들이 책임질 일이 아니지요. 얼굴을 못 알아보게 불덩이를 덮어쓰면 나중에 왕이 확인하려고 해도 택주님인지 아닌지 구별할 수 없을 거예요."

"너, 미쳤니?"

송화가 벌컥 소리를 지르자 필도에게 옆구리를 찔린 염복이가 허겁지겁 구석에서 자고 있는 난타를 안고 밖으로 나갔다. 붉으락푸르락 노기 가득한 송화의 얼굴을 똑바로 바라보는 비연은 여전히 담담했다.

"가장 좋은 방법이에요. 택주님도 구할 수 있고 시위들도 면책될 수 있고."

"네가 뭔데 죽어? 왜 죽어? 난타는 어쩌고? 넌 아이 어미야!"

"아이는 내가 없어도 자랄 수 있어요. 당신과 아저씨들도 있고⋯⋯."

철썩! 소리가 장난 아니게 컸다.

"아이고, 송화 이 그악스런 것아!"

붙잡아 말리는 개원이를 사납게 밀치며 송화가 비연의 뺨을 철썩철썩 두어 번 더 힘차게 갈겼다.

"그런 소리 두 번 다시 입 밖에 내지 마!"

송화가 장의를 돌아보았다.

"내가 가겠어요."

비연을 포함해 모두 고개를 번쩍 쳐들었다.

"송화!"

필도의 성난 목소리에도 아랑곳없이 송화가 간결하니 되풀이했다.

"내가 택주님 대신 그 방에 들어가겠어요."

"당신은 안 돼요."

비연이 퉁퉁 부은 얼굴을 가릴 생각도 없이 송화에게 들이댔다.

"키도 작고 몸집도 택주님이랑 너무 달라. 난 택주님의 대역으로 몇 년을 살았던 사람이에요. 내가 아니면 왕은 죽은 사람이 가짜라는 걸 눈치 챌 거예요. 그리고 난, 이 일을 꼭 해야겠어요. 택주님께 입었던 은혜와 그분께 저질렀던 죄를 모두 갚을 방법은 이 길밖에 없다고요. 택주님이 그곳에 갇혀 평생을 보내야 한다면 난 맘 편히 살 수가 없어요. 차라리 죽는 수밖에."

차돌처럼 오달진 비연의 말에 다시 방 안은 침묵에 빠져들었다. 사내들의 이마에 진땀이 맺혀 두건에 얼룩을 키웠다. 송화냐 비연이냐 선택할 문제가 아니었다. 누군가를 희생시키는 방법을 선택하기가 영 마뜩찮은 것이다.

"더 생각해 보세. 다른 방법을 찾을 수도 있어."

생각다 못한 장의가 일단 그 밤을 마무리 지었다. 다음 날도, 그다음 날도 그들은 머리를 맞대고 고민했지만 다 함께 무릎을 탁 칠 만한 묘안을 짜내지 못했다. 비연이 거듭 자신이 내놓은 수가 최선이라 타울거리며 모두를 곤혹스럽게 했다. 얼마 뒤, 진관이 그 계획에 동의하면서 송화 등은 더욱 난감해졌다. 그리고 결국 그들은 비연에게 졌다.

비연이 들어가기로 한 전날 밤, 송화는 여각의 뒤란에서 그녀와 처음이자 마지막으로 나란히 앉았다. 눈을 마주치는 것이 영 편치 않은 두 사람은 각각의 발끝이나 하늘에 둥실 뜬 달에 시선을 박았다. 더워진 바람에 실린 축축한 공기를 깊게 들이마시며 송화가 잘 떨어지지 않는 입을 조심조심 뗐다.

"……너, 지금 마음 돌린다고 아무도 뭐라 하지 않는다. 택주님도 마찬가지일걸."

"난타를 부탁해도 되겠지요?"

송화는 말이 없었다. 제 신발의 코만 뚫어져라 내려다보던 비연이 천천히 얼굴을 돌려 그녀를 보니, 달을 향해 머리를 뒤로 젖힌 송화가 꼭 울 것 같은 표정으로 잔잔히 미소를 머금었다.

"그 앤 우리 모두의 애야. 개원이, 염복이, 중랑장이나 나, 필도까지도 모두 그 애의 어미고 아비야."

"미안해요."

송화보다 먼저, 비연의 뺨을 타고 눈물이 흘러내렸다.

"미안해요, 당신한테 부탁을 해서. 당신한테 씻지 못할 죄를 지어 놓고 나, 당신한테 부탁해서. 하지만 내가 믿을 사람은 당신밖에 없어요. 미안해요, 정말 미안해……."

미안해요. 장의를 따라 궁으로 점점 가까이 가는 비연이 속으로 중얼거렸다. 이제 남은 일은 하나, 그녀의 오랜 벗인 아가씨를 구하는 것이다. 그녀는 무거운 기억을 털어 버리고 마음을 다잡았다. 궁의 높은 담이 그녀의 결의를 압도하려는 듯 우뚝 앞을 가로막았지만 비연은 두렵지 않았다. 마치 오래 묵혀 둔 숙제를 풀어 가는 기분이었다. 첫 번째 관문, 궁을 지키는 군졸들과 맞닥뜨리고도 그녀는 조금도 움츠러들지 않았다.

"조비마마께서 필요로 하시는 서책과 문방구, 향초입니다."

출입이 허가된 자라는 걸 증명하는 패를 내밀며 비연이 떨지 않고 차분히 말했다. 진관이 일러 준 대로 산이 원에게 부탁했고 그 왕이 허락한 물건이었다. 물건을 가지고 들어오는 궁녀와 짐꾼을 통과시키라는 전령을 미리 받은 수문장은 의심 없이 비연과 함을 등에 짊어진 장의를 들여보냈다. 궁문을 통과하여 들어간 두 사람은 곧장 진관이 미리 일러 준 대로 밀실이 있는 전각의 뒤편으로 돌아갔다. 뒤편은 바로 목욕간의 들창이 있는 곳. 진관을 제외한 세 명의 시위가 교대할 즈음 산이 목욕을 한다며 방을 나올 시간이 되었던 것이다. 물론 그녀를 감시하는 사람은 진관이다. 들창 아래 서 있던 감시가 잠시 자리를 비우도록 한 것도 진관이다. 장의가 발을 받쳐 주어 비연은 간신히 들창을 넘어 들어갔다. 희뿌연 증기로 가득 차 있는 방 안에 산이 있었다.

"비연아!"

"아가씨!"

소리가 새어 나갈까 조그맣게 서로를 애타게 부른 그녀들이 부둥켜안았다. 오랜만에 그리운 얼굴들 중 하나를 본 산이 좀처럼 비연을 놓지 않고 얼싸안은 채 코를 훌쩍이다 눈을 크게 뜨고 두 손으로 비연의 뺨을 감쌌다.

"너……, 말을 하는구나!"

"……그렇게 됐어요."

비연은 시선을 피하며 얼버무렸다. 필도로 인해 말문이 트였다는 설명은 하고 싶지 않았다. 그럴 시간도 없었다. 산에게서 빠져나온 그녀는 서둘러 옷고름부터 풀었다.

"뭐 하는 거야? 목욕이라도 할 참이야?"

어리둥절한 산이 목욕통의 더운물을 가리키며 웃었다.

"어서 옷을 벗으세요, 아가씨. 그리고 이걸 입어요, 빨리!"

"갑자기 왜 이래? 일단은 나가자."

"이걸로 갈아입고 나가셔야 해요. 그래야 나갈 수 있어요."

"그럼 넌?"

"전 안 가요."

뜻밖의 대답에 산이 우두망찰하니 섰다. 큰 눈을 몇 번 깜빡이던 그녀는 영리한 머리로 말뜻을 금세 파악하고 얼굴을 무참히 일그러뜨렸다. 복전장의 사람들을 만날 수 있다고 진관에게

듣긴 했지만 누군가 그녀 대신 남는다는 말은 못 들었다.

"널 놔두고 나더러 혼자 가라고?"

"서두르세요. 언제까지나 목욕한다고 둘러대며 지체할 수 없으니까요."

"왕에게 들키면 넌 혹독하게 고문을 당하다가 결국엔 죽게 될 거야."

"그런 거, 다 각오하고 왔어요. 지금 나가지 않으면 제 정체가 탄로 나고, 그럼 아가씨도 도망칠 수 없고 저도 죽어요."

"돌아가."

비연의 풀어헤쳐진 저고리를 여며 주며 산이 잘라 말했다.

"난 여기에 있을 거야. 여기서도 충분히 잘살 수 있어. 넌 돌아가서 송화랑 난타랑 다른 사람들이랑 떠나."

"아니요, 제가 여기에 있을 거예요! 송화랑 떠날 사람은 아가씨고요!"

"넌 예전에 이미 나 때문에 몇 년이나 갇혔었어. 이제 와서 또 네게 그런 짓을 시키라고? 아니, 안 돼. 못 해! 절대로."

고름을 풀려는 비연과 옷깃을 단단히 여며 주려는 산이 손과 손으로 격렬하게 실랑이했다. 들창 밖에서 톡톡 성마르게 두드리는 소리가 났다.

"서두르십시오. 시간이 많지 않습니다."

장의의 재우치는 소리에 불끈 힘을 낸 비연이 산의 손을 꼼짝 못하도록 꽉 쥐었다. 용을 쓰느라 발갛게 물든 그녀의 얼굴에 희미하니 미소가 떠올랐다.

"전 아가씨 대신인 게 싫었던 적이 없었어요. 그러려고 태어 난 사람인걸요."

"아니야, 비연아. 그러려고 태어난 사람은 없어. 세상 누구 도 누구 대신에 버려지거나 죽을 이유가 없어. 그래서 난, 무석 에게 고마워했어."

뜬금없이 무석의 이름을 듣고 비연이 움찔했다. 그녀의 손 아귀에서 빠져나온 산이 부드럽게 그녀의 뺨을 쓸었다.

"송화에겐 미안하지만 널 생각하면 무석이 고마웠어. 우리 집 을 벗어나게 해 줬고, 사랑을 알게 해 줬고, 행복을 알게 해 줬 고, 아이까지 갖게 해 줬으니. 그가 송화나 필도를 포기하면서 까지 지키려고 했던 사람이 너와 난타야. 그러니 네 자신을 소중 히 여겨. 네가 누구 못지않게 소중하고 귀한 사람이라는 걸 잊지 마. 그러니 가서, 누구 못지않게 소중하고 귀한 난타를 지켜."

들창을 두드리는 소리가 커졌다. 장의가 다급히 속삭였다.

"밖이 이상하니 소란스럽습니다. 지금 떠나지 않으면 안 됩 니다, 어서!"

산이 힘껏 비연의 등을 들창 쪽으로 떼밀었다. 아직 완전히 설득당하지 않은 비연이 벋질러 섰다. 밖에서 웅성대는 소리가 났다. 이 전각은 아니었지만 사람들이 우르르 뛰는 소리와 궁 녀들이 꺅꺅거리며 비명을 지르는 소리, 호통 치듯 을러대는 남자들의 소리가 들렸다. 무슨 일이지? 영문을 모르는 그녀들 이 걱정스런 눈빛을 교환하는 찰나, 목욕간의 문이 벌컥 열렸 다. 뿌옇게 피어오르는 김 너머로 사내가 한 명 들이닥쳤다.

"밖으로 모시겠습니다."

침착한 어조였지만 초조한 속내를 완전히 감추지 못하는 그 남자는 진관이었다.

짝, 신경질 가득한 소리와 함께 부다슈리가 탁자 위에 세차게 올려놓은 종이 한 장을 원은 잠자코 곁눈으로 내려다보았다. 왕비를 위해 수문장이 곱게 떼어 왔을 방문은 한 차례 분풀이를 당한 듯 심하게 구겨져 있었다. 원은 문서를 건성으로 훑은 뒤 탁자 맞은편에 꼿꼿하니 서서 입을 앙다물고 있는 아내를 쳐다보았다. 이게 뭔데? 묻는 듯한 눈에는 귀찮고 성가시다는 기색이 뚝뚝 묻어났다. 그에 맞서는 그녀도 행여 질세라 왕에게 무엄하니 턱을 뾰족 치켜들고 익명서를 가리켰다. 일단 읽어 보라는 무언의 명령이다. 쯧, 한쪽 잇새로 못마땅하니 혀를 가볍게 찬 원이 비스듬히 턱을 괴고 다시 문서로 눈을 내렸다.

"흠, '조인규의 아내가 귀신과 무당을 섬기며 저주하여 왕으로 하여금 공주를 사랑하지 않고 그 딸에게만 사랑을 쏟게 하였다.' 이걸 읽게 하려고 중화궁에 오니 안 오니 부산을 떠셨소, 공주?"

"그렇습니다, 전하."

"읽었으니 가 보겠소. 다음엔 좀 더 재미있는 읽을거리를 준비하길 바라오."

일어나는 왕의 눈앞에 공주가 와락 집어 든 방문을 들이댔다.

"이런 증거가 있는데도 아무런 조처를 내리지 않으십니까? 황실의 공주요 고려의 첫째 왕후가 이런 대접을 받아도 되는지요. 제 아버지는 황제폐하의 형님입니다, 전하!"

"내 어머니는 황제폐하의 고모님이오, 공주."

피식 웃고 만 원이 부다슈리의 손에서 종이를 낚아채 북 찢어 버렸다.

"증거? 이런 익명서, 하나가 아니라 수백 개 나붙었다고 해서 무슨 증거가 되겠소? 내가 남몰래 공주가 딴 남자와 산책하며 하하거리니 보쟁이는 것이라고 문에 붙여 놓으면 그것도 증거라고 하시겠소이까?"

"어떻게 그런……."

새파랗게 질린 부다슈리의 평범한 얼굴이 험악하게 일그러졌다. 구석구석 뒤져 봐도 아름다움이라곤 찾아볼 수 없는, 감탄을 절로 불러일으키는 얼굴이야. 그녀를 보며 원은 혹독하게 평가를 내렸다. 얼굴만으로도 그의 관심을 아예 돌려 버린 그녀는 한술 더 떠 왕의 상전으로 군림하려고 한다. 이 점을 무엇보다 질색하는 원이었다. 그는 부다슈리의 지나치게 도톰한 입술이 분노로 푸르르 떨리는 것을 무심히 보았다.

"그럼 전하께서 조비만을 총애하여 저녁마다 그녀의 궁에 찾아드는 것을 무엇으로 설명하시겠습니까? 아들을 둘이나 낳은 의비도 아니고, 세자 시절 그토록 금슬 좋았다는 정비도, 조비보다 미색이 월등한 순화원비도 아니고 유독 조비 하나만!

정궁과 단 하루도 침수에 들지 않는 왕이 어디 있습니까? 이 익명서보다 더 그럴듯한 이유가 있습니까?"

"저런, 저런. 공주께서 그리도 내 품을 그리워하는 줄 몰랐습니다. 겉으로는 새침하니 쌀쌀맞게 굴더니 실은 밤마다 내가 오기만을 손꼽아 기다리고 있었소? 진즉 알았더라면 하루 정도는 중화궁에 들었을 것을. 난 또, 내가 없어 공주가 편히 침수한다고 생각했더랬지."

부다슈리의 입이 쩍 벌어졌다. 황실 내에 너그럽고 온후하다는 평판이 자자한 남편의 표리부동한 이중성을 적나라하게 보는 순간이다. 잘생긴 얼굴만큼이나 야지랑스러운 그의 유들유들한 미소에 정신이 확 돌 정도로 격분했던 부다슈리는 간신히 평정을 찾았다. 감히 그녀를 이렇게 대하다니! 그녀가 황태후에게 울고불고 졸라 대면 벼락이 떨어질지도 모르는데 말이다. 반격할 거리를 준비해 놓지 않았더라면 그녀는 아마도 이 밉살스런 남편 앞에서 뒷목을 잡으며 쓰러졌을 것이다. 하지만 그녀는 정비 왕단의 조언에 따라 왕의 콧대를 꺾을 작업을 이미 시작한 터다. 누가 더 위에 있는지 보여 주고 말 테다! 날카롭게 가슴속 칼을 갈며 부다슈리가 작은 눈을 부라렸다.

"의혹이 있으면 문초를 하고 증거를 캐내 시비를 판별해야지요. 전하께서 그럴 마음이 없으실 줄 제가 이미 알았습니다. 그래서 조인규와 그의 처를 이미 옥에 가뒀고, 그 아들들과 사위들, 딸들을 모두 가두라고 사람을 보낸 참입니다. 또한 황태후께 이를 아뢰라고 제 사속인인 철리徹里를 대도로 보냈습니다."

"보기보다 이런 일에 능숙하시오. 이 방문의 출처가 의심스럽군?"

"제가 했다고 뒤집어씌우시는 건가요? 이걸 붙인 자는 주부注簿 윤언주尹彦周라고 하니 그에게 물어보시지요."

"아아, 됐소. 고문을 하든 증거를 만들든 공주 마음대로 하시오. 내가 어찌 공주 하시는 일에 훼살을 부리겠소."

"어머나!"

그녀의 납작한 코에서 거센 콧바람이 뿜어 나왔다.

"그렇게 곁에 끼고 애지중지하시더니 그 부모와 형제들이 어떻게 되든 개의치 않으신단 말인가요? 그러고도 조비가 전하의 품에서 방글방글 웃기를 바라시나요?"

"설마! 내가 조비의 눈물을 닦아 주겠소. 공주에게 밀리는 왕이 할 수 있는 일이란 게 그 외에 또 뭐가 있겠소?"

"전하께서 닦아 주실 겨를이 있을까 모르겠습니다."

통쾌한 마음을 가누지 못하는 부다슈리의 턱이 득의양양하니 치켜 올라갔다.

"이 일에 조비가 간여했을지 모르니 그녀에게도 예외를 두지 않을 작정입니다. 지금 당장 포박하여 감금하지는 않겠지만 그녀의 궁에서 증좌가 될 만한 것이 하나라도 나온다면 누구보다도 조비를 엄히 벌할 것입니다. 그래서 그녀의 궁을 샅샅이 뒤져 모든 궁인들을 하나도 남김없이 끌고 오라 명을 내렸습니다. 아마도 지금 그녀의 궁은 텅 비었을 것입니다."

원의 얼굴에 핏기가 싹 가셨다. 남편이 그렇게 하얗게 질릴 줄 몰랐던 부다슈리는 속으로 적이 놀랐다. 간다 만다 인사도 없이 황황급급하니 중화궁을 나서는 왕을 보고 공주는 혀를 내둘렀다. 내 조비 요것을 정녕 요절내리라! 왕이 조비를 총애하는 정도가 예상을 훌쩍 넘어 부다슈리는 전의를 새삼 불태웠다. 그녀는 침착하게 바닥에 뒹구는 종잇조각을 집어 들고 가운데가 길게 죽 찢어진 종이를 잘 맞춰 탁자 위에 고이 올려 두었다. 아직까지 그녀가 소유한 유일한 증거였다.

허겁지겁 들어선 궁문의 안쪽은 마치 폐허처럼 어지럽혀져 초여름 계절에 맞지 않게 을씨년스러웠다. 원은 곧장 밀실이 있는 전각으로 달려갔다. 그의 시위들조차 보이지 않는 텅 빈 낭하와 밀폐된 방에선 산의 흔적을 찾을 수가 없었다.

"산, 산!"

침상에 겹겹이 쌓인 금침을 하나하나 들추고, 사람이 들어가기엔 너무나 비좁은 벽장까지 일일이 열어 보며 그녀를 부르는 원의 목소리는 절규와도 같았다. 미친 사람처럼 방 안을 헤매던 그는 탁자 위에 얌전히 놓인 칼집을 발견했다. 그가 그녀에게 선사했었고 얼마 전 빼앗았던 그 장도의 칼집이었다. 알맹이가 쏙 빠지고 허전하게 남은 칼집은 마치 이별의 인사라도 되듯, 탁자 한가운데 새빨간 비단 손수건 위에 반듯하니 자리하고 있었다.

"안 돼, 산!"

칼집을 우그러뜨릴 기세로 움켜쥔 원이 부르짖었다.

"어디로도 못 가! 내 손이 닿는 곳이 아니면, 어디도!"

밀실에서 뛰쳐나온 그는 뜰에서 서성이는 친위대의 사이를 헤치고 다가오는 진관과 눈이 마주쳤다. 손가락을 까닥여 가까이 오라고 표시하는 왕에게 다가간 진관이 고개부터 푹 숙였다.

"전하, 송구하옵니다."

"조용히 말해, 다른 녀석들이 듣지 못하도록. 어떻게 된 거냐?"

"공주마마가 보낸 군사들이 하필이면 시위들의 교대에 맞춰 들이닥친 데다 택주가 목욕간에서 막 나온 참이어서⋯⋯. 택주를 데리고 빠져나갈 틈도 없이 군사들이 에워싸 그들을 정신없이 막다 보니 어느새 택주가 사라졌습니다. 공주마마의 명으로 시위들도 모두 끌려갔고, 저만 택주의 행방을 찾다가 전하께 보고를 드리러 온 것입니다."

"그래서 행방은?"

"아직⋯⋯."

퍽! 둔탁한 소리와 함께 진관의 목이 홱 돌아갔다. 주먹을 쥔 원의 손가락에 끼워진 커다란 반지가 날카롭게 빛났다.

"바보 같은 놈! 고려 제일의 무사라는 놈이 여자 하나를 놓쳐?"

뺨이 찢어진 진관이 곧 목을 바루고 고개를 숙였다. 사정을 모르는 다른 시위들도 따라서 고개를 숙이고 왕의 눈치를 보았다. 어떻게 할 것인가 머릿속으로 생각 중인 원이 위아래 이들을 따닥따닥 서로 부딪치며 눈을 굴렸다. 진관을 밀치고 시위들에게 다가간 그는 제일 가까이에 있는 자의 가슴을 손가락으로 쿡 찔렀다.

"너! 가서 공주가 데려간 궁인들이 누구누구인지 이름과 직책을 알아 와라. 갇혀 있는 궁인들 모두를 확인해야 한다. 이름과 직책이 명부에 등재되지 않은 여자가 있다면 속히 내게 알려라."

지목된 시위가 냉큼 달려가자 원도 뜰을 벗어나 궁문 쪽으로 향했다. 친위대와 더불어 뒤따라오는 진관을 문득 뒤돌아 흘겨보며 그가 버럭 소리를 질렀다.

"꼴도 보기 싫으니 부를 때까지 집에 가서 자숙해!"

진관이 허리를 깊숙이 숙여 예를 올리고 쓸쓸하게 사라졌다. 잠시 뒤, 원은 탄탄한 몸집의 시위 하나에게 다가가 나직이 속삭였다.

"진관의 뒤를 쫓아라. 조금이라도 이상한 낌새가 있거든 내게 보고해."

원은 그때까지 계속 한쪽 손에 쥐고 있던 장도의 칼집을 더욱 세게 움켜잡았다. 산이 남겨 둔 마지막 흔적이었다. 이제 그가 준 물건을 돌려주고 영영 떠나겠다는 이별의 말이었다. 아비규환 속 경황없는 가운데 공주의 군사와 진관을 동시에 따돌려야 했던 그녀가 무슨 정신으로 곱게 편 비단 조각 위에 칼집을 올려놓을 수 있었을까? 입술에 쿡 박힌 그의 흰 이에 힘이 들어갔다.

원은 순군옥으로 사람을 보내 투옥된 그의 시위들을 풀어 줄 것을 명했다. 풀려난 시위들을 수녕궁의 향각에서 만난 그는 공주의 군사들이 물밀듯 들어왔을 당시의 전말을 자세히 말하도록 요구했다. 진관의 말이 크게 틀리진 않았다. 군사들이 갑자기 들이닥쳤고 궁녀로 보이는 여자라면 가리지 않고 끌어갔다는 것이다. 목욕간은 밀실에서 가까운 막다른 곳에 있는데다 진관을 제외한 시위들은 모두 그 반대 방향의 복도 바깥쪽에 있었던 터라 누군가 빠져나갔다면 그들이 목격했을 것이었다. 그러나 그들 중 누구도 도망가는 여자를 본 사람이 없었다.

사실 그들은 진관이 무엇을 지키는지도 그저 추측만 했을 뿐 알지 못했다. 그리고 그들 자신들도 공주의 군사들에게 저항하다가 끌려가는 신세가 되어 주변을 살필 여유가 없기도 했다. 진관이 군사들에게 에워싸여 고군분투하는 것을 끌려가며 본 것이 다였다.

"아마 조비마마를 빼고는 모두 잡아들였을 것입니다. 저희가 지키던 곳에 공주마마의 군사들이 들이닥치기 직전에 떠난 궁녀들만 빼고는 궁문을 지키던 군졸들까지 모두 옥에 갇혔습니다."

"빠져나간 궁인이 있단 말이냐?"

가늘어진 왕의 봉목 꼬리가 파르르 떨렸다.

"조비마마의 궁인은 아니옵니다. 전하께서 들이라 하신 서책 등을 가지고 온 궁인과 상인이었습니다. 공주마마의 군사들도 그리 확인을 하고 내보냈습니다."

"몇 명이더냐?"

"궁녀 둘, 등에 궤를 짊어진 사내 하나입니다."

"들어올 때도 그 셋이었느냐?"

"전각 안으로 들어온 것이 아니어서 소인들은 알지 못합니다. 궁의 수문장이 들여보냈을 것이니 당장 확인하여 보겠습니다."

"아니, 그만두어라."

원이 손을 들어 말렸다. 손가락으로 이마를 톡톡 치며 잠시 뭔가를 생각하던 그는, 이윽고 눈을 들어 세 명의 시위 하나하나와 눈을 맞추며 지시했다. 무게 있는 진중한 목소리가 가벼운 일이 아님을 암시하면서도 신뢰가 깃들어 시위들이 긴장했다.

"너는 가서 은밀히 진관을 살펴라. 이미 하나를 보내 놓았으니 서로 협력하여 진관이 어디로 가는지, 누구와 만나는지 소상히 알아내고 내게 알려. 절대 진관에게 들키면 안 되며 그에게서 눈을 떼서도 안 된다. 그리고 너희 둘은 벽란도로 가서 오늘부터 출항하는 상선들을 살펴라. 그곳 관원들과 함께, 승선한 사람들 중 나이가 스물에서 스물다섯 사이의 여자라면 신원을 모조리 확인해. 신원이 불분명한 여자들은 배에서 끌어내려 감금해 두어라. 내가 됐다고 할 때까지 며칠이고 계속해라."

시위들이 절을 하고 각자의 임무를 수행하러 날렵하게 그의 앞을 떠나자 원은 갑자기 허탈하니 어지럼증을 느꼈다. 극도로 흥분하여 끝까지 팽팽하게 잡아당겨진 활시위처럼 긴장했던 신경이 탁 풀어진 느낌이었다. 아직은 아니야. 그는 품속에 넣어 둔 장도를 슬쩍 더듬으며 고개를 저었다.

'찾아내기 전까진 마음을 놓아선 안 돼.'

장도를 만지는 그의 손등에는 아직 완전히 아물지 않은 흉터가 그어져 있다. 왕이 가지기엔 퍽이나 기이한, 그 외에는 누구도 원인을 모르는 흉터.

'내게서 도망치다 잡히면 내 손으로 죽여 주겠다고 했다, 산!'

그는 천천히 걸어 수녕궁에서 벗어났다. 오후의 햇볕이 뜨겁게 내리쬐어 다시 현기증이 일었다. 환관이 얼른 다가와 쉬는 것이 좋겠다고 권하자 그도 턱을 가볍게 끄덕였다.

"정비에게 간다. 네가 먼저 가서 나를 위해 차를 준비해 주면 고맙겠다고 전해."

"정비마마께서는 오늘 익양후의 집으로 가셨습니다. 전하께서 며칠 전 허락하신 일이옵니다."

"그게 오늘이었던가? 그럼 의비의 처소로 가자."

예스진의 궁으로 걸어가며 원은 자신이 왜 단을 먼저 찾았는지 갸웃했다. 산에게 날마다 들르는 중에도 그는 사흘 간격으로 꼬박꼬박 낮에 단을 방문해 차를 마셨다. 다른 왕비들이나 부다슈리조차 거들떠보지 않았지만 단만은 예외였다. 어쩌면 그저 몸에 밴 습관일지 모른다. 특별히 살갑고 다정하게 이야기를 조곤조곤 나누는 것도 아니고, 아내에 대한 애틋한 정 때문에 찾는다기보다는 얼굴 한번 보러 간다는 편이 더 맞았다. 깨끗하고 단아한 얼굴이 누군가를 연상시키기에 저도 모르게 발길이 그리로 닿는 것이 아니었던가? 거기에 생각이 미친 원의 입술이 기괴하게 일그러졌다.

방으로 들어오는 원을 맞는 예스진의 표정은 무척이나 무덤덤했다.

"생각보다 일찍 오셨네요, 전하."

"술을 줘."

그녀만큼이나 무심한 얼굴로 간단히 대꾸한 원이 의자에 털썩 걸터앉았다. 피곤한 듯 고개를 뒤로 젖히고 가슴을 쭉 펴던 그가 문득 킥 웃었다.

"후훗, 생각보다 일찍 왔다고? 내가 올 줄 알았다는 얘기야?"

"공주께서 조비의 궁을 박살내 놓았으니 언젠간 올 줄 알았죠. 이렇게 빨리 올 거라곤 생각 못 했지만. 대용의 대용이라니 썩 기분 좋은 일은 아니에요."

궁인에게 술과 안주를 들여오라고 지시하고 예스진이 그의 앞에 앉았다. 술과 음식이 들어와 다 차려지기까지 원은 말없이 탁자만을 응시했다. 궁인들이 부부만을 남겨 두고 물러간 뒤 예스진이 술을 따르자 그제야 참고 있었던 듯 그가 말했다.

"대용의 대용은 없어. 대용도 없고. 내가 필요한 건 진짜야."

"문제는 진짜가 전하의 수중에서 떠났다는 거죠."

예스진이 정곡을 찔렀지만 그녀가 조비의 궁에 감금되어 있던 산의 존재를 알았던 것은 아니었다. 원이 술잔을 채우고 비우는 속도가 빨라졌다. 남편의 광포한 일면을 무수히 겪었던 예스진으로서는 달갑지 않은 일이었다. 술은 광기와 폭력성이 더욱 날뛰도록 부추기는 촉진제다. 그녀가 조용히 입을 열었다.

"전하께서 제게 마지막으로 오셨던 날을 기억하시나요? 아주 오래오래, 피가 나도록 입술을 물어뜯으며 제 품에서 우셨죠. 그때 전하의 우는 모습을 처음 봤어요."

"그리고 마지막일 거야. 그러니 그때 일은 꺼내지 마!"

"아세요? 전하께서 우는 모습, 꼭 보고 싶었어요. 잔인하고 혹독하고 끔찍한, 무정하고 무자비한 전하께서 평범한 사람처럼 울며 괴로워하면 그보다 더 통쾌하진 않을 거라고 생각했었거든요. 제게 한 일을 기억하신다면 전하께서도 제 마음을 이해하실 테죠."

"널 생각한다면 더 울걸 그랬군. 어린애처럼 으앙으앙 소리 질러 가면서, 바닥에 누워 사지를 버둥대면서 대성통곡했었다면 더 좋았겠어, 예스진, 응?"

"하지만 전혀 통쾌하지 않았어요. 눈물로 범벅이 된 전하를 보는 게 너무 힘들었죠. 그날 밤이 전하와 보낸 밤들 중 가장 가슴 아팠던 날이에요. 내 몸이 농락당하고 만신창이가 되는 것보다 더 견디기 힘든 게 바로 전하의 눈물이었어요. 울음소리를 내지 않으려고 악문 잇새로 흘러나오는 신음이었다고요."

"그만! 젠장, 술이 무슨 맛인지 모르겠어."

"다음 날 전하는 아무렇지도 않게 말짱했죠. 왕린과 그 여자, 산이 실종되었다는 말을 듣고 그제야 그 눈물을 이해했어요. 전하께선 그들을 떠나보내신 거예요. 그리고 그건, 그들 없이 전하께서 사셔야 한다는 의미죠."

"무슨 말을 하고 싶은 거야? 빙빙 에둘러대지 말고 똑바로, 단순하게 말해, 예스진!"

"이제 그들의 그늘에서 벗어나란 얘기예요, 이질 부카! 왕린이나 그 여자가 없어졌다고 해서 당신만 혼자 세상에 덩그러니 남겨진 게 아니라고요. 당신을 도울 사람은 옆에 많아요! 당신을 위해 몸을 아끼지 않고 헌신하는 이들을 정당하게 대접하고 기꺼이 도움을 받고 감사하란 말이에요, 그들을 대용물처럼 취급하지 말고!"

원이 술잔을 입에서 내려놓고 불쑥 그녀의 턱을 잡았다. 손가락으로 왕에게 겁 없이 지껄이는 크고 붉은 입술을 훑으며 그가 비웃듯 말했다.

"그 말인즉슨 널 진짜 아내로 안으라는 얘기야? 더 이상 산을 생각하지 말고, 그녀를 떠올리지 말고 순수하게 너를 안으라고?"

"그런 뜻이 아니잖아요! 이 비열한……."

"하지만 예스진, 네 염려는 기우에 불과해. 약속하지, 널 대용으로 안지 않겠어. 하지만 진심으로 안지도 않겠어. 아까 말했었지? 난 진짜를 원하거든. 진짜의 향기와 감촉을 알게 된 이상 어떤 것도 대용으로 쓸 수가 없어."

"그게……, 무슨 뜻이에요?"

그녀의 청회색 눈이 짙은 의혹으로 물들었다. 원이 그녀의 턱을 놓아주고 어깨를 으쓱해 보였다. 그가 입을 떼려는 순간 밖에서 기척이 났다. 그의 시위들 중 하나가 돌아온 것이다. 진관을 감시하라고 보냈던 자였다.

"중랑장이 서교에서 산예도狻猊道로 가는 중 길가에 가마를 세워 둔 여인과 만났습니다. 지금 여인을 말에 태우고 서쪽으로 가는 중입니다."

"역시."

원이 탁자를 탕 치며 일어났다. 예스진이 불안스레 눈을 크게 뜨며 따라 일어났다.

"무슨 일인가요, 전하?"

"내가 잃었던 걸 찾으러 가는 일이야."

그가 성큼성큼 문으로 걸어갔다. 짧은 시간에 여러 잔 마신 사람 같지 않게 걸음걸이가 힘차고 날렵했다. 문을 나서려던 그는 불현듯 뒤돌아 멍하니 선 예스진을 보았다.

"혼자가 아니라고 했지? 날 도울 사람이 많다고. 하지만 지금까지 겪어 본 바로는 난 철저히 혼자야. 내가 믿었던 사람들은 하나같이 날 떠날 궁리만 하지. 날 위해 몸을 아끼지 않고 헌신한다는 사람들이 말이야. 그자들 모두 자기들 방식으로 날 돕겠다고 날뛴단 말이야. 내겐 아무 말도 없이, 제멋대로! 난 내 방식대로 날 돕는 사람을 원해. 예스진, 당신도 그런 사람이길 바라고."

여전히 이해하지 못하는 예스진을 남겨 두고 원은 걸음을 재촉하여 그녀의 궁을 떠났다. 평복으로 갈아입고 모첨을 두른 방갓을 써서 변장을 한 후 말을 탄 그는, 두 명의 시위 무사만을 대동하고서 무섭게 채찍을 휘두르며 예성강으로 질주했다. 그의 가슴은 분노로 터질 것만 같았다. 진관이 배신했으리란 그의 예상은 빗나가지 않았다. 그러나 그의 예측이 맞은 것이 더 화가 났다.

'린이 떠날 땐 장의가 날 거역하더니 이번엔 진관이 산을 빼

돌렸단 말이지!'

두 명은 가장 사랑하는 벗이었고 다른 두 명은 지극히 믿음 직스러운 수하였다. 측근 중의 측근인 그들이 그의 사랑과 신뢰를 저버리고 도망치려 발버둥질하다니. 그것도 하나가 아니라 넷이나! 말고삐를 쥔 그의 손등에서 핏줄이 툭툭 불거져 나왔다.

진관보다 꽤 늦게 출발한 셈이었으나 두 명이 탄 말과 한 사람이 미친 듯이 모는 말의 속도는 확연히 달랐다. 어둠이 짙게 내리기 전, 원은 멀리 앞서 달리는 진관의 말을 발견할 수 있었다. 진관의 뒤에 매달려 가는 너울을 쓴 여자는 분명 그녀일 것이다. 원은 그들에게 들키지 않도록 두 명의 시위 무사를 떼어 놓았다. 벽란도까지 그들을 쫓아간 원은 포구에 이르러 말에서 내려 걷는 그들을 따라 말에서 내렸다. 국외로 나가는 장삿배가 원하는 대로 출항하는 것도 아니고, 설사 그녀가 배에 오른다 해도 그가 미리 보내 놓은 시위들이나 관원들에게 붙들릴 것이다. 그는 활활 타오르는 눈과 가슴을 진정시키며 여유를 찾으려 애썼다. 어차피 그녀는 그의 손아귀에 있는 것이다.

어둠이 짙게 내린 밤이었지만 포구는 빼곡히 달아 놓은 등으로 꽤나 밝았다. 밤에도 활기찬 노점들과 주점들을 엄폐물 삼아 산과 진관을 감시하던 원은, 그들이 곧장 배를 탈 것이란 예상과 달리 어둑한 뒷골목으로 들어가자 긴장하여 숨을 삼켰다. 어두운 골목은 몸을 숨기기엔 더욱 좋았지만 그들을 관찰하기엔 다소 어려움이 있었다. 그들과 마주친 일련의 무리들이 어떤 사람들인지 육안으로 확인하기가 곤란할 정도였다. 눈이 어둠에 익숙해지고 아슴아슴한 여각들의 불빛이 새어 나오면서 그 무리가 땟국이 질질한 거지들임을 파악할 수 있었다. 남녀노소가 다양하게 섞인 거지들은 옷도 얼굴도 더러워 생김새가 다 똑같아 보였다. 작달막한 자부터 제법 크고 덩치가 있는 자까지, 마치 일가족인 듯 땅딸막한 여인네와 어린아이까지 있었다. 그들에게 산이 무언가 건네는 모습이, 딱한 모습에 연민이 일어 도우려는 모양이다. 이런 순간에도 타인을 돌보는 성정이, 원은 이해가 가지 않으면서도 마음에 들었다.

거지 무리가 우르르 가 버리자 산과 진관이 잠시 그 자리를 지키더니 말을 끌고 다시 강가로 나왔다. 밝고 왁자한 거리에는 장사꾼들이 넘쳐 났는데 여기저기서 그들을 불러 댔다. 개경으로 갈 물건들을 꺼내 놓고 붙잡는 이들도 있었다. 통관하기 전 일부를 떼어 두었다가 팔아 이득을 남기려는 것이다. 밀무역이 성행하면서 관원들과 결탁한 상인들이 수입이 제한된 품목들도 공공연히 들여와 떳떳이 호객하였다. 그런 광경이 재미난 듯 산이 천천히 거리를 누비며 구경하였다. 멀리서 지켜보는 원으로서는 기가 막힐 노릇이다. 지금 당장 배를 구하려고 부득부득 애를 써도 모자랄 판국에 노상의 물건들이나 구경하고 있다니.

'내가 이렇게 빨리 쫓아온 줄 꿈에도 생각지 못하겠지만, 산, 지금의 네 여유가 발목을 잡고 말 거다!'

한가로이 이곳저곳을 기웃거리며 거니는 두 사람의 뒷모습은 그저 어깨를 나란히 하고 걸을 뿐인데도 퍽 다정스러워 보여 원의 눈살을 찌푸리게 했다. 배를 찾아 동동거리는 그녀의 모습이 보고 싶었던 그였다. 감히 그의 땅에서 벗어나려던 시도가 처절하게 무너져 좌절하고 절망하는 순간을 그녀가 맛보길 바랐던 그였다. 그녀가 배에 오르면 뒤따라 승선하여 팔을 꺾어 내려오리라 계획한 그였지만, 벽란도의 휘황한 거리에서 떠날 줄 모르는 그녀와 진관을 보니 그 느긋함에 질식할 것 같아 당장이라도 그들의 뒷덜미를 잡아채 끌고 가고 싶은 심정이었다.

그의 인내력이 바닥이 나 정말로 그들의 목을 잡으려고 다가가려 할 즈음에야 산이 비로소 정박해 있는 상선들 쪽으로 걸음을 옮겼다. 배 한 척이 바다 쪽으로 미끄러져 가고 있었다. 어슴푸레한 새벽도 아니고 캄캄한 밤중에 떠나는 배는 매우 드물지만 각 상선마다 사정이 있으니 아예 없는 일도 아니었다. 그 배에 떠나고 싶은 마음을 실은 것인가. 산은 붙박여 서서 하염없이 바라보기만 했다. 멀어져 곧 어둠 속에 묻혀 버린 배가 계속 보이는 것처럼 그녀는 좀처럼 움직일 줄 몰랐다. 얼마나 보았는지 옆에 섰던 진관이 뭐라고 말을 거는 게 보인다.

'아마도 출항이 임박한 배를 찾아보자는 말이겠지.'

하지만 원의 생각과는 달리 산과 진관은 다시 상선들에서 멀어져 흥청대는 벽란도의 거리로 향했다.

'오늘은 여각에서 머물고 내일 배편을 알아보려는가?'

복닥복닥한 사람들 속을 헤치고 그들을 쫓아가며 원이 짐작했다. 그들이 여각의 깃발 아래를 하나씩 지나쳐 갔다. 도망치는 형편이니 아무 여각이나 들어갈 수는 없으리라. 원은 또 짐작했다. 그러나 웬만한 여각들을 모두 지나친 그들이 개경으로 올라가는 길에 접어들자 불길한 예감이 덜컥 머리를 스쳤다. 더 이상 망설일 수가 없었다. 원은 재빨리 달려가 막 말에 그녀를 태우려는 진관을 제지했다. 진관이 날쌔게 칼을 뽑아 들어 그녀의 앞을 막아서고 싸울 태세를 갖췄다.

이상하게 덜덜 떨리는 손으로 원이 방갓을 벗어 던졌다. 불빛이 거의 들지 않는 길이었지만 낯익은 얼굴까지 몰라볼 정도는 아니었다. 진관과 너울을 쓴 산의 입에서 동시에 앗, 소리가 나왔다.

"쓰개를 벗어."

손만큼이나 그의 목소리도 떨렸다. 명령에 순순히 너울을 벗은 그녀의 얼굴을 보고 그의 심장이 수 초간 멈춘 듯 오그라들었다.

"단!"

진관의 뒤에서 맨얼굴을 드러낸 그의 아내가 백옥처럼 맑은 얼굴로 평온하니 그를 마주 보았다. 진관이 황급히 그녀의 뒤로 물러났다. 한 발 한 발 그녀에게 다가가는 원의 걸음이 휘청거렸다.

"왜 여기에 있지? 여기에 오려고 며칠 전, 익양후의 집에 가겠다고 조른 것인가?"

"전하께서도 오실 줄은 몰랐습니다."

"묻는 말에 대답해. 여기에 왜 있는 거야, 단!"

"전하께서 여기에 계신 이유와 같습니다."

이글거리는 그의 두 눈을 마주하고도 단의 깊고 검은 눈동자는 흔들리지 않았다. 흔들리는 쪽은 오히려 원이었다.

"산은……, 어디에 있어?"

"이미 멀리 떠났습니다."

"어디로? 어떻게?"

그의 물음엔 이미 열기가 식어 있었다. 대답을 듣지 않고도 이미 알 수 있었기 때문이다, 불길한 예감이 들어맞았다는 것을. 산은 보란 듯 그의 손아귀에서 빠져나간 것이다. 그것도 그의 아내의 도움을 받아. 나는 정말, 정말로 완전히 혼자야. 그는 소름이 죽 돋는 외로움을 피부로 느꼈다. 적어도 네가 배신할 줄은! 아내를 바라보는 그의 눈이 몹시 쓸쓸했다.

"단, 산에게 배를 마련해 준 사람이 너야?"

"예, 전하."

"오늘 하루 만에 구할 수 있는 배가 아닌데 어떻게 조비의 궁을 공주가 뒤집어 놓는 날을 잡았지? 우연이라고 말할 텐가?"

"공주께 조언을 드렸습니다, 제가."

"산을 빼내기 위해서?"

"예, 전하."

"그 애가 내게 어떤 존재인지 알면서?"

"알면서요, 전하. 알기 때문에요. 전하께서 생각하시는 것보다 더 잘 알기 때문입니다."

평상시와 같은 눈, 평상시와 같은 어조. 담담한 그녀에게서, 부다슈리에게선 받지 못했던 위압감을 느낀다. 잘못했다고 빌지 않아? 미안하다고, 용서해 달라고 사정하지 않아? 원은 낯선 사람처럼 그녀를 의아하게 보았다. 그녀가 이토록 당당하고 의연할 수 있는 처지인가? 그는 가까운 사람에게서 또 한 번 깊은 상처를 받았다.

"내게 어떻게 이럴 수가 있어, 단? 네가 어떻게 내게……."

나지막한 목소리는 분노보다 슬픔을 느끼게 한다. 그것을 깨달은 단의 아랫눈시울이 붉게 젖어 들었다.

"난 네게 최선을 다했어. 널 공녀에서 빼냈고, 아내로 삼았고, 함부로 대하지 않았고, 누이처럼 소중히 다뤘어. 그런데 왜?"

"저는 누이가 아니에요. 전하의 누이가 아니라고요. 전 전하의 아내예요!"

작게 외치는 그녀의 목이 메었다. 원이 헛헛하니 웃었다.

"후훗, 아내이길 원해? 내 아내가 어떤 건지 알고나 그러는 거야?"

"평생 전하의 누이로 살 수는 없습니다. 그러기엔 너무 지쳤어요. 차라리 아내로서 버려 주십시오."

원이 한 걸음 더 다가갔다. 그가 서로의 콧김이 섞일 정도로 가까이 접근하자 단의 맑은 눈동자에 두려움이 스멀스멀 피어오르기 시작했다. 뜨거운 열기가 그의 입술에서 새어 나왔다. 달면서도 소름이 끼치는 생소한 열기. 그녀가 본 적이 없었던, 느낀 적이 없었던, 사내로서의 남편이 내뿜는 야릇한 욕망이었다. 오랫동안 바라고 고대해 왔던 순간이었으나 낯선 만큼 그녀를 움츠리게 했다. 느릿하게 내려오는 그의 입술에서 도망치고 싶은 마음을 억누르며 단은 눈을 감았다. 하지만 눈물로 축축하게 젖은 그녀의 입술은 그의 것 못지않게 뜨거웠다. 그녀의 두려움을 감지한 듯 그가 조심스럽고도 상냥하게 입을 맞추었다. 천천히, 그녀가 자진하여 입을 벌리고 기꺼이 그를 맞아들일 때까지 기다리며 다정하니 더듬어, 능란하게 순결한 그 안까지 깊이 맛을 보았다. 애틋하고 따스한 최초의 입맞춤은 처음치고는 몹시 길었지만 지난 시간을 돌이켜 보면 퍽 짧은 것이었다. 이윽고 몽롱하니 힘이 빠진 그녀를 놓고 뒤로 물러난 원이 부드럽게 말했다.

"이건 네가 내 아내라는 뜻이다, 단."

원이 몇 걸음 더 그녀에게서 멀어졌다.

"이번 조비의 일로, 나는 어쩌면 왕 노릇을 그만두어야 할지도 모른다. 아마도 대도에 입조하게 될 거다. 그렇게 되면 난 너를 데려가지 않겠다. 몇 년이든 몇십 년이든 나는 너를 보지 않아. 또한 고려에 있더라도 너를 찾지 않겠다. 안부를 묻지도, 차를 마시러 가지도 않겠다. 누이가 아니라 아내이기 때문이다."

원의 눈이 그녀에게서 진관으로 옮겨 가며 매섭게 빛났다.

"진관."

그가 씹어뱉듯 수하를 불렀다.

"네가 정비에게 산이 있는 곳을 말했느냐?"

"죽여 주십시오, 전하."

"어째서?"

"……."

고개를 푹 숙인 진관은 말이 없었다. 단이 두 팔을 벌려 그 앞에 나서며 진관을 향한 왕의 시선을 온몸으로 막았다.

"이 사람의 잘못이 아닙니다. 제가 묻는 말에 거짓을 아뢰지 못했을 따름입니다."

"내 시위와 따로 만나 밀담을 나눴단 말이지? 그와 단둘이 왕성에서 30리나 떨어진 곳까지 같이 말을 타고 와서 사이좋게 포구를 거닐었고? 내 시위들에게 일일이 그런 식으로 대해 주려면 몹시 바쁘겠어, 단."

"어찌하여 그런 말씀을……. 전하께서 짐작하시는 의도로 만난 것이 결코 아닙니다."

단의 눈에 눈물이 그렁그렁 고였지만 원은 냉담하니 반응했다.

"내가 짐작하는 의도? 어떤 의도? 그대는 아닐지 모르지만 적어도 저놈은 그랬어. 주군을 배신하고 주군의 아내를 탐하다니 사지를 찢어 죽여도 모자라지. 내 말이 틀렸나? 대답해, 진관."

"소신은 죽어 마땅하오나 정비마마께는 죄가 없습니다. 현애택주를 도망시킨 일은 모두 제 머리에서 나온 것이고, 마마를 이곳까지 모셔 온……."

"닥쳐라. 내 앞에서 감히 내 아내에게 연심을 품고 있다고 고백이라도 하겠단 말이냐? 그 혀를 당장 뽑아 버리겠다!"

"제 죄를 어찌 씻으오리까? 죽음 외에는 길이 없는 줄, 소신

잘 아옵니다."

진관이 무릎을 꿇고 앉아 허리에 매달린 소도를 뽑아 제 가슴 쪽으로 치켜들었다. 순간 단이 비명을 질렀고, 그보다 먼저 원이 진관을 세게 걷어찼다. 나동그라진 진관의 얼굴을 발로 짓이기며 원이 이를 갈았다.

"물론 넌 죽어야 해! 하지만 네가 죽는 게 아니고 내가 죽여야 한단 말이다! 멋대로 자결하는 건 용서 안 해. 알겠나, 진관? 내 명을 한 번이라도 더 거역하면 정비가 무사하지 못할 거다, 명심해! 내가 죽으라고 할 때까지 넌 내 옆에 붙어 있어야 해. 날 배신한 놈을 단박에 죽여 편안하게 해 줄 줄 알았나? 천만에! 두고두고 괴롭혀 주겠다, 산 채로."

흙투성이가 된 진관의 얼굴에서 발을 떼고 원이 홱 돌아섰다.

"정비를 궁으로 모셔라. 그 이후로 넌 평생 정비를 보지 못한다. 그게 첫 번째 벌이다."

원은 할 말을 모두 끝낸 듯 망연한 두 사람을 남겨 두고 주저 없이 큰 보폭으로 성큼성큼 걸어 벽란도의 거리로 향했다. 주점들의 푸른 깃발이 불빛을 받으며 휘날렸다. 그는 눈에 띄는 첫 술집으로 무작정 들어갔다. 왕이 단신으로 거리의 주점에 들어가 술을 마시는 일이 얼마나 위험하고 어처구니없는 건지 잘 아는 그였지만 원은 개의치 않고 독한 술을 주문했다. 오늘 밤, 그는 절실히 술이 필요했다.

16

특별한 노예

    끝도 없이 펼쳐진 드넓은 초원에 고통스런 봄이 거의 지나가고 있었다. 알타이나 인산[陰山], 다싱안링[大興安嶺], 야블로노비와 같은 산맥들에 둘러싸인 높은 그 지대는 세상의 중심, 몽골의 발원지이자 근거지다. 이 고원의 서부에 성스럽게 솟아 있는 푸른 풀과 맑은 물을 품은 항가이[杭海]산맥의 능선을, 말을 타고 천천히 오르는 한 남자가 있었다. 불그스름한 뺨과 움푹 들어간 눈, 곱슬곱슬한 머리칼과 수염이 몽골인들과는 사뭇 달랐다. 그러나 다부진 몸매와 날카로운 눈매는 몽골의 여느 장수와 비교해도 뒤처지지 않았다.

    그는 킵차크대초원을 누비던 유목민들 중 용맹성이 남다른 캉글리족의 수장이었다. 신선한 바람을 만끽하듯 유유히 걷던 그는 멀리서 들려오는 외침에 고개를 돌렸다. 누군가가 말을 달려 다가오고 있었다. 점이라고 해도 좋을 만큼 작게 보이는 상대였지만 눈이 밝은 그는 금세 알아보고 활짝 웃었다. 달려오는 상대도 마찬가지였다. 그들은 사냥할 때 쓰는 새매만큼이나 멀리 볼 수 있는 모양이다.

"오랜만일세, 톡토[脫脫]!"

달려온 사내가 무성한 수염 사이로 이를 온통 드러냈다. 그역시 몽골인이 아니라 서쪽 초원의 백인이었지만 캉글리족과는 또 다른 킵차크 사람이었다.

"이제야 오다니, 송고르[床兀兒]! 이름이랑 영 딴판이야. 이제자넬 거북이라 불러야겠네."

"아아, 사정이 좀 있어서……. 왕자님은?"

"저 너머에."

톡토라 불린 사내가 턱으로 언덕 너머를 가리켰다. 높은 언덕에 자리 잡은 대규모 군진에서 보다 적지에 가깝게 들어간그 어딘가, 아군도 적군도 쉽게 발들이기를 거리끼는 중립의풀밭이 있다. '매'라는 뜻의 송고르란 이름을 가진 사내가 그의시선을 따라 멀리 능선을 훑어보며 고개를 끄덕였다.

그들이 왕자라 지칭한 인물은 카이샨, 쿠빌라이의 증손이자현 황제 테무르의 조카였다. 쿠빌라이는 죽었지만 그의 영원한맞수였던 우구데이가의 카이두는 아직 건재했다. 이 칠순이 넘은 늙은 이리가 황제의 형인 진왕 카말라와 그의 아들 예순 테무르[也孫鐵木兒]를 격파하고 쫓아 버리자 서쪽 국계에 위협을 느낀 황제가 약관의 카이샨을 보냈던 것이다. 명목으로는 카이두에 맞설 영웅으로 파견한 것이지만 그 내막은 좀 더 복잡했다. 제위 계승자로서 두각을 나타내는 카이샨의 존재를 껄끄러워한 황후가 그를 대도에서 몰아내고자 황제를 충동했던 것이다. 말하자면, 후계 자리를 다투는 싸움에서 밀려난 축출이었다.

그러나 황제는 조카를 맨몸으로 보내진 않았다. 선대 카안의 케식텐*이었던 이족 유목 군단을 붙여 주었던 것이다. 이해**裏海의 북쪽과 북동쪽에 위치한 거대한 초원들의 주인이던 유목민들의 후예인 이들은 타고난 용맹성으로 명성이 높았다. 또한 더 높은 지위와 재산을 보장받기 위해 주군의 명이라면 물불을 안 가리고 악착스레 전투에 임하는 터라 이들 킵차크, 아스, 캉글리 등 백인 유목민 전사라면 세계 최강이라는 몽골군도 혀를 내둘렀다. 톡토와 송고르는 바로 이 이족 군단을 이끄는 수장들이었다.

"사정이라니, 아랫것들을 먼저 보내고 수장이 몇 달이나 늦게 온 사정을 카이샨님께 어떻게 설명할 텐가?"

나란히 말을 몰아 능선을 올라가며 톡토가 묻자 송고르가 넌더리 치듯 고개를 절레절레 흔들었다.

"이해하지 않으시곤 배기지 못하실걸. 베키가 기어코 따라왔거든."

"저런!"

---

* 친위대.

** 카스피해.

톡토의 얼굴에 웃음과 동시에 난처함이 떠올랐다.

"그 골칫덩이 아가씰 떼어 놓고 오라고 분부하신 카이샨님의 명을 지키지 못했다고? 자넨 친위대 오르콘[*]으로 실격이야, 송고르."

"자네가 맡았어도 결과는 마찬가지였을걸! 더구나 이번엔 내 아들 녀석까지 얽혀서……. 카이샨님의 관대한 처분에 기댈 수밖에."

"하지만 송고르, 여긴 놀이터가 아니라 전장이야. 그리고 우리 적은 카이두만이 아니라고."

"나도 알아, 안다고."

한 발짝 떨어져 충고하듯 넌지시 상황을 새삼 일깨우는 동료에게 송고르가 이맛살을 잔뜩 구기며 투덜댔다.

푸른 융단처럼 부드러이 풀이 깔린 산자락을 올라가 거대한 군영을 지나쳐 언덕 아래를 굽어보는 그들의 눈 아래, 말뚝 하나 없는 국경이 있다. 드넓은 초원 어디까지가 황제의 영역이고 어디부터가 카이두의 세력권인지 그곳에선 명확하지 않다. 언젠가 두 군대가 정면으로 맞부딪치고 어느 한쪽이 다른 한쪽을 철저히 뭉개면 그 소유주가 비로소 분명해지리라. 지금은 그 넓은 풀밭 깊숙이, 톡토와 송고르에겐 점처럼 보이는 카이샨이 마치 제 봉토인 양 누비며 아군과 적군을 동시에 긴장시키는 중이다.

---

[*] 만인대장.

"자네야말로 친위대 오르콘으로 실격이야, 톡토. 어떻게 혼자 가시도록 내버려둘 수가 있나?"

"자네라도 별수 없었을걸! 카이샨님의 고집을 누가 말리겠나? 덕분에 매일 나와 밍간*들, 자운**들이 바짝 긴장하고 있지."

"여긴 자네 말고 없잖아?"

송고르가 매처럼 밝은 눈을 가늘게 뜨며 주위를 살피자 톡토가 어깨를 으쓱했다.

"그들은 보이지 않는 곳에 숨어 있다네. 가까이 가도 숨소리조차 들리지 않는 곳에. 카이샨님께 다가가는 자는 누구라도 화살 하나 제대로 날리기 전에 숨이 끊어질 걸세."

"저 얕은 풀밭에 보이지 않게 숨었다……."

송고르의 눈이 더욱 가늘어졌다, 발목에도 오지 않을 낮은 풀들 사이 어디엔가 있을 그의 부하들을 찾아. 하지만 역시 보이지 않았다. 그가 돌아보니 톡토가 싱긋 웃었다. 그가 못 찾을 걸 확신한 고소한 웃음이었다. 그런데 무슨 생각을 했는지 톡토의 미소가 이내 잦아들었다.

"그 골칫덩이 아가씨는 어디에 놔뒀지? 왜 보이지 않는 건가?"

"저 아래서 기다리라고 했어. 카이샨님께 먼저 보고를 드리고 죄를 빌어야 하지 않나."

"기다리라고 하면 기다릴 사람이던가, 그 베키가?"

---

* 천인대장.

** 백인대장.

톡토의 목소리에 짙은 의심이 묻어났다. 그는 황급히 카이샨 쪽으로 눈을 돌렸다. 곧 그의 입에서 경악에 찬 고함이 터져 나왔다.

"맙소사, 송고르! 자네가 한 일을 보라고!"

톡토의 시선을 좇아 초원을 내려다본 송고르의 불그레한 얼굴이 희게 질렸다. 언제 능선을 넘은 것인지 한 소녀가 쏜살같이 말을 몰고 카이샨에게로 질주하고 있었다.

"젠장! 톡토, 친위대에게 신호를 보내. 저 계집앨 공격하지 말라고! 케레이트[克烈] 대노얀의 딸이 여기서 죽으면…….'

"하지만 저 뒤에 쫓아오는……, 저건 또 뭐지? 자객인가?"

소녀의 뒤를 따라 말을 달리는 또 한 명을 발견하고 톡토가 멈칫하자 송고르가 그에게서 향전響箭*을 낚아채 쏘아 올렸다. 쐐액. 화살 끝에 달린 속이 빈 깍지가 공기에 부딪혀 날카로운 소리를 냈다.

"늦었어, 송고르! 이미 간격 안에 들어가 버렸어!"

"베키는 물론이고 저 사람도 죽게 내버려두면 안 돼! 내 은인이라고!"

송고르가 미친 듯이 말을 몰아 언덕 아래를 내달리자 톡토도 말의 배를 거듭 걷어찼다.

카이샨은 알타이 너머 어딘가에 진을 치고 있을 카이두를 생각하며 서쪽 먼 곳을 더듬고 있었다. 이 전쟁에서 그 늙은 이

---

* 우는살.

리를 없애면 그는 다음 카안의 자리에 한발 더 다가서게 된다. 결전의 순간이 바로 코앞에 다가왔음을 그의 혈관 속 들끓는 피가 예고했다. 이제까지의 소소한 전투들과는 비교도 안 되는 거대하고도 격렬한 싸움이 그를 만인의 영웅으로 우뚝 세워 줄 것이다, 증조부 쿠빌라이도 쓰러뜨리지 못했던 카이두를 마침내 무릎 꿇린 지상 최대의 전사로서. 기분 좋은 미래를 상상하며 신성한 항가이의 맑은 공기를 흠뻑 들이마시던 그는, 전쟁터에서 결코 들을 수 없을 것 같은 가냘픈 목소리를 듣고 움찔했다.

"카이샨님!"

아련히 멀리서 들려오는 목소리. 희미하니 작았지만 그 주인을 카이샨은 보지 않아도 잘 알았다. 결국 믿었던 만인대장 송고르마저 실패했단 말인가? 돌아보는 카이샨의 한쪽 눈이 세게 일그러졌다. 과연 반갑지 않은 손님이 양 갈래로 땋은 머리를 날리며 얼굴 가득 환한 웃음을 담아 그에게로 곧장 말을 달려오고 있었다.

"베키!"

찡그린 눈은 펴질 줄 몰랐지만 입속 중얼거리는 목소리는 사뭇 다정하다.

팟! 팟! 순식간에 카이샨을 중심으로 커다란 반원형 모양의 구덩이가 생겼다. 땅을 파고 들어가 풀로 위장하고 있던 친위대의 수장들이 주군의 위험을 감지하고 풀밭을 뚫고 솟아오른 것이다. 카이샨에게 접근하는 적군이나 자객을 가차 없이 살해할 만반의 준비를 하고 있던 그들은 달려오는 소녀를 겨냥해 완양각궁羱羊角弓*을 당겼다. 소녀를 향해 말 머리를 틀던 카이샨이 미처 말리기도 전에 십수 개의 화살들이 날카로이 공기를 가르며 소녀의 얼굴과 몸통으로 곧장 날아갔다.

"안 돼! 멈춰, 이 바보들!"

소스라치게 놀란 카이샨이 고함을 질렀을 땐 이미 소녀가 그의 눈앞에서 고슴도치가 되어 말에서 굴러 떨어질 참이었다. 그의 고함 소리가 잦아들기 전에 화살들이 정확하게 소녀가 탄 말 위를 지나갔다. 그러나 화살들은 목표물을 잃고 애꿎게 허공을 갈라 한참 날더니 후드득 풀밭 위로 아무렇게나 떨어져 버렸다. 소녀의 뒤를 쫓아왔던 한 시커먼 사내가 몸을 날려 그녀를 감싸 안고 말에서 훌쩍 뛰어내려 화살을 피했던 것이다. 화살이 죄 빗나간 것을 확인한 친위대의 베크**들은 첫 공격의 실패를 아쉬워하지 않고 소녀를 안고 데굴데굴 굴러 오는 사내를 향해 냉큼 환도를 빼 들었다. 베크들 중엔 몽골족도 있었지만 주로 백인 유목민 출신이라, 활과 화살보다는 칼에 더 자신이 있었던 것이다.

그들 중 맨 앞에서 돌격한 자운 한 명을 사내가 땅에 어깨를 댄 상태로 날렵하니 발을 휘둘러 한 방에 거꾸러뜨렸다. 휘청하는 백인대장의 손목을 꺾어 환도를 쉽사리 빼앗아 든 사내는

---

* 이중 꺾임 형태의 몽골식 활.
** 십호에서 만호까지 각 부대를 통솔하던 대장.

넘어진 상대의 등을 지지대 삼아 뛰어올랐다. 사내를 향해 와락 덤벼드는 베크들이 우수수 떨어져 나갔다. 어떤 자는 칼에 맞아, 어떤 자는 발에 맞아, 어떤 자는 팔꿈치나 무릎에 가격당해. 그러나 누가 칼에 맞았고 누가 발에 맞았는지까지는 너무 빨라 일일이 확인할 수가 없었다. 어찌나 빨랐던지, 사내가 그를 공격하려 덤볐던 베크들을 다 쓰러뜨릴 때까지 발을 땅에 한 번도 딛지 않은 것처럼 보였다.

카이샨은 입을 딱 벌렸다. 비록 수가 많지는 않았지만 명색이 황제의 친위대였고 사령관 카이샨의 직속 무관들이다. 싸움이라면 이골이 난 그의 베크들이 단 한 명에게 이렇게 간단하게 작살나다니 눈으로 보고서도 믿을 수가 없었다. 낙엽처럼 뒹구는 그의 전사들 사이에 우뚝 선 사내가 그에게로 몸을 돌리자 카이샨은 근래 경험해 보지 못했던 예리한 긴장감을 알싸하니 느꼈다.

"누구냐?"

카이샨이 묻는 말에 사내가 대답하지 않고 칼을 꼬나들어 곧장 그를 향해 덤볐다. 이런 망할! 카이두의 대군과 맞서기 전에 목숨을 걱정할 일이 생기리라곤 생각해 본 적도 없는 카이샨이었다. 그러나 그 자신이 대단한 무용을 자랑하는 전사이니만큼, 카이샨은 이 낯선 사내의 질풍 같은 공격이 두렵지 않았다. 오히려 자신의 베크들을 어이없도록 손쉽게 해치운 막강한 사내와 칼을 맞댄다는 것에 그는 강한 흥분을 느꼈다. 이 순간 도와줄 부하는 없다. 이 가공할 사내의 앞에 두 다리로 꼿꼿이

서 있는 사람은 오직 카이샨 자신뿐. 누구도 도와줄 수 없는 전투에서, 그는 의연히 칼을 뽑아 들었다.

두근두근 커져 가는 자신의 심장 고동 소리를 똑똑히 들으며 카이샨은 달려오는 사내에게 칼끝을 겨눴다. 싸악, 그는 분명 간격에 들어온 사내를 확인하고 칼을 그어 내렸다. 결과는 사내의 가슴이 두 쪽 나든지 그가 쓰러지든지 둘 중 하나여야 했다. 그러나 여전히 꼿꼿이 자리에 선 카이샨은 가슴이 갈라져 넘어지는 사내를 보지 못했다. 사내가 아예 시야에서 사라져 버렸던 것이다. 어떻게 해서? 보지 못하고 베지 못할 것이 없다고 생각했던 카이샨이었다, 적어도 이렇게 지척에 적을 앞두고서는!

자만이 아니었다. 제국을 통틀어 최고의 전사들로 손꼽히는 이들이 인정한 바다. 그런 그를 가뿐히 피하고 사라진 사내는 도대체 어떤 부류의 인간일까? 그와 똑같은 인간이란 범주로 두루뭉술하니 묶어도 괜찮은 존재일런가? 카이샨은 의문을 해소하지 못한 채 팟! 팟! 좀 전과 똑같이 땅을 뚫고 솟아오르는 소리를 등 뒤로 들었다.

굳이 돌아보지 않아도 알 수 있을 것 같다. 땅속에 있던 그의 베크들은 이미 모두 뛰쳐나와 형편없이 뒹구는 참이다. 지금 튀어나온 자들은 그를 공격하기 위해 매복하고 있던 자객들이 틀림없다. 그러나 그 자객들은, 지금 막 그의 송곳 같은 공격을 멋쩍게 만들고 유유히 그를 스쳐 간 사내에 의해 자신의 베크들처럼 허무하게 쓰러졌으리라.

아닌 게 아니라, 카이샨이 고개를 돌리고 뒤를 보았을 땐 짐작대로 마지막으로 서 있던 자객 하나가 비칠대며 꺾인 무릎을 땅에 박는 참이었다. 사내가 더 쓸 일도 없다는 듯 들고 있던 칼을 휙 내던졌다. 널브러진 무사들을 발치에 두고 홀로 초연히 서 있는 사내의 모습에 카이샨은 뭐라 말할 수 없는 짜릿한 감각을 느꼈다. 그것은 강인함을 추구하는 본능이 저보다 더 강한 상대를 만났을 때 절로 끓어오르는, 환희에 가까운 감각이었다.

"카이샨님!"

"괜찮으십니까!"

헐레벌떡 달려온 톡토와 송고르가 카이샨의 옆에까지 이르렀을 땐 이미 상황이 종료된 상태였다. 사내에게 한 차례씩 맞은 무사들이 끙, 신음 소리를 내며 자리에서 뒹굴었다. 피를 흘리는 사람이 없는 것으로 보아 베이거나 찔린 게 아니라 진짜 얻어맞거나 걷어챈 모양이다. 그렇게 친위대건 자객이건 가릴 것 없이 모두 박살낸 사내는 터벅터벅 걸어가 아직 일어나지 못한 소녀를 잡아 일으켰다. 카이샨과 그의 만인대장 두 명은 눈 깜짝할 새에 일어난 일련의 과정들에 할 말을 잃고 잠시 서로 쳐다보기만 했다. 침묵을 먼저 깬 사람은 신음을 흘리는 카이샨의 베크 하나를 발로 차며 분풀이한 소녀였다.

"멍청하게 누구한테 활을 쏘는 거야? 내가 누군 줄 알고!"

"봐주렴, 베키. 그 사람은 날 지키려고 했던 죄밖에 없단다."

골난 소녀에게 카이샨이 웃으며 말했다. 그가 어깨 뒤를 손가락으로 가리켰다.

"차라리 내 뒤에 있는 놈들을 차는 게 낫겠어. 저놈들은 날 죽이려고 한 죄만 있거든."

"카이두가 보낸 자객일까요?"

카이샨의 손가락 끝을 좇아 10여 명의 낯선 남자들을 살피며 톡토가 잔뜩 그늘진 낯으로 속삭였다. 송고르의 얼굴도 푸르죽죽하니 어둑했다.

"제 불찰입니다. 자객들이 이렇듯 손쉽게 잠입해 전하를 노리도록 내버려두다니……."

"톡토 네가 그렇게 말한다면, 내 불찰이 네 것보다 작다고는 못 하지. 위험한 지대인 줄 뻔히 알면서도 한가하니 산보나 했으니 말이지. 너는 내 베크들을 땅속에 묻으면서까지 날 보호하려던 불찰밖에 없다고. 카이두를 도발한 건 나야. 틈을 보인 것도 나고. 네가 책임질 일은 없다."

면목이 없어 고개를 들지 못하는 톡토에게 카이샨이 관대하게 말했다. 대범하니 여유로운 웃음을 찾은 그의 옆에서 송고르가 아주 작은 소리로 귀엣말을 했다.

"황후가 보낸 자들일 가능성도 있습니다."

"뭐, 심문을 해 봐야겠지만 건질 건 없을 거야. 황후가 보냈더라도 저들은 스스로를 카이두의 사람이라고 주장할 테니까. 난 저놈들에겐 관심 없다. 그보다는……."

카이샨이 그를 향해 방실거리는 소녀에게로 시선을 돌렸다. 더 정확하게는 소녀의 옆에 선 사내에게 눈길을 박았다.

"……저놈이 궁금해."

카이샨의 날카로운 눈이 사내를 재빠르게 훑었다. 키는 컸으나 다소 말라서 언뜻 보기에 강인한 느낌은 없지만 바르게 허리를 편 자세가 우아한 사내였다. 강인한 느낌이 없다고? 카이샨은 웃음을 삼켰다. 조금 전 사내의 막강한 실력을 그의 두 눈으로 직접 확인한 터다. 어쨌든 막강한 그 사내는 생김새를 자세히 관찰하기가 쉽지 않았다. 갸름한 얼굴은 잔뜩 더러워진 데다 숱이 적은 수염이 제대로 정돈되지 않아 거칠고 야생적인 느낌을 풍겼다. 어깨까지 드리운 묶지 않은 머리칼은 얼굴의 상당 부분을 가려 눈동자조차도 제대로 보여 주지 않는다.

"베키의 노예입니다."

"노예? 저놈이?"

송고르의 귀띔에 카이샨이 미간을 구겼다. 검은 털가죽이 비죽비죽 튀어나온 낡고 해진 더러운 웃옷이 고약한 냄새를 풍길 것 같은 게, 확실히 죄수나 노예다웠다. 하지만 그저 노예라고 하기엔 뭔가 석연치 않은 구석이 있는 사내다. 카이샨이 성큼성큼 소녀에게 다가갔다. 그와 제법 가까워지자 사내가 헝클어진 머리칼 사이로 뜬 눈을 천천히 내리깔았다. 감히 황실의 왕자를 똑바로 쳐다볼 수 없음일런가? 그러나 카이샨은 그 이상의 무언가를 예민하게 감지했다.

"저 왔어요, 카이샨님."

심상치 않은 사내로 인해 까맣게 잊고 있었던 소녀가 그의 앞에 불쑥 나섰다. 방금 죽을 뻔한 사람치고 미소가 순수하니 그렇게 밝을 수가 없다. 그녀의 천진함에 카이샨이 빙그레 웃었다.

"여기까지 널 데려오다니 송고르도 다됐군."

"고비*에 버리고 왔다 해도 따라왔을 거예요."

어깨를 으쓱하며 코끝을 한껏 위로 치켜 올린 소녀의 자신만만한 태도에 카이샨이 큰 소리로 웃고 말았다. 바다처럼 너그럽다고 소문난 그는 그 명성에 걸맞게 그를 쫓아 전장에 따라와 버린 소녀의 무모한 행동을 말없이 용서했다. 그녀를 이렇듯 천방지축으로 만든 데는 그도 어느 정도 책임이 있었던 탓이다.

소녀의 이름은 베키, 툴라강 유역에 있는 케레이트부部 출신 노얀의 딸이었다. 그 일대에 있던 몽골제국의 옛 수도 카라코룸에서 군대를 잠시 맡았었던 카이샨은 다양한 부족, 다양한 계층의 사람들과 친분을 맺었다. 유력한 왕공들은 제위에 가까운 왕자와 친근하길 바랐고, 무장들은 왕자의 소탈하고 활달한 성격과 뛰어난 무재를 좋아했다.

카이샨 또한 재능 있고 용맹스런 전사들을 무척 좋아하여, 몽골인이건 아니건 나이가 지긋하건 어린애건 사람을 사귐에 있어 구별을 두지 않았다. 카이샨의 그런 점에 푹 빠졌던 소녀 베키는 그녀의 무술 솜씨를 인정받아 왕자와 함께 전장에 나가려고 무던히 애를 썼었다. 재주는 보잘것없었지만 열의가 대

---

* 몽골말로 황무지란 뜻의 고비사막.

단하여, 카이샨은 그녀를 귀엽게 보고 그의 오르도에 자유로이 출입하는 것을 허락했다. 어리광이 몹시 심했던 그녀는, 알타이산맥을 놓고 카이두와 대치하러 가는 카이샨을 따라가겠다고 나서서 부모와 친위 군단의 수장들을 아연하게 만들었다. 그녀의 응석을 군말 않고 받아 주던 카이샨도 난색을 보였다.

'전 카이샨님의 쿠툴룬 차가가 될 거예요.'

그에게 매달려 베키가 고집을 부렸다. 쿠툴룬 차가는 카이두의 딸로서 여느 사내 못지않게 전장에서 활약한 여장부였다. 사내들처럼 차리고 여러 차례 전쟁에서 용맹을 과시한 그녀를 카이두가 자식들 가운데 가장 아낀다는 소문이다. 카이샨이 손을 휘휘 내저었다.

'난 필요 없어. 너같이 커다란 딸은 사절이야.'

'딸이 아니라 부하라고요!'

'어쨌든 적의 목을 베어 오지 못하는 부하는 전쟁에서 필요 없어. 칼이나 화살은 장식품이 아냐.'

카이샨이 딱 잘라 말했다. 울면서 매달렸지만 끝내 승낙을 받아 내지 못한 베키는 항가이로 출진하는 대열에 몰래 끼어들었다. 곧 들통이 나 되돌려 보내졌지만 그녀는 포기하지 않고 이번엔 군수품을 실은 수레에 숨어들었다. 금방 발각된 것은 물론이다. 그러기를 몇 번째 반복하면서도 카이샨은 화를 내기는커녕 재미있어 했고, 소녀의 나쁜 버릇을 부추긴다며 톡토등 베크들은 작게 불평했다.

결국 카이샨은 먼저 알타이에 와서 싸우고 있던 송고르에게 그녀를 데리고 가 무슨 일이 있더라도 카라코룸에 발을 묶어 두도록 지시를 내렸다. 하지만 그녀는 다시 쫓아오고야 만 것이다. 웃음이 잦아든 카이샨의 입에서 얕은 한숨이 흘러나왔다. 그는 어린 여동생을 대하듯 베키의 머리를 쓰다듬었다.

"너처럼 예쁜 애를 데리고 다니면 금방 소문이 날 텐데. 네가 그렇게나 되고 싶어 하는 쿠툴룬 차가도 늙은 카이두가 제 딸을 애인처럼 아낀다고 흘겨보던 세간의 눈총에 못 이겨 시집을 갔다고. 널 아무한테나 되는대로 시집보낼 수도 없고, 내 아내로 맞을 마음은 더더구나 없어. 넌 내게 내 한 살배기 아들 코실라[和世㻋]와 별로 다르지 않거든, 베키."

"저도 카이샨님이랑 혼인할 마음, 조금도 없어요. 주군으로 따라왔지 남자로 따라온 게 아니라고요."

"뭐야? 나한테 사내로선 손톱만큼도 관심이 없다는 뜻이냐?"

"전혀, 전혀요."

으하하! 카이샨이 호탕하니 웃어 젖혔다. 사실대로 말했는데 뭐가 그리 웃긴담? 그를 바라보는 베키의 볼이 살짝 부었다. 한참을 웃던 카이샨이 돌연 정색을 했다.

"그렇다면 네가 여기 있을 이유도 전혀 없지. 카라코룸으로 돌아가, 베키."

"그럴 수 없어요! 전 전투에서 공을 세우고 싶단 말이에요!"

"베키, 널 지키기 위해 허비할 군사는 내 수중에 없어. 그렇다고 네 아비에게 딸의 시체를 보낼 수는 없잖니?"

"전 죽지 않아요, 절대로요. 장담할게요!"

"젠장, 송고르! 킵차크족 최고의 용사가 열여덟 살짜리 여자 애한테 못 당하고 질질 끌려왔단 말이지?"

뻗대는 소녀에게 항복하듯 두 팔을 번쩍 들어 올리며 카이 샨이 송고르에게 심술궂은 미소를 띠었다. 고개를 푹 숙인 송 고르를 대신해 베키가 냉큼 대답했다.

"그는 제게 빚을 졌어요. 그래서 그 대가로 카이샨님께 참전 을 허락받을 수 있게 항가이에 데려다 달라고 했어요."

"빚이라니? 이 꼬마에게 손을 내밀 만큼 궁했단 말인가, 내 만인대장이?"

"정확히는 제 노예에게 빚을 졌죠. 셀렝게강 하류에서 그의 아들 엘 테무르[燕鐵木兒]가 곰에게 죽을 뻔한 걸 제 노예가 구 해 줬거든요."

노예라는 말에 카이샨의 시선이 다시 베키의 뒤에 선 키 큰 사내에게 꽂혔다.

"흐흥."

카이샨이 불분명한 의미의 콧소리를 냈다. 그는 재빨리 손 을 내밀어 얼굴의 반 이상을 가린 노예의 머리칼을 장막을 걷 어 내듯 젖혔다. 피하지 못한 사내가 불쾌한 듯 감히 왕자의 면 전에서 눈살을 찌푸렸다. 아랑곳 않고 온전히 드러난 사내의 얼굴을 카이샨은 꼼꼼히 훑어보았다. 이따금 흐흥, 콧소리를 내는 그의 입술 꼬리가 기묘하게 비틀렸다. 이윽고 사내의 머 리칼을 원래대로 덮어 주고 손을 뗀 그는, 베크들이 자객들을 포박하는 것을 지휘하던 톡토를 손짓으로 불렀다.

"톡토, 이놈을 내 오르도에 데려다 놔. 베키와 날 구한 놈이니 상이라도 내려야지."

카이샨은 베키와 송고르를 향해서도 한마디 했다.

"너희 둘은 나랑 얘기 좀 할까? 내 명령을 어긴 데 대해서 그냥 넘어갈 수는 없으니 말이야. 내 군영에도 군율이라는 게 있지 않겠어."

살짝 굳은 소녀와 송고르를 제외한 나머지가 카이샨의 명령에 따라 언덕 위 군진으로 향했다. 톡토 등이 아득히 멀어질 무렵, 점처럼 작아진 노예를 물끄러미 바라보던 베키를 카이샨이 번쩍 안아 말에 태웠다. 그녀와 나란히 말을 걸리며, 군율을 따지는 것치곤 꽤나 상냥한 목소리로 그가 말했다.

"말해 봐, 베키. 내 오르콘이 네 노예에게 빚졌다는 그 일에 대해. 귀여운 엘 테무르가 어떻게 됐었다고?"

"우린 달라이 노르*로 사냥을 갔어요. 사냥에 빠지게 되면 전쟁 따윈 잊게 될 거라고 오르콘이 억지로 끌고 갔거든요. 하지만 그건 핑계예요. 나랑 엘 테무르를 돌보는 게 귀찮았던 거라고요. 그래서 내게 열 살짜리 꼬마를 맡기고 셀렝게 강가에 놔둔 채 사냥꾼들이랑 훌쩍 사라져 버렸죠."

"말도 안 되는 소리!"

붉어진 낯으로 송고르가 나지막이 부르짖었지만, 카이샨은 베키에게 무시하고 계속 얘기하라는 눈짓을 했다. 의기양양하

---

* 바이칼호. 몽골어로 달라이는 바다를, 노르는 호수를 의미.

니 소녀의 코끝이 뾰족 하늘로 솟았다.

"우린 강가에서 버림받아 딱히 어딜 가야 할지 몰랐죠. 그래서 그 자리에 앉아 보르츠라도 물에 타 먹을까 했는데, 제 노예가 보이질 않는 거예요. 언제나 제 옆에 있어야 할 사람인데 말예요. 전 허겁지겁 노예를 찾아 뛰어다니기 시작했어요. 너무 당황한 나머지 그만 엘 테무르를 깜빡 잊고 말았죠. 그리고 끔찍한 비명을 들었어요. 작은 엘 테무르가 공포에 질려 울부짖는 소리를요. 전 정신없이 그 소리를 좇아 달렸어요. 엄청나게 커다란 곰이 엘 테무르를 한입에 삼킬 듯이 두 앞발을 번쩍 들고 막 덮치려던 찰나였어요. 비명 소리에 오르콘도 저처럼 달려왔지만 손쓸 틈이 없었죠. 우리가 화살을 메기기도 전에 엘 테무르의 머리가 그 큰 앞발에 뜯겨 나갈 참이었거든요."

"그때 사라졌다던 네 노예가 뛰어들었단 말이지? 아까 자객이나 내 베크들을 쓰러뜨렸을 때처럼 민첩하게 달려들어 곰을 해치웠다고."

베키가 자랑스레 턱을 까딱했다. 바로 그거예요! 하듯.

"제 노예는 무기가 없었어요, 카이샨님!"

"맨손으로 곰을 눕혔다고? 그 정도로 주먹이 세 보이진 않던데."

"맨손으로 잡은 건 아니지만 그자가 무기를 소지하지 않던 것도 사실입니다."

송고르가 거들었다.

"단숨에 도약해서 곰의 턱을 발로 차고 아이를 껴안아 감싸면서 아이의 허리춤에 있던 소도를 빼 곰을 찔렀습니다. 대단히 날렵하고 정확했습니다. 그저 그런 실력이 아니었습니다. 무예를 오랫동안 연마하지 않고서야……."

"흐흥, 그래서 네 노예가 아들을 구해 줬으니 전장에 데려다 달라고 송고르를 협박했단 말이야? 어처구니없군!"

"협박한 적 없어요. 엘 테무르가 무사한 걸 보고 오르콘이 감격한 나머지 뭐든 바라는 걸 말하라고 했다고요. 전 바라는 걸 말했을 뿐이에요."

"난 노예에게 물었어."

송고르가 참지 못하고 끼어들자 베키가 코웃음으로 응수했다.

"그래서 내 노예가 도망가도록 놔뒀다는 거예요? 칭기스 카안의 야사에 따라 사형을 당해도 좋단 말이에요? 그럼 그렇게 하지 그랬어요!"

"노예 열 명을 주겠다는데도 싫다고 했잖아."

"내 노예는 다른 노예들 백 명보다 더 가치가 있다고요."

"잠깐!"

감히 왕자의 목전에서 실랑이를 벌이는 송고르와 베키를 제지하며 카이샨이 눈살을 찌푸렸다.

"그러니까 네 노예는 도망치던 중에 엘 테무르를 구했고, 그 대가로 송고르가 노예의 도주를 눈감아 줬다는 거냐? 베키 넌 도망 노예를 발견하고도 주인에게 돌려주지 않는 자는 사형에 처한다는 대야사를 들먹여 송고르를 협박했고, 그래서 송고르가 마지못해 널 여기까지 데리고 온 것이다 이거지?"

"그렇죠."

"그렇습니다."

소녀와 송고르가 입을 모아 대답했다.

"너희가 말한 그 노예가 좀 전에 톡토에게 딸려 보낸 그놈이 아니었어? 송고르의 협조로 노예가 도망쳤다면 아까 그놈은 또 뭐냐?"

"제 노예는 도망가지 않았어요."

"베키가 곰이라며 악을 썼더니 그놈이 구해 주러 돌아왔지 뭡니까."

카이샨의 이맛살이 어이없어 하는 웃음으로 와락 구겨졌다.

"도망치다가 곰에게 죽을 뻔한 아이를 구해 주고 또 도망치고선 이번엔 주인을 구하러 돌아왔다고? 재밌는 놈이군."

"그는 특별한 사람이에요, 카이샨님."

소녀가 유난스레 눈을 반짝였다. 카이샨은 그 노예가 '그녀에게' 특별한 사람임을 직감하고 킥 웃음을 터뜨렸다.

"네가 날 사내로 보지 않는 이유가 있었군. 그래서 여기까지 달고 왔단 말이지?"

"제가 전투에서 위험에 빠지면 그가 도와줄 거예요."

"맙소사! 전사가 자길 보호할 노예를 데리고 출정한단 말은 처음 듣는다. 네가 절대로 죽지 않는다고 장담한 건 모두 그놈을 믿어서였다? 대단하군, 대단해, 베키!"

빙그레 웃는 카이샨의 말속에 담겨 있는 조롱기를 읽고 베키가 수치심으로 얼굴을 붉혔다. 빨갛게 익은 낯으로 분하여 이를 앙다문 그녀를 보고 카이샨이 달래듯 부드럽게 물었다.

"놈의 이름이 뭐냐, 베키?"

"유수프*예요."

"유수프? 그게 원래 이름이라던?"

"원래 이름은 몰라요. 제가 믿는 신의 경전에 나오는, 형들의 미움을 받아 애급埃及**에 노예로 팔려 갔다가 총독이 된 사람의 이름을 따서 지었어요. 그 사람, 원래부터 노예가 아니었던 게 확실해요."

베키가 목에 걸고 있던 보석이 박힌 은 십자가를 들어 보이며 말했다. 케레이트부의 대부분이 그러하듯 그녀도 네스토리우스파 기독교도, 즉 경교景敎 신자였다. 몽골의 귀족들은 대부분 불교였으나 이슬람 신자와 경교 신자도 적지 않았다. 종교에 관대했던 칭기스 카안이 모든 종교를 차별 없이 존숭하라고 야사에 남겼던 것이다. 불심이 깊은 카이샨이었지만 선조의 가르침에 충실하여 베키의 신앙에 토를 달지 않았다. 노예의 이름이 무엇이든 누구의 이름을 따서 붙였던 그게 중요한 것이 아니었다. 천한 신분에 어울리지 않을 재능을 가진 그놈 자체가 중요할 뿐. 그는 뭉클 솟아나는 궁금증을 너무 조급하니 드러내지 않도록 말투를 신경 써서 조절하며 심상하니 물었다.

"그래, 너의 유수프를 어디서 어떻게 얻었지, 베키?"

---

* 요셉.
** 이집트.

"아버지가 안서왕安西王을 따라 간쑤[甘肅]에 갔을 때 그곳의 한 노얀에게서 샀대요. 그때 유수프는 다친 몸으로 도주하려다 붙잡혀 거의 죽을 정도로 맞고 있었다고 해요. 타클라마칸 [塔克拉瑪干]에 내버리겠다고 날뛰는 주인에게, 사막에 버릴 바에야 후하게 값을 치를 테니 팔라고 아버지가 제의했다는 거예요. 죽어 가는 노예 따위를 사서 뭐 하겠냐고 모두 말렸지만 아버진 눈빛이 마음에 들어서 샀다고 했어요. 그러니까 아버지가 유수프를 구해 준 거예요."

"전 주인은 어디서 얻었는데?"

"지나가는 대상에게서 샀다고만 들었어요. 그때 그 사람을 판 대상도 다루기 힘들어 헐값에 팔았다고요. 그 전의 얘기는 유수프가 입을 꼭 다물고 있어서 몰라요. 어쩌면 너무 심하게 다쳐서 기억을 못 하는지도 모르죠."

"흐흥."

콧소리와 함께 카이샨은 뭔가 생각에 잠긴 듯 잠잠해졌다. 한참 만에 소녀를 돌아본 카이샨이 그 어느 때보다도 진지한 목소리로 말했다.

"유수프를 내게 넘겨라, 베키."

"말도 안 돼요, 카이샨님!"

그녀가 말 위에서 펄쩍 뛰었다.

"아까 제 말씀 들으셨죠? 노예 백 명을 준다고 해도 유수프와 바꾸지 않을 거예요. 카이샨님이라 해도요."

"넌 그놈이 마음에 들지? 그놈과 함께 살면서 아이를 낳고 싶지 않아?"

"그게 무슨 상관이에요!"

불덩이처럼 새빨개진 소녀가 겁 없이 꽥 소리를 질렀다. 그녀는 카이샨에게 진심으로 화가 났다. 소녀의 애틋한 순정을 적나라하고 동물적인 욕구로 풀이해 까발리는 왕자의 무신경이 속을 확 긁었던 것이다. 그러나 카이샨은 후퇴하기는커녕 그녀를 한발 더 밀어붙였다.

"명문 노얀의 딸이 노예에게 반해 혼인했단 얘기, 들어 봤어? 들어 본 적 없을걸. 하지만 주인 처녀와 정을 통한 노예를 죽였다는 얘기는 들어 봤을 거다, 베키."

"전 그런 일 없어요! 그리고 유수프도 여자한테 관심 없다고요!"

"그리고 그는 너한테도 관심이 없어. 그렇지?"

"그런 말은 해 주지 않아도 된다고요!"

인정머리 없게 소녀의 가슴 아픈 부분을 찌른 카이샨의 한마디에 이를 갈던 베키가 눈물을 글썽였다.

"저런, 베키."

카이샨이 짐짓 다정한 목소리로 그녀를 불렀다.

"유수프를 내게 넘기면 놈은 내 부하로 전투에 나갈 수 있어. 싸움에서 공을 세우면 노예가 아니라 노얀이 될 수도 있지. 내 베크 중의 한 사람과 네가 혼인한다고 해서 네 아버지가 거품을 물고 쓰러지지는 않을 거야. 그땐, 그렇지! 내가 네 혼사를 주선해 줄 수도 있어. 뿐만 아니라 유수프를 준다면 널 카라코룸에 돌려보내지 않겠다. 함께 알타이를 넘어가자꾸나.”

소녀가 눈을 깜빡여 눈물을 말렸다. 곰곰이 그의 제안을 숙고한 그녀는 결국 타협했다.

“좋아요, 유수프를 드리겠어요. 하지만 분명히 말씀드리는데, 전사로서 여기에 남고 싶어서 그를 드리는 거예요. 카이샨님의 관대함에 감사하는 뜻으로요.”

뾰족 솟아오른 예쁜 코처럼 자존심을 세우는 그녀를 보고 카이샨이 흡족하니 웃음을 터뜨렸다.

“고맙구나, 베키! 이젠 주인이 아니라 여자가 되어 유수프를 꾀어 보렴.”

“그런 게 아니라니까요!”

다시 빨갛게 익은 그녀는 또다시 말 위에서 펄쩍 뛰다가 참지 못하고 혼자 쌩 말을 몰아 군영의 막사들 사이를 누비며 달려가 버렸다. 멀어지는 그녀의 뒷모습을 보며 키들거리는 카이샨에게 송고르가 다가와 조심스레 말을 붙였다.

“일개 노예가 베크라니요. 좀 더 생각해 보심…….”

“네 아들을 구한 그놈을 보고 감탄했던 사람은 바로 네가 아니었던가? 조금 전, 베키를 구하려고 열 명이 넘는 밍간과 자운들을 거꾸러뜨린 걸 너도 봤잖아. 게다가 놈은 자객들로부터 나를 구했다. 그 자객들이 내 베크들만 못할 거라고 생각하지 않아. 놈의 실력은 상상할 수 없이 대단해.”

“실력으로는, 그렇다고 봅니다.”

“실력으로는 그렇다면 거리낄 만한 다른 점이 있단 뜻인가?”

"아이를 구해 주고 저와 대면했던 놈의 태도가 걸립니다. 침착하면서도 고상한 것이, 평온한 기운으로 남을 압도하는 힘이 있었습니다. 자기 판단에 맞지 않으면 주인의 뜻이라도 받들지 않고 감히 거역할 그런 사람인 듯했습니다."

"흐흥, 그 말을 들으니 구미가 더 당기는걸."

송고르가 할 말을 잃고 씩 웃는 카이샨을 쳐다보았다. 어느새 카이샨의 오르도에 다다른 그들의 앞에 톡토가 서서 기다리고 있었다.

"대도와 고려에서 편지가 왔습니다."

톡토가 공손히 내민 서찰들을 받아 그 자리에서 꺼내 대강 훑어본 카이샨이 흐흥, 비음을 내며 비릿하니 미소했다.

"이질 부카 왕이 보낸 서찰이군요. 황실의 근황은 어떻습니까?"

송고르가 아는 체를 하자 카이샨이 편지를 접었다.

"황후의 자객들을 조심하라는군. 조금만 빨랐더라면 좋았을 뻔했어, 이질 부카! 뭐, 빠르건 느리건 결과는 같았겠지만. 어쨌든 이질 부카는 아주 일을 잘하고 있군."

"가장 신뢰할 만한 사람이 가장 의심스러운 사람이기도 하죠. 고려에서 보낸 편지에 뭔가 있는 거죠? 이질 부카 왕을 의심할 만한?"

톡토가 카이샨의 손에 쥐어진 편지 하나를 흘끗 보며 속삭였다.

"이 편지를 보낸 자는 독사 같은 놈이야. 지금은 내 편인 척하지만 언제 발을 물지 모르지. 하지만 내 적들을 물어 준다면야! 독이 약만큼 쓸모 있는 건 진리가 아니던가."

"이질 부카 왕이 고려에서 쫓겨난 것도 실은 이런 자들의 공작 때문이겠지요?"

송고르의 속삭임에 카이샨이 자신의 오르도를 힐끔 곁눈질했다. 그는 질문에 대답하는 대신 톡토에게 나직이 물었다.

"베키의 노예는?"

"베크 하나를 붙여 안에 들여놓았습니다."

"좋아. 두 사람, 이제 물러가 봐. 그리고 오르도의 근처에 아무도 얼씬거리지 않게 해. 특히 베키가 오거든 철저히 막아, 내가 들어와도 좋다고 할 때까지."

"예."

의아한 시선을 교환하는 두 만인대장을 뒤로하고 카이샨이 자신의 게르로 쑥 들어갔다. 막사의 한가운데 베키의 노예가 서 있었다. 그 옆에 있던 베크가 카이샨의 가벼운 손짓 한 번에 바람처럼 오르도를 나갔다. 카이샨과 노예, 둘만이 남게 되자 폭풍이 휩쓸고 지나간 자리처럼 적막이 돌았다. 저벅, 카이샨의 발소리가 유난히 크게 울렸다. 호피를 깐 의자에 털썩 앉는 소리, 쪼르르 포도주를 따르는 소리, 한 모금 꿀꺽 삼키는 소리가 연달아 울리는 동안 노예는 있는 듯 없는 듯 미동도 않고 서 있었다.

"관심 있어?"

카이샨이 손에 쥔 편지를 들어 보였다. 편지에 머물렀던 노예의 눈길이 스르르 아래로 떨어졌다.

"위구르 글자야. 읽을 줄 아나? 물론 읽을 줄 알겠지!"

카이샨이 노예에게 다가가 그의 코앞에 접힌 편지를 바싹 들이댔다.

"이 종이를 알아보겠어? 백옥같이 희고 윤이 나는 종이, 과거 남송인南宋人들이 최상급으로 쳤다는 고려 종인데 알아보겠어? 당연히 알아보겠지!"

약 올리듯 편지를 살살 흔들어 보이더니 그는 편지들을 탁자 위 촛불에 봉투째 홀라당 태워 버렸다. 일렁이는 불빛에 노예의 시선이 잠깐 떠올랐다가 곧 다시 내려갔다. 작은 재들이 팔랑팔랑 바닥에 떨어지는 가운데, 노예에게 휙 몸을 돌린 카이샨이 열띤 목소리를 높였다.

"위구르 글자뿐이겠어? 몽골말과 투르크어, 파사어, 한어까지 하는 놈인데. 심지어는 고려어도! 여기저기 팔려 다니는 노예치곤 대단한걸, 유수프! 유수프, 그게 네 이름이라며? 아니, 그냥 예전대로 왕린이라고 불러 줄까?"

노예의 석상과도 같은 무표정한 눈이 빙그르르 움직여 카이샨을 바라보았다. 킥, 왕자가 웃음을 흘렸다.

"왜, 기억 못 할 줄 알았어? 내가 어떻게 잊겠어. 내 안다, 이질 부카의 연인을!"

린이 마주치는 눈길을 피했다. 기억하든 말든 상관없다는 투였다. 아마 나와 얽힌 것이 그다지 마음에 들지 않는 모양이군. 그의 외면이 카이샨을 더욱 즐겁게 했다.

"본 지 10년은 더 된 것 같군! 얼마나 됐지? 내가 대도에서 이질 부카와 함께 있던 널 마지막으로 본 게 말이야. 대답해봐, 왕린. 아니, 유수프."

"5년입니다."

"베키 말처럼 머리를 다친 건 아니군, 기억을 하는 걸 보니. 5년이라……, 그동안 엄청나게 변했군."

대도에서 이질 부카의 그림자처럼 붙어 다니던 그를 떠올리며 카이샨은 혀를 내둘렀다. 매일은 아니었어도 이질 부카와 곧잘 만났었기 때문에 왕린의 얼굴을 기억하고 있었다. 그러나 베키의 옆에 있던 그는 정말 못 알아볼 뻔했다. 그 희고 매끈하던 청년이 지저분하게 엉킨 머리와 꺼끌꺼끌한 수염에 뒤덮인 거친 사내가 되다니!

2년 전 대도에서 축출되기 직전 이질 부카를 잠시 만났을 때, 그 곁에 응당 있어야 할 것 같은 왕린이 보이지 않았다. 그때 카이샨은 애인을 어디에 두고 왔냐고 의형제에게 장난조로 물었었다. 돌아온 답에 한 번 놀랐던 그는 담담한 이질 부카의 태도에 또 한 번 놀랐었다.

"이질 부카에게 들으니 넌 이미 죽었다고 하던데."

"……."

"그런데 노예 상인의 손에 들어가 있었다니 무슨 일이야? 길이라도 잃었나?"

"……."

"애인에게 돌아가게 해 줄까? 이질 부카는 왕위에서 쫓겨나 대도에 붙잡혀 살고 있는데다 내 사촌 부다슈리 때문에 영 즐

검지가 못하데, 가서 위로 좀 해 줄 테야?"

"죽은 사람에겐 돌아갈 곳이 없습니다."

카이샨의 입가에 음흉한 미소가 번졌다. 그럴 줄 알았어! 노예의 정체를 알아챈 순간 머릿속을 스쳐 간 생각이 맞았다고 카이샨은 확신했다. 이 남자는 그의 주군에게서 철저하게 버림받은 것이다. 왜? 궁금한 마음이 없지 않았지만 캐내지 못할 일에 카이샨은 힘을 쏟고 싶지 않았다. 문제는 이제 그의 손아귀에 들어온 사내에게 무슨 일이 있었던가가 아니라 무슨 일을 시킬 것인가이다. 그는 여전히 우뚝 서 있는 린을 끌고 가 호랑이 가죽의 앞발치에 앉혔다. 커다란 잔에 포도주를 가득 부은 카이샨이 린에게 그 잔을 내밀었다.

"나를 위해 일해라, 유수프."

"저는 한낱 비루한 노예입니다."

냉큼 잔을 받들지 않는 건방진 노예에게 카이샨은 화내는 대신 웃었다.

"넌 베키를 구했어. 그 대가로 너를 노예에서 노얀으로 만들어 주겠다. 잘하면 톡토나 송고르처럼 오르콘이 될 수도 있어! 그 이상으로 바라는 게 있나? 있다면 말해! 내 목숨을 구해 준 보답으로 네가 원하는 것 하나를 반드시 들어주겠다, 그것이 무엇이든. 나와 함께 가자, 유수프."

"……제게 진정 바라시는 것이 무언지 말씀해 주신다면 생각해 보겠습니다."

"생각해 보겠다고! 나랑 협상을 하잔 말인가? 감히 노예 주

150

제에!”

하하하! 카이샨이 가슴통이 덜컹대도록 크게 웃음을 터뜨렸다. 눈물이 맺히도록 시원스레 웃던 그가 홀연 목소리를 낮췄다.

“난 카안이 될 사람이다. 반드시 그렇게 될 거야! 하지만 그러기 위해선 몇 가지 일을 해결하지 않으면 안 돼. 첫째는 알타이 서쪽의 늙은이를 없애는 것. 그러면 제국 내에서 내 능력을 의심하거나 폄하하는 무리가 꼬리를 내리게 되지. 둘째는 황궁의 귀족들을 휘어잡는 것. 이 몫은 내 어머니와 아우가 맡는다. 셋째는 모후와 동생이 딴마음을 품지 않도록 경계하는 것인데, 이질 부카에게 당부해 두었지. 이 세 가지만 있으면 카툰에게 잡혀 사는 카안에게 제위를 물려받을 수 있어.”

“제가 카이두 칸과의 전투에 나가길 바라십니까?”

“물론 넌 전투에서 쓸모가 많을 거야. 기대가 크다. 하지만 또 한 가지 바라는 게 있어.”

포도주가 잔에서 출렁거렸다. 카이샨이 린에게 몸을 크게 기울였기 때문이다. 더욱 낮은 소리로 그가 린의 귀에 대고 속삭였다.

“이질 부카가 딴마음을 먹거든, 그를 해치워.”

잔잔하던 린의 눈에서 강렬한 섬광이 번쩍 일었다. 흠칫 몸을 물리는 그의 코앞에서 카이샨이 빙긋 웃었다.

“이질 부카는 재능이 많아. 사람을 끌어들이는 매력을 타고 났지. 그게 내게 힘이 되어 주는 한 그를 사랑하고 아끼겠지만 내게 등을 돌리는 순간 대가를 톡톡히 치르게 할 거야. 그의 배신이 내게 얼마나 큰 타격을 입힐지 알거든. 하지만 내 손으론 안 해. 난 그의 안다이자 너그럽고 관용을 베풀 줄 아는 군주니까. 내가 그에게 자객을 보내야 할 때가 온다면, 너로 하겠어, 유수프."

"왕자님이나 왕자님의 만인대장들이 의심받지 않길 원하시기 때문입니까? 궁중의 암투가 아니라 제 사사로운 목적으로 살해당했다고 여기도록?"

"잘 알아듣는군. 게다가 넌 복수의 기회를 얻는 거야. 널 처절하게 버린 네 왕에게 죽음으로 철저히 복수할 기회를. 다른 자객을 보내 널 해치울 거라고 걱정하지 않아도 돼."

"이질 부카 왕이 왕자님을 배신하지 않는다면?"

"뭐, 그렇게 된다면 그 이상 좋을 게 없지. 네겐 아쉽겠지만 복수는 없는 거야. 이질 부카는 어디까지나 내 소중한 안다니까. 하지만 그것과 상관없이 넌 네가 바라는 걸 얻게 될 거야, 그게 무엇이든지! 이보다 더 괜찮은 협상이 있겠어, 유수프?"

은근한 목소리와 더불어 카이샨이 손에 쥔 잔을 내밀었다. 황금빛 잔 속, 적자색 맑은 액체의 표면에 일렁이는 자신의 얼굴을 린이 가만히 내려다보았다. 천천히, 그는 카이샨에게서 잔을 건네받았다. 잔을 들어 올려 린이 경의를 표하자 카이샨이 흐뭇하게 몸을 뒤로 젖혀 호피 가죽을 덮은 의자에 편안히 기댔다.

"바라는 게 뭐지?"

"왕자님께서 이질 부카 왕에게 저를 보내시는 그때, 제 바람을 말씀드리겠습니다."

흐흥, 콧소리를 내는 카이샨에게서 눈을 뗀 린은 커다란 잔에 가득 담긴 술을 남김없이 단숨에 마셨다.

투르판[吐魯番]. 대륙의 동서를 가로지르는 상인들의 여행길 한복판에 위치한 서역의 오아시스 도시로, 대상들은 카라호조라고 불렀다. 위구르말로 '움푹 들어간 땅'이란 뜻의 투르판은 말 그대로 낮게 내려앉은 지형으로, 사막의 뜨거운 열기가 그릇에 고이듯 모여 뜨겁기가 이루 말할 수 없는 곳이다. 흙벽의 오래된 성곽 뒤로 길게 이어진 붉은 산은 햇빛을 반사하여 불길이 치솟는 것처럼 보여 더위를 더욱 생생하게 느끼게 한다. 이름도 화염산火焰山, 숨이 턱턱 막히는 열기를 함축하고 있다. 그러나 수천 리를 이동하면서 거대한 고산준령과 드넓고 메마른 사막을 수시로 마주치는 대상들에겐 고마운 쉼터이자 소중한 정보교환의 장이었다.

대도에서 성공적인 장사로 번 돈과 왕공들이 투자한 은으로 사들인 진기한 보물들을 마흔나문 마리의 낙타에 싣고 고향으로 돌아가는 일군의 무슬림 오르탁[斡脫]*이 이글거리는 모래밭

---

* 이란계 무슬림이나 위구르 상인들이 만든 공동 사업 조직.

과 기이한 형상의 모래 탑을 지나 사막의 보석과도 같은 이 안락한 쉼터에 들어섰다. 그들은 이제 고단한 몸을 잠시 쉬며 새로운 소식이 있는지 알아보고 이어지는 여행에 필요한 물품들을 구입할 것이다. 그들 중 한 명인 아지즈 압둘 말리크 아부 바크르는 행렬의 가장 뒤에서 따라오는 한족 형제에게 다가갔다.

"카라호조에 왔소. 오늘은 여기서 묵을 거요."

그의 말을 알아듣는 사람은 형제 중에서도 동생이었다. 열예닐곱 정도로 보이는 소년이었지만 여러 가지 언어를 구사하는 데 탁월했다. 소년이 형에게 아지즈의 말을 통역해 주자 서른은 족히 넘은 듯 보이는 날카로운 눈매의 형이 고개를 끄덕였다.

대도에서 출발한 이후로 주요 경유지마다 만났던 이 형제는 이제 그들의 일행이나 마찬가지였다. 아지즈와 그의 동료들은 사마르칸트까지 가는 길을 안내해 주는 대가로 은 발리시* 열 개를 받았고 도착하면 그 두 배를 받기로 했다. 타고 갈 낙타를 빌리며 요금을 따로 주었고, 들르는 곳에선 먹고 마실 것을 사다 주기도 하는 등 형제는 퍽 너그럽고 베풀 줄 아는 사람들이었다.

아지즈는 형제를 돌보는 일을 기꺼이 맡았다. 형제가 그에게 발리시 하나를 일행 몰래 더 주기도 했지만, 그 때문에 그들을 살뜰히 챙긴다고 추측한다면 그건 신께 충실한 자신을 모욕

---

* 몽골제국 시절 이슬람권에서 사용되던 은괴의 명칭.

하는 천박한 생각이라고 아지즈는 거세게 반박할 것이다. 처음 봤을 때부터 아지즈는 이 형제에게 묘한 호감을 느꼈다. 란저우[蘭州]*에서 자신들과 함께 사막을 건너지 않겠냐고 먼저 제안한 사람도 그였다.

이 형제는 생김새만은 무척이나 판이했지만 점잖고 온화한 성품이 매력적이란 공통점이 있었다. 부유해 보이는데 교만하지 않은 것도 마음에 들었고 수시로 푸는 돈주머니도 보기 좋았다.

형제 중에서도 아지즈는 동생이 특히 마음에 들었다. 먼저, 어린 나이에 이런 고된 여행을 나선 게 기특하고 대견했다. 아지즈 자신이 고향 다마스쿠스를 처음 떠났을 때는 이미 배가 물 채운 가죽 부대처럼 부풀어 오른 나이였다. 그리고 이 소년은 무뚝뚝한 형에 비해 붙임성도 좋았고 불교도임에도 상인들의 신에게 존경을 표시하는 관대함을 보였다. 무엇보다도 보송보송하니 복숭아처럼 예쁜 얼굴은 옛이야기에서 튀어나온 미소년 그대로였다. '그 아름다운 모습에 그대를 사모하는 자 모두 떨리라.'든가 '그대는 속세의 사람이 아니라 하늘에서 내려온 천사' 등의 시구를 진정으로 이해시켜 주는 소년이었던 것이다. 신에게 재능과 미모를 축복받은 이 소년에게 아지즈의 일행 중 감탄의 눈길을 보내지 않는 이는 없었다.

다만 의심스런 구석이 약간 있었다. 배다른 형제라고 소개

---

* 실크로드의 중요한 길목 중 하나였던 간쑤성의 도시.

를 했었지만 두 사람은 정말 생긴 게 달라도 너무 달랐다. 이렇게 닮지 않은 두 사람이 어떻게 형제로 태어났는지 신의 조화란 참 놀라울 따름이다. 그리고 한족이라고 했지만 정작 형은 한어를 잘 쓰지 못했다. 몽골어를 구사하는 수준도 아지즈와 비슷했고 형제끼리 속닥이는 말은 무슬림 상인들이 전혀 알지 못하는 말이었다. 어쩌면 그들이 가지고 있는 통행증은 가짜일지도 몰랐다. 그러나 그 정도로 형제에게 품은 아지즈의 호감이 줄어들지는 않았다. 사정이 있다면 그것은 온전히 그들의 몫일 뿐 아지즈와 동료들은 두둑한 보수를 이미 받았다.

"드세요. 여긴 포도가 유명하다고요."

어느새 샀는지 형제 중 동생이 포도가 가득 담긴 바구니를 아지즈에게 내밀며 방긋 웃었다. 이글거리는 태양 아래서 아침 이슬을 잔뜩 머금은 꽃송이처럼 싱싱하게 피어나는 웃음이라니! 아무리 험한 여정에 익숙한 대상들이라도 지치고 피곤하여 웃음을 짓기가 버거웠다. 아지즈는 포도만큼이나 그의 피로를 씻어 주는 소년의 미소를 보고 신에게 감사를 올렸다.

"카라호조의 포도는 보석 이상이죠. 먹어 봤소?"

고개를 젓는 소년에게 아지즈가 받았던 바구니를 내밀었다. 형제가 포도 한 알을 입에 넣고 눈이 휘둥그레지자 아지즈는 커다란 배를 부여안고 우스워 못 견디겠다는 듯 킬킬거렸다.

"세상에, 포도에 뭘 넣은 건가요?"

그를 따라 빙그레 웃는 소년의 순진한 물음에 아지즈는 더욱 크게 웃었다. 혀를 녹이는 진한 단맛에 이끌려 소년의 희고 가느다란 손가락이 연방 바구니로 향했다.

"이렇게 뜨거운 태양의 기운을 흠뻑 받았기 때문이죠. 비를 맞지 않고 햇살에만 익었기 때문에 여기 과일은 뭐든지 달고 맛있어요. 포도든 복숭아든 석류든 모두 천상의 맛이죠."

"하지만 물 없이 나무가 자랄 수는 없어요."

소년이 주위를 둘러보며 항변했다. 그러나 붉은 흙이 사방에 깔린 메마른 땅이었음에도, 푸릇푸릇한 이파리들로 그늘을 드리운 덩굴들과 나무들이 줄지어 있는 밭이 버젓이 자리 잡은 것을 확인하는 소년의 눈에 당혹스런 기색이 스쳤다.

"맞아요."

아지즈가 맞장구를 쳤다.

"물 없이 자라는 나무는 없소. 그래서 사람들이 '카레즈'로 톈산[天山]* 꼭대기에 있는 얼음이 녹아 흘러내린 물을 끌어 오죠."

"카레즈?"

"산기슭부터 간격을 일정하니 두고 구덩이를 파서 그 밑 지하로 물이 흐르도록 만든 수로요. 톈산이 준 물을 사막에 빼앗기지 않도록 길고도 긴 물길을 파내 여기까지 이어 온 거죠. 사람이 살기엔 참으로 혹독한 땅이지만 사람은 그걸 이겨 내거든. 그걸 이겨 냈기에 세상에서 가장 맛 좋은 포도가 열린 거요. 이 포도는 그런 사람들에게 신께서 특별히 내린 선물이지."

"고난을 이겨 내고 얻은 단 열매라."

---

* 톈산산맥.

작게 중얼거리며 소년이 들고 있던 포도를 물끄러미 내려다보았다. 푹 눌러쓴 방갓의 그늘 속에 우수가 깃든 애잔한 얼굴이 상앗빛으로 창백하니 빛났다. 가끔 소년은 이런 표정을 지을 때가 있다. 이럴 땐 나이답지 않게 성숙해 보이곤 했다. 정말 열여섯일까? 소년을 관찰하던 아지즈는 그를 반가이 부르는 목소리에 퍼뜩 눈을 돌렸다.

언젠가 바그다드에서 만난 적이 있던 하산 카슈가리였다. 서로 다른 오르탁이었지만, 망망한 사막에서 아는 사람을 우연히 재회하는 것은 오랫동안 헤어져 있던 형제를 만난 듯 반가운 법이다. 사실 모든 무슬림은 형제니까.

"하산, 오랜만일세. 어디에서 오는 건가?"

"알말리크[阿力麻里]*에서."

아지즈는 형제가 움찔하는 것을 보고 웃었다.

"맞아요, 거긴 카안에게 고개 숙이지 않는 자들의 도시죠. 우리가 전 세계를 다 돌아다니는 걸 이미 알잖소. 당신들은 낯선 세계에 들어온 거요. 여기 카라호조는 테무르 카안을 모시기도 하지만 카이두 칸을 모시기도 해요. 중간 지대니 어쩔 수 없지 않겠소."

"누군데 그래, 이 사람들은?"

하산이 무슬림들과 섞여 있는 한족 형제를 보고 눈짓을 했다. 신경 쓸 거 없다는 듯 아지즈가 손을 가볍게 저었다.

---

* 톈산산맥 북서부의 일리강 계곡에 있던 차가타이 칸국의 수도.

"우리랑 잠깐 길을 같이 가는 사람들이야. 카안의 울루스를 벗어난 적이 없는 사람들이라, 카이두 칸이라면 겁부터 먹지."

"이제 겁먹지 않아도 된다고 하게! 카이두 칸은 누워서 일어나지 못하고 있으니까. 앞으로도 일어나지 못할 것 같다는 소문이야."

"뭣? 그게 정말이야?"

"며칠 전에 카이두 칸이 카라 카다[合剌合塔]에서 카안의 조카 카이샨이 이끄는 군대와 전투를 벌인 얘기는 알고 있나?"

"아니, 몰라. 이거 재미있군! 설마 노老영웅이 애송이 왕자에게 밀려 패퇴했다는 건 아니겠지?"

"왜 아니겠어! 애송이가 아니라 새로운 영웅이라고 부르라고, 아지즈. 겨우 스물한 살의 젊은이가 백전노장 능구렁이를 꺾은 거야! 처음엔 카안의 군대가 좀 불리했지만 왕자가 직접 나서서 전세를 뒤집었다네. 두아* 칸이 이틀 뒤에 합류했지만 전황을 바꾸진 못했지. 그 대단하던 카이두 칸이 만만히 보던 애송이 왕자에게 크게 당하고 부상까지 입었다네. 왕자 옆에 엄청난 아미르**가 하나 있는데, 그자의 화살에 맞았다는 소문이야. 두아 칸도 바로 그 아미르가 쏜 화살에 무릎을 맞아 거꾸러져 후송되었다는군. 완전한 패배였어."

"카이두 칸이 영영 일어나지 못한다면 제국의 저울이 완전

---

* 카이두에 의해 칸에 옹립된 차카타이 가문의 수장.
** 몽골어의 노얀과 거의 유사한 의미의 아랍어로 베크를 포함하여 폭넓은 의미로 사용되었다.

히 카안 쪽으로 기울겠군. 그럼 우리 같은 장사꾼들이 더 바빠지겠는걸."

"물론이지. 두아 칸이 어떻게 할지 그게 열쇠가 될 거야. 며칠 동안 모두들 그 얘기로 정신이 없었지……."

두 무슬림 상인의 주위로 다른 상인들이 모여들기 시작했다. 제국의 미래를 가늠할 전쟁의 커다란 첫 고비가 일단락되는 순간에 흥미를 느껴서이기도 했지만, 무엇보다도 그들의 이익이 확대되리란 기대감이 상인들을 들끓게 했다. 여러 세력들이 대립하는 가운데서는 아무래도 이런 원거리 교역은 위축되기 마련이다.

이미 인도를 우회하는 해로가 발달하면서 사막을 거치는 육로는 쇠퇴하고 있었다. 그러던 차에 일칸국의 가잔 칸*이 이집트의 맘루크** 왕조에게 같은 무슬림으로서 유화 정책을 펴면서 교역에 활기를 불어넣었고, 이제 제국을 양분하다시피 했던 대립이 해소될 기미까지 보인 것이다. 상인들로서는 엄청난 소식이 아닐 수 없었다.

상인들이 저마다 한마디씩 하며 시끄러워지자 잠자코 아지즈와 하산의 대화를 듣고 있던 형제가 살그머니 자리에서 물러났다. 상인들이 그들에게 조금도 신경 쓰지 않자 형이 안심하고 말을 걸었다.

---

* 훌레구 칸의 증손자.
** 이슬람으로 개종한 투르크계의 노예 군인.

"저들이 뭐라고 합니까, 아가씨?"

"또, 또! 난 남자애고 아우라고요. 이름을 불러야죠, 이름을."

"우리말을 알아들을 사람이 아무도 없잖습니까."

"그래도 모르는 일이라고요. 안전하게 이름을 불러요, 형님."

"하지만 그것이……, 쉽지가 않습니다."

"하여간 린이랑 똑같은 부류라니까."

겸연쩍게 웃는 장의를 보며 산이 샐쭉하니 입술을 내밀었다.

그 밤, 단의 도움을 받아 거지로 분하여 항구를 빠져나와 바다를 건넌 지 벌써 햇수로 4년이 지났다. 되도록이면 번화한 곳에서 멀리 떨어져 은둔해야 한다고 생각한 송화 등과는 달리 산은 대도에서 자리 잡기로 결심했다. 원이 왕위에서 쫓겨나 대도로 불려 갔다는 소식을 듣고 결정한 일이었다. 그리고 그녀의 결정은 일행을 아연하게 했다.

"원이 곤란해지면 린은 반드시 그를 도우러 찾아갈 거야. 그러니 원이 있는 곳 가까이에 나도 있어야 해."

"하지만 전왕前王에게 들키면 우린 죽는 거야. 그 반반한 얼굴 뒤에 숨겨진 악랄하고 괴팍한 본성을 겪어 보고도 그래? 이젠 네 친구도 뭣도 아니야. 다른 사람한텐 몰라도 우리한텐 미친개나 다름없다고."

부르르 떨며 완강히 반대하는 송화의 말에 개원이를 비롯해 다른 이들도 동조하는 눈빛이었다. 죽을 뻔하다 살아난 그들이니 당연한 반응일지도 몰랐다. 산은 그들을 깊이 이해했다. 강요할 마음이라곤 조금도 없었다.

"너흰 모두 떠나도록 해. 사실 이미 오래전에 떠날 수 있었지만 날 위해 남아서 도와준 거, 알고 있고 감사하고 있어. 난 혼자서 대도로 가겠어. 너희에게 더 이상 폐를 끼치고 싶지 않아."

"저는 난타와 함께 택주님을 따라가겠어요. 도움은 못 되겠지만 그래도 옆에 있을래요."

다시 말을 못 하게 된 사람처럼 조용하기만 하던 비연이 먼저 나섰다. 개원이와 염복이, 필도 사이에 말없는 동요가 일었다. 묵묵히 일행을 보며 무게를 잡고 있던 장의가 입을 뗐다.

"저도 택주님을 따라가겠습니다. 제 예감에도 수정후께서는 대도로 오실 것 같습니다."

"예감으로 목숨을 걸잔 말이오? 수정후 나리도 전왕한테 죽을 뻔했는데 전왕을 찾아오겠냐고요? 아마 전왕이 다시는 돌아오지 말라고 했을 텐데, 수정후 나리는 워낙 약속을 잘 지키는 사람이라 절대 돌아오지 않을 겁니다."

송화가 신경질적으로 내뱉자 장의가 묵직한 목소리로 받았다.

"약속을 반드시 지키는 분이라 돌아올 걸세. 택주님을 데리러 말이지. 그분은 택주님이 전왕전하의 손에 있다고 생각하실 테니 택주님을 찾기 위해 전왕전하를 먼저 찾을 거야."

"노예로 팔려 간 사람이 마음대로 왔다 갔다 할 수 있나요, 어디? 아무리 시간이 걸려도 우리가 찾는 게 더 나을 거예요."

"그분은 누군가의 노예로 계속 살 만한 분이 아니야. 어떤 식으로든 벗어나 택주님에게 올 걸세."

산이 송화와 장의 사이에 끼어들었다.

"이제 그만. 너흰 린을 찾아 시간을 허비할 의무가 없어. 린은 나 혼자 찾아도 되는 거야. 너희는 이제 새로운 생활을 찾아서 가면 된다고. 그러니 송화, 다른 사람들을 데리고 안전하게 살 만한 곳으로……."

"바보니, 넌? 이제 와서 헤어지자고 말하는 거야? 우릴 끝까지 책임지겠다고 한 사람이 누군데?"

송화가 툴툴거리며 짐을 둘러멨다.

"가자고, 대도에!"

그렇게 대도에 다 함께 정착한 그들은 단이 준 보석들을 밑천으로 객잔客棧*을 열었다. 깨끗하고 조용한 그들의 객잔은 입소문을 타고 부유한 상인들을 단골로 끌어들였고, 그중에는 외국 상인들도 꽤 있었다. 1년 내내 헤아릴 수 없이 많은 외국 상인들이 모여드는 대도였다. 세계 각지에서 찾아온 상인들을 통해 산은 고려에서는 들을 수 없었던 먼 땅의 이야기를 접할 수 있었다. 그들의 신기한 이야기에 귀를 기울이다가도 종국에는 항상 묻는 말이 있었으니, 팔려 간 노예에 관한 질문이었다.

그녀는 장의와 함께 명주까지 가서 '스물네 살가량의 심한 부상을 입은 고려인 노예'와 그를 사 간 색목인 상인들에 대해 조사를 했다. 명주의 관원을 꾀어 포구에 내렸던 사람들과 물건들에 관한 기록들도 살펴보고, 명주에 들른 적이 있다는 오

---

* 숙박 시설.

르탁의 연줄도 이용해 봤지만 린의 행방에 관해 실마리를 얻지 못했다. 그렇게 참을성 있게 대도에서 원의 주위를 관찰하며 기다리다가 마침내 산은 사마르칸트까지 가 보겠다고 선언을 했다. 원이 그녀에게 넘겨준 빛바랜 편지가 현재로서는 유일한 단서였다.

"그 서찰이 전왕전하께 전달된 지 3년이 넘었습니다. 보고한 자도 수정후가 팔린 것까지만 알고 있는 것이고요. 거기에 진짜 갔는지, 또 그곳에 계속 있는지 아무도 장담할 수 없습니다."

장의가 말렸지만 그녀의 고집을 꺾을 수가 없었다. 결국 장의는, 객잔을 맡은 송화 등을 뒤로하고 산과 함께 형제로 꾸미고 수천 리에 이르는 여행길에 올랐다. 그리고 여기, 카라호조에 다다른 것이다. 여행길에서 그는 줄곧 이름으로 부르기를 종용하는 산에게 시달렸다. 대도에 눌러앉으면서부터 산은 더이상 그녀에게 존대하지 말라고 잘라 말했던 것이다.

"난 왕족도 아니고 작위도 없어요. 우리 모두 똑같은 처지인 거예요. 이제부턴 개원이 아저씨, 송화 언니, 장의 오라버니라고 부를 거예요. 그러니 모두 내게 산이라고 이름을 불러요. 알았죠?"

모두 당황스럽고 어색한 가운데 냉큼 그 말에 따른 사람은 이전부터도 서슴없이 반말을 찍찍 갈기던 송화였다. 나머지는 우물우물 말을 흐리거나 '택주님'이란 호칭을 붙이지 않으면서 버텼다. 그러면서 조금씩 허물없이 산을 대하며 수년을 보내다 보니 간간이 반말도 자연스레 나왔다. 결코 말을 놓지 못할 것 같았던 비연마저도 완전히 동갑내기 친구로 산을 대하게끔 되었는데, 유독 장의만이 끝까지 말을 놓지 못하고 '택주님' 대신 '아가씨'라고 불렀다. 신분이 낮았던 다른 이들이 자신에게 말을 놓는 것은 선선히 받아들였지만 정작 그 자신은 그러질 못했던 것이다. 송화가 '고상한 체 유난 떠는 벼슬아치 근성'이라고 비아냥거리는 것을 감수하면서.

지금도 형님이라고 그를 부르는 산에게 장의는 도저히 말을 놓을 수가 없었다. 그는 다시 공손하게 물었다.

"그래서 저들이 하는 이야기가 무슨 내용입니까? 모두 흥분한 듯 보였습니다."

"알타이에서 싸우고 있는 몽골인들 얘기예요. 전쟁이 황제에게 유리해진 모양이에요."

산의 얼굴에 쓸쓸한 실망감이 스쳤다.

"전쟁 얘기가 아닌 고려 출신 노예에 대한 소식이라면 좋았을 텐데!"

장의가 고개를 끄덕였다. 두 사람은 과일을 수북이 쌓아 놓은 시장을 가로질러 흙으로 빚은 성벽을 따라 걸었다. 아직까지 해가 뜨거웠다.

"이렇게 덥다니 솥뚜껑 위에 놓인 고깃덩이가 된 기분입니다."

"나도 그래요. 이렇게 직접 와 보지 않았더라면 세상에 이런 곳이 있을 줄 상상이나 했겠어요?"

장의가 방갓을 벗고 이마에 맺힌 땀을 소매로 쓱 훑으며 중얼거리자 사이 맞장구를 쳤다. 그들은 천막으로 가리개를 해 놓은 가게 앞에 놓인 탁자에 앉아 수테차이*를 주문해 마셨다.

"이제 많이 온 것입니까? 여긴 어디쯤인지요."

장의의 질문에 산이 탁자의 한쪽 끝에 손가락으로 작은 동그라미를 그렸다.

"여기가 우리가 출발한 대도예요."

흙먼지가 얇게 덮인 탁자 위에 그려진 동그라미에서 그녀가 죽 선을 길게 그었다.

"대도에서 출발해 장안을 거쳐 란저우에서 아지즈 등을 만났죠? 거기서 저 사람들에게 낙타를 빌려 긴 회랑처럼 생긴 비탈진 평지를 따라서 둔황까지 갔었죠. 이 길을 하서회랑河西回廊**이라고 부른대요. 둔황에서 약간 북쪽으로 돌아 카밀***을 경유해 여기 카라호조까지 온 거죠. 여기가 지금 우리가 있는 곳이에요."

산이 오른쪽에서 왼쪽으로 그은 선의 끝에 작은 동그라미를 하나 더 그리고 그 안을 손가락으로 콕콕 찔렀다. 길게 이어진 선을 보던 장의가 조심스레 또 물었다.

"그럼 거의 다 온 것입니까?"

"아뇨. 아지즈 말로는 이제 반 정도 온 거라고 해요. 그리고

---

* 양젖에 소금과 찻잎을 넣은 차.
** 난주에서 둔황에 이르는 약 1000킬로미터 가량의 좁고 긴 평지로 실크로드의 일부분.
*** 하미[哈密]. 실크로드 구간 중 하나인 톈산 남로에 위치한 오아시스 도시.

166

이제부터가 진짜 힘들 거라고도 했어요."

그녀는 카라호조, 즉 투르판을 표시한 동그라미에서 다시 왼쪽으로 탁자의 뽀얀 먼지를 헤치며 선을 길게 그어 나갔다.

"이제 우린 톈산의 남쪽 기슭을 따라가게 될 거예요. 그러면 쿠차[龜玆]*가 나온대요. 아마 구자국龜玆國이란 이름 들어 봤을 거예요. 아주 오랜 옛날에 서역에 있던 나라 중에 가장 컸다던 나라요. 쿠차가 바로 그 나라죠. 여기서 서쪽으로 계속 가면 카슈가르[喀什噶爾]**에 도착한대요. 과거에 소륵국疏勒國이 있던 곳이죠. 여기까지 가면 톈산이 시작되는 총령葱嶺***이 나와요."

"그럼 여기 카슈가르란 곳에 도착하면 사마르칸트는 금방인 것입니까?"

"그렇다고도 할 수 있지만 총령을 넘는 게 쉬운 일은 아니라고 하더군요. 총령은 파사어로 '파미르'라고 불러요. '평평한 지붕'이란 뜻이죠. 세상의 모든 높은 산들이 시작하는 성스러운 지붕이요. 톈산, 쿤룬[崑崙]****, 히말라야, 힌두쿠시, 카라코람 등 모든 높은 산들이 뻗어 나온 곳이라고 하더군요. 거길 넘는 건 꽤 고통스러운 일이 될 거라고 해요. 어쨌든 파미르를 지나면 '마와라안나흐르'가 펼쳐진다고 아지즈가 말했어요."

"마와……, 뭐라고요?"

---

* 타클라마칸 북쪽에 위치한 오아시스 도시.

** 타림분지 서쪽의 오아시스 도시.

*** 파미르고원.

**** 쿤룬산맥.

"마와라안나흐르요. '강 건너 땅'이란 뜻이에요. 아무다리야와 시르다리야란 두 강 사이에 있는 아주 비옥한 오아시스 지대래요. 파미르에서 내려가면 마와라안나흐르에 들어가는 입구에 사마르칸트가 있대요."

목적지를 표시한 동그라미 한가운데를 손가락으로 콕 찍어 누르며 산이 힘을 주어 말했다. 장의가 눈썹을 찡그렸다. 갈 길이 아직도 먼 것이다. 산도 가늘게 한숨을 쉬었다. 막상 그려 놓고 보니 까마득했다. 그뿐만이 아니었다. 사마르칸트에서 과연 린을 찾을 수 있을까? 아니면 흔적이라도 발견할 수 있을까? 3년이 지나 4년째가 되어 가는데도 대도로 원을 찾아오지 못한 걸 보면 사마르칸트가 아니라 훨씬 더 먼 곳으로 끌려간 게 아닐까? 몽골 출신 칸의 지배를 벗어난 곳, 맘루크 술탄이 다스리는 곳까지 간 게 아닐까? 다마스쿠스나 혹은 그보다 더 멀리, 홍해를 건너 '알 카히라*'까지 간 것은? 명주에서 그를 사 간 색목인 상인들이 다른 상인들에게 팔고, 그 상인들이 또 다른 상인들에게 팔고, 수없이 팔리고 팔리면서 카리미**에게까지 넘어간 것은? 과거 대진국大秦國***에 사는 창백한 피부와 노란 머리칼을 가진 백인들의 수중에 떨어진 것은?

별별 생각을 하는 가운데 그녀가 가정하지 않은 단 하나의

---

* 　카이로.

** 　홍해 연안을 거점으로 무역을 하던 상인 집단.

*** 　로마제국.

생각은, 린이 죽었을지도 모른다는 것이다. 그녀의 마음을 제대로 짐작하고 있는 장의는 어쩌면 가장 현실적인 가설일 수도 있는 린의 죽음을 고려하면서도 입 밖에 꺼내지 못했다. 극심한 상처를 입고 오랜 뱃길과 사막을 횡단하는 여정을 감내하기엔 아무리 린이라 해도 쉽지 않을 터였다. 그러나 죽었을지라도 그것을 확인하지 못한다면 산의 지칠 줄 모르는 탐색은 끝나지 않으리라.

'그 앤 10년이 지나든 20년이 지나든 끝까지 기다릴 거야. 다 늙어서 꼬부랑 할머니가 되기 전에 수정후가 오길 바라야지.'

송화도 그렇게 말했었다. 장의는 손가락에 묻은 먼지를 불어내는 산을 물끄러미 바라보았다. 그녀는 실제 나이보다 훨씬 어려 보였다. 사내로 꾸며서이기도 했지만 타고난 피부가 워낙 곱기 때문인 것 같았다. 그래서인지, 실제로는 스물일곱의 성숙한 여인이었지만 동행하는 무슬림 상인들은 그녀를 10대의 소년으로 진짜 믿었다. 그러나 10년이 지나고 20년이 지나면 그녀도 보통 사람인만큼 늙고 푸석해질 것이다. 그렇게 되기 전에 사랑하는 이와 재회하기를! 장의는 탁자 위에 그려진 동그라미와 직선만의 간단한 지도로 다시 눈을 내리깔았다.

이제부터가 진짜 힘들 거라던 아지즈의 말은 좀 과장되어 있었다. 카라호조를 떠나 톈산의 기슭을 타고 가는 길이 힘들지 않은 것은 아니었지만 이제까지의 여행에 비해 특별히 힘들 것도 없었다. 즉, 카라호조에 이르기 전이나 카라호조에서 출발한 후나 매한가지로 고되었던 것이다. 오히려 산과 장의는 톈산이 마음에 들었다. 돌과 바위와 모래 먼지로 덮인 황량한 풍경 사이사이에서 만나는 초지의 푸른빛이 그들에게 활력을 선사했다.

거대하고 가파른 산계인 톈산의 우람한 꼭대기에 있는 빙하와 만년설이 늦봄에서 여름까지 녹아내리면서 기슭에 물을 공급했다. 사막으로 흘러들어 가면서 말라 버리긴 했지만 산자락 아래 저지대에 고인 오아시스 주변으로는 풀들이 가득했고 드물게 숲도 있었다. 길을 따라 드문드문 펼쳐진 초지에서 톈산의 위구르인들이 양이나 염소들을 풀어놓고 풀을 뜯게 하는 모습이 얼마나 평화로워 보이던지, 산과 장의의 입가에 저절로 미소가 어렸다.

"지금은 아름답지만 가을에서 봄까지는 말 그대로 불모지라 고통의 계절이 훨씬 길죠."

넋이 나간 듯 초원을 바라보는 산에게 아지즈가 불쑥 한마디 했다. 그때 양들 사이를 누비던 한 어린 소녀와 눈이 마주친 산은 가슴이 뭉클했다. 소녀가 검게 그을린 얼굴에 작고 촘촘한 이를 드러내며 쑥스러운 듯 웃었던 것이다. 사막의 열기를 이겨 낸 포도처럼 달콤한 미소였다. 이제 가을이 오면 시들어 버릴 풀과 관목들을 차지하고 오똑 선 소녀는 그 작은 어깨에도 의연해 보였다. 산은, 초지대를 빠져나오는 동안 내내 뭔가 설명할 수 없는 벅차오르는 충일감에 사로잡혔다.

초지가 끝나는 곳에는 어김없이 모래 지대가 있었다. 고려에서는 볼 수 없었던 모래 언덕과 기묘한 생김새의 사암들이 산의 눈길을 사로잡았다. 사막은 광활했다. 광활하고도 황량했고, 황량한 만큼 쓸쓸했고, 쓸쓸하여 울창한 산림을 보는 것과 다른 감흥을 안겨 주었다. 버려진 땅이었지만 텅 빈 아름다움이 있었다. 사람의 인내를 시험하는 거친 땅이 맨몸을 드러내며 지나가 보라고 유혹하고 있었다. 그 고난을 이겨 내면 꿀처럼 단 과일과 물을 얻을 것이다.

불어오는 바람에 날린 모래 먼지가 눈에 들어가지 않도록 산은 방갓에 달린 모첨을 내려 눈을 가렸다. 그들의 앞에도 숱한 대상들이 지나갔을 길이지만 바람이 씻어 냈는지 메마른 땅은 낙타 발자국 하나 없이 순결하다. 그것은 완벽한 태고의 모습 그 자체였다. 초원에서 받은 감동과는 또 다른 가슴 울림을 느끼며 산이 말했다.

"여긴 사람이 전혀 살 수 없는 곳이네요, 아지즈."

"그렇죠. 타클라마칸은 아주 위험한 곳이랍니다. 이름도 타클라마칸, '들어가면 나올 수 없는 곳'이잖아요. 여름밤이라도 몹시 추워 이빨이 부딪는 소리가 수십 리 밖까지 울린다고 해요."

뭔가 떠오른 듯 아지즈가 눈을 반짝 뜨며 덧붙였다.

"그런 타클라마칸 어딘가에 사는 사람들이 있다고 해요. 그 사람들은 카라호조나 쿠차 같은 도시랑은 멀리 떨어져 타클라마칸의 모래언덕 사이에 산다고 하더군요, 사막의 은둔자처럼."

"물도 없이 사막 한가운데에서? 어떻게 그럴 수 있죠?"

"사막 한가운데라고는 안 했어요, 그저 어딘가라고 했지. 우리가 지나왔고 앞으로 들를 오아시스들보다 규모가 훨씬 작은 오아시스가 어딘가에 있겠죠. 거기에 의존해서 살지 않을까 싶어요. 뭐, 순전히 추측에 불과한 얘기지만. 난 본 적도 없고, 그 사람들을 봤다는 사람조차 보지 못했으니까. 하지만 얘기는 들었죠. 카안이건 뭐건 아무것도 모르는 사람들이 이 사막 어딘가에 있다고."

"그 사람들이 때때로 상인들을 공격하기도 할까요?"

아지즈의 말을 고려어로 옮겨 주는 산에게 장의가 문득 물었다. 장의의 질문을 산이 통역해 주자 아지즈가 어깨를 으쓱하며 눈알을 굴렸다.

"그 사람들에 대해 나쁜 소문도 있지만 그건 다 모르는 사람들의 험담이라고들 합니다. 그들은 아주 순박하고 욕심이 없다고 해요. 진귀한 보석들은 안중에 없고 물건이나 먹을 걸 팔 줄도 모르며 뭐든 달라면 그냥 준다더군요. 왜? 손님이니까. 입에서 입으로 전해들은 얘기예요. 아주 오래전에 타클라마칸에서 길을 잃은 대상이 그들을 만나 도움을 받았다는 거죠."

"그렇다면 모래 바위들 뒤에 있는 사람들은 그들이 아니겠군요."

산의 통역을 듣던 장의가 칼을 뽑아 들고 그녀에게 다가갔다.

"제 뒤에 계십시오. 말을 탄 사람 여럿이 기척을 죽이고 숨어 있습니다."

"아지즈, 앞 사람들에게 알려요! 우릴 노리는 무리가 있어요!"

산이 재빨리 칼을 뽑아 장의와 나란히 바위산을 노려보았다. 매복이 들통 난 것을 눈치 챈 수십의 인마가 고함을 지르며 마구 쏟아져 나오기 시작했다. 상인들의 대열이 삽시간에 흐트러졌다. 저마다 허리에 찼던 칼을 꼬나들고 맞서긴 했지만 대부분이 당황하여 우왕좌왕하는 가운데 도적들의 칼에 허무하게 쓰러졌다. 경호를 위해 고용한 맘루크 출신 투르크 무사들도 중과부적으로 적들을 당하지 못하고 밀려났다.

도적 무리가 짐을 잔뜩 실은 낙타들이 밀집된 대열의 중앙을 표적으로 공격했기에 행렬의 말미에 있던 산과 장의 쪽은 그나마 더 오래 버틸 수 있었다. 산에게 덤비다 그녀에게 베인 도적이 비명을 지르며 나가떨어지자 뒤따라 달려오던 그의 동료가 곧장 그녀의 목을 겨눠 찔러 왔다. 다행히 옆에 있던 장의가 그를 일격에 거꾸러뜨리고 어찌할 바 모르고 벌벌 떨던 아지즈에게 덤비는 또 한 명을 찔러 말에서 떨어뜨렸다.

"대단한 형제군! 맘루크보다도 훨씬 대단해!"

아지즈의 감탄은 틀리지 않았지만 사실 그들에겐 감탄하고 있을 여유가 없었다. 투르크 무사들과 상인들이 잇달아 쓰러지면서 마지막까지 저항을 하고 있는 산과 장의, 그 뒤에서 전전긍긍하는 아지즈에게 도적들의 칼날이 한꺼번에 몰려들었던 것이다.

"도망가야 해요, 당장!"

산이 파사어와 고려어로 번갈아 외쳤다. 장의도 아지즈도 그녀의 말이 옳다고 판단했다. 장의가 떼를 지어 몰려드는 도적들을 막아 내며 조금이나마 시간을 버는 동안, 산과 아지즈가 먼저 모래언덕을 누비며 내달렸다. 개미 떼처럼 달려드는 도적들을 낙엽 떨쳐 내듯 쳐내던 장의도 더 이상 버티지 못하고 몸을 돌려 산을 따라 도망치자 도적들의 일부가 그들을 거세게 추격했다. 뿔피리 소리 같은 산적들의 찢어지는 고함 소리를 피해 산과 장의, 그리고 아지즈는 정신없이 낙타를 두들겨 대며 독촉했다. 어디로 가는지 방향을 알고 뛰는 것이 아니었다. 그저 모래를 헤치며 달리고 또 달릴 뿐이었다. 한참을 내달리다 서서히 속도를 늦춰 간신히 숨을 골랐을 때는 그들이 어디쯤 와 있는지 도무지 알 수 없게 되어 버린 뒤였다.

"쫓아오지 않는군요. 우린 살아남은 건가요?"

헐떡이며 뒤를 돌아보는 산의 물음에 나머지 두 사람은 대답하지 않았다. 도적들이 쫓아오는 걸 포기한 것은 확실했다. 그러나 그들을 둘러싼 모래와 사암들은 도적들보다 더 위협적인 존재일지도 몰랐다. 그들은 '들어가면 나올 수 없는 땅', 타클라마칸의 어딘가에서 길을 잃은 것이다. 먼지가 가득 실린 바람이 사납게 불어왔다.

"우리가 가던 방향을 기억해요?"

산이 자신 없는 표정으로 또 물었다. 이번에도 두 사람은 입을 열지 않았지만 난처한 듯 입맛을 쩝 다시는 얼굴이 이미 답을 말하고 있었다. 산은 눈앞에 펼쳐진 모래의 장관을 아득하니 바라보았다. 어디쯤 그 끝이 있을지 짐작하기 어려운 사막의 허허로운 아름다움은 암울한 공포로 변해 간다.

"언제까지나 여기 멍하니 서 있을 순 없어요. 가다 보면 분명 오아시스가 있을 거예요. 그럼 사람도 있을 거고요. 우린 사막을 빠져나갈 수 있어요."

그녀의 목소리가 평소처럼 활기를 띠었다. 미미한 떨림이 떨칠 수 없는 불안을 내포하고 있었고, 나머지 두 사람도 그걸 눈치 챘지만 잠자코 그녀를 따랐다. 각자의 가슴을 무겁게 누르는 두려움을 나란히 가는 세 사람 중 누구도 드러내지 않았다. 두려움은 쉽게 전염이 되는 것이고 일단 퍼지기 시작하면 더 깊은 수렁으로 그들을 빠뜨릴 테니 말이다. 세 사람은 억지로나마 웃음을 짓고 이런저런 이야기를 주고받으며 서로를 격려했다. 그러나 시간이 지날수록 그것은 고된 노동이 되어 버렸다. 특히 가운데서 아지즈와 장의의 말을 번갈아 옮겨 주던 산은 금방 피로를 느꼈다.

더구나 거센 바람이 그들의 몸에 있는 모든 구멍들을 메워 버릴 듯 덮쳐, 말을 하는 것은 물론 숨을 쉬기조차 버거운 지경이었다. 시야를 뿌옇게 가리는 먼지 탓에 그들은 가고 있는 방향을 더욱 종잡을 수 없게 되었다. 해가 지는 방향을 따라 서쪽으로 서쪽으로 향할 뿐이다. 이윽고 물 한 모금 마시지 못한 그들은 산을 필두로 한 명씩 기운을 잃고 낙타 위에서 비틀거렸다. 장의조차 허리를 쭉 편 곧은 자세를 유지하기 힘겨울 정도였다.

"해가 지고 있습니다. 우린 더 갈 수 없어요."

장의가 입 안에 들어온 모래를 뱉으며 말했다. 그의 말대로 커다란 모래언덕 너머 해가 지고 있었다. 크고 붉었다. 그 아름다움에 경탄하기 전에 진한 근심이 세 사람의 얼굴에 드리워졌다. 그들의 어깨 위로 어둠이 내리는 속도가 **빨라지면서** 추위가 살갗을 파고들기 시작했다.

"이대로 사막의 밤을 맞으면 안 됩니다. 먼저 우리가 가진 것들을 확인해 봅시다."

셋 중 가장 침착한 장의가 사막처럼 건조하게 말했다. 그들은 타고 있던 낙타에 실린 짐을 끌어내렸다. 다행히도 산과 장의의 짐엔 돌돌 말아 놓은 모포가 하나씩 있었다. 여름이라도 밤에는 추운 건조한 날씨를 염려하여 미리 준비한 덕분이었다. 하지만 나머지 짐은 은과 돈, 보석이나 단검 등 하등 도움이 안 되는 것들뿐, 배를 채워 준다거나 갈증을 해소시켜 준다거나 할 것들이 전혀 없었다. 아지즈로 말하자면 완전히 빈손이나 다름없었다. 대부분의 짐을 다른 낙타에 실어 놓은 데다 도적들에게 쫓기며 달려오는 사이 타고 있던 낙타에 매달아 둔 작은 짐들이 몽땅 없어졌던 것이다. 아마도 그의 소지품들은 모래밭 어딘가에 묻혀 버렸을 것이다.

"이거 참 곤란하군!"

배불뚝이 상인이 자신의 두 **뺨**을 찰싹 때렸다.

"불을 피울 수도 없고 마실 것도 한 방울 없어. 모포 두 장만으로 견뎌야 한다니, 맙소사!"

절망적이긴 산과 장의도 마찬가지였다. 하지만 이런 상황에서 울고불고하는 것은 도움이 되지 않는다. 두 사람은 약속이나 한 듯 낙타들을 붙여 앉히고 그 사이에 자리를 마련했다. 낙타와 모포의 온기로 밤을 지낼 참이다. 아지즈가 모포 하나를 냉큼 둘러썼다.

"난 배가 많이 나와서 나눠 쓸 수가 없소. 두 사람은 나보다 훨씬 날씬하니 같이 둘러요. 설마 당신들 거니까 난 맨몸으로 밤을 나야 한다고 생각하진 않겠죠?"

아지즈가 모래 위에 얌전히 놓인 모포 한 장을 가만히 내려다보고만 있는 형제에게 볼멘소리를 했다. 그의 말대로 형제는 배도 납작하고 기름기라곤 없다. 게다가 형제가 아닌가. 여행길에서 우연히 만난 사람과 몸을 비비며 모포 한 장을 같이 두르는 것보다 훨씬 마음 편할 것이다. 그러나 아지즈의 예상과 달리 형제 중 누구도 선뜻 모포를 집어 들지 않았다. 그렇다고 그에게 모포를 돌려 달라고 하지도 않았다. 아지즈는 모포를 단단히 여며 잡고 약해질 대로 약해진 빛 속에 앉아 있는 형제를 구경했다. 형이 뭐라고 동생에게 말하자 동생이 고개를 세게 저었다. 형이 다시 뭐라고 좀 더 큰 소리를 냈고 동생은 반발하듯 모포를 집어 형에게 내밀었다. 서로 양보하느라 옥신각신하는 것이다. 확실히 이상한 형제야.

아지즈는 바싹 마른 입술을 역시나 마른 혀로 핥으며 그들의 실랑이를 지켜보았다. 결국 형이 억지로 동생에게 모포를 둘러 주고 낙타에 몸을 파묻듯 기대는 것으로 결말이 났다. 매우 미안하고 안타까운 눈으로 형을 바라보는 동생을 본 아지즈는 왜 함께 모포를 사용하지 않는지 묻고 싶었지만 그만두었다. 입을 뻥긋하는 것도 힘들었다. 그는 모포 속에 고개를 파묻고 형제들처럼 낙타에 몸을 바싹 붙였다. 잠을 자기엔 이른 시가일지 몰라도 그들은 눈을 감는 것 외에 더 할 일이 없었다. 먹을 것도 마실 것도 없다. 말을 하면 기운만 소진될 뿐이다. 세 사람 모두 잘 자라는 인사도 없이 눈을 감았다. 침묵 속에 밤이 내려앉았다.

산은 한참 만에 감은 눈을 떴다. 젖은 솜처럼 몸이 무거웠다. 아니, 마른 모래주머니를 잔뜩 매단 것처럼 몸이 무거웠다고 하는 게 어울릴 것 같다. 몸속에 습기라곤 조금도 없는 것 같으니 말이다. 그러나 극심한 피로에도 잠은 쉬이 올 것 같지 않다.

그녀는 눈을 들어 어느새 모래언덕 위에 둥실 뜬 커다란 달을 보았다. 보름이 가까웠는가 싶어 산은 손을 꼽아 보았다. 거의 꽉 찬 달이 거대한 은덩이처럼 새까만 밤하늘에 박혀 있었다. 가슴이 시리도록 아름다운 달이었다. 사막은 뭐니 뭐니 해도 이글이글 불타오르는 태양이 어울리겠지만, 지금은 달이 태양만큼이나 혹은 그보다 더 어울린다. 땅의 고적감을 온전히 드러내 주는 빛이 모래언덕 위에서 하얗게 부서지며 은가루를 뿌렸다.

'사람이 사는 세상 같지 않아.'

그녀는 생각했다. 어쩌면 여긴 저승에 들어가는 길목인지도 몰라. 이 모래 바다를 빠져나가지 못한다면 정말 그렇게 되겠지……. 이상하게도 두렵지 않다. 은은한 달빛이 주는 마력 때문인지도 몰랐다. 세상의 끝에 누운 느낌이었다. 등이 잠겨 버린 모래가 포근했다. 요람처럼 혹은 무덤처럼.

'린, 결국 우리가 만나는 곳은 바로 거기일지도 몰라. 죽은 사람들이 만나는 그곳, 여기와 닮았을 바로 거기.'

산은 몸을 살짝 일으켜 손에 잡히는 대로 모래를 쥐었다. 손가락 사이를 간질이며 흘러내리는 모래는 덧없는 시간처럼 그녀에게서 도망친다. 이건 너와 헤어진 이후로 지나가 버린 날들이야. 움켜쥔 주먹 아래 소복이 모래성이 쌓였다. 이건 그동안 내 가슴속에 고여 있던 그리움. 그녀는 팔을 갈고리처럼 구부리고 모래를 그러모아 옆구리를 덮었다. 그리고 여긴 최후까지 너만을 생각하는 나의 무덤. 눈물이 한 방울 또르르 그녀의 뺨을 타고 흘러내렸다. 온몸의 물기란 물기는 이미 다 빠져나간 것 같은데 어디서 솟아오르는 눈물인지! 어쩐지 어처구니없어 산은 희미하게 웃었다.

그녀는 벌렁 드러누워 자신을 내려다보는 달에게도 미소를 보냈다. 차갑기만 할 것 같은 흰 빛은 햇살보다 온화하고 부드럽다. 해는 모습을 보이기 싫어 따가운 빛을 사정없이 쏘아 대지만 달은 마음껏 보라고 나신을 속속들이 드러낸다. 그 상냥한 빛 속에서 그녀는 모래 속에 빠져 들어가는 듯한 환각을 느꼈다. 완전히 다른 세계로 들어가는 느낌. 이 세상에서 그녀가 가진 모든 것이 떨어져 나가고 전혀 다른 존재가 되어 버린 것 같은 느낌. 죽으면 이승을 기억하지 못한다는 말이 있던데 지금이 그런가? 산은 포근한 모래 속에서 눈을 감았다. 그녀의 몸이 달빛과 함께 부서져 모래 바람에 실려 멀리멀리 흩날리는 듯했다.

'내가 먼저 저세상에 가서 나중에 온 너를 알아보지 못하면 어떻게 하지, 린? 아니면 내가 아직 너를 가슴에 새긴 채 닿은 황천에서 나를 기억하지 못하는 너를 만나게 되면? 둘 다 서로의 모든 것을 잊는다면? 이제껏 너를 찾아 헤매던 시간은 어디로 가 버리는 거지?'

산은 퍼뜩 눈을 떴다. 이대로 죽는 건 너무 억울해! 그녀는 달빛에 현혹되지 않을 기세로 벌떡 일어나 앉았다. 사륵, 모래 흘러내리는 소리가 났다. 그녀만이 잠 못 들지 못하는 밤이 아니었다. 죽은 듯 웅크리고 있던 장의가 움직였던 것이다.

"추워서 잠을 못 자는 거죠?"

산은 그새 말라 버린 눈물 자국을 손등으로 벅벅 문질러 내고 무릎에 떨어진 양털 모포를 그에게 내밀었다. 장의가 고개를 저었다. 그는 엄지손가락으로 모포를 머리끝까지 뒤집어쓴 아지즈를 가리켰다.

"저 사람이 기분 좋게 잠든 이유를 알고 싶습니다."

작게 속삭이는 장의의 목소리보다 모포 안에 갇혀 맴도는 아지즈의 코 고는 소리가 더 컸다.

"너무 피로한 탓이겠죠."

"그럴 수도 있습니다만, 다른 냄새가 났거든요."

"냄새? 무슨 이상한 낌새라도 있었다는 거예요?"

장의는 대답 대신 조심스레 아지즈에게 다가가 달빛의 도움을 받아 무슬림 상인을 유심히 살펴보았다. 물론 살짝 모포를 들추고. 의심을 살 만한 무엇이 있는 것일까? 산은 불길한 예감에 마른침을 삼켰다. 천천히, 상인이 깨지 않도록 조심하며 장의가 상인의 접힌 가슴과 배 사이로 손을 밀어 넣었다. 그리고 무언가를 잡았다. 도대체 무슨 일이지? 혹 아지즈가 낮의 도둑들과 한패였던 걸까? 잔뜩 긴장한 그녀의 눈앞에 장의가 상인으로부터 빼낸 물건을 내보였다. 순간, 기다란 머리칼 끝까지 들어갔던 힘이 탁 풀리며 산은 어이없어 실소를 터뜨렸다.

"세상에……. 이 사람, 어떻게 이럴 수가 있죠?"

그녀는 장의가 내민 작은 가죽 주머니를 받아 들고 마개를 뽑았다. 제법 묵직한 주머니의 좁은 입구에서 향기롭고 달콤한 냄새가 물씬 풍겼다. 장의가 말한 냄새란 이상한 낌새가 아니라 정말 냄새를 의미하는 것이었다.

"혼자 마시기에도 적은 양이라고 생각한 겁니다. 그래서 모포를 뒤집어쓰고 혼자 몰래 목을 축인 거죠. 어서 드세요, 아가씨. 목이 말라 지금 말을 하기도 힘들잖습니까?"

"하지만 아지즈가 깨어나면 포도주가 줄어든 걸 알아챌 거예요."

"수중에 아무것도 없다고 본인의 입으로 말했습니다. 이미 없는 것이 없어졌을 뿐이잖습니까. 따라서 이 사람은 할 말이 없죠."

장의가 씩 웃었다. 이 점잖은 무인이 장난기 가득한 웃음을 보인 것은 처음이었다. 산은 유쾌한 기분이 들어 마주 웃으며 포도주를 한 모금 마셨다. 짙은 향기가 그녀의 입을 단번에 채우고 콧속의 깊은 동굴까지 퍼졌다. 아마 그녀가 태어난 이래로 맛본, 가장 달고 가장 감미로운 음료일 것이다. 단 한 모금 에도 피부 밑 살덩이의 가장 작은 조각까지 깨어나는 것 같았 다. 술이라기보다는 생명수라고 부를 만했다. 갈증으로 따진 다면야 주머니를 몽땅 비운다 해도 온전히 해소되지 않겠지만, 산은 한 모금을 입에 문 채 장의에게 주머니를 내밀었다. 더 마 시라는 그의 손짓에도 그녀가 고개를 연방 가로저으며 사양하 자 장의가 받아 들고 주머니에 입을 대지 않으려 애쓰며 한 모 금을 마셨다.

"이 사람이 기분 좋게 잠든 이유를 알겠습니다."

그가 웃으며 다시 주머니를 산에게 주었다. 그녀는 또 한 모 금을 입에 물고 그에게 주머니를 돌려주었다. 그렇게 두 사람이 한 모금씩 나누어 마시면서 조금씩 가죽 주머니가 가벼워졌다.

"서쪽으로 계속 가면 정말 이 사막을 빠져나가 원래 가려던 길을 밟을 수 있을까요?"

거의 비어 가는 주머니에서 한 모금을 또 꿀꺽 삼킨 산이 혀 가 약간 꼬부라진 소리를 냈다. 술에 워낙 약하기도 했지만 빈 속에 마시다 보니 금방 취했다. 추위도 느끼지 않는지 모포는 발치로 밀려나 있었다. 그녀가 내민 주머니에서 마지막 한 모 금을 마신 장의가 고개를 갸웃였다.

"그 방법 외에 없다면 그렇게 되리라 믿어야겠지요."

"빠져나가지 못한다면? 아무리 걸어도 모래뿐이라면? 우린 이제 포도주도 없다고요!"

그녀는 장의의 손에서 빼앗아 든 주머니에서 최후의 한 방울을 입에 털어 넣으며 깔깔대고 웃었다. 더 이상 술이 나오지 않자 그녀는 가죽 주머니를 휙 던져 버렸다.

"내일 저녁까지 오아시스를 만나지 못하면 우린 모래밭에 묻혀 버릴 거예요."

"우리에겐 낙타가 세 마리나 있습니다. 먹을 게 전혀 없는 건 아닌 셈이죠."

"낙타가 다 없어질 때까진 괜찮다는 거예요? 그럼 낙타를 먹어 치우곤? 그래도 사막의 끝이 보이지 않는다면?"

"절망적인 미래를 그리는 건 아가씨답지 않습니다."

"그런가요? 어째서 그런가요?"

"아가씨는 수정후를 만날 때까지 포기할 줄 모르는 사람이라고 생각했습니다."

"물론 포기하지 않아요."

그녀가 입을 앙다물며 발딱 일어났다. 취기에 두 다리가 비틀거렸지만 스스로는 똑바로 섰다고 여기는 모양이다. 한쪽 허리에 손을 걸치고 그녀가 몽롱하니 흐릿해진 눈동자로 장의를 내려다보았다.

"포기하지 않아요, 절대로. 10년이고 20년이고 얼마든지 기다리고 얼마든지 찾아 헤매겠어요. 만나기만 한다면! 하지만 때때로 화가 나요. 답답해요. 당장 보지 않으면 숨이 막혀 죽을 것 같은 순간들이 있다고요!"

장의는 뭐라고 해야 좋을지 몰랐다. 그는 취하지도 않았고 주정하는 여자를 어떻게 달래야 하는지도 아는 바 없다. 봇물이 터지듯 꾹꾹 눌러둔 감정을 내쏟는 그녀를 잠자코 볼 따름이다. 소리라도 한번 질러야 마음의 병이 생기지 않지. 그는 생각했다. 그러나 그녀는 소리를 지르지 않았다.

"달이 밝아서 천손이 보이지 않아요."

검은 하늘로 고개를 돌린 그녀가 나직하니 중얼거렸다. 장의도 그녀를 따라 올려다보았다. 과연 그녀의 말대로 별들이 보이지 않는다.

"또 칠석이 그냥 지나갔어요. 난 결교해 본 적이 한 번도 없죠."

아쉬움이 듬뿍 묻어나는 그녀의 목소리 끝에 한숨이 따라 나왔다. 산이 도적들 앞에서 배짱 좋게 칼을 내휘두르던 모습을 떠올린 장의는 그녀가 바느질 기교를 늘려 달라고 기원하는 것이 그다지 어울리지 않는다고 생각했다. 그래도 사막에 덩그러니 서서 결교하려고 별을 찾다니, 주정치고는 귀엽다고 여겼다.

"하지만 천손에게 간절히 소원을 빈 적은 있어요. 말하자마자 소원이 이뤄졌었다고요. 믿어져요? 말하자마자! 린을 보게 해 달라고 하자마자 린이 나타났다고요!"

그건 우연에 지나지 않는 거요. 말짱한 정신의 장의가 속으로 중얼거렸다. 별에게 빌어 뭔가가 이루어지리라 생각하는 건 역시 여자답다고, 비틀거리며 달을 향해 팔을 뻗는 산을 보며 그는 생각했다.

"달이여……."

산이 애처로이 불렀다.

"……지금 린을 내게 보내 주세요. 한번 들어오면 나갈 수 없는 이 사막에서 뼈로 남아 묻히기 전에 그를 보게 해 주세요. 저승에 가면 만나도 기억을 못 할까 두려워요. 곁에 있는 줄도 모르고 그저 스쳐 지나갈까 겁이 나요. 그러니 지금, 가슴이 터져 버릴 것 같은 지금 그를 내게 보내 주세요. 제발!"

기원하는 목소리의 여운이 아스라이 퍼져 흩어지고 그녀는 달의 응답을 기다리는 듯 가만히 서 있었다. 달과 같은 색으로 빛나는 그녀의 얼굴은 정말 린이 오리라 기대하는지 사뭇 진지했다. 그러나 달은 천손과 달리 여인의 기원에 냉담한 모양이다. 오직 아지즈의 코 고는 소리만이 규칙적으로 들릴 뿐 사방은 고요하기만 했다. 훗, 그녀가 코웃음을 쳤다.

"하긴 그때도 사실은 점잖게 소원을 빌기만 해서 이뤄진 건 아니었죠."

그녀는 가슴을 크게 부풀리며 심호흡을 했다. 또 뭘 하려는가? 장의가 긴장하며 보는 가운데, 산이 두 손을 나팔처럼 모아 입에 대더니 온 사막이 쩌렁하니 울릴 정도로 크게 고함을 질렀다.

"지금 당장 여기로 와, 린! 이 멍청아!"

장의는 기대고 있던 낙타에서 굴러 떨어질 뻔했다. 남장을 하고 있어도 달 아래 초연히 서 있으니 월궁항아가 잠시 땅에 내려온 듯 우아하기 이를 데 없는 그녀였다. 비록 조금 취해 비틀거리기는 했지만 우스꽝스럽다기보다는 안타까운 마음을 일게 했다. 그런 그녀의 입에서 튀어나온 소리는 마치 모래언덕의 저편에서 들려온 것처럼 낯설고도 놀라웠다. 깜짝 놀란 사람은 장의만이 아니어서 곤하게 곯아떨어져 있던 아지즈가 벌떡 일어났다.

"무슨 일이오? 뭔가 나타났나요?"

주위를 두리번거리던 아지즈는 누워 있던 근처에 떨어져 있는 눈에 익은 가죽 주머니를 발견하고 흠칫하여 주워 들었다. 통통하던 주머니는 내용물이 쏙 빠져나가 납작하니 찰싹 달라붙어 있었다. 무슨 일이 있었는지 대번에 간파한 상인은 입맛을 쓰게 다시며 모래 속에 발목을 담그고 서 있는 소년을 떨떠름히 보았다. 소년이 어두운 저편을 기웃거렸다.

"자고 있는 사람에게서 도둑질을 하다니! 한 방울도 남기지 않았군!"

이를 갈며 불평하는 아지즈에게 장의가 손가락을 들어 조용히 하라는 신호를 보냈다.

"또 뭐요? 포도주를 훔쳐 가곤 입까지 다물라고?"

분통을 터뜨리는 무슬림의 말을 장의가 알아들을 리 없었다.

"들어 보시오. 입 닥치고, 제발!"

장의의 말을 못 알아듣기는 아지즈도 마찬가지였다. 그러나 그들은 약속이나 한 듯 동시에 침묵하고 귀를 기울였다. 금속성의 무언가가 부딪치는 소리가 아주 희미하게 들렸다.

"맙소사! 달이 들어준 거야! 그가 왔어요!"

산이 허우적거리며 달려가기 시작했다. 장의가 부리나케 일어나 쫓아갔다. 그녀가 곧 거꾸러질 것처럼 위험스레 발을 디뎠다. 그가 팔을 잡아 주지 않았다면 모래에 얼굴이 처박혔을

지도 몰랐다. 그러나 그녀는 장의의 손을 거세게 뿌리쳤다.

"그가 왔어요! 내 목소리를 들은 거예요!"

"그럴 리가 없습니다. 그런 일은 있을 수가 없어요."

"하지만 내가 달에게 소원을 비는 걸 봤잖아요!"

소리가 점점 가까워지고 있었다. 짤랑짤랑, 작은 방울들이 부딪는 소리 같았다. 동공을 활짝 연 그녀도, 그녀를 붙잡은 장의도, 낙타들 사이에서 비어 버린 가죽 주머니를 안고 있는 아지즈도 멍하니 움직이지 않았다. 짤랑짤랑. 어둠 속 저편에서 무언가가 다가왔다. 뚜렷하지 않은 그 형체는 움직이는 자그마한 모래언덕처럼 보였다.

"린……."

그녀가 나직이 읊었다. 정말 그인가? 장의는 꿈꾸는 사람처럼 얼이 빠져 그녀의 팔을 스르르 놓았다. 산이 발을 떼어 다가오는 검은 형체에게 다가갔다. 빨리, 더 빨리 가고 싶은데 다리가 말을 듣지 않았다. 모래에 박히는 발에 감각이 없었다.

정말 달이 너를 보낸 거야?

검은 형체가 달빛을 받으며 윤곽을 드러냈다. 짐을 가득 실은 낙타와 키가 크고 마른 사내였다. 짙게 드리운 음영으로 사내의 얼굴은 아직 보이지 않는다.

아니면 우리는 벌써 죽어서 만난 게 아닐까?

어디로부터 와서 어디까지 가는지 사막에 홀연히 나타난 사내는 그녀를 보고도 서둘러 달려오지 않는다.

죽어서 이승의 기억을 모두 잊어버린 거니? 날 몰라보는 거야?

그녀가 손을 뻗었다.

하지만 난 아직 널 똑똑히 기억하고 있는데!

한 발짝 더 내미는 순간, 산은 머리가 핑그르르 도는 걸 느꼈다. 땅이 솟아올라 그녀의 뺨을 철썩 갈겼지만 통증이 느껴지지 않았다.

역시, 우리는, 죽었던 거야.

모래 속에 얼굴을 묻고 그녀는 정신을 잃었다.

늦은 밤, 항가이의 군영 주위는 불을 밝혀 환했다. 커다란 승리를 거두고 나서도 군대는 느슨해지지 않았다. 카이두를 움츠러들게 한 전투들이 제국 간의 알력을 해소할 분기점인 것은 사실이었으나, 적들은 여전히 산맥 저 너머에서 이를 갈고 있을 터이니 말이다. 적어도 최고사령관인 카이샨의 게르에서 조촐하니 술을 나누고 있는 극소수의 인원들을 제외한 나머지는 그렇게 생각하고 있었다. 아직 전쟁은 끝을 알 수 없는 진행형이었다.

카이샨은 한 순배를 더 돌렸다. 송고르를 비롯한 그의 휘하 베크들의 표정만큼이나 그의 얼굴에도 일종의 기대감이 넘쳤다. 그렇다고 그가 젊은 나이에 승리에 도취한 나머지 태만하여 술잔을 기울이는 것은 아니었다. 취기라곤 찾아볼 수 없는 그들의 눈은 전투 때 못지않게 날카로이 번쩍였다. 마침 장막을 걷으며 톡토가 들어오자 게르 안의 눈들이 일제히 그를 돌아보았다. 톡토의 입가에 맺혀 있는 잔잔한 미소에 전염이나 된 듯 그를 바라보는 베크들이 씩 웃었다.

"먼저 한잔 마시게."

자리에 앉기도 전에 톡토가 입을 열려고 하자 카이샨이 잔을 내밀었다. 누구보다도 그의 보고를 초조하게 기다렸을 왕자가 내보이는 여유에 감탄하며 톡토는 단숨에 잔을 비우고 앉았다.

"두아의 마음이 이쪽으로 기울었습니다."

톡토의 첫마디에 좌중이 약속한 듯 동시에 주먹을 불끈 쥐었다. 이미 짐작했었다는 얼굴로 카이샨이 손짓을 했다.

"계속해, 톡토."

"카이두는 절대 회복할 수 없을 거라고 합니다. 죽음이 바로 코앞인 모양입니다. 두아 칸은 우구데이 가문의 영지를 카안과 나누고 싶어 합니다."

"카이두의 후계는 어쩔 셈이지?"

"카이두가 지명한 후계는 대카툰의 아들 우루스[斡魯思]지만 두아 칸은 카이두의 맏아들이자 서자인 차파르[察八兒]를 밀겠다고 합니다. 차파르가 덕이 없고 옹졸하여 부리기 쉬운 까닭입니다."

"우루스와 그의 누이인 쿠툴룬 차가, 다른 형제들이 가만있지 않겠는걸."

"카이두 자식들의 집안싸움은 두아 칸이 바라는 바일 겁니다. 그렇게 되면 우리와 협력하여 그 땅을 나눠 먹는 데 수월할 테니까요."

"흐흥."

술잔을 들어 올리며 카이샨이 콧소리를 냈다.

"아무리 죽기 직전이라지만 아직 병상에 누워 있는데 맹우에게서 등을 돌리다니. 카이두가 그를 칸 위에 올려 준 보람이 없군."

"두아 칸은 카이두에게 아버지를 잃었습니다. 따지고 보면 은인이라기보다는 숙적이죠."

잠자코 있던 송고르가 거들었다. 아, 그렇지. 수긍하듯 카이샨이 고개를 주억였다. 서로의 이익을 위해 손을 잡았다가 매몰차게 끊기를 반복하는 울루스들 간의 치열한 다툼 속에서 두아의 아버지였던 바락은 카이두의 배신으로 죽었다. 바락의 사후 카이두가 차가타이 가문의 수장을 지명했지만 바락의 아들들의 저항과 반란이 만만치 않았고, 카이두의 후원 아래 즉위한 칸들은 오히려 반란군에 협조하는 등 무능하게 대처하여 카이두의 골치를 앓게 했다. 결국 카이두는 타협을 선택했고, 죽은 바락의 아들들 중 두아를 칸으로 올렸던 것이다.

두아는 제 이익을 착실히 챙길 줄 아는 사람이었다. 그는 카이두에게 저항하여 힘을 소모하는 대신 카이두 휘하의 가장 막강한 왕공이 되기로 마음먹었다. 과연 그는 우구데이계와 차가타이계의 연합 세력에서 공히 2인자가 되었고, 이제 카이두란 거목이 쓰러져 회생 불능한 시점에서 연합 세력의 아카*로 우

---

* 원래는 '형뇨'이란 뜻으로 집단에서 가장 서열이 높은 지도자, 수장을 의미.

뚝 선 것이다. 그리고 가슴속에 묻어 왔던 복수를 우구데이 울루스를 박살냄으로써 실행하려는 것이다.

"하지만 두아의 됨됨이로 봐서 원한을 갚기보다는 제 이득을 먼저 계산했겠지. 이렇게 빨리 결심하게 된 이유가 뭘까?"

"이번 패배로 전쟁에 염증을 느꼈을지도 모릅니다. 또 두아 칸의 무릎 부상이 생각보다 심각하여 어쩌면 평생 동안 절룩거리며 다녀야 한다는 말을 들었습니다. 부상당한 만큼 왕자님에게 기가 꺾인 거겠죠."

흐흥, 카이샨이 또다시 콧소리를 냈다. 좋은 기분을 겉으로 너무 많이 드러내고 싶지 않아 입술을 단단히 고정시키느라 소리가 저절로 커졌다.

"그래, 말이니 무기니 몽땅 버리고 꽁무니에 불이 붙은 것처럼 도망갔었지! 하지만 그것만으로도 설명이 안 돼. 기가 꺾였다기보다는 전면전보다 뒷거래가 이득이란 걸 안 거야. 카이두 이후의 카이두가 되고 싶은가 본데 나와 손잡는 것으로 그 첫발을 내딛으려는 거라고. 뭐, 일단은 그렇게 놔두지."

카이샨이 갑자기 자리에서 일어났다. 좌중이 황급히 그를 따라 일어나자 젊은 왕자는 손을 내저어 그들을 만류했다.

"아니, 앉아서 좀 더 마시게들. 물론 흥청망청 취하는 건 안 돼. 비틀거리며 각자의 군영에 돌아가면 그에 합당한 벌을 내리도록 하지. 난 잠깐 바람을 쐬겠어."

게르에 베크들을 남겨 두고 혼자 나온 카이샨은 말을 타고 그의 게르와 가까이 주둔한 군영을 지나쳐 곧장 뒤쪽으로 향했다. 그리고 곧 군영에서 비교적 많이 떨어진 곳, 외따로 서 있는 천막에 이르렀다. 비상사태를 대비하여 밤을 지새우는 초병도 없는 작은 게르였다.

다짜고짜 장막을 들추고 들어간 게르는 텅 비어 있었다. 흐흥, 탐탁치 않은 콧소리를 약하게 뿜은 카이샨은 다시 돌아 나와, 수많은 말들에게 꼴을 먹이기 좋도록 서로 멀찍이 떨어진 군영들 사이를 걷기 시작했다. 어둠 속 야습을 대비하여 곳곳에 불을 밝힌 낮은 구릉지는 바람 소리 외엔 고요하다. 특정한 방향 없이 초지대를 이리저리 거니는 것처럼 보였지만 은근히 주위를 샅샅이 훑는 날카로운 눈매로 미루어 카이샨은 무언가를 찾고 있었다. 그러나 찾는 것이 쉽게 발견되지 않는 듯 밤늦은 그의 산책이 길어졌다. 그러다 문득, 언덕 굽이를 다람쥐처럼 쪼르르 돌아가는 자그마한 인영이 그의 시야에 잡혔다.

흐흥, 그의 입가에 이번엔 만족스런 웃음이 옅게 떠올랐다. 그는 말에서 내려 방금 뛰어간 그림자의 뒤를 밟았다. 그림자가 달려간 곳은 언덕 경사면의 구덩이 모양으로 움푹 팬 작은 동굴이었다. 사실 동굴이라기엔 깊이가 거의 없어 그 안에 앉은 사람이 멀리서도 보일 정도였다. 바위벽에 기대어 반쯤 누워 있는 사내를 발견한 카이샨은 걸음을 멈추고 히죽 웃었다. 횃불에서 멀리 떨어져 있는 그는 어둠에 적당히 몸을 가릴 수 있었다. 아마 비탈진 언덕배기에서 쉬고 있는 사내나 그 사내에게 가까이 다가간 소녀는 그를 볼 수 없겠지만, 그는 두 사람을 똑똑히 관찰할 수 있었다. 한밤중 남의 눈을 피해 만나는 남녀를 숨어서 지켜보는 건 전혀 그의 취미가 아니었지만 카이샨은 어둠 속에서 두 눈을 반짝였다.

왕자의 군영에 있는 여자는 물론 베키였다. 언젠간 이곳의 수많은 게르마다 군인들을 시중드는 여자들이 들어차겠지만 그건 전쟁이 승리로 마무리되었음을 널리 선포한 이후일 것이다. 오직 카이두의 그 용맹스럽다는 딸 쿠툴룬 차가처럼 남자로 차려입고 무기를 소지하며 뻐기고 다니는 베키만이 예외였다. 오늘은 그녀의 손에 활과 화살 대신 모린호르*가 들려 있다.

"네가 여기에 있을 줄 알았어."

베키의 목소리가 선명하니 들렸다.

"밤이 되면 언제나 여기서 새벽까지 있지? 아무도 모를 거라고 생각했겠지만 난 알고 있었어. 나만 알고 있다고."

이젠 나도 알게 됐거든, 베키. 카이샨이 생각했다. 그는 린의 버릇 하나를 알게 된 셈이다. 먼 하늘만 쳐다보며 미동도 않는 린을 보며, 아마도 오늘 베키가 찾아왔기 때문에 이곳이 더이상 그의 휴식처가 되지 못하리라고 그는 짐작했다. 베키도 그렇게 생각했던 모양이다.

"네가 날 귀찮아하는 거, 알아. 아마 지금 속으로 이젠 다른 곳을 찾아봐야겠다고 생각하겠지? 하지만 그곳도 내가 찾을 거란 걸 잊지 마, 유수프. 난 언제나 널 보고 있어."

이런. 카이샨이 소리 나지 않게 혀를 찼다. 그녀는 너무 순

---

* 마두금馬頭琴: 말 머리 조각 장식을 단 몽골의 현악기.

진하게 스스로를 까발렸다. 저런 식으로라면 남자를 성공적으로 꾀기 힘들겠다. 하긴, 열여덟 살 소녀가 남자의 마음을 능숙하게 파고든다는 건 애초부터 불가능한 일일지 모른다. 하지만 소녀에겐 소녀 나름의 방법이란 게 있는 것이다. 베키는 바위와 하나 된 것처럼 꿈쩍 않는 린의 곁에 살며시 앉았다.

"난 언제나 널 보고 있어, 너만, 유수프. 내가 부모님과 집에서 이렇게 멀리 떨어진 곳까지 나온 건 처음이거든. 그리고 여긴 내가 모르는 사람들이 수두룩한데다, 카이샨님을 빼놓곤 모두 날 못마땅해하잖아. 여기서 내가 의지할 수 있는 사람은 너뿐인 거야, 유수프. 그러니까 내 노예가 아니라 카이샨님의 비밀스런 막료가 되었더라도 날 너무 멀리하려 하지 마."

린이 고개를 돌려 그녀를 보았다. 꽤 떨어져 있는 카이샨으로선 달빛만으로 그의 표정까지 알아볼 수는 없었지만 기뻐서 환히 웃고 있지는 않겠거니 족히 짐작이 갔다. 곧이어 베키의 말이 들렸기 때문이다.

"그런 딱딱한 얼굴 할 거 없어. 뭘 조르러 온 거 아니니까. 난 그저……, 그래! 지난번 전투에서 날 보호해 준 보답으로……, 네 명상을 돕고 싶은 거야."

그녀는 돌 위에 앉아 모린호르를 무릎 앞에 비스듬히 세웠다. 오른쪽 손가락으로 두 개의 현을 조심스레 누르며 왼손에 든 활을 현에 문지르자 특유의 애절한 소리가 났다. 초원을 쓸고 가는 바람의 향기가 묻어 있는 음색이다. 쓸쓸하고도 소박한 가락이, 베키의 유려하지 못한 연주 실력에도 불구하고 사람의 가슴을 파고들었다. 만월이 뜬 밤, 허허로운 병영의 외딴 언덕과 잘 맞는 음악이었다. 좀처럼 감정을 드러내지 않는 고독하고 비밀이 많을 것 같은 사내에겐 특히나. 달을 물끄러미 바라보는 린의 눈동자에 어둑하니 그늘이 졌다.

'귀를 기울이고 있어!'

베키는 더욱 간절한 마음을 실어 연주했다. 그녀가 이 악기를 배운 지는 그리 오래되지 않았다. 아버지를 따라 사냥하기를 좋아하던 소녀가 모린호르를 들게 된 이유는 순전히 유수프 때문이었다.

아버지가 그를 처음 데려왔을 때, 그는 크고 작은 상처들과 오랜 여행으로 거의 시체나 다름없는 상태였다. 오직 그의 눈이 마음에 들었다는 아버지의 말에 모두들 고개를 설레설레 흔들었다. 죽어 가는 노예의 눈 따위는 살림에 하등 도움이 되지 않는다. 베키 역시 그렇게 생각했다. 흘깃 쳐다본 그는 피와 먼지로 범벅이 되어 사람이라기보다는 늑대에게 뜯긴 짐승 같았다.

"헛간에 가둬 둬라. 죽지 않을 정도로만 먹을 걸 주도록 해."

아버지의 명령은 뜻밖이었다. 그대로 두면 죽을 게 뻔한 노예를 방치할 생각이었다면 왜 그 먼 곳에서 비싼 값을 치르며 사 왔단 말인가? 모두 어리둥절해하는 가운데 베키가 나섰다.

"치료는요? 이대로는 얼마 못 가 죽을 거예요."

"아냐, 베키. 이놈은 주인에게만큼이나 죽음에게도 순종하지 않을 놈이란다. 그렇게 쉽게 죽지 않아. 그리고 내게 진심으로 복종을 시키려면 이놈이 스스로 고개를 숙일 때까지 참을성 있게 기다려야 해. 만일 죽음 직전에 이르러서도 영원한 충성을 맹세하지 않는다면 결코 내 밑에 들어오지 않을 녀석이란 뜻이지."

그녀의 아버지는 자식들 중 가장 사랑하는 딸의 머리를 쓰다듬으며 상냥하게 말했다. 아버지의 말을 이해하기 힘들었던 베키는 헛간에 갇힌 노예가 마음에 걸렸다. 천성적으로 동정심이 많은 그녀는 약과 마유주를 가지고 사람들 몰래 헛간에 들어갔다.

구석에 아무렇게나 던져진 그는 고열로 의식을 잃은 상태였다. 악몽에 시달리는지 새카맣게 마른 입술 사이로 뭔가 알 수 없는 말을 웅얼거렸다. 상처들을 살펴보기 위해 베키는 그의 몸을 감싸고 있던 더러운 웃옷의 깃을 헤쳤다. 검은담비 털가죽으로 안을 댄 긴 저고리는 오랫동안 걸쳤는지 끔찍하게 해져 있었다. 옷도 한 벌 가져와야겠군. 생각하며 부드러운 천에 물을 묻혀 목의 상처를 닦아 내려던 그녀는 피가 엉겨 붙은 가느다란 끈을 발견하고 살며시 잡아당겼다. 곧 그녀의 손가락이 끈의 끝에 달린 작은 주머니에 닿았다. 핏빛으로 얼룩져 원래 색깔을 알아보기 힘든 비단 주머니의 겉면에 그녀가 읽지 못하는 글씨가 수놓아져 있었다. 뭐가 들어 있을까? 주머니를 벌려 보려던 그녀의 손이, 갑작스레 덮친 엄청난 손아귀 힘에 옴짝달싹못하고 갇혔다.

마구 헝클어진 머리카락 사이로 번쩍 뜬 그의 눈이 보였다. 푸르스름할 정도로 깨끗한 흰자위에 얹힌 맑고 까만 유리알. 달라이 노르만큼이나 깊어 보이는 눈동자가 얼음처럼 냉랭했는데도 베키는 그 속에서 이글거리는 불꽃을 본 것 같았다. 얼음과 불꽃, 얼마나 상반되는 조합인지! 그녀는 문득 그의 눈이 마음에 들었다는 아버지의 말을 이해할 수 있을 것 같았다. 그러나 예사롭지 않은 그의 눈을 오랫동안 감상하기에는 그녀의 손을 꽉 쥔 그의 힘이 또한 예사롭지 않았다.

"네 물건에 손대지 않을 테니, 이거 놔!"

그녀는 비명을 지르지 않기 위해 이를 악물었다.

"힘이 넘치는 걸 보니 아버지 말씀대로 치료해 줄 것도 없겠군!"

그가 놓아주자 베키는 얼얼해진 손을 다른 손으로 가만가만 주물렀다.

"넌 누구냐?"

나직한 목소리로 그가 물었다. 듣기에 좋은 목소리야. 하지만 생각과는 달리 베키는 골난 듯 쏘아붙였다.

"내 아버지께서 널 사셨어. 그러니 내 앞에서 말조심해."

"왜 여기에 들어왔지?"

"다 죽어 가는 사람을 그냥 놔둘 순 없잖아."

그녀는 신경질적으로 가지고 온 쟁반을 그에게 밀었다. 쟁반 위에는 닭을 천과 약초, 말린 고기, 마유주 등이 놓여 있었다. 물끄러미 그녀와 그녀가 가지고 온 것들을 번갈아 쳐다보던 그는 상체를 일으킬 힘이 달렸는지 벌렁 드러누웠다. 맥이 풀린 그의 손이 아무렇게나 바닥에 떨어졌다. 다시 살아 있는 시체로 돌아간 그를 보며 베키는 아까의 우악스러웠던 힘이 어디서 나왔는지 의아했다. 그의 가슴에는 그녀가 들여다보려 했던 비단 주머니가 다소곳이 얹혀 있었다. 이상한 놈이야. 그녀는 반듯이 누워 눈을 감고 있는 사내를 놔두고 헛간을 나왔다.

다음 날 밤, 베키는 두 번째로 헛간에 몰래 숨어들었다. 그가 상처를 제대로 닦았는지, 음식을 조금이라도 먹었는지 확인하기 위해 들어가는 거라고, 그녀는 스스로에게 수차례 반복하여 말했다. 그녀의 말마따나 죽어 가는 사람을 놔둘 수 없으니 말이다. 그게 아니라면 남들의 눈을 피해 헛간에 들어갈 이유가 없지! 베키는 입술을 앙다물었다.

고양이처럼 살그머니 들어간 그녀를 누워 있는 사내가 무표정하니 바라보았다. 얼굴과 상처를 대강 닦아 낸 그는 몹시 희고 매끈한 것이 전날과 사뭇 달랐다. 얼굴에 상처가 없어서 정말 다행이야. 그녀는 저도 모르게 생각했다. 그녀의 밤잠을 설치게 한 두 눈은 물론이고 그 눈에 걸맞은 코와 입이 저렇게 사이좋게 한 얼굴 안에 있다니! 베키는 감탄하여 눈을 떼지 못했다.

"또 왜 왔지?"

그가 물었다. 곁눈으로 쟁반 위에 놔두고 간 음식들이 모조리 없어진 것을 보고 만족스러워 생긋 웃은 베키는 가지고 간 음식과 저고리를 그의 앞에 내밀었다. 그는 조금 당황한 듯이 보였다.

"도와주는 건 고맙지만 아버지의 명을 어기지 않는 게 좋아. 그만 돌아가."

"난 한 번 도와준 사람은 끝까지 돌본다고. 내 걱정 말고 빨리 나을 생각이나 하시지."

베키의 고집은 부모도 꺾지 못했다. 하물며 노예 따위가! 앙다문 입술 옆에 옴폭 들어간 보조개가 그렇게 말하는 것 같았다. 그는 더 이상 말하지 않고 벽 쪽으로 돌아누웠다.

그렇게 베키는 이틀, 혹은 사흘에 한 번꼴로 헛간에 드나들며 약과 음식을 날랐다. 아버지가 대도에서 가져온 귀한 약도 몰래 가져다주었다. 왜 그렇게 열심히 그를 돌보았는지 그녀 자신도 선뜻 대답하기 어려웠지만, 어쨌거나 그녀의 꾸준한 정성 덕에 그의 상태는 눈에 띄게 호전되었다. 그러나 그녀의 성의에도 불구하고 이 쌀쌀맞은 노예는 응분의 반응을 보여 주지 않았다. 어디 출신인지, 뭘 하던 사람이었는지, 왜 노예가 되었는지 베키가 수도 없이 물었으나 끝내 입을 열지 않았던 것이다.

그가 묵묵히 자신에 대한 말을 아낄수록 그녀의 호기심은 배로 커져 갔다. 나면서부터 노예는 아닐 거라고 그녀는 확신했다. 그녀의 아득한 짐작으로는, 그는 전쟁에서 패배하여 포로가 된 뒤에도 끝까지 칸들에게 굴복하지 않은 어느 지방의 왕공이나 기사였다. 아니면 여행을 나섰다가 도적들에게 몽땅 털린 부유한 상인이거나 명문가의 아들? 이런저런 경우를 그녀가 열심히 주워섬겼으나 그는 잠자코 듣기만 할 뿐 어이없어하는 콧방귀조차 뀌지 않았다. 그래도 베키는 꾸준히 그를 찾았다. 음식과 약을 주는 것이 목적이라고 갈 때마다 그에게 말해 두었지만 그녀가 생각하기에도 변명에 지나지 않았다. 누워 있는 그의 곁에서 쉴 새 없이 재잘대는 시간이 그녀의 일상 중에서 가장 기다려지는 즐거운 순간이었던 것이다.

그러던 중 집을 비웠던 그녀의 아버지가 돌아왔다. 희미하게 붙은 숨으로 목숨을 간구하는 노예를 기대했던 아버지는 생기가 도는 그의 안색을 보고 불같이 화를 냈다.

"누가 그에게 허락하지 않은 자비를 베풀었는가? 갇힌 자에게 주인의 허락 없이 음식이나 옷을 주면 사형에 처한다는 대야사를 잊었는가!"

"저 말고 다른 사람들에겐 화를 내지 마세요. 아버지를 거역하고 분노케 한 사람은 바로 저니까요."

두려움을 무릅쓰고 나선 딸을 아버지가 난감한 얼굴로 보았다.

"왜 그랬느냐, 베키? 어째서 저놈을 도왔니?"

"고통받는 사람을 버려두지 말라는 신의 뜻으로요, 아버지."

그녀가 은 십자가를 내보이며 말하자 아버지가 고개를 흔들었다.

"널 탓하고 싶진 않다만, 내 딸아, 저놈을 굴복시키는 길은 다시 한 번 죽음의 문턱까지 끌고 가는 거란다. 열흘 안에 저놈은 도망칠 거야."

"장담하건대 아버지, 그가 도망가지 못하도록 제가 붙잡겠어요. 열흘이 아니라 1년, 아니, 2년 동안 지켜보셔도 괜찮아요. 만약 그가 도망가지 않는다면 제게 주세요. 제가 그를 굴복시켰다는 증거니까."

"장담하건대 내 딸아, 넌 실망하게 될 거란다. 그는 온순한 애완동물이 아니라 진짜 늑대거든."

아버지는 쓰게 웃으며 딸의 머리를 쓰다듬었다.

"하지만 그 내기는 받아들이마. 대신 저놈이 도망간다면 널 나이만[乃蠻]부의 쿠틀룩 부카에게 시집보내겠다."

"그 멍청이한테! 제가 싫다면 혼인시키지 않겠다고 하셨잖아요!"

"네가 한 말에 책임을 지지 않겠다는 건 아니겠지, 베키. 장담한 대로 2년 동안 저 늑대를 놓치지 말고 길러 봐. 그가 도망가지 않으면 네게 영원히 주겠다. 도망가면 넌 시집을 가는 거야. 저놈이 널 인질로 삼아 도주한다고 해도 그건 네가 자초한 일이다, 베키."

관대하면서도 단호한 아버지의 처분에 베키는 뺨에 옴폭 우물지도록 입술을 앙다물었다.

"좋아요, 아버지. 2년 동안 그를 내 손안에 둔다면 혼인 따위는 없는 거예요."

이렇게 그를 맡게 된 베키는 유수프란 이름을 붙여 주고 좀 더 깨끗한 천막으로 그를 옮겼다. 그녀는 심각한 얼굴로 사정을 설명했다. 다 듣고 나서도 듣기 전과 다름없이 무덤덤한 그에게 베키가 초조하니 말했다.

"넌 그저 얌전히 지내면 되는 거야, 유수프. 네가 손해 볼 건 하나도 없어. 난 네게 힘든 일을 시키지도 않을 거고 지금까지처럼 반말을 해도 괜찮아. 하지만 도망가는 건 절대 안 돼! 쿠틀룩 부카 따위에게 시집가긴 죽어도 싫단 말이야. 알겠어? 좋아하지도 않는 사람이랑 혼인하느니 차라리 죽는 게 낫다고!"

유수프의 눈썹이 살짝 일그러졌다. 시종일관 냉랭하고 감정이 실리지 않았던 눈동자가 뭔가에 동요하는 듯 가늘게 흔들리더니 이내 잠잠하니 가라앉았다. 아마도 그때였을 것이다. 멀리서 모린호르의 떨리는 선율이 들려온 것은. 아버지의 귀가를 반기기 위해 열린 연회에서 흘러나온 음악이었다. 음악에 귀를 기울이던 유수프의 손이 가슴 근처의 옷자락을 살며시 움켜잡는 것을 베키는 놓치지 않고 보았다. 그 후로도 그녀는 모린호르의 이 악곡을 들으며 유수프가 민감하게 반응하는 것을 종종 보았고, 그것이 악기를 배우는 계기가 되었다.

음악을 듣는 내내 그런 것은 아니지만 보통 때와 달리 그가 자신 속으로 깊이 침잠하는 순간이 있었다. 그 순간 그의 표정은 매우 복잡한데, 감미로우면서도 수수로웠다. 그 표정에 가슴이 무엇엔가 꽉 잡힌 듯 죄어드는 느낌이 그녀로 하여금 모린호르를 들게 했던 것이다. 어쨌든 그날, 그렇게 한참 동안 흐느끼는 가락을 듣고 있던 그가 거의 들리지 않을 만한 목소리로 중얼거렸다.

"2년이라……."

이윽고 고개를 들어 그녀와 눈을 마주친 유수프가 말했다.

"좋다, 도망치지 않겠다고 약속하지. 하지만 기한은 네가 네 아버지와 한 내기에서 이길 때까지만이다."

베키는 활짝 웃으며 고개를 세차게 끄덕였다. 2년 동안 그의 마음을 사로잡으면 될 터였다. 그는 영원히 그녀에게서 도망가지 못할 것이다! 고집을 부릴 때와 마찬가지로 그녀의 입가에 볼우물이 깊이 팼다. 그리고 유수프는 정말 약속을 지켰다. 온전하게 회복된 뒤에도 그는 한 번도 도주를 시도하지 않았다.

아직도? 베키의 주변에 있는 그를 볼 때마다 그녀의 아버지는 미심쩍어 눈살을 찌푸렸다. 기질이 드세고 고집을 부리면 당해 낼 수 없는 딸을 쉽사리 꺾을 수 있겠다는 계산이 빗나가자 아버지는 초조해졌다. 열흘이면 절뚝거리는 다리로 말을 훔쳐서라도 달아날 놈이었는데 한 달, 두 달, 반년이 다 되어 가는 동안에도 유수프가 도망가지 않았던 것이다.

딸이 그에게 무슨 묘술을 부린 것일까? 어쩌면 그가 감히 베키를 넘보는지도 몰랐다. 그렇다면 그냥 놔둘 수는 없는 일. 그러나 유심히 딸과 유수프를 관찰하던 아버지는 그런 불안감이 터무니없음을 깨달았다. 과묵하고 조용한 그는 되도록 혼자 있고 싶어 했고, 되레 상대를 넘보는 사람은 사내 쪽이 아니라 딸 쪽이었다. 유수프가 무예에 능통하다는 사실을 알게 된 그녀는 칼 쓰는 법을 가르쳐 달라며 달라붙어 그를 귀찮게 하곤 했다. 장미꽃처럼 탐스럽게 피어난 어린 딸의 발그레한 얼굴을 보고 아버지는 그대로 놔두면 안 되겠다고 생각했다.

그가 안심하고 탈출할 수 있는 기회를 자주 만들어 주기 위해 베키의 아버지는 머리를 짜냈으나 효과는 그다지 신통하지 않았다. 사냥에 데리고 가서 감시하는 사람 하나 없는 너른 숲과 초원에 그를 풀어 주었지만 그는 달아나기는커녕 놀라운 활솜씨로 사냥꾼이 놓친 짐승을 잡아다 주었다. 축제날 흥청거리는 속에서 유수프만 따로 마구간에 보내도 그는 조용히 모린호르의 선율을 감상할 따름이었다. 그를 사 올 때만 해도 가지고 싶어 안달하던 베키의 아버지는 이제 그가 없어지길 간절히 바랐다. 그렇다고 죽여 버릴 수도 없는 것이, 유수프가 책잡힐 짓을 하지 않는데다 딸에게 약속을 파기하려고 비겁한 술수를 썼다는 비난을 받고 싶지 않았기 때문이다.

그러던 차에 왕자 카이샨이 카라코룸에 들렀고, 베키가 이 활달한 왕자에게 열광하면서 아버지는 그녀를 유수프에게게서 떼어 놓을 수 있는 절호의 기회가 왔다고 생각했다. 그녀는 어려서부터 남자 형제들 못지않게 호전적이었고 용감했을 뿐 아니라 늘 카이두 칸의 저 유명한 딸 쿠툴룬 차가처럼 전장을 누비고 싶다는 바람을 피력해 왔었다. 아니나 다를까, 베키는 항가이로 왕자를 따라가고 싶어 몸이 달아올랐다. 겉으로는 화들짝 놀라는 척 만류하면서도 아버지는 쿠툴룬 차가의 이야기를 해 주며 딸의 허황한 꿈에 자꾸 바람을 불어넣었다.

"너의 유수프는 그 자신이 워낙 출중해서 웬만한 재주엔 덤덤하더구나. 쿠툴룬 차가 정도라야 그 콧대 높은 노예가 인정해 줄까?"

아버지가 지나가는 말로 불을 붙이자 베키는 마른 나뭇잎처럼 활활 타올랐다. 그녀는 곧 항가이로 출진하는 왕자의 군대에 숨어들었고, 아버지의 예상대로 당연히 들켜 쫓겨 돌아왔다. 금세 포기하는 모습을 보이기 싫어하는 딸의 성격을 잘 파악하고 있는 아버지는 베키가 여러 번 똑같은 바보짓을 되풀이하리라는 것을 알고 있었다. 마지막엔 결국 집으로 돌아오리란 것도. 그녀가 성취하지 못할 도전을 되풀이하는 동안 아버지는 유수프를 불렀다.

"넌 자유다, 유수프. 원하는 대로 노자를 줄 테니 어디로든 떠나 버려."

"싫습니다."

돌아온 대답에 베키의 아버지가 펄쩍 뛰었다. 망할 녀석 같으니! 이 노예는 붙잡으려 하면 도망가고 놓아주려 하면 곁에 맴도는 골치 아픈 기질을 가졌다.

"저를 따님에게 맡기셨으니 제게 자유를 줄 사람은 따님입니다."

유수프가 잘라 말했다. 결국 베키가 송고르에게 붙잡혀 돌아오기까지 유수프는 떠나지 않았고, 아버지가 분통 터지게도 내기를 건 2년이 꽉 찼다. 승자는 오롯이 딸이었다. 그녀는 경멸하는 상대와 혼인하지 않았고 유수프의 당당한 주인이 되었다. 게다가 송고르가 그녀를 항가이로 데려가겠다고 나서면서 베키의 아버지는 완전히 패배했다. 그에게 남은 일은 딸을 따라 전장으로 가는 유수프에게 제발 베키를 안전하게 지켜 달라고 당부하는 것뿐이었다.

이 과정에서 베키의 경우는 아버지와 사정이 약간 달랐다. 약속한 기한이 점점 다가오면서 그녀는 유수프가 결국 떠나리란 불안감을 강하게 느꼈다. 아마 기한을 채우자마자 그는 바람처럼 흔적도 없이 사라져 버릴 것이다. 조마조마하니 타는 가슴으로 하루하루를 보내던 그녀는 오랫동안 고심한 끝에 유수프에게 조심스레 말을 꺼냈다.

"유수프, 네가 여길 떠나게 되거든 나를 데려가 줘. 어떤 일에도 방해되지 않을게."

"네가 날 쫓아오는 것만으로도 큰 방해가 돼, 베키."

"난 카이샨님도 인정한 전사야! 어릴 때부터 활잡이로 인정받았고, 또, 그래! 네게 칼 쓰는 법도 배웠잖아."

"그런 건 중요하지 않아. 도망 노예를 따라나서 봤자 네 앞날에 좋은 일이 없어."

"내가 형편없다고 무시하나 본데, 유수프, 내 실력을 증명해 보이겠어! 결코 네 걸림돌이 되지 않을 실력을."

그런 뜻이 아니라는 유수프의 말에도 불구하고 베키는 실력을 입증하기 위해 모험을 감행했다. 섣불리 결정하지 말고 자신의 용기와 무재를 보고서 판단을 내리라고 그에게 강요하며 그녀는 대담하게도 전쟁에 직접 뛰어들려는 시도를 했다. 그러나 유수프의 감탄을 자아낼 무훈을 세우려던 그녀의 계획은 첫 단추부터 어긋나, 알타이에서 활을 들기도 전에 집으로 쫓겨와야 했다.

그녀가 참전하는 것과 그의 도주가 전혀 상관없음을 유수프가 강조하면 강조할수록 베키는 고집스레 카이샨의 군대를 쫓아갔다가 쫓겨 왔다. 유수프가 결코 그녀의 동행을 허락하지 않으리란 걸 이미 마음속 깊이 알고 있었지만 그럴수록 그녀는 더욱 이 터무니없는 증명에 매달리고 집착했다. 그리고 마침내, 송고르에게 붙들려 오면서 그녀의 계획은 수포로 돌아갔고 기한이 차 버렸다.

아버지에겐 이겼지만 이제 곧 유수프가 떠날지도 모른다는 공포에 베키는 떨었다. 그리고 그녀의 예상대로 그는 가차 없이 떠났다. 송고르와 함께 사냥을 간 셀렝게 강가에서 그는 어떤 낌새도 흘리지 않고 홀연히 사라져 버렸던 것이다. 그때 송고르의 아들인 엘 테무르가 곰에게 공격당하지 않았더라면, 그리고 거짓으로 살려 달라고 외치는 베키를 구하러 그가 돌아오지 않았더라면 그녀는 유수프와 영영 이별을 했을 것이다.

"어쩌면 그렇게 쉽게 가 버릴 생각을 했지? 아무런 예고도, 작별 인사도 없이 어떻게 그렇게 냉정하게."

"도주하는 노예가 작별 인사를 할 거라고 생각한 게 이상한 거야."

분개하여 발을 동동 구르는 그녀에게 무덤덤하니 대꾸하는 그를 보고 베키는 힘이 쭉 빠졌다. 그러나 그녀는 끝까지 포기하지 않는 부류의 사람이었다.

"난 네 주인으로서 네게 명령을 한 적이 없었어, 유수프. 노예라면 적어도 주인의 명령을 하나 정도는 들어야 하는 거 아니야?"

허리춤에 손을 척 걸치고 부리부리한 눈을 치켜뜬 그녀에게 유수프는 미간을 구겨 보였다. 하지만 그의 입가에 옅게 맺힌 미소가 그녀에게 용기를 불어넣었다.

　"나와 함께 알타이로 가서 전투에 나가는 거야. 네 주인이 전사하지 않게 보호해, 유수프."

　그녀 나름대로 계산을 하여 꺼낸 말이었다. 유수프가 이 제안을 수락하면 그녀의 명령을 그가 실행할 때까지 붙잡아 둘 구실로 쓸 작정이었다. 2년 동안의 경험으로, 그가 한 번 뱉은 말은 기필코 지킨다는 것을 베키는 잘 파악하고 있었던 것이다. 아마도 왕자는 그녀를 군영에 두길 꺼려 카라코룸으로 돌려보낼 테고, 전투에 나가지 않으면 그가 그녀를 보호할 기회도 미뤄진다. 그가 떠날 기미를 보이면 그녀는 다시 항가이의 왕자를 찾아가 전장에 내보내 달라고 조를 것이다. 왕자 카이샨은 또 거부할 것이고 유수프가 지켜야 할 그녀의 명령은 존속된다. 그렇게 같은 일이 계속 반복될 것이다, 그가 도주를 포기하고 그녀의 곁에 남겠다고 항복할 때까지. 가슴 졸이며 대답을 기다렸는데 뜻밖에도 유수프는 선선히 대답했다.

　"좋을 대로."

　너무도 쉽게 나온 대답에 베키는 약하게나마 허탈감마저 느꼈다. '날 데려가 줘.'라고 부탁할 게 아니라 '네 주인을 데리고 가.'라고 명령을 했어야 좋았던 것일까? 그녀는 항가이로 가는 길 내내 그 점을 아쉬워했다.

　카이샨이 유수프를 넘기라고 했을 때 순순히 받아들인 것

208

은, 그녀에게서보다 왕자에게서 도망치기가 훨씬 어려우리라는 계산에서였다. 그리고 솔직히 '내가 네 혼사를 주선해 줄 수도 있어!'라던 왕자의 꾐이 너무도 달았다. 카이두와 두아의 연합군이 패주한 지금, 여느 베크들 못지않게, 아니, 누구보다도 더 큰 공을 세운 유수프에게 카이샨이 그 신분을 보장할 것이다. 카이샨은 그녀와 따로 만난 자리에서 적극적으로 혼인을 후원해 주겠다고 약속까지 했었다.

만월이 은은히 비추는 언덕배기의 두 사람은 말이 없었다. 둘 다 눈을 지그시 내리깐 채 음악에 취한 것처럼 보였다. 내 곁에 있어, 유수프. 베키의 모린호르가 더욱 애달피 울었다. 네가 어디서 왔는지, 뭘 하던 사람이었는지 상관 안 해. 그냥 있으면 되는 거야, 여기, 내 옆에. 마지막 가락까지 현을 문지르던 활이 애틋한 여운을 남기며 악기에서 스르르 떨어졌다.

"넌 이 곡을 좋아하지. 다른 곡에는 시큰둥하지만 이 곡만 들리면 귀를 기울여."

그에 대해 뭐든 알고 있다는 식의 베키의 말투에 린이 쓴웃음을 지었다. 소녀가 발그레한 뺨으로 고백했다.

"난 이 곡 말고는 연주할 줄 몰라."

그가 그녀의 마음을 알아들었을까? 그는 무심하니 발치의 풀을 뽑아 입술에 갖다 대고 가늘게 삐익 불었다.

"예전 누군가가 불어 준 피리 소리와 곡조가 비슷해."

"누구?"

린은 대답 없이 풀잎피리를 불었다. 가늘고도 뾰족한 음색이 모린호르의 그것과 무척 달랐지만 어딘가 닮은 구석도 있었다. 현란하지 않지만 마음을 파고드는 쓸쓸한 선율, 검은 하늘에 외롭게 뜬 달의 노래. 그의 눈동자가 허공 속 저 멀리 깊은 어둠을 향했다. 무엇을 보고자 하는가? 베키는 짐작할 수 없는 그 공허한 그늘에 슬퍼진다. 그녀의 곁에 있는 몸뚱이와 달리 그의 마음은 아득한 초원을 저만치 달려가고 있는 것이다.

"너는……."

베키가 나지막이 속삭였다.

"……이제 노예가 아니야, 유수프. 카이샨님이 널 받아 줬잖아. 여기에서 네 자리를 찾아. 너의 사람들을, 동지들을, 친구들을, 그리고……, 가족을 찾아."

그가 입술에서 풀잎을 뗐다. 적막 속에서 그의 눈동자가 더 먼 곳으로 달아나고 있었다. 영혼이 빠져나가는 듯 뭉글뭉글 가슴 가득 솟구치는 불안을 억누르며 베키는 껍질만 남은 것 같은 그에게 조심스레 말했다.

"카이샨님께서 약속하셨어. 싸움에서 공을 세우면 널 노얀으로 만들고 혼사도 주선해 주신다고. 넌 내 남편이 될 자격이 있어, 유수프."

린이 그녀를 돌아봤다. 베키가 그와 눈을 맞추지 못하고 빨갛게 익어 말을 이었다.

"네 옆에 항상 있으면서 도울게. 전장에서도, 궁정에서도, 집에서도."

"돌아가, 베키, 카라코룸으로. 부모님이 기다리신다."

"내가 말하는 건, 유수프……."

"아직 전쟁이 끝나지 않았어. 여긴 어린애가 있을 곳이 못 돼."

"난 어린애가 아니야!"

그녀가 발딱 일어나는 바람에 무릎에 얹혀 있던 모린호르가 차가운 땅바닥에 나동그라졌다.

"열여덟이나 됐다고! 지금 난 혼인을 말하는 거야, 무시하지 마!"

돌연 베키가 무시무시한 속도로 돌진하는 바람에 린은 중심을 잃고 기우뚱했다. 얕게 파인 구덩이는 조금만 발이 삐끗해도 저절로 굴러 떨어지게 되어 있었다. 베키의 기세가 워낙 거셌기 때문에 두 사람은 경사면을 따라 비탈진 언덕을 공처럼 데굴데굴 굴렀다.

"괜찮니? 다치지 않았어?"

얕은 풀 위에 드러누운 린은 등과 뒤통수에 아릿한 통증을 느끼며 그의 가슴 위에 엎드린 베키에게 물었다. 굴러 내려온 비탈이 짧았던 데다 린이 감싸 안아 보호해 준 덕으로 그녀는 긁힌 자국 하나 없이 말짱했다. 그리고 그녀에겐 생채기 따위보다 더 중요한 게 있었다. 베키가 린의 멱살을 움켜쥐고 그의 입술에 자신의 입술을 전투적으로 부딪쳤다. 그의 얇은 입술이 싸늘했다. 그녀가 얼굴을 들자 마주친 그의 눈동자처럼.

"어린애라면 이러지 않아. 난 지금 너와 내 얘기를, 우리 얘기를 하는 거야. 네 옆에 있고 싶어. 부모님이 아니라 네 옆에.

그곳이 어디든, 카라코룸이든 산속이든 사막이든, 아니면 지옥이라도. 모르겠어? 널 좋아한다고 얘기하는 거야, 나는!"

그녀의 잿빛 눈동자에 눈물이 그렁그렁 차오르기 시작했다. 툭, 방울져 떨어진 눈물이 린의 뺨을 타고 흘러내렸다. 손가락으로 가만히 그녀의 눈시울을 훑어 주며 린이 메마르게 말했다.

"미안하지만 베키, 내 얘기 속에는 네가 없어."

"하지만 넌 날 떠나지 않았어! 내가 원하지 않는 남자에게 시집가지 않도록 도와줬고, 내가 곰에게 공격당할까 봐 가던 걸음을 돌이켰어. 나를 위해서! 알타이에서 같이 싸우자는 명령도, 전투에서 날 보호하라는 명령도 들었어. 그 이후에도 계속 넌 달아나지 않고 여기에 있잖아. 네 얘기 속에 내가 없다는 건 거짓말이야, 유수프!"

"넌 내 얘기 속엔 없지만 내 얘기 속에 있는 누군가를 생각나게 해, 베키."

"누구? 피리를 불어 준 사람?"

"······그래."

"여자?"

"그래."

"나랑 닮았어? 케레이트의 여자야?"

"아냐, 전혀 달라. 하지만 네겐 그녀를 연상시키는 점이 있어. 곤경에 처한 사람을 내버려두지 못하고, 제멋대로에 고집이 센 데다, 좋아하지 않는 사람이랑 혼인하느니 죽어 버리겠다며 극언하질 않나, 검술을 배우겠다고 졸라 대는 것까지, 네

212

말과 행동이 언뜻언뜻 그녀를 떠오르게 해."

"그녀는……, 죽었어?"

"……몰라. 죽지 않았기를 바랄 뿐이야."

"그녀를 찾아갈 거야?"

린이 몸을 일으켜 앉았다. 그의 가슴에서 미끄러질 뻔한 베키는 그의 모피 저고리를 움켜쥔 양손에 더욱 힘을 주었다. 그가 그녀의 손을 잡아 가만히 떼려 했기에 그녀는 더더욱 악착같이 매달렸다. 그가 조용히 입술을 물었다.

"널 던져 버릴 수도 있어, 베키. 내가 널 거칠게 다루지 않는 건, 여자의 마음이란 걸 알게 해 준 그녀를 생각해서야."

베키의 눈이 파랗게 빛났다. 부르르 떠는 그녀의 손이 린의 멱살을 놓아주는가 싶더니 목덜미에서 가느다란 줄을 단숨에 낚아챘다. 펄쩍 뛰어올라 재빨리 몇 걸음 뒤로 물러선 그녀의 손에, 끊어진 줄이 달랑대는 색 바랜 비단 주머니가 꽉 쥐어 있었다.

"난 널 구해 줬어, 유수프!"

더 이상 눈물을 흘리진 않았지만 그녀의 목소리가 잔뜩 잠겼다.

"넌 내가 아니었으면 죽었을 거야! 내가 아니었으면 여기에 오지 못했을 거고, 카이샨님을 만나지도, 노예에서 벗어나지도 못했어! 내가 아니었으면 넌……."

"고맙게 생각하고 있어."

무릎을 털고 천천히 일어난 린이 똑바로 서서 그녀를 내려다보며 손을 내밀었다.

"하지만 은의를 갚기 위해 아내를 맞진 않아. 돌려줘, 베키. 내게 아주 소중한 거야."

"싫어."

소녀가 손을 등 뒤로 감춘 채 주춤주춤 물러섰다.

"카이샨님께서 말씀해 주셨어. 넌 죄인이고 네가 온 곳으로 돌아갈 수 없다고. 그래서 카이샨님 곁에 네가 정착할 수 있도록 나와 맺어 주겠다고 하셨어. 내 아버지는 케레이트의 대노얀이고 어머니는 콩기라트[弘吉烈]족 출신이야. 네 실력과 내 집안을 합하면 넌 크게 출세할 수 있어. 돌아가지 못할 땅이나 만나지 못할 사람 따윈 잊어버려, 유수프! 이 주머니가 고향과 그녀에 대한 기억이라면 이제 버려야 할 때야. 이런 걸 가지고 있는 이상 넌 죄인에서, 노예에서 벗어나지 못해! 여기에 무엇이 들어 있든!"

손에 든 비단 주머니를 마구 흔들며 소리치던 그녀는 격한 감정을 이기지 못하고 주머니를 찢을 듯 풀었다. 주머니 안에서 나온 가늘고 긴 머리칼 몇 가닥이 그녀의 손가락을 타고 물결처럼 넘실대더니 초원의 세찬 바람에 뿔뿔이 흩어져 버렸다.

"아!"

안에 든 것이 이렇게 쉽게 분실될 만한 물건인 줄 생각지 못했던 베키가 당황하여 붙잡으려 했지만 이미 늦었다. 놀란 나머지 주머니마저 떨어뜨린 모양이다. 그녀는 비어 버린 손바닥을 망연히 펴 보이며 작게 중얼거렸다.

"……미안해, 유수프. 난 그럴 생각이……."

"됐어. 이제 그만 돌아가."

높지도 낮지도 크지도 작지도 않은 목소리였다. 그녀는 겁에 질려 그를 바라보았지만 그는 화를 내지 않았다. 오히려 차분하니 냉정을 잃지 않고 서 있는 것이 무서울 정도였다. 베키는 짐짓 침착한 어조로 떨리는 목소리를 감추려 했다.

"차라리 잘됐어, 유수프. 이걸로 묵은 과거는 털어 버리는 거야. 그녀는 없더라도 그녀를 떠오르게 하는 내가 있잖아. 날 그녀 대신 삼아. 그녀를 보고 싶은 마음으로 날 봐. 그녀를 생각하는 마음으로 날 생각하고 그녀를 안고 싶은 마음으로 날 안아. 난 그것도 감수할 수 있어, 얼마든지."

"난 그럴 수 없어, 베키. 설사 네가 그녀와 똑같다고 해도, 못 해."

"어째서? 그녀가 아니라서? 꼭 그녀여야만 한다는 거야?"

"널 위해서라도 그래. 난 누군가에게 평생 죄인이고 누군가의 영원한 노예야. 네게 할애할 어떤 것도 없어. 네가 더 이상 시간을 낭비하지 않았으면 해."

"너야말로 네 삶을 낭비하지 말고, 네게 지금 필요한 게 뭔지 잘 생각해 봐!"

"지금은 혼자 있을 시간이 필요해."

베키의 콧잔등이 움찔 실룩였다. 양쪽 끝에 볼우물을 매단 입술이 희게 질리도록 앙다문 그녀는 매섭게 그를 쏘아보다가 홱 뒤돌아 뛰어가 버렸다. 그녀가 완전히 사라지자 린은 베키가 서 있던 주변의 풀들을 조심스레 더듬었다. 바람이 강해서 비단 주머니마저 날아가 버린 것일까? 손에 잡히는 것이라곤 가느다란 풀잎들이 전부였다. 찾는 범위가 점점 넓어졌다. 분명 어딘가에 뒹굴고 있을 작은 비단 주머니는 그의 끈질긴 탐색에도 좀처럼 잡히지 않았다. 멀리서 어둠 속에 몸을 숨기고 있던 카이샨이 다가온 것은 그때였다. 접근하는 왕자의 존재를 눈치 채고 린은 자리에 털썩 앉아 신경질적으로 머리를 털었다.

"넌 너무 금욕적이구나, 유수프. 베키 정도라면 나쁘지 않잖아?"

카이샨이 허리를 굽혀 바닥에 아무렇게나 구르고 있는 모린호르를 집었다. 기잉, 그는 현에 장난삼아 활을 한번 쓱 문지르곤 어깨를 으쓱하며 양손에 악기와 활을 각각 들어 보였다.

"베키가 악기를 잘못 골랐군. 모린호르는 본분을 망각한 사람을 일깨워 주는 힘이 있는데 말이야. 적어도 몽골족에겐 그렇지. 칭기스 카안의 이야기 들어 봤어?"

허물없는 친구처럼 다가와 앉는 카이샨을 린은 본 척도 않았다. 카이샨이 명랑하니 계속 말했다.

"카안이 대칸이 되기 전인 칸 시절, 후궁 중 하나에게 푹 빠졌던 얘기지. 그 대단한 후궁 홀롱은 아마 고려인이었다지? 그녀와 노는 데 정신이 팔려서 정사도 팽개치고 야루강* 인근에서 세월을 보내던 칸을 돌아오게 하려고 황실에서는 사람을 보냈지. 아리그승이라고 모린호르 연주의 명인이었는데, 그의 연

---

* 압록강.

주를 들은 칸이 자신의 본분과 할 일을 깨닫고 돌아왔다는 거야. 초원이 부르는 소리쯤으로 들렸던 걸까? 네게는 어때? 누구에게 돌아가라고 들리지? 이질 부카? 아니면 피리를 불어 줬다는 베키의 또 다른 경쟁자? 네가 결정적인 순간에 내게 말할 소원이란 게, 그 여자를 찾아 달라는 건가?"

린이 조금도 맞장구를 쳐 줄 기색이 없자 카이샨은 재미가 신통치 않아 입을 뾰족 내밀었다. 그럼에도 놀림조로 빈정거리는 태도는 여전했다.

"전자라면 머잖아 모린호르의 소리에 부응할 수도 있겠어, 유수프."

비로소 린이 카이샨을 돌아보았다.

"전쟁을 완전히 마무리 지은 다음 저를 보내실 줄 알았습니다."

"흐흥, 그 말은 맞아. 지금 당장이라기보다 정세를 좀 더 관측하고 나서겠지만……. 네가 카이두와 두아에게 정확히 화살을 먹여 준 덕분에 생각보다 쉽게 끝날 것 같거든. 카이두는 며칠 내로 죽을 거고 두아는 이미 나와 손을 잡았어. 두아의 도움을 받아 우구데이 울루스를 해체하는 일만 남았지. 뭐, 카이두 편에 붙은 아릭 부케*가의 멜릭 테무르[明里鐵木兒]가 알타이에서 버티고 있지만 얼마 못 가 수중에 들어올 거고. 즉, 첫 번째 단계는 곧 완료될 거란 얘기지. 이제 내 어머니와 아우, 이질

---

* 쿠빌라이의 동생으로 카안에 올랐다가 쿠빌라이에게 축출됨.

부카가 잘하고 있는지 살피는 일을 본격적으로 시작할 때가 되었다는 얘기기도 하고. 그 일을 맡을 적임자, 너 유수프가 대도로 떠날 날이 가까워졌다는 소식을 전해 주러 내가 이렇게 친히 왔다는 말이라고."

"대도로……."

중얼거리며 어둠을 응시하는 린의 눈이 일순 새카맣게 짙어졌다. 기쁜 건지 아닌지 도무지 구별할 수가 없는 눈이야. 카이샨의 입술이 한쪽으로 비죽 쏠렸다. 어쨌든 진지하기 짝이 없는 낯짝이군. 이 단단한 사내에게 어떻게든 균열을 내어 당황해하는 모습을 보고 싶은 카이샨이 린의 어깨를 탁 치며 깔깔거렸다.

"그쪽이 아니야, 대도는! 지금 네가 보고 있는 쪽으로 가면 사막들이 깔렸다고. 하긴 타클라마칸에 버려져 죽을지도 몰랐던 운명이니 그쪽으로 저절로 눈이 가는 건가? 베키의 아버지가 카라코룸으로 데려가지 않았더라면 지금쯤 사막 어딘가에서 해골이 되었을 테니 말이야."

린은 머쓱해하지도 대도 쪽으로 눈을 돌리지도 않았다. 정말 보고 싶었던 곳이 마치 사막이었던 것처럼, 그의 시선은 움직일 줄 몰랐다. 정말 재미없는 자식이잖아! 카이샨은 조금 골이 났다. 살가운 맛이 조금도 없는 이놈을 이질 부카가 그토록 아낀 이유가 뭘까? 얼굴 때문이라기엔 충분한 설명이 되지 못할 것 같다. 세상의 모든 인간들 중에서야 미남이 소수일지 몰라도 그 소수가 결코 적은 수는 아니니까. 미동들은 그의 주변에도 많이 있었다. 외양보다는 아마 한결같은 성정 때문이리라.

이 얼음 덩어리 사내는 괴롭히고 싶은 욕구를 불러일으킨다. 갑주처럼 두껍게 외벽을 감싼 얼음을 깨부수고 깊숙이 감추고 있을 것 같은 연약한 살을 드러내 지지고 짓이겨 항복을 받아 내고 싶다. 이질 부카가 끌렸던 점도 바로 그 부분일지도 몰라. 내 안다는 이유 없는 잔혹성까지 타고난 늑대니까. 카이샨의 머릿속에 한 가지 생각이 번득였다. 이거라면 이놈도 꽤나 당황하겠군! 그는 속으로 손뼉을 짝 쳤다.

"그런데 널 완전히 믿어도 될지 모르겠어, 유수프."

카이샨의 유들거리는 목소리가 린의 귀에 불쾌하게 울렸다. 그의 생사여탈을 관장하는 주인이 이런 식으로 말을 꺼내는 건 불길하다.

"네가 이질 부카와 내통하지 않을지, 그 편에 서서 나를 괴롭히지 않을지 어떻게 장담하지? 너처럼 속이 시커먼 놈을 혼자 보내는 건 무척이나 위험한 일이란 말이지. 그래서 널 대도에 보낼 때 누군가를 딸려 보낼까 해. 감시자의 감시자지."

"그 누군가도 이미 결정되었습니까?"

"물론! 이 사람보다 더 적격인 자는 없을 거야. 너와 보낸 시간이 꽤 있어 호흡도 잘 맞는데다 네 일거수일투족을 하나도 놓치지 않을 열정과 매의 눈을 가진 사람⋯⋯."

카이샨은 일부러 한 박자를 쉬었다. 무표정한 린의 눈이 미미하게 가늘어지는 것을 놓치지 않은 그는 비로소 속이 시원해지는 느낌이었다.

"······그래, 바로 베키지."

"저를 전하의 곁에 계속 묶어 두기 위해 베키를 이용하려 하신다면 소용없는 일이라고 말씀드리고 싶습니다."

"뭐, 그것만은 아니야. 물론 그런 생각도 있긴 했지만······, 베키에 대한 네 태도를 보고 나선 나 역시 그건 포기하기로 했어. 하지만 난 여기 있는 모든 이들을 돌볼 책무가 있잖아? 베키를 포함해서. 그 애는 나보다 세 살밖에 어리지 않지만 꼭 내 딸 같단 말이야. 딸에게 조금이라도 즐거운 일을 만들어 주고 싶거든."

"그녀를 데리고 몰래 대도의 궁정을 살피란 말씀입니까? 전하께 몹시 중요한 일이 아니었는지요. 망쳐도 괜찮다고 하시는 겁니까?"

"그 점에 있어서는 네 실력을 믿을게, 유수프. 그깟 계집애 하나 달고 갔다고 일을 망치는 얼간이는 아니라고 생각하는데? 넌 카라 카다에서 베키를 보호하는 와중에도 카이두를 쓰러뜨린 놈이 아닌가."

"제가 전하를 배신한다고 해도 베키는 저를 상대할 수가 없습니다. 소용이 없는 감시자란 말씀입니다."

"네가 배신하면 베키를 죽이겠어. 딸같이 생각하는 아이지만 임무를 완수하지 못한 책임은 져야지."

파직, 기어이 린의 눈에서 푸른 불꽃이 일었다. 그의 서슬 퍼런 시선을 맞받아치는 카이샨이 느물스럽게 씩 웃었다. 내가 거짓말하는 것 같아? 능글맞게 묻는 듯한 그 웃음은 린에게 퍽 낯익었다. 너무나 많이 보았던, 이젠 신물이 나는 그 웃음.

린도 냉소를 머금었다.

"그녀가 어떻게 되든 그건 제 관심 밖입니다. 목적을 위해서라면 제 손으로 그녀를 죽일 수도 있습니다."

"나도 나름대로 사람 보는 눈이 있다고, 유수프. 넌 그러지 못해."

"잘못 보신 겁니다."

린은 카이샨에게서 완전히 고개를 돌렸다. 흐흥, 즐거운 콧소리를 내며 일어난 카이샨이 악기를 집어 들었다.

"뭐, 잘 봤는지 잘못 봤는지는 나중에 두고 보면 알지. 그럼 혼자만의 시간이 필요할 테니 난 그만 물러가 주지. 상심한 베키에게 위로의 말과 함께 희망을 전하기 위해!"

아까 베키가 켰던 곡이 귀에 익었는지 카이샨이 콧소리로 흥얼거리며 멀어졌다. 어둑한 빈 초원에 홀로 남게 된 린은 또한 차례 새집처럼 헝클어진 머리를 세게 털었다.

"대도……."

그가 나지막이 혼잣말을 중얼거렸다. 가는 대로 뻗은 손아귀 아래, 풀들이 비명도 없이 으스러졌다. 대도, 황실의 겨울 수도. 그가 독노화로서 잠시 살았던 곳. 비로소 그곳으로 간다. 왕좌에서 쫓겨난 원이 있는 곳. 그리고 어쩌면, 산 역시 있을지도 모르는 곳.

'죽이지만 않았다면 산을 반드시 데려가셨을 것이다.'

린은 천천히 눈을 들어 먼 어둠을 노려보았다.

'존재하지도 않고 존재한 적도 없는 왕린, 네가 무엇이라고 명령을 지키고 또 어긴단 말이냐. 이미 한 번 죽은 몸이거늘. 난 전하께 돌아가는 것이 아니다. 나는……'

움켜쥔 린의 주먹이 녹색으로 물들어 갔다.

"산!"

신음처럼 그녀의 이름이 입술 사이로 흘러나와 어둠에 묻혔다. 카이샨의 말에 따르면 그 어둠 너머에 있는 것은 한 번 들어가면 나올 수 없다는 죽음의 사막. 그녀를 부르는 그의 목소리를, 그 목마른 사막이 수증기를 흡수하듯 삼켜 버렸다. 칠흑 같은 어둠은 몇 년이 지나도 머릿속에 생생한 그녀의 얼굴을 떠올리기 알맞은 질 좋은 화폭이다. 여전히 스물셋에서 나이를 멈춘 그녀는 금방이라도 '린, 이 멍청이!'라고 말하는 것 같다. 살아만 있다면, 원의 곁이든 어디든 살아만 있다면! 린은 입술 안쪽 연한 살을 짓씹었다. 그때였다.

"여기로 와, 린! 이 멍청아!"

또렷한 목소리, 아득한 울림, 그리고 곧이어 무거운 적막. 어디서 난 소리일까? 린은 벌떡 일어나 주변을 둘러보았다. 달과 초원과 어둠, 그것이 전부였다. 어둠 저편에서 또 한 번 들릴까 싶어 그는 예민한 귀의 감각을 최대한 끌어올리고 숨을 죽여 집중했다. 그러나 들리는 것은 공허한 바람 소리뿐, 곰삭아 묵은 그리움이 빚어낸 갈망이 환청까지 불러일으켰다고밖엔 달리 생각할 수가 없다.

'환청에서조차 멍청이라고 불리다니!'

피식 실소를 흘리며 린은 앉았던 자리에서부터 다시 풀들을 더듬어 헤치기 시작했다. 높이 뜬 달 아래, 원하는 것을 찾을 때까지 그는 구부린 허리를 펴지 않을 것 같다.

천천히 걷던 발걸음을 멈추고 선 산은, 한 여인이 마을에서 공동으로 사용하는 커다란 화덕 내벽에 둥글고 납작한 모양으로 밀어 빚은 밀가루 반죽을 철썩철썩 붙이는 모습을 흥미롭게 구경했다. 난*을 먹어 본 적은 꽤 있지만 굽는 걸 직접 본 것은 오직 이곳에서뿐이었다. 보통 때는 집 안에 있는 화덕에 반죽을 놓고 뜨거운 재와 모래를 덮어 굽지만, 오늘은 마을 전체가 함께 음식을 나누는 잔치를 벌일 참이라 여러 개의 난을 한꺼번에 구울 수 있는 공동 화덕을 이용한다. 한쪽에서는 남자 둘이 양고기를 한창 굽는 중이다. 난을 굽는 여인은 위구르인, 남자 둘은 탕구트인**과 남송 유민인 한족이다. 산이 다시 발길을 옮겨 걸어간 마을의 공동 우물에서 물을 긷는 사람들은 몽골인과 투르크계 무슬림이고, 우물에서 그리 멀지 않은 곳에 있는 푸성귀를 심은 작은 밭에 귀중한 물을 주는 사람은 토번吐藩***이다.

"롭상, 미금이 채소가 필요하대요."

롭상, 마음이 착하다는 뜻의 이름 그대로 선한 미소를 머금
은 사내가 산의 손에서 바구니를 받아 들었다. 그의 큰 키를 올
려다보며 산은 타클라마칸 어딘가 이름조차 붙일 수 없는 모래
무지에서 그를 만났던 밤, 방울을 딸랑거리며 다가오던 그를
린으로 착각했던 순간을 어렴풋이 기억하고 쓰게 웃었다. 전혀
닮지 않은 얼굴이었다. 태양 아래서 보면 어떻게 그런 착각을
했는지 알 수가 없다. 그래도 사막에서 길을 잃은 그녀에게 있
어 롭상을 만난 것은 큰 행운이었다. 그를 만나지 못했더라면
이 마을에서 지낸 한 달이 조금 안 되는 날들 동안, 그녀와 그
녀의 두 동행은 모래 위에서 차례차례 쓰러졌을 것이다.

만월의 사막에서 방울 소리가 들릴 때부터 지금까지, 꿈속
에서 여전히 헤매고 있는 게 아닐까 하는 생각이 들 정도로 산
에게는 놀라운 일들의 연속이었다. 모래에 얼굴을 파묻는 것으
로 의식을 완전히 잃었던 그녀는, 얼굴을 상냥하게 핥아 주는
새끼 염소 덕분에 눈을 떴다. 눈에 들어온 것은 어느 천막집
의 침상과 양털로 촘촘히 짠 이불. 그녀에게 양젖이 담긴 그릇
을 내밀며 다정한 미소를 머금은 중년의 여인이 다가왔다.

"조금씩 천천히 마셔요."

여인의 입에서 나온 고려말에 놀라 산은 받아 들었던 그릇
을 떨어뜨릴 뻔했다. 몇 년 전 고려를 빠져나왔던 일이 다 꿈이
었을까? 단의 도움을 받아 송화 등과 배를 타고 바다를 건넌 거

며 대도에서 객잔을 차렸던 일, 장의와 사마르칸트로 린을 찾아 떠난 일 모두가? 여전히 원이 왕이고 그녀는 왕의 손아귀에서 벗어나지 못했던 것일까? 혼란에 빠진 산이 큰 눈을 불안정하니 굴리자 여인이 손을 잡아 주었다.

"마시면서 들어요. 나는 미금이라고 해요. 여기는 타클라마칸 깊숙이 있는 외딴 마을이고, 당신과 당신 친구들은 우리 마을의 롭상이 사막에서 발견해 데려왔어요. 친구들 모두 무사히 다른 집에서 쉬고 있으니 나중에 만나도록 해요."

"여기가 사막 안에 있는 마을이라고요? 타클라마칸에 고려인 마을이?"

"아니, 이 마을에서 고려인은 나뿐이에요. 지금은 당신과 당신 일행 중 한 명까지 셋이지만."

의혹이 가득한 산의 얼굴을 마주 보며 고려 여인 미금이 마을과 그녀 자신에 대해 간략하게 설명해 주었다. 그녀는 고려에서 원나라로 차출되었던 공녀였다. 평민 신분이었던 그녀는 몽골 귀족의 하녀로 들어가 온갖 잡일을 하고 성적 학대를 받다가 그녀를 안타깝게 여긴 남송 출신 하인과 함께 도주했다. 주인의 추적을 피해 사막까지 흘러 들어온 그들은 산과 마찬가지로 길을 잃었고, 방울을 딸랑거리며 다가온 사람을 만났다. 그리고 역시 산과 마찬가지로 다양한 출신의 구성원이 모여 사는 이 특이한 마을에 들어와 정착했다.

보통 위구르인들이 사는 작은 오아시스 마을에 이렇게 각지의 사람들이 살게 된 것은 오래전 몽골에서 쫓겨난 한 무당과

ㄱ 추종자들이 이곳에 오면서부터라고 했다. 쫓겨나긴 했으되 영적인 능력이 여전히 충만했던 무당 보오초크는 사막과 그 근처에서 그의 영혼에 공명하는 영혼들을 찾아내어 출신과 신분을 따지지 않고 마을로 데려왔다. 무당이 찾아낸 사람들은 어김없이 도움과 구원이 필요한 괴로운 영혼들이었고 곧 마을은 다양한 사람들의 공동체가 되었다.

"우리를 구해 준 사람이 그럼 보오초크란 분인가요?"

산이 묻자 미금이 고개를 저었다.

"보오초크는 아주 나이가 많아요. 천막에서 거의 움직이지 못하죠. 나나 내 남편 순양淳楊을 사막에서 데려온 사람은 카밀이라고, 위구르 사람이에요. 우리에게 다가온 방울 소리는 보오초크가 영력을 담아 준 카밀의 방울에서 나는 소리였죠. 당신과 당신 일행이 들은 건 롭상의 방울이었고요. 롭상은 토번에서 쿤룬을 넘어와 카밀에게 발견됐었죠."

미금의 계속된 설명으로 산은, 카밀이나 롭상이란 사람이 보오초크의 특별한 제자가 아니라 마을에서 필요한 물품을 구하기 위해 주기적으로 큰 오아시스 도시로 나가는 마을의 젊은 이임을 알게 되었다. 짐을 잔뜩 가지고 사막을 건너려면 영적인 힘도 필요할지 모르지만 우선은 체력이었다. 산이 구출된 것은 방울의 신비로운 끌림보다는 우연한 만남이 가져다준 행운이었고, 엄밀히 말하자면 기적에 가까웠던 것이다. 그러나 행운이라고 해서 감동이 적은 것은 아니었다. 산은 두 손을 모아 부처에게 깊이 감사를 드렸다. 그녀를 따라 합장을 하는 미금을 보고 산이 물었다.

"여기 사람들은 모두 보오초크의 신을 섬기는 게 아닌가요?"

"그런 건 누구도 강요하지 않아요. 카밀은 마니교도고 롭상은 부처를 섬기지만 우리와 조금 달라요. 무슬림도 있고 경교도도 있죠. 서로의 믿음을 배척하지 않고 존중해요. 중요한 건 우리가 같은 땅을 일구고 함께 노인과 아이들을 돌본다는 거예요."

"마을에 문제가 생기면 누가 해결하죠? 그땐 보오초크에게 의지하나요?"

"다 같이 모여서 머리를 맞대고 의논하죠. 이 마을의 노인들은 말해요, 한 사람의 지혜는 오만에 빠지기 쉽다고. 보오초크를 비롯해서."

이상한 마을. 산은 미금을 따라 그녀의 집에서 나와 마을을 둘러보며 생각했다. 마을 안도 마을 밖도 온통 모래였다. 가지가 앙상한 관목들이 울타리를 이루어 마을의 안팎을 구별하게 해 주었지만 외부를 경계하기 위해 세운 것이 아니라 거센 바람에 날아오는 모래를 막기 위한 것이었다. 제한된 재료로 지은 비슷비슷한 집들의 내부는 각자의 고향에서 가져온 물건들로 꾸며 그 안에 사는 사람들이 어디 출신인지를 짐작케 한다. 개인적인 몇몇 가지를 제외하곤 거의 모든 것이 공동의 소유였다. 공동의 우물에서 물을 길어 공동의 밀밭에서 난이나 국수를 만들 곡물을 키우고, 양이나 염소 등 공동의 가축들을 키운다. 텃밭에는 다 함께 먹을 채소를 키우고 모두의 아이들이 마을 한복판에서 어울려 논다.

누가 누군가에게 종속되어 일을 하지 않는다. 각자 할 일을 스스로 하고 혼자 할 수 없는 일은 서로 도우며 한다. 자신의 소유권을 확보하기 위한 다툼도, 고발도, 이자 놀이도, 빚쟁이도 없다. 필요하면 쓰고 필요한 사람에게 준다. 많이 가지려고도 많이 쓰려고도 하지 않는다.

가난하지만 아름다웠다. 사실 그들은 가난하다고 생각하지도 않았다. 이상한 마을. 산은 또 생각했다. 그리고 이 특이한 마을은 그녀의 마음에 들었다.

"서로가 없으면 살 수 없다는 걸, 우린 잘 알아요."

미금이 말했다. 그녀의 말대로 척박한 환경이 그들 안에서 생길 수 있는 크고 작은 충돌을 잠재우고 양보와 절제의 미덕을 키웠을지도 모른다. 하지만 모든 이들이 이런 금욕적인 생활을 견딜 수 있을까? 미금이 덧붙였다.

"그렇다고 여기에 왔던 모두가 정착을 하는 건 아니에요. 사막에서 길을 잃은 사람은 대부분 기운을 차린 뒤 물과 음식을 얻어서 떠나죠. 그러니까 그들은 지나가는 손님이에요. 마을에서도, 고향이 그리워 떠나는 사람이 있긴 하지만 드물어요. 여기에 있는 사람들은 사실 돌아갈 곳이 없는 사람들이죠. 이 마을이 고향이 된 사람들이에요. 나도 마찬가지고요."

미금은 마을에서 나가는 방법도 알려 주었다. 사막의 길을 아는 사람은 지극히 제한되어 있는데 그 이유가 마을을 보호하기 위해서라기보다는 사막을 횡단하는 일이 매우 어렵고 고통스럽기 때문이었다. 바깥의 큰 오아시스 도시로 물건을 구하러 가는 롭상이 여름에 나갈 때 따라 나갈 수 있다고 미금이 설명했다. 그를 따라가더라도 돌아오는 길을 기억할 수 없기에 마을을 나갔던 사람이 되돌아온 적은 한 번도 없다고도 덧붙였다.

"여름에 한 번뿐? 그럼 1년을 더 기다려야 여길 나갈 수 있다는 거예요?"

"원래는 그렇지만 손님들은 다르죠. 여기에서 사는 게 결코 쉬운 일이 아니거든요. 당신의 저 무슬림 친구는 다음 여름까지 기다리라는 농담에 기절할 뻔했어요."

미금이 그늘진 천막 아래 앉아 툴툴거리고 있는 아지즈를 가리키며 말했다. 농담이 아니었으면 나라도 정말 기절하겠어. 산은 안도의 숨을 내쉬었다. 아지즈와 장의가 키가 크고 얼굴이 거무스레한 사내와 함께 있었다.

"롭상이에요."

미금의 말과 동시에 거무스레한 사내가 그녀들을 돌아보았다. 입을 크게 벌려 소리 없이 웃는 얼굴에 포근한 정감이 느껴졌다. 그를 향해 뛰다가 모래 위에 거꾸러져 정신을 잃은 것이 생각나 화끈한 산에게, 롭상이 다가와 보름 정도 후에 쿠차로 세 사람을 데려가 주겠다고 말했다.

그리고 한 달 남짓 지난 오늘, 세 명의 손님이 떠나기 전날, 마을의 모든 주민이 소박한 잔치를 열 준비로 분주하다.

"미금이 서운할 거예요."

바구니에 푸른 잎채소를 소복이 담으며 롭상이 말했다.

"고향 말을 쓸 수 있어서 아주 즐거워했거든요. 당신을 좋아하기도 했고요."

"나도 서운할 거예요. 미금도, 이 마을도, 마을 사람들도 모두 보고 싶을 거예요."

바구니를 건네받은 산이 말했다. 예의를 차리기 위한 인사치레가 아니었다. 짧은 시간이었지만 죽음의 사막 가운데 있는 작은 마을에서 산은 그녀가 꿈꾸던 삶의 일부를 보았던 것이다.

'모두 같이 사는 거야. 나와 린, 너희 모두, 함께 농사를 짓고 짐승을 기르고 애들을 돌보며 사는 거야. 왕족도 아니고 작위도 없으니 너희랑 똑같이 일하면서. 그래, 개원이와 염복이는 우리 아저씨가 되고 너는 내 언니가 되어서!'

언젠가 그녀가 송화에게 말했던 소망이 현실로 이루어진다면 아마 이 마을 사람들의 삶과 닮아 있으리라고 산은 생각한다.

"나중에 또 와요. 우리는 항상 여기에 있으니까."

은은히 웃는 롭상의 말에 그녀가 똑같은 미소를 볼에 담았다. 마을을 떠났던 사람이 되돌아온 적이 단 한 번도 없었다는 미금의 말이 머릿속에 떠올랐다. 그러나 그녀는 고개를 끄덕이며 돌아서서 왔던 길을 되짚어 걸었다.

음식이 거의 다 준비된 모양이다. 구수한 냄새가 코를 찔렀다. 미금의 집으로 가는 길에 산은 망가진 구유를 고치는 장의와 그의 옆에서 혼자 떠들고 있는 아지즈, 그들을 둘러싼 마을의 아이들을 보았다. 우물에서부터 연결된 가느다란 도랑의 물이 제대로 고쳐진 구유를 가득 채우자 아이들이 환호성을 지르며 목마른 염소들에게 자리를 내주었다.

장의와 아지즈가 다가오는 산을 보고 제대로 아는 체를 하기도 전에, 아이들이 그녀를 둘러싸 손과 옷자락을 마구 잡아당겼다. 예전 고려에서도 그랬지만 그녀는 아이들에게 인기가 많았다. 함께 놀자는 아이들의 성화에 산은 채소 바구니를 미금에게 전해 달라며 아지즈에게 넘겼다. 얼떨결에 바구니를 받아 든 아지즈는 아이들과 섞여 깔깔거리며 마구 내달리는 산을 보고 고개를 절레절레 내저었다.

"저러니 열여섯 살 사내애로 착각했지! 여자라고 생각도 못 했다고, 난!"

배불뚝이 상인은 소매로 땀을 훔치는 장의를 돌아보며 큰 소리로 말했다.

"하지만 한족이 아니란 건 눈치 채고 있었어요. 당신들끼리 하는 말이 영 낯설었으니까요. 그래도 여기 오지 않았더라면 당신들이 카울리* 사람인 줄 영영 몰랐을 거요."

장의는 그 말을 알아듣지 못했지만 아지즈와 함께 성큼 걸음을 옮겼다. 마을에서 지내는 동안, 아지즈는 그의 곁에 붙어 일방적으로 수다를 늘어놓곤 했다. 상인의 표정과 목소리의 높낮이로 무슨 말을 하는지 대강 짐작하는 장의였다. 그는 배를 두드리며 말하는 아지즈와 그의 손에 든 채소 바구니를 번갈아

---

* 고려.

보고 생각했다.

'채소로는 배고픈 걸 채우기 힘들다고 투덜대는 모양이군.'

"난 당신들이 형제가 아닌 줄 처음 봤을 때부터 알았어요. 깍듯하니 예절을 지키는 걸로 보아 여느 남녀 사이도 아닌 것 같고……. 저 아가씨가 공주님이라도 되는 거요? 당신은 호위 무사?"

'음식이 적다고 불만을 가질 만하지. 기껏해야 구운 밀가루 떡 한 조각과 양젖 한 그릇으로 끼니를 때우니 저 배로 견디기 힘들 수밖에.'

"주머니에 은이나 보석이 가득한 걸로 봐서 공주님이 아니라도 꽤나 부유한 집 아가씨 같은데, 당신네 아가씨가 내게 은을 대면 다섯 배로 불려 드리겠다고 장담하겠소만! 물론 여기를 나가고 나서 말이죠. 난 대도에서 가져온 물건을 다 잃었다고요."

'잔치라고 해도 꽤 소박하게 준비하는 것 같은데 이 친구 불만이 또 터지겠군.'

"내 포도주까지 당신들이 다 마셨잖아요!"

아지즈가 손바닥으로 자신의 머리를 딱 때렸다.

"그렇지! 내 포도주가 아니었으면 당신네들은 그 밤을 견디지 못했을 거요. 그러니까 내 말은, 결국 내 덕분에 여기까지 왔다는 걸 잊지 말아 달라는 거요. 당신 아가씨에게 날 단골 오르탁으로 삼으라고 해야겠어요!"

장의는 진정하라는 뜻으로 허리에 매달아 두었던 가죽 주머니를 들어 건넸다. 아침에 마을의 어느 몽골 사람에게서 받은 아이락*이 그 안에 있었다. 이 마을에선 말의 수효가 많지 않았기 때문에 아이락을 만드는 것이 쉽지 않아 귀했다. 대부분 양젖이나 염소젖을 발효시켜 마시곤 했는데 몽골 출신의 마을 사람들은 마유주를 특히 좋아해서 여름마다 꾸준히 만든다고 했다. 가지고 있는 양에 관계없이 먹고 마시는 것을 기꺼이 나누는 사람들이, 일하던 장의에게도 목마름이 사라진다며 가죽 주머니에 가득 부어 주었던 것이다.

그들을 위해 마을 사람들이 없는 형편에 베푸는 잔치인 만큼 아지즈의 구겨진 인상을 어떻게든 펴 줘야겠다고 생각한 장의는 주머니를 통째로 무슬림 상인에게 넘기고 채소 바구니를 받아 들었다. 주머니 안의 시금한 음료를 맛본 아지즈의 얼굴에 과연 금세 변화가 있었다. 꿀꺽꿀꺽 단숨에 주머니의 반을 비운 그가 정색을 하고 장의에게 다짐을 두었다.

"이걸로 포도주를 갚았다고 생각하면 곤란해요. 당신네에겐 내 포도주가 생명수였다고요."

"걱정 말고 다 드시오."

장의가 띄엄띄엄 몽골말로 대답하자 아지즈의 입가가 쫙 벌어졌다.

"그럼 거래 성립이오!"

기분 좋아진 아지즈가 장의의 어깨에 팔을 두르며 소리쳤

---

* 마유주.

다. 말뜻을 알아듣지 못한 장의는 아이락 몇 모금에 어린애처럼 명랑해진 아지즈의 단순함에 웃었다. 두 사람은 사뭇 다정한 친구처럼 어깨를 나란히 하고 걸어갔다.

"모여요! 어서 와요!"

아이들이 여러 가지 뒤섞인 언어로 소리치자 커다란 천막에 마을 사람들이 모여들기 시작했다. 잔치의 기본은 먹는 것. 남녀노소 가리지 않고 둥글게 앉은 가운데 난과 구운 양고기, 채소 등 간소하고 수수한 음식이 나왔다. 각자에게 돌아가는 음식의 양이 매우 적었기 때문에 이곳에선 원래 배가 터져라 먹는 일이 결코 없다. 그렇다고 후다닥 빨리 먹고 끝내지도 않는다. 작게 자른 고기 조각을 오랫동안 씹으며 평화로운 식사를 길게 이어갔다. 평소와 그리 다르지 않은 식사였다. 그러나 엄연히 잔치인 터라 각자 열심히 만든 유주乳酒들이 끊임없이 나와 사람들의 취기를 조금씩 올렸다.

음악과 춤도 빠지지 않았다. 모린호르와 북, 피리가 전부인 악기들은 누가 연주하느냐에 따라 선율과 음색이 달라졌다. 마을의 춤은 구성원이 다양한 만큼 다채롭다. 어떤 연주에도 맞춰서 추는 재주들이 있어 음악만 나오면 망설이지 않았다. 음악에 맞추기 힘들면 노래를 부르며 추기도 했다. 마유주를 잔뜩 마신 아지즈가 부르는 노래에 아이들이 손을 맞잡고 둥글게 뛰어다녔다. 산이 가지고 다니던 피리를 꺼내 불자 미금이 노래를 부르며 춤을 췄다. 장의는 거동이 불편한 노인들과 더불어 손뼉으로 박자를 맞추며 구경했다. 그렇게 각양각색의 춤과 노래가 이어지면서 어느새 어둠이 내려앉고 시간이 깊어 갔다.

"산, 이리 온."

양털 이불 위에 앉은 보오초크가 말라빠진 손가락을 까닥여 불렀다. 청동으로 만든 거울을 목걸이처럼 걸어 가슴에 늘어뜨린 노인에게 산이 다가갔다. 한쪽에서는 여전히 웃고 떠들며 춤추고 노래하고, 다른 쪽에서는 가축의 젖으로 만든 술을 마시며 조용조용 얘기를 했다. 군데군데 놓인 화로에 잘 마른 가축의 똥들이 타들어 가며 온기를 전한다. 영험한 무당이었던 노인과 그의 옆에 앉은 산은 사람들과 조금 떨어져 있어 작게 속삭여도 충분히 얘기를 나눌 수 있었다.

"기어코 떠나겠다니, 아쉽구나. 내일이면 못 보는 건가?"

"그래요, 할아버지."

그녀는 친손녀처럼 노인의 앙상한 손을 잡았다. 푹 내려앉아 눈을 거의 가린 흰 눈썹 아래로 노인이 인자하니 미소를 머금었다.

"갈 길은 정한 것인가?"

"서쪽으로 더 가서 사마르칸트까지 갈 생각이에요. 거기서 누군가를 찾으려 해요."

"찾지 못하면?"

이가 거의 다 빠져 정확하지 않은 발음으로 노인이 느릿하게 묻자 산의 얼굴이 불현듯 어두워진다. 하지만 곧 그녀는 밝은 낯빛을 되찾고 명랑한 어조로 말했다.

"제가 떠나왔던 곳으로 되돌아갈 거예요. 친구들이 기다리고 있거든요. 제가 찾는 사람도 그곳으로 올지 모르고……."

"그를 찾으면 네 마음에 완전한 평온이 깃들 것 같으냐?"

"……아마도요."

"흠, '아마도'라……."

노인이 손가락으로 그녀의 이마에 둥근 원을 그렸다.

"여기, 산, 여기에 그늘이 어둡게 드리웠구나. 그를 만나기를 간절히 바라면서도 두려워하고 있어. 무얼 겁내고 있지? 그가 오랫동안 보지 못한 사이에 변했을까 봐, 네가 알던 사람 그대로가 아닐까 봐 무서운 것인가?"

"아니에요, 그건, 절대로. 린이 어떤 모습이건 상관없어요."

"그러면?"

"그가 저를 만나면 누군가를 반드시 떠올리게 될 거예요. 저도 그렇고요. 우린 평생 그 사람을 상처로 안고 살아야 할 거예요."

산은 노인에게 린과 원, 그녀 사이에 관해 간략하게 얘기를 해 주었다. 조용히 귀 기울여 듣던 노인이 슬픈 얼굴의 그녀에게 가만히 물었다.

"네 친구였던 칸을 미워하는가?"

"……그럴 수가 없었어요."

산이 젖은 눈길을 아래로 떨어뜨렸다.

"원은 우리에게 끔찍한 고통을 안겼어요. 그래서 그에게서 벗어나고 싶었고 다시는 보지 않겠다고 마음먹었죠. 하지만 미워할 수가 없었어요. 그는 불쌍하고 가엾은 사람이에요. 우리에게 그렇게 잔혹하게 굴었던 만큼 그도 괴로웠을 거예요. 자신의 마음을, 괴로움을 어떻게 풀어야 좋을지 몰랐던 거예요. 우린 친구였지만 서로를 돕지 못했어요. 서로에게 솔직하지 못했었죠."

"잃어버린 네 친구는 어떨까? 그는 칸을 미워하지 않을까?"

"모르겠어요. 저와 같은 마음일 거라고 생각하지만 그 반대일지도 모르죠. 원이 린에게 어떻게 했는지 제가 다 아는 게 아니니까요. 하지만 린은 결코 원을 잊지 않을 거예요. 그것만은……, 알 수 있어요."

음, 노인이 낮은 신음 소리를 냈다. 그는 가슴께에 늘어뜨린 거울을 조심스레 더듬으며 생각에 잠긴 듯 잠시 말이 없었다. 눈썹에 가린 눈은 떴는지 감았는지 분간이 안 되어 언뜻 보면 꾸벅꾸벅 조는 것 같다. 얼마 있다가 고개를 든 노인이 흰 눈썹을 꿈틀했다.

"산, 떠나온 곳으로 돌아가거라. 네 친구들이 기다린다는 그곳으로."

"네?"

산이 반짝 눈을 들었다. 노인은 그녀의 손을 쥔 손가락에 힘을 주었다.

"롭상이 말했었지. 네 소리를 듣고 방울이 딸랑거리기 시작했다고. 네가 여기 왔을 때 난 한눈에 알아봤단다. 뭉케 텡그리*께서 네 영혼을 쉬게 할 곳으로 여길 골라 인도하셨다는 걸."

---

* 몽골어로 영원한 하늘이란 뜻으로, 즉 천신.

"방울은 그저 롭상이 걸을 때마다 울리게 되어 있어!"

보오초크와 그녀 사이로 한 사람이 불쑥 끼어들었다.

"방울이 아니라 별이 이 애를 여기로 인도한 거야. 내가 롭상에게 별을 보고 길을 찾는 법을 가르쳐 줬으니까."

보오초크가 이가 거의 다 빠져 쭈글쭈글하니 주름진 입을 쩝 다셨다. 끼어든 사람은 보올쿤이란 이름의 위구르 노인이었다. 보오초크와 비슷한 연배인 보올쿤은, 초원에서 쫓겨난 무당이 이주해 오기 전부터 마을을 지키며 살아온 노인으로 보오초크와 함께 정신적 지주로서 마을의 웃어른으로 존경받고 있었다. 점성술사이기도 한 그는 보오초크의 가장 친한 친구인 동시에 경쟁자였다. 그들은 사소한 일로 티격태격하며 수십 년 동안 끈끈한 우정을 이어 왔다.

"안 그래, 산?"

보올쿤이 익살스레 눈알을 굴리며 그녀에게 편들기를 재촉했다. 두 노인 사이에서 산이 난처하니 웃음만 물고 있자 보오초크가 귀찮다는 듯 친구의 눈앞에 손을 휘휘 저었다.

"뭘 안다고 그러는 거야. 이제껏 길 잃은 사람들을 데려온 게 바로 내 방울이라고."

"도시로 나가는 애들에게 내가 길을 가르쳐 준 덕이라니깐. 자네도 여기서 나가면 못 돌아올 거면서."

"난 지금 이 애에게 중요한 얘기를 하고 있어. 저쪽으로 가서 좋아하는 마유주라도 실컷 마시라고, 보올쿤."

"나도 산에게 중요한 얘기를 할 게 있어. 별이 가르쳐 줬거든."

보올쿤이 보오초크의 째리는 눈에도 아랑곳없이 무당의 손에서 산의 손을 잡아 빼며 자신과 눈을 마주하도록 그녀를 돌려 앉혔다.

"내일 떠날 너를 위해 점을 봤지. 넌 서쪽으로 가면 안 된단다."

"내가 하고 있던 말이 그거였어!"

보오초크가 역정을 냈지만 보올쿤은 들은 척도 하지 않았다. 그는 산의 손을 뒤집어 그녀의 손바닥 위에 자신의 손가락으로 세 군데를 짚었다.

"하늘에 세 개의 별이 서로를 끌어당기고 있는 걸 봤지. 지금은 서로를 찾아 헤매고 있지만 결국 만나게 될 별들이란다. 아마 너와 네 친구들인 것 같구나. 하나는 네가 찾고 싶어 하는 그 사람이고, 또 하나는……, 너와 그 사람과 깊은 인연이 있는 사람이겠지."

"엉터리 노인네! 산이 나한테 해 준 이야기를 몰래 들었군!"

"네 친구이기도 했던 그 칸 말이다. 그 별의 주위에 빛을 흐리게 하는 검은 안개가 끼기 시작했단다."

"엿들었다고 제 입으로 말하는군! 산의 친구가 칸이라고 별이 말해 주기라도 했단 말이야?"

"난 지금 내가 본 점을 얘기하는 거야! 이 별이 산과 또 다른 사람의 별에 크게 힘을 미친다고. 이 별이 힘을 잃으면 산과 또 한 명은 뿔뿔이 흩어지게 돼."

"그건 원에게 무슨 안 좋은 일이 생겼다는 뜻인가요?"

자신의 손목을 쥐고 있는 노인을 뚫어져라 쳐다보며 산이 불안스레 물었다. 보올쿤이 어깨를 으쓱했다.

"그를 둘러싼 검은 안개가 점점 짙어져서 그 속에서 길을 잃을 거란다. 도와줄 사람은 없고 온통 그를 미워하는 사람들뿐이지. 하지만 그렇기 때문에 그의 별이 너와 또 한 사람을 더욱 간절히 부르며 당기고 있어."

"제가 대도로 돌아가야 한다는 말씀이에요? 원이 있는 곳으로?"

"그와 풀어야 할 매듭이 있잖니. 나머지 한 사람도 그 매듭을 풀러 올 거야. 지금이 그때라고 별이 말하는구나."

"그건 내가 말하려던 거였잖아. 내 말을 자네가 가로챘다고, 보올쿤!"

"무슨 소릴. 원래 내가 하려던 거였는데 자네가 먼저 시작했던 거라고, 보오초크."

두 노인이 서로를 찌릿 노려보며 신경전을 벌였다. 옥신각신 다투는 방식은 어린애들의 그것과 다를 바 없었지만 두 사람은 마을에서 가장 존경받는 어른들이었다. 누구도 그들의 조언을 허투루 넘겨듣는 법이 없다는 것을 아는 산으로서는 뒤숭숭하지 않을 수 없었다. 천신이나 별이 알려 주는 미래를 순박하게 믿을 수는 없지만 그녀의 가슴에는 작은 동요가 일었다.

"그 매듭이란 건 어떻게 풀 수 있죠? 어떻게 풀리는 건가요? 우리 셋은 어떻게 되죠?"

으르렁거리던 노인들이 똑같이 진지한 낯으로 돌아왔다. 그녀의 근심 어린 얼굴에 그들은 어조를 부드러이 가다듬었지만 확실한 답을 주진 못했다.

"가야만 알 수 있단다. 그 끝이 어떻게 될지는 아무도 몰라. 하지만 가지 않으면 시작도 할 수 없지."

"인정하기 싫지만 이 친구 말이 맞아. 가서, 네 마음의 소리를 따라 행동하렴. 그리고 네 친구의 소리에 반드시 귀를 기울여. 그의 입이 아니라 마음이 말하는 소리를 들어야 해."

노인들이 다정하니 그녀의 손을 잡았다. 손바닥에 느껴지는 금속성의 자그마한 물건들에 산이 시선을 내렸다. 한 손에는 작은 방울들이, 다른 손에는 엄지손가락만 한 통이 있었다. 둘 다 따스하게 데워진 채였다.

"가지고 가거라. 네가 여기에 돌아올 때 그 방울들이 길을 가르쳐 줄 거다."

보오초크가 방울을 든 그녀의 손을 아물려 주며 이 없는 잇몸을 드러내 보였다.

"……돌아온다고요? 제가?"

"그것도 사실 아무도 알 수 없는 일이지."

보올쿤이 익살스런 미소를 짓자 보오초크가 고개를 끄덕였다.

"하지만 하나의 길이지. 사람 앞에는 그의 선택에 따라 무수히 뻗어 나가는 많은 길들이 있단다. 네 앞에 있을 그 길들 중 하나에 이 마을이 있다면 우리는 언제든 환영이야."

산의 다른 손에 놓인 작은 통의 뚜껑을 열어 안에 든 누런 종이를 꺼내 보여 주며 보올쿤이 말했다.

"카밀이나 롭삼에게 가르쳐 줬던 하늘의 지도란다. 방울보다 훨씬 실용적이지."

별자리가 세밀히 그려진 그림을 차곡차곡 접어 다시 통에 넣은 보올쿤이 보오초크를 곁눈으로 힐끗 보며 얄궂게 웃었다. 흥, 콧바람을 낸 보오초크가 양털 이불 위에 드러누워 피곤한 듯 크게 하품을 했다. 어느덧 밤이 되어 사람들이 각자의 집으로 돌아가기 위해 하나둘씩 자리를 떴다. 노인들에게 인사를 하고 산이 일어났을 땐 천막 안에 남아 있는 사람이 별로 없었다. 밖으로 나온 산은 사막의 밤바람에 옷깃을 여몄다. 꽤 추워졌다. 이제 곧 모든 게 얼어붙을 정도로 추운 가을과 혹독한 겨울이 올 것이다. 그 전에 여기를 떠나야 했기에 출발일로 잡은 날이 내일이었다. 산은 목을 뒤로 꺾어 하늘을 올려다보았다.

"드디어 내일 떠나는군요. 여기서 한 달이나 묵을 줄은 몰랐습니다."

어느새 옆에 와 선 장의가 말을 걸었다. 그도 그녀를 따라 하늘을 올려다보았다. 맑은 하늘에는 무수한 별들이 박혀 있었다. 고려에서 그는 밤하늘을 그다지 관심 있게 본 적이 없었지만 그곳의 별들도 지금 여기서 보는 것만큼 찬란하고 아름다울 것이다. 떠나오면 모든 것이 그리움의 대상이 된다. 싸해지는 가슴에 장의는 하늘에서 눈을 내려 산을 돌아보았다.

"마을 어르신들이 어떤 조언을 해 주시던가요?"

"대도로 돌아가라고 하셨어요."

"그래서……, 돌아가기라도 하시겠다는 것인지요? 이렇게 멀리까지 왔는데?"

"모르겠어요."

산이 한숨을 길게 쉬었다. 하얀 김이 구름처럼 입가를 떠돌다가 흩어졌다.

"장의 오라버니 말대로 반을 넘게 왔어요. 사마르칸트까지 그리 많이 남지도 않았고요. 이대로 돌아가면 두고두고 마음에 걸릴 것 같아요."

"그렇다면 예정대로 사마르칸트까지 가시면 되지 않습니까. 어차피 수정후를 찾든 못 찾든 송화 등이 있는 대도로 갈 생각이 아니었습니까?"

"내가 대도를 떠난 사이에 린이 원을 찾아오면 어떡하죠? 지금 돌아가지 않아서 만나지 못한다면? 진득하니 기다리지 못하고 성급히 찾아 나선 탓으로 영영 엇갈려 버리면?"

"송화와 필도가 전왕전하의 주변을 늘 살피고 있습니다. 수정후가 찾아온다면 반드시 아가씨의 소식을 전해 줄 겁니다."

"그럴까요? 린이 드러내 놓고 원을 만나러 오는 것도 아닐 텐데, 정말 그럴 수 있을까요?"

"무슨 말씀이십니까?"

장의가 불안한 낯빛으로 나직이 물었다. 그녀가 뭔가 엉뚱한 생각을 하는 것이 틀림없다.

"내가 어디에 있는지 원이 알아야 하지 않을까요? 그래야 린이 찾아왔을 때 원이 내가 있는 곳을 말해 줄 수 있어요."

"그건 아가씨나 수정후 둘 다 위험에 빠지는 일입니다. 전왕전하께서 두 분을 가만두지 않으실 겁니다."

"우리는 원과 풀어야 할 매듭이 있어요."

장의가 이해하지 못할 말을 중얼거리며 산이 먹물처럼 검은 사막의 저편을 응시했다. 정면으로 불어오는 바람에 모래가 일어 크게 뜬 눈을 괴롭혔다. 그녀는 눈을 감고 손을 들어 눈앞의 바람을 막았다. 휘잉 불어오는 바람이 이상하게 따스하다고 느끼는 순간, 손가락에 얽혀 드는 간지러운 감촉에 산은 눈을 떴다. 길고도 가느다란 한 올의 머리카락이 그녀의 손가락을 휘감아 돌았다. 잡으려고 손을 오므렸지만 머리칼은 재빨리 손가락 사이로 빠져나가 바람을 타고 사라져 버렸다. 그저 머리칼 한 가닥이었는데, 산의 가슴에 기묘한 설렘이 일었다. 머리칼을 싣고 온 바람에서 어쩐지 익숙한 향기를 맡은 기분이었다.

"왜 그러십니까?"

왠지 울 것 같은 그녀의 얼굴을 보며 장의가 걱정스레 물었다. 자신의 손을 물끄러미 내려다보던 산이 커다란 눈을 들어 올려 그를 보았다. 우물처럼 깊은 눈동자가 젖어 있었다.

"나는⋯⋯."

"이것 봐요, 장사 얘긴 확실하게 해 둬야죠!"

천천히 입술을 떼던 산은 말을 잇지 못했다. 천막에서 슬그머니 사라진 장의를 찾아 헐레벌떡 쫓아 나온 아지즈가 큰 소리를 내며 그들 앞에 섰기 때문이다. 아이락을 너무 많이 마셔 술통처럼 둥글게 부푼 배를 안고 무슬림 상인은 눈을 부릅뜨며 다짐 두듯 말 한마디 한마디에 힘을 실었다.

"거래는 말로만 이뤄지는 게 아니니까요. 선뜻 투자하겠다고 웃으면서 고개 끄덕이다가도 돌아서면 무슨 잠꼬대냐고 잡아떼는 게 보통이죠. 확실하게 계약서를 쓰고 공증을 받아야 그쪽도 마음이 편하겠죠! 사마르칸트에 가면 제일 먼저 차용증서를 쓰도록 합시다. 내가 다마스쿠스까지 가는 비용과 거기서 살 물건들 값까지 모두 쳐서."

"아지즈, 우리는 사마르칸트로 가지 않을 거예요."

산의 말에 아지즈가 뻣뻣하니 굳었다. 얼이 빠져 멍해진 상인에게서 등을 돌리고 그녀는 어둠을 응시하며 작게, 그러나 단호하게 속삭였다.

"우리는 대도로 갈 거예요."

17

암계暗計

송방영은 소리 나지 않게 방문을 열었다. 촛불 하나만 켜 놓은 방 안이 퍽 어둡고 음산했다. 창밖으로 빛이 새어 나가지 않도록 두툼한 휘장을 둘러쳐 놓은 방은 비밀스럽고도 위험한 냄새가 난다. 사촌 동생과 꼭 닮은 느낌이다. 언제나처럼 약간 구겨진 이맛살을 조금 더 찌푸리며 송방영은 탁자 앞에 앉아 가만히 눈을 감고 있는 송인에게로 다가갔다.

"가져왔네."

송방영이 품에서 깨끗하게 접은 종이를 꺼내어 탁자 위에 내려놓자 자는 사람처럼 미동도 없던 송인이 눈을 떴다. 살며시 손가락을 들어 종이에 구김이 가지 않게 펴는 동작이 사뭇 절도가 있다. 송인이 가느다란 눈으로 문서를 죽죽 훑어 나가는 동안 송방영이 문에 붙어 서서 연방 불안스레 바깥의 동정을 살폈다. 안절부절못하고 손을 가만두지 않는 종형에게, 문서에 눈길을 박은 채 송인이 조용히 물었다.

"왜 그러시오, 형님?"

"들어올 때 뭔가 찜찜한 기색을 느꼈어. 나름대로 조심하고 조심하여 뒤를 밟히진 않은 것 같았는데……, 아무래도 보는 눈이 있는 듯하이."

"보는 눈, 있지요."

"뭐? 알고 있는 일인가?"

송방영이 화들짝 놀라는데 송인은 담담하니 다 읽은 종이를 탁자에 사뿟 내려놓는다.

"전왕이 붙인 염탐꾼이오. 신경 쓸 것 없소."

"염탐이라니? 전왕의 의심을 샀단 말인가? 어째서? 그럼 전왕은 이미 우리가 한 일들을 모두 짐작하고……."

"그건 아니오."

희게 질린 송방영을 보고 송인이 피식 웃었다.

"달 보고 짖는 강아지 꼴이오. 무슨 간이 그렇게나 작소? 염탐꾼이 붙은 게 하루 이틀인 줄 아시오? 처음 만난 이후부터 전왕은 줄곧 날 감시했다오. 제가 날 손바닥에 올려놓았다 여겨야 내가 저를 다루기가 훨씬 쉽다는 걸, 우리 전왕전하는 아직 모른답니다. 그게 또 귀엽지."

"정말 전왕이 아무것도 몰라?"

"아직은 내가 제 편인 줄 알지요. 이쪽의 동태를 슬쩍슬쩍 귀띔하며 미끼를 주고 있으니."

송인이 자신만만하니 확언하자 송방영이 가슴을 쓸며 문가에서 물러나 그에게 다가갔다. 탁자에 펼쳐 놓은 문서를 곁눈질하며 송방영이 기어들어 가는 목소리로 작게 물었다.

"그래, 읽으니 어떤가?"

"필체가 매우 부드럽소, 형님."

"쓸데없는 소리 말고 내용이나 잘 살펴보게. 이 정도면 되겠는지, 보탤 부분은 무엇이고 뺄 부분은 무엇인지. 내일이면 전왕을 돌려보내 달라고 청하는 표문을 황제에게 올리러 사절이 떠나. 이 밤에 다 끝을 보아야 하잖나."

"좋습니다, 좋아요. 보탤 것도 뺄 것도 없소. 이걸로 합시다."

초조한 송방영과는 달리 송인이 흔쾌히 고개를 끄덕였다. 사촌 동생은 언제나 지나치게 여유롭다.

"자넨 너무 안일하군. 황제가 표문을 순순히 받아들여 전왕을 돌려보내면 어쩔 텐가? 홍자번洪子藩이 왕을 부추기기 전에 우리가 먼저 손을 썼으면 될 것을!"

종이를 다시 곱게 접어 두는 사촌을 송방영이 원망스레 흘기며 구시렁거렸다. 전왕인 원이 왕좌에서 쫓겨나 원나라에 머문 지 여러 해가 지났다. 그동안 그들은 전왕을 철저하게 매장시켜 재기하지 못하도록 숱한 노력을 기울였었다. 원의 커다란 정치적 배경이 되어 주는 부다슈리 공주를 빼앗아 서흥후 왕전과 맺어 주기 위해 왕전을 독노화로 대도에 보내는 한편, 원나라에 사신으로 가는 지도첨의사사 민훤閔萱에게 부다슈리를 개가시켜 달라는 표문도 들려 보냈다. 전왕의 체류와 품위 유지를 위해 보내는 비용을 확 줄여 황궁 내에서 세력을 키우려는 원을 경제적으로 압박하기도 했다. 음탕한 놀이와 여색에 빠진 늙은 왕에게 끊임없이 여흥을 제공하며, 고려 내에 남아 있는 전왕 지지자들을 뿌리 뽑기 위해 궁궐 안팎으로 바쁘게 뛰어다녔다.

그렇게 애를 쓴 5년, 노력의 열매도 쏠쏠히 맛보았다. 송인은 완전히 왕을 손아귀에 넣었고 친족들을 중심으로 그의 사람들을 왕의 주변에 심어 세를 탄탄히 다졌다. 겉으로는 정삼품 승지에 불과했지만 그의 뜻이 왕의 뜻이었다. 그러나 만족을 느끼기엔 아직 멀었다. 아직도 전왕은 그들에게 언제든 위협이 될 수 있는 독소로 남아 있었다. 독노화로 간 왕전은 공주와 좀처럼 만나지 못했고, 간이 작은 민훤은 실망스럽게도 황제에게 표문을 올리지 못하고 돌아와 버렸다. 게다가 신하들 중엔 국왕파와 전왕파만 있는 것이 아니었다. 왕과 전왕을 화해시키려는 자들도 만만치 않게 목소리를 내어 송인을 방해하곤 했다.

전왕의 넷째 비인 순화원비의 종숙 홍자번이나 부마인 제안공이 대표적인 부자 화해파로, 이번에 왕을 설득하여 전왕의 환국을 정식으로 청하는 표문을 황제에게 올리는 지경까지 왔다. 전왕이 돌아오면 그들의 승승장구에 제동이 걸릴 것이 뻔하니, 송방영이 초조한 것도 무리가 아니었다. 하지만 송인은 훗, 코웃음을 쳤다.

"전왕은 돌아오지 않습니다. 황실에서 인맥을 착실히 쌓으며 거기서 큰소리치고 싶은 전왕이 뭣 하러 고려에 돌아와 꼴도 보기 싫은 노인네와 티격태격하겠소? 황제가 고려로 돌아가라고 해도 어떤 핑계를 대서든 거기에 남아 있을 사람입니다."

"그렇다면 이 밀서는 왜 필요한 건가? 전왕이 돌아오길 원치 않는다는 밀서를 군이 쓸 이유가 있겠어?"

송방영이 탁자 위에 놓인 종이를 집어 송인의 눈앞에 바싹 들이대고 흔들었다. 그것은 홍자번이 왕으로 하여금 쓰게 한 표문과 정반대되는 서찰로, 국왕이 사실은 아들의 환국을 원하지 않는다는 내용이었다.

"그것은 황제에게 바치는 글이 아닙니다. 황후에게 보내는 거죠. 그러기에 외오아 글자로 쓰라고 한 거요."

송인이 담담하니 설명했다.

"형님도 알다시피 지금 황후가 미령한 황제를 대신해서 국사를 처리하고 있소. 황제가 골골하다 보니 황후 쪽은 후계를 확실히 하는 게 급한 형국이오. 그런데 아들은 어리고 카이샨이란 걸출한 조카가 아주 위협적인 존재로 빠르게 성장하는 중이오. 거기에 선제의 외손자이자 유달리 황실 왕공들과 인맥이 두터운 전왕이 카이샨 왕자 쪽과 가까이 지내면서 황후의 심기를 불편하게 하고 있소. 바로 이런 상황에서, 우리는 황후와 그 측근을 파고들어 전왕을 완전히 폐위시키고 황후에게 적극 협력할 차기 고려 국왕 왕전을 내세우는 겁니다. 이해가 되셨소?"

"하지만 내가 작성한 초본은 그저 전왕을 돌려보내지 말라는 것뿐인데……."

송인에게 들이댄 문서를 슬그머니 내리며 송방영이 말끝을 흐렸다. 송인의 표정으로 미루어 사촌 동생은 뭔가를 준비한 게 틀림없다. 미리 말해 주지 않을 뿐 사촌 동생의 준비가 허술했던 적은 없다. 그의 짐작대로 송인이 일어나 탁자의 한쪽에 밀어 두었던 서찰들을 끌어다 놓았다.

"황후에게 보여 줄 서찰들이오. 황후에게 반하는 전왕의 행적을 빠짐없이 보고하는 것이죠."

송인의 눈짓에 따라 송방영이 서찰을 하나 펼쳐 보았다. 첫 서찰부터 송방영의 눈이 접시만 하게 휘둥그레졌다.

"자네……, 이게 도대체 뭔가!"

경악에 찬 얼굴로 송방영이 서찰을 든 손을 부들부들 떨었다. 두 번째, 세 번째 서찰들을 급히 펼쳐 보면서 그의 낯빛이 백지장처럼 하얘졌다. 닥치는 대로 탁자 한가득 열두 장의 서찰을 모두 펼쳐 놓은 송방영이 송인을 향해 잔뜩 찌그러진 눈을 들었다. 탁자 위 종이들은 점 하나 없이 깨끗했다. 모두 빈 서찰이었던 것이다.

"지금 날 놀리는 겐가! 황후에게 반하는 전왕의 행적이라니, 어디에 그게 씌어 있다는 게야?"

"씌어 있다고는 안 했습니다. 하지만 이 종이들이 황후를 움직이게 해 줄 겁니다. 그리고……."

송인이 탁자 밑에 놓아두었던, 비단보로 꽁꽁 감싼 각진 함을 소중히 안아 들어 탁자 가운데에 조심스레 올려놓았다. 여러 겹 비단을 벗기고 뚜껑을 연 함 속에는 금으로 꿈틀거리는 용을 화려하게 조각한 인장이 들어 있었다. 송인의 손이 거침

없이 들어 올린 그 인장은 분명 왕의 금보金寶*였다.

"……이걸 찍으면 고려 국왕이 누구의 편이고 왜 이런 글을 올리는지 황후가 알 수 있지요."

비릿한 웃음을 머금고 송인이 빈 종이에 옥새를 꾹 찍었다. 한 장 두 장 옥새가 뚜렷이 찍힌 빈 서찰이 차곡차곡 쌓여 갔다. 입을 헤벌리고 보고만 있던 송방영이, 마지막 열두 번째 종이에까지 옥새가 다 찍히자 멍하니 중얼거렸다.

"금보까지 가져오다니……, 주상께서 아신다면……."

"왕은 걱정할 것 없습니다. 이 계획엔 누구보다도 왕이 적극적으로 동참할 테니."

"전하께서?"

"지금은 이 종이들에 달랑 국왕의 인장만 찍혀 있지만, 이걸 가지고 대도로 가는 우리 쪽 사람이 대도에서 전왕의 일거일동을 감시하여 황후가 질색할 만한 일들로 종이를 가득 채울 겁니다. 때에 맞추어 왕이 직접 대도로 찾아가 전왕을 중으로 만들고 공주를 왕전에게 시집보내기를 청할 것이오. 황후의 마음에 쏙 들 청이지요."

자신만만한 송인의 목소리에도 불구하고 허공에서 달랑거리는 금보를 지켜보는 송방영의 눈빛은 불안감으로 어두웠다.

"이보게, 그렇게까지 할 필요가 있을까? 이제 고려 내에서 자네와 우리 집안을 따라올 사람은 아무도 없어. 홍자번이나

---

* 옥새.

제안공이야 암만 노력해 봤자 곧 저승에 갈 늙은이들이고, 전왕파는 거개가 원나라로 쫓겨 가거나 몸을 납작하니 숙이고 우리에게 저항할 생각도 못 하네. 전왕도 황실의 일에만 매달릴 뿐 고려에 관심이 없는데, 우리가 괜히 더 나서서 긁어 부스럼을 만들어 고려 내에서 닦아 놓은 터마저 잃게 되면 어찌하는가? 그럼 자네의 장대한 먼 훗날의 그 계획도 물거품이 돼 버리지 않겠나. 물론 정유년의 상처가 아직 자네에게 깊은 것은 아네만……."

"내가 부용의 일로 앙심을 품어 이런다고 생각하시오? 이미 죽어 버린 계집 때문에, 복수하고 싶어서 이렇게 전왕을 붙잡고 늘어진다고 생각하는 거요?"

탕! 불경스럽게도 송인이 금보를 탁자 위에 세게 내리찍었다. 잔잔하고 여유로웠던 눈이 금세 충혈되어 붉게 타올랐다. 사실이잖아. 송방영은 차마 입 밖으로 말을 꺼내지 못하고 입맛을 쩝 다셨다.

"틀렸소, 형님."

이를 아드득 가는 사촌 동생을 보며 송방영은 자신의 지적이 적중했다고 거듭 생각했다. 그러나 송인은 고개를 세차게 저으며 극구 부인했다.

"우리에게 천년만년이 남아 있는 줄 아시오? 홍자번, 제안공만 늙는 게 아니오. 왕도 늙었소. 내일 당장 자리에 눕는다 해도 이상할 게 없는 나이요. 지금 왕이 쓰러지면 전왕이 다시 즉위하게 된단 말이오. 왕이 죽기 전에, 전왕이 황실에서 더 큰 힘을 키우기 전에 우리가 손을 쓰지 않으면 지금의 부귀와 권세는 모두 물거품이 되고 마는 겁니다! 경계 좀 하시오, 형님!"

"알았네, 알았어. 내가 생각이 짧았어. 미안하이."

탁자의 양끝을 와락 움켜쥐고 으르렁거리는 송인에게 기가 꺾인 송방영이 머쓱하니 뒤통수를 긁었다. 그래도 단시간에 동생을 이렇게 흥분시키는 건 죽어 버린 그 여자라고, 그는 머릿속으로 고집을 굽히지 않았다. 더 이상 송인의 비위를 거스르고 싶지 않은 그는 서둘러 자신이 써 온 초본을 챙겨 넣었다.

"그 초본과 금보를 찍은 이 종이들을 호군護軍 송균宋均에게 갖다 주시오. 그가 내일 떠나는 사절단과 함께 대도로 가서 일을 시작할 거요."

"송균이 자기가 할 일을 이미 알고 있는가?"

"당연한 일 아니오. 그럼 할 일이 뭔지도 모르는 자에게 서찰을 주라고 하겠소?"

기분이 많이 상한 듯 송인이 대놓고 비아냥거렸다. 남들에게는 다 말하면서 왜 나한텐 제일 늦게 말하는 거야? 송방영도 언짢은 마음으로 금보가 찍힌 빈 서찰을 주섬주섬 챙겼다. 그는 잡일꾼으로 전락한 자신의 처지가 불만스러웠지만 꾹 참았다. 비록 홀대받긴 하지만 사촌 아우 덕분에 밀직부사도 꿰차고 임금의 귀애도 얻었다. 겉으로 보기에 사촌 동생은 침착하고 여유롭기 짝이 없지만 그것도 송방영이 불끈불끈 솟아오르는 광기와 분노를 받아 주기 때문에 가능한 것이다. 그가 아니면 아무것도 되는 일이 없는 것이다.

'내 몫은 아우가 제대로 일을 하게 도닥여 달래는 것이다.'

자신의 역할을 다시 한 번 가슴에 새긴 송방영은 아니꼬운 마음을 접고 조용히 방을 나섰다. 문을 닫은 그의 등 뒤로 무언가 세게 넘어지는 소리가 쾅 났다.

'발작이 시작됐군.'

송방영은 무비를 언급한 자신의 경솔함을 후회했다. 그는 소란스러운 소리에 혹여 사람들이 달려올까 봐 안절부절못하며 문 앞을 떠나지 못했다.

'이렇듯 그 계집에게 남은 미련이 크니 전왕을 못 잡아먹어 안달이지!'

송방영의 입에서 한숨이 절로 나왔다. 무비, 죽어서도 사람을 호리는 무서운 계집. 영민한 사촌 동생을 망집에서 헤어나지 못하는 미치광이로 만들어 버린 계집. 도대체 그 요사스러운 매력이 어디서 오는 것인지 송방영은 알 수가 없었다. 그녀가 살아 있을 때 그는 그녀를 몹시 싫어했다. 거침없이 속살을 드러내 보이는 경박함을 마주할 때마다 불쾌하고 언짢았다. 그래서 그는 그녀와 함께 있는 자리에선 매번 시선을 돌렸다. 그러나 돌이켜 보면 그 외면은, 그 찐득하고 농염한 육신에 휘감기면 살아남을 수 없을 것 같은 두려움에서 비롯한 것이었다. 주체할 수 없는 정염을 불러일으키는 그 육체를 한번 맛보면 모든 진기가 소진될 때까지 탐닉하다가 결국 빈껍데기로 나가떨어질 것 같은 두려움. 그녀가 죽고 난 뒤 내면이 폐허가 된 송인이나 숙창원비를 비롯해 많은 여자들을 끼고도 그녀를 그리워하는 늙은 왕을 보면, 송방영의 두려움은 확실히 근거가 있었다.

한참 동안의 부서지는 소리 끝에 방 안의 난동이 그쳤는지 조용해졌다. 그리고 조용한 방 안에서 기이한 작은 소리가 조금씩 새어 나왔다. 귀를 문틈에 바짝 댄 송방영은 곧 그것이 송인의 흐느낌이란 걸 알고 흠칫했다. 끼익끼익, 낡은 가구가 바람에 삐걱거리듯 나는 소름끼치는 소리에 그는 저도 모르게 두세 발짝 물러났다. 자신과 똑같이 붉은 피가 흐를 거라곤 좀처럼 믿기 힘든 사촌 아우가 울다니. 그를 울게 만든 전왕에게 송인이 어떤 독을 품고 있을지 송방영으로서는 온전히 짐작하기도 어려웠다. 아마도 전왕은 무사하지 못할 것이다. 그리고 전왕 또한 송인 못지않은 괴팍스러운 성미의 소유자니만큼 둘의 충돌은 어느 한쪽이 완전히 제거되지 않는 이상 끝나지 않을 것이다. 거기에 생각이 미친 송방영은 부르르 몸을 떨었다. 그에겐 따로 선택이 없었다. 이제 본격적인 전투가 시작되는 것이다. 송방영은 품에 숨긴 서찰들을 가만히 누르며 조용히 그곳을 빠져나갔다.

원은 차 마시길 좋아했다. 탁월한 심미안만큼이나 예민한 미각의 소유자인 그는 지금 마시고 있는 차의 그윽한 향에서 극진히 그를 접대하려는 주인의 마음을 읽는다. 그리고 그 환대 속에 깊숙이 감춰진 야망까지도. 마주 앉아 그를 바라보는 여인의 시원스런 눈이 서늘하게 빛났다.

"카이샨이 말했었지요. 이질 부카 왕의 마음을 사로잡으려면 미녀나 보석보다 귀한 차와 서화를 내놓으라고. 어떤가요, 내가 성공했나요?"

찻잔을 내려놓으며 원이 빙그레 웃었다.

"다스릴 나라도 없는 왕에 불과한 제 마음을 얻는 것이 타기[쫑리]님께 무슨 도움이 될지 모르겠습니다만, 예, 성공하셨습니다."

탁자 너머 앉아 있는 여자가 짐짓 화사한 미소로 응수했다. 그러나 미소는 어디까지나 형식적인 손치레였다. 언뜻 보면 황실의 친족끼리 한가로이 차를 즐기는 이 오후의 한때는 동지로서 손을 잡느냐 적으로서 등을 돌리느냐를 가름하는 첨예한 순간이었던 것이다. 연방 미소를 띠고 있는 입가와 달리 여인의 눈초리가 긴장으로 가늘어지는 것이 그 증거였다. 타기 카툰, 황제의 형수이자 카이샨의 어머니인 그녀는 황태후가 될 야심으로 풍만한 가슴을 꽉 채운 여걸이다. 그녀의 잘 다듬어진 긴 손톱이 탁자를 쿡 찍었다.

"돌려 말하지 않겠어요, 이질 부카님. 내 편이 되어 줘요."

"이미 타기님의 편입니다. 아시지 않습니까?"

"아니, 카이샨이 아닌 오직 나만의 편을 말하는 거예요."

찻잔을 다시 들려던 손이 멈칫했지만 원은 능글맞은 웃음을 잃지 않았다.

"황후의 자리는 이미 지나갔습니다. 똑같은 기회는 두 번 오지 않죠. 지난번 황후 책봉 문제 때 제가 거들지 않은 것을 서운해하신대도, 이젠 어쩔 수 없군요."

원은 타기의 의중을 꿰뚫어 보고 있으면서도 지나간 일을 들먹이며 딴청을 부렸다. 타기는 황제 테무르의 둘째 형인 죽은 다르마발라 칸의 미망인으로 황후에 책봉될 기회가 있었다. 죽은 아버지나 형의 아내를 취하여 혈족의 재산을 지키고 미망인을 보호하는 관습을 가진 몽골족으로서, 테무르가 타기를 황후로 삼으려 했던 것이다.

타기는 후계자감으로 적당한 두 명의 훌륭한 아들을 두었을 뿐 아니라 최대 명문이자 황실 인족姻族인 콩기라트족 출신이었다. 어머니와 아내가 모두 콩기라트 출신이었던 칭기스 카안이 '콩기라트씨족이 딸을 낳으면 황후로 삼고 아들을 낳으면 공주를 시집보낼 것'을 생전에 명한 바가 있었다. 선제인 쿠빌라이 카안의 황후와 테무르 카안의 모후였던 쿠케진 카툰, 테무르의 죽은 첫째 황후도 모두 콩기라트 출신이었다.

그러나 타기는 황후가 되지 못했다. 유목민의 오랜 관습을 이해하지 못한 유학자들의 반대도 심했지만, 정황후가 사망한 뒤 남은 테무르의 카툰들 중 가장 서열이 높았던 불루간[ㅏ魯罕] 카툰이 결사적으로 저지했기 때문이었다. 바야우트[伯岳吾]족 출신인 불루간 카툰은 병약한 황제의 뒤에서 착실히 권력을 잡아 나가고 있었다. 후계에 있어서 그녀의 어린 아들 테이슈[德壽]보다 타기의 아들들이 훨씬 제위에 적합했고, 혈통을 중요시하는 몽골 사회에서 타기가 황후로 들어오면 그녀의 입지가 순식간에 위험해지리란 걸 간파했기에 불루간은 유학자들의 거센 반대를 이용해 타기를 막았다. 손쉽게 황태후가 될 수 있었던 기회를 타기는 그때 놓쳤던 것이다. 그녀는 지나간 과거에 미련 없다는 듯 가볍게 웃어넘겼다.

"홋, 나도 알아요. 내가 원하는 건 황제의 아내가 아니라 황제의 어머니예요. 당신도 알다시피, 이질 부카님."

"타기님, 그런 거라면 우린 오래전부터 같은 편이 아닙니까. 카이샨이 승전을 거듭하여 회령왕懷寧王으로 봉해졌습니다. 전 울루스를 통틀어 그만큼 인기 있는 황족도 없죠."

"남들에게서 얻는 인기만으로는 부족해요."

"부족하다니요. 제위 계승자로서 카이샨에게 모자란 점이 뭐가 있단 말입니까?"

"어머니의 선택."

원이 깜짝 놀라는 척 '아.' 하고 입을 동그랗게 벌렸다. 타기가 몸을 앞으로 기울이며 목소리를 절반쯤 낮췄다.

"들어 보세요, 이질 부카님. 카이샨이 유력한 후계자로 손꼽히는 이유는 바로 내 아들이기 때문이에요. 내가 콩기라트 출신이니까요. 최고의 혈통을 가지지 않았다면, 그리고 같은 출신의 대카툰들이 남긴 유산으로 내가 숱한 재상들과 왕공들을 포섭하지 않았다면 제위는 불가능한 거예요. 싸움터에서 이겼다고 모두 카안이 되진 않아요. 그렇지 않은가요? 그리고 날 지지하는 콩기라트 왕공들이 없다면 제위에 오른다고 해도 그 자리를 지키기란 힘들어요."

"카이샨이 콩기라트의 지지를 못 받을 거란 말씀입니까?"

"그 애의 대카툰은 이키레스[亦啓烈]족이고 둘째 카툰은 탕구트[唐兀] 여자예요. 그리고 카이샨은 외지로 많이 돌아 모든 사람들과 거리낌 없이 친하죠. 특히나 아스, 캉글리, 킵차크 같은 이족 친위대와 말이죠. 몽골족 내부에서 확실한 자기편을 챙기지 않는 건 현명하지 못해요."

"그럼 아유르바르와다[愛育黎拔力八達]*는 카툰이 콩기라트 출신이라서 어머니의 선택을 받을 만하다는 겁니까? 그것만으로는 동의하기 어려운데요, 타기님."

"난 이름뿐인 황태후는 되고 싶지 않아요."

타기의 눈이 노골적인 욕망을 드러내며 번쩍였다. 그녀의 목소리가 더 낮아졌다.

"난 황궁 제일 안쪽 방에 갇혀서 낮잠으로 소일하며 지낼 마음은 손톱만큼도 없어요. 내 뜻을 충실히 따르고 실행해 줄 카안이 필요해요. 카이샨은 절대 내게 힘을 나눠 주지 않겠지만 아유르바르와다는 달라요. 그건 당신에게도 마찬가지예요, 이질 부카님. 당신이 고려 국왕의 자리를 되찾는 것만이 아니라 오랫동안 황실의 아카가 되고 싶다면, 누구의 편에 서야 할지 판단할 수 있을 거예요. 그리고 그 판단은 빠르면 빠를수록 좋아요."

---

* 카이산의 동생. 바얀투 칸.

"제게 원하시는 게 무엇인지요, 타기님?"

그것은 판단을 이미 내렸다는 대답이기도 한 물음이었다. 타기가 비로소 만족스레 웃었다. 그들은 오랫동안 차를 함께 마시며 화기애애하게 은밀한 담소를 나눴다.

"욕심 많은 여우 같으니!"

타기의 궁에서 나와 중얼거리는 원은 연방 웃고 있었다. 이 일대일의 만남이 어떤 목적으로 제의되었고 그 결과가 어떠하리란 걸, 그녀의 궁에 들어가기 전부터 그는 이미 알고 있었다. 어쩌면 알타이로 떠나기 전 카이샨이 그에게 귓속말로 속삭일 때부터.

'불루간보다도 내 어머니가 첫 번째 경계 대상이야.'

그 한마디를 남기고 서쪽 국계로 떠난 카이샨은, 카이두를 완파하고 두아를 황제의 휘하로 끌어들였으며 카이두의 아들 인 차파르마저 항복시켰음에도 여전히 돌아오지 못하고 있다. 언젠간 돌아오겠지만 가장 믿을 수 있는 혈연이 딴마음을 품기 시작한 것이다. 원은 새삼 고개를 끄덕였다.

'네가 옳았어, 카이샨. 내부의 적이 훨씬 위협적인 법이지.'

그는 타기가 큰아들을 저지하고 작은아들에게 영광의 자리 를 만들어 줄 계획을 열심히 짜고 있을 화려한 궁을 돌아보며 예의 특유한 미소를 싱긋 지었다.

'넌 누구도 믿지 말았어야 해. 네 어머니와 동생은 물론이고 그들을 감시해 달라고 부탁한 나까지도.'

원은 자신의 왼손을 내려다보았다. 말끔하니 흠집 하나 없는 손은 여느 여자들의 손보다 더욱 곱다. 손을 앞뒤로 뒤집으며 다시금 꼼꼼히 살폈지만 이전의 상처는 이제 영 찾아볼 수가 없다.

왼손엔 두 개의 상처가 있었다. 카이샨과 안다의 맹세를 할 때 피를 나누기 위해 손가락을 그었던 것이 하나, 자신이 선사했던 장도로 산이 야멸치게 그었던 손등의 상처가 또 하나. 하나는 신뢰를 증명하는 것이었고 다른 하나는 같은 종류의 신뢰가 부서졌다는 표식이었다. 그리고 그 둘은 몇 년이 지난 지금, 모두 흔적을 남기지 않고 사라졌다. 왠지 허망하고 쓸쓸한 기분에 원은 왼손을 꼭 움켜쥐었다.

"영원한 건 없는 거야, 그렇지?"

그는 때마침 다가온 진관에게 혼잣말하듯 툭 내뱉었다. 상전의 밑도 끝도 없는 말에 일순 당혹스런 빛을 떠올렸던 진관이 조용히 아뢰었다.

"개경에서 온 소식에 의하면 금상께서 입조하기 위해 대도를 향해 떠나셨다고 합니다."

"노인네가 새삼스레 왜?"

원이 떨떠름하니 한쪽 입가를 치켜세웠다. 대도에서 체류하는 경비를 못 주겠다며 국고를 봉한 것이나, 인후를 비롯해 그를 따르는 측근들을 파면하는 것 등 노골적인 적대감을 드러내는 부왕에게 그 역시 적개심을 숨기지 않았다.

"왕전을 툴루게로 보내 공주에게 알랑거리게 하는 것도 모자라 뭘 또 노리고 여기까지 온다는 거야?"

"전하의 환국을 요청하는 표를 올리러 사신이 곧 도착하지 않습니까. 아마 금상께서 친히 황제폐하께 그 일을 주청하러 오시는 게 아닌지⋯⋯."

"순진한 척하지 마라, 진관. 그 노인네가 내 손을 잡고 함께 개경으로 돌아가자고 할 것 같아? 어림도 없다."

코웃음을 치며 말했지만 원의 미간에 그늘이 졌다. 아버지와 아들, 두 명의 왕을 이간질시킨다고 지목된 오기吳祈나 석천보石天補 등이 황제의 명으로 유배를 간 이후에도 부왕과의 신경전은 지속되었다. 늙은 왕의 뒤에 숨은 누군가가 그를 꾸준히 괴롭히고 있는 것이다. 저택의 서재로 들어온 원은 턱을 괴고 잠시 생각하다가 붓을 들었다.

"송인에게 부탁을 해야겠다."

"승지 송인입니까?"

"그래. 부왕에게 무슨 꿍꿍이가 있든 오기 전에 막으면 그만이다. 하지만 그 노인네에게 자꾸 엉뚱한 생각을 불어넣는 놈들을 색출해서 요절내야 해. 오기와 석천보, 석천경石天卿 형제의 작패를 일러 준 사람도 송인이다. 그의 도움이 필요해. 나는 황제께 가서 고려 국왕을 돌려보내도록 청할 테니, 넌 이걸 개경에서 온 심부름꾼에게 들려 송인에게 보내라."

원이 단숨에 쓴 서찰 한 통을 내밀었다. 공손히 받아 든 진관이 의심스럽다는 듯 고개를 삐딱하니 갸울였다.

"송인의 집안사람들이 모두 개경 조정 내의 유력자들입니다. 아비 송분은 오랫동안 금상의 총신이었고, 형제들이나 종형제들도 요직에 앉아 있습니다. 집안 전체가 전하의 편이 아니라 금상의 편인데 그만이 전하를 섬긴다고 생각하긴 어렵습니다."

"생각하긴 어렵지만 그런 사람이 절대로 없는 건 아니지. 이전에도 내 옆엔 그런 사람이 있었다는 걸 몰라?"

아무렇지도 않게 린을 언급하는 원 앞에서, 서찰을 든 진관의 손이 움칠했다. 현애택주 왕산이 탈출하고 왕위마저 잃은 이후로 원의 입에서 린에 대한 언급은 일절 없었다. 이제 마음의 상처가 어느 정도 아문 것인가? 생각을 가다듬으며 진관이 조용히 물었다.

"승지 송인을 그토록 믿으십니까?"

"믿어? 내가 누군가를?"

말꼬리가 비웃음을 물고 올라갔다.

"누군가를 믿어 본 적이 있고 그 믿음이 얼마든지 깨질 수 있다는 걸 깨달은 사람은 알게 되지. 누구도 쉽게 믿어서는 안 된다는 걸 말이야. 그게 맑은 혼을 혼탁하게 만든다고 해도, 철저하게 고독에 빠진다고 해도 덜 다치고 싶다면 주변의 모든 이를 일단 믿지 말아야 한다는 걸 말이야. 너 역시 내게 가르쳐 주지 않았던가, 진관. 난 널 믿었지만 넌 내 아내를 연모하고 그녀와 더불어 날 속였지."

"……."

"걱정 마라, 진관. 송인이 어디서 누굴 만나며 무슨 짓을 하는지 이미 오래전부터 사람을 붙여 뒀으니까. 내가 그렇게 허술한 위인으로 보여? 너도 간간이 네 뒤꽁무니를 살펴라. 네 일 거수일투족을 지켜보고 감시하는 이가 있을지 아느냐? 참, 너 역시 누군가의 뒤를 밟은 적이 있으니 잘 알겠구나."

"전하."

"그렇게 염려되면 네가 직접 개경으로 가 그 서찰을 송인에 게 전해 주겠나? 간 김에 단이 잘 지내는지 살펴보는 것도 괜찮 겠지."

"전하!"

"네가 내 곁에 얌전히 붙어 고분고분 말을 듣는 건 그녀가 무 사하길 바라서가 아니던가? 그게 아니면 치욕을 이기지 못해 이 미 자결했을 것이다. 내 말이 틀렸다면 틀렸다고 말해도 좋아."

치밀어 오른 화로 붉어진 낯빛을 애써 가다듬으며 진관이 입술을 세게 깨물었다. 동요한 마음을 가라앉히려는 듯 수 초 간 숨을 고르던 그가 나직이 대답했다.

"저는 다만, 전하를 모시는 이로서 본분을 다하고자 합니다."

"그래야겠지!"

원이 탁자를 경쾌하게 탁 쳤다.

"그게 네가 가슴속 깊이 품은 여인을 보호할 수 있는 유일한 방법일 테니까. 난 널 개경에 보내지 않아, 진관. 결코 네가 단 을 볼 수 있는 기회를 주지 않겠다. 먼발치에서 일찰나 보는 것 이라 해도, 절대로."

진관은 길게 심호흡을 했다. 반죽거리는 전왕의 심술궂은 미소에 그가 느낀 것은 오히려 연민이었다. 자신을 괴롭히고 못살게 굴어 가슴속 응어리진 전왕의 분노가 조금이라도 덜어진다면 그는 기꺼이 원의 어린애 같은 엄부럭을 받아들일 수 있었다.

"전하의 명을 수행하러 이만 물러가겠나이다."

점잖고 예의 바른 태도가 더욱 원의 신경을 긁는다는 걸 아는지 모르는지 진관이 조용히 방문을 열었다. 문 앞에서는 예스진이 들어오기 위해 막 기척을 내려는 참이었다. 예를 올리고 나가는 진관을 일별한 예스진이 방 안으로 들어와 문을 닫고 남편을 바라보았다. 비스듬히 의자에 기대어 앉아 입가를 일그러뜨리고 있는 남편과 마주한 그녀의 시선에 안타까움이 짙게 배었다.

"전하께선 저 사람을 좋아하면서도 왜 괴롭히지 못해 안달인가요?"

"좋아한다고? 아내에게 흑심을 품은 놈을? 난 그렇게까지 너그럽지 못한 사람이야."

"마음이 끌린 건 어쩔 수 없는 거잖아요. 두 사람이 부정을 저지른 것도 아니고, 더구나 정비는 전하가 사랑하는 사람도 아니었어요."

"그래서 내 방까지 찾아와서 하고 싶은 말이 뭐야?"

원이 신경질적으로 물으며 벌떡 일어섰다.

"내가 사랑했던 사람도 아니니 누구와 무슨 짓을 하든 내버려두라는 거야? 내가 질투에 미쳐서 진관을 괴롭힌다고 생각한다면, 예스진, 그건……."

"물론 오해겠지요, 전하."

두려워하는 기색 없이 예스진이 그의 말을 토막 냈다.

"신뢰했던 상대에게 배신당한 상처가 깊으리란 것, 알아요. 철저하게 전하의 소유물이라고 생각했던 사람들에게 당했으니 그 높으신 자존심이 얼마나 파괴되었을지도. 하지만 전하는 이미 가장 소중한 사람들을 잃어 본 경험이 있지 않은가요. 이런 종류의 상처는, 같은 일을 반복한다고 해서 회복되지 않아요. 오히려 되풀이될수록 더욱 악화되고 분노만이 커질 뿐이죠. 그 분노가 전하를 고립시켜 결국엔 주변에 아무도 남지 않게 될 거예요."

"내가 경험을 통해서 얻은 건, 예스진, 내 명령에 복종하고 온전히 내 소유로 남는 것만이 자신과 상대를 지키는 유일한 길이란 걸 그들에게 각인시켜야 한다는 거야. 내가 느슨한 모습을 보이면 그들은 내 뒤통수를 치고 유유히 빠져나가 버리지."

"그 반대라는 걸 정말 모르시는 거예요? 사람의 마음이란 완력으로 붙들어 둘 수 없어요. 손에 쥐고 흔들려고 압박할수록 빠져나가고 싶어 하죠. 제발 좋아하는 사람들에게 고통을 주며 충성심을 시험하지 말고 진심으로 대해요!"

"너는 어때?"

아내에게서 등을 돌린 채 둥근 창 너머로 마른 나뭇가지에서 팔랑 떨어지는 잎사귀 하나를 눈여겨보던 원이 메마르게 물었다. 그의 질문을 언뜻 이해하지 못한 그녀가 이맛살을 찌푸리며 되물었다.

"뭐가 말이에요?"

"여기서 나와 함께 사는 게 즐겁다고 말하진 못하겠지? 그럼에도 남아 있는 이유는 뭐지?"

"전 전하의 아내예요. 그 이상의 이유를 대야 하나요?"

"부다슈리도 내 아내지만 다른 곳에 나가 살면서 다른 녀석들과 어울리잖아. 네게 다정하지도 않고 널 좋아하지도 않는 나를, 넌 왜 떠나지 않지? 네 마음을 붙들어 두려고 노력을 한 적도 없는 나를, 왜, 예스진?"

"새삼스레 일깨워 주시니 황송하기 그지없네요."

모욕감과 수치심으로 얼굴이 화끈 달아오른 예스진은 그 자리에 더 버티고 서 있을 수가 없어 홱 몸을 틀었다.

"당신이 좋아서 내가 여태껏 남아 있는 거라고 생각한다면 대단한 착각이라고 말해 주겠어요, 이질 부카. 세상 사람들이 모두 당신에게 반해 쩔쩔맬 거라고 당신은 생각하겠지만요. 내가 여기에 있는 건 오직 당신의 끝이 얼마나 초라하고 쓸쓸할지 보기 위해서예요!"

요란한 소리를 내며 거칠게 문을 여는 그녀의 등 뒤에서 원이 피식 웃었다.

"그런데 정말 내 방에 왜 온 거야?"

"알 것 없어요! 어차피 당신은 당신 아들들에게 조금도 관심이 없으니까!"

그녀가 분노에 찬 발걸음으로 성큼성큼 서재에서 멀어지고 한참 후에 원은 '아.' 소리를 내며 고개를 한 번 끄덕했다. 마치 그에게 아들들이 있었다는 걸 잊었다가 기억해 낸 것처럼. 그는 고소를 머금고 다시 창밖으로 눈길을 돌렸다. 녹음이 짙었던 뜰엔 어느새 회색의 가지들만 남은 나무들이 호젓하니 서 있었다.

"끝이라……."

달그락, 소매 속 그의 손톱과 부딪힌 구슬이 귀에 익은 소리를 냈다. 산호와 은으로 장식된 그 구슬은 오랜 동안 그의 손에 길들어 손바닥 안에 착 감겨 왔다.

"내 초라하고 쓸쓸할 끝을 보기 위해서라도 찾아 주지 않을래? 날 좋아하지 않는다면 증오하기 때문이라도, 응? 산……."

원은 가지들이 얽힌 나무를 향해 목멘 소리로 속삭였다. 나뭇잎이 무성할 땐 몰랐는데 헐벗은 그 나무들은 팔을 위로 뻗어 서로를 감싸는 형상으로 우는 듯 보였다.

"어서 오세요."

객잔의 문을 열고 들어오는 손님을 맞이하던 송화의 웃음기가 싹 지워졌다. 반면 들어온 스물너덧 살가량의 청년은 그녀를 보자 비실비실 웃으며 재빨리 구석에 있는 탁자에 자리를 잡고 앉았다.

"여기, 술 한 병이랑 채소 한 접시 줘요."

팔짱을 끼고 멀찍이서 째리는 송화를 향해 청년이 눈치를 슬금슬금 보며 주문을 했다. 흥, 송화가 콧방귀를 세게 뀌며 휙 돌아서자 청년이 소매에서 동전을 꺼내 탁자에 늘어놓으며 볼멘소리를 했다.

"공짜로 달라는 거 아니오. 오늘은 가지고 왔다고요."

"돈 때문에 이러는 거 아닌 줄 알 텐데?"

미간에 잡힌 주름을 풀지 않은 채 송화가 술 한 병을 들고 와 탁자에 텅 소리가 나게 내려놓았다. 냉큼 술을 따라 한 모금 꿀꺽 마신 청년이 고른 이를 히죽 드러냈다.

"달고 시원하다! 이게 마시고 싶어서 돈 받자마자 달려왔다고요. 코를 톡 쏘는 생강과 계피의 향을 배랑 꿀이 달고 은은하게 녹여 그윽하고 깊은 맛을 내는 게 아주 일품이오. 이 집에서만 맛볼 수 있는 특별한 맛이라니까!"

"흥, 그런다고 내가 반길 줄 알아? 마시고 썩 나가. 어물쩍거리면서 남의 집 후원이나 기웃거리지 말고."

"누, 누가, 기웃거려요? 나, 난 그냥 이 술맛이 너무 생각나서 온 거라니까."

매서운 송화의 시선을 피하며 청년이 꿀꺽꿀꺽 거푸 술을 마셨다. 그의 이름은 손여민孫汝敏, 잡극雜劇*을 쓰는 한족 청년이었다. 조상 중에는 꽤 고위직에 올랐던 사람도 있었으나, 한족인데다 남송 가문 출신이라 천한 대접을 받는 터여서 과거를 통해 관직을 꿈꿀 형편이 못 되었다. 그래서 당시의 많은 문인

---

* 원대에 유행한 가극.

들처럼 대중에게 인기가 높은 잡극이나 소설을 써서 이름을 날리고 싶어 했고, 몇 개를 써서 무대에 올리기도 했지만 아직 이렇다 할 만한 작품이 없는 무명작가였다.

"글은 안 쓰고 만날 여기에 붙박여 술만 마시면 언제 유명해지겠어?"

송화가 이죽거리며 한마디 하자 여민이 번쩍 고개를 들었다. 갸름하고 유약해 보이는 마른 얼굴에 결연한 빛이 돌았다.

"그렇게 날 비웃을 날도 얼마 남지 않았소. 지금 내가 짓는 이야기를 마무리하면 주인이 깜짝 놀라 엉덩방아를 찧을 만큼 유명해질 테니까. 관한경關漢卿*이나 왕실보王實甫**가 쓴 것보다 더 멋진 작품이 이 머릿속에 있단 말이오."

"머릿속에 있으면 뭘 해. 손끝으로 써야지."

"머릿속에서 이야기가 꽉 차 흘러넘쳐야 손끝으로 술술 써지는 법이라오."

여민이 주섬주섬 허리춤에서 손바닥만 한 얇은 공책과 세필을 꺼냈다. 탁자 위에 편 공책 여기저기에 깨알처럼 작은 글씨가 씌어 있었다.

"난 인물들을 먼저 상상하면서 시작하는 편이거든요. 주역들의 성격이라든가 버릇이라든가 생김새, 좋아하는 글귀, 음식 따위를요. 인물들의 윤곽이 머릿속에서 뚜렷해지면 그 인물들

---

* 원대의 극작가로 두아원竇娥寃 등을 씀.

** 원대의 극작가로 대표작에 서상기西廂記 등이 있음.

끼리 만나고 헤어지고 싸우고 알아서 하죠. 남자는 이미 세세한 부분까지 그려 놨어요. 미남에다 재주가 뛰어난 유생인데, 입신을 위해 상경하지만 시대를 잘못 타고나 알아주는 이 하나 없는 불운한 청년이죠. 그래서 술로 아픈 속을 달래는데 남자가 묵고 있는 객잔의 사나운 주인에게 늘 잔소리를 들어요. 하지만 예의 바른 그 남자는 그저 묵묵히 비난과 조롱을 참으며 글을 쓰는 데 전념해요⋯⋯."

"이봐."

듣고 있던 송화의 한 손이 전투적으로 허리춤에 걸쳐졌다.

"그 술집 주인이 누굴 연상시키는데?"

"그 주인도 꽤 실감나게 상상이 돼요. 마치 눈앞에 있는 것처럼요. 한어가 무척 서툴지만 욕은 아주 정확하게 구사하죠. 입에서 나오는 말마다 듣는 이의 가슴을 갈기갈기 찢어 놓는답니다. 대단히 위력적이죠. 주역은 아니지만 강렬해요."

"주인에게 구박받는 남자는 미남에다 글재주가 뛰어나단 말이지?"

"정말 뭐 하나 흠잡을 데가 없는 완벽한 사내죠. 이 남자를 상상할 땐 아주 인물이 생생하니 머릿속에 그려져요. 마치 내 분신처럼, 혹은 내 자신처럼 말이죠!"

"그리고 뻔하고 뻔한 얘기만 쓰다가 극단에서 퇴짜 맞기 일쑤고."

"들어 봐요. 이 남자는 고향에 두고 온 애인이 있어요. 이 처녀가 남자를 찾아 서울에 올라오면서 이야기가 시작되는 거예

272

요. 처녀는 수소문 끝에 남자가 머물고 있는 객잔까지 찾아오지만 악랄한 주인이 그녀를 속이고 남자와 못 만나게 하죠. 남자가 노름으로 빚을 못 갚고 관청에 갇혔다고 거짓말을 해서 그녀에게 대신 돈을 갚지 않으면 약혼자를 가만두지 않겠다고 협박하면서요. 그녀를 혹독하게 부려먹고 다른 사내에게 팔아넘길 작정이거든요."

"누가 누굴 협박한다고?"

눈초리를 무섭게 치켜뜨며 송화가 으르렁거리자 여민이 얼른 손을 들어 그녀의 시선을 막았다.

"지어낸 이야기잖아요! 악역이 악독할수록 사람들이 빠져드는 거 몰라요? 모두가 주인공에게 호의를 품으려면 악인이 배로 설쳐 줘야 한다고요. 왜 그렇게 도끼눈을 뜨고 쳐다보죠? 뭐 찔리는 거라도 있나요?"

"당신을 찾아 대도에 오는 여자가 있다면 당신의 본모습에 대해서 얘기해 주겠어. 굳이 거짓말이나 협박이 없어도 훌훌 떠나 버릴걸. 문제는 그런 여자도 없다는 거지."

"맞아요, 바로 그게 문제예요……."

여민이 갑자기 어깨를 축 늘어뜨리며 고개를 한쪽으로 떨어뜨렸다.

"여자 주인공이 실감나게 그려지지 않아요. 그래서 이야기가 제대로 이어지지 않고 제자리걸음 중이에요."

기운을 확 잃은 청년을 보고 너무 지나쳤나 싶어 송화는 독기를 내뿜은 자신의 입을 손바닥으로 톡톡 두드렸다. 그녀의 목소리가 조금 상냥해졌다.

"어려울 게 뭐 있어? 예쁘고 착하고 지순하면 되지. 잡극의 주역이란 게 그런 거잖아."

"그건 주인이 몰라서 하는 소리예요. 그저 예쁘고 착한 걸로 는 매력이 없어요. 그래서 내 얘기의 여주인공은 남자가 구해 줄 때까지 역경과 고난을 참고 견디는 게 아니라 그 반대예요. 악인들을 혼쭐내고 남자를 구해 입신양명시키는 여자죠."

"결국 당신이 바라는 여자라는 게 그거군. 제 힘으로 뭔가 할 생각이 아니라 남이 해 주길 바라는 거야. 그래 가지고 제대 로 된 글을 쓸 수 있을 것 같아? 정신 차리라고!"

다시 목소리가 날카로워지는 송화의 소매를 청년이 다급히 붙잡았다.

"아뇨, 원래대로라면 내가 그리던 여주인공은 그게 아니었 어요. 주인 말대로 예쁘고 착한데다, 성공한 애인이 찾아올 때 까지 온갖 협박과 유혹을 뿌리치며 견디는 여자였죠. 하지만 이 집 아가씨 때문에 머릿속에서 고안하던 인물이 확 바뀌어 버린 거예요. 그 아가씨를 한 번만 다시 보면 또렷하게 인물이 그려질 것 같은데……."

"무슨 소리야? 우리 집에 아가씨 같은 건 없어."

송화가 당황한 얼굴로 소매를 떨치고 일어섰지만 여민이 거 머리처럼 달라붙었다.

"봤어요. 이 두 눈으로 똑똑히 봤다고요. 달포 전 밤에요. 그 날도 술을 마시는데 주인이 구박을 해 댔죠. 쫓겨나다시피 객잔을 나서서 보니 볼일이 급한 거예요. 그래서 냅다 후원 쪽 대숲으로 갔는데 어디선가 피리 소리가 나더군요. 소리를 따라가니 어떤 여자가 긴 머리를 늘어뜨리고 숲 한가운데서 피리를 불고 있었던 거예요. 어두워서 얼굴까진 못 봤지만 자태가 곱고 우아한 게 월궁의 선녀 같았죠! 곡조가 하도 슬퍼 눈물을 뚝뚝 흘리면서 듣고 있는데 그 아가씨가 갑자기 연주를 그만두고 일어나 피리를 소도 삼아서 휘두르지 않겠어요? 그게 또 대단히 절제되어 매끄러운 것이, 고아하고 기품이 있더군요. 그 순간 생각했죠. '바로 이 사람이 내 여주인공이야!'라고요. 그때 그 피리에 맞서서 머리통이 깨지더라도 계속 지켜보면서 얼굴까지 확인했어야 했는데! 별안간 그 아가씨가 우뚝 멈춰 서서 내가 숨어 있는 쪽을 휙 돌아보기에 엉겁결에 도망쳐 버렸죠. 왜 그랬을까, 바보처럼! 술에 취해서 제정신이 아니었던 거예요. 다가가서 말을 걸었어야 했는데!"

"술에 취해서 헛것을 본 거야. 다시 말해 두지만, 이 집엔 그런 아가씨가 없거든. 이 집 여자는 나랑 저기 올라가는 저 여자뿐이지."

마침 위층의 방들을 정리하려고 계단을 올라가는 비연을 송화가 가리켰다. 불신이 가득한 눈으로 여민이 고개를 저었다.

"아니, 애 엄마치곤 가늘고 야리야리하지만 저이는 확실히 아니었어요. 저이처럼 바싹 마르고 작은 게 아니라 키가 더 크고 늘씬했다고요."

"우리 집에 많이 들락거렸으니 알 거 아니야. 우리 식구는 나랑 저 애기 엄마, 나이 먹은 사내 넷이랑 아홉 살 아이 하나, 그리고 철딱서니 없는…….”

송화의 말이 끝나기 전에 위층에서 우당탕 시끌벅적한 소리가 나며 아이와 함께 한 젊은이가 비연을 스치며 계단을 뛰어 내려왔다.

“거기 서, 난타! 그건 손님이 맡긴 물건이야! 깨지거나 하면 큰엄마한테 너 된통 혼난다!”

“……내 동생이지.”

바득 이를 갈며 말을 맺은 송화가, 뛰어 내려와 깔깔거리며 아래층을 헤집고 다니는 난타와 산을 향해 버럭 고함을 질렀다.

“뛰지 말라 그랬지, 이 녀석들아! 손님들 나갔다고 객잔 전체를 놀이터 삼아 뛰어다닐래! 너희 때문에 나무 계단이 성할 날이 없잖아! 공부하라고 방 내줬더니 뭐 하는 짓이야! 오늘 저녁에 고기 못 먹을 줄 알아, 난타! 산!”

호령 몇 번에 순식간에 객잔 전체가 조용해졌다. 아마도 마지막 말의 영향이 컸던 모양이다. 나이답지 않은 우람한 체구의 난타가 잔뜩 쪼그라진 얼굴로 산에게 순순히 손에 쥔 알합을 돌려주며 걱정스레 소곤거리자 산이 유쾌하게 웃었다.

“괜찮아! 지금이라도 올라가서 점잖게 책을 읽으면 큰엄마께서 고기를 주실 거야. 엄마가 방 정리하는 걸 도와주면 곱절로 주실걸!”

산이 송화를 향해 눈을 찡긋했다. 눈을 부릅떴던 송화가 고개를 까딱이자 아이가 안도하며 비연을 따라 서둘러 위층으로 올라갔다.

"어이 손 형, 오랜만이야."

송화와 함께 있는 여민을 보고 산이 반갑게 인사하며 다가가자 그가 고개를 갸우뚱하며 중얼거렸다.

"그래, 애기 엄마보다는 주인 동생하고 키가 비슷할 거예요."

"키라니, 무슨 얘기야?"

"술에 취해서 헛소리를 지껄이는 거지. 우린 바빠질 시간이야. 다 마셨으면 오늘은 이만 돌아가서 머리가 아니라 손으로 글을 쓰라고."

영문을 모르는 산이 송화에게 물었지만 그녀는 대답 대신 여민 앞의 술병과 잔을 치우며 그를 재촉했다. 행주로 탁자를 거칠게 닦는 송화에게 밀려 필기도구를 가슴에 부여안은 여민이 산에게 호소했다.

"이봐, 아우! 자네라면 날 도와주겠지. 후원에 있는 아가씨를 한 번만 더 보게 해 줘. 그 아가씨만이 내 여주인공이라고! 제발 부탁이야, 난 이번 작품에 목숨을 걸었어!"

"하하, 무슨 말씀이신지……."

"대숲에서 피리를 불던 아가씨 말이야. 그 피리로 환상적인 검무를 추던!"

여민이 달려들자 찔끔한 산이 뒷걸음질하며 송화에게 당황스러운 눈짓을 했다. 송화가 한숨을 푹 내쉬며 할 수 없다는 듯 고개를 흔들었다.

"정말 못 말리겠네. 당신이 봤다는 사람은 아마 여기 있는 내 동생일 거야."

"엉?"

"뭐라는 거야? 누님!"

여민과 산이 동시에 눈을 휘둥그레 뜨고 태연스레 서 있는 송화를 보았다.

"내 동생이 스무 살이 넘도록 엄청난 장난꾸러기라는 건 당신도 줄곧 봐 왔을 테니 잘 알겠지? 저보다 열 살도 더 어린 난 타랑 흙바닥에서 구르기 일쑤니 말이야. 얼마나 까부는지 하루에도 몇 번씩 옷을 갈아입어야 할 정도잖아. 한 달쯤 전에 얘가 난타랑 신나게 휘젓고 다니다가 개원이가 놔둔 거름통을 깨서 뒤집어쓴 일이 있었지. 씻고 나니 갈아입을 옷도 없어서 난타 어미 옷을 던져 줬다고. 화가 나서 내가 밖으로 내쫓았는데 치렁하니 머리를 풀어헤치고 청승맞게 피리나 불었던 거지, 뭐. 그러니까 당신이 봤다는 그 아가씨는 거름으로 칠갑했던 내 동생이었던 거야. 술에 잔뜩 취했으니 천방지축 말썽쟁이가 월궁 선녀로 보였던 게지. 사실, 내 동생이 사내애치고 보통 예뻐? 지금 생각하니까 딱 들어맞네."

송화가 능청스레 말을 늘어놓자 여민이 눈을 가늘게 뜨고 가까이 선 산에게 얼굴을 들이댔다. 입김이 닿는 거리에서 짙게 술 냄새를 풍기는 그를 마주 보는 산이 장난기 가득한 표정으로 씩 웃어 보였다. 가만히 그녀를 관찰하던 그가 콧잔등을 세게 찡그렸다.

"산 아우는 절대 아니오."

여민이 확신에 찬 목소리로 잘라 말했다.

"얼굴은 못 봤지만 자태가 워낙 빼어난 아가씨였어요. 내가 아무리 술에 취했어도 만날 어린애와 뛰어다니며 소란스럽게 떠드는 철부지 소년이랑 혼동할 리가 없죠. 손가락 끝 작은 움직임까지도 보는 사람의 간장이 녹도록 우아하고 절제되어 있었어요. 대도 최고의 잡극 배우라고 해도 그런 자태를 보여 주긴 어렵다고요. 왜냐? 그건 타고나는 거니까요. 남자가 감히 흉내 낼 수 있는 그런 게 아니거든요. 결론은, 그 아가씨를 보여 주지 않으려고 주인이 거짓으로 둘러댄다는 거예요. 도대체 누구죠, 그 아가씨는? 왜 숨기는 거예요?"

"결론은, 당신이 못 말리는 주정뱅이라는 거야. 더 이상 장사 방해하지 말고 썩 나가!"

송화가 행주를 여민의 눈앞에 휘둘러 대며 문밖으로 내몰았다. 쫓겨나면서도 후원의 여자를 보게 해 달라며 통사정하는 청년을 결국 우악스레 밀어내고 문을 쾅 닫아 버린 송화가 우두커니 서 있던 산에게 돌아와 코웃음을 쳤다.

"아우는 무슨 아우. 서른 살 먹은 여자한테."

킥, 산이 머금고 있던 웃음을 터뜨렸다가 이내 정색했다.

"스물아홉이야. 한 살이라도 늘리지 말라고."

"그래, 좋겠다. 스물아홉 먹은 여자가 스무 살 사내로 단단히 오해받아서. 얼마나 까불고 다녔으면 절대 숙녀일 리가 없다고 단언하게 만드니?"

"다 내가 철없는 사내애처럼 뛰어다닌 덕분이라고. 노력 없이 성과가 있는 줄 알아?"

"하이고, 본성이지 노력은. 본성이건 노력이건 간에 조심 좀 해. 손여민 저치가 주정뱅이긴 하지만 보통 끈질긴 거 아니다, 너? 관원들보다 더 골치 아픈 족속이야, 저런 놈들이."

"알았어, 조심할게."

산이 웃으며 한쪽 눈을 찡긋 감았다. 활달하니 영락없이 십수 년 전 개원이가 말했던 '계집애처럼 생긴 사내아이' 그대로였다. 스물아홉이란 적지 않은 나이에도 매끄러운 얼굴이, 늦자라 솜털이 보송보송한 소년으로 보이게 한다. 큼직하게 걸어 뒷문을 통해 빠져나가려는 그녀를 송화가 붙들었다.

"오늘 밤에도 나갈 거니?"

돌아보는 산이 옅게 미소했다. 송화가 미간을 찌푸리며 못마땅한 듯 팔짱을 꼈다.

"아주 정성이 뻗쳤구나. 매일 밤 그렇게 애쓴다고 전왕이 고마워하기나 하니?"

산은 여전히 잔잔하게 웃고 있었지만 입맛이 썼다. 사마르칸트로 가던 여행을 중간에서 접고 발걸음을 돌린 지 어언 두 해. 1년이 넘는 여행 끝에 되돌아온 대도에서 몇 달 동안 그녀는 원이 어떤 위험에 처해 있는지 알아내고 그를 돕기 위해 주변을 탐색해 왔다. 원과 마주치는 모험을 차마 할 수 없었던 그녀는 그의 숙소를 살피는 대신 고려에서 온 왕족과 귀족들을 관찰했다. 복면을 하고 독노화로 온 공후들의 집에 수차례 잠입하여 그들의 은밀한 대화들을 엿들으며 산은, 원이 세자였던 때와 마찬가지로 그를 제거하려는 무리가 개경의 왕궁과 소통하며 대도에 똬리를 틀고 있음을 알게 되었다. 현재의 국왕을 지지하는 국왕파와 원을 복위시키려는 전왕파가 반목하여 물밑에서 치열하게 다투고 있었던 것이다.

또한 각 파벌이 원나라 황실과 조정에서 누구와 친분을 맺고 후원을 얻느냐에 따라 대립이 더욱 폭넓고 복잡해졌다. 건강이 시원찮은 황제의 후계 문제에 제국의 유력 인사들이 촉각을 곤두세우고 있었기 때문이다. 그렇게 위험을 무릅쓰고 정보를 모으러 다니는 산을 걱정하던 송화가 요사이 며칠간 하루도 빠짐없이 밤에 나가는 그녀를 보다 못해 분통을 터뜨린 것이다.

"난 정말 이해를 못 하겠다. 그렇게 당하고도 전왕을 도와주고 싶은 마음이 드니? 아직도 친구라고 생각하고 있어?"

대답이 돌아오지 않자 송화가 조금 더 목소리를 높였다.

"수정후를 찾으러 가서 중간에 되돌아오질 않나, 온 다음엔 엉뚱한 곳에 들락거리며 시간을 낭비하질 않나, 언제까지 대도에서 이러고 있을 참이니? 수정후가 전왕을 찾아올 거 같으면 전왕을 감시하든가! 왜 고려 귀족들이나 엿듣고 돌아다니는 거야? 대도에 온 네 목적이 뭐였어? 수정후를 만나는 게 아니고 전왕을 복위시키는 거였어?"

"이해할 수 없어도 송화, 아니, 언니, 난 원을 돕지 않을 수가 없어. 친구가 아니라고 냉정하니 모른 척할 수가 없어. 그리고 말했었잖아, 사막에서 만났던 지혜로운 노인들이 일러 준 걸. 내가 원을 도울 때 린도 찾아와 우리가 만나게 될 거라고 그분들이 말씀해 주셨어."

"여기 오고 벌써 몇 달이나 흘렀는데도? 돌아오지 않았으면 사마르칸트에 도착하고도 더 멀리까지 갔겠다. 그렇게 대단한 점쟁이들이라면 차라리 수정후가 어디에 있는지 콕 집어 달라 그러지 그랬니?"

산은 가슴 한복판이 날카로운 못에 쿡 찔린 기분이었다. 보오초크와 보올쿤의 조언을 받아들여 타클라마칸에서 그대로 대도로 돌아온 후에 그녀는 후회를 거듭하고 있었다. 그 당시엔 대도에 오면 당장이라도 린을 만날 수 있을 것 같았지만 그건 착각에 불과했다. 그녀가 확인한 것은 린과의 재회가 거의 불가능에 가깝다는 것, 그리고 원이 정적들에게서 안전하지 않다는 것이었다. 그때 사마르칸트까지 갔었더라면 이보다 덜 답답했을 것을!

그러나 그녀는 대원 울루스를 횡단하는 여행을 다시 시도하지 않았다. 특히나 지금은 더욱 그랬다. 고려 공후들을 밀청하면서 산은, 서흥후 왕전의 숙소에서 중요한 밀담을 엿들었던 것이다. 왕전과 속닥이던 남자는 고려에서 온 사신들 중 한 명이었다. 전왕을 고려로 돌려보내 달라는 표를 사신들이 가져왔다는 소식에 펄쩍 뛰는 왕전을 사내가 달래며 한 말이 산의 귀에 또렷이 박혔다.

'그것은 주상전하의 본의가 아니오리다. 바로 이것이 전하의 진심이니 공께선 근심하실 일이 전혀 없습니다. 이 서찰들이 전왕을 폐하고 공께 고려의 보위를 약속할 것입니다.'

그날 이후로 산은 왕전과 만났던 사내에게서 그가 언급했던 '서찰들'을 빼내려고 사신들의 숙소를 맴도는 중이었다. 구체적인 내용을 모르는 송화로서는 산의 무모한 밤나들이가 불안할 따름이었다. 그 마음을 이해하기에 산은 쓰린 가슴을 안고서도 미소를 머금었다.

"나, 별채에서 준비할 거 있어. 거기서 나갈 거니까 저녁밥은 그쪽으로 줘."

"이런 일은 필도나 장의가 할 수도 있잖아. 왜 굳이 네가 나서야 해?"

"그래야 하니까."

산은 뒷문을 막아서는 송화를 부드러이 밀치며 기어코 객잔을 나갔다. 미안해, 송화. 산은 등 뒤에서 걱정스런 얼굴로 자신을 쳐다보고 있을 송화에게 속으로 말했다. 아마 원과 얽힌 매듭을 풀 때가 지금인 것 같아. 그리고 그건 내가 풀어야 해, 내 힘으로. 묵묵히 걸어가는 산에게 송화가 볼멘소리를 했다.

"손님들은 어떻게 하고? 난 한어도 서툴고 색목인들 말은 도통 못 알아듣겠다고!"

"난타가 있잖아. 나만큼이나 말을 잘하는데, 뭐. 손님들도 그 앨 좋아하고."

"그래, 네 맘대로 해라! 나가서 어떻게 되든 말든! 어머나!"

발칵 화를 내던 송화의 목소리가 돌변했다. 객잔으로 누군가가 들어선 것이다.

"어서 오세요!"

송화가 뒷문을 닫으며 서둘러 탁자 사이를 가로질러 갔다. 애교가 듬뿍 들어간 목소리가 평소와 너무 다른데다 한어를 써서인지 영 딴사람 같다. 이럴 땐 타고난 장사꾼 같다니까. 손님을 맞는 송화를 뒤로하고 산은 가볍게 발을 옮겼다.

"깨끗해 보이는데. 여기로 하자, 유수프!"

바깥에 일행이 있는지 어떤 여자가 몽골말로 소리를 질렀다. 송화도 몽골말은 조금 하니까 난타까지 부르지 않아도 되겠군. 산은 그대로 객잔의 뒤뜰을 지나 대숲 너머의 별채로 성큼성큼 걸어갔다.

쫓겨났던 여민은 좀처럼 객잔을 떠날 수가 없었다. 객잔 여주인의 말마따나 후원의 신비한 여인을 봤을 땐 헛것을 볼 만큼 만취한 상태이긴 했었다. 진짜 여자가 아니라 여자 옷을 걸친 사내였단 말이야? 지난 한 달 동안 그녀의 모습을 무한히 반복하여 상상하던 여민으로서는 김이 빠지는 노릇이 아닐 수 없다. 하지만 그대로 인정하고 물러나기가 쉽지 않았다. 희미한 달빛 아래 검무를 추던 여인이 그의 마음을 완전히 빼앗은 탓이다. 필생의 역작이 될 작품의 여주인공을 생생히 그리기 위해서라기보단 그냥 한 번 더 보고 싶은 마음이 컸었다. 그런데 아예 존재하지도 않는 여인이었다니! 상실감으로 여민의 두 다리는 힘이 들어가지 않았다.

"믿을 수가 없어! 도저히 남자가 가질 수 있는 몸매가 아니었어!"

고개를 마구 흔들며 중얼거리던 여민은 주먹을 불끈 쥐었다.

"이대로 물러설 순 없어. 기어코 내 두 눈으로 확인하고 말 겠어, 오늘은 조금밖에 취하지 않았으니까!"

알근알근 술기운이 느껴졌지만 이 정도는 한 달 전 그날 밤 에 비하면 아무것도 아니었다. 여민은 갑자기 가슴 한가득 용 솟음치는 기운을 느끼며 객잔의 옆벽에 찰싹 달라붙어 살금살 금 전진했다. 그때였다. 주위를 연방 두리번거리는 그의 시선 에 어디서 나타났는지 키가 큰 사내 하나가 잡혔다. 말고삐를 잡고 서서 그를 물끄러미 내려다보는 모습이 퍽 태연한 것이, 객잔에 들른 손님 같았다. 뜻하지 않게 부자연스러운 꼴을 낯 선 사내에게 보인 여민은 당황하여 개구리처럼 벽에 붙은 몸을 얼른 떼어 내지 못하고 엉거주춤 우스꽝스런 자세로 굳었다. 검은 삿갓을 깊게 눌러쓴 사내와 눈을 동그랗게 뜬 여민 사이 에 흐르던 잠시 동안의 침묵을 깬 것은 객잔의 문 쪽에서 튀어 나온 귀엽게 생긴 젊은 여자였다.

"난 여기로 할래! 유수프 넌?"

팔에 매달리는 여자에게 고개를 돌렸던 검은 삿갓의 사내는 여전히 벽에 붙어 있는 여민을 힐끗 일별하더니 조용히 여자를 뿌리친 뒤 말을 끌고 객잔에서 멀어졌다. 여민을 미처 보지 못 한 여자가 못마땅한지 발을 구르며 사내를 쫓아갔다.

"뭐가 마음에 안 드는데? 난 저기서 자고 싶다니까, 유수프!"

아마도 자신을 수상쩍게 생각한 모양이라고 여민은 생각했 다. 사실 수상한 모습이긴 했다. 그런데 수상한 작자를 보고도 객잔 주인에게 귀띔도 않고 가 버리다니 검은 삿갓의 사내도 정상적인 사람은 아닌 것 같다. 세상일에 꽤나 무관심한 작자인가 보군. 여민은 객잔 여주인에게 들키지 않은 것을 무척이나 고맙게 생각하며 벽을 따라 돌아가 후원으로 접근했다. 그런데 비교적 쉽게 들어갈 수 있었던 지난번과는 달리 무단 침입을 경계하는 양 높은 울타리를 촘촘히 박아 비집고 들어가기 어렵게 만들어 놓았다.

'이것 봐라? 그때 그 사람이 산 아우였다면 왜 울타리를 새로 심어 놓았을까? 뭔가 숨기는 게 틀림없어!'

강한 의혹이 여민의 집요한 성질을 부채질했다. 그는 당장 납작하니 엎드려 울타리의 밑으로 구덩이를 파기 시작했다. 다행히 흙이 아주 단단하지 않아 밤새도록 구덩이를 파지 않아도 될 것 같았다. 그래도 몸뚱이를 완전히 밀어 넣을 수 있는 구멍이 뚫리기까지 들인 시간이 적지 않았다. 깊숙이 박은 울타리의 아래를 통과하여 후원으로 들어갔을 때는 밤이 이슥할 무렵이었다. 얼마나 열심이었던지 한기가 스민 땅이 시원하게만 느껴졌던 여민은, 가까스로 몸을 일으키려는 순간에 다시 배를 땅에 대고 납작하니 엎드렸다. 사삭, 어둠 속에서 빠르게 움직이는 검은 인영을 포착했던 것이다. 온통 까만 옷차림과 두 눈만 빠끔하니 내놓은 검은 두건이 보통 차림새가 아니었다. 거기에 등에 멘 칼까지.

'그때 그 사람이야!'

여민은 한눈에 확신했다. 날렵한데다 기척을 죽이는 몸놀림이 유연하고도 섬세하여 취중 기억 속 검무를 추던 여자와 겹쳐졌다. 울타리를 풀쩍 뛰어넘는 복면인을 따라 여민은 금방 기어 들어온 구멍을 다시 빠져나갔다. 허겁지겁 울타리 반대쪽으로 건너온 그는 사방으로 눈을 굴리며 복면인의 자취를 탐색했다. 언뜻 보이지 않아 아뿔싸! 주먹을 움켜쥐었던 그는 가까스로 복면인을 다시 발견했다. 어느새 복면인이 골목에서 골목으로 이어진 긴 담과 지붕 위를 달려가며 멀어지고 있었다. 취기가 완전히 가신 여민이 죽을힘을 다해 달리기 시작했다. 높은 곳의 복면인을 관찰하며 골목들을 누비려니 글만 쓰던 여민으로서는 보통 버거운 일이 아니었지만 그는 용케 잘 따라가고 있었다.

한족에 대한 차별이 극심하던 시절이었으므로 여민은 사실 밤중에 함부로 돌아다닐 수 없는 처지였다. 저녁부터 새벽까지 엄격한 통금을 어기는 한족은 그 자리에서 베이더라도 역모를 꾀하는 반역자로서 그저 죽어 넘어지면 그뿐, 어디 한군데 하소연할 곳 없다. 그래서 길거리가 한산하기 짝이 없었으나 다행히 복면인은 그가 쫓아가는 것을 모르는 눈치였다. 그렇게 아등바등 뒤쫓던 끝에, 재수 좋게도 순라에게 걸리지 않고서 여민은 규모가 제법 있고 호화스러운 한 저택의 근처에 이르렀다. 저택 바깥쪽 나무 뒤에 기대어 그는 복면인이 그 집 담장을 뛰어넘는 것을 확인했다.

'이거 참, 난처하게 됐군!'

담까지 뛰어넘을 재주가 그에게는 없었다. 여민은 나무 뒤에서 나와 저택의 담벼락을 따라 서성이며 어떻게 해야 할지 갈피를 잡지 못했다. 잠시 망설이던 그는 일단 담 아래 놓인 돌을 밟고 올라서서 저택 안을 살폈다. 안뜰에 여러 개의 등이 켜진 집은 늦은 밤이어서인지 조용했고 회랑의 방들도 불이 꺼져 있었다. 저 방들 중 하나에 그 복면인이 들어가 있으려니 짐작할 뿐이다.

밤중에 칼을 메고 담을 넘어 집 안에 들어가다니 집주인은 분명 아닐 터였다. 직업적인 도둑일까, 아니면 이 저택에 침입할 각별한 사연이라도 있는 것일까? 여민은 복면인을 그저 도둑으로 여기고 싶지 않았다. 복면인이 그의 마음을 빼앗아 간 월궁의 선녀일지도 모를 판국이니 말이다. 그리고 그의 작품 속 여주인공은 악인들을 응징하고 연인을 구하는 여장부다. 복면인이라고 그러지 말라는 법이 어디 있겠는가? 여민의 머릿속은 구상하고 있던 잡극과 현실이 혼재되어 무척 복잡했다.

갑자기 사람 소리가 들려 여민은 퍼뜩 깨어났다. 두 명의 남자가 이야기를 주고받으며 중문을 넘어서고 있었다. 보아하니 하인들 같았다. 아마도 잠들기 전 단속이 잘되었는지 점검하러 한 바퀴 도는 중이리라. 그냥 내버려뒀으면 아무 일 없이 지나갔을지도 모른다. 하인들이 긴 회랑의 방문 하나하나를 열어 보며 꼼꼼히 살피기까지 하진 않을 테니 말이다. 그러나 담장에 턱을 얹고 지켜보는 여민은 초조하기 짝이 없었다. 그 복면인이 사람들이 가까이 온 줄도 모르고 밤일에 열중하다가 잡히기라도 하면! 여민은 그만 작은 돌을 하나 집어 썽 던졌다. 딱,

돌멩이가 기둥 하나에 부딪는 소리가 선명하게 울렸다. 그 소리는 회랑 어딘가에 있을 복면인에게 확실히 경각심을 일깨웠겠지만 두 명의 하인에게도 마찬가지였다. 소스라치게 놀란 하인들은 좌우를 빠르게 살피다가 담 위로 고개를 삐죽이 내민 여민을 발견하고 온 집 안을 뒤흔들 듯 고함을 질렀다. 아차 싶어 여민이 굴러 떨어지듯 발밑의 돌에서 내려와 도망갈 길을 찾았을 때는 대문 밖과 회랑 안으로 사람들이 와하고 몰려들고 있었다.

'그 사람을 도와준다는 게 둘 다 잡히게 생겼군!'

당황한 나머지 집에서 멀어지는 게 아니라 저택의 담을 따라 돌며 뛰던 여민은 엉뚱하게도 잡히면 뭐라고 설명해야 하나를 걱정하였다. 알지도 못하는 도둑이 걱정되어 담장 안을 들여다봤다고 하면 아무도 믿어 주지 않을 것이다. 변명거리를 고민하는 한편 그는 복면인이 무사히 도망을 갔을까, 그에 대한 염려도 잊지 않았다. 도와준 사람이 나라는 걸 모르겠지! 그 때문에 내가 이렇게 위험에 빠졌다는 것도! 이런 희생을 기꺼이 감수하려는 내 마음까지도 몰라주겠지만 그래도 탈 없이 빠져나갔다면 그걸로 난 만족하겠어! 감상에 빠진 여민의 눈시울이 뜨거워졌다.

그사이, 잽싸게 밖으로 튀어나온 이 집 하인들이 여민을 발견하고 무섭게 쫓아왔다. 그들의 손에 들린 길쭉한 몽둥이를 보고 여민은 정신이 버쩍 났다. 그제야 어기적거리던 다리에 힘이 실렸다. 그러나 쫓아오는 하인들이 서생보다 훨씬 빨랐다, 더구나 여민은 객잔에서부터 죽을힘을 다해 복면인을 쫓아오느라 이미 지친 상태였으니 그의 뒷덜미에 몽둥이가 날아와 직격하는 건 시간문제였다.

"살려 줘, 살려 줘!"

누구에게 구원을 요청한 것인지는 불분명했다. 다만 여민으로서는 달리 방법이 없었을 뿐이다. 그런데 그 방법이 유효할 줄이야! 여민의 덜미를 낚아채 힘껏 밀어낸 사람은 쫓아오던 하인들 중 하나가 아니라 이미 사라졌으리라 생각했던 복면인이었다. 침착하게 칼을 뽑아 든 복면인을 마주한 너덧 명의 하인들이 흠칫 놀라 주춤하니 그 자리에 섰다. 한 달 전 보았던 그 우아한 몸놀림으로 여러 상대를 한꺼번에 거꾸러뜨릴 수 있을까? 여민은 기대감으로 가슴이 부풀어 올랐다. 잡극이라면 이 상황에서 복면인이 단칼에 다섯 명 정도는 간단히 제압해야 할 것이다. 그를 가리고 우뚝 선 이 복면인도 그 정도의 고수는 될 것이라 멋대로 기대하면서도 여민은 가슴이 졸여 차마 두 눈을 똑바로 뜨고 구경할 수가 없었다. 고함 소리와 함께 몽둥이 여러 개가 번쩍 들리는 것까지는 그래도 보았던 여민은, 두 팔로 머리를 꼭 감싸고 몸을 한껏 웅크렸다. 퍽퍽, 세게 걷어차는 소리만으로도 손이 벌벌 떨렸다.

"숲 쪽으로 뛰어, 손 형! 어서!"

납작 엎드린 그의 엉덩이를 뒤축으로 걷어차며 복면인이 짧게 뱉는 소리에 여민은 벌떡 윗몸을 일으켰다. 가쁜 호흡에 섞여 나온 목소리가 낯설지 않았다.

"너, 넌……."

"뛰어, 지금!"

한가하게 복면인의 정체를 확인할 시간이 없음을 여민이라고 모르지 않았다. 몽둥이 든 하인들 중 두어 명이 가슴과 옆구리에 손을 짚고 비틀거렸지만 복면인의 절대적인 우세는 결코 아니었다. 칼을 휘두르긴 해도 베는 것이 목적이 아니라 위협용에 불과하다는 것을 여민뿐 아니라 하인들도 눈치 챈 듯했다. 기세가 오른 쪽은 하인들이었다. 여민은 들은 대로 쏜살같이 숲 속으로 뛰어 들어갔다.

얼마나 달렸는지 숨이 턱까지 차오르다 못해 거의 넘어갈 정도가 되었다. 기력이 완전히 소진된 무릎이 꺾이면서 여민은 데굴데굴 굴러 나무들 사이에 박혔다. 가까스로 정신을 차리고 나무에 기대어 앉자 어느새 복면인이 따라와 그 옆에 털썩 앉아 거친 숨을 헉헉 몰아쉬었다. 얇은 검은 천이 숨을 내뿜고 들이마실 때마다 풀썩거리는 것을 여민은 얼빠진 표정으로 바라보았다.

"괜찮아?"

멍한 여민을 힐끔 본 복면인이 이마를 가리키며 물었다. 이마에 손을 대 보니 찐득하게 피가 묻어 나왔다. 조금 전 구르면서 어딘가에 긁힌 모양이다. 소매로 이마를 쓱 문지르며 여민은 침을 꿀꺽 삼켰다.

"사, 산 아우야? 정말?"

후, 한숨 소리가 길었다. 천천히 복면을 벗어던진 산의 얼굴을 확인하고 여민은 이미 짐작했으면서도 깜짝 놀랐다. 그의 머리와 가슴이 동시에 혼란에 빠졌다. 산이 왜 복면을 하고 아까의 저택에 숨어들었는지, 그곳이 어디인지, 그런 것들은 하나도 궁금하지 않은 여민이었다. 객잔 여주인이 설명한 그대로 그가 월궁 선녀라고 생각했던 사람이 산이었다는 것이 중요했다. 그리고 이제까지 나이만 먹었지 철부지 장난꾸러기 사내애에 불과하다고 치부했던 산의 비밀스런 면모가 엄청나게 인상적이고 극적으로 드러난 게 중요했다. 복면을 벗은 그 얼굴에 흘러내리는 땀과 그 땀에 젖은 머리칼이, 차분하니 가라앉은 눈매와 더불어 지극히 고혹적이어서 여민의 가슴은 한 달 전 그때보다 훨씬 설레었다.

'어째서! 이 친군 나랑 똑같은 사내인데!'

여민은 그만 얼굴을 붉히며 눈을 내리깔았다. 그를 바라보는 산은 훨씬 착잡하고 곤혹스러웠다. 그녀가 잠입했던 저택은 고려에서 온 사신들이 머무는 숙소였다. 며칠 동안의 치밀한 관찰로 서홍후와 밀담을 나누었던 고려의 관원, 송균이 드나드는 방을 알아낸 그녀는 사신단 전체가 전왕의 연회에 초청된 오늘 밤을 노려 원에게 위협이 될 '서찰들'을 찾아 나섰던 것이다. 그러나 서찰들을 찾기는커녕 침입자가 있었음을 널리 알려 원의 반대파에게 경계심만 심어 준 꼴이 되었다. 밀서들을 찾아 익명으로 원에게 보내려던 계획이 물거품이 되었을 뿐 아니라 상황을 더욱 악화시킨 것 같아, 산의 마음은 납덩이처럼 무거웠다. 거기다 그녀를 본 여민이 어떻게 나올지도 심각한 문제였다. 그녀와 객잔 식구 전체가 위험에 빠질 수도 있었다. 방법이라면 여민의 입을 영원히 막는 것이지만, 그것은 생각만으로도 그녀를 몸서리치게 했다. 수줍게 고개를 비튼 여민을 보니 입 안이 지독히 썼다.

"손 형……."

산이 가까스로 입을 뗐다.

"……오늘 있었던 일, 손 형이 봤던 거, 아무것도 묻지 않고 모두 모른 체해 줄 수 있겠어? 처음부터 아예 못 본 것처럼, 꿈에서라도 입 밖으로 내지 않을 수 있겠어?"

"말할 수 없는 거야?"

여민의 눈동자에 묘한 원망이 담겼다. 산이 무겁게 고개를 끄덕이자 그가 매달리듯 다가앉으며 빠르게 말을 이었다.

"난, 난 뭐든지 도울 마음이 있어! 아우에게 무슨 사정이 있는지 몰라도……."

"그 사정을 묻지 않는 게, 모든 걸 잊어 주는 게 날 돕는 거야. 손 형이 무심결에 뱉는 말 한마디가 나나 내 가족을 위험하게 할 수 있어. 그렇게 되면 난……."

'……널 살려 둘 수가 없어.' 산은 차마 말을 맺지 못하고 입술을 물었다. 그녀의 고뇌를 짐작하지 못하는 여민이 눈에 결기를 띠고 냉큼 말을 받았다.

"걱정하지 말게! 누구에게도 오늘 본 것에 대해 말하지 않을 테니."

"송화……, 내 누님에게도 말하면 안 돼."

"알았어."

"객잔의 다른 가족에게도, 난타에게도 절대로."

"알았어, 날 믿으라고!"

여민이 산의 손을 잡아 힘껏 쥐고 흔들었다. 눈빛으로 봐서는 결코 믿음을 저버리지 않겠다는 결심이 확고한 듯했다. 이대로 믿고 잠자코 입 다물고 있어도 될까? 깊이 새겨진 그녀의 불안감이 좀처럼 잦아들지 않는다.

'원은 어떻게 될까? 반대파의 음모에 대해 조금이라도 알고 있을까?'

원을 생각하니 불안이 더욱 거세게 일었다. 오늘의 실수로 돌이킬 수 없는 결과라도 생긴다면! 그녀의 가슴이 먹먹해졌다.

'이제 어떻게 하면 좋지? 린, 이제 난 뭘 어떻게 해야 돼? 너라면 어쩌겠어?'

그녀는 다시 긴 한숨을 뿜으며 머리를 젖혀 나무에 기댄 채 눈을 감았다.

린은 감았던 눈을 떴다. 나가야 할 시간이었다. 그가 눈을 뜬 것을 보고 뾰족하니 입을 내밀어 연방 툴툴거리던 베키의 목소리가 조금 더 커졌다.

"그때 그 객잔이 훨씬 더 괜찮았을걸. 여긴 퀴퀴한 냄새도 나고. 봐, 침상에 깐 이불도 다 낡아 해졌어. 이런 데서 언제까지 있어야 하는 거야?"

"항가이로 돌아갈 때까지. 네 방으로 가, 베키."

무뚝뚝한 말이라도 침묵으로 일관하며 그녀를 무시하는 것
보다는 훨씬 나았다. 베키는 입을 연 린에게 바싹 다가가 앙탈
을 부렸다.

"싫어, 그 방은 창문이 덜렁거려서 추워. 여기 있을래."

"마음대로 해."

어머, 웬일이래? 환하게 피어난 베키의 입가에 볼우물이 패
기 무섭게 린이 일어나 검은 갓을 눌러썼다. 허리에 걸린 칼을
확인하는 것으로 외출 준비를 마무리한 그의 앞을 골이 잔뜩
난 소녀가 불쑥 가로막고 섰다.

"또 혼자서 어딜 가는 거야?"

대답이 없다. 이런 그를 어지간히 보아 왔으니 익숙할 만도
했지만 이상하게도 볼 때마다 화가 솟구친다. 더 이상은 못 참
아! 베키는 문 앞을 단단히 막고 서서 가느다란 허리 위로 야무
지게 양손을 걸쳤다.

"잊은 건 아니겠지, 유수프? 네가 무슨 일을 어떻게 하는지
하나도 빠짐없이 감시하는 게 내 일이야. 어디에 가든 날 떼 놓
고 가는 짓은 그만두는 게 좋을걸. 오늘은 기필코 널 따라가고
말겠어."

그러나 린은 단호히 선언하는 그녀를 간단히 밀치고 문으로
성큼 다가갔다.

"유수프! 카이샨님의 명령을 무시하는 거야, 너?"

그녀가 발을 구르며 목청을 한껏 돋우자 문고리를 잡아당기던 린의 손이 멈췄다.

"따라와."

힐끗 돌아보는 그의 눈이 방갓의 그늘에 가려 잘 보이지 않았지만 담담한 목소리가 그다지 화난 것 같진 않았다.

"하지만 내가 널 데리고 가는 건 아니야, 베키. 네가 날 따라오는 거지."

"어떻게 말하든 똑같잖아."

금세 기분이 좋아진 단순한 소녀가 갓을 쓰고 그의 뒤에 찰싹 따라붙었다.

"전혀 달라. 네가 따라오다가 나를 놓쳐도 난 상관하지 않을 거야."

"그런 염려는 할 필요도 없어. 내가 놓칠 것 같아?"

"네가 대도의 거리에서 혼자 남아 어떻게 되어도 상관하지 않을 거야. 사람들과 시비가 붙는다거나, 그래서 다친다거나, 혹은 목숨을 잃더라도."

베키의 입가에 다시 볼우물이 패었다. 웃음기라곤 조금도 없는 그녀의 앙다문 입술 안쪽에서 아득, 이 가는 소리가 났다. 목소리를 높이거나 낮추는 일 없이 린이 시종일관 건조하게 말을 이었다.

"그리고 지금처럼 회령왕에 대해 함부로 입을 놀리는 일이 있어선 안 돼. 네가 케레이트부의 귀녀인 걸 밝혀서도 안 돼. 사람들에게 조금이라도 의심을 사게 되면 넌 네가 존경해 마지 않는 카이샨님의 손에 죽게 될 테니까."

낯이 하얗게 굳은 베키가 한마디도 반박하지 못한 채 조용히 문을 열고 나섰다. 뒤따라 나온 린과 함께 여관을 벗어나는 동안, 소녀의 들떠 부풀어 올랐던 가슴은 싸늘하니 가라앉았다.

유수프가 놀러 온 게 아니란 걸 그녀도 알고 있었다. 그녀의 영웅이자 주군인 카이샨의 정적들을 탐색하기 위한 대도행이었다. 하지만 유수프의 중대한 임무에도 불구하고 베키는 들뜨지 않을 수가 없었다. 카라코룸에서만 살던 그녀에게 대도는 완전히 새로운 세상이었다. 제국의 옛 수도로서 카라코룸도 그 위용이 대단했지만 지금은 많이 위축된 상태였다. 그에 비해 대도는 과연 황제의 도시다웠다. 넘쳐 나는 사람들, 물건들, 구경거리들.

갓 스물의 소녀는 이 거대한 도시의 호화찬란한 면모에 반했다. 더구나 함께 있는 사람은 몇 년 동안이나 그녀의 마음을 쥐고 있는 유수프. 소녀의 심장은 연분홍빛으로 물들어 주체할 수 없이 쿵쾅거렸다. 그런데 매몰찬 유수프의 경고를 들으니 꿈속을 거닐듯 몽롱했던 머리 위에 찬물을 끼얹은 느낌이었다. 온갖 진귀한 물건들을 늘어놓은 낮처럼 환한 밤거리를 가로질러 가는 그녀는 풀이 팍 죽었다.

'여기까지 따라와서 뭐 하는 거람?'

말이 감시 역이지 그녀는 유수프가 대도에서 누굴 어떻게 염탐하는지 조금도 몰랐다. 번번이 그녀를 두고 나간 그가 밤을 꼴딱 새우고 돌아올 때까지, 베키는 마음에 들지 않는 허름한 객장에서 뒹굴고 있어야 했다.

'넌 그저 녀석을 따라가기만 하면 돼, 베키. 그게 네 임무야.'

카이샨이 말했었다.

'녀석을 차지할 좋은 기회야, 건투를 빌게!'

그는 그렇게 덧붙이기도 했다. 자상하신 분! 그녀는 카이샨을 떠올리며 한숨을 쉬었다. 그에 비하면 그녀의 앞에서 꼿꼿하니 걸어가는 사내는 덥덥스러우니 한결같다. 그러나 그녀가 함께 있고 싶은 사람은 카이샨이 아니라 함께 거리를 걸어가는 이 남자다. 가까이 있는 것만으로도 고맙게 생각해야 할지도 몰라. 베키는 서운한 마음을 다잡으며 빠른 걸음으로 그녀에게서 멀어지는 유수프의 뒤를 바짝 쫓았다.

하지만 사랑하는 사람의 뒤통수만 보기엔 소녀의 시선을 잡아끄는 물건들이 너무 많았다. 고급스런 마구부터 오밀조밀한 여성용 꾸미개, 색색의 비단실로 수놓은 아름다운 옷감과 신발들을 제대로 구경하기도 전에 재게 발을 옮겨야 하는 소녀의 가슴에 불만이 쌓여 갔다. 특히나 다정하니 함께 꾸미개를 고르고 있는 젊은 남녀 한 쌍의 곁을 지날 때는 시장 전체가 떠나가라 큰 소리로 유수프를 부르고 싶을 정도였다. 그녀는 신경질적으로 그의 옷자락을 힘껏 잡아챘다. 뒤를 돌아보는 유수프에게 그녀가 퉁퉁 부은 입을 내밀었다.

"나, 저거 갖고 싶어."

그녀의 손가락 끝이 가리키는 앙증맞은 향낭들을 무심히 본 그는 걸음을 멈추기는커녕 보폭을 줄이지도 않았다.

"그럼 사."

등 뒤로 한마디 툭 던질 뿐이다.

'사 달라고, 네가!'

소리를 바락 지르고 싶었지만 베키는 꾹 참았다. 그는 향낭 따위에 관심을 가질 사내가 아니었다. 누군가에게 향낭을 사 줄 사람은 더더욱 아닐 것이다. 하지만······.

'이건 왜 그렇게 네게 소중했어?'

베키는 왼쪽 가슴 위를 지그시 눌렀다. 웃옷 안쪽에 있는 작은 주머니가 만져졌다. 2년 전, 항가이의 기슭 어딘가에서 그에게 빼앗았던 주머니였다. 흩날려 간 머리카락과 함께 주머니마저 바람에 놓친 것처럼 그에게 빈손을 내밀었지만 사실은 소매 속에 재빨리 감췄다. 다른 사람의 소중한 물건을 숨긴다는 건 분명 유쾌한 일이 아니었지만 그가 집착하는 만큼 돌려주고 싶지 않았었다. 그가 집착한 것이 단순한 향낭이 아니었음을, '누군가'가 준 향낭이기에 그토록 연연했음을 알면서도. 아니, 알기에 더욱 돌려줄 수가 없었다. 그렇다고 태우거나 버리지도 못했다. 이미 죄책감을 깊이 느끼고 있는 베키에게, 품속 묻어 둔 이 작은 수향낭은 매우 무거운 짐이었다.

"보러 오세요! 대도 제일의 인기 잡극 '여협소용女俠昭容'입니다! 청아한 노래, 호쾌한 검무! 보고 나면 한 번 더 보고 싶어지는 그 작품! 안 보시면 후회해요!"

거리의 끝자락에서 목에 핏대를 세우면서 전단을 나눠 주던 사내 하나가 유수프를 붙잡았다. 그를 열심히 쫓아온 베키에게도 잊지 않고 사내가 전단을 내밀었다. 한어와 파스파문자[八四巴文字]*가 빼곡히 적힌 작은 종이엔 장검을 휘두르는 아리따운 여인도 한 명 그려져 있었다. 잡극을 본 적이 없는 베키는 전단의 홍보 문구에 강한 흥미를 느꼈다. 전단을 뿌리는 사내의 뒤쪽에 앉은 악사가 끊임없이 켜는 비파 소리도 마음에 들었다. 그녀는 저도 모르게 작게 외쳤다.

"재밌겠다!"

그녀뿐 아니라 많은 사람들이 전단지를 받고 비파 소리를 들으며 둥글게 모여 섰다. 광고하는 사내의 목소리가 한층 커졌다.

"여인보다 더 여인 같은 대도 최고의 단旦** 배우인 여중보呂重步가 나옵니다! 그 여중보가 이번엔 날아다니는 신묘한 검법을 보여 준다네요! 여중보의 새로운 모습을 볼 이 천금 같은 기회를 놓치지 마세요!"

베키는 꼼꼼히 들여다보던 종이에서 고개를 들었다. 항가이로 돌아가기 전에 이걸 꼭 함께 보자고 해야지. 결심한 그녀는 옆에 서 있을 유수프를 향해 반짝이는 눈을 돌렸다. 어? 베키는 어느새 그녀의 옆을 차지하고 서 있는 뚱뚱한 사내를 발견하고 당황했다. 사방을 두리번거렸지만 그녀가 찾는 사람은 어디에도 보이지 않았다.

---

* 쿠빌라이 카안 때 티베트 승려 파스파가 만든 몽골 공용 문자.
** 여주인공.

'맙소사, 날 버리고 간 거야!'

시끌벅적 번잡한 거리 한가운데에서 베키는 발을 옮길 방향을 선뜻 고르지 못하고 오도카니 섰다. 부모와 헤어져 낯선 곳에 떨어진 미아가 된 기분이었다. 연인끼리의 오붓한 저녁 산책을 기대한 건 분명 아니지만 이런 식으로 떼어 놓고 사라질 줄은 몰랐다.

'그놈은 절대 널 혼자 내버려두지 못할 거야. 책임감에 지독히 시달리는 놈이거든.'

카이샨이 그녀에게 호언장담했었다. 베키는 아릿해 오는 코끝을 킁, 훌쩍이며 소매로 눈두덩을 세게 문질렀다.

"책임감은 무슨! 그래서 이 꼴이냐고요."

씹어뱉듯 중얼거린 그녀는 몸을 돌려 왔던 길을 되짚어가기 시작했다.

린은, 삿갓을 깊숙이 눌러쓴 베키가 고개를 푹 숙이고 혼잣말을 우물대며 그들이 묵고 있는 여관으로 향하는 것을 확인하고 돌아섰다. 원래대로라면 그녀가 객잔으로 들어가는 것까지 보고 돌아섰을 것이다. 그녀를 대동하고 항가이를 떠난 뒤부터, 그는 베키의 안전에 신경을 쓰지 않을 수 없었다. 금방이라도 그를 대도로 보내 줄 것처럼 말하던 카이샨은 2년이나 더 린을 알타이 전장에 붙들어 두었다. 두아와 연합하여 황제에게 고개를 숙이리라 여겼던 차파르가 대항해 왔다는 이유에서였다. 전투에서 밀린 차파르는 휴전을 제의했고 결국 항복했다. 그 공훈으로 회령왕의 작위와 식읍을 받고서야 카이샨은 린을 대도로 파견했다. 전쟁에서 써먹을 만큼 써먹었다는 판단이 들었던 것이다. 꽤 미뤄지긴 했지만 대도로 보내 주겠다는 약속을 결국 지킨 것이다. 골칫덩이 감시자를 붙이겠다는 약속과 더불어.

'네 실력을 믿는다, 유수프. 베키가 어떻게 되든 그건 전적으로 네 책임이야. 기억하지? 내가 했던 말.'

출발하기 전 왕의 군막 안, 단둘이 앉은 자리에서 술을 권하며 카이샨이 히죽 웃었었다. 린은 묵묵히 잔을 받아 들고 단숨에 마신 뒤 그의 게르를 박차고 나왔다. 황궁 유력 인사들 개개의 속셈과 은밀한 합종연횡을 탐지하는 린의 임무가 철저히 비밀스레 수행되어야 한다고 거듭 강조한 사람은 다름 아닌 카이샨 자신이었다. 그런 중요하고 위험한 일에 베키를 딸려 보낸 그의 의도란 린을 골탕 먹이기 위한 심술로밖엔 이해할 길이 없었다.

객잔의 바로 앞까지 그녀를 쫓아가지 않은 것이 약간 걸리긴 했지만 린은 본래의 날렵한 걸음을 더욱 재촉했다. 그에겐 베키의 안전보다 더 중요하고 긴박한 일이 있었다. 아까 지나갔던 번잡한 번화가가 아닌, 좀 더 인적이 드물고 후미진 길이나 숲을 골라 바람처럼 달리는 그의 얇은 입술은 피로에 젖어 핏기를 잃었다.

"이걸 전왕에게 들키면 전 죽은 목숨입니다."

며칠 전 그가 숨어든 평장정사平章政事 바얀[伯顔]의 집무실,

한 명의 고려 관원이 파랗게 떨리는 목소리로 사정을 하고 있었다. 관원의 손에 들린 여러 통의 서찰들도 떨리면서 바스락거렸다. 곱슬곱슬한 수염을 쓰다듬으며 난처하니 그를 바라보던 사르타울*이 입을 쩍쩍 다셨다. 몽골식 이름 바얀을 쿠빌라이 카안으로부터 받은 이 색목인 재상은, 쿠빌라이 치세에 유명한 재상이었던 사이드 아잘의 손자로 본명은 아부 바크르였다. 선제와 현 카안의 두터운 신임을 받아 10년이 넘도록 중서성의 평장정사로 재직해 온 그는 황제의 신료들 중 모든 사람들의 지도자로 꼽혔다. 아홉 번까지 잘못을 용서받을 수 있는 특권을 부여받은 사람을 뜻하는 '타르칸[塔剌罕]'이기도 했다. 울먹이는 고려인에게 그가 마지못해 입을 열었다.

"하지만 그 문서는 표면적으로 고려 국왕이 황제께 알현을 청하기 위해 올리는 글이잖소. 이미 황상께서 고려 국왕에게 입조를 포기하고 개경으로 돌아가라 명을 내리셨고, 고려 국왕도 서경에서 거마를 돌렸다고 알고 있소. 받아들일 명분이 없는 걸 어쩌겠소."

"그건 전왕의 책략입니다. 부왕과 황상을 대면하지 못하게 하려는…….'

"과정이야 어찌 되었든 늦었다는 거요. 그 문서는 받아들일 수가 없소. 아니면 솔직하게 이질 부카 왕의 악행을 고발하는 고발장으로 올리든가."

---

* 몽골제국 시대에 중앙아시아인을 가리키는 말.

"그거야말로 황제폐하와 황후마마를 성심으로 섬기는 고려 국왕과 고려의 신료들을 몰살시키는 일이올시다. 전왕이 이미 서찰들의 존재를 짐작하고 염탐꾼을 제 숙소로 보내 훔치려고 했습니다. 용의주도하게 저를 포함하여 사신단 전체를 연회에 초대하고선 몰래 사람을 보냈단 말이지요. 간신히 지켜 낸 밀서들을 증거물로 공공연히 내놓으란 말씀이십니까? 그게 어디 밀서입니까?"

"그래도 달리 방법이 없소."

바얀이 귀찮은 듯 손을 저으며 일어났다. 그의 얼굴은 불만으로 가득 차 있었다.

"이런 건 사적인 통로를 이용하는 게 여러 사람의 골치를 썩이지 않는 거요. 당신네들은 이미 이질 부카 왕을 고려로 돌려보내 달라는 표를 중서성에 제출하면서 국왕의 본심이 담긴 밀서를 함께 끼워 넣었소. 그걸 눈감아 준 것만으로도 내게 고맙다 해야 할 거요."

"그 은혜를 어찌 잊겠습니까? 타르칸께서도 제 성의를 잊지 않으셨을 줄 압니다. 제발 이번 한 번만 살려 주소서."

고려인이 비단보로 싼 상자를 탁자 위에 올려놓고 슬그머니 바얀 쪽으로 밀었다. 그러나 바얀은 냉정히 그에게서 등을 돌렸다.

"안 돼, 안 돼! 나로서는 더 해 줄 것이 없소. 그 서찰들을 흔적도 없이 폐기하든가 다른 통로를 이용하여 황후께 전하든가 하시오! 내가 해 줄 수 있는 조언은 이게 다요."

고려인이 여러 번 고개를 조아리며 사정했지만 돌아선 바얀은 바위처럼 꿈쩍하지 않았다. 결국 고려 관원은 밀서 10여 통을 가슴에 고이 품고 바얀의 집무실을 나서야 했다. 그는 들고 온 상자에 아쉬운 눈길을 던졌지만 감히 도로 들고 가진 못했다.

황제와 황후에게 영향력이 큰데다 몽골 귀족들과 달리 후계자의 혈통에 연연하지 않아 카이산에게 특히나 요주의 인물이었던 바얀을 탐색하러 잠입했던 린은 뜻밖의 정보에 동요했다. 한순간도 잊은 적이 없는 원에게 닥친 위험을 감지한 그는 곧장 바얀에게서 내쳐진 고려 관원을 미행했다. 불루간 카툰과 그 지지자들을 살펴야 하는 임무를 제쳐 두고 린은 고려인 사신들과 그들이 접촉하는 사람들을 두루 살피느라 낮에도 밤에도 쉬지 못했다. 문제가 되는 밀서들을 가지고 있는 사람은 호군 송균이란 자였다. 바얀에게서 협력을 거부당하고 그가 달려가 만난 사람은 다름 아닌 린의 형 서흥후 왕전이었다. 송균의 하소연을 듣고 왕전은 이 일을 해결할 누군가를 소개해 주겠다고 나섰다. 그들은 사신단이 환국하기 전날, 지후사祇候司에서 회동을 갖기로 한 참이었다.

베키를 떼어 놓은 린이 지금 달려가는 곳이 바로 지후사였다. 혹여 꾸물대는 사이 늦을까, 차가운 겨울바람을 베어 내듯 가르며 서두른 그는 곧 목적지에 도착해 담을 넘고 간단히 숨어들었다. 뜰에서 형을 발견한 그는 안도했으나 이내 눈살을 찌푸렸다. 예상대로 형 왕전은 누군가와 함께 있었으나 그 누군가가 그가 짐작했던 누군가는 아니었다.

"나, 오늘은 안에서 기다릴까요?"

키가 큰 왕전을 올려다보고 수줍게 묻는 상대는 자그마한 여자였다. 정교하게 조각된 석등에서 흘러나온 빛에 의지하여 서로를 애틋하니 바라보고 있는 두 남녀를 발견한 린은 자못 당황스러웠다. 그도 아는 여자였다. 본 지 꽤 오래되긴 했지만 그의 머릿속에 충분히 남아 있는 여자, 원의 정궁 부다슈리였다.

그제야 린은 그녀가 남편과 별거하여 따로 나와 산다는 정보를 기억했다. 그리고 공주의 거처가 바로 지후사라는 것도. 남편과 사이가 좋지 않다는 소문이 파다하게 도는 그녀가 오랫동안 원을 적대시하던 그의 형과 만나 야릇한 밀어를 속삭이는 것은 단순한 만남 이상일 것이다. 린은 불편한 마음을 누르며 귀 기울이지 않을 수 없었다.

"아직은 아닙니다."

꿀을 바른 듯 단맛이 느껴지는 왕전의 목소리가 들렸다.

"이번 일이 잘 마무리되면 우린 밝은 곳에서도 얼마든지 만날 수 있습니다. 그러면 공주의 아름다운 얼굴을 제대로 보지 못하도록 드리운 어둠을 더 이상 원망하지 않아도 되겠지요."

"진심이죠, 그 말?"

어리광이 듬뿍 밴 목소리는 원래 카랑카랑한 울림이 있었으나 무언가에 파묻혀 둔탁했다. 부다슈리가 왕전의 품에 와락 안긴 것이다. 그의 옷깃에 뺨을 비비며 그녀는 행복한 미소를 머금었다.

"내가 더 도울 일은? 뭐든지 하겠어요, 할 수 있는 일이라면 뭐든지."

"공주께선 이미 가장 큰 도움을 주신걸요. 제가 원하는 자리를 마련하고 제가 만나야 할 사람을 불러 주셨습니다. 이제 제 소망은 한 가지뿐입니다."

"그게 뭐죠? 말해 줘요, 응?"

"지금처럼 앞으로도 쭉 이 달콤한 향기에 취하는 것입니다."

왕전이 허리를 구부려 가슴께까지밖에 오지 않는 공주의 목에 코를 대었다. 까르르, 간지러움을 참지 못하고 비명을 올리듯 웃는 공주가 몸을 비틀며 더욱 그의 품을 파고들었다. 듣기에도 보기에도 민망한 장면이라 린은 어둠 속에서 얼굴을 붉혔다. 한 명은 그의 형이고 또 한 명은 원의 왕비였으니 숨어 있는 그의 마음이 편할 리 없었다. 연인들에겐 영원히 이어졌으면 싶은 시간이겠으나 그로서는 빨리 송균이 와서 일단락되길 바랄 뿐이다. 그의 마음이 전해졌는지 왕전이 퍽 조심스럽고도 상냥하게 공주를 품에서 밀어냈다.

"이제 시간이 되었습니다. 들어가 침수하시지요."

"날 보러 금방 또 올 건가요?"

두어 발짝 물러나며 왕전이 그녀의 손을 놓자 부다슈리가 냉큼 그의 손가락에 자신의 손가락을 얽으며 물었다.

"물론입니다."

"왕이 되어서?"

"아마도."

"난 여전히 왕비고요?"

"말할 것도 없죠."

연습이나 한 듯 장단 맞추며 오가던 짤막짤막한 대화가 흠흠거리는 누군가의 헛기침으로 뚝 끊겼다. 마주 댄 손바닥을 화들짝 뗀 두 남녀가 동시에 돌아본 곳에 송균이 어쩔 줄 몰라 하며 눈알을 굴리고 있었다. 이제 정말 잠자러 갈 시간이 되었음을 깨달은 공주가 왕전에게서 떨어져 휘휘 넓은 소매를 휘두르며 걸어갔다. 송균의 앞을 지나며 매섭게 흘기는 그녀의 눈에서 서슬 퍼런 독기가 뿜어 나왔다.

"눈치 없는 것 같으니!"

작았지만 높고도 짜랑거리는 목소리는 그녀가 사라진 뒤에도 긴 여운을 남겼다. 자라목 오그라들듯 어깨를 잔뜩 움츠리고 있던 송균이 공주가 완전히 가 버린 걸 확인하고서야 왕전에게로 달려왔다.

"귀중한 시간을 망치고 말았으니 참으로 송구합니다. 늦기 전에 온다고 서둘렀던 것이 화가 되었습니다. 공께서는 과히 허물하지 마소서."

"허물하다니, 천만에. 왜 좀 더 빨리 오지 않았는지 그걸 탓하고 싶은 기분이야."

왕전은 공주가 안기며 구겨 놓은 옷자락을 섬세하게 펴면서 짜증스레 말했다.

"자네도 그렇고 복수福壽도 그렇고, 참 여유로운 자들이군. 오늘 이 자리가 얼마나 중요한지 알면서도 굼뜨기만 하니."

"복수라면……."

"그래, 자네가 생각하는 바로 그 사람. 마침 저기 오는군."

송균이 아는 척 거들고, 린의 머리에도 문득 떠오른 이름의 사내가 뜰 안으로 천천히 걸어 들어왔다. 불빛에 희게 번들거리는 살집 좋은 얼굴은 수염 한 오라기 없이 매끄러웠다. 얼마 전 린이 살펴본 적도 있는 사내, 이복수李福壽는 불루간 카툰의 총애를 받는 고려 출신 환관이었다. 뜰을 가로질러 그를 기다리고 있는 두 남자에게로 느릿느릿 다가온 이복수가 몸에 두른 털가죽을 꼭꼭 여미고도 부르르 떨었다.

"추운 날에 사방 뚫린 뜰에서 보자시다니요, 서흥후 나리."

"깊은 산속에서 만나자 하지 않은 걸 다행으로 생각하구려. 이 일은 비밀이 생명이니, 만난 듯 만나지 않은 듯 수초 내로 끝내도록 합시다."

왕전의 손짓에 송균이 바얀에게 바쳤던 것과 꼭 같은 모양의 함을 들어 이복수에게 내밀자 환관이 제 물건을 돌려받듯 천연하게 받아 들었다. 함을 아래위로 살살 흔들어 무게를 대중해 보고 씩 입술 끝을 말아 올린 그가 흔쾌히 고개를 끄덕였다.

"이제 서찰들을 주시지요."

초조하게 눈알을 굴리고 있던 송균이 주섬주섬 품에서 한 묶음의 서찰을 꺼냈다. 한 손으로 받아 든 이복수가 콧잔등을 찡그렸다.

"이렇게나 많이?"

"서너 통만 올려도 될 것입니다. 나머지는 예비용입지요."

송균이 냉큼 말했다. 턱을 살짝 까딱해 보인 이복수가 털가죽 사이로 서찰들을 밀어 넣었다. 워낙 두툼한 가슴인지라 편지 한 다발 정도는 눈에 띄지 않게 감춰 주었다.

"그럼 만나지 않은 듯 이만 물러가지요."

올 때처럼 여유롭게 돌아서는 환관을 왕전이 잡아 세웠다.

"할 일은 잘 알고 있소?"

"공주께 대강은 들었습니다. 전왕전하를 비방하는 내용을 담아 황후마마께 은밀히 올리면 되는 일 아닙니까."

"고려 국왕의 어새가 찍힌 종이요. 쓰고 남았다고 해서 훼손해서는 안 될 것이오."

명심하겠다는 표현으로 이복수가 털가죽 위로 가슴을 조심스레 눌러 보였다. 왕전은 여러 번 단호한 눈빛을 쏘아 보낸 후에야 그를 놓아주었다. 이복수가 가자 가슴을 짓누르던 무거운 짐을 벗은 송균이 파, 시원하게 숨통을 틔웠다.

"이제야 살겠습니다. 모다 공의 덕분입니다."

"겨우 시작인걸. 개경으로 돌아가면 '그자'에게 자세히 고하게. 전하께서 전왕의 농간에 그만 입조를 못 하게 되셨으니, 황후가 그 서찰들을 본 뒤엔 우리가 어떻게 해야 할지 대비책이 없어. 전하의 입조를 다시 추진하는 것이 급해."

"저도 개경에 도착하면 바로 찾아가 보고할 작정이었습니다."

"그럼 이만 헤어지지. 우리가 만나는 걸 누가 아는 것도 바람직하지 못하니."

송균을 서둘러 보내고도 왕전은 얼른 자리를 뜨지 않고 제

자리에 서 있었다. 자신의 처소가 아닌 만큼 송균이나 이복수 못지않게 횡허케 가야 할 그였지만 무슨 까닭인지 찬바람이 쌩하니 이는 텅 빈 뜰을 서성거렸다. 형에게 또 무슨 계획이 있나 싶어 린도 검은 옷을 걸친 몸을 어둠에 조용히 묻고 기다렸다.

"언제 내 앞에 나타날 건가!"

형의 나지막한 속삭임에 린의 어깨가 움찔했다. 곧 그의 존재와 무관하게 형이 혼잣말을 한 것임을 알고 가늘게 한숨을 내쉬는 그의 귀에 왕전의 다음 속삭임이 흘러들었다.

"현애택주, 아니, 산⋯⋯."

칼날 같은 삭풍보다도 린의 가슴을 싸하니 베는 애끊는 부름이었다. 얼마 만에 다른 사람의 입을 통해 들어 보는 이름이던가. 당장이라도 달려 나가 그녀에 대해 아는 것을 모두 털어놓으라고 형의 멱살이라도 잡고 싶은 마음이었다. 하지만 두 손으로 얼굴을 감싸고 힘겨워하는 형을 멀찍이서 보니, 그 역시 그리움만 가득 고인 머릿속을 비워 내지 못해 고통스러워할 뿐, 그녀의 행방을 모르기는 수년 동안 국경을 떠돌았던 그와 다르지 않은 걸 알겠다.

린은, 조금 전 공주와 함께 다정한 밀어를 속살거리던 형이 가슴을 두드리는 것을 보며 착잡한 심정으로 담을 넘었다. 푸득, 석등의 불이 위태로이 흔들렸다.

18

교차 交叉

"이봐, 점박이! 그 의자가 아니야! 새로 빌려 온 의자를 내놓으라고!"

"예예."

산은 들고 있던 의자를 얼른 도로 들여놓고 다리가 긴 돋을걸상을 번쩍 들어 옮겼다. 신생 극장인 상춘희원常春戲阮의 잡일꾼으로 들어온 그녀는 왼쪽 뺨의 대부분을 덮은 커다랗고 거무스레한 점 때문에 점박이라고 불렸다. 의자를 가지런히 놓기가 무섭게 한쪽 방에서 날카로운 고함 소리가 터졌다.

"야, 점박이! 내 옷 가져오라고 몇 번을 말해? 네까짓 게 지금 누굴 무시하는 거야?"

"아차, 금방 가져가겠습니다."

"꾸물꾸물 느려 터져 가지고! 오늘 같은 날 꼭 게으름을 피운

다니까. 쥐뿔도 모르는 게 누구 뒤에 붙어서 쓸데없는 장난감만 만들 줄 알지 제대로 하는 일도 없고. 확 내쳐야 해, 저런 건!"

의상들을 걸어 둔 방으로 황급히 뛰어가는 산의 등 뒤에서 들으라는 듯 심부름을 시킨 진진陳眞이 큰 소리로 짜증을 냈다. 각색脚色*이 부정副淨**인 진진은 무대에서 화려한 검술을 뽐내는 배우로, 행원行院***의 단원들 중 유일하게 산을 미워하는 사람이었다. 처음부터 그가 점박이를 싫어했던 것은 아니었다. 점박이가 만들어 온 '날아오르는 기계장치'가 그를 몹시 언짢게 했던 것이다.

단원들 가운데서 특히나 점박이를 예뻐했던 배우는 아름다운 여주인공을 도맡아 하며 대중의 사랑을 듬뿍 받는, 무대의 꽃이자 행원의 중심인물 여중보였다. 이번 공연에서 여중보가 맡은 '소용'이란 이름의 여협객은 노래와 몸짓도 중요하지만 호쾌한 칼솜씨를 자랑하는 배역이었다. 많은 잡극에서 단을 해 본 여중보였지만 그가 이제껏 해 왔던 검술은 여성적인 매력이 물씬 풍기는 것이었다. 좀 더 강하고 화려한 무예를 관객들에게 보여 주고 싶어 고민하는 여중보에게 그와 곧잘 수다를 떨던 점박이가 한마디 던졌었다.

'어깨에 끈을 매달아 위에서 잡아당기면 어떨까요? 새처럼

---

* 극에서의 배역.

** 조연 악역.

*** 극단.

날아올라 검을 휘두른다면 멋있을 텐데.'

점박이는 말만 던진 게 아니었다. 귀가 솔깃한 여중보를 보고 기계장치까지 직접 만들어 왔다. 물레바퀴 모양으로 둥글게 깎은 나무틀이 대렴臺簾*의 윗부분에 걸어 놓은 긴 홈통을 따라 굴러가면서 어깨와 허리에 끈을 맨 배우를 이동시켜 주는 장치였다. 여중보를 비롯하여 행원의 사람들은 색다른 장면을 연출할 이 장치를 반겼지만 진진만은 예외였다.

'잡극은 예인들의 소리와 몸으로 이루어지는 거야! 저런 기물로 관객들의 눈을 현혹시키는 건 진짜 잡극이 아냐!'

진진은 그렇게 화를 냈다. 그래도 여중보는 점박이가 설치한 기계로 붕 날아오르며 유려하게 칼을 휘둘렀고, 그 모습에 구경꾼들은 열렬히 환호했다. 매번 성황리에 공연이 끝나면서 단원들이 다투어 점박이를 칭찬하는 가운데 진진만이 눈을 흘겼다.

'예인의 혼이 담긴 잡극을 무시하는 놈이야.'

그는 작은 일에도 점박이를 볶아 대며 끊임없이 잔소리를 하고 일을 시켰다. 그러나 점박이는 별로 주눅 드는 기색 없이 잽싸게 뛰어다니며 시키는 대로 잘 따랐다. 지금도 얼른 의상을 가져온 점박이에게 허리띠가 빠졌다고 호통을 쳤지만 그는 '죄송합니다.' 싹싹하니 대답하곤 얼른 뛰어갈 뿐이었다.

의상과 소도구들이 가득한 방에 들어온 점박이, 산이 허리

---

* 무대 정면에 건 장막.

띠를 찾아 여기저기를 뒤지고 있을 때였다.

"고생이 많지?"

언제 왔는지 손여민이 문에 기대어 그녀를 보고 있었다.

"우인들 중에는 성미가 까다로운 자들도 꽤 되거든."

"아무렇지도 않아요. 모두 좋은 사람들이고."

여민에게 씩 웃어 보인 산은 허리띠를 찾는 데 다시 집중했다. 얼굴에 얼룩을 그려 놔도 참 예쁘구나. 여민은 자신도 모르게 침을 삼켰다. 아무도 모르는 거야, 이 시커먼 얼룩 아래 감춰진 진짜 얼굴은. 아는 사람은 오직 나 하나뿐이야! 혼자만의 생각에 여민의 가슴이 뿌듯하니 차올랐다.

갑자기 객잔의 주인이 바뀌고 원래 있던 여주인을 비롯해 객잔 식구들이 감쪽같이 사라진 뒤로 하늘이 노랗게 보였던 그였다. 그 밤, 복면을 했던 일에 대해 결단코 함구하겠다는 그를 믿지 못하고 산이 떠나 버렸다고 생각하니 그렇게나 절망적일 수가 없었다. 여민에게 있어서 산은, 여자는 아니어도 인생의 마지막까지 함께하고 싶다는 마음을 갖게 한 최초의 사람이었던 것이다.

그날 따라가지 않았어야 했는데. 아니, 허튼수작하지 않고 가만히 지켜보기만 했어도 괜찮았을걸. 별별 후회를 다 하던 그의 앞에 산이 다시 나타나자 이번엔 세상이 오색 무지개 빛깔로 보인 여민이었다. 물론 그를 찾아온 게 아니라 그가 의탁하고 있는 행원에 필요한 잔심부름꾼으로 들어온 거지만, 어쩌면 이것도 운명이 아니겠는가 싶어 여민은 감격스럽고도 행복했다.

얼굴의 절반을 검게 칠할 정도로 변장한 걸 보면 역시 이 청년에겐 무언가 대단히 비밀스런 사정이 있는 게 분명했다. 그게 무엇이든 지켜 주는 것이 사랑하는 이가 갖출 도리. 처음 본 사람처럼 대해 달라는 산의 말이 채 끝나기도 전에 여민은 눈을 세게 끔쩍하며 아무 말 않겠다고 표시해 보였었다.

"내가 뭐 도와줄 일 있어, 산?"

"없어요."

다가오는 여민에게 산이 허리띠 하나를 들어 보이며 고개를 저었다. 방 바깥에서 진진의 호령이 한 번 더 울려 퍼졌다. 빠르게 여민의 곁을 지나치며 산이 낮게 속삭였다.

"다만, 다른 사람들처럼 점박이라고 불러 주면 좋겠어요, 손 형."

산은 찔끔하여 세차게 고개를 끄덕이는 여민을 그대로 놔두고 얼른 방을 빠져나왔다. 그녀는 여민을 신경 쓸 겨를이 없었다. 어차피 오늘이 지나면 여민이든 배우들이든 모두 영원히 보지 않을 사람들이었다. 그녀가 이 행원에 들어온 것은 오늘을 위해서니까. 들어오는 손님은 한 명도 없지만 내부에서 공연을 준비하는 사람들의 움직임은 어느 때보다도 분주한 오늘이다. 오늘 공연이 오직 황제의 사촌과 그의 아들들을 위해서 열리기 때문이다. 물론 그 황제의 사촌은 바로 고려의 전왕, 원이다. 산은 오늘에야말로 원에게 그의 지위가 박탈될 위험을 경고할 참이었다.

송균에게서 서찰들을 빼돌리려던 계획이 틀어진 뒤, 산이 제일 먼저 한 일은 객잔을 정리하고 송화 등을 대도 바깥으로 보낸 것이었다. 여민이 죽어도 말하지 않겠다고 맹세에 맹세를 거듭했지만 보다 안전한 대비책이 필요했기 때문이다. 그사이에 여러 차례 원의 저택에 그 서찰들의 존재를 알리는 익명의 투서를 던져 넣었지만 원의 반응을 도무지 감지해 낼 수가 없었다. 투서가 원에게 제대로 전달되었는지조차 의심스러울 정도였다. 각 정치 세력의 염탐꾼이 들끓고 전왕의 저택 안에도 국왕파가 있을지 모르는 판에 몇 통의 투서쯤이야 흔적도 없이 사라졌을 가능성도 높았다.

결국 조바심을 견디지 못한 그녀는 원에게 직접 경고하기로 결심하고 그가 잡극을 보러 오는 날을 그날로 잡았던 것이다. 극장은 저택보다 접근하기 더 쉬웠을 뿐 아니라 도망치기에도 더 나은 장소였다. 그녀는 아예 행원의 잔심부름꾼으로 들어가기로 했다. 물론 송화를 비롯해 친구들은 그녀의 계획에 반대했다.

'그건 너무 위험해. 전왕에게 잡아먹으라고 스스로를 바치는 꼴이야.'

송화가 제일 먼저 잘라 말했다. 그녀의 옆에 앉은 개원이와 염복이가 송아지 눈을 하고 고개를 끄덕이며 적극 동의의 표시를 했다. 미간을 잔뜩 찌푸린 장의와 필도도 마찬가지의 마음인 것 같았다. 자신을 걱정하고 아끼는 사람들의 속내를 알면서도 이미 결심을 굳힌 산이었다.

'넌 할 만큼 했어! 그 작자가 쫓겨나서 중이 되건 뭐가 되건 그건 네 탓이 아니란 말이야!'

약속한 날에 돌아오지 않으면 모두 떠나라는 말을 남기고 일어난 그녀의 뒤에서 송화가 소리쳤지만 산은 고집스레 그들을 떠났다. 송화 등은 콧방귀를 뀌겠지만 그녀는 안전하게 친구들에게 돌아갈 자신이 있었다. 내일이면 다시 난타와 뛰어다니며 놀다가 송화에게 야단맞게 될 거야. 산은 씩씩하게 진진이 분장하고 있는 방으로 들어갔다.

"어라?"

방은 비어 있었다. 띠를 가져오라고 그렇게 난리를 치더니 그사이에 어딜 갔담? 산은 걸상 위에 걸쳐 놓은 진진의 의상 위에 허리띠를 곱게 내려놓고 방을 나왔다. 그런데 그녀가 나오는 순간 무대 쪽에서 우지끈 소리가 나더니 사람의 비명 소리가 크게 울려 퍼졌다. 찢어질 듯 뾰족한 소리가 틀림없이 진진의 것이다. 산이 무대로 뛰어갔을 땐 여중보를 비롯해 단원들 몇몇이 이미 쓰러진 진진을 빙 둘러싸고 있었다.

"우리 비월기飛越機가 부서졌어."

곱게 화장한 눈으로 넘어져 있는 진진을 싸늘하게 째리며 여중보가 그의 곁으로 다가간 산에게 고개도 돌리지 않고 말했다. 산은 단원들의 부축을 받아 일어나는 진진을 살펴보았다. 채붕 위쪽에 걸어 둔 기계장치의 긴 홈통이 발 위에 떨어진 모양이었다. 매일매일 공연 전후로 기계가 안전한지 점검을 했던 산으로서는 당혹스러운 일이었다.

"괜찮아요?"

부축하려고 내민 그녀의 팔을 진진이 매몰차게 철썩 갈겼다.

"이따위 장난감을 들여와서 잡극을 망치다니! 너 같은 건 필요 없으니 당장 꺼져 버려!"

"점박이가 어쨌기에? 내가 보기에 오늘 연희는 너 때문에 시작도 못 하고 망쳤어, 진진!"

여중보가 사뿐히 나섰다. 인기가 드높은 단 배우답게 나긋나긋하니 진짜 여자들보다도 더 여성스러운 요염함이 평상시에도 잘잘 흐르는 그는 화내는 모습도 여자와 진배없었다. 여중보의 깐죽거리는 말투가 속을 확 긁었는지 진진은 양옆에 붙어 그의 팔을 잡은 두 명의 동료를 한꺼번에 떨쳐 내고 우람한 가슴으로 여중보를 튕겨 낼 듯 바싹 다가섰다.

"무슨 소리야, 연희를 망치다니?"

"이번 우리 잡극에선 부정이 말니末泥*보다 중요한데, 넌 몸을 삼가지 않고 다쳤으니 제대로 움직일 수나 있겠어? 네 웅장한 검술을 보러 온 사람들 앞에 어떻게 설 작정이야?"

"내가 제 역할을 못 할까 봐 걱정하는 척하는 거냐? 그 문제라면 접어 둬라, 난 끄떡없으니까! 네가 화난 건, 저 장난감이 부서졌기 때문이잖아. 나무 바퀴의 도움을 받아야 네 빈약한 검술을 감출 수 있으니까. 제대로 연기를 하는 배우라면 저따위 기물에 의존하지 말고 기예를 더 갈고닦는 데 힘을 써야지,

---

* 남주인공.

중보!"

"내 기예가 서툰 걸, 그렇게 모든 사람 앞에서 증명하고 싶었던가 보지?"

"그건 또 무슨 헛소리야!"

"네가 비월기를 못마땅해하는 건 행원 사람들이 다 알아. 이제까지 멀쩡하던 비월기가 갑자기 부서진 것도 이상하지만, 그 자리에 네가 있었다는 것도 우연이라고 생각하긴 어렵지 않겠어?"

"내가 네 나무 바퀴를 일부러 부수기라도 했단 말이냐?"

진진의 턱이 분노로 덜덜 떨리면서 부싯돌 부딪듯 딱딱, 잇새로 크게 소리가 났다. 검게 칠한 눈가의 검보瞼譜*가 무섭게 빛나는 눈을 더 험악하게 보이도록 강조하여, 보는 사람들로 하여금 소름이 돋게 했다. 단 한 사람, 손을 척 얹은 허리를 살짝 비틀어 엉덩이를 옆으로 실룩 내민 여중보만이 조금도 겁을 먹지 않은 듯 붉게 바른 입가에 비웃음을 걸고 태연히 대꾸했다.

"한참 검보를 그리던 사람이 갑자기 여기에 쓰러져 있으니 달리 생각할 수 있겠어?"

"난 몰래 숨어든 도둑을 쫓아왔을 뿐이야!"

"어머, 갑자기 도둑 타령은."

"정말이야! 내 방을 몰래 들여다보던 좀도둑을 쫓아와서 여

---

* 눈가나 얼굴에 하는 짙은 분장.

기까지 온 거란 말이야!"

"그래? 그래서 도둑은?"

"몰라. 여기서 갑자기 사라졌어. 내가 무대에 올라서니까 갑자기 나무틀이 떨어졌다고."

흥, 여중보가 콧바람을 세차게 뿜었다. 진진의 변명을 털끝만큼도 믿기 힘들다는 기색이었다. 그것은 진진의 옆에 늘어서 있던 다른 단원들도 마찬가지로, 서로서로 코를 벌름거리며 불신 섞인 눈짓을 주고받았다. 그 눈치를 채지 못한 진진이 아니었다. 그는 험상궂은 눈을 사방팔방으로 굴려 섬광을 내쏘며 부라렸다.

"내 말을 못 믿어? 나, 진진을? 정말 도둑이 있었단 말이다!"

"그런 건 나중에 따지도록 하자고."

단원들이 진진을 슬그머니 외면하는 가운데 여중보가 손을 내저었다.

"조금 있으면 고려 전왕전하가 오신단 말이야. 있지도 않은 도둑 얘기로 낭비할 시간이 없다고."

"있지도 않다니! 난 정말로……."

"어서 네 방으로 돌아가 검보를 마저 그리고 옷을 입어, 진진! 오늘 오시는 분은 황제폐하의 친척이야. 우리들 목이 죄다 달아나는 꼴을 보고 싶지 않다면 꾸물거리지 말라고!"

그의 아래윗니들이 다시 무서운 소리를 내며 부딪기 시작했지만 진진은 여중보의 말을 받아들이지 않을 수 없었다. 열을 받아 갓 찐 만두처럼 뜨거운 김이 모락모락 피어오르는 머리를 푹 떨어뜨리고, 그는 동료들의 부축을 받아 자신의 방으로 돌아갔다.

"비월기는 이제 못 쓰게 된 거니?"

변신에 능란한 배우답게 산에게 몸을 돌리며 말을 건네는 여중보의 눈빛과 말투가 급작스레 상냥해졌다. 그와 진진이 다툴 때부터 무대 위에 쪼그려 앉아 떨어진 나무 홈통을 살펴보던 산이 고개를 저었다. 통째로 떨어진 홈통은 처음부터 부러진 흔적이 없었다. 낡거나 무게를 감당하지 못해 부서진 게 아니었다. 산은 홈통에 박아 놓은 쇠고리에 걸린 밧줄을 들어 끝을 살폈다. 꽤나 튼튼한 밧줄의 끝은 절단면이 지저분하지 않고 매끈했다.

'누군가 칼로 잘랐어.'

산은 홈통이 걸려 있던 장막의 꼭대기를 올려다보았다. 굵은 기둥들이 지탱하고 있는 무대에는 넓고 도톰한 휘장들이 겹겹이 늘어져 있고, 기둥 옆 사다리가 장막의 윗부분을 가로지른 도리까지 걸쳐져 있었다. 진진이 사다리를 타고 올라가 들보에 연결된 나무 홈통의 밧줄을 자르고 다시 내려와 다친 척 연기했을 수도 있다. 산은 사다리를 타고 오르기 시작했다.

"금방 고칠 수 있을 것 같아요. 절 도와줄 만한 누군가를 보내 주시면 좋겠어요."

"알았어, 얼른 불러올게. 역시 넌 대단해, 점박아!"

여중보가 꽃 같은 미소를 보내고 자리를 뜨자 산은 기둥 위쪽을 가린 천을 들췄다.

"쉿!"

천 안쪽, 격자로 깔아 놓은 서까래 위에 웅크리고 있던 사람이 손가락을 들어 산의 입술 위에 갖다 댔다.

'진진의 말이 거짓이 아니었어.'

산은 먼저 손을 들어 큰 소리를 내지 않겠다는 시늉을 해 상대를 안심시키고 나서 입술을 누르는 손가락을 천천히 치웠다. 그녀의 다른 손은 털가죽 옷옷 아래 숨겨진 작은 칼을 조용히 잡았다.

"누구야, 당신?"

검은 삿갓을 눌러쓴 상대는 고개를 갸우뚱하니 그녀의 말을 못 알아들은 것처럼 보였다. 곧, 산의 입술에서 물러난 손가락이 삿갓을 치켜 올리며 그 뒤에 감춰진 얼굴을 드러냈다. 힘을 잔뜩 준 입가에 옴폭 팬 보조개가 꽤 귀여운 소녀였다.

"조용히! 여기 들어온 이유를 말할 테니 소리 지르지 말아요. 나, 수상한 사람 아니에요."

베키가 몽골어로 나직하니 속삭였다.

원은 눈 아래 펼쳐진 종이를 물끄러미 내려다보았다. 백릉처럼 매끄러운 질 좋은 종이엔 크고 네모진 인장이 하나 붉게 찍혔을 뿐 다른 글자는 없었다. 하지만 그 인장이 무엇인지 한눈에 보아 알 수 있는 원은 이것이 예사 종이가 아니라는 걸 곧 바로 눈치챘다.

"고려 국왕의 금보가 찍힌 백지라⋯⋯."

내리깔았던 그의 긴 속눈썹이 사르르 올라가 탁자 너머의 상대편 얼굴로 곧게 뻗었다. 회색 수염을 쓰다듬던 우승상右丞相 하라하순[哈剌哈孫]이 눈빛만으로도 원의 생각을 안다는 듯 고개를 끄덕였다.

"그 안에 무얼 쓰든 고려 국왕의 탄원이 되는 겁니다, 전하."

"이걸, 고려로 돌아가려던 낭장 이승우李承雨가 지니고 있었다?"

"형부상서刑部尙書 타차르[塔察兒]가 때마침 환관 이복수의 집에서 나오는 이승우를 수상히 여겨 붙잡아 몸을 뒤지니, 이런 종이가 여러 장 나왔습니다. 타차르가 승우에게 추궁하니 얼마 전 다녀간 호군 송균에게 전할 것이라 하였답니다. 복수가 불루간 카툰에게 매우 총애를 받는 환관임을 전하께서도 잘 아시지요. 즉, 고려에 있는 전하의 부왕께서 송균과 복수를 통해 불루간 카툰에게 무언가 은밀히 전하고 싶은 전언이 있었던 게지요."

"은밀히, 무엇을?"

"글쎄요, 승우에게서 빼앗은 것은 모두 빈 종이뿐이고, 복수는 모르는 일이라며 딱 잡아떼고 있으니 그 내용이야 알 수가 없지요. 그러나 전하께 그다지 좋은 일이 아닐 거라는 방증은 있습니다."

"또 다른 것이 있단 말이오?"

"고려에서 사신을 보내 황상께 표를 올린 일을 전하께서도 알고 계시지요?"

"날 환국시켜 달라는 그 표? 그건 겉시늉일 뿐이오. 내가 환국하지 않으리란 걸 뻔히 알면서도 그리워하는 척, 거짓으로 올린 표요."

"맞습니다. 그 표가 거짓이란 걸 증명하는 문서가 표 사이에 슬그머니 끼워져 중서성에 올라갔습니다. 여기 그 사본이 있습니다."

하라하순이 서찰 하나를 꺼내 탁자 너머의 원에게 공손히 건넸다. 외오아 문자로 쓰인 서찰을 펼쳐 본 원은 코웃음을 가볍게 치고 탁자 위로 던져 버렸다.

"이것도 불루간 카툰에게 전하는 부왕의 은밀한 속내인가?"

"그렇겠지요. 앞에선 전하의 환국을 요청하면서 뒤로는 전하를 모함하여 폐위를 꾀하고 있는 것입니다. 그러니 금보가 찍힌 백지를 어떤 내용으로 채우고자 하는지는 족히 짐작이 가지요. 어쩌면 우리가 승우에게서 회수한 종이가 전부가 아닐지도 모릅니다. 몇 통은 이미 작성되어 불루간 카툰에게 들어갔을 수도 있지요."

"하지만 부왕이 나를 미워하여 이중적인 작태를 보인 것은 부정할 수 없는 사실이잖소. 이 문서들을 증거로 삼아 부왕과 그를 추종하는 간교한 무리를 처벌하면?"

원의 눈동자가 기대감에 반짝이자 하라하순이 싱긋 웃으며 어깨를 으쓱했다.

"폐하께서는 두 분 전하의 다툼을 바라지 않으십니다. 보다 정확하게는 고려 국왕의 선위를 바라지 않는 불루간 카툰의 조언을 받아들이신 거죠. 전하와 회령왕의 사이가 돈독한 걸 잘 아는 카툰으로서 전하의 복위를 반길 순 없지 않습니까."

"그렇다면 회령왕과 사이가 돈독한 우승상은 황상께 뭐라고 하셨소?"

원이 한쪽 입술 끝을 히죽 끌어올렸다. 우승상 하라하순은 조정의 실력자 중 한 명이었다. 그도 바얀처럼 타르칸의 칭호를 가지고 있었다. 불루간 카툰의 편에 있는 좌승상 아쿠타이[阿忽台]와 반대로 타기와 그녀의 아들들에게 호의적인 그는 당연히 원과도 가까웠다.

"국왕의 인장을 함부로 유용하여 문서를 위조한 자들을 철저히 조사해 가려내도록 병부상서兵部尙書를 고려로 보냈습니다. 불루간 카툰의 비호로 부왕이 자리를 보전하겠지만 그 날개를 꺾어 놓을 수는 있겠지요. 전하께선 만족스럽지 못하시겠지만."

"아니, 매우 고맙소이다. 내가 원하는 것도 그것이오. 뭐, 일단은."

"그럼 제가 잘한 거로군요, 일단은."

용무가 끝났는지 하라하순이 일어났다. 원은 배 위에 깍지를 끼고 탁자에 펼쳐진 종이들을 돌돌 말아 챙겨 넣는 그를 지켜보았다. 길고 서늘한 봉목이 조금씩 가늘어졌다.

"그런데 말이오, 타르칸."

인사를 마치고 나가려는 하라하순을 원이 불러 세웠다. 무슨 일이신지? 문득 눈썹을 꿈틀 올리는 하라하순에게 가까이 다가간 그의 목소리에 옅은 의심이 묻어났다.

"타르칸이 이 모든 일을 어떻게 알아냈는지, 그게 궁금합니다."

"말씀드렸다시피 형부상서 타차르가 마침 환관 복수의 집에서 나오는 이승우를 만나……."

"타차르는 어떻게 '마침' 그곳을 지나게 되었을까요?"

"……."

얼른 대답을 못 하는 하라하순의 눈가에 떠오르는 웃음이 어색했다. 그것을 놓치지 않은 원의 느물느물한 미소가 짙어진다.

"타차르는 왜 승우의 몸을 뒤졌을까요? 모든 고려의 관원들을 몸수색하는 일까지 형부상서가 맡은 겁니까?"

"……."

"뒤져 보니 괴문서가 나온 것이 아니라 괴문서가 있는 줄 이미 알고서 뒤진 게 아닙니까? 타르칸은 그 문서를 보기도 전에 벌써 그 존재를 알고 있었던 겁니다. 어떻게? 환관 복수와 함께 문서를 꾸민 사람이 아니고서야 어떻게 알 수가 있겠소?"

"전하, 저를 의심하십니까! 이 문서를 전하께 가져와 보여드린 사람이 바로 저올시다."

"그래서 묻는 겁니다. 어떻게 그 문서의 존재를 알았소?"

"……누군가가 가르쳐 주었습니다."

하라하순이 떨떠름하니 대답했다. 그의 얼굴에 당혹스런 빛이 역력했다.

"며칠 전, 제 집무실에 밤늦게 찾아온 사내가 하나 있었습니다. 그 사람이 말하길, 환관 복수에게 고려 국왕이 비밀리에 보낸 서찰들이 있는데 이질 부카 전하를 음해하기 위한 것이라고 했습니다. 그 서찰들을 증거로 확보하여 전하를 공격하는 무리들을 밝혀내야 한다고 말하더군요. 또한 고려 사신이 올린 표와 함께 위구르 문자로 쓰인 정체불명의 문서가 끼어들어 갔으니 황후에게 올라가기 전에 빼내어 공표하라고도 했습니다. 저또한 그런 사실들을 알고 있는 그자가 의심스러워 전하를 돕는 사람이라면 신분을 떳떳이 밝히라 했지만, 자신에 대해서는 아무것도 알려 주지 않았습니다."

"어떻게 생긴 사람이었소? 나이는 얼마나 들어 보였소? 어디서 본 듯한 자는 아니었소?"

"아무것도 보지 못했습니다, 전하."

하라하순의 입술이 불쾌감에 바르르 떨렸다.

"제 뒤에서 별안간 솟아나 목에 칼을 겨누고 손끝 하나 까딱 못 하도록 했으니까요."

"그래서 말하지 않았던 거요, 그 괴한에게 정보를 들었다고?"

"저는 대원의 우승상입니다, 전하. 더구나 황상과 황궁의 숙위를 관장하는 사람입니다. 그런 제가, 황궁 안 제 집무실에서, 무장한 호위들을 밖에 세워 놓은 채 한낱 괴한에게 협박당하여 시키는 대로 하겠노라 약속한 것을 일일이 밝힐 수는 없는 노릇 아니겠습니까."

"그렇소, 그래요! 타르칸에게 감히 칼을 들이대다니 있을 수 없는 일이요."

원은 막강한 아군의 기분을 더 상하게 하고 싶지 않아 소중한 정보를 던져 준 괴한을 깎아내렸다.

"우리를 돕는다면서 그런 무례한 방법을 쓴 이유를 모르겠구려. 뭔가 꺼림칙해요."

"뭐, 괴한은 괴한 나름대로 이유가 있겠지요. 상대편의 배신자이거나 양다리를 걸친 자일지도……."

하라하순이 어깨를 으쓱 추어올렸다.

"아무튼 중요한 건, 고려왕의 계책을 거꾸로 이용해 오히려 전하께 유리하도록 풀어 나가는 것입니다. 정동행성征東行省에 보낸 병부상서가 제 역할을 다할 줄 압니다."

"타르칸에게 크게 신세를 졌소. 거듭 고맙소."

우승상을 내보낸 원은 문갑의 서랍에서 서너 통의 편지를 꺼냈다. 지난 며칠간 일정한 간격을 두고 날아온 익명의 투서들로, 사신들에 끼어 있는 관원 중 송균이란 자가 전왕의 폐위를 도모하는 위험한 서찰을 가져왔으니 그와 접촉한 사람들을 경계하라는 내용이 일관되게 적혀 있었다. 사신들이 이미 귀국한 뒤였고, 근원이 확실하지 않은 정보에 휘둘릴 수 없는 노릇이라 담담히 무시하고 있었던 원이지만 하라하순이 다녀간 지금, 이 투서들을 그의 집에 던져 놓은 이가 누구인지 궁금하지 않을 수 없다. 하라하순에게 칼까지 들이대며 그를 도우라던 괴한과 동일인일 것인가? 그에겐 두루뭉술한 정보를 주면서 하라하순에게 보다 상세히 알려 준 이유가 따로 있을 것인가?

"어쨌든 내 주변을 알짱거리며 감시하는 놈이 있다는 말이지."

원이 한 손에 몰아 쥔 투서들을 손가락으로 퉁기며 중얼거렸다. 정탐꾼은 누구나 보낼 수 있다. 아버지가, 불루칸 카툰이, 어쩌면 그와 새롭게 손잡은 타기 카툰이. 사방에 적들의 눈이 있다는 걸 잊은 적이 없는 그였다. 그 가운데 그를 도와준 정체불명의 사람이 있다. 누가, 왜, 무슨 목적으로?

'도움을 주고서 대가를 요구하지 않는 놈은 없는 법이다. 내 앞에 나타나라, 네가 누구든!'

그의 손아귀에서 투서가 와락 구겨졌다.

"전하, 왕자들은 준비가 다 되었습니다."

문밖에서 예스진의 목소리가 들렸다.

"나 역시 준비되었소."

원은 투서들을 서랍에 쑤셔 넣고 방문을 열었다. 어느 때보다도 밝은 낯으로 아내가 그를 맞았다. 그녀는 보기 드문 잔잔한 미소마저 머금고 있었다.

"기분 좋아 보이는군, 그대는."

"왕자들이 부왕과 함께하는 첫 나들이니까요."

"마지막일지도 모르지."

예스진이 가늘게 한숨을 쉬었다.

"그렇게 심술부리지 마세요. 전하의 아들들입니다."

"아버지가 아들을 어떻게 대하는지 알지 못하는군, 예스진. 그 둘은 서로에게 가장 위험한 정적이지. 날 봐!"

"그런 관계를 바꿀 수 있는 사람도 전하입니다. 전하의 아들들에게 전하는 그저 존경스러운 아버지예요."

"난 널 이해하기 힘들어, 예스진. 내게 당하는 그 모든 모욕에도 불구하고 어떻게 아이들에게 존경스러운 아버지로 날 치장해 말할 수가 있지?"

내 어머니는 결코 그러지 않았어. 어렴풋한 기억들이 떠올랐다. 그의 어머니는 그의 앞에서 아버지를 비난했고 저주했다. 어머니의 눈을 통해 바라본 어린 시절, 그의 아버지는 사냥과 주색에 빠진 무능력한 호색한이었다. 정적이기 이전에 아버지는 증오의 대상이었다, 어머니의 눈물을 위로하기 위해 처절히 복수해 주어야 할.

"아이들의 어머니니까요."

대답하는 그녀의 청회색 눈동자가 쓸쓸하니 어두워졌다. 가슴 한쪽이 시큰해져 원은 시선을 옮겼다. 어머니들은 모두 슬프다, 표현하는 방법은 제각각이어도.

"잠극 한번 같이 본다고 다정한 아버지가 되진 않아."

그의 목소리에 저도 모르게 날이 섰다.

아버지란, 아들에게 밟히기 전에 먼저 밟으려는 존재다. 그는 하라하순이 보여 준 흰 종이 위에 선명히 찍힌 옥새를 기억했다. 붉은 인장에서, 대도로 쫓겨난 그를 굳이 쫓아와 끈질기게 괴롭히고 나락에 떨어뜨리려는 아버지의 망집을 본다.

'밟고자 하면 먼저 밟고 베고자 하면 먼저 벨 따름이다. 이번엔 날개만 꺾지만 다음엔 명줄을 끊고 말겠다.'

원은 예스진을 스쳐 지나가 준비된 가마를 향해 걸어갔다.

✦

산은 다른 잡일꾼들의 도움을 받아 나무 홈통을 다시 튼튼하게 기둥에 달고 바퀴를 올려 기계를 원래대로 복구했다. 사람들이 모두 다른 일을 하러 분주히 자리를 뜨고 무대 근처에 혼자 남게 되자 그녀는 대렴의 뒤로 돌아 들어갔다. 겹으로 된 짙은 빛깔의 두툼한 천과 천 사이에, 좁기는 했지만 사람 하나가 들어앉을 공간이 있었다. 그곳에서 지붕에 숨어들었던 소녀가 삿갓을 벗고 얌전히 앉아 그녀를 기다리고 있었다. 꼭 다문 입술 양옆에 볼우물을 달고 동그랗게 뜬 눈으로 산을 올려다보는 소녀는 흡사 강아지 같다.

"이름이 뭐니?"

"베키."

냉큼 대답한 소녀가 아차 하는 표정으로 입술을 깨물었다. 함부로 밝히면 안 되는 이름인 모양이지만 그 이름에서 산이 떠올릴 수 있는 것이라곤 아무것도 없다. 어차피 어디에 사는 누군지 취조하는 자리도 아니었다. 산은 소녀에게서 조금 떨어져 앉아 다그치는 것처럼 보이지 않도록 어조를 부드럽게 가다듬었다.

"그래, 베키. 잡극이 보고 싶었다고 했었지? 그래서 숨어든 거라고."

"맞아."

"그런데 진진에게 들켜서 도망치다가 사다리를 보고 천장까지 올라갔고."

"맞아. 미친 사람처럼 칼까지 휘두르면서 쫓아왔어."

"눈에 띄지 않게 뒤로 내려가려고 쓸 만한 물건을 찾다가 마침 밧줄이 보여서 그걸 잘랐단 말이지?"

"그래……. 그런 게 떨어져서 그 사람이 다칠 줄은 전혀 몰랐어. 난 정말, 그냥 잡극이 한번 보고 싶었을 뿐이야. 이제껏 본 적이 없었거든."

산은 소녀의 눈을 깊이 들여다보았다. 맑고 초롱초롱한 눈이 퍽이나 순진한 게 거짓말을 하는 것 같진 않았다. 끙, 그녀는 난감하여 머리를 긁적였다. 데리고 나가면 진진이 진짜 칼을 휘두르며 길길이 날뛸지도 몰랐다.

"잡극을 보러 온 사람들은 보통 입구로 들어오면서 돈을 내지."

"그러고 싶었지만 오늘은 들여보내지 않는다잖아. 정상적으로 들어온 건 아니지만 지금이라도 돈은 내겠어."

소녀가 소매를 뒤적였다.

"아냐."

산이 손을 들어 말렸다.

"돈이 문제가 아니라, 오늘 연희는 특별한 분이 오시기 때문에 일반 사람들이 들어오지 못하도록 막은 거야. 돈을 내더라도 넌 공연을 보지 못해. 그러니 다음에 와."

"하지만 난 오늘 떠나는걸. 언제 또 올 수 있을지 모른단 말이야."

"하루만 미루면?"

"안 돼. 같이 있는 사람이 아주 칼 같거든. 안 그래도 지금 떠날 시간인데 내가 몰래 빠져나와 여기 온 거란 말이야. 들키면 그대로 끌려갈 거야. 여기서라도 숨어서 볼 테니 그냥 보게 해 줘, 응?"

소녀가 산에게 바싹 다가앉으며 졸랐다. 어린애 같은 표정이 난타를 연상시켜 산은 차마 모질게 내보낼 수가 없었다. 애처로운 눈을 하고 조마조마하니 처분을 기다리는 베키의 얼굴 앞에서 잠시 고민하던 산은 그만 고개를 끄덕이고 말았다. 대렴 뒤에 있다가 연희가 끝날 무렵 조용히 내보내면 그다지 문제가 안 될 성싶었던 것이다.

"그럼 여기서 꼼짝 말고 있어야 해."

베키가 무대를 볼 수 있도록 대렴에 아주 작은 구멍을 뚫어 주고 일어난 산은 불안하여 다시 다짐을 두었다.

"정말 가만있어야 해. 들키면 소란이 일어날 거고, 소란이 일면 너나 나뿐만 아니라 여기 행원 식구들이 다 경을 쳐. 오늘 오시는 손님이 그만큼 특별해."

"걱정 마!"

안심하란 듯 주먹을 불끈 쥐어 보이는 베키가 또 한 번 난타를 떠올리게 했다. 정말 어쩔 수 없네. 산이 불안감을 떨치려는 듯 고개를 털며 장막 밖으로 나가려 할 때, 베키가 뒤에서 돌연 그녀의 옷자락을 잡아당겼다.

"부탁할 게 있어."

이런 와중에 부탁할 일이라니? 의아해하는 산을 두고 베키는 선뜻 말을 잇지 못하며 우물쭈물했다. 손가락들을 서로 얽어 가며 꼼지락거리는 소녀의 얼굴이 약간 상기되었다.

"있잖아……, 누군가가 날 찾아올지도 몰라."

"엥?"

"찾아오면, 돌려보내지 말고 밖에서 기다리라고 말해 주지 않겠어?"

산이 소녀 앞에 다시 쪼그려 앉아 고개를 갸울여 부끄러이 내린 눈을 들여다보았다. 그녀가 의심하는가 싶어 베키가 얼른 덧붙였다.

"나랑 같이 있는 사람, 그 사람이 찾아올 거란 얘기야. 내가 탁자에다 잡극 전단을 보란 듯이 놔두고 왔거든."

"들키면 그대로 끌려갈 거라고 하지 않았어?"

"날 데려가려고 오면, 따라갈 거야."

산은 말없이 소녀를 훑어보았다. 뺨에 피어오른 홍조와 보조개를 만드는 미소, 갈팡질팡하는 눈길, 한시도 가만있지 못하는 손가락들이 무얼 말하는지 알 것 같았다.

"베키 너……."

산이 실소했다.

"……잡극이 보고 싶은 게 아니고 그 사람이 널 찾아오는지 시험하고 싶은 거야?"

"언제나 자기 일에 바쁘기만 하고 난 항상 뒷전인걸."

베키가 입을 뾰족이 내밀어 툴툴거렸다.

"한 번쯤은 날 찾아오게 하고 싶단 말이야!"

산은 어쩐지 이해할 수 있을 것 같은 기분이 들었다.

"그 사람, 무심한가 보구나, 베키?"

"아주."

"쉽게 속내를 드러내지 않는 사람이겠지? 뭘 생각하는지, 어떻게 느끼는지 도통 짐작하기 어려운 부류."

"맞았어."

"얼음처럼 차갑고 돌처럼 단단하고 나무처럼 흔들림 없는?"

"그래! 나처럼 붉은 피가 흐르는지 때때로 의심스러울 정도로."

"그런 사람이 좋니?"

"물론! 겉으론 그래도 사실은 관대하고 따뜻한 사람이야. 날 구해 주고 지켜 주고 돌봐 줬지."

아아, 정말 너무나 이해가 돼! 산은 베키에게서 오래전의 자신을 겹쳐 보았다. 자신 역시 어릴 적에 사랑하는 상대의 마음을 확인하고파 안달하던 소녀였던 만큼, 할 수 있는 한 그녀를 돕고 싶은 심정이었다.

"알았어. 그 사람이 널 찾아오면 뒷문에서 기다리라고 할게."

"정말 고마워! 너처럼 상냥한 남잔 카이……, 아니, 처음이야."

"점박이! 점박이 어디 있니?"

소녀의 행복한 낯에 덩달아 가슴이 푸근하니 데워졌던 산은, 밖에서 그녀를 다급히 부르는 소리에 퍼뜩 일어났다. 베키를 대렴 뒤에 남겨 두고 빠져나오니 배우들과 잡일꾼들이 극장 여기저기에서 점박이를 열심히 불러 대고 있었다.

"저, 여기 있어요."

모습을 드러낸 산을 사람들이 진진의 방으로 데리고 갔다. 방에 들어서기도 전에 산은 뭔가 잘못됐음을 직감했다. 사람들이 가득 찬 방 한가운데, 아직 옷도 갈아입지 않고 검보도 그리다 만 채로 진진이 의자에 앉아 있었다. 다른 의자 위로 올려놓은 그의 왼쪽 발등이 얼핏 보기에도 퉁퉁 부어 있었다.

"너, 검술이 제법이라며?"

방에 들어온 산을 노려보며 진진이 다짜고짜 물었다.

"예?"

말뜻을 얼른 이해하지 못한 그녀가 얼뜨게 되물으며 자신에게 집중된 시선들을 죽 훑어보니 그녀와 눈을 딱 마주친 여민이 어쩔 줄 몰라 하며 울듯이 얼굴을 구겼다.

"진진의 부상이 생각보다 심해. 진진 대신 부정을 할 사람이 필요한데, 저기 있는 손 선생이 네가 검을 잘 다룬다고 하셨어."

여중보의 설명이었다. 저 방정맞은 입! 두 손을 맞대고 싹싹 비는 시늉을 살근살짝 하는 여민을 보는 산의 이맛살에 실금이 생겼다.

"원래 있던 대역은요?"

"갑자기 추워지는 바람에 한질에 걸려 몸살을 앓고 있어."

"전 창뺍이니 뭐니 전혀 할 줄 몰라요. 검술이랄 것도 없고."

"잡소리는 집어치우고, 한번 해 봐."

진진이 신경질적으로 던져 주는 칼을 산이 얼결에 받았다.

"하지만 진진 아저씨랑 전혀 다를 게 뻔한데……."

"시간이 다 됐어! 이제 곧 황제의 친척이 도착한다고! 이대로 황족을 기만한 벌을 받을 순 없잖아!"

여중보가 발을 굴렀다. 제대로 된 우인 대신 잡일꾼이 무대에 선다면 그야말로 기만이지. 산은 생각했지만 모두의 기대에 찬 눈빛이 한꺼번에 쏟아지자 할 수 없이 칼을 들었다. 며칠 동안 여러 번 되풀이하여 보았던 잡극이라, 그녀도 대강 몸짓이나 대사를 외우고는 있었다. 진진의 흉내를 내며 열심히 칼을 휘둘렀지만 너무도 터무니없는 일임을 그녀 자신이 누구보다 잘 알았다. 배우들 중 가장 짙은 화장을 하는 부정은 동작이 중요했다. 특히 이번 진진이 맡은 부정은 크고 웅장한 풍채와 화려한 검술을 자랑하는 역인 만큼 그녀의 가늘고 부드러운 몸이 보여 주는 우아한 검술로는 그 맛을 내기가 어려웠다. 한바탕 검무를 마치고 칼을 내린 그녀는 사람들이 바라보기만 할 뿐 무겁게 침묵을 지키자 민망하여 진진에게 칼을 돌려주었다. 그러나 진진은 칼을 받는 대신 산을 무섭게 흘겼다.

"엉망이군. 단인지 부정인지 구별이 안 가!"

그러게 안 된다고 했잖아! 산은 대꾸하고 싶은 말을 간신히 목구멍 아래로 넘겼다. 하지만 진진의 말은 아직 끝난 것이 아니었다.

"그래도 그걸 다 외우고 있는 건 너뿐이니 다른 도리가 없지. 소리는 내가 낼 테니까 넌 입만 벙긋거려. 네 목소린 너무 가늘어 쓸모가 없어!"

"뭐라고요? 말도 안 돼요!"

기가 막혀 입을 딱 벌린 산의 팔을 여중보가 끌어당겼다.

"어서 앉아. 검보도 하고 옷도 입어야 하니까 서두르라고. 원래 검보는 각자 알아서 하는 거지만 점박이는 진진이 대신해 줘. 다들 돌아가서 빨랑빨랑 자기 일을 해! 정말 시간이 없다고!"

여중보의 말에 인형처럼 서 있던 사람들이 다시 바삐 움직이기 시작했다. 진진도 몹시 험상궂은 표정으로 검은 물감이 듬뿍 묻은 손가락을 산의 얼굴에 들이댔다. 양옆에서 의상을 입히고 관을 씌우고 허리띠를 매 주는 등 부산을 떨어, 산은 삽시간에 잡극 배우가 되었다. 그녀의 준비가 끝남과 동시에 황제의 사촌인 고려 전왕이 극장에 도착했다는 소식이 들어왔다. 산은 얼빠진 상태에서 진진의 잔소리를 수차례 들은 뒤, 사람들에 의해 무대 쪽으로 끌려갔다.

'안 돼, 안 돼! 원 앞에 이런 식으로 나서다니!'

떠밀리다시피 무대로 나간 그녀는 눈앞이 하얘져 아무것도 볼 수 없었다. 구경꾼으로 볼 때는 한눈에 다 보이던 무대가 막상 그 자리에 서니 그렇게 드넓은 허허벌판일 수가 없었다. 무대 가운데 놓인 탁자 너머의 여중보가 너무 멀어 보였다. 아리따운 젊은 여자로 완벽하게 변신한 여중보의 공간은 꽉 차 보이는 대신, 자신이 있는 공간은 텅텅 비어 허점투성이로 느껴지는 산이었다. 우람한 장수여야 할 그녀의 몸이 가냘픈 것은 사실 문제가 아니었다. 그 몸이 그려 내는 움직임이 우람한 장수와 거리가 멀다는 것이 문제였을 뿐.

장막으로 가려진 오른쪽 출구에서 진진이 읊는 대사에 입을 뻐끔거리기도 벅찼던 그녀에게 실감 나는 몸짓을 기대하기란 애초부터 틀린 일이었다. 무대가 보이지 않으니 관람하고 있는 사람이 보일 리가 없다. 눈으로는 무대 정면의 객석을 보았으나 흰 면사를 드리운 듯 시야가 흐렸다. 아무리 여러 해가 지났다 해도 그녀가 원을 몰라볼 리 없을 텐데도 몇몇 사람이 앉아 있다는 것만 희미하게 알 수 있을 따름이었다.

극도의 긴장과 떨림으로 얼어붙은 몸이 서서히 녹기 시작한 것은 본격적으로 검무를 선보이면서부터였다. 남성적인 웅장한 매력은 없었지만 유려하게 그려 내는 곡선이 물 흐르듯 매끄럽게 아름다운 그녀의 검술은 객석의 시선을 끌었다. 무대에 있는 산 자신이 집중된 사람들의 관심을 피부로 느낄 수가 있었다.

배우의 존재감이 없어 싸늘하게 식어 있었던 무대가 조금씩 달아올라 열기로 채워졌다. 그제야 산의 눈에 무대를 응시하는 관객들이 선명하니 들어왔다. 짙은 눈썹, 서늘하게 뻗은 긴 눈, 붉은 입술. 낯선 수염에도 불구하고 원의 얼굴은 예전과 크게 다르지 않았다. 옆에 앉은 아이들은 그의 아들들인가? 십수 년 전 처음 보았을 때의 원과 판에 박은 듯 닮은 어린 소년들을 보니, 뭐라고 표현하기 힘든 감개가 넘쳐흘렀다. 10대에 벗이 되었던 그들이 지금 서른을 바라보는 것이다.

'나야, 원. 네 앞에서 칼을 휘두르고 있는 이 우인이 나란 걸, 넌 꿈에도 모르겠지.'

그녀의 칼끝이 원의 시선을 붙잡고 어지러이 허공을 갈랐다. 얼굴을 온통 검고 푸른 물감으로 칠한 것이 얼마나 다행인지! 산은 예사로이 관람에만 몰두하는 원을 보며 가슴을 쓸었다. 도망치면 자신의 손으로 직접 그녀를 죽이겠다고 으르렁거렸던 그였다. 그런 그를, 다시 보고 싶지 않다고도 생각했지만 한편으로는 늘 보고 싶었고, 보고 싶다는 바람과 더불어 모골이 송연해지는 공포를 느꼈었다. 얼마 안 되는 거리를 사이에 두고 같은 공간에 있는 지금도, 산의 목덜미는 두려움으로 축축하니 젖어 있었다. 그러나 그는 그녀를 끝까지 전혀 알아보지 못했고, 지금껏 살아왔던 시간보다 더 길었던 연희를 마치고 산은 무사히 퇴장했다.

퇴장하여 나무 무대를 벗어나 맨땅을 밟는 느낌이 영 이상했다. 발끝이 붕 뜬 것이, 무게가 실리지 않았다. 마음은 무대에서 되도록 멀리 떨어지고 싶었지만 다리가 말을 듣지 않고 후들거려 산은 무대 뒤의 기둥에 기대어 털썩 주저앉았다. 무거운 관과 장식을 벗고 어질한 머리를 뒤로 젖혀 가쁜 숨을 몰아쉬고 있으려니 진진이 긴 지팡이에 몸을 의지하고 절뚝이며 다가왔다. 그는 산과 눈을 마주치자마자 보란 듯 치를 떨었다.

"최악이야, 아주 끔찍했다고!"

"……나도 알아요."

꺼져 가는 목소리로 산이 대답했다. 그녀는 온몸의 진기가 썰물처럼 빠져나가 손가락 하나 들 힘조차 없어 보였다. 그녀가 파김치가 된 것은 첫 무대에서 예상치 못했던 연희를 꼭두각시처럼 해낸 탓도 있었지만 무엇보다도 원을 보았기 때문이었다. 하지만 진진이 보기엔 점박이가 흐느적거리는 이유는 전적으로 전자였다.

"뭐, 이렇게 된 게 네 탓은 아니지만……."

사실은 '비월기니 뭐니 네가 쓸데없는 걸 만들었기 때문이야.'라고 말하고 싶었지만 진진은 너그러이 참았다. 본래의 점조차 보이지 않게 짙은 분장을 한 점박이가 축 처져 있는 모양이 조금은 불쌍했던 것이다.

"점박이, 여기 있었구나!"

여중보가 불쑥 끼어들었다. 진진과 산은 동시에 놀란 숨소리를 헉 뱉었다. 아직 무대에 있어야 할 그가 이 자리에 나타난 것이 어떤 의미인지 몰라도, 두려움이 앞선 그들이었다.

"너 왜 나왔어, 중보? 무슨 일이야?"

"어서 가자, 점박아. 전하께서 부르셔."

안색이 바뀐 진진을 본 척도 않고 여중보가 앉아 있는 산의 팔을 잡아끌었다. 파란 물감에 가려져 보이지 않아 그렇지, 산의 안색도 싹 바뀌었다.

"전하께서, 왜, 왜요?"

"우리도 몰라. 잡극은 충분히 보셨다면서 그만 중지하고 나랑 너를 불러오라고 하셨대. 화나신 것 같지 않다니 아마 우리가 마음에 드셔서인가 봐."

"얘를……, 점박이를?"

진진의 목소리가 떨렸다. 그제야 그를 힐끗 돌아본 여중보가 톡 쏘듯 말했다.

"부정을 맡은 자를 데려오라 하셨다잖아."

"부정은 나야."

"오늘은 아니지."

"소리는 나였다고!"

"그럼 그 다리를 질질 끌면서 존전에 나서겠다는 말이냐? 소리는 네가 냈으니 고걸 따로 봐주십사 하소연이라도 할래? 그럼 잡일꾼을 대신 내보낸 사실까지 다 말씀드릴까, 응?"

짱알짱알 따지고 드는 여중보에게 할 말을 잃은 진진이 소태 씹은 얼굴로 이를 딱딱 부딪었다. 그들 사이에서 산이 비틀거리며 일어났다.

"전 못 가요. 진진 아저씨가 가세요."

처음부터 원과 만나려고 극장에 들어오긴 했지만 이렇게 만날 작정은 결코 아니었다. 원의 저택에 던져 넣은 투서와 똑같은 편지를 품에 숨기고 있는 산은, 원의 손에 편지가 들어가는 것만 확인하고 사라질 계획이었다. 그 앞에 불려 나가 편지를 전하는 일 따위 있을 수 없다. 그야말로 송화의 말대로 날 잡아가라며 원에게 두 손을 내미는 격이니. 그런 점박이의 사정을 알 리 없는 진진은 머리끝까지 화가 났다.

"지금 우리 하는 얘길 듣고서도 그래? 이런 걸 짚고 가서,

대렴 앞에 선 사람은 내가 아니고 딴 놈이었다고 까발리라는 거냐?"

그는 분에 못 이겨 들고 있던 지팡이를 휘둘러 댔다. 땅에서 떠난 지팡이가 공중을 돌면서 의지할 곳이 마땅치 않게 된 진진의 몸뚱이가 휘청 기울었다. 산과 여중보가 잡아 줄 틈도 없이 옆으로 넘어가던 진진은 다급하니 무대 뒤 장막을 붙잡으며 쓰러졌다. 우두둑, 장막이 뜯어지면서 그 안에 숨죽여 앉아 있던 베키가 드러났다. 뒤를 돌아보는 베키의 눈과 찢어진 천을 잡고 고꾸라지는 진진의 눈이 딱 마주쳤다.

"이, 이, 이 도둑년이 여기……."

진진의 눈에서 불길이 치솟았다. 오늘의 뜻하지 않았던 사고와 부상을 불러오고 황족 앞에 나가 상을 받을 기회를 박탈한 원흉이 그의 눈앞에서 동그란 눈을 말똥거리며 쳐다보고 있으니 피가 거꾸로 솟지 않을 수 없었다. 그는 번개처럼 손을 뻗어 우악스레 소녀의 옷깃을 움켜잡았다.

"무슨 짓이야!"

베키가 야차처럼 달려드는 진진을 힘껏 밀어내며 몸을 비틀었다. 옷자락을 쥔 진진의 아귀힘이 워낙 세, 그만 저고리의 앞섶이 북 찢어지고 말았다. 그때까지 베키를 숨겨 준 일을 까맣게 잊고 있었던 산이 당황하여 두 사람에게로 몸을 던졌다. 그러나 진진의 팔을 잡아 떼어 내리던 그녀는, 베키의 찢어진 옷자락 사이에서 빠져나와 바닥에 툭 떨어진 물건을 보고 그만 얼어붙었다. 검붉게 마른 핏자국으로 인해 본래의 담자색이 거의 보이지 않는 작은 주머니. 그 위에 수놓인 두 글자, 린, 산. 몰라보려 애써도 몰라볼 수가 없는, 그녀가 만들어 그에게 주었던 수향낭.

산은 떨리는 손으로 작은 향낭을 집어 올렸다.

"베키, 너 이거……."

목이 메어 입술만 붕어처럼 달싹일 뿐 소리가 거의 나오지 않았다. 그러나 조금 더 큰 소리로 말했다 하더라도 진진에게 붙잡혀 봉변을 당하고 있는 베키에겐 들리지 않았을 것이다. 활쏘기는 자신 있었지만 주먹다짐은 서툴기 짝이 없었던 베키는 진진의 주먹이 얼굴로 곧장 날아오는 것을 뻔히 보면서도 피하질 못했다. 산이 매달리고 여중보가 가세했지만 그들이 베키를 구한 것은 아니었다. 쉭, 바람을 가르는 소리와 함께 진진이 벌러덩 나동그라졌고 그를 붙잡았던 산과 여중보도 덩달아 나가떨어졌다. 무슨 일이 일어났는지 파악할 겨를도 없었다. 검은 바람이 횡허케 불어 낙엽처럼 구른 기분이었다.

수향낭만은 놓치지 않으려고 꼭 그러쥔 산의 눈앞에 검은 삿갓을 쓰고 온통 검은 옷을 입은 사람이 획 스쳐 지나갔다. 코 위론 보이지도 않게 푹 눌러쓴 삿갓 아래로 간신히 보이는 턱은 거칠게 난 수염에 가렸고, 목과 어깨는 온통 헝클어진 기다란 머리칼로 덮였다. 더 이상의 관찰은 불가능했다. 어디에 있다가 튀어나왔는지 모를 그 사내가, 옆구리에 짐짝처럼 베키를 끼고 날듯이 무대 뒤를 빠져나가 버렸던 것이다.

어째서인지 모르겠어. 산은 사내와 베키가 사라진 뒤 덜렁거리는 문짝을 멍하니 바라보았다.

왜인 거야? 눈에 들어온 거라곤 도저히 너의 것이라 여길 수 없는 수염과 머리칼뿐인데 왜 그게 너라는 걸 알게 되는 거야? 7년이란 시간 동안 한순간도 잊은 적 없는 네 그 모습이랑 너무나 다른데, 닮은 구석이라곤 하나도 없는데, 왜 난 널 알아보는 거야? 아아, 아마도 그건, 네가 닿았던 내 온몸의 아주 미세한 조각들 하나하나가 죄다 널 기억하기 때문일 거야! 아무리 시간이 흘러도 내 살덩이에 각인된 너의 흔적이 네 본래의 몸뚱이를 만나면 반가워 푸드득 전율을 일으키기 때문일 거야. 그러니 네가 어떤 모습이어도, 네 머리칼 한 가닥에도 난 널 알아볼 거야! 7년이 아니라 70년이 지나도! 하지만 70년은 싫어. 그건 너무 길어. 지금이 아니면 안 돼. 그러니 나, 지금 일어서야 하는데, 쫓아가야 하는데, 불러야 하는데, 내가 여기 있다고 알려야 하는데…….

그러나 산은 그 자리에서 꼼짝도 못하고 검은 바람이 지나간 흔적만 눈으로 좇을 따름이다.

"린…….."

입 안에서 맴도는 이름에 눈물이 주르륵 흘러나왔다. 뜨거운 눈물이 진진이 공들여 그려 준 검보와 변장을 위해 그려 놓은 커다란 점을 녹여 내어 그녀의 뺨에 두 줄기 희고 가는 길을 만들며 수향낭으로 떨어져 내렸다.

잡극을 중도에서 멈추게 한 원은 아들들을 먼저 돌려보냈다. 오늘 잡극을 보러 온 주된 목적은 명배우들의 명연기를 감상하는 것이 아니라 그의 두 아들과 나란히 외출을 하는 것이었다. '당신은 아들들에게 조금도 관심이 없어!'라는 예스진의 비난 섞인 불평을 듣고 나서, 그에게도 아이들이 있었고 그 아이들과 함께 나눈 시간이 전혀 없었음을 깨닫고 시도한 첫 나들이였다. 그러나 무대 위에 올라왔던 특이한 우인을 보자 그는 원래의 목적을 잊었다. 몸짓이 무척이나 굳었고 기교가 서툴며 몸집도 빈약하기 짝이 없는 엉터리에 부정보다는 단에 어울릴 법한 그 배우는, 감히 그의 앞에서 어처구니없게도 목소리마저 남의 것을 빌려 연기하는 대범함을 보였다.

그러나 검무에서 시작된 정교하고 우아한 몸짓이 그동안의 허술한 연기를 톡톡히 채우며 원의 눈길을 휘어잡았다. 배역에 맞는 연기로 평가하자면 낙제를 면하지 못하겠지만 아름다운 것은 아름다운 것. 탐미적인 그로서는 이 예사롭지 않은 우인을 부르지 않을 수가 없었다. 그러자니 어린 아들들이 방해가 되는 것 같아 시위들을 시켜 집으로 보내 버린 것이다.

"내가 부르는데도 얼른 모습을 보이지 않고 시간을 끌다니, 정말 희한한 자로구나."

정성들여 올린 차도 한 모금 맛보는 둥 마는 둥 원이 혼잣말하듯 중얼거리자, 그의 옆에 선 극장의 주인과 행원의 책임자가 푹 꺾은 허리를 펴지 못하고 불안한 눈짓만 서로 교환했다. 뭔가 석연치 않은 분위기를 감지한 진관이 원에게 가까이 가 작은 소리로 말했다.

"연희가 신통치 않아 중지시키셨다면 그만 돌아가심이 어떨지요. 왕자님들을 먼저 보내고 함께 돌아가지 않으시면 의비마마의 상심이 클 겁니다."

"너는 정말이지, 내 아내들에게 관심이 많구나."

원이 차갑게 미소했다.

"그 자상한 마음 씀씀이를 보니 그녀들이 널 마음에 들어 하여 가까이하는 것도 무리가 아니다."

얼굴이 흙빛이 되었지만 진관은 대답하지 않았다. 대답하면 대답하는 대로 상전의 입에서 잔뜩 벼려진 칼날이 쏟아져 나올 것이다. 하지만 침묵은 또 침묵대로 상전의 신경을 돋운다. 한마디 더 쏘아붙이려던 원은 무대 정면에 걸린 커다란 장막 너머에서 우당탕퉁탕 요란한 소리를 듣고 벌떡 일어났다. 그의 주변에 있던 행원의 사람들이 크게 당황하여 무대 뒤로 돌아가려 우르르 빠져나갔다. 넓은 객석에 시위 몇 명과 함께 덩그러니 남은 원은 호기심에 눈을 반짝였다. 그는 점잖게 기다리는 대신 아예 무대 쪽으로 성큼 걸어갔다.

"무슨 일이 났는지 우리도 구경해 보자, 진관."

"이곳 전체가 수상합니다, 전하. 아무래도 당장 이곳을 벗어나야……."

"아냐, 자객이 있다면 이렇게 어수룩하지 않아. 수상한 게 아니라 엉터리인 거야! 난 그 엉터리를 확인하고 싶다고."

그동안 퍽 따분했던 듯, 재미난 구경거리를 찾아 헤매는 사람처럼 원은 시원스레 무대 뒤편에 걸린 대렴을 손수 들쳤다.

그리고 그는 무대의 뒤편 배우들이 오가며 등퇴장을 준비하는 공간에서, 넋을 잃고 있는 세 명의 배우를 발견했다. 두 명은 볼썽사납게 바닥을 구르고 있었고 나머지 하나, 그가 따로 만나길 바랐던 엉터리 부정 배우는 무릎을 꿇고 앉아 활짝 열린 뒷문을 망연히 바라보고 있었다.

쿵, 원이 부러 크게 낸 발소리에 천천히 고개를 돌린 그 배우의 분장한 얼굴은 흘러내리는 눈물로 엉망진창이었다. 역시 얼굴이 무척 작구나. 비통한 배우의 얼굴을 보고 원의 머릿속에 처음 든 생각이었다. 사내의 윤곽이라기엔 놀랍도록 작고 갸름했다. 거기에 눈물 자국으로 드러난 뽀얀 피부는 분명 물기가 촉촉하니 부드러울 것이다. 그런데.

"원……, 가 버렸어, 린이……. 날 두고 아주 떠나가 버렸어……."

검보를 지우면 얼마나 예쁜 얼굴일지 어디 한번 보자 싶었던 원은 그를 돌아본 배우가 입술을 벌려 울음 섞인 소리를 내자 안색이 싹 변했다. 휘청, 그가 무대 뒤편에 내려서는 순간, 우회해서 오느라 뒤늦게 도착한 행원 사람들이 몰려들기 시작했다.

"진관, 모두 끌어내라! 저 아이와 나만 빼놓고 모두 밖으로 몰아내! 시위들도 한 명도 남기지 말고, 너도!"

왕의 목소리가 몹시 날카로이 곤두섰기에 그 자리의 사람들이 모두 움츠러들었다. 명령을 어기면 어떤 큰 벌을 받을지 모를 위압감이 깃든 목소리였다. 진관과 시위들이 쓰러져 있던 여중보와 진진을 포함해 극장 안의 사람들을 지체 없이 끌고 나가자 건물 안이 쥐 죽은 듯 고요해지고 산의 가느다란 울음 소리만이 텅 빈 공간을 진동시켰다.

그들 사이를 방해할 만한 것이 아무것도 없었음에도 원은 그녀에게 다가가기가 쉽지 않았다. 재회하기를 꿈꾸었다. 그리고 다시 만나면 어떻게 그녀에게 말을 건넬지, 어떻게 손을 내밀지 수백 수천 번을 계획하고 머릿속으로 연습했었다. 조비의 궁에서 혹독하게 대했던 기억을 지워 내기 위해 상냥하고 따뜻한 예전 어린 시절 모습을 보여 주리라 숱하게 다짐했었다. 다시 만나기만 한다면! 하지만 그 전제가 충족된 지금, 원은 그 모든 상상과 계획과 연습을 깡그리 잊었다. 차갑게 굳은 손가락이 그녀의 들썩이는 어깨에 내려앉지 못하고 주먹을 불끈 쥐었다. 메마른 혀와 목구멍에서 갈라져 나오는 목소리가 거칠었다.

"이렇게 가까이 있었나? 대도에서, 내가 사는 곳에서 이렇게 가까이?"

질문이 아니었다. 파들거리는 말끝에 짙은 분노가 서린 비난이었다. 지척에 있는 줄 까맣게 모르고 애를 태운 지난 몇 년 동안 쌓이고 쌓였던 그리움이 비틀려 원망과 미움으로 폭발하려는 참이었다. 한 발짝 한 발짝 그녀에게 느릿하니 다가가는 그의 일그러진 입가엔 살기마저 감돌았다.

"널 오랫동안 찾았다, 산."

원이 그녀의 앞에 한쪽 무릎을 꿇고 앉아 눈높이를 맞췄다.

"왜인 줄 아니?"

그녀는 듣는 것 같지 않았다. 그의 말을 무시해서가 결코 아니었지만 하염없이 눈물만 줄줄 흘리고 있는 모습이 원의 오랜 상처를 자극했다. 보고 싶어서야. 그저 다시 한 번 더 널 보고 싶어서. 그러나 원의 본심과는 달리 그의 입술이 제멋대로 움직였다.

"내게서 도망치면 죽이겠다고 했다, 산. 내가 못 할 거라고 생각했니? 그래서 도망치고, 도망친 뒤에 내 주변을 어슬렁거리며 나를 비웃고, 이제 감히 내 앞에 나타났어? 네가 내게 무슨 짓을 하더라도 언제까지고 내가 네 친구일 거라고 생각한다면, 산, 그 오만한 착각을 지금 당장 부숴 주겠다!"

원은 손을 뻗어 그녀의 목을 움켜쥐었다. 큭, 숨이 막혀 우는 것조차 자유롭지 못하게 된 산의 고개가 뒤로 꺾였다. 오랜만에 느껴 보는 따스하고 부드러운 살갗, 그녀의, 그녀만이 줄 수 있는 느낌. 원은 손바닥에서 전해 오는 뜨거운 떨림에 이를 악물었다. 호흡이 달려 버둥거리면서도 산은 그의 손을 잡아 목에서 떼어 내려는 시도를 하지 않았다. 그녀의 두 팔은 힘없이 아래로 축 처져 덜렁거릴 뿐이었다. 견디다 못한 원이 그녀의 목을 조르던 손아귀의 힘을 뺐다. 쿨럭쿨럭, 밭은기침을 토해 내는 산이 넘어지지 않도록, 그는 그녀의 비틀린 어깨를 잡았다.

"왜 뿌리치지 않는 거야? 정말 죽어도 괜찮다는 거야? 죽여 달라는 거냐? 내가 그러지 못할 거라고, 날 시험하는 거냐? 말해!"

원은 고개를 외로 튼 산의 턱을 잡아 그와 눈을 마주하도록 사납게 비틀어 돌렸다. 아직 마르지 않은 눈동자가 그렁그렁 눈물을 담은 채 초점을 잃고 흐릿했다.

'가 버렸어, 린이…….'

그제야 원은 그녀가 그를 보자마자 울먹였던 말을 떠올렸다. 그의 낯빛이 또 한 번 희게 질렸다.

"린이……, 린도 여기에 있었어?"

그녀의 턱이 아주 미세하게 끄덕였다. 둔기로 머리를 맞은 듯 원은 멍해져 그녀를 붙잡고 있던 손을 모두 놓았다. 뒤죽박죽 머릿속이 혼란스러웠다.

"널 두고 아주 떠나가 버렸다니, 무슨 뜻이야?"

산의 희미한 중얼거림을 간신히 기억해 낸 원이 물었다. 목소리에 힘을 잃은 것이, 그 역시 얼이 빠진 모양이었다. 머릿속에선 많은 질문들이 꼬리를 물고 샘물처럼 퐁퐁 솟아올랐지만, 산이 입을 꼭 다물고 있는 이상 시원한 답을 얻기란 틀린 일이었다. 확실한 것은 단 하나, 그녀가 그의 앞에 있고 린은 없다는 것이다. 그녀의 무기력함이 린의 부재에서 비롯했음을 새삼스레 깨달은 원의 가슴에 다시금 분노가 치밀어 올랐다. 린과 다시 만날 수 없다면 죽어도 좋다는 말이지? 원의 손이 그녀의 목으로 곧장 돌진할 듯이 부르르 떨렸다.

"어떻게 그럴 수가 있지? 원, 어떻게 린이 그럴 수가 있지?"

산이 다시 울기 시작했다. 뺨 위로 흘러내리는 굵은 눈물방울에 그의 손이 멈칫했다. 눈물이 뾰족한 얼음덩이처럼 원의 심장에 아프게 박혔다.

"산⋯⋯."

그의 목소리가 놀랍도록 다정하게 누그러졌다.

"⋯⋯내가 너랑 있을게. 난 너를 두고 어디로도 떠나지 않을 거야."

그녀가 약하게 고개를 저었다. 원이 더욱 간절히 말했다.

"그럼 네가 내 옆에 있어 줘. 날 떠나지 말고. 난 네가 필요해."

이번에도 그녀는 고개를 저으며 품에서 편지를 한 통 꺼내 그에게 건넸다. 펼쳐 본 그 편지는 원이 집에서 받았던 익명의 투서들과 똑같은 것이었다. 원의 목소리가 희미하게 떨렸다.

"이걸 보냈던 게 너였어? 내가 폐위될까 염려해서 네가?"

산은 굳이 고갯짓하지 않았지만 대답이 필요한 것도 아니었다. 원의 가슴이 거센 풍랑을 만난 파도처럼 요동쳤다.

"하라하순을 만나 날 도우라고 그를 위협한 사람도 너였어? 이 가느다란 손으로 우승상을 꼼짝 못하게 옥죄고 칼을 들이대며 협박했단 말이야? 네가?"

그녀가 고개를 힘없이 가로저었다. 아아, 그렇다면 하라하순이 말했던 그 괴한은! 원은 대뜸 깨닫고 그녀의 손을 살며시 잡았다. 그의 손이 매우 뜨거웠다.

"내 옆에 있어라, 산!"

그의 목소리에도 열기가 실렸다.

"네가 내 옆에 있어 준다면, 린이 올 거야. 옛날 그 행복했던 시절처럼 너와 린이 내 곁에 있다면, 나는 너희가 바라는 사람이 되겠다. 내가 복위해서 고려의 왕이 되길 너희가 바란다면, 난 다시 왕이 되겠어. 훌륭한 왕이 되겠다, 너희가 바라는 만큼! 부패한 권신들을 몰아내고 모든 백성들을 사랑하여 돌보는 왕이 될 테니까, 내 옆에서 나를 봐 줘, 산, 제발. 네가 있으면, 린이 있으면 난 그럴 수 있어, 너희만 있으면!"

그는 몸을 구부려 그녀의 무릎에 얼굴을 파묻었다. 아이처럼 매달리는 그에게 비로소 눈을 돌린 산이 조용히 손을 들어 흘러내리는 그의 땋은 머리를 쓰다듬었다.

"나는 네가 바라는 식으로 네 곁에 있을 수가 없어, 원. 그리고 내가 네 곁에 있더라도 린은 오지 않아. 린이 찾아온 사람은 내가 아니라 바로 너였어."

잦아드는 목소리가 들릴락 말락 가늘었다. 듣지 않으려는 듯 그녀의 무릎에 더욱 깊숙이 뺨을 묻어 비비며 그가 머리를 흔들었다.

"가지 마!"

그의 목소리가 메었다.

"내게 얼굴도 보여 주지 않고 가 버린 린처럼 그렇게 가지 마! 너희를 버린 건 나지만 그 때문에 나는 지난 수년 동안 외롭고 고통스러웠다. 이젠 아무것도 없어, 산, 내겐 아무것도! 아비도, 가족도, 친구도, 모두 내 아비와 가족과 친구가 아니라 왕의 아비와 가족과 친구일 뿐이다. 내 사람이 필요하고, 내 사람을 원해. 원이라고 내 이름을 불러 주는 너 말이야, 산!"

"원⋯⋯."

그녀가 부드럽게 부르며 그의 **뺨**을 두 손으로 감싸 들어 올렸다. 언제나 여유로운 비웃음을 띠었던 그의 봉목이 젖어 있었다.

"······네가 훌륭한 왕이 되기 이전에 행복한 사람이었으면 해. 넌 내가 아주 많이 사랑하는 친구이기 때문이야."

그녀가 그의 얼굴을 자신의 얼굴 쪽으로 끌어당겼다. 감은 그의 눈꺼풀에 산의 입술이 가볍게 닿았다가 물러났다.

"하지만 친구로서 내가 해 줄 수 있는 일은 여기까지야. 그 편지에 쓴 것처럼 널 해치려는 자들이 있으니 조심해."

그녀가 미끄러지듯 일어나 그에게서 떨어졌다.

"어째서?"

눈을 뜬 원이 울부짖듯 외쳤다.

"어째서 그 이상은 안 돼? 린이 아니어서? 왕으로서도 안 돼? 왕으로서 명령해도?"

"신하로선 이미 자격을 잃었어, 네가 예전에 말했듯이."

산이 뒤로 한 걸음씩 천천히 물러났다.

"하지만 네 곁에 없더라도 난 여전히 네 친구야. 내가 널 영원한 벗으로 생각하고 있어. 봐, 원! 여러 해를 얼굴조차 못 보고 지낸 우리들이지만 우린 서로를 마음속에서 지우지 않았어. 몸은 떨어져 있었지만 마음은 줄곧 이어져 있었어. 우리는 그런 벗인 거야. 린과 너도 그런 벗인 거야······."

서두르는 기색 없이 물러가는 그녀를 눈으로 좇으며 느릿하게 무릎을 세우고 일어난 원이 눈빛을 새삼 날카로이 갈았다.

"자격을 주는 것도, **뺏**는 것도 나다, 산. 너희를 친구로 삼는 것도, 적으로 삼는 것도 나란 말이다. 너희가 아니라, 바로 나!"

원의 목소리가 쩌렁하니 울리는 가운데 퍽 소리와 함께 종이를 바른 커다란 격자창 두 개가 동시에 부서졌다. 복면으로 코 아래를 가린 채 창을 부수며 방 안에 굴러 들어온 두 명의 사내가 순식간에 산의 양팔을 하나씩 끼고 들어왔던 그 자리를 통해 바깥으로 몸을 던졌다. 눈 깜짝할 사이에 혼자 남겨진 원은 열린 뒷문으로 마구 내달렸다. 괴한들이 그의 시야에서 훌쩍 멀어지고 있었다. 요란스런 침입에 진관이 칼을 뽑아 들고 주군의 곁으로 알아서 달려왔다.

"진관! 저기에……."

목청이 터져라 외치는 원의 손가락 끝을 따라 진관이 황급히 시선을 옮겼지만 이미 그 골목은 텅 비어 있었다. 주군의 명을 끝까지 들을 것도 없이 진관은 시위들을 불러 반은 전왕의 주변을 지키도록 하고 나머지 반을 끌고 원이 가리켰던 방향으로 뛰었다. 하지만 결과는 헛걸음이었다. 누굴 쫓아야 할지도 제대로 모르는 상황에서 허탕을 친 진관이 돌아와 보니 원이 망연자실하니 굳어 있었다. 어쩐 일인지 그는 빈손으로 돌아온 수하를 나무라지 않았다.

"다시 빠져나갔어! 내 손안에 있었는데, 또다시!"

원이 손바닥을 내려다보며 중얼거렸다. 마치 손가락 사이로 그녀가 달아난 듯 쫙 벌린 손은 아까의 열기를 모두 잃고 싸늘하니 식어 있었다. 겨울바람이 그의 허허로운 마음만큼이나 을씨년스레 불자 원은 중심을 잃고 비틀거렸다. 얼른 그를 받쳐

안은 진관의 품에서 그는 부하의 소맷자락을 움켜쥐며 낮게 부르짖었다.

"나는 왕인데, 어째서 내 마음대로 되는 일이 없느냐 말이다!"

진관은 곧 울 것 같은 그를 부축하여 다시 극장 안으로 들어가 의자에 앉히고 진정되기를 기다렸다. 그의 짐작대로 전왕과 단둘이 있었던 사람이 현애택주가 틀림없다면 원이 폭발하는 것은 시간문제였다. 전왕의 흐트러진 눈이 조금씩 자리를 잡아가면서 진관의 불길한 예감이 점점 또렷해질 때 무대 뒤편에서 꺽꺽거리는 소리가 약하게 흘러나왔다.

"산, 어딜 간 거야, 아우!"

작지만 분명히 들린 소리에 뜨끔한 진관이 걱정스레 원을 돌아보았다. 아직 폭발할 기미는 보이지 않는다. 무대 뒤 흐느끼는 소리에 귀 기울이는 원의 야무지게 아물린 붉은 입술이, 아니, 그 입술이 머금고 있는 침묵이 진관에겐 엄청나게 무겁기만 했다. 빠드득, 팔걸이에 기댄 원의 한쪽 손안에서 무언가를 세게 문지르는 소리가 나더니 그가 착 가라앉은 어조로 말했다.

"저 소리를 내는 자를 데려와라, 진관."

말을 맺는 동시에 팍, 구슬이 그의 손안에서 깨졌다. 산호 부스러기가 투둑, 그의 손가락 사이를 빠져나와 옷자락 위에 떨어졌다.

19

혼전混戰

"어, 춥다, 추워."

화로에 쑤셔 넣을 듯 손을 바싹 들이대며 개원이가 연방 턱을 달달 떨었다. 허름하고 작은 방은 가운데 놓인 화로가 벌겋게 달아 있는데다 여러 명이 옹기종기 모여 있어 그런대로 훈훈한 편이었지만, 개원이의 엄살은 끊이지 않았다. 덜렁거리는 문을 등지고 있다는 이유에서였다. 한편으로는 방 안을 짓누르는 정적이 그를 불편하게 만들기 때문이기도 했다.

"우리 갈 곳은 엄청 따뜻하겠지, 중랑장? 사막이니까."

언제부턴가 장의의 직위 뒤 '나리'를 떼어 버리고 허물없이 부르는 개원이의 목소리가 처진 분위기를 띄우려는 양 밝았다. 그러나 돌아오는 장의의 대답은 그의 기대에 어그러졌다.

"아니, 겨울은 말할 것도 없고 여름에도 밤이면 추워. 사막이니까."

"이런, 제기랄!"

"그 입 좀. 애가 뭘 배우라는 거야?"

개원이의 험악해지는 입을 째려보며 송화가 옆에 앉은 난타의 귀를 두 손으로 막았다.

"내 입보다 네 입이 더 데설궂거든. 거기다 그놈은 이제 다 커서 나보다도 욕을 더 많이 안다고."

맞받아치는 개원이의 목청이 송화의 도끼눈에 기가 눌려 끝이 납작했다. 어느덧 열 살이 넘은 난타가 킥, 웃음을 물었다. 개원이의 말에 묘하게 수긍이 간 탓이다. 어른이나 아이나 다 똑같은 것들! 매섭게 돌아가는 송화의 눈알은 예전 그대로였다.

"춥건 덥건 가 봐야 알지. 이건 뭐, 짐만 싸 놓고 몇 년이나 이 작은 방에 눌어붙어 있으니."

"가, 가, 가 봐야 아, 알지. 지, 지, 짐만 싸, 싸 놓고……."

구석에 박혀 있던 필도가 한마디 던지자 염복이가 맞장구친 답시고 되풀이했다. 한창 잘 나가던 객잔을 갑작스레 정리하고 하마터면 전왕에게 붙잡힐 뻔한 산을 장의와 필도가 대담하게 구해 낸 지 3년이 되어 간다. 산을 한 번 본 전왕이 눈에 불을 켜고 그녀를 찾아 대도와 그 주변을 이 잡듯 뒤질 것이 뻔했다. 어디로 도망가지? 머리를 맞대고 끙끙대던 그들에게 산이 머뭇거리지 않고 말했다.

'타클라마칸의 마을에 가요. 거기엔 우리를 맞아 줄 친구들이 있고 누구도 찾아오지 못해요.'

그녀의 명쾌하고 단호한 태도에 모두 놀랐다. 그들이 위험을 무릅쓰고 대도에 머물렀던 건, 중대한 이유가 있었기 때문이다.

'수정후는 어쩌려고? 사막 한가운데 들어가면 어떻게 만나고 어떻게 찾아?'

따지듯 묻는 송화에게 산이 또 한 번 잘라 말했다.

'찾지 않아요. 우리는 우리대로 살면 되는 거예요.'

뭐라는 거야? 송화는 어이가 없었지만 더 이상 따져 묻지 않았다. 자신에게 일제히 쏠린 모두의 시선을 피하여 돌린 산의 검은 눈동자 속에 뭐라 말할 수 없는 슬픔이 가득 담겨 있었기 때문이다. 전왕과 만나서 무슨 말이라도 들은 것일까? 수정후가 이미 죽었다는 얘기라도? 그 잔인한 왕이 친구를 확실히 죽였다는 증거라도 보였다든지? 차마 산에게 묻지 못하고 저희들끼리 속닥대며 그들은 짐을 주섬주섬 쌌다.

극장과 행원의 사람들이 모두 무사한지만 확인하고 떠나자는 산의 의견을 존중해 출발을 조금 늦췄다. 그러나 걸인으로 변장한 필도와 염복이가 모두가 무사하며 전왕이 어떤 보복도 하지 않았음을 확인한 후에도, 그들은 임시 피난처로 정했던 산골짜기 암자를 떠나지 않았다. 겨울에 긴 여정은 어린 난타에게 너무 힘들 거라며 계절을 넘긴 것부터 시작해서, 가서 정착하기 위해 준비할 것이 적지 않다며 간단하게 싼 짐을 트집 잡기도 하고, 관원들에게 들키지 않고 관문을 무사히 통과할 방법을 고안한다는 등, 산이 이래저래 출발을 지연시켰던 것이다.

요 근래엔 고려왕이 대도까지 와서 좀처럼 환국할 기미가 없고 전왕과의 부자간 다툼이 심화된 점을 들어 좀 더 관찰하고 싶다며 미적대는 중이었다. 이젠 떠날 때가 되지 않았니? 철이 바뀔 때마다 묻던 송화가 지칠 정도였다. 그렇게 속절없이 흘러간 시간이 3년, 떠나고 싶지 않은 산의 본심을 모르려야 모를 수 없는 시간이었다.

　"지금도 수정후 나리를 찾고 싶은 거예요."

　비연의 한숨 섞인 목소리에 모두 고개를 끄덕였다. 그들도 3년을 그냥 보낸 것은 아니었다. 송화와 비연을 앞세워 여자들만의 이야기다 어쩐다 하며 산의 꽁꽁 숨겨 둔 속내를 파헤쳐 결국은 사막으로 들어가 버리겠다고 선언한 그 출발점을 모두 알게 되었다. 린을 찾지 않겠다는 산의 말처럼 믿을 수 없는 그 사실을.

　"다른 사내들은 몰라도 그 나리가 그럴 줄은 몰랐어."

　"나, 나, 나리가 그, 그, 그럴 줄은……."

　"이것들이 뭘 모르네. 아, 헤어진 지가 몇 년인데 그동안 수절하고 있을 사내가 어디 있어? 중도 아니고! 한 번 맛을 보면 참는 데 한계가 있는 게 여자야, 이것들아!"

　필도와 염복이가 불퉁하게 투덜거리는 가운데 개원이가 타박을 놓았다. 그러나 그는 송화가 내지른 발끝에 어이쿠, 옆으로 뒹굴었다.

　"그래도 그럴 사람이 아니야. 못 믿겠어, 난."

　송화의 말에 비연이 힘차게 고개를 끄덕였다.

"그래요, 나리를 직접 만나서 들은 것도 아니고 그저 같이 있다는 여자를 본 것뿐이잖아요. 그 여자가 나리랑 무슨 관계일지 누가 알겠어요?"

"남자랑 여자랑 함께 다니면 그게 무슨 관계겠어, 그렇고 그런 관계지. 어이쿠!"

옆구리를 잡으며 일어나던 개원이가 송화에게 또 얻어맞고 쓰러졌다. 또 맞을까 봐 섣불리 일어나지 않고 엎드린 채로 그가 볼멘소리를 했다.

"그럴 사람이면 어떻고 아니면 또 어때? 여기서 언제까지 싸 놓은 짐만 멀거니 쳐다보면서 비비적댈 거냐 말이야. 사막이건 바다건 갈 거면 빨랑빨랑 가야지!"

송화가 눈을 부릅뜨자 개원이의 자라목이 더욱 움츠러들었다.

"야 이년아, 내 말은 애가 들으면 안 되고 네년이 노인네 걷어차는 건 애가 봐도 되니? 애가 뭘 보고 배우겠어!"

"말을 못 가리면 매를 번다는 걸 배우겠지."

좁은 방 안에 같이 있는 시간이 길어져서인지 싸움이 잦았다. 언제나 이들 사이를 말리는 사람은 장의. 이번에도 그가 두 사람 사이에 끼어들었다.

"그만들 하시게. 개원 형의 말도 옳아. 이대로 언제까지 있을 순 없지. 아가씨를 설득하여 떠나야 할 때가 되었다고 나도 생각해."

"조금만 더 기다려요, 우리."

장의에게 대답하는 송화의 말투가 자못 순했다. 손바닥 뒤집듯 노골적으로 변한 그녀의 태도에 골이 난 개원이가 '뭘 기다려?' 중얼거렸지만 아무도 주목하지 않았다. 송화의 진지한 목소리에 뭔가가 있음을 모두 직감한 것이다.

"어쩌면 수정후를 찾을 수 있을지도 몰라."

화로를 중심으로 둥글게 둘러앉았던 일행의 몸이 일제히 송화 쪽으로 기울었다.

"일전에 우리, 객잔을 정리한 돈을 개경에 계신 정비마마께 보냈었잖아. 그때 내가 서찰 한 통을 끼워 넣었어요. 수정후의 행방을 알게 되거든 우리 쪽에 꼭 알려 달라고."

엇, 일동의 입에서 불분명한 소리가 제각각 튀어나왔다. 고려를 떠날 때 누구보다도 큰 도움을 주었던 정비, 단에게 진 빚을 내내 잊지 않았던 그들이었다. 객잔을 정리하고 사막으로 떠날 채비를 갖추자, 뒤늦게 산이 정비에게서 받았던 은과 보석들을 갚았으면 좋겠다고 제의했고 모두 흔쾌히 동의했다. 단에게 받았던 만큼 돌려주어도 그동안 열심히 번 덕에 그들의 수중엔 여전히 적잖은 돈이 남아 있었고, 어차피 사막에 들어간다면 그것만으로도 넘쳤다. 그래서 몇 달 전 고려로 떠나는 상인 편으로 궤짝 하나를 부쳤는데, 거기에 송화가 편지를 동봉했다는 것이다. 잘한 일인지 못한 일인지 얼른 판단을 내리지 못해 모두 놀란 탄성만 낼 뿐, 뭐라고 대꾸하지 못했다.

"그건 경솔한 일인 것 같군."

한참 만에 가장 먼저 입을 연 장의가 어두운 낯으로 말했다.

"우리가 여기에 있다는 걸 알리는 꼴이 되잖나. 우린 어디까지나 도망 다니는 신세야."

"하지만 지푸라기라도 잡아야 할 거 아녜요. 수정후가 살아 돌아다닌다는 걸 안 이상 만나고 싶다면 무슨 수라도 써야죠. 산이야 어디 있는지 몰라서 못 찾아온다고 해도, 적어도 누이동생은 찾아가지 않겠어요?"

"하지만 그분은 전왕전하의 비야."

"전왕의 손에서 우릴 빼내 도망치게 해 준 분이죠."

"아니, 그렇다고 해도……."

장의가 좀처럼 찌푸린 미간을 펴지 못하고 일어났다.

"전혀 위험하지 않다고 할 순 없지. 아가씨와 의논해 보세. 어디 계신가?"

"얼음 계곡 쪽에서 수련하고 있을걸요."

난타가 냉큼 대답하여 장의는 문을 열었다. 쌩하니 깊숙한 산골 차가운 바람이 매섭게 불어 닥쳐 모두 오그라들었다.

"송화 이 방정맞은 년, 어째 우리랑 의논도 없이 함부로덤부로 답치기를 놓고 그래?"

"그럼 언제까지 애가 기운 쫙 빠져서 골골거리는 걸 손 놓고 보고만 있어? 뭐라도 해야 할 것 아냐."

그가 빠지자 말릴 사람도 없이 서로 왈왈거리는 두 사람의 시끄러운 입씨름을 뒤로 들으며 장의는 문을 닫았다. 그들이 있는 암자는 대도에서 그리 멀지 않았지만 비워진 지 워낙 오래되었고 자작나무가 우거진 산속에 제법 깊숙이 들어서 있어 사람들이 그 존재도 잘 몰랐다. 겨울이 되면 바작바작 얼어붙어 발을 옮기기 힘든 바위들 틈으로 수정처럼 투명하게 어는 얕은 얼음이 암자 바로 밑에서 산 아래까지 구불구불하니 길게 이어진다. 그 중간에 못처럼 둥글게 고인 부분이 있는데 거길 산과 난타는 얼음 계곡이라고 불렀다. 얼음지치기를 좋아하는 두 사람의 놀이터이기도 한 그곳은 산이 답답한 가슴을 풀어내기 위해 혼자 검을 휘두르며 시간을 보내는 곳이기도 하다.

장의가 미끄러지지 않도록 끈을 칭칭 감은 가죽신을 신고 바위들을 건너뛰는 동안, 산은 칼을 놓고 나뭇등걸에 걸터앉아 잠시 쉬고 있었다.

손이 한가하게 비면 꼭 장포 안쪽에 있는 작은 비단 주머니를 만지작거리게 된다. 가느다란 실에 꿰어 목에 매달아 놓은 주머니는 체온으로 데워져 따뜻했다. 얼마나 주물렀는지 이름을 수놓은 은실이 풀려 나달거렸다. 주머니를 만지면 이걸 가지고 있었던 사람이 그가 아니라 생전 처음 봤던 낯선 소녀였음을 상기하게 된다. 그리고 불쑥 나타났던 그는 헝클어진 머리칼을 어지러이 흩날리며 수년 동안 그만을 기다려 왔던 그녀의 바로 앞에서 그 낯선 소녀를 안고 바람처럼 사라져 버린다……

"나쁜 놈."

반복해서 떠오르는 그 장면은 마치 금방 겪은 일처럼 생생하여 그녀의 가슴을 후벼 낸다. 물론 그녀는 짙은 분장을 해 얼굴이 온통 퍼렇고 검었으며 진진의 의상을 걸쳐 영락없이 배우였지만, 그래서 그가 그녀를 알아보지 못했대도 그럴 수 있다고 이해해 줄 수도 있었지만, 그 장면만은 도저히 용서가 되질 않았다.

'따뜻한 사람이야. 날 구해 주고 지켜 주고 돌봐 줘.'

발그레하니 홍조가 피어오른 볼에 수줍게 볼우물을 지으며 베키가 말했었다. 그녀가 아닌 다른 사람이 그에 대해 그런 말을 할 줄은! 그녀가 갇혔을 때, 도망칠 때, 사막에서 고꾸라져 있을 때 그녀를 구해 주고 지켜 주고 돌봐 준 사람은 누구였던가? 그이길 바랐지만 늘 다른 사람이었다. 그는 엉뚱하게도 그녀를 놔둔 채 다른 여자를 돌봤던 것이다! 게다가 그 여자는 그녀가 간절한 마음을 담아 준 주머니까지 가지고 있었다!

"멍청이."

찡하니 시큰하게 울리는 콧잔등을 움찔거리며 산이 입술을 꼭 깨물었다. 도대체 어떻게 된 거야, 린? 어째서 이 주머니가 그 여자애 품에 있었던 거야? 어째서 그 여자애랑 대도를 누비고 다녔던 거야? 어째서 그 여자애를 껴안고 갔던 거야? 눈앞에 그가 있다면 멱살이라도 쥐어흔들며 소리쳐 묻고 싶은 산이었다. 그러나 그를 만날 길은 아무래도 없는 듯하다.

'오늘 떠나면 언제 또 올 수 있을지 모른단 말이야.'

소녀가 그렇게 말했던 만큼 이렇게 무한정 대도의 주변에서 서성거린들 그와 옷자락이라도 스칠 기약이 없다. 운이 좋아 만난다고 해도 그가 혼자가 아닐 거라는 두려움이 문득 들어, 산은 부르르 떨었다.

"난 이제 어쩌라는 거야! 린, 이 멍청이!"

멍청이, 멍청이, 멍청이…… 얼음과 바위에 부딪쳐 소리가 울리며 잦아드는 순간, 바닥에 깔린 마른 잎들이 바스락, 낮은 비명을 질렀다. 두근, 산의 심장이 빠르게 뛰었다. 그녀가 저도 모르게 '멍청이!'라고 외쳤을 땐 늘 이상한 조짐이 있었다. 벌떡 일어난 그녀는 등 뒤의 숲을 탐색하기 위해 바위 아래로 뛰어내리려 했다. 그러나 그녀 스스로 도약하기 전에 두 다리가 둥실 허공에 떴다. 무슨 일이지? 상황을 파악하려 했을 땐 이미 두 눈이 캄캄하니 가려지고 입에 재갈이 물린 뒤였다. 허리 뒤로 꺾인 팔이 단단히 결박되고 이내 커다란 자루 같은 것이 머리 위에서부터 씌워지는가 싶더니 몸 전체가 번쩍 들렸다.

온몸이 껑충껑충 흔들리는 품이, 누군가에게 번쩍 들려 실려 가는 게 분명했다. 비연아! 송화 언니! 필도 오라버니! 개원이, 염복이 아저씨! 장의 오라버니! 그녀는 쉴 새 없이 친구들의 이름을 불렀지만 자루 밖으로 흘러 나가는 것은 끙끙거리는 신음뿐, 그나마도 사납게 부는 바람 소리에 묻혀 버렸다. 누구든 와 줘, 제발! 그나마 움직일 수 있는 두 발을 세차게 흔들어 대는 그녀의 귀에 멀리서 그녀를 부르는 소리가 희미하게 들렸다가 아스라이 사라졌다.

얼음 계곡에 도착한 장의는 바위 위에 달랑 놓여 있는 낯익은 검을 주워들었다. 평소에도 장난을 좋아하여 몸을 숨기는 일이 잦았던 산이었다. 또 시작이구나 싶어 주변의 바위틈까지 훑어본 장의는 온데간데없는 그녀에게 두 손을 들고 패배를 시인하며 큰 소리로 불렀다.

"아가씨! 아가씨! 졌습니다. 긴히 할 얘기가 있으니 어서 나오시죠."

잠시 기다렸지만 기척이 없었다. 장의가 다시 한 번 더 하얀 김이 굴뚝처럼 뿜어 나오는 입에 손을 둥글게 말아 대고서 크게 불렀다. 역시 대답이 없었다. 장난이 심하긴 해도 친구들을 걱정시킬 만큼 시간을 끄는 그녀가 아니다. '항복!'을 외치면 금세 깔깔거리며 생각지도 못한 곳에서 툭 튀어나오곤 했다. 거기에 생각이 미친 장의의 목소리가 다급해졌다.

"아가씨! 어디 있소! 산! 산!"

그는 산의 칼을 쥐고 암자로 내달리기 시작했다.

왕은 면경에 비친 자신의 얼굴을 오랫동안 들여다보았다. 백발이 성성한 머리칼은 물론이고 굵고 가는 주름들로 온통 덮인 피부와 푹 꺼진 잿빛 뺨, 비 온 뒤 무성히 솟아난 죽순처럼 얼굴의 어느 한 군데 빠지 않고 골고루 피어난 검버섯까지, 늙고 허약한 그의 몸 상태가 집약되어 드러난 얼굴이었다. 일흔하고도 하나. 결코 짧지 않은 인생이었으나 지금이 바로 그 생의 마지막이 아닌가 하는 두려움에 시달리는 요즈음이었다. 이번에야말로 반드시 아들을 나락으로 떨어뜨리겠다고 굳게 결심하여 고려를 떠난 지 1년이 훌쩍 넘어섰다. 그동안 부쩍 노쇠해진 몸이 아들의 비참한 종말을 볼 때까지 견딜 수 있을지, 거울 속 반송장의 노인을 바라보는 왕은 자신이 없다.

왕이 입을 쫙 벌려 이를 드러내 살펴보았다. 앞니가 깨져 모양이 형편없었다. 그가 대도에 도착하여 아들의 집에 머무는

368

동안 변소에 가다 엎어져 깨진 것이다. 음식을 먹기도 어렵고 아프기도 하려니와 창피하기가 이루 말할 수 없었던 사건이었다. 주변의 총신들이 '전왕이 조심스레 모시지 않아 생긴 일'이라며 부추기는 통에 늙은 왕 자신도 그렇게 믿게 된 사건이기에, 마음이 약해질 때면 아들에 대한 적개심을 불태우기 위해 그는 앞니를 살펴보곤 했다. 부러진 앞니 덕에 아들의 집을 떠나 부다슈리 공주가 거처하는 지후사로 옮겨 마음껏 전왕 폐위를 의논할 수 있으니 어찌 보면 전화위복이라고나 할까. 왕은 부러진 이를 혀로 쓱 쓸어 본다.

"이제 치우렴."

왕의 말에 송균이 두 손으로 받쳐 들었던 거울을 얼른 치우고 동료들의 사이로 쏙 들어갔다. 기운이 다하여 의자에 눕다시피 앉은 왕을 둘러싼 총신들은 송인과 송방영, 한신, 송균, 왕유소와 김충의金忠義 등 이른바 송인의 사람들이다.

"그래, 재상들이 어느 쪽으로 기울었느냐?"

왕이 묻자 송방영이 한 걸음 앞으로 나왔다. 옥새가 찍힌 백지 사건 당시 우승상 하라하순이 보낸 병부상서 백백伯伯에 의해 외오아 문자의 밀서를 작성한 주모자로 지목되어 감옥에 갇혔던 송방영은, 뻔뻔스럽게도 여전히 왕의 가까운 자리를 차지하고 있었다. 이미 위기 상황이 오면 구원을 청하기 위해 손을 써 둔 송인의 덕이었다. 송인이 누이를 황제의 유모의 아들에게 시집보내 두었던 것이다. 황제의 유모는 조정에선 아무것도 아니지만 황제와 황후의 내실에서는 누구 못지않게 막강한 영향력을 행사하는 인물이었다. 게다가 불루간 황후의 귀애를 받는 환관 이복수가 이미 이들의 편이었다. 원나라에까지 죄인으로 끌려간 송방영은 유모와 환관의 힘으로 풀려나 버젓이 그의 매부인 왕유소와 함께 황궁의 재상들을 만나고 다닐 수 있었다. 송방영이 왕에게 아뢰었다.

"아쿠타이 좌승상과 바트마신[八都馬辛] 평장平章*은 전하의 뜻에 기꺼이 동의하였습니다. 전하와 전왕의 불화가 온전히 아들의 도리를 지키지 못하고 공주와 화합하지 못하는 전왕의 책임이라는 점도 알고 있었고, 서흥후에게 공주를 재가시켜 후계로 삼는 일도 찬성하였습니다. 전왕이 불가에 귀의하는 일에도 긍정적이었습니다."

"오호라, 잘되었다. 그럼 우승상은? 우승상에겐 누가 가 보았느냐?"

"제가 만나 보았습니다, 전하."

왕유소가 한 걸음 나섰다. 송인이 왕의 뒤에서 계략을 세우는 모사꾼이라면 왕유소는 전면에 나서 일을 처리하는 행동 대장이었다. 예전 그가 독노화로 간 사이 환관 김려가 그의 아내를 왕에게 바쳐 출셋길에 오른 왕유소는 인질에서 해방된 뒤 매우 적극적으로 송인의 계획에 참여해 왔다. 송방영의 희망찬 어조에 비해 왕유소의 그것은 다소 어두웠다.

"우승상 하라하순은 이미 전왕에게 넘어간 듯 보였습니다.

---

* 평장정사.

370

부왕을 홀대하고 암암리에 괴롭히는 전왕의 행실을 부정하지는 않았으나 이쪽의 계획에는 거부감을 드러냈습니다. 그가 말하길, '이질 부카 왕은 선황의 외손이자 황상폐하의 사촌이고, 부다슈리 공주 역시 종실의 딸인데 왕을 폐적廢嫡*하고 공주를 개가시키는 것이 온당한가.' 하였습니다. 또한 '서흥후는 왕의 아들도 아닌데 어찌 후계로 삼느냐.'며 냉담히 굴었습니다."

"험, 그것 참……."

안색이 불그죽죽하니 변한 왕이 무안한 듯 목을 가다듬으며 입맛을 쩍 다셨다. 그가 고려를 떠나오면서까지 심혈을 기울였음에도 아들이 쉽게 나가떨어지지 않는 데는, 그보다 아들을 더 인정해 주는 고관들이 궁정에 버티고 있기 때문이었다. 그렇지 않아도 고려로 되돌아가도록 독촉을 받는 터에 성과 없이 물러날까 수심이 깊은 왕이었다. 이번이 아니면 기회는 영영 올 것 같지 않은데 늙고 병든 몸이 견뎌 줄 수 있을까? 송인이 조용히 흘리는 목소리가 방 안에 나지막이 깔렸다.

"염려하실 것 없습니다, 전하. 전왕이 왕으로 불리는 것은 오직 황상의 숨이 붙어 있는 동안뿐입니다. 황상의 병이 깊은 지 이미 2년째입니다. 불루간 황후가 좌승상이나 바트마신 평장 등과 손잡고 조정을 착실히 장악해 온 기간도 딱 그렇습니다. 이제 곧 황상이 붕어하시면 전왕은 황후에게 속수무책으로 당할 것입니다. 이미 유모와 환관 이복수가 수차례 황후에게

---

* 적자로서의 신분이나 권리를 폐함.

전왕을 참소하여 황후가 전왕을 매우 미워하고 있으며, 모든 신료들을 이끈다는 바얀 평장도 지금은 전왕 폐위에 대해 아무 반응도 보이지 않지만 뒤로는 황후의 편이니, 전왕이 머리를 깎고 절에 들어가는 것은 시간문제인 것입니다."

왕이 고개를 끄덕했다. 그렇다, 문제는 시간. 황제보다 그가 오래 살면 자연 해결되리라. 그렇다면 내가 조금이라도 기운을 내어 오래 살아야지! 왕이 끙, 몸을 일으켰다.

"침상에 누우련다. 날이 부쩍 추운데다 아직도 여름에 앓던 몸이 회복되지 않아 으슬으슬하구나. 몸을 좀 따뜻하니 데우고 싶다."

왕이 부축을 받으며 눕는 중에 눈을 째긋거리며 눈치를 주었다. 따뜻하게 껴안고 누울 여자를 들이라는 뜻이다. 손가락 하나 까딱하기도 귀찮을 만큼 무겁고 노쇠한 육체였지만 색탐은 그대로인지 혼자 눕는 법이 없었다. 이미 가을께 나은 병을 들먹이며 이불 속으로 파고들어 가 여자를 구하는 노인을 보고, 신하들은 허리를 숙여 알았다는 시늉을 했다. 왕은 여름부터 가을까지 이질에 시달렸었다. 시달렸다기보다는 이쪽에서 병에 걸리고자 안달했다는 것이 맞을 것이다.

사정은 이렇다. 하도 오랫동안 고려를 떠난 왕에게, 전왕에게 호감을 가지고 있는 신하들이 그만 돌아가자고 졸랐다. 궁에 들어올 때부터 전왕에게 마음을 뺏긴 숙창원비의 오빠 김문연이 대표적이었다. 은근히 전왕의 편이던 그가 강력하게 환국을 청하자 왕은 '전왕이 내가 환국하길 기다려 강을 건너는 배를 침몰시키려 한다더라.'며 고개를 저었다. 그러자 김문연은 그에게 동조하는 신하들과 더불어 국왕을 모시고 돌아가고 싶다며 황제에게 아뢰었고, 황궁에서는 왕에게 전별연까지 베풀며 환국을 독촉했다. 물론 여기에는 전왕 원의 배후 작업이 있었다.

빈손으로 돌아가고 싶지 않았던 늙은 왕은 약을 마셨고 일부러 이질에 걸려 앓아누웠다. 고희에 몇 달간 곱똥을 누며 배앓이를 심하게 했으니 완쾌된 후에도 환국이 자연 늦어질 수밖에 없었고, 누워 있는 것은 왕의 일상적인 자세가 되었다. 그리고 그 일상엔 항상 여자들의 봉사가 포함되어 있었다. 왕이 바라는 바를 너무나도 잘 알고 있는 총신들은 말없이 물러나 미리 준비해 둔 농염한 기녀를 들여보냈다.

"무리를 하시면 안 될 터인데."

왕유소가 이럴 때마다 매번 되풀이하던 걱정을 한다. 늙은 왕이 혹여나 체력을 너무 소모하여 어처구니없이 생을 마감하면 전왕의 복위는 불 보듯 뻔한 것이다. 송방영이 매부를 토닥였다.

"걱정 마시게. 기녀에게 미리 당부해 두었으니 알아서 하겠지. 그렇지 않은가?"

송방영이 송인을 돌아보며 동의를 구했으나 송인은 그들과 눈을 맞추지 않았다. 한쪽 눈썹을 찡그리고 입을 무겁게 내린 것이, 귀찮아하는 기색이 역력했다. 아까 왕에게 진언할 때도, 좋게 말해 조용하고 차분한 태도였지 사실은 무심하고 차갑기

짝이 없었다. 그가 이런 태도를 보인 것이 하루 이틀의 일이 아님을 잘 아는 송방영은 또 불안해진다.

"자네가 바라는 대로 일이 착착 진행되는 중인데 어째 그리 기운이 없는가?"

"정말 그래. 전왕은 아직도 자네가 자기 사람인 줄 착각하고 있다면서? 모든 게 자네 계획에 잘 들어맞고 있네그려."

왕유소의 맞장구에 송인이 피식 드러내고 비소를 흘렸다. 새가슴이 덜컹하는 소심한 송방영이 왕유소의 말을 조금 수정했다.

"물론 자네의 계획이 조금 늦춰지긴 했지……. 밀서들이 들통 나면서 전왕 쪽에서도 적극적으로 나서 공방이 지루하게 이어지기도 했고. 하지만 정국과 시간은 우리 편이잖나. 자네 말대로 이제 황제만 세상을 뜨면……."

"그렇게 기다릴 필요가 있겠소?"

동지밀직사사同知密直司事 한신이 끼어들었다. 일당 중 나이가 가장 많은 그는 원종대왕 시절 무인 집권자 임연을 토벌한다는 명목으로 난을 일으켜 서경을 포함해 북계北界 54성과 자비령慈悲嶺 이북의 6성을 몽골에 바친 대표적인 부원附元 반역자였다. 그가 바친 땅에 몽골이 설치한 동녕부에서 총관摠管을 지냈고, 동녕부가 폐지된 후에도 대장군의 직함을 얻어 권력의 주변을 떠나지 않았던 그는 오래전부터 전왕과 사이가 좋지 않았다. 그가 내놓은 해결책은 매우 단순하고 명료한 것이었다.

"전왕이 없어지면 간단하지 않소."

"어허, 큰일 날 소리."

송방영이 파랗게 질렸다.

"전왕이 지금 황실에서 얼마만큼 주목받는지 몰라서 하는 말씀이오. 황후와 재상들로 하여금 그를 끌어내야지, 자객을 시켜 피를 본다면 우린 뼛조각 하나 온전히 수습할 수 없게 될 겁니다. 중으로 만드는 걸로 충분합니다. 황제에 대한 반역이 아니고서야 몽골인들은 황족을 결코 죽이지 않고 신하에게 죽임을 당하도록 내버려두지도 않을 터이니."

"괜찮겠지요, 죽이는 것도."

얼음처럼 깨끗한 저음이 송방영의 가슴을 싸하니 내려앉게 했다. 휘둥그레진 눈으로 그가 돌아보니 송인은 무표정하니 허공을 응시하고 있었다.

"자네! 그것까지 자네 계획에 있는 겐가?"

송방영 못지않게 놀란 얼굴로 왕유소와 한신, 나머지들도 눈알을 희번덕거리며 서로 눈짓을 주고받았다.

"하지만 내가 당한 만큼 갚아 주기 전까지는 안 됩니다."

그의 입에서 보다 자세한 이야기가 나오길 기다리는 그들을 뒤로하고, 알쏭달쏭 애매한 한마디만 남긴 채 송인이 저벅저벅 걸어갔다. 남은 사람들은 멀어지는 그의 등을 황망히 보다가 저마다 이맛살을 찌푸리며 고개를 갸웃거렸다.

"저 사람 왜 저러나?"

한신의 목소리에 짜증이 배었다.

"그러게 말이오. 영 맥이 없는 게 정신이 반쯤은 나간 사람

같구먼. 전왕 폐위고 뭐고 의욕을 보이지 않으니……. 제가 먼저 추진하여 우리를 조종하여 놓고선."

왕유소도 어깨를 으쓱하며 불쾌한 시선으로 송인이 사라진 자리를 노려보았다. 나머지도 제각기 비슷한 어조로 투덜대기 시작했다. 송방영만이 입을 꾹 다물고 안타까이 두 손을 비볐다. 그들의 책사로서 늘 중심에 서 있던 송인이 조금씩 변하기 시작했다. 매사에 그가 시큰둥한 반응을 보이면서 그들끼리의 결속력도 느슨해지기 시작한 참이었다. 왕유소나 한신은 자신들의 역할이 더 커질 것을 기대하고 무기력해진 송인을 은근히 반기는 눈치였지만, 송방영은 다른 생각이 들었다. 고려 내 권력을 송두리째 쥐고 흔들어 왕까지 발아래 두려 했던 것이 송인의 예전 목표였다면, 지금은 오직 결과에 관계없이 전왕의 최후만을 노리는 느낌이다.

불길해, 불길해! 송방영이 부르르 몸을 떨었다. 서흥후를 왕위에 올리고 그 이후를 구상하느라 신이 난 나머지 다들 보지 못한다, 송인의 가슴속에서 점점 커지는 광기를.

'나만이 알고 있다. 그가 미친 것을 아는 사람은 나뿐이야!'

따뜻한 가죽을 장포 안에 둘렀음에도 송방영의 어깨가 움츠러들었다.

제정신이 아닌 사람처럼 휘적휘적 걷긴 했지만 송인은 동료들의 시선을 따갑게 느끼고 있었다.

'탐욕스러운 것들! 늙은이에게 알랑거리며 마음껏 해 먹어라, 방법은 이미 가르쳐 줬으니!'

송인은 조금 전 슬쩍 비췄던 비웃음을 허공에 마음껏 뿌렸다. 자신이 그 탐욕스런 무리의 엄연한 배후이자 실질적 수장이며 그들의 권력욕을 부채질하고 부추겨 온 장본인임에도, 그의 조소는 거리낌이 없다. 물론 죄책감도 없다. 전왕을 제거하고 고려의 최고 권력자가 될 기회가 바야흐로 무르익은 지금, 예전 같으면 그들보다 더 눈에 불을 켜고 달려들었을지도 모른다. 그러나 왜일까? 시시하다. 재미가 없다. 계략을 짜고 음모를 다듬으며 사람들을 농락하는 즐거움을 나눌 사람이 없다. 송방영이나 다른 이들이 그를 바라보는 눈길에 여전히 경탄의 빛이 돌았지만 그것이 '나눔'이라고 송인은 생각하지 않는다. 시간이 갈수록 그는 외롭다. 그와 전적으로 모든 것을 공유하는 사람이 없다. 술수와 비열함과 광기까지, 그 모든 것을 나눌. 그런 그에게 남은 바람은 하나, 그를 처절히 외롭게 만든 사람에게 이 뼈 시린 감각을 철저히 되돌려 주는 것이다.

"어머나, 깔깔깔!"

짜랑거리는 웃음소리에 송인은 우뚝 멈췄다. 얕은 담 너머에 있는 공주 부다슈리의 전각에서 새어 나온 그녀의 금속성 웃음소리가 건조한 겨울 공기를 타고 사방으로 번졌다.

'서흥후가 어지간히 마음에 드는 모양이군.'

송인은 웃음의 주인이 누구인지 확인하고 다시 걸음을 옮겼다. 서흥후와 함께 있는 공주는 조심성이 없다. 시아버지인 왕이 지척에 있으나 아랑곳하지 않는 눈치였다. 하긴 그 시아버지가 걸핏하면 왕전을 불러 그녀의 방으로 밀어 넣으니 당연하다면 당연한 태도일 수도 있겠다. 어쨌든 공주의 노골적인 반응 때문에 주위 사람들 모두 그녀의 마음이 누구에게 쏠렸는지 다 알았고, 그것은 별거하고 있는 그녀의 남편도 익히 아는 바다. 물론 그녀의 남편은 그녀를 놓아줄 마음이 없다. 사랑해서가 아니라 자신의 신분을 잃지 않기 위해. 지금 그녀의 앞에서 달콤한 말을 속살거릴 왕전도 마찬가지. 사랑이 문제가 아니라 왕좌가 문제다. 사내들의 그런 이기적이고 냉혹한 권력욕 속에 정숙하지 못한 엉덩이를 들썩이며 깔깔거리는 공주가 여자로서 불쌍하다.

'불쌍하다고? 나, 송인이, 여자를, 가엾게 여긴다?'

송인은 스스로를 비웃지 않을 수 없었다. 동정심이라! 그에게 어울리지 않는 감정이다. 여자란 그의 목적을 위해 써먹을 도구가 아니던가. 유일하게 그가 허물어졌던 여자조차도. 아마도 그에게 전혀 어울리지 않을 이 간지러운 감정은 얼마 전에 보았던 한 여자의 맑은 눈빛에서 시작되었던 것 같다. 차갑고도 온전한 슬픔만이 보이던 그 눈.

"모두 승지에게 맡기겠습니다."

그녀가 말했었다. 자신을 버린 남편을 위해 사랑하는 형제를 포기하는 여인치곤 너무 깨끗했던 눈동자. 그녀, 왕단의.

그녀를 찾아 송인이 잠시 개경에 들렀던 계기는, 그의 장난감에 불과한 서흥후 왕전이 누이동생에게서 놀라운 소식을 들었다며 펼쳐 보인 편지 한 통이었다. 밝힐 수 없는 경로를 통해

378

셋째 오빠가 살아 있다는 사실을 알게 되었다며 혹여 셋째 오빠가 형을 찾아가거든 긴히 전할 말이 있으니 꼭 자신을 찾아오도록 일러 달라는 내용이었다. 그 편지를 보자 송인은 머릿속에 한줄기 빛이 관통하듯 온몸이 찌릿했다. 그는 다급히 개경으로 달려갔다. 왕린이 살아 있다, 전왕이 벽란도에서 죽였던 그 왕린이! 송인은 그의 생존에 이상하리만큼 희열을 느꼈다. 살아서 어딘가를 돌아다니고 있을 왕린과 그의 누이가 그에게 긴밀히 전하고 싶다는 말은, 분명 전왕의 가슴을 찢어 놓고 생채기를 깊숙이 헤집을 무기가 될 것이었다. 그것이 무엇인지 알 수는 없어도 송인의 예리한 직감은 불행의 냄새를 짙게 맡았다. 그리고 그 불행은 고스란히 전왕의 몫이리라. 그러나 흥분한 그에게 단은 좀처럼 쉽게 먹이를 내주지 않았다.

"두 분 전하를 이간하려는 승지의 책동을 잘 알아요. 외오아 문자 밀서나 옥새 사건을 나 역시 들었단 말입니다."

보기보다 야무지게 잘라 말하는 그녀에게 송인은 안타까이 고개를 저어 보였다.

"그리 여기시는 것도 무리가 아니겠으나 마마, 오해십니다."

"오해라고요? 그 일이 탄로 나 행성에 갇힌 일을 알고 있는데, 오해라고요? 지금도 주상전하를 대도까지 모시고 가서 내 오라버니를 부추기고 전왕전하를 괴롭히면서?"

"그런 흉모를 꾀하는 자들과 함께 있다는 것은 부인하지 않겠습니다. 그러나 제가 그들과 어울리는 시늉을 하는 것은, 전왕전하를 해칠 간계를 알아내어 일이 나기 전에 막기 위해서입니다. 이는 전왕전하께서도 잘 아시며 제게 친히 그리 하라 명까지 내리신 일입니다."

송인은 혹여 이런 반발에 부딪칠까 싶어 가지고 온 원의 친필 편지를 꺼내 그녀에게 보여 주었다. 원의 필체와 인장을 확인한 단이 반신반의, 당혹한 안색으로 그를 떨떠름하니 보았다. 잘 보셨죠? 말하듯 눈썹을 찡긋 올리며 송인은, 흔들리기 시작하는 그녀가 다른 의심을 품을 시간적 여유를 주지 않기 위해 단숨에 공격해 들어갔다.

"제가 이렇게 달려온 것은 전왕전하의 안위가 매우 위태롭기 때문입니다. 이는 왕작을 잃는 문제가 아니라 그 이상의 문제입니다."

"그게 무슨 뜻인가요? 전하의 옥체를 노리는 흉적이라도 있다는 말인가요?"

그녀의 입술이 바르르 떨렸다. 송인은 자신의 주도권을 확신했다.

"이태 전쯤 전하께서 왕자 아기씨들과 함께 잡극을 보러 가셨다가 봉변을 당하신 일을 풍문으로 들으셨겠지요. 다행히 무사하시어 마치 아무 일도 아닌 양 전하께서 덮으셨지만 그것이 시작이었습니다. 전왕전하께서는 끊임없이 위협을 느끼고 계십니다."

"감히 누가? 설마 부왕께서 지시하신 것은 아니겠지요?"

"결코 아니올시다."

"시위들은 무엇을 한단 말입니까? 황실에서는?"

"자객은 보통 인물이 아닙니다. 황실에서 더 많은 시위를 보내어 밤낮으로 전하를 지킨다고 해도 능히 뚫고 들어갈 수 있는 사람이지요. 그 사람은……."

"그 사람은?"

"송구하오나……, 수정후올시다."

파드닥, 탁자 위에 놓여 있던 그녀의 손가락이 소매 속에서 순간 요동을 쳤다.

"그, 그럴 리가 없어요. 내 오라버니가 사라진 지 벌써 10여 년이 되었어요. 이미 이 세상 사람이 아닐 거예요……."

단의 시선이 어지러이 흔들리며 송인을 피했지만 그의 거짓말을 눈치 채고 그런 것은 아니었다. 더듬거릴 정도로 당황했던 그녀는 이내 표정을 가다듬고 힘을 주어 말했다.

"설사 살아 있다 해도 오라버니는 결코 전왕전하께 해를 끼칠 사람이 아닙니다."

"저 역시 수정후의 됨됨이를 압니다, 마마."

송인이 동정의 빛을 가득 띤 눈으로 그녀를 바라보았다.

"수정후와 함께 비밀리에 일을 한 적도 있습니다. 그가 어떤 사람인지, 전왕전하를 어떻게 섬겼는지 누구보다도 잘 아는 사람이 바로 저올시다. 아마 전왕전하의 눈앞에서 거의 죽어 가던 수정후를 보지 못했다면 저 역시 마마와 같은 생각이었을 테지요……."

"전하의 눈앞에서 거의 죽어 가던……이라니?"

"굵은 몽둥이를 든 사내 십수 명에게 뭇매를 맞아 순식간에 살이 터지고 팔다리가 꺾였습니다. 차마 눈 뜨고 볼 수 없어 제가 고개를 돌렸을 정도로 처참하였습니다. 그 당시에 수정후가 죽었다고 생각될 정도였으니까요."

"그걸 전하께서 명령하셨다고요?"

"바로 그 앞에서, 수정후의 면전에 대고."

헉, 단이 숨을 가파르게 삼켰다. 파랗게 질린 그녀를 보자 제대로 먹혔다는 느낌이 송인의 가슴에 팍 꽂혔다.

"반역죄라고 하지만 수정후가 전하를 반역할 사람이 아님을 저는 잘 압니다. 아마도 전하께는 다른 이유가 있었던 거지요, 수정후를 반드시 없애지 않으면 안 될."

"아아, 그분은 그렇게까지 해서……, 그렇게까지 해서 그 사람을 가지려고 했다니!"

그녀가 한 손으로 가슴을 쥐어뜯듯이 눌렀다. 잽싸게 머리가 돌아가는 송인은 그녀의 말뜻을 대번에 알아채고 깜짝 놀랐다. 그 자신도 막연하니 짐작할 뿐인 전왕과 왕린, 현애택주가 서로 얽힌 애증 관계를 그녀가 자세히 알 거라곤 생각하지 못했기 때문이었다. 이렇게 되면 더 강하게 밀어붙일 수 있지. 송인은 단을 마구 흔들 수 있는 민감한 부분을 곧장 후비고 들어갔다.

"수정후 역시 죽을 뻔한 기억만으로 전하를 괴롭히려는 것은 아닌 듯합니다. 그에게도 다른 이유가 있을 테지요. 전하에게서 반드시 빼앗아 와야 할 무언가."

"아아, 가엾은 린 오라버니! 그 사람은 이미 전하께 없는 것을⋯⋯."

그녀의 눈에 눈물이 차오르기 시작했다. 충격에 휩싸여 조심성 없이 내뱉는 그녀의 한마디 한마디가 송인의 귀에 쏙쏙 들어왔다. 이 여자가 아는 정보는 그가 짐작하는 것보다 훨씬 많은 게 틀림없다.

"수정후가 어디 있는지 아신다면, 혹은 그를 찾을 수 있는 방법을 아신다면 부디 전하를 위하여 제게 말씀하여 주소서. 이는 매우 화급한 일입니다."

"난 아무것도, 아무것도⋯⋯."

무력하게 탁자 위로 기울어져 얼굴을 감싸는 그녀는 고개만 저을 따름이다. 그녀가 왕린의 소재를 알지 못한다는 건 송인도 잘 알았다. 그가 듣고 싶은 것은, 셋째 오빠에게 긴밀히 전하고 싶다는 그녀의 전언, 그것이었다. 그러나 송인은 대놓고 요구하지 않았다. 그는 그녀가 절박한 마음을 이기지 못해 스스로 말하리라 확신했다. 그리고 눈물이 줄줄 흐르는 얼굴에서 가까스로 손을 뗀 그녀는 그의 바람대로 입을 열었다.

"린 오라버니가⋯⋯, 전하에게서 되돌려받고 싶은 것을 찾기만 한다면 조용히 떠나지 않을까요?"

"글쎄올시다. 그것이 무엇인지조차 알지 못하는 소인으로서는⋯⋯."

"난 알아요."

단이 일어나 그녀의 문갑에서 편지를 한 통 꺼냈다. 편지를 탁자에 올려놓고 잠시 망설이던 그녀는 마침내 살그머니 그것을 송인에게로 밀었다.

"대도 근처에 현애택주가 은신하고 있는 암자가 있어요. 내 오라버니가 찾는 사람이지요."

"현애택주?"

이거였구나! 속으로 쾌재를 부르며 편지를 집어 올리면서 송인이 짐짓 의아하다는 듯 반문했다. 그런 그에게 단은 순진하게도 남편과 오빠, 현애택주 왕산의 관계와 전왕이 조비의 궁에 그녀를 숨겼던 일이며 자신이 그녀를 도망치도록 도운 일까지 털어놓았다. 잠잠하니 단의 말을 경청하던 송인은 그녀가 말을 맺자 비로소 알겠다는 듯 '아하!' 탄성을 내며 고개를 주억였다.

"전왕전하께서 수정후에게 현애택주를 내주면 일이 좋게 풀릴 수도 있겠습니다. 하지만……."

송인의 눈이 교활하게 빛났다.

"……전하께서 잃어버렸던 택주를 찾아 기쁜 나머지 그녀를 차지하기 위해 수정후를 다시 한 번 죽이려 하신다면?"

단이 흠칫 떨었다. 그 생각을 미처 하지 못한 듯 그녀는 선뜻 대답을 못 했다. 송인이 만지작거리는 편지를 바라보는 그녀의 시선이 침착하게 고정되지 못하고 자꾸만 흔들렸다.

"전하께서……."

한참 만에 입을 연 그녀의 맑았던 목소리가 탁했다.

"전하께서 그녀를 보지 못하셨으면 합니다."

"아! 예……."

"그녀가 가까이 있다는 사실도 모르셨으면 합니다."

"그 말씀은, 전하 몰래 제가 알아서 처리하라는 뜻이온지……."

그녀는 말이 없었다. 그러나 더 이상 흔들리지 않는 눈동자가 대답을 대신했다. 그것이 송인을 자극했다. 에둘러 말하고 있지만 그녀가 바라는 것은 하나, 남편에게서 현애택주를 영영 떼어 놓는 것. 그 때문에 그녀는 셋째 오빠를 찾은 것이다. 안타까운 연인을 맺어 주기 위해서가 아니라. 까발려 봐, 네 속을. 활활 타고 있는 그 질투의 불길을.

그가 심술궂게 물었다.

"마마의 말씀을 받들기 위해 현애택주를 없애야 한다면, 용납하시겠습니까?"

침묵. 그러나 이럴 땐 침묵이 가장 강한 긍정이다. 송인은 한 걸음 더 나갔다.

"일이 어그러져 수정후마저 없애야 한다면, 그 또한 용납하시겠습니까?"

입술이 바르르 떨리긴 했지만 여전히 '안 돼!'라는 말은 없었다. 송인은 만족스레 깊이 고개를 숙이고 단이 건넸던 편지를 접어 소매 속에 넣고 일어났다.

"모두 승지에게 맡기겠습니다."

물러나는 그에게 그녀가 마지막으로 던진 말이었다. 그는 한 번 더 공손히 허리를 굽혔다. 그런데 고개를 들어 흘깃 본 그녀의 눈에 송인은 저도 모르게 움찔했다. 그녀는 더할 수 없이 슬퍼 보였다. 어떤 종류의? 그로서는 알 수가 없다. 오빠와 오빠의 연인의 목숨을 걸고서라도 남편의 사랑을 막고 싶은 자기혐오에서 비롯한 슬픔인지, 이렇게까지 한들 그녀의 곁으로 오지 않을 남편을 너무나 뻔히 알기에 젖어 든 슬픔인지.

엉뚱하게도 그녀의 눈동자에서 송인이 떠올린 것은 언젠가 강화의 후미진 전각에서 만났을 때의 부용이었다. 그에게 안기고 싶어 매달리는 그녀를 '무비가 아닌 여자는 필요가 없다.'고 차갑게 밀어냈을 때, 부용은 이렇게 맑은 슬픔이 가득한 눈을 뜨고 그를 바라보았다. 사랑하는 이에게 유용성의 잣대로 평가받았던 그 여자는 원망도 미움도 없이 그저 슬프기만 했었다. 아아, 정말 가엾었다. 그때 그녀를 안아 주었으면 좋았으련만! 송인이 그런 식의 후회를 하긴 난생처음이었다.

"맙소사, 가엾다니!"

부용의 그 눈빛을 다시 떠올린 송인은 나지막이 부르짖으며 진저리를 쳤다. 어울리지 않아, 어울리지 않아! 깔깔거리는 부다슈리의 웃음을 어깨 너머로 떨치고 빠르게 걷는 그의 발이 땅위 얼어붙은 눈과 마찰하며 내는 저벅거리는 소리가 그렇게 말하는 것 같았다. 그리고 그건 누구보다도 송인 자신이 너무 잘아는 사실이었다. 그는 여자를 동정심으로 보지 않는다. 그가여자를 판별하는 기준은 어디까지나 유용성, 쓸모가 있느냐 없느냐, 그 한 가지다. 왕단은 충분히 쓸모가 있었다, 그녀의 슬픈눈빛과 관계없이. 그걸로 그에겐 충분했다, 그녀의 가치는.

"그럼 이번 여자는 얼마나 쓸모가 있을지 알아보자고!"

송인은 스스로에게 최면을 걸듯 중얼거리며 황성을 벗어났다. 추운 날씨에 그가 직접 걸어가 다다른 곳은 나성 밖 변두리의 숲가에 있는 초라한 집이었다. 주변을 통틀어 하나뿐인 집은 쓰러져 가는 안채와 가축을 기르는 헛간이 거의 붙어 있었다. 훔쳐 갈 것도 없어 보이는 집이었지만 담은 돌로 제법 튼튼하니 쌓아 올렸다. 나뭇가지로 엮은 문을 열고 송인이 들어가니, 낡은 옷을 걸치고 머릿수건을 쓴 여인 하나가 말없이 허리를 숙이며 그를 맞이했다. 여인에게 묻지도 않고 송인은 곧장 헛간으로 발을 옮겼다. 흙벽이 두텁게 사방을 막고 그나마 자그맣게 뚫린 창에도 흙을 발라 햇빛을 완전히 차단시킨 헛간은 칠흑처럼 어두웠다.

여인이 달려와 내민 등롱을 받아 들고 건물 안에 들어간 송인이 문을 닫자 어슴푸레 밝아진 내부의 깊숙한 곳에서 파드닥, 짐승처럼 튕겨 나오는 그림자가 있었다. 그러나 격자로 짠 두꺼운 나무틀이 천장에서 바닥까지 헛간을 완벽하게 절반으로 나누어 놓은 터라, 그림자는 송인에게 미치지 못했다. 사나운 짐승의 그것처럼 독이 잔뜩 오른 두 개의 형형한 눈동자가 격자문 저편에서 그를 쏘아보았다.

"안녕하신가?"

성큼성큼 걸어가 격자문 앞에 선 송인이 대뜸 말을 걸었다.

"날 여기에 가둔 사람이 당신이야? 누구야, 당신!"

텅 빈 헛간이 울렸다. 송인은 비릿하니 웃으며 문에 얼굴을 가까이 들이댔다.

"날 기억 못 해, 현애택주?"

격자 문살 너머, 산의 눈이 커졌다. 고려말을 쓰는 고려사람. 그리고 그녀가 누군지 아는 사람. 어디선가 본 적이 있던가? 어렴풋이 그런 것도 같다. 그러나 가느다란 눈과 매부리코의 날카로운 인상에도 불구하고 그녀의 기억에 얼른 떠오르는 사람이 없었다.

"몰라보는 모양이군."

송인이 섭섭한 듯 콧잔등을 찡그렸다.

"난 당신 친구였던 전왕을 따라 불타 버린 복전장에까지 갔었는데 말이야. 그때 당신은 수정후와 아주 다정하게 있으면서 전왕의 속을 긁었지."

아아, 그때 그! 산은 그제야 알아보았다. 태어난 지 얼마 안된 난타를 안고 린을 골탕 먹이고 있을 때 들이닥쳤던 원의 뒤에 서 있던, 키가 크고 무표정했던 남자. 원의 명령으로 나를 찾아 나선 사람인가? 산이 날 선 목소리로 물었다.

"그래서 날 여기에 가둬 둔 이유는?"

"급하긴. 아무도 방해하러 오지 않아. 천천히 하자고."

그는 헛간 구석에 뒹굴고 있는 걸상을 찾아내 끌어 와 격자문을 사이에 두고 산의 앞에 편하게 걸터앉았다. 그녀의 초조함을 즐기는 듯 송인의 동작 하나하나가 시종일관 느릿하고 여유로웠다.

"당신을 만나서 아주 기뻐."

송인이 입을 뗐다.

"굉장히 열심히 찾았거든. 10년 동안 정말 열심히 찾았지."

"어째서?"

"죽이려고."

뭐? 산은 입을 딱 벌리고 할 말을 잃었다. 아무렇지 않게 대꾸한 남자는 담담했다. 농담을 하는 것으로 보이진 않는다. 그렇다면 도대체? 산은 일단 깊게 숨을 들이마시며 호흡을 가다듬었다. 송인이 천천히 말을 이었다.

"당신에게 특별히 원한이 있는 건 아니야. 전왕이 미치는 꼴을 보려면 그 이상으로 좋은 방법이 없어서일 뿐이지. 그리고 지금 당장이 아니라 전왕이 폐위되고 쫓겨날 때 마지막 일격으로 당신이 죽어 가는 모습을 보여 줄 참이니까, 당분간은 안심하라고."

"너, 넌 서흥후를 옹립하려는 일파 중 하나로구나! 원을 수행하여 따라다녔으면서, 이 배신자! 반역자!"

송인이 어깨를 으쓱 추어올렸다.

"따라다닌 것도 계획 중의 하나였으니 배신이란 말은 맞지 않지. 난 오랫동안 전왕을 흔들기 위해 노력했던 사람이거든. 그가 세자였던 때부터, 당신 아버지와 손을 잡고 말이지."

"내 아버지와……."

"당신네 재산을 가로채기 위해서 무석에게 당신을 죽이라고 했었는데, 그때 죽었으면 지금 쓰지 못할 뻔했잖아. 생각해 보니 당신이 유심의 소굴에서 살아난 게 다행이야."

헉, 산의 숨 막히는 소리가 감옥에 울렸다.

"네가 바로 '그자'야? 왕의 사냥에서 원을 시해하려고 유심과 그 수하들을 이용했던? 나와 유심의 패거리를 모두 죽이려고 산채를 습격하고 내 아버지를 독살한?"

"아아, 오래된 추억이지."

"이 나쁜 놈! 가만두지 않겠어!"

산이 두툼한 문살을 쥐고 마구 흔들며 빽 소리를 질렀지만 송인은 눈 하나 깜짝하지 않았다. 오히려 피식 웃기까지 했다.

"좋아, 좋아. 그렇게 기운차게 지내라고. 그래야 전왕 앞에 생생한 모습으로 설 수 있을 테니까. 시들어 골골거리는 것보다 그쪽이 죽는 걸 볼 때 더 가슴 아프겠지."

"내가 죽든 말든 원은 아무 상관도 하지 않을 거야! 난 반역자로 고려에서 쫓겨난 몸이라고!"

"그건 두고 보면 알겠지."

독이 올라 온갖 소리를 퍼붓는 산을 무시하고 송인이 일어나 의자를 발로 걷어찼다. 뚜벅뚜벅 나가 버린 그가 밖에서 자물쇠를 단단히 잠그는 소리가 났다. 격자문 너머 데굴데굴 뒹구는 나무 의자를 쳐다보던 산의 문살을 잡은 손에 힘이 스르르 풀렸다. 수북이 깔아 놓은 바닥의 짚 위에 그녀는 털썩 주저앉아 한참을 움직이지 않았다.

여민은 한쪽 손으로 턱을 괴고 다른 손엔 붓을 쥔 채 멍하니 앉아 있었다. 방 안은 따뜻하고 탁자 위에 놓인 차는 향기롭다. 과분하게도 고려에서 온 유밀과까지 산뜻한 청자 접시에 담겨 찻잔 옆에 있다. 쓰고 싶은 만큼 써도 남아도는 종이, 붓, 먹도 있다. 소매 속 지갑엔 은마저 두둑했다. 행복하리만큼 풍요로 웠으나 여민은 휴, 한숨을 뿜었다.

"벌써 열한 번째! 이번에도 퇴짜 맞으면 말라 죽고 말 거다, 불쌍한 손여민!"

그가 고려 전왕의 저택에서 작은 방 한 칸을 차지한 지 3년 이 되어 간다. 극장에서 산이 사라진 것을 알고 절망하여 통곡 했던 그는 영문도 모르고 전왕 앞에 불려 가 벌벌 떨어야 했다.

"네가 산의 이름을 입에 담았겠다. 어떤 사이냐?"

왕의 목소리가 몹시 싸늘하여 여민은 거짓말을 둘러댈 엄두 를 내지 못했다. 누구에게도 발설하지 않겠노라고 산에게 굳게 맹세했던 그였지만, 납작 엎드린 그를 내리깔아 보는 봉목에 서린 냉기는 힘없는 문사가 감당하기에 너무 시렸다. 그가 그 자리에서 아는 대로 다 말했으나 전왕은 의심스레 그 길고 아 름다운 눈초리를 비죽 올렸다.

"산이 여자라는 사실조차 몰랐단 말이냐? 정말 남자라고 생 각했어? 서른이나 먹은 여자를?"

쿵, 그의 가슴이 무너지는 소리가 났지만 전왕은 듣지 못한 모양으로 냉혹하게도 옆에 서 있던 무사에게 그를 끌고 가라고 명령했다. 아무것도 모른다고 딱 잡아뗐어야 하는 건데! 산 아우의 말을 듣지 않아 정말 인생이 끝장나게 생겼구나! 여민은 속울음을 삼켰다. 그러나 뜻밖에도 그가 예상했던 차가운 감옥이나 헛간에 갇힌 것은 아니었다. 침상과 탁자, 소박한 가구들과 문방구가 갖춰진 방에서 여민은 맛있는 음식까지 대접받으며 어리둥절했다.

며칠을 그렇게 불안 속에 보내다가 전왕의 앞에 다시 불려 간 그는, 산에 대해 기억나는 대로 뭐든지 세세하게 묘사하도록 명을 받았다. 왕이 두려웠던 그는 그녀에 대해 생각나는 것을 최대한 실감나게 말로 옮겼다. 꼬마 난타와 장난을 치다가 여주인이자 누나 역할을 하던 송화에게 꾸지람을 들었던 일들이나, 객잔에 잠시 머무르는 외국 상인들과 떠들던 모습들이 대부분이었다. 여민의 기억 속 그녀는 장난꾸러기에다 많이 웃었다.

"웃었단 말이지……. 객잔 식구들이나 상인들이나 네 앞에서, 산이."

듣고 있던 왕의 반듯한 눈썹이 일그러져 여민은 마른침을 꿀꺽 삼켜야 했다. 명령한다고 곧이곧대로 말하는 것은 어리석은 일이었는지도 모른다! 하지만 어느 부분을 첨삭해야 하는지 모르는 그로서는 본 대로, 사실대로 말하는 수밖에! 그러나 불벼락이 떨어질지도 모른다는 여민의 생각과 달리 전왕은 모든 이야기를 처음부터 다시 하도록 요구했다.

"그 녀석은 원래 잘 웃었어. 그리고 화도 잘 냈지……."

중얼거리는 전왕의 눈은 화가 났다기보다는 슬퍼 보였다.

여민이 탈진할 때까지 수십 번 같은 얘기를 반복해서 듣던 전왕은 마지막엔 희미하게 미소를 머금기도 했다. 마침내 여민의 혀가 바싹 마르고 목구멍이 따끔거릴 즈음, 전왕은 당시 인기가 높던 백화百話*소설을 쓰도록 강요했다. 남자 둘과 여자 하나, 어릴 때부터 친구인 세 사람의 이야기였다. 성장하면서 남자 둘 다 여자를 사랑하게 되는데 여자는 그중 한 명을 사랑한다. 왕이 요구하는 것은 그 세 사람이 우정과 사랑 사이에서 선택하는 결말이었다.

여민은 3년이 가까운 세월 동안 마무리가 되지 않는 소설을 들여다보며 휴, 아까보다 더 짙은 한숨을 뱉었다. 전왕은 자유롭게 쓰라고 했지만 일을 마치는 것까지 여민의 자유는 아니었다. 통속적인 흐름에 따라 두 연인이 행복하게 맺어지고 남은 한 남자가 그들을 축복해 주는 첫 번째 이야기가 퇴짜 맞으면서, 여민의 고통스런 글쓰기가 본격적으로 시작되었다.

믿었던 애인에게 배신당한 여자가 남은 친구와 맺어지는 이야기도, 여자가 죽고 두 남자가 슬퍼하는 이야기도, 사실은 두 남자 중 하나가 여자여서 주인공 남자가 애인과 더불어 그를 아내로 맞이한다는 이야기도 모두, 전왕의 '다시!'라는 나지막한 한마디에 방구석에 처박히는 신세가 되었다. 세 사람이 각자 다른 배우자를 찾아 행복하게 산다는 열 번째 이야기에 대한 전왕의 평가는 '웃기는 소리!'였다. 이제 열한 번째 도전에

---

* 구어체.

나서고 있는 여민은 정말 죽을 맛이다. 전왕의 저택에 살면서 먹는 것, 입는 것 걱정이 없었으나 외부에서 부러워하듯 제대로 된 문인 대접을 받는 것이 아닌 그로서는 빨리 이 끝을 알 수 없는 글에서 빠져나와 다시 예전으로 돌아가고 싶은 마음뿐이다.

부들부들 떨리는 손으로 마지막 글씨 '완完'을 쓰고 여민은 붓을 내려놓았다. 오늘쯤이면 열한 번째 글을 다 쓸 것 같다고 전왕에게 예고를 해 둔 터라 곧 부름을 받을 것이다. 아니나 다를까, 붓두껍을 끼우기가 무섭게 방문이 열렸다. 전왕이 보낸 사람이 아니라 전왕 자신이었다. 외출을 할 참인지 털가죽으로 두른 장포를 입은 채였다.

"다 썼느냐?"

황망히 일어나 문 쪽으로 구르듯 달려간 여민에게 전왕이 대뜸 묻는다. 여민이 공손히 바친 공책을 받아 든 그는 의자에 앉아 읽기 시작했다. 늘 그렇듯이 처음과 중간은 생략하고 결말만 읽었다. 되도록 빨리 '다시!'라든가 '됐어!'라든가 왕이 말한 뒤 나가 버렸으면 좋겠다고 생각하는 여민이지만, 그가 공들여 쓴 글을 처음부터 읽지 않는 것은 언제나 야속하다. 결말만 읽는 전왕을 위해 결말만 바꿔 쓰면 되지 않느냐고 생각하는 사람도 있겠지만 여민은 그래도 자존심이 있는 글쟁이였다. 결말이 다르다면 처음과 중간 과정도 달라지게 마련. 터무니없는 결말을 내지 않기 위해 열한 번을 첫 문장부터 새롭게 다시

써 온 여민이었다. 그러나 전왕은 한낱 한족 글쟁이를 그렇게까지 신경 쓰지 않는다. 그는 떡 안의 소만 쏙 빼먹는 어린아이처럼 자신이 읽고 싶은 부분만 골라 읽는다.

그런데 끝 문장까지 읽은 왕이 공책의 중간을 펴고 쓱 훑기 시작했다. 아니, 이건 또 무슨 변화지? 전왕을 슬금슬금 훔쳐보는 여민의 시커멓게 죽은 낯빛이 살아나기 시작했다. 이번 결론이 마음에 들었다는 방증이 아니고 무엇이겠는가 말이다. 사실 이번 결론을, 여민은 정말 마지막이란 마음으로 썼다.

열한 번째 이야기는 이렇다. 과거를 보러 떠난 애인을 기다리는 여자를 옆에서 지켜보는 남자는 친구를 배반하고 그녀를 가로채기로 결심한다. 여자의 반발에 뜻을 이루지 못한 남자는 그녀를 모함해 죄인으로 만들고 사형에까지 이르게 한다. 누명을 쓰고 사형을 당하는 여인은 결백을 주장하며 그녀가 죽을 때 비록 여름이지만 서리가 내리고 수년간 비가 내리지 않는 기이한 일이 생기리라 예언한다. 여자가 처형되자 과연 그녀의 말대로 유월에 서리가 내렸고 3년간 극심한 가뭄이 들었다. 나중에 돌아온 애인이 그녀의 억울한 누명을 벗기고 배신한 친구를 베면서 사랑했던 사람의 한을 풀어 준다.

사실 이 이야기는 여민의 순수한 창작만은 아니었다. 당대를 풍미하던 잡극 작가 관한경의 '두아원'에서 빌려 온 결말이었다. 등장인물이나 사건들이 똑같지는 않지만, 여주인공이 누명을 쓰고 사형을 당한다거나 한여름에 서리가 내리고 한발이 든다거나 하는 장면은 누구라도 출처를 알 만큼 흡사했다. 더 이상 다른 얘깃거리가 나오지 않는 그의 머리에서 여민이 짜낸 최후의 수단은 바로 '모방'이었던 것이다. 대중의 폭발적인 인기를 얻은 작품을 베끼는 아류가 횡행하던 시대이니만큼 관한경의 대표작을 모방하는 여민에겐 죄책감이 없었다. 오히려 전왕이 이전 것들보다 더 꼼꼼하게 읽는 모습에 그는 잔뜩 고무되었다.

"죽는단 말이지."

기묘한 웃음을 띤 채 작게 중얼거리며 전왕이 공책을 탁 덮었다. 여민은 초조하니 그다음 말을 기다렸다. '다시!'냐 '됐어!'냐! 이어지는 전왕의 말이 그를 더욱 흥분시켰다.

"그것도 나쁘지 않구나. 하지만……."

전왕이 허리를 새우처럼 구부린 여민에게로 시선을 옮겼다. 그다음은? 여민이 마른침을 삼켰다. '다시!'인지 '됐어!'인지 그걸 말해 줘, 제발.

"……다른 사람 걸 베껴 쓴 건 안 돼. 난 관한경을 붙잡아 두고 글을 쓰라고 하지 않았다. 게다가 관한경이라고 해도 한 번 썼던 얘기를 다른 글에 또 쓰는 건 용납하지 못해. 넌 손여민이다. 그렇지 않은가, 여민?"

여민은 대답 대신 허리를 더 깊이 숙였다. 다른 때보다 말이 훨씬 길어졌지만 요약하면 '다시!'가 아닌가 말이다. 그는 이제 열두 번째 이야기를 시작해야 하는 것이다. 다리 힘이 풀린 그가 주저앉고 싶다고 생각한 그때, 문밖에서 진관의 소리가 났다.

"송인이 왔습니다, 전하."

"들여보내."

여민은 도통 영문을 몰랐다. 밖에서 고하는 사람이나 안에서 대답하는 전왕이나 그가 알지 못하는 고려말을 썼고 그의 방에 키가 큰 남자가 성큼 들어왔는데 처음 보는 얼굴이었다. 들어온 남자가 뭐라 뭐라 읊으며 전왕에게 절을 하는데 그 말 역시 여민에게는 낯선 외국어, 고려말이었다. 키 큰 남자가 구석에서 겁먹은 쥐처럼 눈알을 굴리고 서 있는 여민을 흘끗 보자 전왕이 뭐라고 또 고려말로 대답했다. 아마도 그놈은 있는 둥 없는 둥 신경 쓰지 말라는 얘기였을 듯싶다. 사실 여민은 그 자리에 있는 탁자나 의자, 꽃병 등과도 흡사한 존재였다. 전왕과 키 큰 남자가 무슨 얘기를 나누는지 전혀 못 알아들었으니까.

"그래도 다른 사람이 있는 곳에서 어찌……."

송인의 말에 원이 빙긋 웃었다.

"이 방이야말로 우리의 만남이 밖으로 새어 나가지 않을 장소다. 부왕의 총신이 내 집에 왔다고 여러 사람에게 구경시키는 것보다 훨씬 안전하거든."

그제야 송인은 원이 손짓하는 대로 가까이 다가가 의자에 앉았다.

"아쿠타이와 바트마신이 공주의 개가와 서흥후를 세자로 삼는 일을 승낙하였습니다."

앉자마자 송인이 곧장 본론을 꺼내자 원이 미간을 세게 찌푸렸다. 탁자 위에 놓인 여민의 공책이 그의 손에 와락 우그러졌다. 송인이 담담히 말을 이었다.

"하라하순은 반대를 표했습니다. 조정에서 확실히 믿을 자는 우승상이라는 것이 다시금 확인되었습니다."

"물론이다. 바얀은 잠자코 있겠지만 사실은 아쿠타이와 같겠지? 중서성에 올라간 부왕의 외오아 문서를 눈감아 주었으니까."

"그러리라 사료됩니다. 사실 바얀 평장이 가장 요주의 인물이라고도 할 수 있습니다. 제위 후계자가 명확하지 않은 지금, 그의 선택이 곧 불루간 황후의 선택이 될 테니까요."

원이 고개를 천천히, 그리고 크게 끄덕였다. 불루간 카툰의 희망이었던 어린 황태자 테이슈가 죽은 것이 불과 한 달이 채 안 되었다. 그사이에 황제의 목숨은 바람 앞에 꺼져 가는 촛불처럼 위태로이 흔들렸고, 황실과 조정은 후계자 문제로 날카롭게 신경을 돋우고 있었다.

원칙대로 하자면 황제의 조카이자 콩기라트족 출신 타기 카툰의 두 아들, 카이샨과 아유르바르와다가 차기 카안으로 적절했다. 황족과 대노얀들은 콩기라트족의 왕공들을 중심으로 두 형제를 지지했고 그 중심에 고려 전왕 이질 부카가 있었다. 그러나 황제 대신 수년간 권력을 잡고 휘둘러 온 불루간 카툰이 손을 놓고 바라보기만 할까? 결코 그러지 않을 것이다. 이미 그녀는 오래전에 카이샨을 알타이로 축출했고 1년 반 전에는 눈엣가시였던 타기와 아유르바르와다를 회주懷州*로 쫓아냈다.

---

* 현재의 허난성.

일단 대도는 현재 그녀의 것이다. 한번 맛본 제왕의 권력을 끝까지 움켜쥐려는 그녀가 후계자로 누구를 선택할 것인가? 송인이 조심스레 말했다.

"바얀 평장은 선제와 황상의 신임을 두텁게 받았을 뿐 아니라 황후의 버팀목이올시다. 그의 선택이 과연 누구겠습니까? 대도와 카라코룸의 황족, 왕공들과는 거리를 둔 후계자라야 바얀 자신과 황후가 살아남습니다. 거기다가 바얀은 무슬림이죠."

"안서왕 아난다[阿難達]가 무슬림이지."

"그렇습니다."

"부처를 섬기는 몽골 노얀들이 무슬림에게 밀리고도 가만히 있을 거라곤 생각하지 않아! 이쪽은 그럼 아유르바르와다 왕자를 중심으로 대항하겠다."

"아유르바르와다 왕자를? 회령왕이 있지 않습니까?"

송인은 무심코 물었다가 입을 다물었다. 그에게 꽂힌 원의 눈길이 부드러우면서도 단호했다. 회령왕 카이샨과 친형제 이상으로 가까운 사이 아니었던가? 송인은 속으로 음흉한 미소를 지으며 의문을 삼켰다. 전왕이 회령왕을 언급하지 않는 것은 괜찮은 징조다.

밖에서 진관의 다급한 소리가 났다.

"전하, 황상께서 붕崩하셨답니다!"

"드디어 터졌군."

원이 두 손을 마주 비비며 일어났다. 그의 얼굴은 놀람보단 흥분으로 상기되어 있었다.

"네 생각이 맞다면 황후가 아난다에게 급서를 보내겠구나. 당장 대도로 들어와 제위를 차지하라고 말이야."

"그렇지 않아도 안서왕은 대도로 들어오는 길입니다. 누구보다도 빨리 입성하겠군요. 먼저 입성한 자가 제위에도 가장 가깝죠."

"그렇게 놔둘 순 없지. 넌 당장 우승상 하라하순에게 편지를 써서 진관 편으로 보내라. 회주에 사람을 보내 타기 카툰과 아유르바르와다 왕자를 당장 불러올리라고 말이야! 난 아유르바르와다가 오기 전까지 시간을 끌 수 있는 방법을 찾겠다."

"왕자에게만 말입니까?"

송인은 다시 한 번 확인했다. 전왕의 심기를 거스르고 싶진 않았지만 확신이 필요했다, 전왕과 카이샨의 사이에 패인 골짜기가 쉽게 메워지지 않으리라는. 원이 조용히 그러나 매우 또렷하게 대답했다.

"왕자에게만."

빠른 걸음으로 나간 원이 문밖에 있는 진관에게 몇 마디 남기고 훌쩍 떠났다. 방 안에 남은 송인은 탁자 위에 놓인 붓을 집어 들고 붓두껍을 뽑았다. 우승상에게 전달할 편지를 쓰는데 걸린 시간은 그리 오래지 않았다. 편지의 내용은 전왕이 지시한 대로 회주에 있는 아유르바르와다 모자에게 황제의 붕어를 알리는 것이었지만 송인은 한 줄 더 보탰다. 마침 대도에 와 있는 회령왕 카이샨의 사자, 캉글리족의 톡토에게도 황제의 서거를 알리라는 통지였다. 이런 종류의 밀서는 보자마자 태워 없애는 것이 상식이었으므로 송인은 후환을 겁내지 않았다. 그는 태연스레 서찰을 진관에게 내밀며 하라하순에게 전하라고 말했다.

"난 잠시 이 방에 숨어 있겠네. 자네가 돌아오면 안내를 받아 나가지."

진관을 보낸 송인은 여유롭게 톡토에게 따로 보낼 밀서도 한 통 썼다. 이질 부카 왕이 회령왕을 제쳐 두고 아우 아유르바르와다를 제위에 올리고자 행동을 시작했다는 내용이었다.

다 쓴 편지를 잘 말려 접어 소매에 넣은 그는 문방구를 제자리에 정리하고 나서 생각에 잠겼다. 이윽고 무료함을 달래려는 듯 탁자 위에 얌전히 놓인 공책을 집어 들고 건성으로 읽기 시작한 그는 그때까지 잊고 있었던 방구석의 남자를 쳐다보았다.

"이건 누구 얘긴가?"

키 큰 남자가 갑자기 한어로 질문을 해 오자 여민은 깜짝 놀랐다. 이미 왕과 대화하는 그를 봤던 터라 여민은 별다른 경계심 없이 순순히 대답했다. 전왕의 명에 따라 그가 지어낸 이야기로 이미 열한 번째 새롭게 고쳐 썼다는 것, 그리고 열두 번째의 이야기를 시작해야 한다는 것까지.

"하하하!"

비록 큰 소리는 아니었지만 송인이 유쾌하니 웃음을 터뜨렸다. 어안이 벙벙하여 입을 헤벌리고 선 여민에게 그가 키득거리며 말했다.

"자넬 곤경에서 구할 방법을 알아. 내가 해 준 얘기를 써 보게. 전하께 '됐어!'란 답을 듣게 될 테니. 하지만 누구에게서 들었단 말을 하면 안 돼. 이건 어디까지나 자네의 글인 거야."

반신반의하는 여민을 앞에 두고 송인이 이야기를 시작했다. 길고 긴 그의 이야기가 마무리될 무렵, 숨이 턱에 차도록 급히 돌아온 진관이 이제 밖으로 나오길 청했다. 결말을 서둘러 말한 송인이 나가 버리고 여민은 그대로 앉아 붓 들기를 주저했다. 그런 결말을 써도 될까? 탐탁지 않지만 별다른 수도 없지 않은가. 여민은 지푸라기라도 잡는 심정으로 빈 공책을 서랍에서 꺼내 탁자에 놓았다. 심호흡을 한 그는 붓에 먹물을 듬뿍 찍었다. 일단 흰 종이 위를 내달리기 시작한 그의 세필이 멈출 줄을 몰랐다.

회령왕 카이샨은 그의 오르도에 모여든 베크들의 시선 속에서 읽고 있던 편지를 접어 시위 하나가 들고 있던 은쟁반에 휙 던졌다. 그의 수하들, 용맹한 아스, 캉글리, 킵차크 대장들이 흥분 속에 침을 꿀꺽 삼켰다. 톡토가 직접 들고 온 서찰의 내용은 모두 아는 바였다. 황제의 붕어, 그리고 비어 있는 제위. 그걸 차지할 사람이 그들의 주군임을, 오르도 안의 누구도 의심치 않았다. 최근에는 알타이를 넘어서 오고타이가의 잔존 세력들을 죄다 격파하고 죽은 카이두의 동맹이었던 아릭 부케가의 영수領袖 멜릭 테무르를 항복시키는 것으로 그의 임무를 완벽하게 수행한 카이샨이었다. 출신도 최고였지만 10여 년 동안 변방에서 제국의 안전과 대화합을 이끌어 낸 영웅이 카안이 되지 않는다면 그야말로 납득할 수 없는 일이다. 모두 당연하기 짝이 없는 대도로의 즉각 출발 명령이 떨어지기만을 기다리며 카이샨의 입만 쳐다보고 있었다.

"흐흥."

어딘가 못마땅한 기색이 어린 콧소리를 낸 젊은 왕의 입술이 비로소 떨어졌다.

"아난다가 지금쯤이면 이미 대도에 입성했을 것이다. 그가 제위에 오른 후에도 내게 명분이 있을 것인가? 어떻게 생각해?"

"대도엔 불루간 카툰의 군대가 있겠지만 카라코룸엔 더 많은 몽골 제왕, 제공이 모여들고 있을 겁니다. 아난다의 즉위를 무효화하고 새로운 카안을 뽑는 쿠릴타이*를 개최하면 명분은 얼마든지 만들 수 있습니다. 아난다의 군사가 아무리 많다고 해도 왕야王爺의 노도 같은 친위 군단을 막지 못하겠지요."

송고르가 말을 꺼내자 톡토가 맞장구쳤다.

"오히려 미적거리면 이쪽에서 아난다의 즉위를 인정하는 모양새로 보일 수 있습니다. 우리의 뜻을 당장 보여 주어야 합니다."

나머지 베크들이 두 사람의 의견에 동조하여 저마다 한마디씩 떠들었다. 모두 물밀듯이 대도로 전진해 싹쓸이할 의욕과

---

* 몽골 왕공들로 구성된 족장 회의.

흥분으로 눈들이 붉게 충혈되어 있었다.

"좋아!"

카이샨이 자리에서 일어났다.

"각자 휘하의 군대를 정비해서 즉각 출발할 수 있도록 채비를 해라. 내 아우와 우승상 하라하순, 이질 부카 왕이 버틸 수 있을 만큼 버티겠다고 알려 왔다. 그들이 아난다에게 무릎을 꿇기 전에 입성하자!"

우렁찬 함성이 왕에게 화답했다. 전쟁에 숙달된 그들은 조금도 꾸물거리지 않았다. 한시라도 빨리 출발하기 위해 베크들이 썰물처럼 왕의 오르도를 빠져나갔다.

"잠깐만, 톡토."

가장 신뢰하는 수하가 마지막으로 나가는 것을 본 카이샨이 급히 불렀다. 되돌아온 캉글리의 수장에게 그가 낮게 속삭였다.

"그놈을 데려와라."

고개를 숙여 알겠다는 표시를 한 톡토가 나가고 카이샨은 다시 의자에 앉아 몸을 비스듬히 눕혔다. 팔걸이에 걸쳐 둔 손이 가늘게 떨렸다. 부하들 앞에서는 침착하고 여유로운 태도를 잃지 않았지만 그 역시 심장이 터질 듯이 흥분하고 있었다. 이제 곧! 그의 손이 걸쳐질 팔걸이의 의자는 황금용이 꿈틀거리는 황제의 보좌가 될 것이다.

'하지만 그러기 위해서라도 먼저 해결해야 할 일이 있지.'

그는 편지가 담긴 은쟁반을 들고 있는 병사에게 가까이 오라고 손짓하여 편지를 집어 들었다. 두 통의 편지를 움켜쥐고 카이샨은 병사마저 내보내고 오롯이 혼자가 되었다. 제신들 앞에서 펼쳐 보지 않은 나머지 한 통의 서찰을 봉투에서 꺼낸 그는 부채질하듯 편지를 살살 흔들며 톡토에게 이른 '그놈'을 기다렸다. 얼마 지나지 않아 그놈, 왕린이 미끄러지듯 들어왔다.

"많이 쉬었나?"

고개만 숙일 뿐 소리 내어 인사하지 않는 무뚝뚝한 상대에게 카이샨이 먼저 빈정거리는 어조로 말을 건넸다. 그는 날카로운 눈빛으로 린을 재빨리 훑어보았다. 여전히 지저분하게 헝클어진 머리칼이 아무렇게나 흩어져 얼굴을 가린데다 시커먼 옷이 남루하여 행색이 말이 아니었다. 찢어진 소매 사이로 드러난 손목엔 검붉은 멍 자국이 길게 나 있었다. 그걸 본 왕이 눈살을 찌푸렸다.

"가둬 두라고 했지 묶어 두란 말은 하지 않았는데. 누가 그랬지?"

"전하의 노여움을 산 노예에게 이 정도는 누구나 할 겁니다."

"네가 도망가지 않는다는 것쯤, 잘 알고 있어! 돌아올 거라고 확신했다고. 난 그저, 네 멋대로 베키와 편지 한 통만 남겨 두고 훌쩍 사라진 게 기분 나빴을 뿐이야. 물론 그게 2년이나 가둬 둘 일은 아니었다고 생각하지만……."

"응당 대가를 치러야 할 일이었습니다."

맑게 가라앉은 목소리엔 거짓이 없었다. 참을성이 정말 많은 사내로군! 자신이 내린 벌이 지나쳤다는 찜찜함에 언짢았던 카이샨의 마음이 누그러졌다. 그는 화해의 뜻으로 커다란 술잔에 손수 술을 가득 따랐다.

"그럼 물어봐도 괜찮겠어? 베키를 여기에 데려다 놓고 몇 달 동안 어딜 돌아다녔는지?"

"사사로운 일입니다."

풋, 술잔을 내밀던 카이샨은 갑작스레 터져 나온 웃음에 그만 술을 반이나 쏟아 버렸다.

"건방진 자식!"

왕이 손을 닦으며 낄낄거렸다.

"그 점이 마음에 들긴 하지만⋯⋯. 그래도 주인에게 뭔가 숨기는 놈을 거두는 건 위험해. 그래서 말이야, 너와 헤어질 때가 되었다고 알려 주려 해, 유수프."

카이샨이 술잔을 옆으로 밀치고 편지를 내밀었다. 받아 든 린의 눈썹이 꿈틀하자 왕이 어서 읽어 보라는 듯 손가락을 까닥여 재촉했다. 천천히 편지를 펴 들고 읽어 내려가는 린의 표정은 거의 변화가 없었지만 이렇게 무덤덤한 낯일수록 그의 신경이 날카롭게 곤두서 있음을 카이샨은 알았다. 편지를 돌려주는 린의 새카만 눈이 더욱 어둡게 가라앉은 것이 그 증거였다.

톡토가 들고 왔던 또 한 통의 편지는, 고려 전왕 이질 부카가 아유르바르와다를 제위에 올리기 위해 행동을 개시했으며 회령왕의 진군을 늦추고자 일부러 소식을 알리지 못하게 막았다는 내용이었다. 즉, 안다인 카이샨을 배신한 이질 부카 왕의 행보를 고발하는 편지였다. 그리고 카이샨이 린과 했던 거래가 현실로 되는 시간이 임박했음을 의미하는 편지이기도 했다.

"누가 보낸 서찰입니까?"

린이 무겁게 닫고 있던 입을 열자 카이샨이 온통 찡그린 얼굴로 그를 보았다.

"그게 너랑 무슨 상관이지? 내 첩자가 너만 있다고 생각하나? 꽤나 순진하군, 왕린!"

그러나 젊은 왕은 곧 인상을 펴고 쾌활한 미소를 지었다.

"이질 부카를 해치우려는 경쟁자가 생겨서 불안해? 괜찮아, 그의 목숨은 너의 것이니까!"

왕이 린의 어깨를 스치고 지나가 탁자 위에 놓인 밀초에 서찰을 태우기 시작했다. 종이는 금세 한 옴큼도 되지 않는 재로 변했다. 그가 선심 쓰듯 말했다.

"넌 아마도 오래전에 짐작했겠지, 왕린. 네가 이 오르도에 처음 들어왔던 그날에. 그날도 내 손에 있던 편지에 지대한 관심이 있었지만 차마 내색하지 못했었잖아? 그래, 네 짐작대로 네 경쟁자는 고려인이다. 고려의 귀족이지. 꽤 오래전부터 이질 부카의 동향을 살펴 내게 밀서를 보내왔던 놈이지. 이놈이 아니었더라면, 널 처음 봤을 때 이질 부카를 없애라는 제안을 하지 못했을 거야. 난 정말 철저하게 이질 부카를 믿었거든! 그리고 사랑했지! 편지를 보낸 놈은 너와 다른 이유에서 이질 부카를 미워하겠지만 그놈에겐 내 안다를 처치할 기회를 주지 않겠다. 난 약속을 지키거든. 이 일은 온전히 네 몫이야, 왕린."

그는 우두커니 서 있는 린을 돌아보았다. 감사하는 빛이라곤 보이지 않는 이 키 큰 사내는, 6년이란 세월 동안 그의 곁에 있었지만 그의 사람이었던 때는 한순간도 없었다. 지금, 떠나 보내려는 이 순간까지도. 몇 달간 자신의 곁을 말없이 떠난 대가로, 아니, 또다시 말없이 영영 떠나 버릴까 봐 2년이나 그를 감금한 카이샨은 작게 한숨을 쉬었다. 떠날 사람은 결국 떠나고 마는 것. 붙잡아 봤자 시간만 조금 더 끌 뿐이다.

"내 목숨을 구해 준 보답으로 뭐든 한 가지 소망을 이루어 주겠다고 했다. 내가 이질 부카에게 널 보내는 그때 네 바람을 말하겠다고 했지. 이제 그걸 말할 때야, 유수프."

한 가지가 아니어도 돼. 아직 미련을 완전히 떨치지 못한 카이샨이 속으로 말했다. 한 가지는 내 목숨 값이니 그 이상을 말해라. 되도록 많이, 되도록 어려운 것으로. 난 알아, 넌 빚지곤 못 사는 녀석이야. 네가 요구하는 것이 크면 클수록 넌 내게서 쉽게 떨어져 나가지 못해. 그러니 말해, 내가 놀라 자빠질 만한 것으로!

린이 카이샨에게 다가갔다. 카이샨이 갸웃하는 사이, 그가 어느새 가슴이 맞닿을 정도로 왕과 가까이 섰다. 몸을 기울여 자신보다 작은 왕의 귀에 그가 몇 마디 속삭이자 카이샨의 찢어진 눈이 커졌다.

"정말 그게 네가 바라는 거야? 진심으로?"

눈을 진중하게 한 번 깜박이는 것으로 린은 대답을 대신했다. 흐흥, 카이샨이 미묘한 콧소리를 내며 히죽 웃었다.

"정말 넌 끝까지 모를 놈이군. 좋아, 나야 손해 볼 것 없지. 어디 한번 해 보라고. 하지만 네 말대로 되지 않을 땐 네 경쟁자에게 뒷일을 맡기겠어."

린이 가만히 눈을 내리깔았다. 타협이 이루어졌음을 확인하기 위해 카이샨이 내민 잔을 그는 순순히 받아 마셨다.

원은 오랜만에 돌아온 자신의 방에서 물먹은 솜처럼 무거운 몸을 의자 위에 털썩 내려놓았다. 숨 가쁜 며칠이었다. 제대로 잠도 못 잔 탓에 말할 수 없이 피곤했지만 그의 붉은 입술만은 만족스런 미소를 머금어 싱싱했다.

'고려 전왕 부마 왕장王璋의 공이 아니었다면 내가 이 자리에 있을 수 없었을 것이오.'

아유르바르와다가 용상에 앉아 '장'으로 개명한 그를 굽어보며 말했었다. 조용하고 유순한 성격인 아유르바르와다는 떨리는 기쁨을 숨길 정도로 음험하지 못해 활짝 웃고 있었다. 그의 옆에 앉은 어머니 타기 카툰도 흐뭇한 시선으로 원을 내려다보기는 마찬가지였다. 그녀의 숙원대로 불루간 카툰의 일파를 제압하고 아들을 세상에서 가장 높은 자리에 앉혔던 것이다. 이 일에 혁혁한 공을 세운 원과 우승상 하라하순만큼 그녀에게 예뻐 보인 사람도 없으리라.

사실 겉으로 보기에 상황은 그들 모자에게 유리하지 않았다. 아릭 부케가의 멜릭 테무르와 함께 대도에 들어온 아난다는 제위를 도모할 충분한 군사를 가졌고, 옥새를 가진 불루간은 구중심처 깊숙한 곳에 호위병들에게 단단히 둘러싸여 숨어 있었다. 뒤늦게 회주에서 부리나케 달려온 타기 모자가 거느린 시위는 수십 인에 불과했다. 하라하순이 각 관청의 부인符印* 을 장악하고 부고府庫**를 봉한 뒤 꾀병을 빙자해 집에 틀어박혀 모든 문서에 서명을 중지하며 시간을 벌고 있었지만, 아난다의 즉위는 기정사실화되어 시시각각으로 다가오고 있었다.

궁지에 몰린 아유르바르와다 진영 내부에서 아난다와 결전을 벌이자는 쪽과 싸움은 무모하다는 쪽이 팽팽히 맞섰다. 다수가 수적 열세를 인정하고 왕자의 형인 회령왕 카이샨이 올 때까지 기다리자고 입을 모았다. 그러나 그것은 어머니 타기 카툰의 바람과 거리가 있는 의견이었다. 무엇보다도 카이샨이 올 때 즈음이면 아난다가 스스로를 카안으로 선포하고 카이샨 형제에게 반란자가 될 것인지 항복을 할 것인지 거드름을 피우며 물을 터였다. 고려 전왕 왕장, 이질 부카가 나선 것이 그때였다.

"대도의 황족과 왕공들, 수많은 노얀들이 경조부京兆府***의 무슬림을 택하리라고 보시오? 아난다가 즉위하면 대도와 카라코룸의 노얀들은 색목인에게 밀려나 힘없는 변두리 제후들로 쇠락할 거요. 지금 아유르바르와다 왕자의 군세가 미미하다는

---

* 관원들의 신분 증명패와 인장.
** 곳집.
*** 오늘날의 산시성, 안서왕 아난다의 봉토.

건 불루간 카툰과 아난다도 잘 알고 있소. 그래서 마음을 놓는 측면도 있겠지요. 이때야말로 우리가 기선을 제압할 절호의 기회인 겁니다."

영리하게도 그는 이미 수많은 불교도 황족들과 왕공들의 지지를 약속 받아 놓은 상태였다. 더구나 타기 카툰과 함께 권력의 중심부로 진입하기를 갈망하는 콩기라트족의 왕공들이 언제라도 달려들 태세를 갖추고 있었다. 자신감 넘치는 어조로 유리한 명분을 강조하는 원의 주장에 논의의 추가 관망에서 선제공격으로 기울었다. 위험한 결정인 만큼 곧장 실천으로 옮겨졌다. 그리고 원의 말이 옳았음이 단박에 판명이 났다. 단 사흘 만에, 좌승상 아쿠타이와 평장 바얀, 바트마신이 황후를 부채질하여 난동을 부렸다는 죄를 입고 죽임을 당하고, 불루간과 아난다, 멜릭 테무르가 포박됨으로써 제위 계승 다툼은 아유르바르와다 측의 일방적인 승리로 끝났던 것이다.

'이제 남은 일은 카이샨을 처리하는 거로군.'

원은 뻣뻣한 뒷목을 주무르며 의자에 등을 기대 한껏 몸을 뒤로 둥글게 휘었다. 아직 대도에 닿지 못한 형은 아우의 승리에 당황할 것이다. 전 제국을 통틀어 가장 뛰어난 영웅인 그가 손가락 하나 쑤셔 넣지 못한 상황에서, 가진 자원이 빈약했던 아우가 슬기롭게 격랑 속 나뭇잎처럼 흔들리던 제위를 건져낸 것이다. 대단한 무력 충돌도, 그에 따른 혼란과 민생 도탄도 없었다. 비록 대재상들의 목이 잘렸고 황후가 감금되었지만 비교적 평화로웠던 해결이었다. 아유르바르와다의 정치력과 순발

력, 뛰어난 판단력이 빛나면서 그가 제위에 올라도 그다지 모양새가 나쁘지 않은 형국으로 일이 흘러가게 된 것이다. 그리고 콩기라트라는 몽골 최고의 유력 가문이 그의 편에 섰다.

'네 어머니의 선택을 받지 못한 건 내 탓이 아니지 않니? 카이샨!'

원은 씁쓸한 한숨을 뱉었다. 아유르바르와다가 그의 형보다 더 황제에 어울린다고 생각하여 선택한 것이 아니다. 황제란 혈통만으로도 개인의 뛰어난 능력만으로도 될 수 없는 것. 지지해 줄 강력한 지원군이 없다면 무력하기 짝이 없는 존재다. 몽골 중앙 귀족들이 줄을 선 아유르바르와다와 외인부대의 우두머리 카이샨, 원의 선택은 아무리 생각해도 전자였다.

'난 고려와 나를 지켜 줄 수 있는 쪽을 선택할 거야, 카이샨.'

원은 예전 외조부의 황궁 정원에서 함께 씨름하며 뒹굴던 그의 오랜 벗을 떠올렸다.

'넌 나와 같은 냄새가 나, 이질 부카. 늑대의 냄새가. 언젠가 내가 내 일족을 짓밟고 올라서는 날이 온다면 널 내 적이 아니라 동지로 두고 싶다!'

건장한 체격의 소년은 나이답지 않게 노회한 눈동자를 굴리며 그렇게 말했었다. 이런 날이 올 줄 알았던가, 너는! 원의 입에서 '아아!' 의미가 불분명한 탄성이 튀어나왔다.

"난 네 안다이기 이전에 고려의 왕이라고! 그 점을 간과해선 안 돼."

손으로 눈을 가린 원이 고통스럽게 중얼거렸다.

"내가 버린 친구들이 찾아와 날 도운 건 고려를 지키고 싶어서였다. 그러니 난 고려를 택할 거야. 그들도 버렸던 나야, 카이샨. 안다라고 해서 못 버릴 이유가 없어."

얼굴을 덮은 손가락 사이로 물기가 반짝이는 듯했으나 그가 거칠게 문질러 냈다.

"봐라, 린, 내가 지금 어떤 선택을 하는지. 어디에선가 날 지켜보고 있다면, 네가 내 아비의 모략으로부터 구해 낸 내가 고려를 위해 지난 3년간 얼마나 뛰었는지 봐! 난 이 손으로 황제를 만들었어, 고려를 위해, 산!"

벌떡 일어난 원이 방의 구석구석을 눈으로 훑었다. 마치 방 안 어딘가에 그를 훔쳐보는 눈동자라도 있는 것처럼. 희원에서 산과 일별한 후로 그에게 생긴 새로운 버릇이었다. 전혀 예상하지 못했던 때에 바로 그가 숨 쉬고 있는 대도에서 산이, 그리고 린이 제각각 그를 지켜보고 도왔었다는 사실을 알게 되면서, 원은 옛 동무들이 지금도 그의 주변에 숨어 있지 않을까 늘 촉각을 곤두세웠다.

극장의 해후로부터 어언 3년, 백방으로 찾아보았으나 두 사람의 흔적은 좀처럼 잡을 수가 없었다. 어쩌면 그날을 마지막으로 그들은 영영 그를 떠나 버렸을지도 모른다. 산은 그에게 분명한 작별을 고했고 그녀 입으로 린이 완전히 떠났노라고 말했다. 그러니 곰곰이 따져 보면 그들이 그의 방에 숨어들까 두근거리는 것도 그저 그의 망상에 지나지 않는다. 그래도 그는 혼자 있을 때면 가끔 사방을 주의 깊게 살피게 된다.

방은 고요하기만 하다. 피로에 젖은 신경을 돋우다 원은 픽 실소했다. 나 혼자뿐이니 고요할 수밖에! 다시 의자에 털썩 몸을 묻은 그가 무거운 눈꺼풀을 내리자 문밖에서 겁에 질린 목소리가 새어 들어와 방 안의 잠잠한 공기를 흔들었다.

"전하, 여민이옵니다."

저 바보가 왜 왔지? 원은 의아하여 뒤로 기울었던 몸을 일으켜 자세를 바로잡았다. 그의 열한 번째 글을 읽은 지 기껏해야 한 달이 조금 넘었다. 서너 달 간격으로 하나씩 바쳤던 놈인데 왜 벌써?

"들어와!"

원이 짜증스런 목소리로 소리쳤다. 문사가 몸을 잔뜩 웅크리고 종종걸음으로 다가와 공책 한 권을 내밀었다. '산산전珊珊傳', 표지에 쓰인 제목이 원의 눈길을 끌었다. 열두 번째 이야기의 여주인공 이름이 산산인 모양이다. 속내를 쿡 찔린 느낌이라, 원은 그저 말없이 몇 장 넘겼다. 별생각 없이 대충 책장을 넘기던 그의 얼굴빛이 눈에 띄게 변해 갔다. 그렇지 않아도 피곤에 절었던 말간 안색이 백지장처럼 희게 질리더니 점점 붉게 달아오르기 시작했다. 이번엔 틀림없이 '됐어!'라고 생각한 여민의 가슴이 두근거리기 시작했다.

'내 말대로만 쓰면 전하께선 '됐어.'라고 말씀하지 않곤 못 배기실 걸세.'

키 큰 남자의 장담대로 여민이 이 집에서 해방될 날이 바로 오늘인지도 몰랐다.

시뻘게진 전왕의 낯이 점점 푸르게 물들더니 마지막 장을 읽을 무렵엔 다시 희게 돌아왔다. 붉으락푸르락 따위의 표현을 쓰긴 했지만 이렇게 실물로 볼 줄은 몰랐던 여민이었다. 지난번 이야기들과는 다른 무언가가 왕의 감정을 마구 뒤흔드는 게 분명했다.

"여민."

책을 탁자 위에 소리 나게 던진 전왕이 이를 악물고 그를 부르자 여민의 구부린 등이 더욱 둥글게 말렸다.

"이 원장元璋이란 사내가 끔찍이 아끼던 벗을 죽였단 말이지? 산산이 선택한 남자가 자신이 아니고 친구여서?"

"예, 예."

"원장이 납치하여 감금한 산산을 원장의 아내가 몰래 풀어 주었단 말이지?"

"예, 예."

"나는 네 머릿속에서 나오는 글을 쓰라고 했다. 너 손여민의 글을!"

"제, 제가 썼습니다, 전하……."

여민의 목소리가 자연 기어들어 갔다. 원의 서릿발 치는 목소리가 그의 귀에 천둥처럼 울렸다.

"내게 거짓을 고하고 살아남을 사람은 없다! 누가 네게 이따위 얘기를 속살거렸는가?"

여민은 솔직하게 털어놓고 싶었다. 키 큰 남자는 절대 말하지 말라고 했지만 그는 절대 입을 다물고 있는 부류의 사람이 아니었다. 그의 마음을 송두리째 앗아 간 산의 절절한 부탁과 결의에 찬 맹세에도 불구하고 전왕에게 아는 대로 모두 불었던 그가 아니던가. 그러나 분노로 두 눈이 활활 타오른 왕이 그에게 미처 대답할 시간을 주지 않고 몰아쳤다.

"진관이로구나. 이런 얘길 할 수 있는 놈은 진관 외엔 없어! 뻔뻔스럽게도 이름까지 원장으로 붙이게 하다니! 내 초명과 이름을 합해 대놓고 조롱할 생각이로구나!"

"전하, 전하, 그런 것이 아니옵고……."

"그래서 결국엔 내가 죽게 된단 말이지? 산산이 죽는 걸 눈앞에서 보면서 죽은 줄 알았던 친구의 손에 처참하게! 그게 너희가 바라던 결말이었구나! 진관, 이 더러운 놈! 단을 향한 탐심을 끝내 못 버리고 주군을 저주하다니!"

끓어오르는 화를 이기지 못하고 책상을 발로 걷어차 넘어뜨린 원이 방 안을 빠르게 왔다 갔다 하며 부들거리는데, 문이 스르르 열리면서 진관이 고개를 푹 숙이고 들어왔다.

"이놈!"

격분한 원의 목소리가 방에 쩌렁하니 울렸다.

"네가……, 네가 이렇게 나를 비웃은 건 살고 싶은 마음이 없다는 뜻이겠지!"

원이 좌대에 놓여 있던 검을 집어 스릉, 칼집에서 뽑아 들었다. 힉! 여민의 숨넘어가는 비명이 깔린 가운데, 얼굴을 차마 보여 줄 수 없는 듯 묵묵히 고개를 박고 있는 진관의 목덜미로 칼이 돌진했다.

"아이고야!"

여민이 꽥 소리를 질렀지만 피가 튀는 목이 굴러다니는 끔찍한 장면 때문에 터져 나온 비명이 아니었다. 진관이 그의 배를 발로 걷어차 데굴데굴 굴러 구석에 꼼짝 못하도록 처박았기 때문이었다. 곧이어 그는 번개처럼 칼을 휘둘러 원의 공격을 가볍게 막아내고 오히려 왕의 목에 칼끝을 들이댔다. 발립을 눈썹 바로 위까지 눌러쓴 그가 비로소 고개를 들고 원을 보았다.

"오랜만에 뵙습니다, 전하."

칼을 떨어뜨린 원이 상대의 얼굴을 확인하고 입술을 일그러뜨렸다.

"장의, 이놈!"

왕은 별로 놀란 것 같지 않았다. 귓불에 닿을 듯 말 듯한 칼날에도 불구하고 그는 입술 끝을 말아 올리는 여유마저 보였다.

"내 목숨을 거두러 왔나? 감히 네가?"

"그저 여쭐 것이 하나 있어 감히 존전에 나섰습니다. 전하께서 칼을 들지 않으셨다면 이렇게까지 무엄하게 굴지 않았을 겁니다."

"허튼소리! 내 앞에 서면 죽을 목숨인 걸 알면서 엎드려 절이라도 했을 거란 얘기냐? 물어볼 말이 있다? 내게? 나야말로 물어보겠다, 산은 어디 있느냐!"

"제가 여쭈려는 것이 그것입니다."

피식, 원이 진심으로 비웃었다.

"여민에게 다 들었다. 널 두고 산이 형님이라고 불렀다면서? 그날 상춘희원에서 복면을 쓰고 내 눈앞에서 산을 채어 가 버린 놈들 중 하나가 바로 네가 아니었던가? 아우가 어디 있는지 말씀 좀 해 주시지. 그러면 다른 형벌 없이 깨끗하게 목만 베어 줄 테니!"

장의는 왕을 제법 잘 알았다. 원이 어렸을 때부터 그림자처럼 따라다니며 보호했던 자신이었다. 왕은 교활하고 음험하여 모든 것을 솔직하게 밝히지 않지만 거짓말도 하지 않았다. 그리고 경멸이 가득한 이 표정은 진짜였다. 즉, 산은 그의 손안에 없는 것이다. 최후의 수단으로 전왕을 찾아온 장의는 순간 난감했다. 산이 실종되자 송화 등의 충격은 이루 말할 수 없었다. 그녀가 단에게 편지를 보낸 이후에 벌어진 일이었기에 누구보다도 송화의 죄책감이 컸다. 비록 다른 사람들이, 개원이조차도 그녀를 비난하지 않았으나 그런다고 송화의 마음이 가벼워질 수 있는 것은 아니었다.

"전왕이야, 전왕이 데려간 거라고! 나 때문에! 아아, 이런 바보 같은 년! 쓸모없는 년!"

머리를 쥐어뜯으며 몸부림치는 그녀를 말없이 보던 모두의 생각도 송화와 비슷했다. 그러나 괴로워하는 송화를 더 볼 수 없었던 필도가 조심스레 다른 의견을 내놓았다.

"꼭 전왕이라는 보장은 없어. 산적들이 끌고 갔을지도 모르고."

"난타나 우리랑 같이 있을 땐 안 나타나던 산적이 왜 하필 혼자 있는 때 나타났을라고?"

개원이가 퉁명스레 반문하다가 미치광이처럼 헝클어진 송화의 머리를 보고 합, 입을 다물었다. 곰곰이 생각하던 장의는 처음엔 필도의 의견에 힘을 보탰었다.

"아가씨의 부탁으로 전왕전하의 주변을 꾸준히 살피고 있지만 특별히 달라진 점을 모르겠어. 필도의 말대로 전하가 아닌, 우리가 모르는 자들의 소행일 가능성도 배제할 순 없네."

무리에게 있어 장의의 말은 충분히 무게감이 있었으므로 비연과 난타를 제외한 모두가 팔방으로 산을 찾아 헤맸다. 근처에 출몰한다는 도적들은 물론 좀도둑들까지, 관원들보다 훨씬 더 열정적으로 그 흔적을 더듬고 다녔다. 그렇게 두 달여를 보내고 빈손으로 허망하게 머리를 맞댄 그들이 내린 결론은 결국 전왕이 산을 납치해 고려에서처럼 어딘가에 깊숙이 감추어 두었다는 것이었다.

"도적들 따위의 소행이 아니야! 그 애가 겨우 도적들에게 당할 것 같아? 결국은 내가 보낸 편지 때문에 잡혀간 거라고! 전왕이 아니면 그럴 사람이 없어!"

절망에 빠진 송화 등을 바라보며 장의는 남몰래 결단을 내렸다. 직접 전왕의 저택에 들어가 산을 찾아보기로. 조비의 궁처럼 다른 곳에 그녀를 감금해 두었다면 전왕의 잦은 외출이 눈에 띄었겠지만 전왕의 행보로 미루어 저택 외에 그럴 만한 곳이 딱히 짚이지 않았다.

마침 황실의 제위 다툼으로 전왕의 신경이 온통 그쪽으로 쏠려 있으므로 장의는 진관과 똑같은 옷을 준비해 입고 저택에 스며들었던 것이다. 그런데 공교롭게도 제위 계승 문제가 며칠 만에 일단락되고 전왕이 집에 들어와 잠시 휴식을 취하면서 왕을 수행하던 진관도 돌아왔으므로, 애써 잠입한 장의의 노력은 물거품이 되게 생겼다. 당황한 장의가 단도직입적으로 왕에게 물을 결심을 하고 방에까지 들어왔던 것이다. 그러나 장의는 느물거리는 원의 특유한 비소를 보고 자신이 잘못 판단했음을 알았다. 그는 산의 소재를 알아내지 못할 뿐더러 이 자리를 쉽게 빠져나가지도 못할 것이다.

장의는 최대한 진실한 어조로 말했다.

"전하, 현애택주가 누군가에게 납치되었습니다. 전하께서 도와주셔야 찾을 수 있습니다."

"너, 제정신이더냐?"

원의 한쪽 눈썹이 의심스럽다는 듯 찡긋했다.

"함께 산을 찾자고? 이 나와 함께? 산이 누구에게서 가장 도망치고 싶어 하는 줄 알면서? 찾으면 내가 그 앨 순순히 너와 복전장의 반역자들에게 넘겨줄 거라고 생각하는 것이냐?"

"아닙니다. 하지만 택주를 찾는 일이 우선이기에……."

"내 목에서 칼이나 치우고 말해라, 이놈."

"송구하오나 택주를 찾기 전에 전하의 손에 죽을 수는 없습니다."

"그건, 산을 찾으면 목을 내놓겠다는 말이냐?"

"전하께 이런 죄를 짓고서 어찌 살기를 바라겠는지요."

"어째서 산을 그렇게까지 찾고 싶은 것이냐? 설마 네놈 도…….."

'……그녀를 마음에 둔 건 아니겠지?'라고 말하고 싶었지만 원은 꾹 참았다. 옛 주인의 마음을 훤히 들여다본 장의가 쓰게 웃었다.

"누이입니다, 전하."

장의의 목소리가 부드러워졌다.

"제 가족 중의 한 명입니다. 그래서 목숨을 걸고 찾으려 합니다. 남은 가족들이 눈물로 밤을 새우고 있습니다."

"누이라! 가족이란 말이지! 널 정말 죽여 버리고 말겠다."

원이 고른 잇바디를 드러내며 웃었다. 좀 전과는 다른 종류의 분노와 질투가 그의 가슴에 차올랐다. 그는 바닥에 떨어진 칼을 주워 들기 위해 재빨리 뒤로 물러나며 몸을 숙였다. 그러나 장의는 세자 시절 그를 측근에서 호위하던 무관, 그 민첩함은 원의 것과 비교가 되지 않았다. 원은 다시 자신의 목에 와닿는 섬뜩하고 차가운 금속성 질감에 칼자루를 잡은 손을 들지 못하고 아래로 늘어뜨렸다. 그때였다.

"전하, 황궁에서 급한 전갈이…….."

얼마나 급한 일이었는지 진관이 고하면서 문을 열었다. 그는 눈앞에 펼쳐진 광경에 앞뒤를 잴 것도 없이 반사적으로 칼을 뽑으며 뛰어들었다. 그의 칼이 민첩하게 돌아보는 장의의 목에 이르렀다.

"칼을 버려라, 이놈!"

장의는 푸르게 떨리는 진관의 칼끝에서 시선을 천천히 옮겨 10여 년 만에 재회한 친구의 눈을 마주 보았다. 그의 목소리가 다시 딱딱한 무사의 그것으로 돌아왔다.

"자네 칼이 내 목을 뚫기 전에 전하께서 다치실 것이다. 물러서, 진관! 나는 싸우려고 온 게 아니다."

"싸울 마음이 없다면 칼을 버려. 비록 네가 오래전에 전하께 버림을 받았다고 하나 어찌 이런 참람한 짓을!"

"내가 칼을 놓으면 여기까지 들어온 내 노력이 허사가 돼. 내 뜻을 관철할 때까지 이 칼을 놓을 수 없어."

"그럼 장의, 넌 내 손에 죽는 수밖에 없다."

"내 말을 들어 봐, 진관. 10년 만에 만난 친구의 말 한마디 못 들어주는가."

"시끄럽다! 넌 오래전에 아니겠지만 난 전하의 시위다. 네 친구인 것은 그다음이야."

진관이 칼자루를 쥔 손에 불끈 힘을 주었다. 장의의 눈도 매섭게 빛났다. 일촉즉발, 두 사람의 고정된 칼이 춤을 시작하려 막 들썩이는 찰나였다.

퍽! 퍽! 두 번의 연속된 마찰음이 작게 울리면서 두 사람의 칼이 집중력을 잃고 휘청했다. 칼을 쥔 손목들이 얼얼하여 울리는지 각각 다른 손으로 감싼 진관과 장의가 어리둥절하여 서로를 바라보는 사이, 시커먼 인영이 훌쩍 방 가운데로 날아들었다.

구석에서 아픈 배를 움켜쥐고 쥐며느리처럼 죽은 듯 웅크리고 있던 여민은 왕을 둘러싸고 똑같은 옷을 입은 무사들이 으르렁대는 것을 실눈으로 보고 있었다. 무슨 말인지 알아듣지는 못했지만 서로를 잡아먹을 듯 무섭게 째리는 걸로 봐서 이제 곧 칼이 번득하면서 피가 튈 판이었다. 잘못하면 '됐어!'고 뭐고 그 자리에서 죽을 수도 있는 처지였다. 그냥 내가 죽었다고 저치들이 생각해 준다면! 발발 떨던 여민은 뜻밖의 광경에 눈을 크게 뜨고 말았다. 갑자기 날아온 단검이 무관들을 당황케 하고 검은 삿갓을 쓴 온통 시커먼 인물이 그들 사이에 뛰어들어 양손에 든 소도 두 개로 동시에 두 사람의 목을 겨눠 꼼짝 못하도록 제압한 것이다. 어디서 날아온 괴한인지 모르겠지만 밖에서 들어온 것은 분명 아니었다. 여민이 들어오기 이전부터 이 방 안 어딘가에 숨어 있었던 게 틀림없다.

"둘 다 칼을 버려라."

검은 삿갓 또한 여민이 알아듣지 못하는 말을 했다. 여긴 죄다 고려말만 쓰나 봐! 여민은 속으로 불평 아닌 불평을 했다. 왕도, 그 수하들도, 하다못해 괴한까지 고려말로만 말하다니. 어쨌든 이 괴한이 왕의 지시로 방 안에 숨어 있었던 게 아닌 것은 확실했다. 두 무관보다도 훨씬 왕의 표정이 얼빠져 보였으니까. 귀신이라도 본 듯 새파래진 왕은 무관들처럼 손목을 얻어맞은 것도 아닌데 쨍그랑, 칼을 떨어뜨렸다. 턱밑에 와 닿는 칼에도 웃어 보이던 여유 따위는 온데간데없고 긴 눈이 형편없이 이지러지며 입술이 실룩거렸다. 마치 울기라도 할 것 같은 얼굴로 왕이 간신히 한마디 내뱉었다.

"린!"

20

매듭지을 때

어두운 헛간의 구석에서 산은 눈을 떴다.

갇힌 지 얼마나 지났는지, 지금이 해가 뜬 시각인지 캄캄한 밤중인지 빛 한줄기 새어 들어오지 않는 이곳에선 알 도리가 없다. 부스스 일어난 그녀는 더듬더듬 머리맡을 뒤적여 깨진 사기그릇 조각을 찾았다. 그녀를 감시하는 역할을 맡고 있는 말이 없는 여인이 식사를 넣어 줬을 때 음식을 담은 그릇 중 하나를 일부러 깨고 몰래 감춰 둔 조각이었다. 손이 다치지 않도록 조각을 조심스레 쥐고 이번엔 흙벽 아래를 더듬었다. 짚을 풍성하니 쌓아 가린 벽 아래, 바닥과 접한 부분이 긁혀 홈이 파져 있었다. 파인 홈을 만져 보며 산은 사금파리로 열심히 긁어 내기 시작했다.

튼튼하게 박은 나무 격자문보다 이쪽이 더 탈출구로 적당하다고 생각해서 시작한 일이었다. 짚으로 가릴 수 있기에 하루에도 몇 번씩 드나드는 여인의 눈을 속이기에도 좋았다. 흠이 있다면 진척이 너무나 느리다는 것. 조금도 쉬지 않았지만 두꺼운 벽엔 좀처럼 구멍이 뚫리지 않았다.

'나가기만 하면 가만두지 않을 테다, 나쁜 놈!'

송인의 얼굴을 떠올리며 산은 이를 악물고 악착같이 벽을 긁어내렸다. 송인은 가끔 그녀를 찾아왔다. 겉모습만 따지자면 그는 조용하고 점잖았다. 하지만 어디까지나 겉모습만이었다! 사뭇 자상한 어조로 그녀를 죽이기 위해 찾아다녔다고 말했던 작자가 아닌가.

"언제까지 날 이렇게 가둬 둘 거야?"

지친 목소리로 묻는 산에게 그는 마치 위로라도 하는 것처럼 다정한 미소를 지었다.

"조금만 참아. 곧 끝날 테니까."

"날 이용해서 원을 괴롭힐 작정이라면 소용없어. 원이야말로 날 가장 미워하는, 또 괴롭히고 싶어 하는 사람이니까."

"전혀 그렇지 않아, 현애택주. 당신은 그를 몰라."

"너야말로 그를 몰라. 아니, 우리 관계를 몰라. 내가 원에게 얼마나 큰 상처를 줬는지 모르기 때문에 넌……."

"난 모든 걸 알아, 현애택주."

송인의 목소리와 미소 모두 자신감이 넘쳤다.

"그리고 확인했지. 당신을 이용해서 그를 미치광이로 만들 수 있다는 걸. 아주아주 재미있어질 거야. 기대해도 좋아."

"미치광이는 바로 너야!"

분개한 산이 격자문을 마구 두들겨 댔다.

"원을 괴롭히느니 그 전에 죽어 버리겠어! 네 뜻대로 움직이는 인형이 아니란 말이야, 나는!"

"이해할 수 없군, 당신이란 여자는."

송인이 고개를 갸웃했다. 진정 이해 불가라 어리둥절한 것이 아니었다. 그의 매섭고도 가느다란 눈에는 조소가 가득했다.

"그가 당신의 왕린을 어떻게 했는지 몰라? 안다면 그렇게 전왕을 감싸지 못할 거야."

"네 이간질은 아무 효과도 없어. 나도 알아, 원이 우리에게, 린에게 얼마나 잔인했는지! 원이 직접 자신의 입으로 내게 말했어. 나한테 용서받지 못할 줄 알면서도, 끝까지 숨기고 싶었으면서도 말해 줬다고!"

"제 입으로 말했으니 죄다 까발리진 못했겠지, 그도 사람이라면 말이야……. 난 이 두 눈으로 봐서 잘 알아. 왕린이 열 명도 넘는 장정들에게 뭇매를 맞아 살이 터지고 뼈가 꺾여서 그의 발아래 쓰러졌지만 그는 눈 하나 깜짝하지 않았어. 매를 멈추게 하지도 않았지. 그는 사실 왕린을 죽여 버릴 생각이었어. 늘 죽이고 싶었지만 그동안 가까스로 참고 있었던 거라고. 반역죄를 실토할 때까지 매질을 멈추지 말라고 그가 말했다고!"

"그만! 네 말은 전부 과장된 거야. 넌 내가 원을 원망하고 미워하도록 내 속의 증오를 부풀리고 싶은 거야!"

산이 귀를 막으며 고개를 마구 흔들었지만 송인은 개의치 않고 말을 이었다. 그녀의 귀가 한마디도 놓치지 않는다는 걸 그는 이미 잘 알고 있었다.

"넌 전왕을 감싸는 척하지만 실제론 나만큼이나 그가 비참하게 거꾸러지는 걸 보고 싶은 거야. 그가 아니었으면 너의 왕린은 지금쯤 네 곁에 있을지도 몰라. 아니면……, 너도 사실은 왕린이 없어지길 바랐던 걸까? 왕의 그림자로만 살고 싶어 하는 야망 없는 사내보다는 왕의 애인이 되는 걸 내심 바랐을지도……. 죽을 때까지 빛을 못 보고 숨어 살아야 하겠지만 어둠 속에 있다고 해서 손에 쥘 수 있는 게 적은 건 결코 아니니까."

"우리가 맺은 우정은 네가 생각하는 것처럼 부서지기 쉬운 게 아니야. 우린 셋 다 죽을 만큼 괴로웠지만 그건 모두 서로를 깊이 아꼈기 때문이야."

"널 보고 전왕이 그렇게 말할지 두고 봐야겠다. 그는 말이지, 현애택주, 죽은 네 몸뚱이라도 차지해서 왕린을 이기고 싶어 하는 자야! 우정이란 입에 발린 망상에 지나지 않아, 적어도 그에게는!"

송인이 치솟는 흥분을 가만히 눌렀다. 기이한 열기로 번쩍였던 눈매를 서늘하게 식히고 그는 본래의 목소리로 나직하니 말했다.

"그걸 함께 확인하자고, 현애택주. 그러니 그 전에 자결할 생각 따윈 접어 둬. 난 당신을 납치했던 그 산속에 몇 명이 더 살고 있는 걸 알거든. 그 사람들, 아직도 당신을 찾아서 헤매고 있어. 의리 있는 사람들이야, 진짜! 내 주변의 바보들보다 훨씬 괜찮다고. 물론 그자들도 바보긴 하지만. 아직 어린애도 있던데, 그 사람들이 모두 죽길 바라는 건 아니겠지?"

"이 비열하고 더러운 놈! 널 가만두지 않을 거야, 결코!"

"내가 당신을 죽일 때까지 허튼짓하지 않는다면 적어도 그자들에겐 털끝 하나도 손대지 않을 거야. 나도 꽤 바쁜 사람이니까."

태연스레 말을 하고 송인이 일어났다. 그러고는 문에까지 갔다가 되돌아온 그가 덧붙였다.

"미리 말해 두겠는데, 여길 지키는 여자에게 애원해 봤자 아무 소용없을 거야. 그 여잔 글자도 모르는데다 아무것도 알아듣지 못하니까. 당신에게 넘어가지 않도록 귀를 멀게 하고 혀를 잘라 버렸거든."

놀라서 들이마신 숨을 뱉지 못하는 산의 희게 질린 얼굴을 보고 그가 싱긋 웃었다.

"농담이야."

흙벽을 파던 산이 한기를 느끼고 부르르 떨었다. 미친놈! 송인의 웃는 얼굴을 할퀴기라도 하듯, 사금파리를 쥔 그녀의 손이 속도를 더했다.

문밖에서 들리는 덜컥덜컥 소리에 그녀는 재빨리 파고 있던 흙벽을 짚으로 덮고 사기 조각을 감췄다. 오래된 문이 끼익 소리를 내며 열리더니 빛이 스며들었다. 아침인 모양이다. 식사를 가지고 들어온 여인이 빛을 등져 시커멓게 보였다. 여인은 충실히 할 일만 했다. 구석에 웅크리고 있는 산에게 눈길 한번 던지지 않고 격자 문틀 사이로 그릇을 하나씩 들여 넣었다. 정말 귀도 멀고 말도 못 하는 걸까? 산은 무표정한 얼굴로 음식을 넣어 주는 여인에게서 이제껏 한마디 말도 들은 적이 없음을 상기하고 새삼 소름이 끼쳤다.

"이것 봐요."

산이 문틀 사이로 손을 내밀어 여인의 소매를 잡았다.

"날 가둔 사람은 미친 사람이에요. 얼마나 받고 그 사람에게 협조하는지 모르겠지만 날 풀어 주면 그 곱절로 보답해 드리겠어요."

뚱하니 그녀를 바라보는가 싶더니 소매를 홀쩍 털고 여인이 벌떡 일어났다.

"그 사람이 어떤 사람인지 알아요? 황실에서 손꼽히게 높은 사람을 해치려는 반역자예요. 그 사람을 돕는 당신도 똑같은 죄를 뒤집어쓰게 된다고요. 나랑 같이 그 사람에게서 벗어나야 해요!"

여인은 조금도 귀를 기울이지 않았다. 정말 들리지 않는 건지, 아니면 그런 척만 하는 건지 도무지 구별할 수가 없었다. 산이 다급하게 격자문을 붙들고 마구 흔들며 밖으로 총총히 걸어가는 여인을 불렀다. 그러나 문이 닫히면서 헛간 안으로 쏟아져 들어오는 빛의 양이 급격히 줄어들었다.

"맙소사!"

절망 섞인 한숨을 내쉬며 산이 주저앉았다. 문살을 잡은 그녀의 손아귀 힘도 햇빛의 양과 더불어 줄어들었다. 갑자기 한꺼번에 빛이 비치더니 자박자박 헛간으로 걸어 들어오는 소리가 났다. 사실은 귀먹지 않은 귀머거리 여인이 되돌아오는 걸까? 산이 고개를 번쩍 들었다. 실망스럽게도 그녀의 눈에 비친 사람은 통통하고 작은 여자가 아니라 훤칠한 키의 송인이었다. 산은 꼴도 보기 싫다는 듯 고개를 세차게 털며 등을 돌렸다.

"저 여자에게 애걸하는 건 소용없다고 했잖아."

송인이 건조하게 말했다.

"하지만 뭐, 그동안 잘 참았어. 지금까지 혀를 깨물지 않은 건 고맙다고 해 둘게."

산의 가슴이 덜컹 뛰었다. 이제 이 감옥을 벗어난다는 뜻인가? 그녀는 짚 속에 묻어 둔 사금파리를 살며시 손안에 감추고 천천히 송인 쪽으로 돌아앉아 떨리는 목소리로 물었다.

"때가 온 거야?"

"때가 온 거야."

송인이 희미한 미소를 띠고 고개를 끄덕였다.

"문틀 사이로 양손을 내밀어."

산은 매섭게 노려보았으나 그가 시키는 대로 주먹 두 개를 고이 내밀었다. 그녀가 얼마나 거세게 날뛰는 망아지인지 잘 아는 송인은 경계심을 잔뜩 품고 있었다. 묶은 자국이 오래가지 않도록 부드러운 천으로 나무틀을 사이에 둔 두 손목을 단단히 감은 뒤에야 격자문의 자물쇠를 열고 얽혀 있는 튼튼한 쇠사슬을 풀었다. 안으로 들어가 그녀의 양발을 잘 묶은 뒤 그녀를 끌어내기 위해 나무틀에 결박된 손목을 풀었다. 사금파리를 쥔 산의 손에 땀이 고이기 시작했다. 조금 더 다가왔을 때! 산은 송인이 손목을 묶은 끈을 풀어내고 그녀를 자신 쪽으로 돌려 앉혀 다시 손목을 묶기 위해 바싹 다가올 때까지 기다렸다.

이윽고 그가 충분히 가까이 접근했다고 생각한 그녀는 재빨리 두 다리를 뻗어 송인의 허리를 걷어차고 휘청거리며 고꾸라지는 그의 목을 향해 사금파리 조각을 휘둘렀다. 삭, 살갗을 베는 끔찍한 느낌이 또렷이 손끝을 타고 전해 왔다.

"이 망할 계집 같으니!"

욕설과 더불어 송인의 커다란 손바닥이 산의 뺨을 철썩 갈기는 소리가 헛간 가득히 울려 퍼졌다. 한순간 정신을 잃을 만큼 아찔한 손질이었다. 짚북데기에 얼굴이 아무렇게나 처박힌 그녀의 어깨가 우악스레 비틀리고 두 팔이 등 뒤로 꺾여 꽁꽁 묶였다. 반항할 수 없게끔 꼼꼼히 결박한 후에 그녀의 턱을 잡아 올려 얼굴을 확인한 송인의 입에서 다시 욕설이 튀어나왔다. 커다란 손자국이 선명하니 붉게 새겨진 그녀의 한쪽 뺨이 벌써 부어오르고 있었다.

"흠집 없는 모습으로 끌고 가고 싶으니까 작작 해 둬. 내 인내심을 시험하지 마!"

그는 뺨에 흘러내리는 끈적대는 피를 쓱 문질러 닦았다. 눈바로 아래가 찢어졌지만 그나마 다행이었다. 조금만 더 위를 찔렀거나 이 여자가 노렸던 대로 목의 튀어나온 핏줄에 사금파리가 박혔다면 아주 끔찍했을 것이다. 분풀이하듯 그녀의 긴 머리채를 쥐고 일으켜 세웠지만 그는 퍽 조심스럽게 포로를 다뤘다. 자신의 입으로 말한 것처럼 말짱한 모습으로 전왕의 앞에 그녀를 세우고 싶은 그였다, 어느 때보다도 생생하고 아름다운 모습으로.

산을 수레에 태우고 그가 처음 향한 곳은 단골 기루였다. 기녀들에게 일러 그녀의 몸단장을 명령하면서 송인은 산의 귀에 대고 나직하고도 분명하니 못 박았다.

"쓸데없는 수작을 또 하면 누구에게 시킬 것도 없이 내가 널 씻기고 입히겠다."

식겁한 산은 군말 없이 기녀들의 시중을 받았다. 여자들이 그녀를 향기로운 물에 씻기고 머리에 기름을 발라 곱게 빗겨 주었다. 입혀 주는 대로 걸치고 내맡긴 얼굴에 은은하니 옅은 화장까지 받으니, 오랫동안 사내인 척 행세했던 잔상이 말끔히 지워져 아름다운 숙녀로 변했다. 단장을 마친 그녀를 보고 흡족한 웃음을 머금은 송인은 그날을 넘기지 않고 대도의 나성을 벗어났다.

"어디로 데려가는 거야? 원에게 데리고 가는 게 아니었어?"

수레 안에 묶인 산이 앙칼지게 물었지만 송인은 시원스레 답해 주지 않았다.

"만나게 될 거야."

그렇게 모호하게 얼버무릴 뿐이었다.

그들 일파와 늙은 고려 국왕의 든든한 바람막이였던 불루간 황후와 안서왕 아난다가 상대편의 포로가 되었고, 전왕 제거를 약속한 재상들이 하나같이 처형된 궁박한 상황이었다. 늙은 왕은 금세라도 숨이 넘어갈 듯 혁혁거렸고 송방영과 왕유소 등은 어쩔 줄 몰라 하며 송인만 바라보았다. 곧 맺어지리라 희희낙락하던 부다슈리 공주와 왕전은 말할 것도 없었다. 상황이 이미 기울었음을 파악한 송인만이 태연자약했다.

"동지밀직사사가 일전에 말한 바 있습니다. 전왕이 없어지면 됩니다."

늙은 왕과 왕전, 공주를 비롯한 모두가 휘둥그레 눈을 뜨고 그를 돌아보았다.

"자객이라도 보내잔 말인가?"

왕전의 목소리가 몹시 떨렸다. 물론 매부를 걱정해서라기보다는 선천적으로 담력이 부족한 탓이다. 그에 비하면 아버지와 아내는 과단성이 있다.

"그 집엔 호위하는 자가 적지 않은데 어디론가 이끌어 내야지 않겠는가?"

늙은 왕이 방향을 제시하자 공주가 주의할 점을 날카롭게 짚어 냈다.

"이질 부카 왕이 죽더라도 우리가 연루되어서는 결코 안 되오. 내 사촌 카이샨이나 아유르바르와다가 황위에 오르는 날엔 모두 죽음을 면치 못해. 그 둘은 어렸을 때부터 이질 부카 왕과 형제처럼 지냈소."

나머지 일당이 멍청하니 입을 벌리고 고개를 주억거렸지만 송인은 오히려 공주의 말에 반색하여 빙그레 웃었다.

"과연 공주마마! 회령왕과 아유르바르와다 왕자 중 결국 한 명만이 제위에 오르는 것이 관건이옵니다. 그 사이에 낀 전왕은 스스로 목숨을 재촉하게 될 것입니다."

"그럼 자객은? 어디로 보내야 하는 거요?"

상황 파악을 하지 못한 왕전이 거푸 물었다. 송인이 고개를 저었다.

"자객은 필요 없습니다. 말씀드렸듯이 전왕 스스로가 자객이올시다."

"승지는 자세히 말해 보아라."

늙은 왕이 참지 못하고 재촉하자 송인이 느릿하니 설명했다.

"아유르바르와다 왕자가 전왕을 비롯한 왕공 재상들과 더불어 안서왕을 굴복시켰을 때, 회령왕은 겨우 카라코룸에 도착했습니다. 자신의 도움 없이 아우가 난을 평정했으니 당황스럽겠지요. 아우가 제위 계승의 명분을 쌓을 동안 그는 한 일이 하나도 없게 됩니다. 형제의 어머니인 타기 카툰도 동생 쪽 편을 공공연히 들며 형에게 양보하라는 통지까지 보낸 상태입니다. 주상전하께서는 이미 겪으신 바 있을 것이옵니다. 선황[*]께서 제위에 오르시기 전에 그의 아우 아릭 부케 칸이 이미 카안으로 군림했던 것을요. 무력으로 아우를 쳐서 완전히 복종시키고 카안의 자리를 빼앗은 분이 선황이십니다. 그리고 회령왕은 그

---

* 쿠빌라이 카안.

선황을 쏙 빼닮은 전사입니다. 증조부가 했던 일을 그라고 못 하겠습니까? 하물며 황위가 걸린 일을요! 회령왕은 성난 이족異族부대를 몰고 이곳을 점령하기 위해 달려오는 중입니다. 그걸 알고 황궁은 지금 발칵 뒤집혔고요. 타기 카툰이 두 형제의 충돌을 막기 위해 전왕을 보낸다고 합니다. 하지만 전왕에겐 호랑이의 아가리에 들어가라는 얘기지요. 왜냐하면 회령왕은 이미 오래전부터 전왕의 반심을 알고 있었으니까요. 제가 꾸준히 보낸 서찰들을 통해서 말입니다."

오오! 늙은 왕의 칙칙한 뺨에 화색이 돌았다.

"과연 승지로다. 어디 한 군데 허술함이나 빈틈이 없으니 내 옆의 신료들이 모두 자네와 같다면 얼마나 좋겠는가."

한신과 왕유소 등이 콜록콜록 잔기침을 했다. 그러나 그들에게 있어서도 송인은 특별한 존재, 최고의 모사이니만큼 그를 힐끔거리는 눈에 질시와 더불어 감탄도 섞여 있었다. 일을 확실히 하기 위해 회령왕에게 직접 가겠다며 송인이 물러났을 때도 늙은 왕뿐 아니라 그 방에 모여 있던 모두가 안심하며 가슴을 쓸어내리는 눈치였다.

전왕보다 한발 앞서 카이샨에게 닿을 작정인 송인은 산을 태운 수레를 재촉했다. 회령왕이 배신자를 처벌하기 직전에 전왕에게 그녀를 보여 주어야 했다. 사실 그의 목적은 오직 그 하나였다. 늙은 왕의 숙원도, 왕전의 야심도, 공주의 사랑도, 사촌 형과 나머지의 목숨도 더 이상 그의 안중에 없었다. 전왕의 죽음까지도 그는 관심하지 않았다. 무비가 죽은 그날 이후 그가 겪고 있는 악몽을 고스란히 전왕에게 맛보게 해 주고 싶다는 바람만이 있을 뿐이었다. 오랫동안 획책해 왔던 계획이 무산되어 전왕이 죽지 않는 이상 그가 죽을 판국이었지만, 말에게 채찍질을 거듭하는 그의 얼굴은 초탈하니 담담했다.

'이제 진짜 승부를 보는 거다, 전왕!'

휘날리는 수염 아래 그의 입술이 희열에 차 슬그머니 곡선을 그리기까지 했다.

베키는 잔뜩 들떠 있었다. 그렇지 않아도 결전을 앞두고 긴장을 늦추지 않아야 하는 처지인데, 졸졸 쫓아다니는 그녀가 몹시 성가시게 굴자, 귀찮아진 카이샨이 곧 유수프를 만나게 될 거라고 귀띔했기 때문이다.

얼마 만인 거야, 대체! 손가락을 꼽아 보는 베키의 발끝이 땅 위에 머무르지 못하고 폴짝였다. 대도의 귀족들을 밀탐하며 단둘만의 달콤한 시간을 보내던 그리운 시절이 벌써 아득한 추억처럼 느껴졌다. 그녀를 알타이로 데려다 주기 무섭게 그가 홀연히 사라져 버렸을 때 얼마나 두려웠던가! 화가 잔뜩 났으면서도 '그 녀석은 꼭 돌아와!' 소리치던 카이샨의 말은 그녀에게 조금도 위로가 되지 못했다. 떠났을 때와 똑같이 너덜너덜한 모습으로 몇 달 만에 그가 돌아왔을 때, 베키는 똑똑히 느졌다. 이 사람이 아니면 안 돼! 카이샨의 불호령으로 그가 갇힌 동안 내내 그녀는 그 생각을 수천, 수만 번 되풀이했다.

그동안 부모로부터 혼인을 독촉받기도 했지만, 든든한 후원자인 카이샨이 기꺼이 막아 주면서 베키는 오직 유수프가 자유롭게 되기만을 기다렸다. 그리고 지금 카라코룸에서 대도로 진격하는 이때, 유수프가 나타나리라는 소식을 듣게 된 것이다. 그것은 카이샨이 맡긴 최후의 과제를 그가 해결했다는 뜻으로, 곧 자유를 얻는다는 것을 의미했다.

'풀려나면 분명 바람처럼 사라지겠지.'

베키는 확신했다. 그는 붙잡아 둘 수 없는 사람이다. 하지만 두 발이 있는 이상 그녀는 따라갈 것이다. 물론 따라갈 수 있느냐가 문제겠지만. 그가 그녀를 특별한 존재로 생각하고 있는가? 쫓아가도 매정하게 떨쳐 내지 않을 정도로? 사실 베키는 자신이 없었다.

"그렇게 풀죽어 있을 거 없어."

카이샨이 상냥하게 그녀를 위로했었다.

"잡극 연희 중에 얻어맞을 뻔한 걸 뛰어들어 구해 줬다면서? 그놈이 겉으로는 아닌 척해도 네게 꽤나 신경을 쓰고 있었던 거야. 아무 감정도 없다면 맞아 죽든 말든 내버려뒀겠지. 내 허락도 구하지 않고 사라지면서도 너만은 여기까지 탈 없이 데려다 줬잖아. 널 걱정하고 있다는 거야, 그놈이!"

"하지만 왕야, 그건 지독한 책임감에서 나온 행동이잖아요.

일전에 왕야께서도 말씀하셨듯이, 사랑해서가 아니라고요."

뾰로통한 베키를 보고 카이샨이 웃음을 터뜨렸다.

"책임감을 느끼게 해 줄 정도라면 보통 이상의 존재가 확실하잖아! 나중에 네가 쫓아다닌대도 책임감을 느끼는 한 버릴 일은 없겠군."

마음에 쏙 드는 말은 아니었지만 카이샨의 그 말은 베키의 심장에 희망의 불을 지폈다. 버리지만 않는다면 어디든 쫓아갈 거야! 그녀는 결심을 굳혔다.

"아아, 언제쯤 온다는 거야! 오늘? 내일?"

몸이 근질거려 도무지 한자리에 얌전히 있을 수 없는 그녀였다.

베키는 거대한 군영을 이리저리 헤매며 진정되지 않는 가슴을 달랬다. 그러던 그녀의 눈길을 끈 게르가 있었다. 왕 카이샨의 오르도에서 멀지 않은 곳에 자리 잡은 게르는 새롭게 설치된 것이었다. 어쩌면 곧 도착할 유수프를 위한 장막이 아닐까? 베키는 걷잡을 수 없이 번지는 호기심에 게르로 다가가 천천히 둘러보았다. 안에 사람이 없는지 조용했다. 주변에 아무도 없음을 확인하고 베키는 슬쩍 장막을 들춰 보았다. 아늑한 내부 공기가 은은한 향과 함께 흘러나왔다. 어디서 이렇게 좋은 냄새가 나는 거지? 그녀는 과감하게 게르 안으로 쏙 들어갔다.

내부를 한 바퀴 쓱 둘러본 베키는 이 새로운 게르가 자신의 거처와 그다지 다르지 않다는 것만 확인했다. 바닥에 깔린 가

죽이나 소박한 나무 탁자 등은 별달리 눈여겨볼 것도 없었다. 특이한 것은 아주 옅은 가향佳香, 귀한 꽃이나 풀에서 맡을 만한 격조 높은 청초한 향기였다. 코를 킁킁거리던 베키에게 엷은 천으로 휘장을 드리워 가린 침상에서 갑작스레 누군가가 말을 했다.

"네가 말한 때가 지금이야?"

베키는 깜짝 놀라 펄쩍 뒤로 한 걸음 물러났다. 사람이 있으리라고 생각을 못 했던 그녀는 낯선 언어에 곱절로 놀랐다. 허락도 받지 않고 남의 게르에 들어왔으니 아무리 왕을 후원자로 두었다 하더라도 그냥 넘어가지는 않을 것이다. 겁이 난 그녀가 슬금슬금 뒤로 물러나자 침상 쪽에서 의아해하는 목소리가 다시 흘러나왔다.

"누구예요?"

여전히 베키가 이해하지 못하는 낯선 언어였지만 아까보다 훨씬 부드러운 어조였다. 순간 베키는 그녀가 찾고 있던 향기의 근원지가 바로 침상의 하늘거리는 휘장 뒤라는 걸 깨달았다. 이렇게 맑은 목소리를 가진 여자라면 충분히 좋은 냄새를 풍길 테니까! 그녀의 뒷걸음질이 주춤하자 휘장 저편에서 여자가 다급하니 불렀다.

"이봐요, 가지 말아요!"

이번엔 몽골어였다. 알아들은 베키가 조심스레 물었다.

"여긴 싸움터에 나가는 군대의 진인데 왜 여자가 있는 거죠?"

"그러는 그쪽도 여자가 아닌가요?"

반문하는 목소리는 무척이나 기쁨에 차 있었다. 그렇지, 나도 여자였어! 베키는 바보 같은 질문을 했다는 생각에 부끄러워 코를 세게 문질렀다. 휘장 저편에서 말이 이어졌다.

"그게 문제가 아니에요. 어서 이쪽으로 와 줘요!"

그러고 보니 여자는 말만 할 뿐 휘장을 걷고 나올 생각을 하지 않는다. 왜 자신의 게르에 함부로 들어온 침입자를 소리 질러 쫓아내기는커녕 와 달라고 사정하는 거지? 의심이 일었지만 베키의 호기심은 그보다 훨씬 강했다. 그녀는 발끝으로 조용조용 침상에 다가가 휘장을 살며시 걷었다. 아! 저도 모르게 감탄사가 나올 정도로 아름다운 여자가 앉아 있었다. 하지만 더욱 놀라운 것은 여자가 묶여 있다는 것이다. 가느다란 두 손목을 한꺼번에 묶은 비단 천이 길게 이어져 기둥에 단단히 감겨 있었다. 마찬가지로 발목을 묶은 끈도 다른 기둥에 감겨, 몸을 움직일 수는 있었지만 그 범위가 침상 위로 한정되어 있었다. 여자가 나오지 못하고 와 달라고 한 이유가 여기 있었다.

"누가 이렇게 했죠? 당신은 누군가요? 포로? 노예?"

"그런 건 나중에 물어요. 먼저 날 풀어……."

눈을 동그랗게 뜬 베키보다 훨씬 더 크게 눈을 뜬 여자가 말을 잇지 못하고 입을 딱 벌렸다. 뭐지? 침을 꼴딱 삼키는 베키가 양 볼에 힘을 주는 바람에 볼우물이 더욱 깊어졌다.

"너, 너는……, 베키! 네가 어떻게 여기에!"

베키는 당황하지 않을 수가 없었다. 잘 아는 사람처럼 그녀의 이름을 서슴없이 부르는 이 여자는, 맹세컨대 한 번도 본 적이 없다. 이 정도 미모의 여자라면 기억 못 하는 것이 되레 이상한 일. 그러나 다음 순간, 여자가 묶인 손으로 자신의 얼굴에 동그라미를 그리며 소리치자 베키의 혼란도 걷혔다.

"나야, 점박이! 상춘희원에 몰래 들어왔던 널 대렴 뒤에 숨겨 줬던!"

그래도 기억 안 나? 점이 없는 점박이의 찡그린 눈썹이 그렇게 묻는 것 같았다.

"맙소사, 점박이? 전혀 다르잖아!"

반신반의하면서도 베키는 반가운 친구를 만난 양 산의 손을 움켜잡았다. 점이 없으니 완전히 다른 사람이구나! 그 흉물스럽던 얼굴이 사실은 이렇게 고왔다니! 게다가……

"여, 여자……?"

"그래, 일단 이 끈 좀 풀어 줘."

"아, 그렇지!"

베키는 서둘러 손목을 묶은 끈의 매듭을 풀기 위해 기둥에 달라붙었다.

여러 겹으로 묶인 매듭에 낑낑거리는 그녀의 등을 보며 산의 입 안이 말라 왔다. 이 소녀를, 이젠 성숙함이 물씬 풍기는 아가씨가 되었지만, 만나면 제일 먼저 물어보고 싶은 것이 있었다. 워낙 오래 묵고 간절한 질문이라, 그녀는 결박이 완전히 풀릴 때까지 기다릴 수가 없었다.

"베키……"

마른 입술을 축이며 산이 작은 목소리로 불렀다.

"⋯⋯그날 네가 떨어뜨린 작은 비단 주머니, 그 수향낭의 주인은 어디 있어?"

베키의 부지런히 움직이던 손가락이 우뚝 멈췄다. 한때 점박이였던 이 예쁜 여자의 나지막한 목소리에 실린 떨림과 불안을 감지하면서, 형용하기 힘든 불길한 느낌이 싸하니 베키의 심장을 압박했다. 내가 떨어뜨린 주머니가 내 것이 아니란 걸 점박이는 어떻게 알았을까? 그리고 왜 주인을 찾는 걸까? 베키는 천천히 몸을 돌려 산과 눈을 맞췄다.

"그때 널 구한 사람, 검은 삿갓을 쓴 그 사람, 그 사람 어디 있어?"

캐물을 것도 없었다. 자신을 바라보는 점박이의 눈동자가 말해 주고 있었다, 그녀가 바로 유수프의 여자라고! 정말 예쁜 여자야. 베키는 눈물이 불쑥 나올 것 같았다. 유수프가 잊지 못하는 것이 당연할 정도로. 그리고 또 한편으로 성급한 여자이기도 했다. 베키는 거의 푼 매듭을 다시 꽁꽁 묶었다.

"뭐 하는 거야, 베키?"

산이 당혹스러워 손목을 잡아당겼지만 기둥에 묶인 끈은 팽팽하니 고정되어 있을 따름이다. 하마터면 큰 실수를 할 뻔했어. 베키는 침상에서 일어나 차갑게 산을 내려다보았다.

"포로나 노예를 도망치게 도와주는 건 대야사를 어기는 일이야."

"난 포로도 노예도 아니야!"

"그건 이 게르의 주인이 판단할 일이겠지."

베키가 사뿐히 바닥의 양털 가죽 위에 내려섰다. 휘장을 들추는 그녀를 보고 산은 도움을 기대할 수 없음을 깨달았다. 그럼 대답이라도 들어야 했다.

"가기 전에 말해 줘! 린이 여기 있는 거야? 회령왕의 군영에?"

"그런 이름 몰라."

"누구에 대해서 묻는지 잘 알고 있잖아! 그 수향낭의 주인, 향낭에 쓰인 이름의……. 그건 내가 린에게 준 거란 말이야!"

산은 그만 눈물을 흘리고 말았다. 베키가 입을 앙다물고 있자 그녀는 분에 겨워 울먹였다.

"도대체 왜 그걸 네가 갖고 있었느냔 말이야……."

"그 사람이 내게 줬어."

베키는 너무도 천연덕스럽게 나온 자신의 목소리에 놀랐다. 결코 거짓말을 할 의도는 없었다. 하지만 한 번 터져 나온 거짓말은 다른 거짓말을 이끌어 내는 법이다.

"더 이상 필요 없다면서 내게 줬다고. 네가 만든 건 줄 내가 어떻게 알겠니? 이제 그런 거, 나도 필요 없으니 네가 그냥 가져!"

"그럴 리가……, 없어."

"거짓말이라는 거야? 난 그와 8년도 넘게 같이 있었지만 다른 여자 얘긴 들은 적도 없어! 옆엔 항상 내가 있었다고!"

"어째서 네게 줬지? 왜 네게……."

"그는 내 노예였지만 내가 풀어 줬어. 카이샨님께도 데려다 줬고 큰 공도 세우게 해 줬단 말이야. 그는 내게 보답을 하고 싶었지만 가진 게 없었어. 그래서 그 주머니를 줬던 거야. 우린……, 우린 곧 혼인할 거야!"

산의 얼굴이 파랗게 질려 금방이라도 쓰러질 것만 같았다. 그 모습에 움찔하는 베키였지만 이왕 꺼낸 말을 주워 담을 수는 없는 노릇. 시선을 황급히 돌리며 말을 더듬었다.

"대도에서 봤겠지? 위험에 빠진 날 구해 줬던 사람을. 그 사람이 찾았던 사람은 나야!"

베키가 침상에서 완전히 빠져나왔다. 얇은 휘장 너머에서 넋 나간 듯 눈물을 줄줄 흘리고 있는 여자를 생각하면 죄책감이 가슴을 뒤덮었지만 그녀는 독하게 덧붙였다.

"그 사람에게 네가 그렇게 대단한 존재였다면 어떤 몰골로 변장하고 있었대도 알아봤을 거야. 같은 대도에 있으면서 왜 못 만났다고 생각해? 안 만난 거야. 찾지 않은 거라고! 만나려고 마음만 먹었다면 얼마든지 어떻게 해서든지 찾아냈을 테니까! 그 사람은 그만한 능력이 있어!"

도망치듯 게르를 빠져나온 베키는 정신없이 내달렸다. 수치스러웠다. 태어나서 이렇게 스스로에게 혐오감을 느낀 적이 없었다. 그 여잔 대도에서 그녀에게 친절을 베푼 유일한 사람이었는데! 부끄러움에 휩싸여 붉어진 얼굴을 감싸고 뛰는 바람에 베키는 말을 타고 다가오는 사람들을 보지 못하고 그 앞을 가로지르며 돌진했다. 히힝, 말울음 소리가 그녀를 일깨웠다. 카이샨과 동행한 낯선 남자가 말고삐를 급하게 잡아채어 방향을 틀지 않았다면 아마도 그녀는 말발굽 아래 깔렸을 것이다.

"베키, 이 말썽꾸러기! 무슨 짓이냐!"

카이샨이 나무라는 말에 그녀가 와락 울음을 터뜨렸다. 단지 놀라고 걱정이 되어 큰소리쳤을 뿐 그녀를 심하게 꾸짖을 마음이 없었던 왕이 몸소 말에서 내려 베키에게 다가왔다. 동행했던 사내도 왕을 따라 말에서 내렸다.

"아가씨가 말 때문에 놀란 모양입니다."

사내의 말에 카이샨은 흐흥, 콧바람을 내며 눈살을 찌푸렸다. 그런 걸로 놀라 엉엉 울 아이는 아니지. 그는 눈물과 콧물이 범벅되어 얼굴이 형편없어진 스물네 살 처녀에게 뭔가 일이 생겼음을 알았다. 그리고 이렇게 울 정도의 일이라면 부모의 상이 아닌 다음에야 분명히 관련이 있을 거야, 그놈과. 그놈과 연관된 일은 카이샨 자신의 관심사이기도 했다, 특히나 지금의 특수한 정국에는. 카이샨은 곁에 선 키 큰 사내, 송인에게 간결하게 말했다.

"그만 돌아가 봐. 그 청을 들어줄 테니."

"황공하옵니다. 그럼 부르심을 기다리겠사옵니다."

깍듯이 절을 한 송인이 말을 끌고 물러났다. 그가 충분히 멀어진 것을 확인한 카이샨이 품에 안긴 처녀의 등을 부드럽게 도닥이며 물었다.

"그래 베키, 이번엔 또 뭐지? 아직 너의 유수프는 도착하지도 않았는데 말이다."

"전 너무나 악독한 여자예요, 카이샨님!"

온통 눈물에 젖은 베키가 내뱉은 말이 오히려 카이샨에게 실소를 안겼다.

446

"모든 여자는 때로 너무나 악독하단다, 베키. 어머니가 자식을 대할 때조차도."

그는 파릇하니 돋아나기 시작한 초원에 베키를 앉히고 자신도 나란히 앉았다. 그리고 그녀가 한참을 울어 더 이상 짜낼 눈물이 없어질 때까지 기다렸다. 이윽고 새빨간 코를 훌쩍이며 진정된 그녀를 보고 그가 다시 말을 꺼냈다.

"이제 네 악독한 사연을 좀 들어 볼까 하는데, 베키."

다른 사람이었으면 베키는 죽어도 입을 열지 않았을 것이다. 하지만 카이샨만은 달랐다. 그는 그녀의 유일한 상담자이자 조언자였다. 유수프조차도 그 점에 있어서는 카이샨에 필적하지 못했다. 그녀가 퉁퉁 부어오른 입술로 더듬더듬 조금 전 있었던 일을 가감 없이 털어놓자 카이샨의 표정이 매우 복잡해졌다.

"아하!"

베키가 이해할 수 없는 감탄사가 그의 입에서 터져 나왔다. 그는 바로 조금 전 송인에게 이질 부카를 독대하게 해 주겠다고 약속했었다.

'네겐 안됐지만 송인, 이질 부카를 죽일 자를 이미 골라 놨어. 그자에게 그 권리를 빼앗기엔 너무 늦었는걸. 내가 빚진 게 좀 있어서 말이야. 어쨌든 여기까지 헛걸음을 하다니, 이거 미안하군.'

짐짓 안타까운 척 어깨를 으쓱하는 그를 보며 송인이 교활하게 웃었다.

'괜찮습니다, 왕야. 저는 그저 이질 부카 왕이 처형되기 전에 한 번만 그와 마주하면 그걸로 족합니다. 그분께 보여 주고 싶은 것이 있거든요.'

그놈이 보여 주겠다는 게 필경 베키가 봤다는 그 여자겠지! 영민한 카이샨의 머리가 빠르게 회전했다. 그 여자는 왕린의 여자, 이질 부카에게 버림받은 벗의. 아아, 이 정도면 뭐가 뭔지 짐작이 가고말고! 카이샨은 딱한 마음으로 그의 오랜 말썽꾸러기를 바라보았다. 귀여운 처녀는 너무 울어 댄 통에 눈이고 코고 발갛게 부어 꼴이 말이 아니었다. 이런 애를 차 버리다니 유수프는 정말 금욕적이기도 하지! 카이샨이 피식 웃었다. 유수프를 그렇게 만든, 송인이 끌고 온 그 여자가 어느 정도인지 궁금하기까지 하다. 그러나 놀이를 즐기기엔 그에게 시간이 많지 않았다. 이제 곧 이질 부카가 그의 군영에 온다. 카이샨이 부드러우면서도 단호하니 말했다.

"베키, 그 여자는 곧 죽게 될 거야. 그리고 유수프도 모든 걸 알게 돼."

베키의 붉게 부풀어 오른 눈이 공포에 젖었다.

"유수프가 이 사실을 알면 두 번 다시 절 보려 하지 않을 거예요."

그거야 말할 것도 없지! 카이샨이 생각했다. 곧이어 그는 발작적으로 터진 베키의 울음에 귀를 막아야 했다.

"그럴 마음이 아니었어요! 그런 비겁한 짓을 하다니! 유수프가 절 거들떠보지 않는 것도 당연해요……."

"이봐, 그건 전혀 다른 문제야."

카이샨이 다정하니 웃으며 손을 뻗어 그녀의 머리를 품에 끌어당겼다. 그의 옷깃이 순식간에 젖어 들었다. 그가 처녀의 귀에 입을 가까이 가져가 작게 속삭였다.

"베키, 그 여자가 있는 한 유수프가 널 돌아보지 않을까, 아니면 그 여자가 없어도 유수프는 널 돌아보지 않을까? 어떻게 생각하니?"

베키가 웅얼웅얼 대답했다. 하지만 소리가 너무 작아 그는 귀를 거의 그녀의 입술에 갖다 붙여야 했다. 그녀의 대답을 간신히 이해한 그가 다시 나직하니 속삭였다.

"그렇다면 넌 네가 어떻게 해야 할지 이미 알고 있는 거야. 넌 그걸 하면 돼!"

으헝, 울음소리가 뾰족하게 올라가며 말괄량이 처녀의 어깨가 들썩였다. 카이샨은 그의 품에 묻은 그녀의 머리를 꼭 끌어안아 주었다. 그녀의 엄청난 양의 눈물을 받아 주기에 그의 가슴은 아주 넉넉했다.

'어쩌다 이렇게 된 걸까?'

내달리는 말의 움직임에 맞추어 덜렁덜렁 흔들거리는 여민의 머릿속이 혼란스럽다. 그는 지금 대도에서 출발한 고려 전왕 왕장의 행렬에 끼어 있다. 카라코룸에서 대군을 이끌고 진군하는 회령왕을 설득하러 가는 행렬이었다. 상황이 워낙 급박한 만큼 격식을 제대로 갖춘 호화로운 행렬이 아니었다. 꼭 필요한 인원만 최소한으로 골라 최고의 속도를 내는 행렬이었다. 이중에서 필요 없는 수행원을 꼽는다면, 단연 여민이다. 그는 왜 자신이 여기에 끼었는지 도통 이해할 수 없었다. 말도 제대로 못 몰아 장의의 뒤에 얹혀 가는 신세인데.

그러고 보면 널찍한 등을 그의 코앞에 드러낸 장의도 이 행렬에 어울리지 않는다. 그를 걷어차 숨을 못 쉬게 한 건 대단치 않은 일이라 쳐도, 전왕에게 칼을 들이댄 작자가 아니냔 말이다. 그런 장의가 제대로 된 의복과 발립을 갖추고 또 다른 시위인 진관과 나란히 말을 달리고 있는 것은 도무지 논리적으로 설명될 수 없는 기이한 일이다.

그리고 또 한 명! 검은 삿갓의 괴한이 있다. 전왕의 수레에 착 달라붙어 말을 몰고 있는 저 사내의 너덜거리는 장포와, 수년간 빗질이라고는 겪어 보지 않은 듯한 머리칼만 봐도 행렬에 어울리는 사람이라고 볼 수 없다. 아무리 인원이 적다 해도 왕이 끼어 있는 행렬인데 최소한의 품격은 있어야지 않은가? 여민은 그렇게 생각했다. 하지만 왕이 가장 데려가고 싶은 사람, 혹은 데려가야 하는 사람이 바로 저 검은 삿갓이리라고 여민은 확신했다.

그날 왕 앞에서 함부로 칼을 뽑아 들고 설치는 두 명의 무사를 완벽하게 제압한 검은 삿갓을 보고 왕이 얼마나 이상했는지 그는 똑똑히 기억하고 있다. 두 명의 무사가 검은 삿갓에게 압도돼 칼을 내리고 검은 삿갓 자신도 소도들을 거둔 후, 석상처럼 움직일 줄 모르던 왕이 움직였다. 그리고 매우 놀라운 일이 벌어졌다! 검은 삿갓의 뺨과 수염을 장난감이나 되듯 만지작거리던 왕이 천천히 그의 목에 팔을 두르고 괴한을 끌어안았던 것이다! 오랜 연인처럼 삿갓 괴한을 끌어안은 왕은 한참이나 팔을 풀지 않았다⋯⋯.

옆에서 달리고 있던 진관이 더욱 바싹 붙어 오며 힐끔 쳐다보자 여민은 무슨 죄나 지은 듯 검은 삿갓에게서 눈을 떨어뜨리고 움츠러들었다. 여민의 생각엔 진관도 왕만큼이나 이해하기 힘든 사람이다. 그날 칼을 장의의 목에 들이대며 붉게 세웠던 눈의 핏발은 온데간데없고 짙은 감개만 가득 어렸다.

"이렇게 자네와 어깨를 나란히 하는 날이 다시 올 줄은 정말 몰랐네."

장의는 곧게 앞으로 둔 시선을 흩뜨리지 않았다. 하지만 목소리만 들어도 진관이 무척 감격했음을 충분히 알 수 있었다. 그도 진관과 크게 다르지 않았다. 송화 등과 함께 있던 암자에서 나올 때까지, 아니, 전왕의 저택에서 뜻밖에도 린을 만날 때까지만 해도 자신이 전왕을 수행하는 무리에 섞여 말을 몰 줄 누가 알았으랴. 장의는 그날을 다시 떠올리지 않을 수가 없다.

"날 죽이러 온 것이냐, 너?"

린을 껴안고 어깨 위에 드리운 그 너저분한 머리칼에 코를 한참 파묻었던 원이 얼굴을 들며 물었다.

"죽을 사람은 접니다. 영영 돌아오지 말라는 명을 어겼으니까요."

조용하고 청염한 목소리는 마치 죽음을 각오한 듯 잔잔하고도 굳세었다. 원이 힘없이 슬픈 미소를 머금었다.

"장의에게 내가 했던 말, 듣지 못했어? 이제 와서 산을 내놓으라고 해도, 내겐 없다."

"……그 때문에 온 게 아닙니다."

"그러면? 설마 내가 보고 싶어서 왔다고 말하려는 건 아니겠지?"

원의 웃음이 자조로 바뀌었다.

"자무카[札木合]의 최후를 기억하길 바란다는 회령왕의 전언을 가지고 왔습니다."

린의 무미건조한 말에 원의 안색이 변했다. 자무카는 칭기스 카안의 유년 시절 친구이자 안다로, 케레이트부와 나이만부로 하여금 칭기스 카안에 대립하도록 부추긴 인물이다. 결국 칭기스 카안 앞에 끌려가 죽임을 당했다. 자무카를 기억하라는 말은 곧 카이샨이 보내는 죽음의 경고였다.

"역시 넌, 날 죽이러 온 거야!"

한 발짝 물러나는 원에게 린이 고개를 저어 보였다.

"칭기스 카안은 그의 앞에 끌려온 자무카에게 마지막 제의를 했습니다. 다시 안다를 맺자고."

"그게 카이샨이 내게 하는 마지막 제의냐? 거절한다면? 자무카처럼 목 졸라 죽이겠다고?"

"뜻은 충분히 아시리라고 생각합니다."

"네가 날 죽일 수 있겠어? 정말 네가? 이 나를?"

어이없다는 듯 원이 거푸 물었다. 하지만 '이 나를?'에 이르러서는 어쩐지 자신감이 사라졌다. 아마도 그의 머릿속에는 10년 전 벽란정에서 스스로가 벌였던 잔혹한 징벌이 스쳐 지나갔으리라. 그러나 진지하게 대답하는 린은 거기에까지 생각이 미친 것 같지 않았다.

"전하를 시해하려는 다른 무리가 있습니다. 마지막 제의를 거부하신다면 회령왕은 그자들에게서 전하를 보호하지 않을 겁니다."

"그래서 카이샨이 정말 내게 원하는 게 뭐야? 아우의 목인가?"

"회령왕에게 제위를 넘기도록 타기 카툰과 아유르바르와다 왕자를 설득해 주십시오."

"말도 안 돼. 그들은 이미 즉위식을 준비하기 시작했어. 그걸 막아 나서면 대도에서 내 입지가 어떻게 되겠어? 내가 설 자리가 없어지면 고려는? 고려는 제대로 존속할 것 같아?"

두 사람의 오가는 말을 묵묵히 듣고 있던 진관이 무언가 불현듯 생각났는지 아차 했다.

"황궁에서 급한 전갈이 있었습니다! 타기 카툰께서 당장 보자 하셨답니다."

"무슨 일로?"

린을 곁눈으로 힐끔 보며 원이 인상을 구겼다.

"회령왕이 카라코룸에서 대군을 이끌고 대도로 진격해 온다는 소식에 황궁이 발칵 뒤집혔답니다. 아마도 그 일을 어떻게 대처할 것인가 의논하려 함인 듯싶습니다."

"망할, 이렇게 빨리?"

원이 화난 목소리로 소리쳤다. 주먹을 불끈 쥐고 방 안을 왔다 갔다 불안정하게 서성거리던 원은 마침내 린에게 다가가 물었다.

"어떻게 하면 좋겠어?"

"전쟁이 나면 많은 사람들이 죽습니다. 지는 쪽은 더하겠지요."

이글거리는 눈으로 린을 한참 쏘아보던 원의 양 어깨가 어쩔 수 없다는 듯 축 내려앉았다.

"좋다. 타기 카툰을 설득하고 카이샨을 만나러 가겠다. 단, 조건이 있어!"

그는 린의 어깨에 손을 턱 얹었다.

"내 곁에서 떨어지지 마!"

린의 눈썹이 꿈틀했다. 숨죽이며 듣고 있던 진관이나 장의의 눈도 커졌다. 떨어지지 말라니, 예전과 같이 벗으로 되돌아가자는 뜻일런가? 그러나 원은 부연하지도 린의 대답을 기다리지도 않고 방문을 홱 열어젖혔다.

"진관, 황궁에 간다!"

그는 충성스런 시위를 돌아보다 그 옆에 선 장의를 새삼 발견했다. 이제 그에게 신경 쓸 만한 여유가 없어진 원이 선심 쓰듯 손을 휘휘 내저었다.

"넌 운이 좋았다, 장의. 네 목숨을 거둘 시간이 없구나. 썩 꺼져!"

"송구하오나 전하, 전 수정후와 함께 있어야겠습니다."

무슨 말을 하는 거야! 진관이 헉하고 옛 동료의 옆구리를 팔꿈치로 찔렀다. 급히 문지방을 넘었던 원의 발이 안으로 되돌아왔다. 굳은 표정의 장의에게 얼굴을 대뜸 들이댄 그의 길쭉한 눈매가 가늘어지며 입술 끝이 비죽 올라가는 것이, 평소의 유들유들함이 완전히 회복된 모양새였다. 그가 물었다.

"뭐라고?"

"수정후와 함께 현애택주를 찾아 가족에게로 돌아가는 것이 제 일입니다."

뭐라고 더 쏘아붙일 기세였던 원이 막 벌리던 입을 다물었다. 그는 진관에게 어서 따라오라고 손짓하며 다시 문지방을 넘었다.

"목숨을 포기하는 건 네 마음이다. 내 알 바 아니야!"

원이 등 뒤로 남긴 말이었다. 그리고 그는 회령왕에게 협상차 가는 행렬에 낀 장의에게 아무 말도 하지 않았다.

"전하께서 현애택주를 감금하고 있다고 생각한다면 그건 오해야. 내가 아는 한 잡극 희원에서 그녀와 조우한 게 마지막이었어."

진관이 다시 말을 걸었다. 그는 산이 전왕에게 납치되었으리라고 장의가 의심을 품고 있다고 생각한 듯했다.

"알고 있네."

장의가 사날없이 대꾸했다.

"아가씨는 반드시 찾을 거야. 그분이 돌아왔을 때, 수정후가 우리와 함께 있는 걸 보여 주고 싶네. 전하의 일이 끝나면 난 수정후와 아가씨를 찾으러 갈 걸세."

"수정후가 그렇게 말하던가?"

직접적으로 말한 것은 아니지만 말한 것이나 다름없다고 장의는 생각했다.

원과 진관이 바삐 저택을 나간 후 여민도 비실거리며 제 방으로 돌아갔고, 두 명의 침입자만 주인 없는 방에 남았었다. 반갑기도 하고 원망스럽기도 하여, 장의는 웃지도 화를 내지도 못하고 어정쩡하니 볼멘소리를 했다.

"지금까지 어디서 무얼 하시다 이제야 나타나셨습니까?"

린이 삿갓을 들췄다. 머리칼과 수염에 뒤덮여 진짜 예전의 그 사람이 맞는지 의심스러울 정도였지만 다행히 눈이 증명하고 있었다. 푸른 기가 돌 만큼 깨끗한 흰자위에 얹힌 검은 눈동자가 생생했다. 부드럽고 따뜻한 시선이, 입으로 반갑다고 드러내 놓고 말하지 않는 속내를 대변했다.

"산이 자네와 함께 있었던가?"

짤막한 질문에 담긴 무수한 궁금증들을 장의는 읽을 수 있었다. 그는 되도록이면 간단하게 린이 실종된 이후부터 현재까지 산에게 있었던 일을 요약해 주었다. 가만히 듣고 있던 린의 담담한 표정이 움찔 변한 것은 전왕을 만나기 위해 잡극 행원의 잡일꾼으로 들어간 산이 웬 여자를 구하고 바람처럼 사라진 린을 봤다는 대목에서였다.

"공이 구하신 그 소녀는 누구입니까? 아가씨가 비록 저희에게 내색을 하진 않았지만 매우 낙담한 듯 보였습니다."

"……아무도 아니야. 그래서 그다음엔? 모두 어디에 있었지?"

"서산西山의 한 버려진 암자를 근거하여 살았습니다."

"그랬군. 그런 줄도 모르고 고려까지 갔었으니……."

"예?"

"아닐세, 계속해. 아까 자넨 산이 납치되었다고 했었지?"

장의는 산이 바위 위에 검만 달랑 남겨 두고 홀연히 사라진 날에 대해 이야기했다. 송화가 그 몇 달 전에 단에게 편지를 보냈었다는 얘기도 잊지 않았다. 그리고 지금까지 있는 힘껏 찾아보았지만 여전히 산의 행방이 묘연하다는 것과 전왕이 숨긴 것 같지 않다는 말도 덧붙였다. 이야기가 끝나고 린이 뭐라도 한마디 할 줄 알고 기다렸던 장의는, 그가 끝까지 침묵을 지키자 참다못해 먼저 말했다.

"저와 함께 아가씨를 찾아 송화들에게 가셨으면 합니다. 저희는 이미 오래전부터 떠날 채비를 끝냈습니다."

"……지금은 전하의 일이 먼저야."

린이 다시 삿갓을 눌러쓰는 것으로 대화는 끝났다.

'지금은'이라고 했으니 다음엔 함께 떠나겠다는 말이겠지! 장의는 앞서가는 린을 물끄러미 바라보았다. 그의 시선을 따라 진관도 린과 왕의 수레를 쳐다보았다.

"옛날 생각이 나는군."

진관이 감회가 새로운 듯 연연히 미소 지으며 중얼거렸다. 곧잘 미복을 입고 개경을 잠행하던 어린 세자와 린을 장의와 함께 쫓아다니던 시절이 벌써 몇 년 전이던가! 풋풋하던 소년들은 어느새 서른이 훌쩍 넘은 덥수룩한 수염의 청년들이 되었다. 장의도 옛 동료와 같은 마음이었는지 눈이 슬쩍 웃고 있었다.

"나야 전하께 매인 몸이라 그렇다 쳐도, 자네는 왜 그렇게까지 수정후나 현애택주를 보호하려 하는가? 이젠 자유로운 처지 아닌가."

"글쎄."

진관의 물음에 장의가 갸웃하더니 빙그레 웃으며 대답했다.

"천성이 시위인가 보지. 평생 누군가를 모시고 지키며 사는 인생."

"자넨 수정후와 함께 현애택주를 찾겠다고 하지만 과연 전하께서 수정후를 놓아주리라 보는가? '내 곁에서 떨어지지 마!'라고 분명히 말씀하셨네. 전하의 집착심은 자네도 잘 알겠지."

웃고 있던 장의의 얼굴이 어두워졌다.

"난 전하의 광기도 알고 있네. 사실 그분의 마음속에 무엇이 들었는지 도무지 모르겠어. 아니, 아는 게 좀 두렵기도 하다네."

왕의 수레에 꽂힌 장의의 눈에 불안감이 자욱이 끼었다.

수레 안의 원은 옆에 난 창을 열어 두고 줄곧 린을 바라보았다. 달라져도 너무 달라졌다! 삿갓을 푹 눌러쓴 탓에 코끝과 턱만 보이는 옆얼굴은 그나마 수염으로 제대로 볼 구석조차 없다. 10년 전, 희고 깨끗하던 얼굴선을 확인할 길이 없는 것이다.

"넌 그 수염 좀 다듬어야겠다."

불쑥 내뱉은 원의 말에 린의 얼굴이 잠시 그를 향해 돌아보는 듯하다가 다시 정면으로 바루었다. 원이 한 차례 더 투덜댔다.

"그 머리카락도!"

"타기 카툰이 양보를 했습니까?"

넌 언제나 외양을 가지고 이러쿵저러쿵하는 말엔 맞장구쳐 주지 않았지. 원은 냉정하니 화제를 돌리는 린을 보고 설핏 웃었다. 지저분한 머리와 수염에도 불구하고 린은 린이었다, 그가 오랫동안 사랑했던! 그리고 무참하니 버렸던……. 입 안이 쓰게 말라 왔다.

"두 아들 중 하나가 제위에 오르면 어쨌거나 황태후니까. 아들끼리의 전쟁이 손해라는 걸 모를 정도로 우둔한 여인이 아니거든."

"모두에게 다행스러운 결과가 될 것입니다. 물론 전하께도, 또한 고려에도."

"넌 결국은 그게 목적이었지?"

불퉁하니 화난 목소리였다. 린의 삿갓이 수레 쪽으로 조금 돌아갔다. 열린 작은 창 너머, 원이 불만스레 미간을 좁혔다.

"내가 카이샨과 등진 상태에서 카이샨이 제위에 오르면 고려의 존속이 위태로워질 거라고 생각해서 나선 거겠지? 그렇지 않고서야 왜 내게 돌아왔겠어! 널 죽인 거나 마찬가지인 내게!"

심통 맞게 쏘아붙인 원이 힐끗 말 위에 올라탄 린을 올려다 보니, 그가 약간 놀란 듯 눈을 동그랗게 뜨고 왕을 내려다보고 있다. 평소엔 대적할 상대가 없으리만큼 뻔뻔스러운 원의 얼굴 이 살짝 붉어지며 홱 돌아갔다.

"어차피 넌 내 안위나 왕좌 따윈 안중에도 없었어! 내가 요 순堯舜이냐 걸주桀紂냐, 그것만 관심거리였지! 어렸을 때부터, 처음 만났을 때부터, 늘!"

더 이상 지껄이면 안 돼. 원은 화끈거리는 뺨의 열기를 고스 란히 느끼며 생각했다. 이건 마치 왜 내게 더 신경 써 주지 않 느냐고 투정부리는 것과 매한가지가 아닌가. 서른셋, 노련함으 로 천하를 노릴 나이라고 생각했건만 예전 린과 개경을 누비던 열대여섯 시절 이전으로 퇴행한 꼴을 보여 주는 형국이다. 그 러나 분명 그의 소유임에도 위아래 입술이 제멋대로 벌어져 제 어가 안 되는 것을, 비록 왕이지만 어쩔 수가 없다.

"인의를 갖추고 애민연생하는 임금이 아직도 못 되었으니 넌 홀가분하겠구나! 언제라도 버리고 떠날 만한 보잘것없는 군 주니 말이다!"

"전하가 어떤 임금인지에 따라 택하고 버릴 수 있다면, 예, 홀가분했을 것 같습니다."

원이 흠칫 놀라 다시 린을 쳐다보았다. 지나간 시간들을 돌이 켜 보는 듯 묵직하니 내리깐 눈 아래 헛헛한 미소가 감돌았다. 표정처럼, 그의 목소리도 아득하니 과거를 짚어 가는 듯하다.

"하지만 그건 제 안에선 가능하지 않았습니다. 어렸을 땐 그 이유로 전하와 감히 벗한다고 생각했었습니다. 미래의 성군에게 제 전부를 바치고픈 열망에 밤잠을 설칠 정도로 들떴었습니다. 그러나 전하와 수많은 낮과 밤을 나누며 알게 되었습니다. 왕의 벗이 되어 그를 사랑한 것이 아니라 내가 사랑한 벗이 왕이었음을……. 그래서 숱한 부조리 속에서도 그의 곁을 떠나지 못하고 갈팡질팡했던 겁니다."

원의 안색이 긴장으로 창백하니 핏기를 잃었다.

"……지금은?"

잠시 침묵이 이어졌다. 린의 목울대가 오르내렸다.

"여전히 저는 갈팡질팡하고 있습니다."

그건 무슨 대답이야? 원은 보다 확실한 말을 듣고 싶었기에 잦아든 목소리로 물었다.

"하라하순을 겁박해 내 정적들을 고려 조정에서 쫓아내라고 했던 괴한이 너였지, 린?"

"……."

"그렇게 한 이유가 뭐야? 뭘 바라고 널 버린 내게 호의를 베풀었지? 내가 산을 붙잡고 있을까 봐, 그녀를 놓아 달라고 할 셈이었니?"

"……마음 때문입니다."

"뭐?"

"돌아오지 말라는 명을 받은 몸은 감히 다가갈 수 없지만, 마음은 제가 어쩔 수 없는지라 잊을 수가 없었습니다. 모른 척 내버려둘 수가 없었습니다."

원의 머릿속에서, 지금 머리칼로 온통 얼굴을 가린 린과 언젠가 극장에서 검은 분장으로 얼굴을 감췄던 산이 겹쳐졌다.

'우린 서로를 마음속에서 지우지 않았어. 몸은 떨어져 있었지만 마음은 줄곧 이어져 있었어. 우리는, 린과 너 역시, 그런 벗인 거야.'

그녀가 말했었다.

'그래, 난 너흴 마음속에서 지우지 않았어. 지울 수가 없었어. 너 또한 그랬다는 거야? 그래서 벗이라는 거니, 내가? 네게 그런 짓을 했는데도?'

원이 다시 물어보려는데, 가장 앞장서 가던 병사가 뒤쪽으로 돌아 수레에 다가왔다.

"전하, 회령왕 전하의 군영입니다!"

원이 고개를 비죽 내밀었다. 백마의 꼬리로 술을 단 카이샨의 툭*이 멀리 보였다. 전시에만 펼치는 깃발이 으르렁대듯 초원의 바람에 휘날리고 있었다.

"사소한 오해로 형제끼리 피를 흘리면 안 된다고 생각해, 카이샨."

원의 한마디에 호피로 덮은 푹신한 자리에 몸을 묻은 카이샨의 한쪽 눈썹이 와락 올라갔다. 의형제 겸 어머니의 사자를 위해 임시로 설치한 게르 안에는 그와 원, 그리고 마치 없는 사

---

* 야크나 말의 꼬리와 갈기로 만든 군기.

람처럼 구석에 조용히 박혀 있는 린뿐이었다. 의례적인 인사가 끝나자마자 이곳에 원을 데리고 온 카이샨은 줄곧 사납게 눈썹을 모으고 있다. 그의 안다가 어떤 말을 전하든 호락호락하니 넘어가지 않겠다는 의지를 보여 주는 눈썹이다. 설사 그것이 그가 고대하던 제의라 할지라도. 그런데 원의 입에서 나온 '오해'란 말이 그를 울컥하게 만든 것이다. 짤막한 콧바람이 그의 기분을 즉석에서 전했다.

"흥, 오해라고, 이질 부카? 그것도 '사소한' 오해? 대원 울루스의 황제가 그렇게 사소한 자리였던가? 언제부터?"

"그 말이 아니잖아. 제위는 당연히 네 것이야! 그건 타기님이나 아유르바르와다도 전부터 생각해 왔던 거라고. 아난다를 처리할 때 널 기다리지 않은 건 유감스럽지만 이쪽도 사정이 급했다고. 아난다는 거의 옥새를 넘겨받을 뻔했어! 그가 황궁에서 즉위라도 하면 문제가 더 꼬이는 건 명백한 일 아닌가 말이지."

원이 순진하게 아름다운 눈을 깜빡였지만 카이샨은 더 센 콧바람으로 응수했다.

"흥! 내 말도 그게 아니잖아. 아난다를 잡아넣었으면 나를 불러들이는 사자를 보내는 게 그다음 차례 아닌가? 하지만 내 어머니와 아유르바르와다, 그리고 너, 이질 부카는 다른 소릴 했지!"

카이샨이 미리 옆에 놓아두었던 서찰을 집어 원에게 휙 던졌다. 바닥에 힘없이 떨어진 종이를 주워 본 원이 이마에 주름을 새기며 곤혹스레 입술을 물었다. 그것은 아난다와 불루간 황후를 끌어내리고 승리를 자축하던 타기가 서둘러 카라코룸의 큰아들에게 보낸 편지였다. 그 편지란, 음양가에게 두 아들의 타고난 별의 명운을 살펴 누가 제위에 오르는 것이 좋은지 물었더니, 카이샨이 제위에 오르면 단명할 재앙이 있을 것이며 아유르바르와다가 오르면 장구할 것이란 대답을 얻었다는 결과를 전하는 통지였다. 두 아들 모두 사랑하지만 하늘이 정한 이 운명을 고려하지 않을 수 없다는 어머니의 안타까운 심정을 토로함으로써 마무리된 편지를 죽 훑어본 원은 입술을 깨문 이에 저도 모르게 힘을 주었다. 성마르고도 신중하지 못한 편지였다. 원과 미리 상의하고 쓴 것도 아니었다.

'이렇게나 자신의 아들을 몰라서야!'

알고 보니 욕심은 많지만 결코 현명한 여우는 못 되는 카이샨의 모친을 떠올리며 원은 속으로 혀를 찼다. 그렇지만 그는 어디까지나 그녀를 변호하는 처지였다.

"이거야말로 오해라고 할 수 있지, 카이샨. 사소하기도 하고."

그는 곱게 접은 편지를 카이샨에게 흔들어 보였다.

"네 즉위를 반대한다는 말은 한마디도 없어. 단지 음양가의 말을 들으니 걱정스럽다는 거야, 네가 황제에 오르고서 오래 살지 못한다는 점괘가! 어머니로서는 오히려 당연한 염려라고 할 수 있지. 아무리 지존이라고 해도 자식의 명이 달린 문제라면……."

"하루라고 해도 황제는 황제. 위로는 하늘의 뜻을 섬기고 아래로는 백성의 바람을 돌본다면 만년에 걸쳐 그 이름을 남길 것을, 목숨 때문에 피할 자리는 아니지."

"네 뜻이 그렇다면 그걸로 된 거야. 음양가의 점괘는 무시하자고. 이제 즉위해서 널 제위에 올리기 위해 애쓴 모두의 공을 치하하는 일만 남았군."

"날 제위에 올리기 위해 애썼다……."

원의 말을 받아 입속으로 중얼거리던 카이샨이 픽 바람 빠지는 소리를 냈다. 굳었던 눈썹이 많이 풀리면서 그는 평소의 명랑한 표정을 웬만큼 회복했다. 사뭇 다정하니 말하는 그의 송곳니가 드러났다.

"말해 봐, 이질 부카. 누구의, 어떤 공을, 어떻게 치하해 달라고 온 건지?"

"아난다를 끌어내리고 황궁을 안정시킨 아유르바르와다의 공을 높게 평가해 황태제皇太弟로 삼길 타기님과 대도의 왕공들이 간절히 청하고 있어."

"뭐라고? 하하하!"

카이샨이 눈을 부릅뜬 채 너털웃음을 쳤다.

"너희들은 정말 내 명이 짧을 거라는 음양가의 예언을 철석같이 믿는 모양이구나! 내 아들이 다 크기 전에 내가 죽기라도 한단 말이냐?"

"그가 정난靖難*을 제때 하지 않았으면 그 후과가 얼마나 컸을지 생각해 봐! 네가 즉위하는 건 모두 당연하다고 인정하지만 한편으론 아유르바르와다도 너 못지않은 자격이 있다고 생

---

* 나라가 처한 재난을 평정함.

각한다고. 그리고 무엇보다도, 아유르바르와다와 타기님이 포섭할 수 있는 왕공 귀족들이 얼마나 많은지 염두에 두었으면 해. 아유르바르와다를 황태제로 삼으면 그들도 자연 네게 복속된다는 걸."

"누구도 코실라*에게서 그 애의 권리를 빼앗을 순 없어."

"누구도 코실라의 권리를 빼앗지 않아."

단호한 젊은 아버지에게 원이 부드럽게 웃었다.

"그 앤 아유르바르와다의 후계가 될 테니까. 다음 황태자는 바로 네 아들이라고, 카이샨!"

"그게 어머니의 협상안이냐?"

"사랑하는 아들에게 간절히 청하는 작은 소망이지."

원은 카이샨 몰래 마른침을 삼켰다. 당황하여 어쩔 줄 모르고 우왕좌왕하는 타기에게 형제상속을 제의한 사람은 바로 원, 자신이었다. 당장엔 제위가 멀어지겠지만 타기와 아유르바르와다는 실속을 차릴 수 있고, 카이샨은 그를 대신하여 난을 평정하고 감국監國한 아우의 공훈을 최대한 치하하여 제위를 무력으로 빼앗지 않았다는 명분을 얻는다. 그리고 원 자신은 그들 형제를 훌륭히 조정함으로써 황제의 측근으로서 입지를 다질 요량이었다.

"사랑하는 아우를 잃지 않고도 제위를 얻는다……라. 뭐, 그것도 괜찮겠지."

---

* 카이샨의 장자.

카이샨의 너그러운 웃음에 원이 똑같은 미소로 화답했다. 이 게르 안에서 그들 의형제가 화기애애해지는 최초의 순간이었다. 하지만 방실거리는 웃음 뒤에서 그들의 정략적인 머릿속이 민첩하게 회전하는 순간이기도 했다.

'아유르바르와다를 후계자로 삼는 건 어렵지 않다. 결국 황제는 나고 내 결정이 하늘의 뜻이니까! 적절한 때에 황태제의 권한을 빼앗고 무력화시키면 나야 손해 볼 일이 없지. 아니, 공을 세운 아우에게 관대한 보상을 해 줌으로써 대도의 왕공 귀족들의 불만을 잠재울 수 있으니 현재로선 이 이상의 타협이 없다!'

카이샨이 생각했다.

원은 자신이 타기 카툰에게 했던 말을 곱씹는 중이었다.

'카이샨을 제위에 올려놓고 천천히 일을 도모하면 됩니다. 잠시 관망하며 안심을 시켜 두고 기회를 틈타 제거하면 되니까요. 황제가 젊은 나이에 갑작스레 붕예하더라도 점성가의 말이 신통하게 맞은 셈이죠.'

두 사람은 눈이 마주치자 다시 크게 씩 웃었다. 머릿속에 감춘 음흉한 모략을 얼버무리듯 카이샨이 시원시원하니 결론을 지었다.

"나쁘지 않은 협상이야. 그럼 넌 아유르바르와다 쪽의 증인으로 나서라. 나는 톡토를 내세울 테니."

카이샨의 시선이 린에게로 향했다.

"저놈도 끼워 주고 싶긴 하다만 아무리 생각해도 꺼림칙해.

내 사람은 절대 아니거든."

"······내 사람도 아니야."

원이 다소 풀죽은 태도로 말끝을 내렸다. 그는 은밀한 회담을 나누는 자리에 처음부터 카이샨이 린을 놔둔 사실에 몹시 놀라던 참이었다. 얼마나 특별한 측근으로 여기고 있는지 대놓고 보여 준 거나 다름없었다. 예전엔 네 벗이었는지 몰라도 지금은 내 차지야! 카이샨은 그렇게 말하고 있는 것이다. 그래서 지금 내 사람이 아니라는 둥 카이샨이 빈정거리는 말은 그저 자신의 속을 긁으려는 수작이라고 원은 생각했다. 네가 여전히 갈팡질팡하고 있다는 건 바로 이걸 말하는 거겠지, 린! 카이샨에게 이미 의탁했으니 내겐 돌아올 수 없다는! 원은 카이샨을 따라 린을 바라보며 붉은 입술을 실룩거렸다.

"뭐가 '내 사람도 아니야.'란 말이냐?"

어이없다는 얼굴로 원과 린을 번갈아 보며 카이샨이 불퉁스레 말했다.

"저놈은 6년이나 내게 복종한 대가로 네 목숨을 얻었단 말이다, 이질 부카!"

뭐? 원은 뒤통수를 한 대 딱 맞은 기분으로 멍하니 입을 벌렸다. 자신에게 쏠린 왕들의 시선이 부담스러웠는지 린이 눈을 내리깔았다.

"너흰 정말 이상한 놈들이야!"

카이샨이 어깨를 으쓱하며 호피에 묻힌 몸을 일으켰다. 뚜벅뚜벅 걸어 린에게 곧장 다가간 카이샨은 원에게 보란 듯 상냥하니 그의 어깨에 손을 올렸다.

"이놈이 카이두를 거꾸러뜨리고 두아를 항복시키고 차파르를 박살냈지. 그래서 이놈이 무척 탐났었단다, 이질 부카. 내 곁에 오래오래 두고 싶었지! 하지만 이놈이 마음으로 섬기는 사람이 내가 아닌데 데리고 있을 순 없지 않겠어? 대단한 놈이니만큼 대단히 위험하니 말이야……. 무엇보다도 이놈은 내 최후의 명을 거역했어. 널 죽이라는 명령이었지, 이질 부카."

원의 손이 소매 속에서 흠칫 떨었다. 카이샨이 린에게서 손을 떼고 원에게로 다가갔다.

"네가 날 배신한 건 이미 오래전에 알았다, 이질 부카. 배신자의 말로가 어떤 것인지, 고금의 역사를 꿰고 있는 네가 더 잘 알겠지. 난 세상 누구에게나 너그럽고 온화할 수 있지만, 날 버린 어머니조차 웃는 낯으로 대할 수 있지만 이질 부카, 네겐 그럴 수 없었어. 왜냐면 널 정말 좋아했거든! 하지만 이놈의 소원을 하나 들어주기로 약속한 바람에 내 분노를 삭여야 했다. 널 살리고 다시 안다로 받아들여 달라고 이놈이 소망한 덕분에 말이야!"

눈에 불꽃을 이글거리며 언성을 높이던 카이샨은 장막을 들추고 들어온 톡토 때문에 말을 중도에서 끊었다. 톡토가 다가와 귓엣말로 속삭이자 그는 턱을 짧게 끄덕이곤 '알았어!' 간단히 대꾸했다. 톡토가 나가고 다시 원을 돌아본 카이샨의 눈은 어느새 가라앉아 있었다.

"어쨌든……."

돌연 그가 싱긋 웃었다.

"……네가 다시 내 품에 돌아온 걸 환영해, 이질 부카."

카이샨은 큼직한 손을 내밀어 소매 속에 감춰진 원의 손을 꽉 잡았다. 식은땀에 축축하니 젖은 원의 손에, 카이샨이 만족스레 얼굴을 활짝 폈다. 몇 번 세차게 흔들고 나서야 손을 놓아준 그는 린에게 다가오라고 손짓을 했다.

"이리 와, 유수프. 아니, 왕린이지. 여기 와서 네가 그렇게 끔찍이 아끼는 주인 옆에 서라고. 그러고 보니 제대로 환영식도 안 하고 심각한 얘기만 했군! 기분 좀 풀자고, 이질 부카! 이봐 왕린, 베키의 말을 들으니 언젠가 희원에서 너희들이 엇갈린 적이 있다며? 잡극도 끝까지 못 본 채 말이야. 그럼 짧지만 아주 흥미로운 잡극을 하나 사이좋게 보는 게 어떨까? 마침 전장에 나온 나를 위로하기 위해 달려온 충직한 행원이 있어서 말이야."

"난 지금은……, 별로 보고 싶지 않아, 카이샨."

긴장이 어느 정도 풀린 원의 얼굴에 짙은 피로감이 고였다. 린도 시큰둥하니 영 관심이 없어 보였다. 하지만 카이샨은 두 사람의 팔을 동시에 잡아 게르 바깥으로 끌었다.

"거절하면 안 돼, 친구들! 너희들을 위해 내가 특별히 준비한 잡극이라고. 관람 후에 진지한 감상을 부탁해. 자, 곧 시작할 테니 서두르자고!"

"왕이 앉기도 전에 멋대로 시작하기라도 한단 말인가?"

등을 마구 떠미는 카이샨에게 못 당하고 바깥으로 밀려난 원이 실소했지만 곧 황제가 될 젊은 왕은 한쪽 눈을 찡긋할 뿐이었다.

비틀거리기까지는 아니었지만 발끝이 미세하게 흔들렸다. 송인은 게르 안에 휘적휘적 들어와 잠시 숨을 골랐다. 그는 카이샨 휘하의 노얀들에게서 극진한 대접을 받고 막 돌아오는 길이었다. 전왕은 목이 날아갈 판인데 자신은 호사스런 대우를 받다니! 목구멍으로 넘어가는 술이 매우 달았었다.

이제 곧 최후의 과제를 끝낼 시간이 다가온다. 송인은 열기가 실린 입김을 후, 길게 뿜으며 손을 들어 옷깃 속을 더듬었다. 딱딱하고 차갑고 날카로운 느낌이 손가락에 아슬아슬하니 닿아 소름을 일으킨다. 그는 품에서 천천히 소도를 꺼냈다. 칼집에서 뽑아낸 작은 칼은 비록 크기는 작지만 무쇠라도 자를 듯 날카롭게 잘 벼려져 있었다. 칼의 위험스런 날에 조심스레 손끝을 갖다 대는 그의 입가가 기괴하게 일그러졌다.

"난 이런 걸 잡지 않는 사람인데 말이지."

송인이 칼에게 말을 걸듯 중얼거렸다. 할 수 있는 한 남들을 부려 온 그였다. 무기를 휘두르는 일은 특히 그랬다. 그러나 이번만은 온전히 그의 몫. 본래 가장 중요한 일은 스스로 해야 하는 법이다. 칼자루를 짧게 쥐고 일어선 그는 침상 쪽으로 천천히 다가갔다. 얇은 능사가 여러 겹 드리워진 휘장 너머의 침상은 고요하다. 와락 움켜쥔 휘장을 뜯어낼 듯 그가 확 걷자 이불을 머리끝까지 뒤집어쓴 채 웅크리고 있는 침상의 주인이 보였다.

"현애택주, 시간이 되었어."

조금 큰 목소리를 내었지만 반응이 없다. 하긴 요 하루 이틀 동안 그녀는 퍽 얌전했다. 아니, 얌전한 정도가 아니라 죽은 사람처럼 완전히 생기를 잃었다. 눈물 자국이 남아 있는 얼굴은 먹고 마시질 않아 수척했고, 무슨 말을 걸어도 굳게 다문 입술이 떨어질 줄 몰랐다. 뭍에 막 오른 물고기처럼 기운차게 퍼덕이던 때가 언제였던가 의심스러울 정도였다. 이제야 비로소 제 처지를 똑똑히 깨닫고 체념한 것인가? 그래, 지금이 바로 네 생의 마지막 순간이야. 곧 전왕이 오거든. 그놈이 죽기 전에 네 잘린 목을 보고 피를 토하는 걸 봐야 돼, 나는!

칼을 꼬나든 송인의 손이 번쩍 올라갔지만, 잠시 멈칫하더니 허공에서 길을 잃고 방황했다. 그의 얼굴에 드리워진 옅은 망설임은 그보다 수십 곱절의 당혹감에 가려 언뜻 보이지 않았다. 남을 부려 누군가의 목을 베는 것과 직접 칼을 들고 실행하는 것은 이렇듯 차이가 컸던가? 결과적으론 똑같은 살인인데도. 나답지 않게 이 무슨! 송인은 입술을 세게 물었다. 내 손이든 남의 손이든 수십 명을 죽인 나다. 손이 떨리다니 어울리지 않아! 무비를 생각해, 내게 웃어 주고 죽어 간 그녀를!

내가 당신을 사랑한 만큼 당신이 날 사랑한 것, 이미 압니다. 무비의 목소리가 희미하게 들렸다. 그녀의 앞을 지나가는 송인에게 다소곳이 고개를 숙이던 무비의 마음이 그렇게 말하는 것을 그는 분명히 들었었다. 그걸로 충분해요. 나는 기쁘게 웃으며 죽겠어요. 당신의 무비로서, 오직 당신만의. 그녀의 마지막 미소가 햇살처럼 송인의 가슴을 가득 채우며 머릿속을 희게 비웠다. 칼을 쥔 그의 손에서 떨림이 그쳤다. 그의 눈에 광기 어린 살의가 번득였다.

"죽음이 두려운가, 현애택주? 널 죽게 만든 이가 누군지 똑똑히 기억해. 넌 전왕 때문에 죽는 거야! 그러니 그를 원망하고 미워하고 증오해! 그게 네 연인을 죽인 그놈에게 복수하는 길이니까!"

삭, 공기를 가르는 소리가 음산하게 울린 것도 잠깐, 소도가 순식간에 이불의 가운데에 푹 꽂혔다. 붉은 액체가 삽시간에 번지며 흰 이불을 적셨다. 부용의 피도 이렇게 붉었을까? 그는 죽은 그녀를 보지 못했다. 피를 닦아 주지도 몸을 씻겨 주지도 다비하도록 거둬 주지도 못했다. 보지 못한 게 더 나았을 것인가? 천만에, 그녀를 안고 마지막으로 인사할 기회조차 가져 보지 못한 것을!

"전왕은 네 몸뚱이를 알아보지도 못할 것이다! 아무리 닦아 내고 씻어 내도 네 보드라운 살점 하나 제대로 건지지 못할 거야!"

다시 높이 쳐들린 소도가 한 번, 또 한 번 속도를 점점 빨리하며 연거푸 이불 위에 꽂혔다. 퍽, 퍽. 붉게 물들어 본래의 색을 잃은 이불이 금세 너덜너덜해졌다. 선연한 핏빛이 광기를 더욱 부채질했는지, 칼을 휘두르는 손이 시뻘겋게 젖은 채 비릿한 광소까지 머금은 송인은 신들린 듯 칼춤을 그치지 않았다. 살덩이를 베다 못해 편포라도 만들 기세로 잘게 다질 무렵에야 뜨거운 숨을 헉헉 몰아쉬며 비틀거리는 그의 손에서 짤그랑, 소도가 떨어졌다.

"이만한 잡극은 대도에서도 절대 못 볼걸."

생생한 사람 소리에 소스라친 송인이 흠칫 돌아보자 장막을 들추고 선 카이샨이 빙그레 웃었다.

"창唱이 없던 게 흠이긴 하다만 박진감만은 최고였다. 섬뜩했어."

카이샨의 빈정거림에 어금니까지 환히 드러났던 송인의 웃음이 얼어붙었다. 그가 허겁지겁 이불을 걷자 침상 위에는 다져진 여자가 아니라 커다란 가죽 부대가 누워 붉은 술을 죄다 토해 내고 축 늘어져 있었다. 와락 치켜든 제 손을 눈앞에 바싹 들이대어 방울져 흘러내리는 포도주를 바라보는 송인은 얼이 빠진 표정이다. 그런 송인에게 다가간 카이샨이 갈기갈기 찢어져 형체를 잃은 술 부대에 얕게 고인 포도주를 손가락으로 찍어 맛을 보았다.

"이런! 이렇게 맛있는 피를 몽땅 쏟아 버리고 전사하다니 정말 안타깝기 짝이 없다. 불쌍한 가죽 부대의 죽음을 애도하자고, 이질 부카!"

카이샨의 입에서 나온 이름을 듣고 퍼뜩 정신이 든 송인이 눈을 들었다. 그는 톡토가 공손히 받쳐 든 장막 아래로 전왕이 무사 한 명과 함께 들어오는 것을 보았다. 창백하게 일그러진 원과 눈을 마주치는 동시에 송인은 뒤늦게나마 상황을 파악했다.

"회령왕 전하, 지금 저를 놀리시는 것입니까?"

송인이 이를 갈자 카이샨이 영문을 모르겠다는 듯 어깨를 으쓱했다.

"이질 부카를 한번 만나는 걸로 족하다고 말한 건 네가 아니었던가? 난 그저 네가 원하는 대로 네 왕을 만나도록 해 주었을 뿐인걸."

말똥말똥하니 천연스레 송인을 보던 카이샨의 눈동자가 원에게로 시선을 옮기며 장난기를 머금었다.

"감상이 어때, 이질 부카? 재미가 좀 있던가?"

"대단한 잡극이었다, 카이샨. 대단한 연행이었어, 송인!"

미소를 간신히 머금은 원의 입술 끝이 파르르 떨렸다.

"널 매우 영리한 놈이라고 생각했다. 그래서 쓸 만하다고 여겼었는데……. 하긴 지나치게 영리하면 명을 재촉하는 법이지."

"전하께서도 매우 총명하십니다."

송인이 사뭇 즐거이 웃음을 물었다.

"총명하신 전하께서 안다와의 맹약을 어기고 그 어머니와 결탁하여 회령왕 대신 아유르바르와다 왕자를 황제로 옹립하려 수년간 모사를 꾸민 일을 회령왕께서 이미 다 아시는 것을, 스스로 명을 재촉하러 예까지 납시었소이까."

"카이샨, 너!"

원이 짐짓 놀란 눈으로 쳐다보자 카이샨이 묘한 코웃음을 치며 팔을 들어 송인의 어깨를 다정하니 둘렀다.

"흐흥, 많이 놀랐어, 이질 부카? 네 배신은 오래전부터 알고 있었다. 네가 고려에서 쫓겨나고 대도로 왔던 10여 년 전부터 네 행적을 소상히 알려 주는 서찰들을 정기적으로 받았지. 가장 최근의 것은, 네가 아유르바르와다를 대도에 불러들이는 동안 내게는 카안의 죽음을 알리지 못하도록 했다는 거야. 그 서찰들이 누구에게서 왔는지는 말하지 않아도 알겠지?"

"송인, 네놈이 감히!"

원이 송인의 목을 조를 듯 치켜든 두 손을 분노로 와들와들 떨었다.

"진정 왕다운 미래의 왕을 원한다며 내 밑에 들어와 수족을 자처하더니, 이제 와 주군을 배신해? 네가 나와 만들고 싶다던 고려의 미래는 어디다 팔아먹었느냐?"

"애초에 주군으로 삼은 적이 없으니 배신도 없소이다."

송인이 무엄하게 대놓고 이기죽거렸다. 말투 역시 더 이상 상전을 대하는 본새가 아니었다.

"내가 만들고 싶었던 고려의 미래는 전하가 없어야 가능한 것이오. 전하와 나는 권력을 나눌 수 없는 천성이니 공존할 수가 없소."

"그래서 날 없애고 부왕을 주물러 왕전을 허수아비로 내세워서 그 좋아하는 권력을 몽땅 차지하겠단 말이지. 배포 한번 크고 좋구나."

"지금은 권력도 상관없소. 이제 그런 건 아무래도 좋아. 내가 당한 만큼 갚아 주면 그뿐, 아무 미련도 욕심도 없소."

"당하다니, 네가? 나한테?"

너무나 어이가 없는지 분노마저 시그러진 원의 입가에 조소가 떠올랐다.

"지금 나를 이렇게 궁지로 몰아넣고 네가 할 말이더냐? 당했다는 말은 내가 해야 옳지 않느냐, 이놈!"

"당신은 10년 전에 내 앞에서 여자를 하나 죽였소, 전하."

송인이 착 가라앉은 목소리로 담담하니 말했다. 일견 지극히 침착하고 냉정해 보였으나 초점 없는 어둑한 눈동자는 칼을 무작스레 휘두르던 광기가 금방이라도 살아날 듯 위태롭다.

"무슨 소리를 지껄이느냐, 지금?"

원의 목소리에 짜증이 실렸다. 그의 일그러진 얼굴을 동공에 담은 송인의 눈은 왕이 아닌 다른 것을 보고 있었다. 다른 것, 이미 사라져 존재하지 않는, 그러나 마음에서 도무지 지워낼 수 없는.

"내가 태산군에서 발견한 아이였소."

송인의 음성이 아련하니 젖어 들었다.

"내 눈에 띄기 전까진 그저 천한 계집에 지나지 않았지. 하지만 천했어도 진짜 진주였소, 갈고닦으면 어떤 사내라도 호릴 수 있는. 그래서 그 아이를 데려다 키웠지. 왕을 묶는 실로 삼아 왕을 내 뜻대로 놀리는 꼭두각시로 만들기 위해."

"그 계집……!"

이번엔 원이 깜짝 놀랐다. 말문이 막힌 그를 대신해 송인이 말을 이었다.

"누굴 두고 말하는 줄 이제 알겠소, 아님 아직 모르겠소? 왕이 그 애에게 아주 딱 맞는 이름을 지어 줬는데. 세상에 그 무엇과도 그 누구와도 비할 수 없다 하여 무비라 했답디다. 이제 확실히 알았소?"

"그 계집을 궁에 넣은 사람이 바로 네놈이란 말이지?"

"그 이름, 전하도 잘 아는 이름이지요. 무비, 혹자는 도라산이라 부르고 또 혹자는 백야단이라고도 불렀던 무비. 그 이름처럼 비할 바 없이 아름다웠고 음탕했고 천박했고 또 교활했던! 내 여자였소, 전하. 무슨 말이냐고? 내가, 이 송인이 누구에게도 주고 싶지 않은 여자였단 말이오. 비록 늙은이에게 꽤 많은 밤을 양보하긴 했어도, 몸도 마음도 모두 내 것이었던 여자였소. 그 여자의 말을 당신도 들었겠지, 사랑하는 사람에게 사랑받아 죽어도 좋다는! 당신도 봤겠지, 내 여자가 죽어 가면서 나를 보고 웃은 걸! 그녀를 궁에 넣어 늙은이의 노리개로 만들고 당신에게 죽임을 당하도록 내버려둔 나를 보면서 아주 행복하게 웃었던 걸! 그런 그 아이를 단칼에 베어 버린 사람이 누구였는지도 똑똑히 기억하시겠지요, 전하!"

현실로 돌아온 듯 눈이 맑게 갠 송인이 비릿하니 씩 웃었다. 그를 마주 보는 원도 떠름하니 쓰게 웃었다.

"그래서 나를 죽이겠다고 이 짓을 벌여? 왕인 내가, 그깟 천한 계집의 죽음을 목숨으로 치르란 말이냐?"

"사람 목숨은 누구나 하나이니, 죽음만큼 죽음의 대가로 공평한 것이 있겠소. 갈가리 찢긴 현애택주를 앞에 두고 그 고통

으로 몸부림치는 당신을 못 보는 것이 아쉽지만……. 자, 회령
왕 전하, 배신자를 처단하시지요. 고려 전왕은 황실의 핏줄이
니 관행에 따라 피를 흘리지 않고 목 졸라 죽이면 되겠습니다."

송인이 그때까지도 그의 어깨를 붙잡고 있던 카이샨에게 고
개를 돌렸다. 그에게서 손을 뗀 카이샨이 난처하니 웃으며 원
에게로 가까이 다가갔다.

"그래야 하는데 말이야, 문제가 좀 생겼거든."

"무슨 말씀을? 이질 부카 왕이 아우님 대신 전하를 황제로
모시겠노라고 맹세라도 했습니까?"

"뭐, 그런 거지."

"하지만 아우님을 추방하는 대신 조정의 중심에 두자고 협
상했겠지요? 후계라도 삼자고 했는지요."

"어이쿠, 너 정말 보통 놈이 아니구나. 은근히 탐나는걸."

"그걸 받아들이신다면 제위는 금세 아우님께 넘어갈 겁니
다. 지금 이질 부카 왕을 용서하고 후의를 베풀어 그의 충성을
사려 하면 그는 반드시 전하의 등에 칼을 꽂을 겁니다. 제 말을
믿으십시오, 회령왕 전하. 그를 지금 이 자리에서 죽이지 않으
면……."

차랑, 턱 밑을 찔러 오는 칼끝에 송인은 더 이상 입을 놀릴
수가 없었다. 원의 뒤에 석상처럼 묵묵히 서 있던 무사가 그의
목에 칼을 들이댔던 것이다. 카이샨이 어깨를 으쓱했다.

"네 말이 맞을지도 모르겠다만, 이놈이 무서워서 이질 부카
를 못 건드리겠거든."

미간을 와락 구긴 송인은 헝클어진 머리칼 사이로 번득이는 서늘한 눈빛에 움찔했다. 왠지 낯익은 눈빛이었다. 이윽고 그 무사가 누구인지 깨닫자 그의 얼굴이 경악으로 물들었다.

"왕……린? 어, 어째서 전왕과 함께 여기에……?"

놀란 눈을 희번덕거리던 송인은, 나란히 선 원과 카이샨을 보고 이내 전왕의 배신과 관련해 그들 사이에 모종의 타협이 이미 끝났음을 깨달았다. 원이 깜짝 놀란 체한 것이나 카이샨이 맞장구를 쳐 준 것이나 모두 연기에 지나지 않았음을. 사실 카이샨에 이어 원이 게르 안으로 들어올 때부터 희미하니 감지했던 상황이긴 했다. 이제 그의 앞에 펼쳐진 길은 하나의 결과만을 향한 곧은 외길. 도망치거나 숨을 곳이 없다. 막다른 곳에 이른 그는 평소의 대담함을 되찾고 목에 와 닿는 예리한 감촉에도 고개를 빳빳이 들었다.

"전왕전하, 전하가 수정후와 함께 있는 줄 알았더라면 군이 현애택주를 미리 죽여 목 잘린 그녀를 보여 줄 생각을 않았을 텐데요. 그저 그녀를 두 사람 앞에 보이기만 해도 피비린내 나는 수컷들의 싸움을 구경할 수 있었을……."

칼날이 송인의 목을 위험스레 압박하여 한마디만 더 이어도 턱이 꼬챙이에 꿰인 고기 꼴이 될 것 같았다. 그러나 송인은 일순 멈칫하였을 뿐 곧 미끄럽게 혀를 놀렸다.

"그 여자를 차지하고 싶다면 전하, 지난번처럼 어설프게 끝낼 게 아니라 확실히 왕린의 숨통을 끊어 놓아야 할 거요. 하지만 그렇게 하면 당신은 그녀의 증오만 사게 되겠지. 난 내 여자를 잃었지만 그녀에게서 사랑이라도 받았어. 그러나 당신은, 전하! 무비가 예언했듯이 사랑하는 사람에게서 결코 사랑을 받지 못해!"

꿈틀대는 린의 손을 따라 칼끝이 송인의 목을 떠나 빙그르르 돌기 직전, 원이 재빨리 린의 손목을 잡았다.

"내려라, 린. 이놈이 도발하는 건 나야. 내게 원한이 맺힌 놈이다. 그럼 그 끝을 매듭짓는 사람도 나여야지."

"하지만……."

린이 걱정스레 원을 흘깃 보았다. 그의 불안을 꿰뚫어 본 원이 은은히 웃어 보였다.

"네가 말했었지, 사적인 분노로 법을 남용하면 안 된다고. 나는 군왕이니 그 말을 잊지 않았다. 이놈은 나와 부왕을 이간한 역자다. 역자에겐 역자에 맞는 절차가 있지."

린이 천천히 칼을 내리자 원은 처참하게 찢어진 가죽 부대를 흘끔 보고 송인을 향해 다시 매서운 눈을 치떴다.

"그래, 산은 어디 있느냐? 그 애에게 무슨 짓을 했어!"

"이제껏 재미난 구경을 실컷 하시고도 그걸 내게 묻소이까?"

송인이 코웃음을 치며 카이샨을 곁눈으로 보았다. 원과 린의 시선도 동시에 카이샨에게 쏠렸다. 어, 나? 카이샨이 새삼스레 놀란 척 손가락으로 자신을 가리키며 눈을 동그랗게 떴다.

"난 본 적도 없는걸."

"카이샨!"

장난기가 가득한 그를 원이 날카로이 불렀다. 원과 린의 살

벌한 눈초리를 번갈아 보며 카이샨이 빙그레 웃었다.

"이거 정말 무서워서 말하지 않을 수가 없겠어, 톡토."

"그 여잔 베키가 데려갔다, 유수프."

"누가 너더러 끼어들라고 했나!"

보다 못한 톡토가 대답해 버리자 카이샨이 버럭 소리를 질렀다. 잔뜩 골이 난 눈으로 톡토를 째려본 그는 곧 린을 향해 빈정댔다.

"무슨 일인지 짐작하겠어, 유수프? 아니, 왕린! 그 여잔 경쟁자에게 끌려갔단 말이다. 네가 둘 다 가지면 별문제도 아닌 걸 말이야. 그동안 네가 베키에게 대한 걸 생각하면 그 여자의 운명을 짐작하는 건 어렵지도 않겠지? 여자란 네가 생각하는 것보다 훨씬 무서운 존재거든!"

그의 말이 채 끝나기도 전에 린이 자리를 박차고 게르 밖으로 쏜살같이 나가 버렸다. 뒤따라 달려 나가려던 원은 그만 카이샨에게 팔을 붙잡히고 말았다. 카이샨이 냉랭하니 말했다.

"놔둬, 이질 부카. 이건 그에게 얽힌 문제거든, 네가 아니라. 그러니까 그 끝을 매듭짓는 사람도 네가 아니라 그놈이어야 하는 거야."

원이 말없이 카이샨을 노려보다가 휙 고개를 돌렸다. 그의 시선이 송인에게로 옮아갔다. 자신에게 닥친 결말이 절망적이었음에도 불구하고 송인이 꼿꼿하니 턱을 들고 있었다. 그 계집과 꼭 닮았구나. 원은 죽음 앞에서 초연했던 무비를 송인과 겹쳐 보며 실소했다. 그는 바닥에 떨어진 송인의 소도를 집어 들었다.

"언젠가 내 뒤통수를 칠 놈이라고 생각했었다."

음산하니 속삭이며 원이 소도를 송인의 얼굴에 갖다 대었다. 슥, 칼이 비스듬히 송인의 뺨을 스치며 뻘건 포도주를 흠뻑 묻혔다.

"하지만 이 자리에서 이런 식으로 협박당할 거라곤 예상하지 못했다. 내가 널 과소평가한 모양이다, 송인."

"제게 특별한 재주가 있어 그런 것이 아닙니다. 제가 전하를 놀라게 해 드렸다면 오로지 전하의 덕분이니, 혼자 칭찬받을 일이 못 됩니다."

"간교한 놈. 또 무슨 말을 지껄이고 싶은가?"

"현애택주가 어떻게 제 수중에 있었는지 궁금하시겠지요? 죽을 마당이니 시원하게 말씀드리리다. 정비마마께서 친절히 알려 주셨습니다."

"단이?"

"현애택주의 은거지를 알려 주었을 뿐 아니라 그녀와 왕린을 틈을 봐서 죽이라고 했습니다. 택주가 다시 전하의 마음을 미혹하는 일이 없도록."

"내 아내는 그 정도로 독하지 못하다. 산이 내게서 도망치도록 도와준 사람이 그녀야."

"정비마마는 전하가 택주를 보지도 만나지도 못하게 해 달라고 부탁했소이다. 그러기 위해 택주를 죽일 수밖에 없다면 과감히 죽이라고 했죠. 이미 잃어버린 사랑인데도 포기하지 못하는 불행한 여인의 집념이랄까? 전하가 그분을 철저히 외면한 덕이죠."

퍽! 우렁찬 소리가 게르 안에 울려 퍼졌다. 칼자루 끝에 찍힌 송인의 입가에 한줄기 피가 주르륵 흘렀다. 휙 돌아간 고개를 천천히 바루며 그가 히죽 웃자 피를 머금은 잇몸이 흉물스레 드러났다.

"당신은 가장 가까운 사람들의 등을 보며 사는 사람이오, 전하. 순종적이던 정비마마가 당신의 연인을 빼돌린 일을, 당하기 전까지 짐작도 못 했겠지? 왕린과 현애택주가 손잡고 당신을 버리고 떠나려고 할 때처럼 말이오. 참, 그 둘이 지금 다시 만나게 됐구려. 이제 그들을 놓치면 두 번 다시 택주를 당신의 여인으로 만들 기회가 없을 테니 어서 쫓아가시구려! 10년 전 벽란정에서의 그날처럼 왕린의 살과 뼈를 갈가리 찢고 바수어 그녀를 차지해야지 않겠소. 아니면 그 둘을 한꺼번에 죽여 버리든가. 당신 앞에서 그들이 사랑을 속삭이는 꼴을 결코 용납할 수 없을 테니까!"

"그 뱀 같은 혓바닥은 지옥에서나 나불거려라, 이놈!"

허공을 가른 소도가 빠르게 송인의 가슴을 향해 돌진했다. 그러나 옷깃의 바로 앞에서 칼끝이 멈춰 서더니 바르르 떨렸다. 송인이 잇새로 킥 비소를 뿌렸다.

"뭘 망설이시오? 절차에 맞게 반역자를 처벌하려고 사적인 분노를 억누를 당신이 아닌데. 설마 수많은 목숨을 베라고 고고하니 낭랑하게 명령하던 전하가 직접 칼을 드니 손이 떨려 차마 못 찌르겠소? 어울리지 않는 망설임 집어치우고 당신답게 찌르시오. 내 심장이 여기 있으니!"

"재촉하지 마라. 곧 네 계집 옆으로 가게 해 줄 테니 감히 날 재촉하지 마!"

원을 자극하듯 쫙 편 송인의 가슴팍 앞에서 멈춰 선 칼이 다시 번쩍 들렸다.

"내게 산의 살점 하나 보여 주지 않겠다고 했던가? 그 말 그대로 네게 해 주겠다. 네 얼굴, 네 몸뚱이를 편육처럼 잘게 저며 지옥에서 만난 네 계집이 널 알아보지 못하도록 해 주겠다!"

원이 다시 팔을 휙 세차게 휘둘렀으나 소도는 또 한 번 송인의 심장 앞에서 우뚝 멈췄다. 비웃는 듯 동정하는 듯, 송인이 씁쓰레하니 웃으며 원의 손을 감싸 쥐었다. 그의 손에 갇힌 원의 손이 파득 놀랐다.

"내 얼굴을 회 쳐 짓이기고 뭉개시오. 나는 내 계집에게 돌이킬 수 없는 죄를 지었으니 지옥에서나마 그녀를 볼 낯이 없소. 그래도 무비는 날 찾을 거요. 우리는 서로의 냄새를 너무나 잘 알거든. 그러나 전하, 당신은 살아 있는 동안에도 죽은 후에도 그녀를 만나지 못할 거요. 당신은 나와 함께 지옥에 가겠지만 그녀는 왕린과 다른 세상에서 희희낙락할 테니!"

송인이 별안간 강한 힘으로 원의 손을 끌어당겼다. 소도의 반 이상이 송인의 가슴 깊숙이 푹 박혀 들었다. 원은 칼끝에서 전해지는 뭉툭한 촉감에 전율했다. 물컹한 살 속으로 저항 없이 들어가는 게 아니라 단단하고 무거우며 꽉 막힌 무언가를 우둑우둑 힘겹게 뚫고 들어가는 느낌이었다. 이게 진짜 사람을 찌르는 느낌이다. '베어라.' 명령 한마디로 가볍게 끝내는 것과는 전혀 이질적인!

부르르 몸서리친 원이 주춤 한발 물러서자 힘이 빠져나간 송인의 손이 그의 손을 놓았다. 몇 발짝 더 뒷걸음친 원을 카이샨이 붙잡았다. 가슴에 칼을 꽂은 채로 송인이 털썩 무릎을 꿇었다.

"난 당신 손에 죽지 않아……. 난 정복당하지 않는 사람이야……, 내 목숨도 내가 거두는 사람이라고! 너는 그럴 용기도 없는 놈이야……. 넌 절대 내게 미치지 못해!"

입에서 분수처럼 피를 쿨럭 쏟아 낸 송인이 그대로 뒤로 넘어갔다. 뒤통수가 바닥에 사정없이 퍽 부딪혔다. 눈을 활짝 뜨고 희열에 입을 크게 벌린 그는 더 이상 움직이지 않았다. 입속 가득 찬 피만이 입술을 타고 넘쳐 뺨과 목을 적시며 바닥의 양탄자에 스며들었다.

바람이 불었다. 곱게 빗어 내린 머리칼이 마구 흩어졌지만 산은 정리할 수가 없었다. 그녀의 두 손은 여전히 묶인 채였다.

산은 그녀가 탄 말의 고삐를 붙잡고 나란히 말을 몰고 가는 베키의 옆얼굴을 간간이 쳐다보곤 했다. 입술을 야무지게 다문 베키의 보조개가 이젠 비연의 주근깨만큼이나 친숙하다. 날 어디로 데려가는 걸까? 산은 고개를 돌려 그녀들이 떠나온 카이샨의 군영을 바라보았다. 멀어져 꽤 작아진 게르들과 그에 맞게 작아진 펄럭이는 깃발들이 보인다.

'이쯤이라면 얼마든지 도망갈 수도 있겠어.'

산은 다시 베키를 힐끗 보았다. 그저 앞만 보고 가는 처녀는 무언가 깊은 상념에 잠긴 듯 눈동자에 움직임이 없다. 그녀는 지금 데리고 가는 산의 존재조차도 잊고 있는 것 같았다. 그런 베키에게서 말고삐를 빼앗고 발로 걷어차 그녀를 말에서 떨어뜨린 뒤 도망치기는 그다지 어렵지 않을 듯싶다. 하지만 그렇게 도망간다면 회령왕의 군영으로 돌아갈 수 없을 것이다.

'린이 거기 어딘가에 있어. 그리고 원도! 그 둘이 만나면 무슨 일이 생길지 몰라. 게다가 송인이 원을 벼르고 있고……'

곧 복잡한 산의 머릿속을 싸늘하게 식히는 베키의 한마디가 떠올랐다.

'우린……, 우린 곧 혼인할 거야!'

산은 결박된 두 손을 들어 자신의 옷섶을 젖히고 가슴께를 더듬었다. 목에 건 주머니가 옷 밖으로 튀어나왔다. 주머니를 힘차게 팍 잡아당기자 가느다란 끈이 이기지 못하고 툭 끊어졌다. 빛바랜 향낭이 그녀의 손안에서 형체를 잃고 와락 구겨졌다. 혼인을 하다니, 다른 여자와! 이미 혼인한 몸인 주제에! 표독스레 입술을 깨문 산의 귀에 머뭇거리는 목소리가 흘러들었다.

"거기에 뭐라고 새겨 넣은 거야?"

흠칫 놀란 산이 돌아보니 베키는 꼭 울 것처럼 눈망울이 촉촉하다. 울 사람은 네가 아니라 바로 나라고! 산은 부글거리는 속에도 불구하고 대답을 했다.

"내 이름, 그리고 그의 이름."

"이름이 뭐라고 했었지? 유수프……, 그러니까 그의……."

"린."

"둘 중에 어떤 글자인데?"

산은 구긴 향낭을 펴서 베키에게 보이며 손가락으로 복잡하게 수놓인 글자를 짚었다.

"이게 진짜 이름이었구나, 린."

산에게 몸을 기울여 글자를 자세히 들여다보며 베키가 희미하니 미소를 띠었다. 이번엔 베키의 손가락이 복잡하게 수놓인 또 다른 글자를 짚었다.

"이게 네 이름? 뭐라고 부르는 거야?"

"산."

"산……."

입속으로 산의 이름을 중얼거리는 베키였다. 그녀는 어딘가 느슨하고 제정신이 아닌 것처럼 보였다. 지금 이름을 묻고 대답할 때인가? 산은 도대체 지금 뭐 하는 거냐고 소리라도 지르고 싶었다. 그러나 향낭의 글자 두 개를 번갈아 짚어 보며 중얼거리는 소녀가 몹시 힘없고 슬퍼 보여 뭐라고 하기도 선뜻 내키지 않는다.

'무슨 얼토당토않은 생각을 하는 거야, 왕산! 이 앤 린의 아내가 될 여자라고!'

산이 향낭을 와락 쥐었다. 마음 같아선 이 향낭도 버려야 할

판이다. 린이 다른 사람에게로 간 마당에 10년이 넘도록 해묵은 향낭이 무슨 소용이란 말인가! 정표가 더 이상 정표가 아닐 땐 가치가 없는 것이다.

"여기쯤이 좋겠어."

시선을 붙잡아 두던 글자가 시야에서 사라지자 베키가 문득 정신을 차렸는지 말을 세웠다. 말에서 먼저 내린 그녀는 산이 내려서는 것을 도왔다. 곧 그녀가 허리춤에 꽂아 둔 환도를 뽑아 들자 산의 안색이 바뀌었다.

"좋겠다니, 뭘 하기에 좋겠다는 거야?"

산이 물었지만 베키는 대꾸하지 않고 휙 칼을 들어 올렸다. 더 이상 가만히 있으면 안 돼! 위기감을 느낀 산이 무릎을 세웠다. 곧 베키의 배를 걷어차기 위해 날아갈 다리가 칼날이 내려오는 동시에 뻗어 나가다 우뚝 멈췄다. 그녀의 손목을 결박했던 끈이 싹둑 잘려 투둑 떨어져 내렸던 것이다.

"이건……, 또 뭐 하는 거야?"

자유로워진 양손을 내려다보며 산이 얼뜨게 물었다. 그녀가 눈을 올려 바라본 베키는 코끝이 발갛게 달아오른 채 힘겹게 입술을 달싹였다.

"……대도에서 날 도와줘서, 고마웠어."

"……?"

"난 비겁자가 아니야. 난 카이샨님의 너케르*로서 대야사를

---

* 추종자, 심복.

어기지 않아. 난 거짓말을 하지 않아!"

"베키……."

"그 주머니, 유수프가 내게 준 게 아니야. 내가 몰래 가로챈 거지."

"……!"

"혼인할 거란 말도 사실이 아니야."

맙소사! 산은 놀라 그 자리에서 털썩 주저앉을 뻔했다. 아무 말도 할 수가 없었다. 무슨 말을 해야 할지도 몰랐다. 그저 푹 젖은 베키의 아랫눈시울이 더 이상 가두지 못해 흘러내리는 눈물만 아연히 바라보았다.

"나는……."

베키의 울음 섞인 목소리가 흔들렸다.

"……8년이나 기다렸어, 그가 돌아봐 주기를."

눈에서 흘러내린 눈물이 보조개에 잠시 머물렀다가 턱 아래로 또르르 굴러가 고삐를 잡은 손등에 후드득 떨어졌다.

"하지만 카이샨님의 말을 듣고 깨달았어. 그가 날 돌아볼 날은 결코 오지 않는다는 걸."

"베키."

"널 없애 버리고도 싶었어."

"……."

"하지만 그것조차 아무 소용없는 일인걸!"

베키가 아이처럼 와앙 울음을 터뜨렸다. 산은 뭐라고 말할 수 없는 연민을 느끼고 눈물로 젖은 그녀의 손을 잡았다. 산의 손등으로도 뜨거운 눈물이 살을 지져 댈 듯 뚝뚝 떨어졌다.

"곧, 유수프가, 올 거야."

울먹이느라 띄엄띄엄 힘겹게 베키가 말을 이었다.

"너희들의, 왕이, 쫓아오기, 전에, 떠나는 게, 좋을 거라고, 카이샨님이, 말씀하셨어."

그렇다면 원은 어떻게 되는 거야? 묻기 위해 산이 막 입을 열 때 그녀는 멀리서 메아리처럼 아득한 소리를 들었다.

"산!"

멀찍이 떨어진 카이샨의 군영 쪽에서 검은 점처럼 작은 무언가가 엄청난 속도로 다가오고 있었다. 검은 점은 점점 커지며 제대로된 형상을 빠르게 갖춰 가기 시작했다. 말갈기처럼 휘날리는 기다란 머리칼, 햇볕에 그을린 이마 아래 형형히 빛나는 새하얀 흰자위와 검은 눈동자, 머리칼만큼이나 정돈되지 않은 수염, 그리고, 그리고…….

그녀는 더 이상 보지 못했다. 형체가 완연히 뚜렷해질 만큼 그가 가까이 다가왔지만 눈에 비친 그는 흐릿하기만 했다. 눈물로 그를 제대로 볼 수 없는 산은 크게 숨을 들이마셨다. 바람이 불었다. 초원에 봄을 실어 오는 부드러운 바람 속에 익숙한 향이 섞여 있었다. 그리고 익숙한 목소리, 분명 그의 것인.

"산!"

듣기 좋은 울림과 더불어 그의 등이 그녀의 시선을 가로막았다. 이 목소리, 이 냄새, 그리고 이 등. 모든 것이 어제 본 듯 낯익은 그……의 손에 들린 칼을 보고 불현듯 산이 깨어나 손등으로 고여 있던 눈물을 황급히 닦아 냈다.

"린, 이 멍청이! 왜 칼을 겨누는 거야!"

산이 소리치며 베키를 가리고 그와 마주 섰을 땐, 자신이 너무 성급하게 칼을 뽑아 들었다는 것을 린이 이미 깨달은 뒤였다. 멀리서 번쩍이는 환도의 끝만 보고 무작정 베키에게 칼부터 들이댔던 그는 눈물로 범벅이 된 산을 보고 천천히 칼을 내렸다.

그가 다가왔다. 한 걸음씩, 서둘지도 않고 너무 느리지도 않게.

"……오랜만이야."

용기를 내어 먼저 말을 한 사람은 산이었다. 어느새 성큼 다가온 그의 거친 머리카락이 바람에 나부껴 그녀의 뺨을 쓸었다.

"많이 변했구나. 몰라보겠어."

린이 자신의 수염을 쓱 문질렀다. 몰라볼 만도 하다고 생각했는지 그가 쓸쓸하니 웃었다. 거울을 본 일이 없는 그는 사실 제가 어떤 몰골인지 잘 모른다. 그녀의 흑요석 눈동자에 비친 야성적인 사내가 퍽 낯설었다.

"넌 하나도 안 변했어."

그가 손가락을 뻗어 조심스레 산의 이마와 콧대를 어루만졌다. 딱딱하게 굳은살이 박인 손가락과 대조되는 부드럽고 매끈한 감촉, 10년 전의 감각을 오롯이 살려 내는 그녀의 감촉이었다. 그의 손가락이 흰 뺨을 살며시 훑고 지나가자 산은 불그레하게 홍조를 피우며 고개를 틀었다.

"변했어! 10년이나 나이를 먹었다고. 이제 더 이상 젊지 않아."

문득 서른이 훌쩍 넘은 나이가 마음에 걸린 듯 산은 그의 손길을 피해 소매로 아예 얼굴을 가렸다. 린이 그녀의 손을 잡고 자신의 뺨과 턱으로 가져갔다.

"나만큼은 아닐걸. 이것 봐, 아예 딴사람이 됐지."

"그래도 알아볼 수 있어, 얼마든지. 난 네가 괴물로 변해도 알아볼 수 있다고!"

빙그레 웃는 린의 입술 곡선을 더듬으며 따라 웃는 그녀의 눈에 다시 눈물이 괴어 찰랑거렸다. 정말이야, 린. 네가 어떤 모습으로 변해 있더라도 널 알아볼 수 있어. 그날 상춘희원에서 번개처럼 바람처럼 스쳐 가 맨살갗 한 조각 보여 주지 않았던 때도 난 단박에 널 알아봤어! 그녀가 못다 한 말을 눈치 챘는지 그가 멋쩍게 시선을 내렸다. 그는 분장했던 그녀를 전혀 알아보지 못했었다.

"내겐 이대로가 훨씬 좋겠어. 괴물로 변하지 말아 줘, 산."

"멍청이!"

그에게 손이 잡힌 산은 그대로 그의 품에 끌려들어 갔다. 얇고 하늘거리는 비단 너머로 따뜻한 품이 안온하게 느껴진다. 살아 있는, 진짜의, 환상이 아닌, 실제 살덩이를 갖춘 그였다. 10년! 이 포근함을 다시 느끼기에 정말 오랜 시간이 필요했다…….

"흠, 흠!"

주위를 완전히 망각한 연인들을 일깨우려 베키가 잔기침을 했다. 정말 그녀의 존재를 순간적으로 까맣게 잊고 있었던 두 사람이 떨어져 어색한 표정으로 베키를 돌아보았다.

"나한테 칼을 들이대다니, 유수프!"

눈물을 어느 정도 말린 베키가 부러 심통스럽게 투덜댔다.

"정말 널 따라가길 그만둔 게 다행이야!"

"베키……."

그녀를 아련히 부르는 산의 목소리에 베키가 신경질적으로 고개를 돌렸다.

"너흰 여기서 우물거릴 시간이 없어. 곧 너희들의 왕이 쫓아 올 테니까!"

그녀의 뺨이 실룩였다. 더불어 볼우물도 더욱 깊게 패었다. 다시는 보고 싶지 않은 사람처럼 베키는 그들에게서 아예 등을 돌렸다. 어서어서 가 버려! 내가 또 붙잡고 싶어지기 전에! 긴 울음의 여운으로 아직 들썩이는 그녀의 어깨가 그렇게 말하는 것 같았다.

"베키……."

산이 부드럽게 부르며 그녀의 손을 잡았다.

"……이걸 네게 주고 싶어. 받아 주겠니?"

베키는 선뜻 대답을 못 한 채 자신의 손바닥에 얌전히 놓인 자그마한 비단 주머니를 보며 눈을 끔뻑였다.

"오늘 나를, 그리고 8년 전 린을 구해 줘서 고마워. 그리고 지금 우리에게 관용을 베풀어 준 것도! 우린 네게 평생을 감사 하며 살아갈 거야. 정말 고마워!"

산이 뒤에서 베키를 가만히 끌어안았다. 그녀에게 안긴 베키는 잠시 얼떨떨하니 가만히 몸을 맡겼다가 불과 몇 초 만에 휙 몸을 사납게 비틀어 빼냈다.

"언제까지 이러고 있을 참이야! 제발 내 눈앞에서 사라지란 말이야!"

"저런, 여자들끼리 벌이는 혈투를 구경할 수 있을 줄 알았더니!"

베키의 코맹맹이 소리가 완전히 잦아들기 전에 얄밉도록 이죽거리는 사내의 목소리가 들렸다.

"혈투는 고사하고 이렇게 눈물겨운 장면을 보여 주다니!"

"카이샨님!"

허겁지겁 수향낭을 품에 쑤셔 넣은 베키가 애처로이 그녀의 왕을 부르며 달려갔다.

"맙소사, 베키, 내 딸, 내 쿠툴룬 차가! 그러게 저런 놈은 예전에 걷어차 버렸어야지!"

말 위에 올라탄 그의 발치에 젖은 눈을 들이대는 베키에게 카이샨이 짓궂게도 농담으로 일관했지만, 그의 다정한 손길은 처녀의 머리를 쓰다듬고 있었다. 산의 곁에 바싹 붙어 선 린을 보며 카이샨이 고개를 설레설레 저었다.

"내 딸이나 다름없는 이 아이를 울린 죄로 저놈에게 큰 벌을 주고 싶은데 말이야. 저들은 예전, 오랫동안 네 수하들이었으니 네게 맡기는 게 좋겠지? 그렇지, 이질 부카?"

카이샨이 옆에 나란히 말을 타고 서 있는 원의 옆구리를 톡 건드렸다. 원은 대꾸하지 않고 그의 옛 동무들을 물끄러미 내려다보았다. 역시 말에 올라탄 채 병풍처럼 원의 뒤를 호위하고 있는 진관과 장의, 또 장의의 뒤에 매달려 있던 여민도 숨을 죽이고 의연하니 이쪽을 응시하는 두 남녀와 그들에게서 눈을 못 떼는 원을 지켜보았다.

얼마나 지났을까, 원이 비로소 말에서 내렸다. 그를 따라 허둥지둥 말에서 내리는 진관과 장의에게 손을 번쩍 들어 따라오지 말라는 신호를 보낸 원은 그의 옛 친구들에게 저벅저벅 다가갔다. 그들과 불과 서너 발짝 떨어져 선 그는, 망설이는 기색 없이 씩씩하게 다가간 것치고는 입술을 쉽사리 떼지 못했다.

"원······."

산이 먼저 말을 꺼냈다. 그의 초명을 부르는 향기로운 목소리에 원은 순간 울컥했으나 냉랭히 낯빛을 가다듬었다.

"왕의 이름을 함부로 부르지 마. 넌 이제 열여섯이 아니라 그 곱절도 넘게 나이를 먹었단 말이다, 산."

그녀의 검은 눈동자가 슬프게 짙어졌다. 그녀의 손을 린이 가만히 잡았다. 모른 체하며 그들을 쏘아보는 시선에 날을 세우는 원의 입술이 말라 왔다.

"한 가지만 물어보자."

목소리도 탁하게 갈라졌다.

"나를 뭐라고 생각해?"

"······."

침묵과 더불어 두 사람의 당혹스런 눈빛을 마주한 원이 골똘히 생각하다가 다시 물었다.

"다르게 물어보자. 내가 고려의 국체를 보전하고 부흥을 일으킬 왕이라고 기대해서 친구로 삼았던 거야? 너희들의 바람에 부응하는 왕이 아니면 벗으로서의 가치도 없는 거야?"

"우린 왕인 네게는 이미 반역자가 되었어, 원. 아니, 되었어요, 전하."

산이 쓸쓸하니 고개를 저으며 나지막이 말했다.

"하지만 제 신분과 성별을 알지도 못했던 때 서슴없이 벗으로 맞아 주었던 소년을 기억하고 있습니다. 그 소년이 저의 벗입니다, 전하."

"그 소년은 너무 많이 변하지 않았어?"

원이 옅게 훗, 웃었다. 자조 섞인 그 웃음에 산의 속눈썹 사이로 말간 이슬이 반짝였다.

"아뇨."

그녀는 또 한 번 고개를 저었다.

"그 소년은 그저 부끄러워할 뿐이에요. 딴엔 늘 너그럽고 자애로운 사람으로 보이길 바랐는데, 고집스럽고 이기적이고 오만한 모습이 자신도 모르는 사이에 드러나 부끄러웠던 거예요. 하지만 전 그 양면을 다 좋아했어요. 그 소년의 뛰어난 안목과 더불어 보잘것없는 것들에 드러내는 가차 없는 경멸도, 험한 입도 좋아했어요. 그게 없으면, 소년은 더 이상 그 소년이 아니니까요."

"이놈."

원이 흰 잇바디를 드러내며 웃었다. 그는 잠자코 있는 린에게로 눈초리를 치켜세웠다.

"너는, 린?"

"자애로운 산부처를 전하의 속에서 찾고 싶었던 때가 있었습니다."

린이 무겁게 입을 열었다.

"전하는 그런 분이라고 생각했었습니다. 아주 어릴 적, 제 앞에 있는 분이 고려의 세자임을 알았을 때부터, 진정한 인의로, 패도가 아닌 왕도로서 고려의 앞길을 밝히실 분이라고 그렇게 생각했었습니다. 전하께서 새로운 세상을 열어 가는 모습을 뒤에서 지켜보고 싶다고 생각했었습니다. 같은 목표를 가지고 있다고 생각했었습니다. 그래서 서로가 필요하다고 생각했고 목숨을 다하여 돕고 싶었습니다."

"그래서 대단히 실망했겠군? 너의 기준에 전혀 못 미치는 불량자가 아니던가."

"이미 말씀드린 적 있습니다. 왕의 벗이 되어 그를 사랑한 것이 아니라 내가 사랑한 벗이 왕이었다고. 제가 바랐던 왕은 아니었으나 누구보다 사랑하는 벗이었습니다. 벗은, 미리 바람직한 모습을 정해 놓고 사귀는 것이 아니기 때문입니다. 그 사람을 사랑하고 싶어 미리 결심하고 사랑하는 것이 아닙니다. 어느덧 그가 제 마음에 들어와 도저히 지울 수 없는 존재가 된 것입니다. 그의 파격적이고 기괴한 말과 행동, 관습이나 타인의 시선에 연연하지 않는 분방함을 부러워하고 사랑했습니다."

무슨 생각을 하는지 린이 설핏 웃었다.

"전하를 처음 만났을 때는 정화궁에 몰래 들어온 무례한 시동이라고 생각했었습니다."

"넌 그때 날 마구 혼냈었어."

"실은 그 소년에게 몹시 흥미가 있었습니다. 너무 예뻤었거든요."

"뭐야, 그게!"

원과 산이 동시에 외쳤다. 원이 키들거리기 시작하자 산이 골난 듯 입술을 뾰족이 내밀었다.

"그런 말은……."

웃음을 가까스로 참으며 원이 말했다.

"……나한테나 어울리는 거야!"

"저도 다르지 않습니다."

"내가 산을 이겼군. 알고 있니, 산? 널 처음 봤을 때 린이 아무 느낌도 없다고 말했다는 걸……."

셋이 머리를 맞대고 무슨 말을 하는지 시간이 꽤나 흘러가고 있었다. 불안해진 베키가 카이샨의 옷자락을 잡아당겼다.

"카이샨님, 아무래도 저 왕이 저들을 순순히 보내 줄 것 같지 않아요. 카이샨님께서 저들을 떠나게 해 주세요. 저들의 왕도 카이샨님의 말은 들을 거잖아요."

그러나 카이샨은 심술궂게 혀를 날름 내밀었다.

"난 저 둘이 어떻게 되든 상관없어!"

발을 동동 구르는 그녀를 보고 카이샨이 손가락을 쉿! 갖다 대며 나직하니 말했다.

"하지만 저 둘이 아무 일 없다는 듯이 이질 부카의 곁에 돌아올 수도 없지. 그러기엔 두 사람의 신분이나 혈연이 만만치 않거든. 더구나 저들의 생존은 그들의 왕에게 심각한 위협이 돼. 어디까지나 반역자로 추방된 사람들이니까. 그걸 이질 부카도 잘 알고 있어."

"알고 있는 사람으로 안 보여요. 그는 제 맘대로 뭐든지 하는 사람 아닌가요?"

불신으로 가득 찬 베키의 머리를 쓰다듬으며 카이샨이 나지막하니 덧붙였다.

"제 맘대로 뭐든지 할 수 없는 사람이 왕이야."

그들과 조금 떨어져 선 진관과 장의의 얼굴에도 베키 못지않게 초조한 빛이 떠올랐다.

"진관."

장의가 귀엣말로 옛 동료에게 속삭였다.

"난 저 두 사람을 데리고 가야 해, 전하께서 둘 다 곁에 남으라고 명령하신다 하더라도. 자네가 날 도와줬으면 하네."

진관이 난처한 얼굴로 반박하려 할 때였다.

"장의!"

원의 부름에 두 무인의 턱이 움찔 떨렸다. 그들 쪽으로 고개를 돌린 원이 낭랑하니 소리를 높였다.

"이 둘을 데리고 지금 당장 어디로든 내 눈에 띄지 않는 곳으로 꺼져 버려!"

뜻밖의 명령에 장의는 오히려 몸이 굳었다. 놀라기는 진관도 마찬가지였다. '어머나!' 하는 베키와 '호오!' 감탄사를 뱉은 카이샨의 눈도 커졌다.

린과 산도 의외였는지 놀람을 감추지 못하는 낯빛이었다. 원의 얼굴에서 어느새 장난스런 미소가 지워지고 가면 같은 표정이 덧씌워졌다.

"너희들, 우물쭈물할 시간이 없는 줄 알아라! 정확히 이각二 刻후에 너희를 쫓을 병사들을 보낼 거다. 붙잡히면 모두 목을 베어 효수할 것이다. 너희 모두 대역 죄인인 걸 잊지 않았겠지! 장의, 이각이다!"

장의가 퍼뜩 깨어 말을 몰아 린에게 급히 다가갔다. 두 사람을 재촉하여 말에 오르게 한 그는 린과 산이 함께 탄 말의 엉덩이를 채찍으로 세게 갈겼다. 히힝, 크게 울려 퍼지는 말울음 소리와 함께 인사고 뭐고 할 틈도 없이 두 마리의 말이 먼지를 자욱이 일으키며 멀어졌다. 금세 작아져 가는 그들을 바라보는 원의 눈이 조금도 깜박이지 않았다.

"산!"

문득 원이 입가에 손을 모아 크게 불렀다. 이미 멀어져 작은 점처럼 된 그녀에게 들렸을지 모르겠지만 베키에겐 얼핏 그녀가 뒤를 돌아본 것처럼 보였다. 원이 목에 핏대가 서도록 우렁차게 고함을 질렀다.

"난 이름을 바꿨어!"

그리고 점이 된 그들도, 먼지도 완만한 언덕 너머로 곧 사라졌다.

"이각 후면 도저히 붙잡지 못할 기세인걸."

킬킬거리는 카이샨의 말을 듣지 못한 척 원이 돌아서서 진관에게 엄격히 말했다.

"잠시 후에 군사들을 거느리고 주변을 살펴라."

"그들을……, 붙잡아 옵니까?"

진관이 그늘진 눈으로 물었다.

"그건 네 마음이지!"

콧방귀 뀌듯 한마디 던진 원이 엉거주춤 쭈그려 앉은 여민을 내려다보았다. 장의의 말에서 밀려나 바닥으로 떨어진 그는 어느새 작은 공책과 세필을 꺼내 뭔가 열심히 적는 중이었다.

"너, 뭘 하느냐?"

원의 물음에 화들짝 놀란 여민이 얼밋얼밋 눈치를 보며 기어들어 가는 소리를 했다.

"열세 번째의 이야기를 쓰는 중이옵니다. 지난번의 '산산전'이 전하를 기쁘게 해 드리지 못하였으므로……. 또 저 손여민의 이야기를 쓰라 하셨기에……. 지금 얼핏 떠오르는 것이 있어 잊지 않으려 급히 적는 중이옵니다."

"이제 됐다."

"예?"

여민은 제 귀를 의심했다. '이제 됐다.'라니? 이게 정말, 그가 그토록 바라던 '됐어.'일런가? 마치 그의 의혹을 씻어 주려는 듯 전왕이 되풀이해서 말했다.

"이제 됐어. 그 이야기는 끝난 것이다. 여기에 이르기 전까지는 나도 그 결말을 알지 못했지……."

원이 말을 터벅터벅 천천히 몰아 군영 쪽으로 되돌아갔다. 카이샨과 베키도 자리를 떴고 진관도 그 뒤를 따랐다. 아아! 여민은 묵었던 체증이 쑥 내려가는 기분에 벌떡 일어나 만세를 부르는 모양으로 두 손을 번쩍 치켜들었다. 오랫동안 하늘을 우러러 감사를 표시한 그는 세필의 붓두껍을 다시 뽑았다. 자잘하니 글씨가 가득한 공책을 마구 넘겨 깨끗한 백지를 쫙 편 그는 힘차게 마지막 글씨를 휘갈겨 썼다. 完!

21

황혼黃昏

광명사의 본당에서 예불을 드리고 나오는 단은 주지가 절 밖까지 배웅하려는 것을 말린다. 소녀 시절, 그녀는 어머니를 따라 드물게 이 절에 불공을 드리러 온 일이 있다. 그리고 고려 내에서는 그 존재가 오래전에 소멸된 셋째 오빠의 소원을 받아들여 오빠와 그 연인을 만나게 해 주려 들른 일도 있다. 말하자면, 궁과 사가 외의 공간에서 여유로운 시간을 보낸 적이 거의 없는 그녀에겐 일종의 추억의 장소였다. 이미 30년도 훌쩍 지난, 희미하고도 아스라한 추억.

곧 쉰을 바라보는 그녀는 인간이라면 피할 수 없는 세월이 새겨 놓은 주름에도 불구하고 고결하고 품위 있는 미모를 잃지 않았다. 오히려 시간의 선물이라도 되듯 그 나이에 적절한 깊고 성숙한 우아함이 시선 하나, 손끝 하나에도 빛났다.

"부처께선 어찌 내 소원은 그리 잘 들어주시면서 마마의 소원은 받아 주시지 않는지, 원."

단의 뒤에서 조금 떨어져 따라오는 상궁이 혼잣말처럼 투덜투덜 중얼거린다. 단이 세자비로 궁에 들어올 때부터 그녀를 모셨던 상궁은 상전이 불당에서 무엇을 간절히 기원하는지 듣지 않아도 훤하다. 남편이 발길을 끊은 때가 왕비의 나이 스물셋, 지금은 까마득히 멀어져 버린 그때부터 지금까지 지극 정성으로 한결같이 단이 말없이 기원하는 내용을 짐작하며 상궁은 안타까워 한숨과 푸념을 흘린다.

계단을 내려가던 단이 멈춰 서서 여관에게 몸을 돌려 은은히 웃었다.

"부처께 무엇을 빌었소?"

아이코, 머릿속으로만 생각한다는 것이 입 밖으로 너무 크게 나왔구나 싶어 상궁이 두 팔을 들어 올려 황망하니 커다란 소매에 고개를 묻었다. 그래도 하고 싶은 말은 숨기지 않는 노인이라, 소매 뒤로 그녀는 또 혼잣말하듯 중얼중얼한다.

"얄밉고 괘씸한 사람들 모두 사라지게 해 달라고 빌었습죠."

"그런⋯⋯. 부처께서 들어주신 게 결코 아니에요. 공연히 악업만 쌓았소."

부드럽던 표정이 단호하게 바뀐 단이 작게 나무랐다. 하지만 그녀보다 나이를 더 먹은 상궁은 감히 상전 앞에서 자기변호를 한다.

"대놓고 부처께 빌었던 것은 아니옵니다. 그저 불상 앞에 꿇었을 때 마마를 무시하던 공주마마, 파렴치한 숙비마마 모두 없어졌으면 좋겠다는 생각이 휙 스쳤을 뿐인데 그리 되었다는 것이지요. 그분들이 있으면 마마께서 우상하실 거고, 마마께서 우상하시면 제 속도 타들어 가니, 두 목숨 온전히 보전하려면……."

"그분들도 모두 한스럽게 사셨던 분들이에요. 마음속에 병을 안고 십수 년을 버텼던……. 순화원비나 의비도 모두 마찬가지가 아니던가요."

"그분들까지 없애 달라고 한 건 아닙니다, 마마."

황급히 변명을 덧붙이는 상궁에게 단은 너그러이 고개를 끄덕여 주고 돌아섰다.

많은 사람들이 그녀의 곁을 떠나 돌아올 수 없는 곳으로 갔다. 나이가 들어 떠난 사람도 있었지만 대부분은 젊어서 죽었다. 특히 그녀와 같은 처지에 있던 여인들이 그랬다. 가장 먼저 죽은 사람은 순화원비였다. 그녀는 시아버지가 죽고 남편이 왕으로 복위하기도 전에, 한창 젊은 나이에 급작스레 떠났다. 물론 멀리 대도에 있는 남편을 보지도 못했고 자식이 없는 것은 더 말할 것도 없었다.

그리고 불과 몇 년 뒤, 왕전과 밀통하였음에도 뻔뻔스레 왕에게로 돌아왔던 공주 부다슈리가 세상을 뜨더니 뒤이어 의비 예스진도 숨을 거뒀다. 두 사람 모두 남편 곁에 있었음에도 제대로 대접받지 못한 채 이승을 하직하고 말았다. 특히 예스진의 경우에는 매우 비통했다. 세자였던 그녀의 맏아들이 부왕의 손에 죽임을 당했던 것이다.

　카이샨이 황제에 등극하고 이듬해, 이미 심양왕瀋陽王에 봉작된 원은 고려에 돌아와 복위하고 두 달 만에 대도로 돌아가 버렸다. 매부인 제안대군* 왕숙에게 고려의 정치를 맡기고 자신은 대도에서 전지傳旨**를 내려 지시했다. 왕이 자국에 머물지 않고 줄곧 대도에 뿌리를 박음으로써, 고려 조정은 정사를 처리하는 과정이 혼란스럽고 더뎠을 뿐 아니라 국왕의 막대한 체재비를 감당하는 이중고에 시달렸다. 관원들이 환국하기를 거듭 요청했지만 왕은 끝내 돌아오지 않았고, 결국 세자를 왕으로 추대하려는 은밀한 음모가 있었다. 이를 눈치 챈 왕은 서슴없이 아들과 그 측근을 모두 베어 버렸다. 자신도 이미 부왕과 왕위를 다투어 진흙탕 싸움을 한 경험이 있는 만큼 아들에 대한 형벌이 가혹했다. 세자가 죽고 나서 예스진은 6년을 더 버텼지만 그 이상은 힘들었던 것이다.

　상궁이 숙비라고 칭한 왕비의 경우는 앞서의 세 사람과 조금 달랐다. 그녀는 선왕의 후궁인 숙창원비로서 오래전에 부왕의 끝을 지키면 거두겠다고 원이 약속한 여인이었다. 원은 그 약속을 재빠르게, 그리고 단호하게 지켰다. 부왕이 죽고 3개월 만에 그녀를 아내로 맞아들였던 것이다. 숙창원비에서 숙비로 승격된 그녀는 절제라는 것을 모르는 천박한 성품을 여지없이 드러

---

*　이전 제안공.

**　승지를 통해 전달되는 왕명서.

내며 왕에게 갖가지 요구를 하였는데 원은 모두 들어주었다.

이 여자로 인하여 원의 패륜과 실덕이 사람들의 공분을 샀지만 사실 사람들이 짐작하듯 원이 그녀를 지나치게 사랑하여 그런 것은 아니었다. 그는 숙비뿐만 아니라 그녀와 거의 동시에 입궁한 순비順妃의 극사극치와 방만함도 내버려두었고, 그녀들 외에도 미소년들을 가까이하며 남색을 한다는 소문에까지 휩싸였다. 사랑에 빠져 주위를 잊은 것이 아니라 무언가가 결핍된 허허로움에서 빚어진 일탈이었던 것이다. 그러나 그 결핍이 어디에서 비롯되었는가를 아는 사람은 그의 아내들 중에서 오직 단뿐이었다. 예스진도 아마 짐작했겠으나 아들을 죽인 남편의 결핍증 따위 헤아리고 싶지 않았을 것이다. 어쨌든 선왕의 무비를 연상시킬 만큼 위세가 대단했던 숙비도 죽고 나니 먼지처럼 잊혀졌다.

평범하지 않은 남자를 지아비로 둔 탓일지도 몰랐다. 원의 여인들은 하나같이 냉가슴을 앓고 쓸쓸히 죽었다. 그 가슴앓이에서 단 외에 생존해 있는 유일한 비인 순비도 사실 예외가 아니었기에, 단은 질투를 하려야 할 수도 없었다. 모두 그녀와 어슷비슷한 처지. 질투가 아니라 동정과 연민이 그들을 떠올릴 때마다 단의 가슴을 채웠다.

"모두 고통을 짊어지고 떠난 분들입니다. 부디 다음 생에 부처님의 가르침 안에서 복락을 누리기를 바랄 뿐이오."

단이 기원이라도 올리듯 나직이 말했다. 처음 궁에 들어왔을 적부터 생불이라 불렸던 그녀에게 어울리는 자비로운 모습이었다. 하지만 나이든 상궁은 그 모습에도 푸념이 나왔다.

"이렇듯 심성이 고우신 마마 같은 분을 여기에 한정 없이 버려두었으니 상왕上王께서 그 대가를 치르신 겁니다. 돌아가신 마마들의 원망도 하늘에 닿아⋯⋯."

"상궁은 함부로 말하지 마오."

단의 얼굴에 일순 서슬 퍼런 냉기가 스쳐 지나갔다. 그것도 한순간, 스스로도 잘못한 줄 알아 얼른 입을 가린 상궁을 일별한 그녀의 눈이 푸른 하늘로 시선을 옮기며 애틋하니 젖어들어 간다. 같은 하늘 아래 어딘가 그가 있다. 얼굴을 본 지 너무도 까마득한 그는 생각만으로도 여전히 젊은 시절에 그녀를 설레게 했던 그리움을 똑같이 불러일으킨다.

"심성이 곱다니, 그건 모르는 사람들의 이야기. 나처럼 크게 죄를 지은 사람도 없건만⋯⋯. 그래도 전하께선 그 모든 것을 용서하셨답니다."

"예? 마마, 무슨⋯⋯."

아득히 먼 하늘을 올려다보며 중얼거리는 그녀의 혼잣말이 너무 작아서 상궁은 제대로 알아들을 수 없었다. 그러나 단은 다시 얘기해 주지 않았다. 그녀는 이미 곁에 있는 상궁을 잊고 있었다. 남편과 마지막으로 대면했던 그날로 되돌아가 있었던 것이다.

"서흥후는 죽이지 않으려고 했었다."

국왕으로 복위하고 대도로 떠나기 며칠 전 그녀의 처소에 불쑥 찾아온 원이 탁자 너머의 단에게 대뜸 꺼낸 말이었다.

"왕유소, 송방영, 한신, 송균, 김충의, 최연. 서흥후와 공주의 혼인을 추진하고 나를 폐위시키려던 무리들을 참한 소식은 이미 들었겠지? 1년도 더 지난 일이니 말이야. 그들 말고도 죽고 맞고 유배되고 노비가 된 자들이 수두룩하다. 서흥후만은 빼내고 싶었지만 사건의 중심에 있어서 어쩔 수 없었어."

"반역을 도모한 무리와 어울려 전하를 배신하였으니 달리 처벌할 수 없었음을 압니다. 역자들의 가산을 적몰하고 부모와 형제도 모두 몰입沒入*하였으니 제가 이 자리를 지켜 앉아 있는 것이 오히려 도리가 아닙니다."

"너는 내게 큰 도움을 주었다, 단."

왕의 말에 그녀가 감히 탁자 위에서 떼지 못했던 시선을 올렸다. 남편의 길고 서늘한 봉목에 온화한 빛이 감돌았다. 10여 년 전, 그녀에게 처음이자 마지막 입맞춤을 하고 돌아서던 그날의, 분노와 쓰라린 배신감에서 나온 슬픔이 깃든 눈동자와는 많이 달랐다.

"네가 송인에게 산이 숨은 곳을 가르쳐 주었다고 들었다."

"……!"

"너도 알겠지만 단, 그 송인이란 자가 반도 중 가장 악랄한 놈이었지."

"저는……, 전하, 변명할 말이 없습니다. 그자의 말 그대로

---

* 죄인의 가족을 관아의 종으로 잡아들임.

입니다……."

두려움에 그녀의 목소리가 와들와들 떨렸다.

"택, 택주가 어떻게 되었습니까? 저 때문에 그녀가……."

"너 때문이 아니다."

원의 목소리가 여전히 부드러웠음에도 단은 떨림을 억제할 수가 없었다. 질투에 절어 추악해진 비밀스런 속내를 들킨 것이 그녀에게 현기증을 불러일으켰다. 어지러운 속에서 단은 남편의 다음 말을 들었다.

"너 때문이 아니야. 모두 나 때문이다. 송인이 원망하고 미워하고 거꾸러뜨리려 했던 자가 바로 나였으니까. 그놈은 죽는 순간까지도 날 도발하려고 입을 나불거렸어. 네가 그놈에게 무슨 말을 했든, 어째서 그런 말을 했든 그건 모두 그놈과 나 사이의 악연 때문이다. 결과적으로, 네가 그놈에게 한 말 덕분에 나는 옛 벗들과 마지막으로 웃어 보았다. 그것만으로도 네게 감사하고 있다."

단이 그의 말을 잘 이해하지 못하고 얼떨한 사이, 원이 일어나 그녀에게 다가왔다.

"나는 너를 많이 좋아했었다, 단. 지금도 그렇다."

그녀의 현기증이 더욱 짙어졌다. 핑 도는 머리에 단은 일어날 엄두도 내지 못하고 그녀의 허리띠에 매달린 금방울들을 잘그락거리며 흘리는 남편의 손가락을 멍하니 바라보았다.

"하지만 안타깝게도 너와 내 마음이 같지 못하다. 난 누이로 널 아꼈지만 네가 바라는 것은 달라. 그래서 우리는 함께 있으면 괴로운 것이다."

그녀의 현기증이 조금씩 가라앉으면서 눈시울이 촉촉이 젖어 들었다.

"나는 고려로 돌아오지 않으려 한다. 난 고려의 왕이지만 심양왕이기도 하고, 개경보다는 대도에 있으면서 황실과 조정에서 내 힘을 키우고 유지해야 고려에도 도움이 될 테니. 나는 그곳에서 누이로서 너를 그리워할 테니 넌 여기서 남편으로서 나를 생각해. 내가 누구에게도 좋은 남편이 되지 못하는 걸 너만큼 잘 아는 사람도 없겠지."

그렇게 말하고 원은 그녀를 놔둔 채 방을 벗어났다. 멍하니 있다 뒤늦게 벌떡 일어난 그녀가 밖으로 뛰어나가 신도 꿰지 않고 옥계를 내려섰다.

"전하!"

그녀답지 않은 큰 소리에 원이 돌아보았다.

"그 사람은……, 그 사람은 어떻게 되었나요? 무사한가요? 아니면……."

원이 쓸쓸하니 웃었다.

"그 사람은 오랫동안 그리던 사람과 만나 내 손이 미치지 않는 곳으로 가 버렸다. 참 다행스럽지?"

"어째서, 어째서 보내셨습니까? 그런 슬픈 얼굴을 하시고 어째서……."

"몸이 떨어져 있어도 마음은 이어져 있으니 아쉬워할 것 없다……고 말하고 싶지만, 나는 그러지 못해. 아쉽고 슬프다. 그들을 옆에 묶어 두고 매일 매일을 함께하고 싶다. 하지만 그 둘이 내 곁에 있으면 다시 피를 묻히지 않으리란 보장을 스스로 못 하겠다. 네 남편은 그 정도의 인간이다."

그는 더 이상 얘기할 것이 없다는 듯 시원스레 등을 돌려 걸어갔다. 걸어가며 뜰에 석상처럼 굳어 있던 무관의 어깨를 세게 퍽 쳤다.

"가자, 진관! 이 이상은 안 돼! 네 벌은 아직 끝나지 않았단 말이다."

그렇게 모든 수행원들을 하나 남김없이 거느리고 그는 떠났고 그 뒤로 15년이 지났다.

가엾은 분! 그의 마음 빈자리를 채워 줄 수 없는 자신의 무력함을 곱씹으며 지낸 15년 동안, 남편이 부처의 가피를 받기를 단은 기원하고 또 기원해 왔다. 그가 막강한 권력을 손에 넣고 황성을 주름잡았을 때도, 부질없는 쾌락에 젖어 들었을 때도, 또한 영락하여 메마른 외지에서 고독한 시간을 보내고 있을 지금도. 그녀의 남편은 지금, 간쑤의 타사마朶思麻*라는 그녀가 들어 보지도 못한 곳에 유배되어 있다.

카이샨이 제위에 오른 뒤 심양왕에 이어 심왕瀋王으로 진봉되고 태자태부太子太傅와 부마도위駙馬都尉의 직을 받아 권력의 중심부를 차지한 원은, 카이샨이 황제가 된 지 3년 반 만에 죽

---

* 현재 칭하이[靑海]성의 시닝[西寧]시.

었음에도 조금도 위축되지 않았다. 오히려 카이샨의 뒤를 이은 아유르바르와다와 황제보다 더 입김이 센 흥성태후興聖太后[*]의 후원을 입어, 그는 카이샨을 보필할 때보다 더욱 화려하게 비상했다.

젊은 황제가 갑자기 죽은 것도 의아스러운 일이었지만 그의 장례가 끝나기도 전에 카이샨의 개혁을 주도하던 상서성尙書省이 없어지고 톡토를 비롯한 측근들이 모두 붙잡혀 처형당한 것으로 미루어, 카이샨의 급사는 카안이 되면 단명하리라는 별의 운명 때문만은 아니었다. 그리고 그의 사후, 원이 원나라 조정에서 더욱 큰 역할을 맡은 것도 결코 우연이 아니었으리라……

그러나 원의 영화롭던 시절도 아유르바르와다가 황위에 오른 지 9년째 되던 해, 황제가 붕어함으로써 종말을 맞았다. 나이 어린 후계자들과 그들의 지지자들이 구세력을 밀어내고 자신들만의 세계를 만끽하고자 했던 것이다. 아유르바르와다의 후계자는 카이샨과의 맹약과는 달리 조카가 아니라 아들 시데발라[碩德八剌]였다. 카이샨의 아들들은 모두 황태후 타기에 의해 대도에서 쫓겨난 지 오래였다. 큰아들 코실라는 윈난[雲南]에서 작은아들 툭 테무르[圖鐵木兒]는 카이난[海南] 섬에서 강탈당한 제위를 억울해할 수밖에 없었다.

어쨌든 아들이 죽어도 어린 손자를 주무르며 실질적인 최고 권력자가 되고자 했던 타기 카툰은, 손자의 경쟁자들을 물리쳐

---

[*] 타기.

주면서도 권력을 양보하지 않고자 시데발라가 보위에 오르기 전 미리 자신의 측근들로 조정을 채워 두었다. 문제는 열일곱의 카안이 아버지 아유르바르와다와 판판으로 만만하지 않았다는 것이다.

시데발라는 등극 초기엔 할머니를 태황태후로 높여 부르며 우대하는 듯하다가 단숨에 뒤통수를 쳤다. 타기 카툰의 측근들은 역모 혐의를 뒤집어쓰고 추풍낙엽처럼 제거되었다. 이에 심각한 위협을 느낀 원이 강남의 사찰들을 돌아보겠다는 핑계를 대고 황급히 대도를 떠났으나, 황제는 군사를 보내 그를 붙잡아 오게 했다. 고려로 돌아가라는 명령을 얼른 받아들이지 않은 원을 시데발라는 머리를 깎여 머나먼 토번의 살사길撒思吉*로 귀양을 보내 버렸다. 척박한 토번 땅에서 머문 지 열여섯 달, 고려의 젊은 학자 이제현李齊賢이 승상 바이주[拜住]에게 탄원한 덕에 원은 대도에 조금 더 가까워진 타사마로 이배移配되어 지금껏 그곳에서 나올 수 없는 처지였다.

'어떻게 견디고 계실까? 시봉하는 이가 몇 되지도 않는다고 들었는데……. 드시는 것은, 주무시는 것은, 걸치는 것은 부족함이 없을런가?'

단은 길게 끌리는 자신의 치맛단이 무겁게 느껴진다. 그녀의 차림새도 왕후의 성장으로는 호화로운 것이 아니건만 유배지의 남편을 생각하면 너무나 많은 것을 갖춘 것 같다. 번뇌로

---

* 현재 티베트의 싸가[薩嘎].

울적하니 내려앉은 그녀의 시선에 다가드는 어여쁜 수당혜에, 단은 걸음을 멈췄다.

"어마마마."

반가이 부르는 목소리에 단이 눈을 번쩍 들었다. 아름답고 젊은 여인이 시름을 드리운 얼굴에 눈물겨운 웃음을 띠며 그녀를 보고 있었다.

"덕비德妃."

단도 반가운 미소를 함빡 지으며 다가선 여인의 손을 꼭 잡았다. 단을 어머니라 부르는 스물다섯의 이 젊은 여인은 예스진의 둘째 아들인 현 국왕의 고려인 아내, 즉 왕비였다. 여덟 살 난 아들도 둔 왕비였지만 정후인 원나라 공주의 질투로 궁에서 살지 못하고 쫓겨난 비운의 여인이다. 생모도 상왕의 첫째 왕후도 아닌 단이었지만, 왕은 그녀에게 꼬박꼬박 어머니라 불렀고 그의 아내도 똑같이 단을 섬겼다.

덕비의 처지에서는 고려인 왕비인데다 원나라 공주에게 밀린 단과 자신이 비슷한 운명이라 생각하여 더욱 살갑게 느끼는지 모르겠지만 단은 조금 달랐다. 국왕이 대궐 밖의 그녀를 날마다 찾아갈 정도로 덕비를 사랑하는 것도 자신의 경우와 너무도 달랐지만, 무엇보다 덕비는 죽은 순화원비의 동생이었다. 자신과 비슷한 시기에 궁에 들어와 냉대만 받고 쓸쓸히 요절한 그녀의 언니를 생각하여, 단은 덕비를 깊이 아꼈던 것이다. 사는 곳이 같지 않으니 자주 얼굴을 볼 수 없는 터라 절에서 조우한 것이 말할 수 없이 기쁘고 반갑다. 며느리를 보는 시어머니의 눈이 자애롭게 휘어졌다.

"광명사에는 어떻게 오셨소?"

"저야……, 어마마마와 같지 않겠는지요."

덕비가 애잔하니 가는 목을 외로 틀었다. 그렇구나. 단은 그
저 고개를 끄덕인다. 그녀의 남편처럼, 며느리의 남편도 고려
에 없다. 고려의 국왕은 대도에 붙들려 돌아오지 못하는 신세
였던 것이다. 여기엔 원도 부분적으로 책임이 있기에 단은 덕
비를 보면 많이 미안하고 안타까웠다.

발단은 원이 둘째 아들에게 왕위를 선위하는 동시에 조카인
왕고王暠*를 세자로 세운 데 있었다. 비록 세자인世子印을 왕고
에게 넘겨주지는 않았지만 왕고로서는 왕위 계승권을 주장할
근거를 확보한 셈이었다. 더구나 원이 왕고에게 심왕을 양위하
면서 조카의 야망을 더욱 부채질하고 말았다. 원이 유배를 당
하자 고려 국왕 왕도王燾**는 시데발라 카안과 친분이 깊었던 심
왕 왕고의 무고로 원나라에 끌려갔다. 왕 부자가 떠난 고려에
그들의 여인들만이 남아 남편의 귀환을 간절히 빌고 있는 참인
것이다.

남편의 잘못도 있거니와 심왕과도 가까운 혈연인 단으로서
는, 덕비에게도 죽은 예스진에게도 또한 고려 조정과 백성에게
도 죄스럽기만 했다. 그녀는 덕비의 손을 가만가만 쓸었다.

---

* 충선왕의 이복형 강양공의 차남.
** 충숙왕.

"상왕전하를 이해해 주오. 강양공을 제치고 세자가 되고 왕이 된 것을 늘 마음에 걸려 하셨습니다. 그래서 강양공을 형으로 존대하고 조카들을 자식처럼 귀애하시다 보니 심왕이 그만 참람히 굴게 되었습니다."

"그것이 어찌 상왕전하의 탓이겠는지요. 그리 생각하지 않습니다. 상왕께서도 심왕의 책동에 매우 분개하셨다 들었습니다."

"그런 얘기를 어디서 들었습니까?"

단이 놀란 눈을 번쩍 들자 덕비가 의아스레 그녀를 마주 보았다.

"대도에서 기별이 있었습니다. 이제현이 상왕을 뵈러 유배지까지 갔다 왔다고 합니다. 어째서 전하께서 어마마마께 그 소식을 알리지 않으셨을까요?"

"이제현이라면, 예전 상왕께서 아끼시던 네 학사 중의 하나인 이진의 아들 말인가요?"

"예, 척박한 토번에 계셨던 상왕전하를 풀어 주십사 황상과 승상에게 탄원하여 상왕께서 감숙으로 옮기는 데 큰 공을 세웠던 그 사람입니다. 일찍이 상왕께서 심왕부瀋王府 만권당萬卷堂*에 불러들여 유수한 한족 학자들과 어울리게 하실 정도로 귀애하시던 문사 말입니다."

"그 사람이, 상왕전하를 직접 뵙고 돌아왔다고 합니까? 어떻게 지내신다고 합니까?"

---

* 충선왕이 대도에 세운 독서당.

선뜻 대답을 못 하는 덕비의 얼굴에 당혹감이 스쳤다. 좋은 이야기가 아니기에 왕이 어머니에게 굳이 전하지 않았음을 뒤늦게 깨달은 것이다. 하지만 간절하니 그녀를 뚫어지게 쳐다보는 단에게 아예 대답을 안 하거나 거짓을 말할 수는 없는 노릇이다.

"……몹시 여위고 지치셨다 합니다. 토번 땅이 너무나 높아 숨쉬기에 늘 가쁘고 물자가 넉넉하지 못하여 그곳에서 이미 생기를 많이 빼앗기신 듯하다고……."

"말해 주오, 들은 것 모두, 하나도 빼지 말고 죄 말해 주오. 혹, 옥체 미령하신가?"

"송구합니다, 어마마마. 그 외의 이야기는 듣지 못하였습니다. 대도에 계신 주상께서도 심왕과 그 일파가 고려의 입성入省*을 주장하여 크게 심려하는 중이시라……."

"못된 자들 같으니!"

단이 분노로 부르르 떨었다. 그녀도 얼핏 들었던 일이다. 예전, 원이 발탁하여 중용하고 키워 준 사람들이 심왕 쪽에 붙어 고려왕을 괴롭히더니 끝내는 고려의 국체를 아예 말살시키려는 책동을 일삼고 있었다. 유청신柳淸臣과 오잠吳潛 등이 그 대표적인 인물들로, 원이 유배당하지 않았다면 그런 수작을 꾀할 엄두도 못 냈을 위인들이었다. 이때야말로 남편이 고려에 절실히 필요한 순간이었다.

---

* 고려의 독자적인 존속 대신 원나라의 한 행성으로 편입시키자는 의견.

'부처님과 창업부터 고려를 지켜 온 신령, 조종祖宗이시여, 주상께서 이 국난을 헤쳐 나갈 수 있도록 그분을 돌려보내 주시옵소서.'

눈에 그렁그렁하니 채워진 눈물 너머로 단은 멀리 광명정을 바라보았다. 성스러운 우물가에는 제각각의 기원을 드리는 여인들이 삼삼오오 모여 이야기꽃을 피우고 있었다.

서늘한 여름이 다 가고 가을이 깊어 가는 간쑤의 타사마. 대륙의 동서를 잇는 거대한 교역로의 일부분이기도 한 이곳의 어느 산자락을 터벅터벅 걷는 노인이 한 명 있었다. 짧게 깎은 머리는 희끗희끗하니 회색빛이었지만 길쭉한 눈에 박힌 옅은 색깔 눈동자가 유난히 반짝여 나이를 짐작하기 어렵다. 바싹 마른 팔다리와 낡은 옷, 모자를 쓰지 않고 그냥 드러낸 머리로 보아 가난한 시골뜨기 노인네라 불려도 항변할 수 없을 것 같은 이 사람은 전 고려 국왕이자 심왕인 왕장, 마흔아홉의 원이었다. 수행원 한 명도 없이 그는 산책 중이었다.

토번의 유배지로 가는 길이 너무나 험난하였던지 대도에서 자그마치 10개월이 소요되는 그 길에서 왕을 버리고 슬쩍 빠지거나 도망간 이들이 부지기수였기에, 그를 시중드는 사람은 모두 합해야 고작 열여덟이었다. 그것도 짐을 나르거나 말을 끄는, 신분이 대단히 낮은 자들이 대부분이었고, 관직이 있는 사람은 둘로 그중 하나가 진관이었다. 진관만 떨쳐 내면 얼마든지 혼자만의 산책이 가능했던 원은, 그날도 혼자 거처를 쏙 빠져나와 서늘한 공기를 흠뻑 들이마시며 유유하니 거닐던 중이었다.

가진 것이라곤 송곳 박을 땅도 없는 처지였으나 사람이 좀처럼 들지 않는 산자락을 걷다 보면 자신만의 널찍한 공간을 완상하는 기분에 여유로워지는 원이었다. 바다처럼 넓고 맑은 칭하이[靑海]호나 사찰들이 들어선 산보다 이렇게 인적 없는 곳을 그는 더 마음에 들어 했다. 유배 전까지 사람들에게 둘러싸여 호사스러운 전성기를 보냈기 때문인지도 몰랐다. 조용하고 호젓하며 으슥하기까지 한 곳을 이제 그는 더 선호한다. 어쩌면 그를 찾으러 나선 진관이 어디에서도 주군을 발견하지 못해 쩔쩔매는 꼴을 보고 싶어서 일부러 외진 곳을 골라 산책하는지도 모른다.

그가 좋아하는 냇가에서 원은 침입자를 발견하고 눈살을 찌푸렸다. 그만의 사적인 영역이 아니니 침입자랄 것까진 없겠지만, 이 고즈넉하고 안온한 휴식처에서 보낼 그만의 시간이 방해를 받은 만큼 원은 냇가의 바위 사이에 널찍한 천을 펼쳐 놓고 비스듬히 앉아 있는 한 사내에게 적개심을 느꼈다. 바위에 매어 둔 낙타 몇 마리와 그 등에 실은 짐들을 보면 사내는 먼 거리를 오가는 장사꾼일 듯도 싶다. 하지만 상인들은 의심이 많고 겁이 많아 결코 혼자 다니지 않는 법인데 이 사내의 주변엔 아무도 없다. 있다면 유유히 산책을 즐기려고 나온 원 그 자신뿐이다.

무슬림처럼 넓은 통의 바지와 긴 웃옷을 입고 허리에 칼을 차고 있는 사내는 머리에도 긴 쓰개를 쓰고 흰 천으로 얼굴을 가렸다. 원이 돌멩이들을 밟는 소리에 번쩍 몸을 일으켜 경계를 하는 모양새가, 그에겐 원이 침입자인 꼴이 됐다.

"근처에 사시는 분인가요?"

공손히 묻는 사내의 목소리에 원의 언짢은 기분이 가셨다. 맑고 또랑또랑하니 아직 어린 소년이었다. 흰 천에 가려진 얼굴이 목소리만큼 괜찮다면 원은 이 낯선 사내와 함께 산책 시간의 나머지를 보낼 용의가 있었다.

"그렇소. 젊은이는 여기 사람이 아닌가 보구려."

원이 가깝게 다가가자 소년이 일어났다.

"그렇습니다. 근처에 사원이나 관청이 있습니까?"

아마도 원의 머리와 차림새를 보고 승려나 그 비슷한 사람이라고 생각한 것 같았다. 원은 목소리에 깃든 옅은 불안감을 감지했다. 사람들의 눈을 피해 여기에 있구나! 그는 소년의 상황을 직감했다.

"아니, 근처엔 민가도 아무것도 없소. 사람들도 찾지 않지. 여긴 나만 아는 휴식처라고."

"저런, 어르신의 휴식을 방해했군요. 하지만 제가 잠시 여기에 머물러야 할 사정이 있는데, 좀 봐주시겠습니까?"

소년의 지극히 공손한 태도가 원의 호기심을 더욱 자극했다. 이런 목소리에 사근사근한 태도를 갖춘 소년은 과연 어떤 수준의 얼굴을 가졌을 것인가? 그는 좀 전의 적개심을 깡그리 잊고서 소년에게 자못 상냥하니 말했다.

"내가 즐겨 온다는 말이지 내 땅이란 소리가 아니야. 누구든 숲과 물을 즐길 수 있는데 누가 누구를 봐주고 말고 할 수 있겠나?"

"그렇게 여겨 주신다면 정말 감사합니다. 그럼 여기 앉으셔서 목이라도 축이시겠습니까?"

소년의 초대를 원은 기꺼이 받아들였다. 양털로 짠 담요에 앉은 노인을 위해 소년이 낙타에서 커다란 가죽 자루를 풀어 내렸다. 자루에서 납작하게 구운 난과 마실 것이 담긴 호리병, 과일 등을 꺼내는 소년의 손에 원은 주목했다. 길쭉한 손가락이 시원시원하니 뻗어 보기 좋고 손놀림도 섬세하니 번잡하지 않다. 손만으로도 충분히 매력적인 소년이었다.

"진수성찬을 싣고 다니는군."

원은 소년이 작은 나무 그릇에 따라 준 포도주의 향을 맡고 입술 끝을 말아 올렸다.

"이 술은 특별히 어머니께서 챙겨 주셨죠. 어머닌 사막에서 포도주를 마시고 원기를 회복한 경험이 있거든요."

"호오, 지나가는 대상에서 여인을 본 적은 단 한 번도 없는데."

"상인이 아닙니다."

은근히 떠보는 원에게 소년이 짧게 대답하고 술병에 마개를 끼웠다. 친절하면서도 그를 완전히 믿지 못해 조심하는 소년의 경계심을 무너뜨리기 위해, 원은 포도주를 단숨에 삼키고 먼저 풀어진 모습을 보였다.

"난 해인거사海印居士라고 하네. 젊은 시절엔 많은 곳을 돌아다녔지만 한적한 생활이 그리워 여기에 은거하며 독서로 소일하지."

실제로 드넓은 제국의 명찰名刹들을 두루 참배했던 그이기에 여러 지방의 다양한 풍물에 관해 원은 지식이 해박하고 경험도 많았다. 손의 크기로 미루어 분명 아직 덜 자란 풋풋한 소년은 노인이 펼쳐 놓는 미지의 경험담에 금세 빠져들었다. 상대가 자신에게 호감을 느끼고 있음을 알아챈 원이 마침내 소년에게 물었다.

"아직 먼 길을 떠나기엔 너무 이른 나이인 것 같은데? 목소리가 높은 것이, 변성이 채 안 되었어."

"열다섯입니다. 결코 어리지 않죠."

소년의 항변에 원은 속으로 웃었다. 어리지 않긴, 머리에 피도 안 마른 애송이가! 하지만 그도 열다섯인 때엔 그렇게 생각했었다. 그는 웃음을 입 안에 가두고 서둘러 사과했다.

"그렇지! 미안하게 됐네. 난 서른이 훨씬 넘어서야 순례를 시작했으니 자네 쪽이 오히려 어른스럽다고 할 수도 있겠어. 그런데 세상을 돌아다니는 사람치고 이런 한갓진 곳을 골라 다니는 사람은 드물지. 젊은 사람이라면 더욱더 그렇지 않나? 보통, 사람과 물건과 사찰이 있는 곳을 먼저 들르는 법이니까."

"뜻밖의 사정이 생겨서 그렇습니다."

얼굴에서 유일하게 천으로 감싸지 않은 소년의 눈이 난처하니 찌그러졌다.

"일이 있어 이곳에 들렀는데 도착하자마자 관리 하나가 마을 사람들을 못살게 굴며 매질하는 걸 보고 말았거든요. 그냥 지나칠 수가 없어서 참견을 했다가 관리를 때리고 말았습니다. 코피 터진 얼굴을 감싸 쥐고 도망갔으니 관원들을 불러오겠죠. 그래서 사람들의 눈에 띄지 않는 곳을 찾아든 거죠."

"그거 참, 잘했군!"

소년이 따라 주는 포도주를 홀짝이며 원이 히죽 웃었다. 소년의 눈이 따라서 빙그레 웃었다.

"제 아버지 같으면 매사에 신중하고 침착하라고 하셨을 겁니다. 관리 하나 혼내 주는 게 마을 사람들에게 결국은 도움이 되지 않으리라고 제 실수를 지적하셨을 거예요."

"뭐, 딴은 그렇기도 하지. 자네는 그저 지나가는 사람에 불과하지만 남아 있는 사람들은 그 관리와 계속 여기 있으니까."

"하지만 어머니는 더 두들겨 패 놓지 그랬냐고 하실 겁니다. 다른 관원들에게 도움을 청하러 도망갈 수도 없게 말이죠! 그런 일을 좀처럼 참지 못하시거든요."

"하하! 어머니 말씀이 더 마음에 드는군. 어쨌든 자넨 눈앞의 불의를 그냥 지나치지 못하는 젊은이렷다. 난 뜨거운 피를 가진 사람을 좋아하지. 자넬 내 안다로 삼고 싶군!"

"안다라고요? 의형제를 맺기엔 제가 거사님에 비해 너무 어린걸요. 거사님께선 제 아버지 연배로 보이시는데……."

"나이 같은 건 중요하지 않아. 중요한 건 마음이거든. 자네가 여기서 어려움을 겪게 되면 안다로서 내가 힘껏 도와주지."

원이 내미는 잔을 소년이 조금 망설이다가 받아 들었다. 이 초라한 거사가 도움이 되리라고 생각해서는 아니었다. 희끗한 회색 머리와는 달리 명랑하고 거침없는 태도가 매우 젊게 느껴지는 노인이었다. 어차피 떠나가면 다시 만날 기약이 없는 사이, 손가락을 베어 피를 나눠 마시는 대신 포도주를 주고받으며 장난처럼 의형제를 맺고서 화기애애하게 떠드는 숲 속의 오후는 유희의 시간과도 같다. 그렇게 첫 만남에서 서로의 안다가 된 마흔아홉의 원과 열다섯의 소년은 술과 음식을 나누며 허물없는 사이가 되었다.

"자네 어머니는 뜨거운 피를 가졌을 뿐 아니라 꼼꼼한 손까지 가졌군. 몽골 사람이라면 과일을 가지고 다닐 생각은 못 했을 거야."

원이 석류를 쪼개 물썬 풍기는 새콤한 향을 들이마시자 소년이 고개를 저었다.

"어머니가 챙겨 주신 게 아니에요. 먹을거리나 옷가지들은 주로 이모가 싸 주십니다. 음식 솜씨나 옷 짓는 솜씨가 어머니와 이모는 많은 차이가 있어요. 두 분보다 나이가 훨씬 많은 또 다른 이모는 어머니가 살림에 영 재주가 없다고 늘 핀잔을 주죠."

"자매가 닮지 않은 모양이지?"

"친자매가 아니거든요. 하지만 친자매 이상으로 서로를 생각하죠. 어려운 시절을 함께 보낸 만큼 각별해졌다고 해요."

"여인들이라고 해서 모두 손재주가 괜찮은 건 아니지."

내게도 여인의 일엔 정말 형편없는 벗이 있었거든! 원은 속으로 생각했다.

"아마도요."

소년이 긍정의 표시를 하며 덧붙였다.

"하지만 큰이모가 잔소리를 하면 아버지는 기교보다 정성이 먼저라고 하시죠. 아버진 어머니가 30년 전에 만들었다는 두루마기를 지금도 웃옷 안에 걸치시거든요. 다 낡아서 안에 덧댄 가죽만 너덜대는 옷인데도 버리지 않으셨어요. 그걸 보고 큰이모는 또 유난 떤다고 잔소리를 퍼부어 대죠."

"흠, 그건 그 이모 말이 맞는 것 같은데? 자네 아버진 좀 집요한 구석이 있는 모양이지?"

"그보단……, 부모님께서 인연을 맺는 데 사연이 좀 있었던 것 같아요. 이모들이나 아저씨들은 나중에 말해 주마고 하지만……."

"친척들과 어울려 사는구나. 부러운 일이지."

진정 부러운 듯 원이 눈을 가늘게 뜨며 소년을 지그시 보았다. 그에게도 가족이 있었지만 피를 나누어 돈독한 관계가 아니라 서로가 서로의 피를 부르는 사이였다. 드러내 놓고 표현하지 않았지만 소년이 부모 등을 입에 올릴 때 안온히 미소하는 걸 보면 소년의 가족은 보통 그러하듯 애정과 신뢰로 묶여 있는가 보다. 자신을 미워하던 아버지와 자신이 죽여 버린 아들을 생각하며 원은 쓸쓸해진다. 지금도, 그의 손이 닿지 않는 먼 대도에서 친자식보다 아꼈던 그의 조카가 그의 아들과 왕위를 다투는 혈투를 벌이는 중이다.

"피를 나눈 사이는 아니지만 한가족이나 다름없는 분들입니다."

소년의 목소리가 상념에 빠진 그를 일깨웠다.

"부모님과 이모들, 아저씨들 사이에는 특별한 유대가 있습니다. 마을의 모든 사람들과 골고루 친근하지만 아무래도 외부에서 함께 지내다가 들어와서인지 서로에 대해 남다른 감정이 있는가 봅니다."

"마을이 여기서 먼가? 자네의 말투에선 도무지 출신을 짐작하기 어렵군. 위구르말을 쓰지만 위구르 사람은 아닌 것 같고, 그렇다고 몽골인이라고 보기도……. 옷차림만 해도 그래, 도무지 알 수가 없군!"

"저는, 들어가면 나올 수 없는 곳에서 왔답니다."

"……타클라마칸에서 왔다고? 설마 사막 한가운데서 솟아났다고 말하는 건 아니겠지?"

원이 의심스런 눈빛을 번쩍이자 왜 아니겠냐고 반문하듯 소년의 커다란 맑은 눈이 찡긋했다.

"거기엔 출신이 중요하지 않은 마을이 있죠. 작은 오아시스를 끼고 거대한 사막 한가운데 박혀 있는 이름 없는 마을이요. 왕도 관리도 없고 천민이나 노예도 없는 작은 마을이죠. 저처럼 마을에서 태어난 사람도 있지만 어른들은 대부분 외부에서 들어왔어요. 제 부모님이나 이모들, 아저씨들처럼 말이죠. 출신이 다양한 사람들과 섞여 지내다 보면 그곳에서 태어난 우리들의 출신은 위구르도, 몽골도, 토번도 아니죠. 우린 타클라마칸 출신인 거예요."

"놀랍군! 거기서 자네나 가족들은 뭘 하고 지내나? 사막 한가운데서?"

"밀을 가꾸고 양을 키우죠. 우물을 청소하고 집이나 수로를 고쳐요. 텃밭도 가꾸고 말과 양의 젖으로 아이락도 만들고요. 젊은 남자들 중 몇몇은 커다란 도시로 가서 필요한 물건을 사오기도 하죠. 열다섯이 되어야 가능한 일이에요. 나이도 차야 하지만 무엇보다 강한 체력과 굳센 의지가 있어야 하죠. 사막을 건넌다는 건, 보통 일이 아니니까요."

"그럼 자네는, 마을 밖으로 나선 게 이번이 처음인 거야?"

"그렇습니다."

아마도 소년의 가려진 입이 의기양양하니 길게 늘어졌을 거라고 원은 짐작했다. 목소리나 눈빛만으로도, 성인의 대접을 받는 소년의 자부심이 뿌듯하니 느껴졌다. 원은 마른 손가락으로 소년의 물기 많은 싱싱한 손바닥을 탁 쳤다.

"축하하네, 형제여!"

"감사합니다."

"그런데 필요한 물건을 사러 여기까지 올 이유가 있을까? 그렇게 귀한 물건을 구하는 중인가?"

원은 그들에게서 조금 떨어진 곳에 묶여 있는 낙타들을 흘낏 보았다. 짐들이 꽤 있었다. 그 짐들이 모두 포도주나 과일 등으로 가득 찬 소년의 간식거리는 아닐 것이다. 소년이 자못 진지하게 대답했다.

"보통대로라면 이미 마을로 돌아갔을 겁니다. 하지만 아까도 말씀드렸듯이 이 근방에 일이 있어 들른 거예요. 실수로 관원과 말썽을 일으켜 여기서 눈치를 보고 있지만 맡은 일을 끝내지 않고 돌아갈 수는 없죠."

소년의 강한 책임감에 원이 흐뭇한 미소를 머금었다.

"무슨 일인지 도와주고 싶군. 난 자네의 안다가 아닌가."

"부모님의 부탁으로 어떤 분에게 전할 물건이 있습니다. 거사님께 도움을 청할 정도로 어려운 일은 아닙니다."

"부모님께서 아는 분이 이 근처에 산다는 말이구먼?"

"오래전에 헤어진 벗이라고 합니다. 그분이 여기 타사마에 계신 줄 부모님도 얼마 전에 아셨습니다. 우리 마을은 외부와 교류가 전혀 없기 때문에 일단 마을로 들어온 사람들은 그 이전에 살던 곳의 소식을 알지 못합니다. 여름에 부모님께서 마을을 떠나 쿠차에 가셨을 때, 어머니와 아주 오래전부터 인연이 있었던 무슬림 상인을 만나셨어요. 어머니와 큰이모가 그 상인에게 은을 투자했거든요. 그 상인이 소식을 전해 준 거예요. 부모님은 그분을 만나고 싶은 마음이 굴뚝같았지만 한참 고민하다가 제게 부탁했습니다."

"어째서 만나고 싶은데 고민을 했을까?"

"직접 만나는 것은, 어머니께서 절대 안 된다고 하셨습니다. 나이 든 모습을 보여 주면 안 된대요. 그분은 아름답지 않은 걸 몹시 싫어하신다고요."

"어처구니없군."

하지만 원에게는 충분히 이해가 가는 변명이었다. 아마도 소년의 부모와 그들의 벗은 젊을 때 헤어진 모양이다. 쉰이 다 된 자신을 생각하면 소년의 부모도 비슷한 연배라고 했으니 남에게 더 이상 자랑스레 보여 줄 외모는 아닐 것이다. 그토록 아름답던 그의 친구들도 시들었을 것이다. 그들이 미치도록 그립고 보고 싶지만 시들어 주름진 린이나 산을, 원은 결코 보고 싶지 않았다. 그가 보고 싶어 하는 그들은, 적어도 마지막 보았던 30대 초반의 미모까지는 간직해야 하는 것이다.

"자네 부모님이 나만큼 나이가 들었다고 했나?"

불현듯 원은 왠지 기분이 이상했다. 그의 무료했던 심장이 불규칙하게 뛰기 시작했다.

"두 분 다 마흔아홉이시죠. 하지만 나이에 비해 젊게 보인다고들 합니다. 어머니와 이모는 같은 나이인데 제 눈에도 어머니가 훨씬 젊어 보이거든요. 큰이모는 외모를 팔 수 있다면 두 분 모두 아직도 값이 많이 나갈 거라고 농담을 하죠."

"부모님이 마흔아홉인데 자네는 열다섯이란 말이지."

"어머니께서 서른넷에 절 가지셨으니 일찍 아이를 낳았다고 할 순 없죠. 하지만 워낙 뛰어다니던 분이라 고생을 많이 하진 않으셨다고 들었습니다."

"부모님이 그 사람, 자네가 여기로 찾아온 그 오랜 벗에 대해 말한 적이 있는가?"

"이번에 오기 전까진 한 번도 들은 적이 없었습니다. 이모들이나 아저씨들이 싫어하신다더군요. 여기로 떠날 때 조금 말씀해 주셨죠. 아버진 그분이 아주 섬세한 분이라고 했습니다. 어머닌 얼굴만큼 성격이 고왔더라면 더 좋았을 거라고 했었죠."

어찔하니 현기증이 일면서 포도주로 축축이 적신 원의 입과 목이 갑자기 말라 왔다. 어떤 생각이 그의 머릿속을 섬광처럼 스치고 지나갔다. 그 생각이 과연 들어맞을까? 세상엔 마흔아홉의 남녀가 널려 있다. 그중에는 서른넷에 아이를 가진 사람도 꽤 있으리라. 또 그중에서도 간쑤의 한 고을에 오래전 헤어진 벗을 둔 자들이 다소간 있을지도 모른다. 고로 눈앞의 소년은 그가 짐작한 사람들의 아이가 아닐 수도 있다……

"어디가 불편하신지요?"

갑자기 말이 없어진 원을 소년이 걱정스레 얼굴을 기울여 들여다본다. 원은 소년의 눈을 새삼스레 응시했다. 이 눈, 이 눈이다! 원은 비로소 소년의 눈에서 겹쳐 보이는 두 쌍의 눈동자를 기억해 낸다. 그들의 눈과 똑같이 생기지도 반반씩 섞은 것처럼 보이지도 않지만, 소년의 눈은 분명 그의 기억 어딘가에 새겨진 눈이다. 원의 목소리가 미세하게 흔들렸다.

"혹 자네 부모님의 그 벗이라는……"

작게 떨려 나오는 그의 목소리는 돌멩이들을 튕기며 가까이 달려오는 낙타의 발소리와 그 위에 올라탄 한 젊은이의 외침에 묻혀 버렸다.

"틀렸어, 그 집 주변에 관리들이 들어찼어!"

낙타에서 내리기도 전에 큰 소리부터 낸 청년은, 뒤늦게 소년과 함께 유유자적하니 음식을 나누고 있는 허름한 노인을 발견하고 미간을 찌푸렸다. 방해를 받은 원의 표정도 살짝 일그러져 소년이 얼른 나섰다.

"제 형입니다. 아까 말씀드렸던 이모의 아들이에요."

소년은 성큼성큼 다가온 청년에게도 재빨리 설명했다.

"근방에 사시는 거사님인데 산보를 나오셨다가 우연히 나와 마주쳐 잠시 이야기를 주고받았어."

새롭게 등장한 청년은 마르고 창백한 거사에게 별 관심이 없었다. 그들에겐 더 급한 일이 있었던 것이다.

"그뿐만이 아니야. 네게 얻어맞았던 관리가 동료들을 데리고 주위를 뒤지는 것 같아. 여기서 더 큰 말썽이 생기기 전에 떠나야겠어."

"하지만 난타 형, 난 그 물건을 꼭 전해야 해. 지금 돌아가면 언제 여기까지 또 나올 수 있을지 아무도 몰라. 그냥 돌아가면 부모님께서 대단히 실망하실 거야."

"우리가 붙잡히는 것보단 낫지 않겠냐?"

원은 두 젊은이가 근심 어린 낯으로 나직이 속삭이는 것을 잠시 관망했다. 떡 벌어진 가슴에 단단해 보이는 굵은 목이 우람한 스물예닐곱의 청년은 떠날 것을 종용했고, 호리호리한 열다섯의 소년은 그대로 못 가겠다 버티며 승강이했다. 좀처럼 의견이 좁혀지지 않고 시간이 흘러가면서 청년의 초조한 기색이 짙어졌다.

"이대로 우물쭈물하면 관리들에게 발각돼. 영영 집에 못 돌아갈 수도 있다고. 부모님이나 어른들께 걱정을 끼치길 바라냐? 그러면 지금 당장 그 사람을 만나러 가라고!"

"젊은이들, 내가 도울 일이 있을 것 같은데?"

두 젊은이가 불쑥 끼어든 원을 떠름하니 쳐다보았다. 특히 그와 제대로 인사조차 나누지 않은 청년은 더욱 내키지 않는 듯 보였다.

"돕는다고 하셨소? 우릴 봤다고 관리들에게 말하지 못하도록 당신을 묶어 놓아야 할지도 모르는데?"

"난타 형, 이분은 나와 의형제를 맺었어. 고발을 할 리가 없지."

청년이 소년에게로 뜨악한 눈초리를 돌렸다. 이어 원을 한 번 돌아보고 다시 소년에게로 시선을 옮겼다. 형제를 맺기에 한쪽이 다른 한쪽에 비해 지나치게 젊거나 지나치게 늙었다. 소년이 난타를 제치고 원에게 다가와 상냥하니 말했다.

"거사님께 도움을 청할 정도로 어려운 일이 아니라고 조금 전에 말씀드렸지만 지금은 사정이 달라졌군요. 오늘 처음 뵙는 분인데 감히 부탁을 하나 드려도 될까요?"

"물론이지. 자네가 여기서 어려움을 겪게 되면 힘껏 도와주겠다고 맹세의 술을 나누기 전에 이미 약속했었지."

"그럼 거사님을 믿고 맡기겠습니다."

소년이 매어 놓은 낙타 등에서 무언가를 꺼내 들고 왔다. 정말 저 노인네를 믿어도 돼? 의심 가득한 눈의 난타가 팔꿈치로 그의 옆구리를 쿡쿡 찔렀지만 소년은 개의치 않고 원에게 흑단으로 만든 길쭉한 통을 하나 내밀었다.

"제 부모님께서 옛 동무에게 전하는 물건입니다. 그분의 손에 들어가는 걸 꼭 확인해 주셨으면 합니다. 그분은, 이곳 타사마에 유배되신 전 고려 국왕이자 심왕이십니다."

"확인해 주고말고."

이미 그의 손에 들어간걸! 생각하는 원의 목소리가 가늘게 떨렸다. 가슴이 벅차오르고 목이 메어 목소리가 제대로 나오지 않았다. 노인의 태도가 불안스러웠던지 난타가 못마땅하니 쏘아붙였다.

"노인장께서 정말 왕을 만나실 수 있겠습니까?"

"난 그분을 자주 만난다네. 우린 절에서 종종 마주쳐 함께 공양을 하곤 하지."

"왕이 노인장 같은 사람과 스스럼없이 어울린단 말이오?"

"이런 곳에 은거하는 늙은이들끼리는 통하는 게 있거든. 자네 나이 때는 이해 못 하지."

씩, 원의 한쪽 입 꼬리가 올라가며 특유의 여유로운 웃음을 물었다. 노인의 평범하지 않은 표정에 난타는 저도 모르게 움찔하여 더 이상 대거리를 하지 못했다. 말라빠진 노인의 기에 밀린 청년이 머쓱하여 소년을 재촉했다.

"이제 어서 출발하자. 해가 기울고 있어."

몸집이 탄탄한 청년이 낙타들을 끌고 오자 소년도 더 머뭇거릴 이유가 없어 바닥에 깐 담요를 걷었다. 서둘러 출발한 난타의 뒤를 쫓아가려 낙타에 올라타려던 소년이 가까이 다가온 원을 보고 멈칫했다. 정중히 인사를 올릴 양으로 소년은 이제껏 얼굴을 가렸던 눈 아래 흰 천을 떼어 냈다.

"거사님께 거듭 감사합니다. 함께 보낸 시간 정말 즐거웠습니다. 다시 뵐 수 있을지 모르겠지만 부디 오래도록 건강하시길 바랍니다."

원은 소년의 입이 벙싯거리는 것을 보았지만 아무 소리도 듣지 못했다. 온전히 드러난 소년의 얼굴이 오래전 그의 벗들을 처음 보았을 때 느꼈던 신선한 충격을 불러일으켰던 것이다. 이 눈과 이 코와 이 입술과 이 매끄러운 얼굴선. 원은 시선으로 그 하나하나를 죽 훑었다. 가늘고 단정한 눈썹과 날렵하게 쭉 뻗은 콧대, 맑은 흰자위에 감싸인 흑요석 같은 검은 눈동자, 다소 얇지만 단아한 입술과 갸름한 턱의 조화를 탐닉하듯 눈으로 더듬는 시간이 너무나 짧았다.

곧 소년이 낙타에 올라타 고삐를 잡았다. 낙타가 걸음을 뗀다. 그제야 깨어난 원이 성급히 소년의 바짓가랑이를 붙잡았다.

"내가 안다에게 맹세의 증표로 아무것도 주지 않았군! 이걸, 이걸 주겠네!"

그는 품속을 뒤적여 꺼낸 장도를 소년에게 내밀었다. 밀화와 산호로 장식된 그 장도는 섬세한 세공이 몹시 아름다웠다. 얼떨결에 받아 든 소년이 당황했다.

"귀한 물건인 듯한데 감히 제가 받아도 될지……."

"물론이지, 자네는 내 안다니까!"

"그럼 보잘것없지만 저도 거사님께 드리겠습니다. 제 안다니까요."

소년이 허리에서 작은 방울 몇 개를 풀어내어 원의 손바닥에 얹어 주었다.

"마을로 인도하는 방울이랍니다. 언젠가 다시 뵙기를 바라며 드리겠습니다."

소년이 낙타의 머리를 돌려 그를 기다리고 있는 난타에게로 달려갔다. 짤랑짤랑, 작은 방울들이 서로 부딪는 소리가 났다. 원은 손바닥에 놓인 방울을 내려다보았다. 그가 흔들어 나는 소리가 아니다. 멀어지는 방울 소리는 달리는 젊은이들에게서 나는 것이었다. 마치 내가 여기 있다고 알려 주는 것처럼.

원은 이미 보이지 않는 소년의 자취를 귀로 좇는다. 그리고 곧 소리가 잦아들면서 그는 소년의 흔적을 완전히 잃어버린다. 뒤늦게 그의 눈가가 축축해졌다.

고요해진 숲에서 발을 못 떼고 멍하니 서 있던 원은 자기 손에 들린 길쭉한 원통을 발견했다. 이게 있었지! 그는 떨리는 손으로 통의 마개를 뽑고 그 안에 든 오래된 두루마리를 꺼냈다. 아! 그의 입에서 탄성이 흘러나왔다. 세 명의 소년들, 아니, 두 명의 소년과 소녀 하나의 그림. 금과정의 별채 대청에 앉아 금을 연주하는 그와 피리를 연주하는 산, 기둥에 기대어 음악을 듣는 린의 그림. 그가 그려 산에게 주었던 그 그림이었다. 그림 속 그들은 열대여섯 살의 복숭앗빛으로 보송보송하고 싱싱하다. 이렇게 젊었었구나, 우리는! 원은 문득 코끝이 시큰했다.

"네가 직접 오는 대신에 이걸 아들에게 들려 보낸 건 정말 잘한 일이다, 산."

킥, 실소하며 그는 그림 속의 아름다운 소녀에게 말을 걸었다.

"더 이상 아름답지 않은 너희들을 만나 내 추억을 망치면 안 되지. 난 아름답지 않은 걸 몹시 싫어하는 사람이 아니냐! 린은 좋게 말하려고 섬세하다고 했겠지만 사실은 네 말대로 성격이 곱지 못해서겠지……."

그의 눈길이 그림 속 린에게로 옮겨갔다. 조금 전 소년이 그림 속으로 들어간 것 같다.

"아냐, 린. 너희는 여전히 아름다울 것이다. 네 아들을 보면 알 수 있어. 너희의 그 성격까지 그대로 물려받았더구나. 언젠가 나를 지독히도 짜증나게 했던 그 성격을! 나이가 들면 얼굴에 마음이 드러나니, 주름 따위가 아름다움을 지울 수 없지……."

우뚝한 산이 이고 있는 하늘이 점점 붉어졌다. 그가 중얼중얼 말을 걸며 하염없이 바라보는 그림 위로도 서서히 그늘이 짙어진다. 그래도 그는 선 자리에서 꼼짝 않고 햇살의 마지막 조각까지 끌어들여 그림을 본다.

"전하, 상왕전하!"

그를 다급히 부르는 소리가 가까이 들렸다. 원은 아쉽게 그림에서 눈을 떼고 그림을 말아 원래대로 통에 집어넣었다. 진관이 헐레벌떡 뛰어왔다.

"이런 곳에 계시다니! 한참을 찾았습니다."

"왜? 내가 널 두고 혼자 가기라도 할까 봐? 걱정 마라, 진관. 나는 갇힌 몸이잖아."

"이제 아니십니다."

진관이 활짝 웃었다. 그 미소가 순수한 기쁨에 차 있어 예전 팔팔하던 낭장 시절로 되돌아간 듯 젊고 잘생겨 보였다. 마음이 드러나면 얼굴은 나이를 따라가지 않는다니까! 원은 새삼 확인한다.

"이제 아니라니?"

"사면이 되셨습니다. 카안이 암살되고 진왕이 새로운 카안이 되었다고 합니다. 대사령을 내리고 전하를 대도로 모셔 오라고 하였답니다."

"예순 테무르가 카안에……."

원이 입속으로 중얼거렸다. 진왕 예순 테무르는 죽은 부다슈리 공주의 동생으로 그의 처남이다. 야심 찬 군주 시데발라를 암살한 무리들이 손쉽게 다룰 황제로 그를 고른 것이다. 어쨌든 원의 3년여에 걸친 고난의 유배는 그의 즉위로 끝을 맺게 된 것이다. 원이 피식 웃었다.

"이제 와서 부다슈리의 덕을 볼 줄은 꿈에도 몰랐구나. 이럴 줄 알았으면 그녀가 살아 있을 때 조금이라도 고마워했을 것을!"

키들거리는 원을 부축하여 조금씩 발을 떼며 진관이 작게 타박을 놓았다.

"이런 으슥한 곳에 계시니 도무지 찾을 수가 있어야지요. 집에 온 관원들이 오늘이라도 당장 모셔 가려고 전하께서 돌아오시기만을 기다린 지 벌써 한참 되었습니다."

"아하, 그래서 집에 관리들이 빼곡히 찼다고 그랬군."

"예?"

"아무것도 아니야. 그래, 내가 없어진 줄 알고 섬뜩했나, 진관? 아니면 홀가분하던가?"

"그 무슨 말씀을! 가실 만한 곳은 다 뒤졌는데 아니 계셔서 제가 얼마나 가슴을 졸였는지 아십니까? 거기다 난폭한 불량배가 나타나 낙타를 끌고 다니며 사람을 때리고 물건을 빼앗는다고 하지……. 아주 불안했습니다."

"난폭한 불량배?"

어이없어 웃음을 터뜨리는 원에게 아무것도 모르는 진관이 진지하게 대답했다.

"예, 관리들에게까지 행패를 부리는 놈이라고 합니다. 그 때문에 군졸들이 마을을 헤집고 다녀 아주 어수선합니다."

"아아, 대단한 놈이군."

원은 소년이 사라지고 난 길에 내려앉은 어둠을 바라보며 빙그레 웃었다. 움켜쥔 그의 손에는 작은 방울들이 있다. 이 방울들을 흔들며 저 어둠을 향해 사막으로 곧장 가면, 그는 오랫동안 그리워했던 그들을 만날 수 있을 것인가?

"진관……."

그는 조용히, 그에게 충성을 맹세한 이들이 모두 떠나간 뒤에도 유일하게 남은 신하를 불렀다.

"……대도에 가면, 나는 무엇을 하지?"

진관이 잠시 망설이다 대답했다.

"그동안 전하께서 다니신 길이 수천 리나 됩니다. 이제 몸을 편히 쉬시며 고려의 보전에 힘써 주소서."

"그렇구나, 아직 할 일이 없는 게 아니었어."

원은 방울들을 거두어 소매 속에 넣었다. 그의 길은 소년이 지나갔던 어둠의 반대편, 황량한 사막이 아니라 사람들이 들끓는 거대한 도시로 나 있다.

"진관."

그가 다시 불렀다. 이번엔 아예 진관에게 눈길을 박았다. 검푸르게 짙어 오는 어둠 속에서 원은 신하가 자신보다 나이가 많은 늙은이가 됐음을 새삼 깨닫는다. 세자 시절부터 거의 40여 년을 그의 곁에서 지켜 온 사람. 그의 모든 치부와 광기 어린 행동을 낱낱이 알고 있는 사람. 그의 벗들이 떠나는 것을 보고도 그의 곁에 남았으며 대도에서 토번까지 토번에서 타사마까지 따라온 사람. 그가 스스로 남기도 하였지만 그를 보내지 않은 것은 어디까지나 원 자신이었다.

"너는 참 바보였다."

뜬금없는 왕의 말에도 진관은 당황하거나 언짢은 기색이 없이 평온하다.

"넌 굳이 여기까지 오지 않아도 됐었어. 최성지崔誠之 같은 재상들도 도망가는데 네가 뭐라고 날 따라왔던 것인가. 넌, 그래, 그때 장의와 함께 린을 따라가는 게 좋았을지도 모른다."

"천만부당한 말씀이십니다. 장의는 이미 그전부터 전하를 모시지 못했던 사람이고 저는 다릅니다."

"그게 아니라면……. 그래, 그때 고려에 널 남겨 둘걸 그랬다. 고려에 가서 마지막으로 단을 보고 돌아왔을 때, 넌 거기에 남았어야 했어……. 그게 네게 가장 좋았을 것이다."

"그렇지 않습니다!"

태연하던 진관이 얼굴을 확 붉혔다. 그런 그를 바라보는 원의 눈길은 따스하기만 하다.

"지금이라도 가라. 대도에 날 남겨 두고 넌 고려로 가. 빨리 말해 주지 못해 미안하다. 미안하다, 널 잡은 건, 단을 사랑한 죄가 괘씸해서만은 아니었다. 네가 없으면, 너마저 없으면 내가 도저히 견딜 수 없을 것 같아서, 그래서 붙잡았었다. 린도, 산도, 장의도 없는 내게서 너마저 없어지면……. 너도 알다시피 난 욕심이 많은 사람이다."

"그렇지 않습니다, 정말 그렇지 않습니다……."

"네가 있어 다행이었다. 널 두고두고 괴롭히면서 한편으론 두고두고 의지했었다. 지금까지도. 충분해……, 아니, 지나쳤다! 너무 늦었지만 더 늦기 전에 말해야 한다고 생각했다. 곧 말조차 할 수 없는 때가 올지도 모르니 말이다. 이제 네 마음이 원하는 대로 가렴."

"제가 원하는 곳은 전하의 곁입니다."

진관이 가만히 원의 소매를 잡았다.

"언젠가 장의가 말했었습니다. 천성이 시위라, 평생 누군가를 모시고 지키면서 사는 인생이라고. 저 또한 그렇습니다. 평생 전하를 모시고 지키면서 사는 것이 제 운명입니다. 또한 제 긍지이고 제가 세상에 있을 이유입니다."

그리고 제가 마음에 품었던 그분을 기쁘게 해 드리는 유일한 방법입니다. 진관은 생각했다. 무엄한 생각에 송구하여 고개를 숙인 그의 손을 원이 세게 쥐었다.

"아아, 내가 뱉은 저주에 너를 가두었구나! 기억하고 있겠지, 진관? 두고두고 널 괴롭혀 주겠다고 한 내 저주를……. 그러나 그 저주가 아니었다면 나의 초라하고 쓸쓸할 끝을 누가 보아준단 말이냐……."

그들은 천천히 걸어 숲길로 들어갔다. 두 노인이 들어간 숲에 드리워진 석양이 곧 지워지고 세상은 캄캄하니 어둠에 묻혀 하늘에 뿌려진 별들만이 반짝일 따름이다.

3년여의 모진 유배 생활을 마치고 대도로 돌아간 고려의 상왕은 카안을 만나 심왕 왕고와 그 일파가 주청하는 고려의 입성 책동을 승낙하지 않겠다는 약속을 받아 냈다. 카안이 상왕에게 고려의 국왕으로 복위하라고 권했으나 그는 거절했다. 그는 고려에 돌아가지 않고 대도의 저택에만 머물렀다. 유배지에서 돌아온 지 1년 반 후, 상왕은 자택에서 조용히 운명했다.

향년 51세. 이름은 장, 초명은 원, 몽골 이름은 이질 부카이며 시호는 충선忠宣이다.

《왕은 사랑한다》 끝